宋元明时期朱子《诗经》学的传承与嬗变

SONGYUANMING SHIQI
ZHUZI 《SHIJING》 XUE DE
CHUANCHENG YU SHANBIAN

介金嵘 著

知识产权出版社
全国百佳图书出版单位
——北京——

图书在版编目（CIP）数据

宋元明时期朱子《诗经》学的传承与嬗变 / 介金嵘著 . —北京：知识产权出版社，2022.12

ISBN 978-7-5130-8515-1

Ⅰ . ①宋…　Ⅱ . ①介…　Ⅲ . ①《诗经》—诗歌研究—中国—宋元时期 ②《诗经》—诗歌研究—中国—明代　Ⅳ . ① I207.222

中国版本图书馆 CIP 数据核字（2022）第 239045 号

内容提要

朱熹的《诗集传》作为《诗经》宋学的集大成之作，是《诗经》学史上的一座里程碑，对后世产生了深远的影响。本书将宋、元、明三代以朱熹《诗经》学思想为宗的或以《诗集传》为中心来阐释的《诗经》学著作定义为“朱子《诗经》学”系统，以史学、社会学、文献学相结合的方式从宏观与微观的角度对其进行考察，以期能够扩展与丰富《诗经》学史的研究，帮助读者整体了解与把握朱熹《诗经》学的价值与影响。

责任编辑：郑涵语　　　　**责任印制**：孙婷婷

宋元明时期朱子《诗经》学的传承与嬗变

SONGYUANMING SHIQI ZHUZI《SHIJING》XUE DE CHUANCHENG YU SHANBIAN

介金嵘　著

出版发行：	知识产权出版社有限责任公司	**网　　址**：	http：//www.ipph.cn
			http：//www.laichushu.com
电　　话：	010-82004826		
社　　址：	北京市海淀区气象路 50 号院	**邮　　编**：	100081
责编电话：	010-82000860 转 8569	**责编邮箱**：	laichushu@cnipr.com
发行电话：	010-82000860 转 8101	**发行传真**：	010-82000893
印　　刷：	北京中献拓方科技发展有限公司	**经　　销**：	新华书店、各大网上书店及相关专业书店
开　　本：	720mm × 1000mm　1/16	**印　　张**：	26.25
版　　次：	2022 年 12 月第 1 版	**印　　次**：	2022 年 12 月第 1 次印刷
字　　数：	412 千字	**定　　价**：	78.00 元

ISBN 978-7-5130-8515-1

前　言

朱熹作为宋学之集大成者，他的《诗经》学著作《诗集传》亦是《诗经》学史上一部里程碑式的著作。作为《诗经》宋学的代表作，其影响至今不绝，尤其是在元、明时期长期作为官学存在，影响尤为重大。本书以《诗集传》与朱子《诗经》学思想为中心，考察了自南宋至元、明时期《诗经》研究者对朱熹《诗》学思想的继承与发展的基本状况，考察内容涵盖以上不同时期的时代背景、社会制度、学术思潮，以及宗朱《诗经》学研究者的身份背景与他们的宗朱《诗经》学著作。通过对文献内容的分析，梳理了解各著作对朱熹《诗集传》的补充、订正与阐释，力图展现宋、元、明宗朱学者对朱熹《诗》学观与解《诗》方法的继承与发展，对朱子《诗》学体系的构建。最终在此基础上，探讨朱子《诗经》学在《诗经》学史上的地位与影响，揭示其价值与贡献。

本书包括绪论、主体与结语三部分。

主体部分设置为四章。第一章概述了朱熹《诗集传》的编撰情况、《诗》学观、解《诗》特色，第二章、第三章、第四章以时代为脉络，以个案为材料，从学术史的视角系统考察朱子《诗经》学体系形成、兴盛到衰落的历史进程。

第一章，《诗集传》与朱熹《诗经》学。《诗集传》是《诗经》宋学的代表作，反映了宋代《诗经》学的学术特色，是宋代《诗经》学发展的里程碑。本章通过概论朱熹《诗集传》的成书过程、流传版本，以“去《序》言《诗》”“淫诗说”为代表的主要《诗》学观，以及“以理解诗”“涵泳解诗”的解《诗》特色，从而揭示出朱熹的《诗集传》是集《诗经》宋学之特征于一身，并体现出创新变古的时代特色，已初步具备了成为经典范式的条件，奠定了《诗经》学发展的基础。

第二章，朱子《诗经学》在南宋的初步形成。南宋是《诗经》汉学与《诗经》宋学、尊《序》派与反《序》派思想交锋的关键时期，朱熹编撰《诗集传》由尊《序》到反《序》，完成了从《诗经》汉学到《诗经》宋学的变革。通过分析朱熹

《诗集传》因政治斗争影响并未得到学界关注和传播的原因，重点梳理了南宋时期朱子门人后学辅广、王柏、王应麟、黄震等著书立说，竭力发扬、辅翼朱熹的《诗经》学说，初步在南宋构建了以朱熹《诗集传》为中心的朱子《诗经》学体系。辅广的《诗童子问》与王柏的《诗疑》对朱熹的《诗经》学观点进行申明与补强，王应麟与黄震的《诗》学著作则是在继承朱熹《诗》学观的基础上，就朱熹《诗集传》中较为简略薄弱的辑佚与名物考释等方面进行补充。他们为朱子《诗经》学研究的主要门径定下基调，并对之后的《诗经》学研究产生深远影响。

第三章，朱子《诗经》学在元代的发展壮大。就元代之政治、学术背景论述了朱子《诗经》学由南至北传播，最终被立为官学而走向极盛的历史进程。元代各种宗朱《诗经》学著作从不同的角度对《诗集传》进行申说与补充，《诗集传》在元代逐渐完成了它的经典化过程。元初，胡一桂、许谦等朱子嫡系传人，继续申说补益《诗集传》，胡一桂《诗集传附录纂疏》开创性地使用"纂疏体"来辅翼《诗集传》，在体例上为后来众多的《诗经》学著作提供了范式；许谦《诗集传名物钞》作为考释类著作对《诗集传》名物训诂、音韵、比兴、义理等诸多方面进行全方位的考释补充，为辅翼朱《传》做了许多开创性的工作。元中期，朱熹《诗集传》被立为科举标准，朱子《诗经》学成为官学并得以更广泛传播。各类宗朱《诗经》学著作也不断涌现，其中以梁益《诗传旁通》、刘瑾《诗传通释》在内容与体例上最有学术价值与代表性。梁益《诗传旁通》为"旁通体"，体现了科举考试对朱子《诗经》学研究的影响；刘瑾《诗传通释》为"通释体"，是元代宗朱《诗经》学著作中影响最大的一部，成为明代官修《诗经》学教本《诗传大全》之蓝本；元代其他宗朱《诗经》学著作体例各异，内容也各有侧重，无不反映出元代朱子《诗经》学研究的兴盛与多元。

第四章，朱子《诗经》学在明代的日渐式微。明代官方对朱子《诗经》学的推崇使得朱子《诗经》学走向独尊，明代官府的文化专制与八股取士逐渐使得朱子《诗经》学变得僵化，明代阳明心学与复古思潮的冲击则使得朱子《诗经》学在民间日益式微。相比元代的百花齐放，明初流传下来的具有影响力的宗朱《诗经》学著作仅有朱善《诗解颐》与梁寅《诗演义》等。朱善《诗解颐》属"说体"，不事训诂，专以义理说《诗》，意图借《诗》立训，重视《诗》的道德教化与政治功用，与朱熹“以诗论《诗》”的解《诗》倾向殊为不类，呈现出通俗化倾向；梁寅《诗演义》为“通释体”，兼顾训诂与义理，对前人之说有所吸收，对《诗》的文体、比兴、用韵皆有所关注，体现出为科举服务的倾向；朝廷钦点教本《诗传大全》颁布于永乐年间，虽说展现出了对《诗集传》的绝对尊崇，但它的出现反而限制了朱子《诗经》学的发展，此后民间有分量的宗朱《诗经》学著作反而减少。明中后期，阳明心学与复古思潮使得朱子《诗》学受到越来越多的质疑，《诗经》汉学开始复兴。明末宗朱《诗经》学著作中唯一可观者即顾梦麟《诗经说约》，虽为指导科举制义而作，然而在《诗传大全》的基础上吸收了汉、唐、宋、元以来诸家之说，以及明人新的诗学成果，于名物、训诂、音韵方面皆对《诗集传》有所补正，于比兴、文体、写作手法等方面特别关注，展现出科举制义类著作的特色，亦具有学术变革时期经学研究新旧思想杂糅的特点，昭示着《诗经》学研究的新变。

结语部分总结朱子《诗经》学在不同时代的特征，梳理其传承之处与嬗变过程，探讨其历史价值，兼论其对近现代《诗经》学研究的影响与现代价值，以及带给今人的启发与思考。

目　录

第一章　绪　论

《诗经》是我国历史上第一部诗歌总集，也是我国最重要的儒家典籍之一。自先秦而始，历朝历代学者不断对其进行考证、训解与阐释，相关著作可谓汗牛充栋，《诗经》学已然成为专门之学。纵观两千多年的《诗经》研究史，可以归纳为《诗经》汉学、《诗经》宋学与《诗经》清学三大体系，每个体系都有其代表性的学者与著作。

朱熹是我国南宋时期的著名学者，其学术思想在我国历史上产生了巨大而长远的影响，在元、明、清三代都作为官方学术而存在。在宋代《诗经》学研究者中，朱熹可谓是影响最大、成就最高的一位，他的《诗集传》是《诗经》宋学的集大成之作。朱熹的《诗经》学研究继承并发展了宋代《诗经》学不同于汉唐《诗经》学的“疑经辨伪”、又理解《诗》的新特质，其去《序》言《诗》、基于文本的解《诗》方法是对汉唐说《诗》体系的重大突破，其以理学解《诗》的思路更是奠定了汉唐说《诗》体系之后的第二个《诗经》学研究体系——《诗经》宋学体系的建立。

一、选题缘由与意义

《诗集传》作为《诗经》宋学体系的奠基之作，是朱熹《诗经》学思想的结晶，在元、明两朝至清代前期这一历史时期被奉为“经典”，作为官学而得到广泛传播。除此之外，《诗传纲领》《诗序辨说》及《朱子语类》中的论《诗》言语亦随之对后世尤其是元、明的《诗经》学研究产生了巨大影响。受此影响，历史上不同阶段皆涌现出以朱熹《诗经》学为思想基础的《诗经》学研究著作。这些著作之间具有许多共性与联系，可以视作一个体系。由这些著作所构成的

《诗经》学研究体系，本书将其称作朱子《诗经》学体系。[1]朱子《诗经》学体系初步形成于南宋，影响最大且占统治地位的是在元、明两朝，在元代尤为鼎盛，至明代中后期则日渐式微，直至随着《诗经》清学的崛起而衰落，在中国《诗经》学史上留下了浓墨重彩的一笔。

近40年来，对朱熹《诗经》学的研究一直是《诗经》学研究的热点，围绕朱熹《诗经》学及其《诗》学代表作《诗集传》的研究成果可谓数量可观，这充分说明朱熹与其《诗经》学在学界的地位与价值。然而，朱熹《诗集传》作为“经典”是如何被确立的？如何发挥着影响？为何能被时代所接受与推崇？又因何被质疑与背弃？不同时代对它的接受与研究又有何差异？这些问题依然有待进一步研究与探讨。

故而本书将研究对象设为以朱熹《诗经》学为思想核心的朱子《诗经》学体系，将之放在历史背景中做连贯的系统考察，聚焦朱子《诗经》学的传承与嬗变，梳理朱子《诗经》学从兴起到衰落的发展脉络，尝试探寻不同时代政治与学术之互动，以期通过对南宋、元、明时期《诗经》学的研究背景与主要宗朱《诗经》学著作的考察，完整把握朱熹《诗经》学的内涵与朱子《诗经》学的形成过程，客观评价朱熹《诗经》学的历史地位，深入探究朱熹《诗经》学对整个中国《诗经》学史乃至对中国文化、哲学、教育、政治等方面的影响。

二、研究现状

朱熹作为经学家、哲学家、宋学的代表人物，他的学术思想在中国学术史、思想史、文化史上都占据着重要地位，其《诗集传》《诗序辨说》等对《诗经》的注解阐释之作被视为朱熹学术体系的重要组成部分。其中，朱熹的《诗经》学被认为是开创了有别于汉唐《诗经》学的《诗经》宋学新体系，在《诗经》学史

[1] 为了行文的方便与所指的明确，本书中的“朱熹《诗经》学”专指朱熹本人的《诗》学思想与解《诗》方法等；朱熹被后世尊称为“朱子”，朱熹及其门人创立的学术思想体系被后世称为“朱子学”，故本书以“朱子《诗经》学”指称以朱熹《诗经》学思想为基础来对《诗经》进行研究的整个学术体系；对接受了朱熹《诗经》学影响并声称以《诗集传》为宗旨而创作《诗经》学著作的群体，本书将之称为“宗朱《诗经》学者”，将他们的《诗经》学著作称为“宗朱《诗经》学著作”。

上亦占据着举足轻重的地位，后世说到《诗经》宋学的影响，往往主要指的就是朱熹《诗经》学的影响。因此，无论是对朱熹的学术思想进行研究，还是对宋代以来的《诗经》学进行研究，朱熹的《诗经》学都是不能绕过的。近现代以来，研究者们运用各种方法对朱熹《诗经》学进行了多角度研究，成果可观，但对宋元以来宗朱学者围绕以《诗集传》为代表的朱熹《诗经》学著作协力构建的朱子《诗经》学体系的研究，还较为缺乏。故对朱子《诗经》学自南宋之形成及至元明时期的传承嬗变过程进行整体研究，有必要先将近几十年来国内与朱子《诗经》学相关的研究状况作一综述。需要说明的是，由于朱子学在历史上具有很高的海外影响力，在国际汉学界亦有一些朱熹《诗经》学研究，本书不能一一囊括，主要择取国内较具代表性的一部分研究成果来作述评，大致将文献材料分作朱熹《诗经》学研究、朱子《诗经》学体系历时研究、有关朱子《诗经》学的断代与个案研究三部分。

（一）朱熹《诗经》学研究

朱熹《诗经》学作为中国《诗经》学史上的重要部分，历来受到学界广泛关注。针对朱熹《诗经》学的研究，主要集中在朱熹自身的《诗经》学著作与思想。从成果呈现方式来看，可谓丰富多样，或作为概论性综合研究的一部分，或作为一项整体研究，或在文献学、阐释学等视角下进行研究，或对其内部问题进行专题研究。从以下几方面简述之。

1.《诗经》学史、朱子学研究等综合研究中的朱熹《诗经》学研究

朱熹《诗经》学作为《诗经》宋学之代表，历来是《诗经》学史和《诗经》学概论性研究中的重要课题，在《诗经》学史著作中多作专章或专节叙述。如戴维《诗经研究史》❶第六章第二节《南宋〈诗经〉研究》“朱学系统《诗经》研究”部分，叙述了朱熹《诗经》学的内容、特点与成就。洪湛侯《诗经学史》❷第三编《诗经宋学》中单独列出第四章《“诗经宋学”的形成及其权威著作

❶ 戴维．诗经研究史 [M]. 长沙：湖南教育出版社，2001.

❷ 洪湛侯．诗经学史 [M]. 北京：中华书局，2002.

〈诗集传〉》，对其进行大篇幅多方面介绍。夏传才《诗经研究史概要》❶在《宋学〈诗经〉研究中的几个问题》中，提出朱熹在宋代废《序》运动中起的作用最大，并将《诗集传》视为《诗经》研究的第三个里程碑。与《诗经》学相关的专题研究或断代研究中，朱熹《诗经》学也是不容忽视的重点，殷光熹《宋代疑古惑经思潮与〈诗经〉研究——兼论朱熹对〈诗经〉学的贡献》❷一文认为朱熹《诗集传》推倒《诗序》权威，自立新说，研究方法独辟蹊径，反映了宋人疑古惑经、理性思考的精神，是《诗经》宋学的代表。陈战峰《宋代〈诗经〉学与理学——关于〈诗经〉学的思想学术史考察》❸第八章第一节《朱熹的〈诗经〉学与理学》中认为，朱熹的理学思想反映在去《序》未尽、“淫诗说”，以“诚敬”“天人理欲”解《诗》等方面。郝桂敏《宋代〈诗经〉文献研究》❹一文认为，朱熹《诗集传》代表了宋代废《序》派《诗经》研究的最高成就，在第五章《朱熹的〈诗经〉研究》探讨了朱熹注释诗旨由尊《序》到废《序》的前后变化，并通过其对诗旨的解读总结了其解《诗》思想。

在对朱熹个人学术成就的研究中，其《诗经》学研究同样受到学者关注。如周予同《朱熹》❺第四章《朱熹之经学·〈诗经〉学》、莫砺锋《朱熹文学研究》❻第五章《朱熹的〈诗经〉学》、蔡方鹿《朱熹经学与中国经学》❼第七章《朱熹的〈诗经〉学》、钱穆《朱子新学案》❽一书中《朱子之诗学》部分，对于朱熹的《诗经》学都有具体论述，他们都将朱熹《诗经》学视作朱熹学术中的重要组成部分，从不同视角论证了其中蕴含的朱熹学术思想。

2. 朱熹《诗经》学整体研究

同时，学界以朱熹《诗经》学为对象的整体研究也取得了丰硕成果。如张祝

❶ 夏传才 . 诗经研究史概要 [M]. 北京：清华大学出版社，2007.

❷ 殷光熹 . 宋代疑古惑经思潮与《诗经》研究——兼论朱熹对《诗经》学的贡献 [J]. 思想战线，1996（5）.

❸ 陈战峰 . 宋代《诗经》学与理学——关于《诗经》学的思想学术史考察 [D]. 西安：西北大学，2005.

❹ 郝桂敏 . 宋代《诗经》文献研究 [M]. 北京：中国社会科学出版社，2006.

❺ 周予同 . 朱熹 [M]. 上海：商务印书馆，1947.

❻ 莫砺锋 . 朱熹文学研究 [M]. 南京：南京大学出版社，2000.

❼ 蔡方鹿 . 朱熹经学与中国经学 [M]. 北京：人民出版社，2004.

❽ 钱穆 . 朱子新学案 [M]. 北京：九州出版社，2011.

平《朱熹〈诗经〉学论稿》❶一书，从朱熹的诗教观、读《诗》方法论、《诗集传》体例、《诗》学与元代科举、“淫诗说”与明、清艳情文学等角度，多维度分析了朱熹《诗经》学。檀作文《朱熹诗经学研究》❷一书，从朱熹《诗经》学释义、朱熹对《诗经》文学性的认识，以及理学思想与朱熹《诗经》学的关系等角度进一步深化研究朱熹《诗经》学。吴洋《朱熹〈诗经〉学思想探源及研究》❸一书，则从《诗集传》成书考、朱熹“废《序》说”“淫诗说”“六义说”及其他杂考等方面系统考察朱熹《诗经》学。可见，学界对于朱熹《诗经》学的整体研究是逐步推进、渐次完善的多维度、宽视野的综合考察，相关研究成果在数量与质量上都有所体现。

3. 朱熹《诗经》学文献研究

在朱熹《诗经》学的研究中，有不少从文献学角度进行研究的成果。如关于《诗集传》成书过程的研究，有束景南《朱熹作〈诗集解〉与〈诗集传〉考》（收录于《朱熹佚文辑考》❹）等。关于《诗集传》版本问题的研究，有牟玉亭《〈诗集传〉的三种版本》❺等。关于《诗集传》体例研究，有程章灿《〈诗集传〉纂例举证》❻等。包丽虹的博士论文《朱熹〈诗集传〉文献学研究》❼，更是从《诗集传》版本、注音、朱熹《诗经》学思想等角度，全面梳理了《诗集传》相关文献问题。除《诗集传》外，《诗传纲领》《诗序辨说》《朱子语类》等作品也蕴含着朱熹的《诗》学思想，也是朱熹《诗》学研究成果的重要补充，而针对它们的研究相对较少，有杨晋龙《朱熹〈诗序辨说〉述义》❽、雷炳峰《朱熹〈诗

❶ 张祝平．朱熹《诗经》学论稿 [M]. 长春：吉林人民出版社，2000.

❷ 檀作文．朱熹《诗经》学研究 [M]. 北京：学苑出版社，2003.

❸ 吴洋．朱熹《诗经》学思想探源及研究 [M]. 北京：社会科学文献出版社，2014.

❹ 束景南．朱熹佚文辑考 [M]. 南京：江苏古籍出版社，1991.

❺ 牟玉亭．《诗集传》的三种版本 [C]// 中国诗经学会编．诗经研究丛刊・第 2 辑．北京：学苑出版社，2002.

❻ 程章灿．《诗集传》纂例举证 [C]// 南京大学古典文献研究所编．古典文献研究 1989——1990. 南京：南京大学出版社，1992.

❼ 包丽虹．朱熹《诗集传》文献学研究 [D]. 杭州：浙江大学，2004.

❽ 杨晋龙．朱熹《诗序辨说》述义 [J]. 中国文哲研究集刊，1983（12）.

序辨说〉试论》[1]、朱杰人《〈诗传纲领〉研究》[2]、吴培德《〈朱子语类〉论〈诗经〉》[3]、史小贺论文《〈朱子语类·诗说〉研究》[4]等，这些研究有助于完整了解朱熹的《诗经》学思想。

对于朱熹《诗经》学的训诂研究亦属于文献研究范畴，相关成果主要集中于《诗集传》。如陈松长《朱熹〈诗集传〉的训诂特色》[5]，罗英侠《集大成：朱熹〈诗集传〉的训释特色》[6]，赵振兴、唐丽娟《毛传与朱熹〈诗集传〉异训比较研究》[7]，陈才《谈谈朱熹〈诗集传〉的训诂》[8]等。原新梅《简明平易：朱熹〈诗集传〉注释的修辞特色》[9]，则对《诗集传》训诂中的语法修辞作了考察。贾璐的博士论文《朱熹训诂研究》[10]则是对于朱熹训诂之学的整体考察，其中对于《诗经》学训诂也有所涉及。此外还有胡宪丽、舒拥军、罗晨、张守艳、张剑红的硕士论文，皆以朱熹《诗集传》的训诂为研究课题。

4. 朱熹《诗经》学诠释研究

对于朱熹《诗经》学的诠释的研究可分为朱熹对《诗经》的诠释思想与诠释方法等方面。如张旭署先后发表了《朱熹〈诗经〉解释方法新探》[11]《功夫在读者——朱熹诗学阐释思想发微》[12]两文，分别考察了朱熹对《诗经》的阐释方法与阐释思想。董芬《朱熹〈诗集传〉阐释方法分析》[13]、郝永博士论文

[1] 雷炳峰．朱熹《诗序辨说》试论 [J]. 宁夏大学学报（人文社会科学版），2011（2）．

[2] 朱杰人．迈入二十一世纪的朱子学 [M]. 上海：华东师范大学出版社，2001.

[3] 吴培德．《朱子语类》论《诗经》[J]. 云南师范大学学报，1999（2）．

[4] 史小贺．《朱子语类·诗说》研究 [D]. 开封：河南大学，2013.

[5] 陈松长．朱熹《诗集传》的训诂特色 [C]// 河南大学古代汉语研究室编．古汉语研究．开封：河南大学出版社，1989.

[6] 罗英侠．集大成：朱熹《诗集传》的训释特色 [J]. 中州学刊，2007（4）．

[7] 赵振兴，唐丽娟．毛传与朱熹《诗集传》异训比较研究 [J]. 长江学术，2008（1）．

[8] 陈才．谈谈朱熹《诗集传》的训诂 [J]. 广西大学学报（哲学社会科学版），2008（S2）．

[9] 原新梅．简明平易：朱熹《诗集传》注释的修辞特色 [J]. 修辞学习，2003（6）．

[10] 贾璐．朱熹训诂研究 [D]. 上海：复旦大学，2011.

[11] 张旭署．朱熹《诗经》解释方法新探 [J]. 江汉论坛，1998（1）．

[12] 张旭署．功夫在读者——朱熹诗学阐释思想发微 [J]. 东方丛刊，2001（1）．

[13] 董芬．朱熹《诗集传》阐释方法分析 [J]. 江苏大学学报（社会科学版），2005（5）．

《朱熹〈诗经〉解释学研究》[1]、邹其昌《朱子诗经诠释学美学研究》[2]等，从不同角度研究了朱熹《诗经》学的诠释方法、思想与特色。犹家仲博士学位论文《〈诗经〉的解释学研究》[3]第三章讨论了朱子诠释《诗经》的基本立场和原则。荣国庆博士学位论文《〈诗经〉诠释史研究》[4]第四章第三节阐释了朱熹《诗经》诠释的基本方法和路径。曹海东博士学位论文《朱熹经典解释学研究》[5]中包括了对朱熹《诗经》的解释学的研究。

5. 朱熹《诗经》学专题研究

随着研究的深入，逐渐涌现出从朱熹《诗经》学思想不同方面进行的专题研究，如朱熹的《诗序》观、“淫诗”说、“二南”说、“六义”说、诗教思想等都是研究热点。对朱熹《诗序》观的研究是一大专题，关于朱熹对《诗序》态度的认识主要分为三派，即主张朱熹持废《序》态度、主张朱熹持从《序》态度、主张朱熹对《诗序》持有废有从态度。大部分经学史、《诗经》学史著作，如夏传才的《〈诗经〉研究史概要》[6]、冯浩菲的《历代诗经论说述评》[7]等都认为朱熹是废《序》派。李家树《国风毛序朱传异同考析》[8]一文主张朱熹持从《序》态度。莫砺锋《论朱熹对〈诗序〉的态度》[9]一文主张朱熹对《诗序》持有废有从的态度，并将朱子对《诗序》的态度归纳为五种情况，且列出具体数据。黄忠慎《朱子〈诗经〉学新探》[10]一文认为朱子并非遵循《诗序》，而是尊《序》但不全盘接收。檀作文《朱熹废〈诗序〉详考》[11]一文认为朱熹对《诗序》总体上持否定态度。

---

[1] 郝永．朱熹《诗经》解释学研究 [D]. 杭州：浙江大学，2008.

[2] 邹其昌．朱子诗经诠释学美学研究 [D]. 武汉：武汉大学，2002.

[3] 犹家仲．《诗经》的解释学研究 [D]. 北京：北京大学，2000.

[4] 荣国庆．《诗经》诠释史研究 [D]. 西安：西北大学，2017.

[5] 曹海东．朱熹经典解释学研究 [D]. 武汉：华中师范大学，2007.

[6] 夏传才．诗经研究史概要 [M]. 北京：清华大学出版社，2007.

[7] 冯浩菲．历代诗经论说述评 [M]. 北京：中华书局，2003.

[8] 李家树．国风毛序朱传异同考析 [M]. 香港：学津书店，1979.

[9] 莫砺锋．论朱熹对《诗序》的态度 [J]. 文献季刊，2000（1）：112-129.

[10] 黄忠慎．朱子《诗经》学新探 [M]. 台北：五南图书出版股份有限公司，2003.

[11] 檀作文．朱熹废《诗序》详考 [J]. 中国诗歌研究，2003（0）：168-191，368-369.

王春谋的《朱熹诗集传“淫诗”说之研究》❶，是首篇以“淫诗”说作为专门研究对象的学位论文。莫砺锋《从经学走向文学：朱熹“淫诗”说的实质》❷一文认为，朱熹提出的“淫诗”说在历史上首次还《诗经》以文学性的本来面目。陈志信《理想世界的形塑与经典诠释的形式——以朱熹〈诗集传〉对〈二南〉的诠释为例》❸、刘娟《理学化经学视域下的〈诗集传·二南〉阐释》❹，以朱熹对“二南”的诠释来观照其理学化的解经特色。李开金《试论朱熹的比兴说》❺、杨金花《试论朱熹的比兴观》❻、王龙《朱熹〈诗集传〉赋比兴标诗探微》❼、张万民《朱熹“三经三纬”说新探》❽等论文，则细致探讨了朱熹《诗经》学之“六义”说。谢谦《试论朱熹的“美刺”之辨》❾，关注到了朱熹《诗经》学之“美刺”说。王倩《朱子诗教思想研究》❿、杨洁硕士论文《朱熹诗教思想探析——以〈诗集传〉为中心》⓫等，则是对朱熹诗教思想进行研究。

（二）朱子《诗经》学体系的历时研究

南宋以来，朱熹《诗经》学影响深远，朱熹可以称作《诗经》宋学的开创者，其后辅翼朱子《诗经》学的著作层出不穷，构建出较为完善的朱子《诗经》学体系。但学界对于朱熹《诗经》学的研究多集中于朱熹个人的《诗经》学著作与《诗》学思想，对朱子《诗经》学体系有限关注的大多是《诗经》学史著作，多是在部分章节中将宗朱《诗经》学著作并列阐释，少有专门研究。从历时性角度考察朱子《诗经》学者，有黄郁雯硕士论文《朱熹〈诗经〉学在南宋至明初的形成

---

❶ 王春谋.朱熹诗集传“淫诗”说之研究[D].台北：台湾政治大学，1979.

❷ 莫砺锋.从经学走向文学：朱熹“淫诗”说的实质[J].文学评论，2001（2）：79-88.

❸ 陈志信.理想世界的形塑与经典诠释的形式——以朱熹《诗集传》对《二南》的诠释为例[J].汉学研究，2003（1）：279-306.

❹ 刘娟.理学化经学视域下的《诗集传·二南》阐释[J].中州学刊，2016（9）：138-141.

❺ 李开金.试论朱熹的比兴说[J].武汉大学学报，1980（5）：30-33.

❻ 杨金花.试论朱熹的比兴观[J].河北学刊，2009（2）：253-255.

❼ 王龙.论朱熹《诗集传》中的“兴”[J].山西师范大学学报（社会科学版），2009（5）：79-83.

❽ 张万民.朱熹“三经三纬”说新探[J].诗经研究丛刊，2009（1）：342-353.

❾ 谢谦.试论朱熹的“美刺”之辨[J].西南师范大学学报，1987（1）：96-103.

❿ 王倩.朱子诗教思想研究[M].北京：北京大学出版社，2009.

⓫ 杨洁.朱熹诗教思想探析——以《诗集传》为中心[D].北京：中国政法大学，2013.

与发展》❶和吴长庚《八百年来朱熹文学接受与传播导言》❷等。前文首次将朱熹《诗经》学视作一股学术浪潮，将历代尊朱的《诗经》学研究者视作一个群体，选取重要的宗朱《诗经》学著作，考察了宋末到明初对朱熹《诗经》学的继承与发展。但此文的问题在于既将朱熹《诗经》学作为一个学术派别，所选取的个案材料却不够丰富，对不同时期朱熹《诗经》学研究的特色与进展总结不足。后文对南宋至当代朱熹文学的接受与传播状况作了考察，《诗集传》被作者视作推动朱熹文学接受与传播的不可分割部分也在考察之列。作者从文学接受的角度考察了《诗集传》自宋至当代的接受状况，但是仅就其基本线索做了一番梳理，对历史背景的挖掘及对著作的具体分析是其欠缺之处。

（三）有关朱子《诗经》学体系的断代与个案研究

朱子《诗经》学体系研究是以朱熹本人《诗经》学思想或著作为核心。尽管南宋以来宗朱著作层出不穷，但目前学界研究重心多集中于单个著作，少有将著作放在朱子《诗经》学体系中进行研究的成果。略有涉及者也大多体现在《诗经》学史研究著作中。近年来，随着研究的不断深入，学界有关朱子《诗经》学体系的断代与个案研究也逐渐增多。

断代研究如郝桂敏《宋代〈诗经〉文献研究》第三章第四节“朱熹后学的《诗经》经学阐释”中阐释了辅广与王柏的解《诗》特点和对朱熹《诗》说的继承。程嫩生《元代诗经学刍议》❸对元代宗朱《诗经》学著作做了一番考察，认为元代学者对朱熹《诗经》学在继承的基础上有所修正，反映了元代学者的尚实精神，且认为“元代《诗经》学在宋明《诗经》学中具有承启作用”。曹继华的博士论文《元代〈诗经〉学研究》❹，从博物体和纂集体、集传体和集解体、论说体和通释体等文献体式类别分别论述了《诗传旁通》《诗传通释》《诗经疑问》等以元代宗朱《诗经》学著作为主的个案的著述特点，行文注意到了这

---

❶ 黄郁雯．朱熹《诗经》学在南宋至明初的形成与发展 [D]. 台北：台湾大学，2009.

❷ 吴长庚．八百年朱熹文学接受与传播导言 [J]. 朱子学刊，2013（1）：334-359.

❸ 程嫩生．元代诗经学刍议 [J]. 中州学刊，2008（4）：216-218.

❹ 曹继华．元代《诗经》学研究 [D]. 北京：北京师范大学，2012.

些著作对于朱子《诗经》学的补充、重释、扬弃，并从科考、经学等宏观角度对元代《诗经》学做纵向研究，探寻元代《诗经》学研究的特征、地位、意义等。付佳的博士论文《元代〈诗经〉学研究》[1]，则进一步阐明了元代《诗经》学实际上是元人对于《诗集传》的传承与辅翼，将相关著述分作考释、集解、论说、科举等类，并把这些著作统称为"朱学系统中的《诗经》著述"。同时也对元代不从属于朱子《诗经》学体系的学术著作略作概说，实际上是把宗朱视作元代《诗经》学之主流，将朱子《诗经》学体系之外的著作放在了次要地位，这一做法也确实还原了元代《诗经》学之本貌。崔志博《元代〈诗经〉学研究》[2]一书的第三、四章考察了宗朱派主要《诗》家著述，认为元代《诗经》学总体上呈现出注重朱子之学与崇尚《诗集传》的时代特征，并具有过渡性的历史地位。赵沛霖《〈诗经〉学的神圣化与元代〈诗经〉研究》[3],考察了理学对《诗经》神圣化的推动及对元代《诗经》学研究的影响。他认为，由于理学家的介入，元代《诗经》研究呈现出"朱熹一家之学独擅的局面"。王海丹的硕士论文《元明诗经学研究》[4]，阐述了元明《诗经》学的发展历程，将宗朱《诗集传》的《诗经》学者与著述称为《诗经》宋学派,并探讨了科举对《诗经》研究的影响,认为《诗传大全》把"诗经宋学"推向制高点。杨晋龙博士论文《明代〈诗经〉学研究》[5]于第四章分析了朱熹《诗集传》与明代《诗经》学的关系,认为《诗集传》在永乐朝走向独尊,虽在嘉靖朝后独尊地位受到动摇，但在明代仍是主流。这些研究直接或间接地体现了元、明对朱熹《诗集传》的继承与发展情况。

个案研究,如程浒硕士论文《〈诗童子问〉研究——辅广的〈诗经〉学思想》[6]，系统考察了辅广《诗童子问》的成书背景、结构体系与解经方法，认为其继承与发展了朱熹反《毛序》的《诗经》学思想体系。雷鸣博士论文《黄震理学与经学

---

[1] 付佳．元代《诗经》学研究 [D]. 北京：北京师范大学，2013.

[2] 崔志博．元代《诗经》学研究 [M]. 北京：人民出版社，2016.

[3] 赵沛霖．《诗经》学的神圣化与元代《诗经》学研究 [J]. 中州学刊，2002（1）：77-81.

[4] 王海丹．元明诗经学研究 [D]. 苏州：苏州大学，2011.

[5] 杨晋龙．明代《诗经》学研究 [D]. 高雄："国立"台湾大学，1997.

[6] 程浒．《诗童子问》研究——辅广的《诗经》学思想 [D]. 杭州：浙江大学，2011.

思想研究》❶第七章第二节亦涉及黄震《诗经》学著作对于朱熹《诗集传》的补充与发挥。陈战峰《王柏的〈诗经〉观与拟删诗》❷，叙述了王柏《诗疑》对于朱子“淫诗”说的推进及王柏对于其所处时代《诗经》学的总结。傅佳《胡一桂〈诗集传附录纂疏〉初探》❸与刘成群《胡一桂〈诗集传附录纂疏〉初探》❹，前文认为胡书的体例具有开创性，为后世宗朱《诗经》著作确立了基本范式，在重视利用三家《诗》、反《序》及解《诗》方法等方面都对朱熹《诗经》学有所继承与发展；后者关注了胡一桂对《诗集传》训诂考证的补充。李佳明硕士论文《梁益〈诗传旁通〉研究》❺与崔志博《论〈诗传旁通〉的〈诗经〉学成就》❻，都关注到了梁益《诗传旁通》对于朱熹《诗经》学的辅翼及补正，并阐释了《诗传旁通》一书的《诗经》学成就与价值。赵沛霖《刘瑾〈诗传通释〉浅说》❼、陈海燕和王宇的《刘瑾对朱熹〈诗经〉学的贡献》❽、陈海燕和程嫩生的《刘瑾对朱熹〈诗经〉学中赋、比、兴与淫诗说问题的阐发》❾、程嫩生和陈海燕的《刘瑾对朱熹〈诗经〉学的解经取向》❿四篇论文，则从多方面论证了刘瑾对朱熹《诗经》学的继承、贡献与增益阐发。高云萍《许谦〈诗集传名物钞〉对朱熹〈诗集传〉的补充、纠正与发挥》⓫、崔志博和卢矜的《〈诗集传名物钞〉对〈诗经集传〉的增益补缺之功》⓬二文，则以专书《诗集传名物钞》为中心探查宗朱学者许谦对《诗集传》的补正与发挥。李小成《革新、反叛与理性回归：北山学派的〈诗经〉研究》，阐释了北山学派代表人物王柏、许谦作为朱子后学对

❶ 雷鸣．黄震理学与经学思想研究 [D]. 杭州：浙江大学，2015.

❷ 陈战峰．王柏的《诗经》观与拟删诗 [J]. 中国文化研究，2010（3）：96-105.

❸ 傅佳．胡一桂《诗集传附录纂疏》初探 [J]. 国学研究，2014（6）：213-232.

❹ 刘成群．胡一桂《诗集传附录纂疏》初探 [J]. 中国文哲研究通讯，2013（2）：203-223.

❺ 李佳明．梁益《诗传旁通》研究 [D]. 新北：淡江大学，2008.

❻ 崔志博，李金善．论《诗传旁通》的《诗经》学成就 [J]. 名作欣赏，2010（36）：108-109.

❼ 赵沛霖．刘瑾《诗传通释》浅说 [J]. 贵州文史丛刊，2002（4）：1-4.

❽ 陈海燕，王宇．刘瑾对朱熹《诗经》学的贡献 [J]. 嘉应学院学报，2006（5）：63-65.

❾ 陈海燕，程嫩生．刘瑾对朱熹《诗经》学中赋、比、兴与淫诗说问题的阐发 [J]. 内江师范学院学报，2008（1）：72-73.

❿ 程嫩生，陈海燕．刘瑾对朱熹《诗经》学的解经取向 [J]. 江西社会科学，2008（2）：124-126.

⓫ 高云萍．宋元北山四先生研究 [M]. 杭州：浙江大学出版社，2012：166-184.

⓬ 崔志博，卢矜．《诗集传名物钞》对《诗经集传》的增益补缺之功 [J]. 河北大学学报，2010（3）：27-31.

《诗集传》在继承基础上又有补充和新解，王柏解《诗》具有反叛精神，许谦解《诗》则体现出理性的回归。沙先一《顾梦麟〈诗经说约〉对朱熹〈诗集传〉的补充与纠正》❶,具体阐释了顾梦麟《诗经说约》一书对于《诗集传》的继承与补正。受志敏《复社文人的〈诗经〉学研究》第三章的第三、四节详细考察了《诗经说约》对《诗集传》注解的补充完善与辩证。以上诸文皆注意到了朱熹《诗集传》对于宋、元、明时期不同《诗经》研究个案的影响。但纵观诸文可以发现，它们或是在研究《诗经》断代史时对宗朱《诗经》学派有所涉及，或是对朱子《诗经》学体系中的一些个案进行研究，虽然在一定程度上涉及朱熹《诗经》学对后世《诗经》学研究的影响，以及后学对朱熹《诗经》学及《诗集传》的辅翼与发展，但罕有专门对多人、多书的系统性研究，或以历时性与共时性相结合的方法作系统性综论式考察者。

总的来说，当前学界关于朱熹《诗经》学的研究呈现如火如荼之势，朱熹《诗经》学业已成为显学，相关研究已较为全面深入，方法也日趋多样。以上著述与论文为本书提供了观点上的支持与丰富的参考资料，使本书有可能在前人研究基础上继续推进。由以上综述可见，针对朱熹本人的《诗经》学，从经学、理学、训诂学、解释学、文献学等角度进行专题研究的成果已蔚为大观，但将其放在历史中进行动态研究的成果却较少，而将宗朱《诗经》学著作视为一个体系或派别来进行专门研究的则更为鲜见。现有少量相关研究也存在不足，或是材料收集不够全面，或是对时代背景的挖掘和文献本身的研究不够深入。本书尝试填补这些不足，故将以朱熹《诗经》学思想为宗的或以《诗集传》为中心来进行阐释的《诗经》学著作定义为“朱子《诗经》学”，将之视作一个《诗》学系统，以史学与文献学相结合的方式做一番历时性的整体考察，以期能够扩展丰富朱熹《诗经》学的研究领域，有助于整体了解与把握朱熹《诗经》学的价值与影响。

三、研究方法

朱熹的《诗集传》自诞生之日至今已有八百余年，在历史发展进程中逐渐

❶ 沙先一．顾梦麟《诗经说约》对朱熹《诗集传》的补充与纠正 [J]. 古籍研究，2002（2）：46-48，68.

被选择、树为“经典”，成为士人学习的对象。“在经典问题的研究上有两种不同的途径：一方面，从历史的和社会学的角度对以前的经典的形成进行研究，另一方面从批评的角度出发研究新的经典如何形成或现存的经典如何被修订，以便为我们当代的状况提供一个更为合理的答案。”[1] 本书将朱子《诗经》学作为一个《诗经》学流派或《诗经》学研究系统，对其形成与发展的过程进行研究，其实就是在研究以《诗集传》为中心的朱熹《诗经》学作为“经典”的形成、传播与被“修订”的过程。主要采用的研究方法如下：

（1）纵向与横向、宏观与微观相结合的研究方法。本书主要按照朝代分期设置章节，并对考察对象大致按照历史的先后顺序进行排列，以有助于更加直观地把握不同时期的宗朱《诗经》学著作所展现的时代特征及其对朱熹《诗集传》的继承与发展情况；同时，在各章之中对同一历史时期内的宗朱学者与宗朱《诗经》学著作进行个案研究，以便准确把握这些作品的共性与个性，考察朱子《诗经》学一个时代内呈现出的总貌。

（2）史学、社会学与文学文献学相结合的研究方法。注重分析每个时代的政治、学术背景对当时朱子《诗经》学发展的影响，并以文献资料为支撑，全面展现不同历史时期、不同个案的时代特征与历史贡献，它们对朱熹《诗经》学的发展与继承、对朱子《诗经》学的构建及对后世的影响。以此了解朱子《诗经》学在不同时代的发展与变化，及其对宋、元、明历史与学术的影响。

（3）文本分析与文献比较相结合的研究方法。深入分析梳理宋、元、明宗朱《诗经》学主要文献，为考察朱子《诗经》学不同面向的发展基础；通过与朱熹《诗集传》进行细致比较，总结它们对朱熹《诗经》学不同面向的继承与发展；同时比较了不同时期的宗朱《诗经》学文献，关注研究焦点与《诗》学观点的变迁，以揭示朱子《诗经》学体系内在的发展逻辑。

---

[1] 杜卫·佛克马．所有经典都是平等的，但有一些比其他更平等 [C]// 童庆炳，陶东风主编．文学经典的建构、解构和重构．北京：北京大学出版社，2007：17.

第二章 《诗集传》与朱熹《诗经》学

朱熹的《诗集传》是其最重要的《诗经》学著作，也是了解朱熹《诗经》学思想最重要的文献材料，朱熹的《诗》学思想与治《诗》方法在其中都有充分体现。朱熹的《诗经》学思想突破了汉唐《诗经》学的藩篱，摆脱了《小序》的桎梏，立足于文本解《诗》，将传统的经学观与新兴的理学观相结合，对后世的《诗经》研究产生了深远的影响。而《诗集传》自刊印之日起就开始发挥影响，为当时学者及朱子门人弟子所接受，在元、明、清三朝更是作为科举考试的标准用书而成为最通行的《诗经》注本，是《诗经》宋学的代表作，历代宗朱《诗经》学者皆以它为核心进行《诗经》学研究。

第一节 朱熹与《诗集传》

《诗集传》的成书过程体现了朱熹的《诗经》学思想发展变化的过程，是我们了解朱熹《诗经》学思想形成过程的宝贵资料；而《诗集传》版本的流传情况反映了后世对朱熹《诗集传》的接受情况，故而还原《诗集传》的编撰成书过程、梳理《诗集传》的版本流传情况，可为研究朱熹《诗经》学的影响提供参考。

一、朱熹生平与著述概说

（一）朱熹生平概况

朱熹（1130—1200），字元晦，又字仲晦，号晦庵，世称紫阳先生、考亭先生。祖籍南宋徽州府婺源（今江西省婺源县），南宋高宗建炎四年（1130）出生于南剑州尤溪（今福建省尤溪县），宋宁宗庆元六年（1200）卒于建阳，谥文，后世称朱文公。朱熹是南宋时期著名的经学家、理学家与文学家，乃宋代儒学之集大成者，被视作道统之传人而从祀孔庙，世尊称其为朱子。

朱熹之父朱松曾受学于程颢、程颐的高足罗从彦，乃是洛学一脉，朱熹幼年即受此家学熏陶。绍兴十三年（1143），朱松病故，朱熹入刘氏家塾，师从武夷三先生刘子翚、刘勉之和胡宪，在此期间兼收并蓄地接受了三位先生的经学思想、理学思想与佛老思想。绍兴十六年（1146），刘勉之将长女许配给朱熹，两人既为师生又是翁婿。绍兴十八年（1148），朱熹登进士第。绍兴二十三年（1153），朱熹被派任泉州同安县主簿，从此开始仕途生涯。赴任途中问学于二程的三传弟子李侗，受李侗"理一分殊"思想的教诲，此后逐渐摆脱佛老的影响而复归洛学。绍兴二十七年（1157），朱熹自同安卸任归家后，以师礼事李侗，得以继承二程理学之正统。在此后的岁月中，朱熹不断完善理学思想体系，在洛学的基础上发展出闽学一脉，终集宋代理学之大成。

朱熹一生历仕高宗、孝宗、光宗、宁宗四朝，仕途几番起落，历任泉州同安主簿、秘书省秘书郎、知南康军、提举两浙东路常平茶盐公事、江南西路提点刑狱公事、直秘阁、薄提刑、江东提刑、秘阁修撰、江东转运使、漳州知府、湖南转运副使、潭州知府、湖南安抚使、焕章阁待制兼侍讲等职，看似履历丰富，实则"历事四朝，仕于外者仅九考，立于朝者四十日"❶。

无论出仕还是致仕，朱熹从未停止著书讲学活动。南宋乾道五年（1169）九月，朱母去世，次年葬于建阳莒口，朱熹于墓旁建了数间草房为母守孝，将其取名为"寒泉精舍"。"寒泉"一词，出自《诗经·邶风·凯风》，后世常以"寒泉"一词代指子女对母恩的感念。寒泉精舍是朱熹所创建的第一间书院，朱熹在此开始了为时九年的隐居著述生涯。

此间最值得一提的是南宋淳熙二年（1175）四月，朱熹的学友与对手、名列"东南三贤"之一的吕祖谦来到寒泉精舍与朱熹论学，史称"寒泉之会"。一个半月间二人切磋研讨，统一认识，以朱熹为主导编成了二程理学的入门书籍《近思录》。《近思录》既是对周敦颐、张载、二程等理学大家学术思想的概括总结，

---

❶ [宋]黄榦.勉斋集·卷三十六 朝奉大夫文华阁待制赠宝谟阁直学士通议大夫谥文朱先生行状[M].影印文渊阁四库全书（第1168册）.台北：台湾商务印书馆，1986：423.

也是朱熹这一时期学术思想的总结，此书可谓囊括了北宋五子及朱吕一派学术的主体，可以看作其学派和思想确立的标志。

同年五月，朱熹、吕祖谦及一众师友弟子从建阳寒泉出发往铅山鹅湖会陆九渊、陆九龄兄弟，史称“鹅湖之会”。在此期间朱熹理学与陆氏心学发生了交流与碰撞，之后朱熹对经学著作进行了第一次全面的改写、序定、总结，于淳熙四年（1177）初步完成。

淳熙六年（1179），朱熹知南康军，复建“白鹿洞书院”，订立《学规》，讲学于此。

淳熙九年（1182）八月，浙东饥荒，朱熹任提举两浙东路常平茶盐公事，弹劾了一批贪官豪强，因牵连朝中重臣宰相王淮等人，被其指使爪牙上书抨击，斥其学为“伪学”，朱熹被解职回乡。

淳熙十年（1183）四月，朱熹于武夷山九曲溪建“武夷精舍”，于此广收门徒，著书讲学达五年之久，朱熹之高足如蔡元定、黄幹、詹体仁、真德秀、叶味道等都曾就学于此。在这一时期，朱熹的理学思想开始传播，逐渐形成了一个有影响力的学派。

淳熙十四年（1187），朱熹出任江南西路提点刑狱公事，不久王淮罢去，理学一时得势。

绍熙元年（1190），朱熹出任漳州知府，次年因其长子朱塾英年早逝，以治子丧请辞，寓居建阳。绍熙三年（1192 年），朱熹于考亭建“竹林精舍”，授徒讲学，两年后扩建后为“沧州精舍”。这一时期朱熹的学术思想更加成熟完善，从学者益众，影响日增。

绍熙五年（1194），朱熹赴长沙任湖南安抚使，扩建了岳麓书院。任职仅两月，即受宰相赵汝愚举荐被召回京师，任焕章阁待制兼侍讲，为新帝宋宁宗讲学。不料入侍经筵仅四十六日即因批评朝政而见逐。

庆元元年（1195），宁宗罢免赵汝愚，韩侂胄专权，发起了打击理学的运动，次年即定理学为“伪学”，朱熹被斥为“伪师”，其弟子被斥为“伪徒”。朱熹的教学活动受到监视，爱徒蔡元定贬死道州。朝廷禁止朱熹师徒等人担任官职，科举取士凡涉程朱义理者不取，是为“庆元党禁”。但即便在“庆元党禁”之时，朱熹依然坚持讲学著述，追随朱熹问学的门生依然络绎不绝。

庆元六年（1200）三月初九，朱熹卒于考亭，享年七十一岁。

嘉定二年（1209），朱熹终于恢复名誉，诏赐遗表恩泽，谥曰文，寻赠中大夫，特赠宝谟阁直学士。

理宗宝庆三年（1227），赠太师，追封信国公，改徽国公，朱熹的地位得到前所未有的提升。

（二）朱熹的著述概况

朱子一生勤于治学，涉猎广博，著述宏富。他的著述在其门生黄榦的《朝奉大夫华文阁待制赠宝谟直学士通议大夫谥文朱先生行状》中有较为详细的记录：

> 先生所著书有：《易本义》《启蒙》《蓍卦考误》《诗集传》《大学中庸章句》《或问》《论语》《孟子集注》《太极图》《通书》《西铭解》《楚辞集注辩证》《韩文考异》。
>
> 所编次有：《语孟集义》《孟子指要》《中庸集略》《孝经刊误》《小学书》《通鉴纲目》《本朝名臣言行录》《古今家祭礼》《近思录》《河南程氏遗书》《伊洛渊源录》。皆行于世。[1]

除去已经亡佚的，朱熹著作仍存于世的有数十种。现分类罗列其尚存之主要著作如下：易类有《周易本义》《易学启蒙》《蓍卦考误》《参同契考异》；诗类有《诗集传》《诗序辨说》；礼类有《家礼》《仪礼经传通解》《仪礼释宫》；四书类有《大学中庸章句》《中庸辑略》《四书章句集注》《四书或问》《论孟精义》《论语集注》《孟子集注》；孝经类有《孝经刊误》；史部有《资治通鉴纲目》《伊洛渊源录》《八朝宋名臣言行录》；子部类有《西铭解》《太极图说解》《通书解》《小学书》《近思录》；集部有《楚辞集注辩证》《韩文考异》《晦庵集》《河南程氏遗书》等。此外还有《别集》十卷，以及门人辑录的《朱子语类》一百四十卷。

束景南《朱熹著述考略》一文将朱子所著述、编纂、辑佚的著作及后人整

---

[1] [宋] 黄榦 . 勉斋集 [M]// 影印文渊阁四库全书（第 1168 册）. 台北：台湾商务印书馆，1986：427.

理辑佚的朱子著作做了非常详尽的搜罗整理，计有一百四十四种，是对了解朱熹著述情况非常有帮助的资料。[1]朱杰人主编的《朱子全书》，囊括了朱熹所有的著述文字，并今人考订辑录的朱熹文字及历代有关朱熹的传记、年谱等资料；《朱子全书外编》则收录了经朱熹整理的他人著作，为广大读者查阅朱熹著作提供了很大便利。[2]陈国代《文献家朱熹：朱熹著述活动及其著作版本考察》一书整理了朱熹的著述活动与著作版本源流，对读者了解朱熹的学术进程与著作版本流衍很有帮助。[3]

二、《诗集传》的编撰成书

（一）《诗集传》编撰的学术背景

《诗集传》是《诗经》宋学的代表作，反映了宋代《诗经》学的学术特色，是宋代《诗经》学发展的里程碑。而“一代学术之勃兴，有其特殊的背景及其他关系焉”[4]，宋代是《诗经》学史上一个重要的转型时期，宋代《诗经》学繁荣发展并体现出创新变古的时代特色，与当时的政治文化背景息息相关。

宋初《经》学继承汉唐章句注疏之学，谨守以《五经正义》为代表的注疏，学者皆宗毛、郑，一如皮锡瑞《经学历史》所云：“经学自唐以至宋初，已陵夷衰微矣。然笃守古义，无取新奇；各承师传，不凭胸臆，犹汉唐注疏之遗也。”[5]但是，僵化了的汉儒经学已经不能适应宋代新的社会现实，不足以为宋代的社会政治生活提供指导。

实际需求推动着经学做出改变，到了庆历之际，范仲淹等人发起庆历新政，对吏治、军事、农业、科举等方面进行了改革，尤其是科举反对以辞赋墨义取士，

---

[1] 束景南．朱熹年谱长编 [M]. 上海：华东师范大学出版社，2001：1441.

[2] [宋] 朱熹撰．朱杰人，严佐之，刘永翔主编．朱子全书 [M]. 上海：上海古籍出版社；合肥：安徽教育出版社，2002；[宋] 朱熹撰．朱杰人，严佐之，刘永翔主编．朱子全书外编 [M]. 上海：华东师范大学出版社，2010.

[3] 陈国代．文献家朱熹：朱熹著述活动及其著作版本考察 [M]. 北京：北京师范大学出版社，2015.

[4] 陈钟凡．两宋思想述评 [M]. 北京：东方出版社，1996：7.

[5] 皮锡瑞．经学历史 [M]. 北京：中华书局，1981：141.

强调经旨策论，虽未成功，但依然促进了经学的发展。于是各种学派纷纷涌现，《宋元学案》云：

庆历之际，学统四起。齐鲁则有士建中、刘颜夹辅泰山而兴。浙东则有明州杨、杜五子，永嘉之儒志、经行二子。浙西则有杭之吴存仁，皆与安定湖学相应。闽中又有章望之、黄晞，亦古灵一辈人也。关中之申、侯二子，实开横渠之先。蜀有宇文止止，实开范正献公之先。筚路蓝缕，用启山林。❶

众多学派的活跃促进了宋代学风的转变，在文坛上刮起了疑古惑经、自出新解的风潮。

针对这股风潮，司马光《论风俗札子》批评道：

新进后生，口传耳剽，读《易》未识卦爻，已谓《十翼》非孔子之言；读《礼》未知篇数，已谓《周官》为战国之书；读《诗》未尽《周南》《召南》，已谓毛、郑为章句之学；读《春秋》未知十二公，已谓《三传》可束之高阁。循守注疏者谓之腐儒，穿凿臆说者谓之精义。❷

司马光此语虽是批判当时重义理轻训诂的空疏学风，但也变相说明当时学者已摆脱了汉学的思想束缚，全方位地向汉学体系发起攻击。

北宋的《诗》学研究者在疑古惑经风潮的影响下，纷纷打破汉儒的章句注疏之学，自出新解，以己意解《诗》。许多《诗经》学者开始对《诗序》质疑，如欧阳修著《毛诗本义》，多有指出《小序》与毛、郑之误；苏辙著《诗集传》，大胆怀疑《小序》是汉卫宏所辑录，仅取首句，并多有辩驳。熙宁八年（1075）神宗授命王安石撰《三经新义》用于科举，以统一经义，王氏之学因此被称为“新学”，王氏的《诗经新义》开启了以义理之学解《诗》的先河。此后解《诗》者莫不谈义理，宋代《诗经》学有了向理学化发展的萌芽。

朱熹《〈吕氏家塾读诗记〉序》则记录了宋代毛《序》郑注逐渐走下神坛的过程：

❶ [清]黄宗羲．宋元学案[M]．北京：中华书局，1986：251.

❷ [宋]司马光．传家集[M]// 影印文渊阁四库全书（第1094册）．台北：台湾商务印书馆，1986：390.

唐初诸儒为作疏义，因讹踵陋，百千万言而不能有以出乎二氏之区域。至于本朝刘侍读、欧阳公、王丞相、苏黄门、河南程氏、横渠张氏，始用己意有所发明。虽其浅深得失有不能同，然自是之后三百五篇之微词奥义，乃可得而寻绎。盖不待讲于齐、鲁、韩氏之传，而学者已知《诗》之不专于毛、郑矣。❶

生动描绘了北宋时期各家学者突破以毛、郑为代表的汉学解《诗》范畴，纷纷自出己意解《诗》的情形。

北宋元祐年间，“旧党”当政，废新政、新学，斥新党。新旧党争几度反复，前后约五十年，从最初的学术之争、政见之争演变为排除异己的权势之争，激烈的政治斗争造成了社会的动荡，北宋终于在动荡中走向灭亡。

宋廷南渡后，高宗将亡国之因归咎于王安石变法，因此贬斥荆公新学，提出“最爱元祐”之语，支持元祐学术的代表——洛学。于是从北宋至南宋，王安石的新学，张载的关学，程颢、程颐的洛学，三者鼎足而立，此消彼长，几度反复，在不停地斗争与交流中推进了宋代《诗经》学理学化的进程。

南宋的《诗经》学研究相较北宋更加繁荣。南宋党禁渐弛，高宗在科举考试中提倡以己意解经，诏有司曰：“举人程文，通许用古今诸儒之说及出己意，文理优长为合格。”❷于是经学研究空气相对更加自由，在学术思想活跃的基础上，南宋的《诗经》学者更加大胆地对《诗序》质疑。郑樵作为《诗》学革新的代表，掀起了这场论证的开端，他的《诗辨妄》专攻毛、郑，直斥《诗序》为“村野妄人所作”❸，并将《诗序》从正文前撤下附于经文之末，其看法对朱熹的《诗序》观产生了很大影响。还有王质《诗总闻》采用《左传》与《诗序》相比较的办法，证明《诗序》之妄，甚至敢于删除《诗序》。

在这股学术风气影响下，朱熹对前人的《诗》学成果博采众长，融会贯通，又自出己意，编撰了《诗集传》一书，建立了比较完整的宋代《诗经》学思想体系，可谓宋代《诗》学之集大成者。

---

❶ [宋]朱熹．吕氏家塾读诗记·序[M]// 丛书集成初编．北京：中华书局，1985：1.

❷ [元]脱脱，等．宋史[M]. 北京：中华书局，1985：3627-3628.

❸ [宋]黎靖德．王星贤点校．朱子语类[M]. 北京：中华书局，1986：2076.

（二）《诗集传》的成书过程

朱熹《诗经》学思想的发展变化过程大致可分为两个阶段，一个是早年遵《毛诗序》作《诗集解》，一个是后期废《诗序》而作《诗集传》，两个阶段之中有一个既存《小序》又间为辨破的过渡阶段。关于朱熹《诗经》学的提出与发展，朱熹自述曰："某向作《诗》解文字，初用《小序》。至解不行处，亦曲为之说，后来觉得不安。第二次解者，虽存《小序》，间为辨破，然终是不见诗人本意。后来方知，只尽去《小序》，便自可通。于是尽涤旧说，《诗》意方活。"❶

朱熹在《诗集传》之前尚有《诗解》，或作《诗集解》，是朱熹早年所作，依《小序》解《诗》，辑数十家之说，经数次修改，约于乾道九年（1173）始成。此书今已亡佚，但吕祖谦在《吕氏家塾读诗记》中多有所引。束景南先生从吕祖谦《吕氏家塾读诗记》、严粲《诗缉》、段昌武《毛诗集解》等书中整理辑佚出《诗集解》20卷。该辑本今收录于朱杰人、严佐之、刘永翔主编的《朱子全书》第26册《朱子佚文辑录》中。

随着朱熹《诗经》学思想的继续发展，他开始对旧作《诗集解》感到不满意，于是着手订正旧说，对《诗经》进行新的训解，作《诗集传》。而在《诗集传》的成书过程中，朱熹的《诗经》学思想依然是在发展变化着的，特别是对《诗序》的态度经历了一个从保留到摒弃的过程，所以《诗集传》的成书也是经过不断修正的。朱熹在世时，《诗集传》即刊印过多次，每次均有修订，所以有多个版本。

朱熹之孙朱鉴在《诗传遗说·自序》中记录了当时流传的几个《诗集传》版本：

> 先文公《诗集传》，豫章、长沙、后山皆有本，而后山校雠最精。第初脱稿时，音训间有未备，刻版已竟，不容增益。欲著补脱，终弗克就。仍用旧版，葺为全书，补缀趱那，久将漫漶。竭来富川，郡事余暇，辄取家本亲加是正，刻置学宫，以传永久。❷

❶ [宋]黎靖德．王星贤点校．朱子语类[M].北京：中华书局，1986：2085.

❷ [宋]朱鉴．诗传遗说[M]// 影印文渊阁四库全书（第75册）．台北：台湾商务印书馆，1986：500.

据考证,《诗集传》最早的刻本为南宋淳熙四年（1177）十月刻本，此本为朱熹早年所作，尚且依《序》解《诗》，其书已佚，但序文因后人误附于去《序》本《诗集传》之前而保存下来。朱熹于淳熙五年（1178）闰六月曾致信吕祖谦云：“比亦得闲刊定，大抵《小序》尽出后人臆度，若不脱此窠臼，终无缘得正当也。去年略修旧说，订正为多。向恨未能尽去，得失相半，不成完书耳。”❶可见此本是在《诗集解》的基础上做了一番修订，没有完全抛弃《诗序》的观点，在朱熹眼中只是一本过渡性质的半成品而非完成品。朱熹之孙朱鉴描述此本云：“此乃先生丁酉岁用《小序》解经时所作，后乃尽去《小序》。”❷证明淳熙四年本之后的《诗集传》刻本皆为去《序》解《诗》之本。

去《序》言《诗》的首本《诗集传》为淳熙十三年（1186）朱熹弟子蔡元定刻于福建建阳麻沙，作二十卷，有《诗序辨说》附后。此本经朱熹反复修改，已经反映了朱熹去《序》言《诗》的思想。书成之后，朱熹及弟子不断地对这个版本进行补充订正，之后又刊刻了多次，出现了许多版本。

淳熙十六年（1189）此二十卷本由朱熹弟子吴必大刊刻于豫章，即为“豫章本”。在当年朱熹给叶彦忠的书信记录曰：“《诗传》两本，烦为以新本较旧本，有不同者依新本改正。”❸可见较前本的内容又有所改订。

绍熙元年（1190）又由蔡元定再次刊刻于建阳崇泰里（今福建省建阳市莒口镇后山村），即朱鉴所言的“后山本”。这个本子经过了朱熹及其弟子的进一步修订，所以朱鉴称此本“校雠最精”。当年朱熹给吴伯丰的书信曰：“《诗传》中有音未备者，有训未备者，有以经统传、舛其次者。此类皆失之不详，今当添入。然印本已定，不容增减矣。不免别当作《补脱》一卷，附之《辨说》之后。此间亦无精力办得，只烦伯丰为编集。”❹

❶ [宋]朱熹撰．朱杰人，严佐之，刘永翔主编．朱子全书[M]. 上海：上海古籍出版社；合肥：安徽教育出版社，2002：1475.

❷ [宋]朱鉴．诗传遗说[M]// 影印文渊阁四库全书（第75册）. 台北：台湾商务印书馆，1986：518.

❸ [宋]朱熹撰．朱杰人，严佐之，刘永翔主编．朱子全书[M]. 上海：上海古籍出版社；合肥：安徽教育出版社，2002：4785.

❹ [宋]朱熹撰．朱杰人，严佐之，刘永翔主编．朱子全书[M]. 上海：上海古籍出版社；合肥：安徽教育出版社，2002：2242.

朱鉴所谓“长沙本”未见他书记载，但朱熹于绍熙五年（1194）曾为官长沙并讲学于岳麓书院，“长沙本”可能为此时或稍后刊刻的，但流传不广，故今未见有著录者。

庆元四年（1198）《诗集传》尚有刻本，反映了朱熹晚年的《诗》学观点，故陈振孙《直斋书录解题》称为“晚年本”，称“今江西所刻晚年本，得于南康胡泳伯量，较之建安本，更定者几什一云”。❶

以上几种刻本皆为朱熹生前之《诗集传》刻本，可见朱熹《诗集传》的成书是一个长期的过程，随着朱熹《诗经》学思想的变化而不断修订，直到朱熹晚年才定本。而据朱熹之孙朱鉴的说法，对于晚年的版本朱熹仍然不甚满意，意欲修改而未及施行。

（三）《诗集传》的流传版本

《诗集传》成书于南宋末，时至今日已有近千年历史，尤其从元延祐年间直至清代，《诗集传》皆作为科举教科书，影响巨大且深远，经过历代不断的刊刻版印，流传版本甚多。从历代目录的著录情况来看，《诗集传》的流传版本主要有三个系统，分别为二十卷本、十卷本与八卷本。

在宋、元书目中，《诗集传》皆作二十卷，二十卷本为《诗集传》最早的版本当无异议。现存宋本《诗集传》也证实了卷帙确为二十卷，但原与《诗集传》合刊之《诗序辨说》不见著录。现在较为容易见到的《诗集传》宋刻影印本，是民国时期由商务印书馆出版的四部丛刊三编本，这个本子影印自日本静嘉堂文库的宋代二十卷本，可惜这一版本是个残本，自第十二卷《小雅·蓼莪》三章传文“则无所恃”四字起至第十七卷《大雅·板》皆亡佚。1955 年，文学古籍刊行社出版了宋刊本影印本。❷台北“中央图书馆”藏有宋刊明印本《诗集传》，与四部丛刊三编本同出于一个刻板，并对原版的脱讹之处进行了挖补改正。南京图书馆藏有宋本《诗集传》，印刷时代应为宋朝，略晚于四部丛刊三编所影印之宋本，并也对原版进行了挖补，仅余前八卷《国风》部分。此外，国家图书馆藏有元泰

❶ [宋] 陈振孙 . 直斋书录解题 [M]. 上海：上海古籍出版社，1987：39.

❷ 据学者考证，此本是将四部丛刊三编的版本抹去中缝、加上黑框篡改而成的赝本。

定四年（1327）建阳刘氏翠岩精舍刻二十卷本，台北“中央图书馆”藏有元至正年间刻十一行本的二十卷本。北京大学图书馆所藏明正统十二年（1447）司礼监刻本和国家图书馆所藏明嘉靖三十五年（1556）崇正堂刻本也为二十卷的版本，修订了宋元本的一些讹误与避讳。

据学者考证，《诗集传》十卷本出现在元代，出自二十卷本。从国家图书馆所藏元至正十一年（1351）宗文精舍刻十卷本来看，与宋刻本相比内容基本没有变动，只是将每两卷并为一卷，且与明本相比保留宋刻原貌为多，大多避讳与舛误一如其旧。苏州博物馆藏有明洪武三年（1370）正斋精舍刻《诗集传》十卷本，有图一卷，附许谦音释。

《诗集传》八卷本的形成时间有所争议，但一致认为晚于二十卷本，最早出现在明代。如今所见最早的本子为明嘉靖福建监察御史吉澄所刻，不仅将二十卷改并为八卷，且以直音法取代反切法注音，面目已失其旧。这是一个便于初学的启蒙读本，明、清两朝列为科举考试用书的《诗集传》也正是这个本子。《四库全书》中所收录的也是这一个系统的本子。八卷本盛行之后，十卷本与二十卷本就很少流行于世了。现在通行的八卷本是清武英殿本的影印本。

中华人民共和国成立后，《诗集传》有了许多影印本与整理本。1958 年，中华书局上海编辑所根据文学古籍刊行社的影印本出版了排印本。1980 年，上海古籍出版社将这个版本重新校正订误之后再次出版。1985 年，由中国书店影印了宋元人注四书五经本《诗集传》。2002 年，由上海古籍出版社和安徽教育出版社出版了朱杰人点校的《朱子全书》本《诗集传》(收入《朱子全书》第 1 册)。2004 年，由北京图书馆出版社出版了《诗集传》元刊十卷本影印本（收入《中华再造善本》)。2006 年，由北京图书馆出版社出版了宋本《诗集传》影印本。2007 年，由凤凰出版社出版了王宝华整理校对的《诗集传》。[1] 2008 年，由北京大学出版社出版了《儒藏》精华编本《诗集传》(收录于第 24 册)。2011 年，由中华书局出版了以四部丛刊三编本与国家图书馆藏宋刊明印本胶片为底本的宋本《诗集传》，由赵长征整理点校，有繁简两种。除此之外，《诗集传》整理与普及版本还有数种，此不一一列举。

[1] 张剑红．朱熹《诗集传》的训诂研究 [D]. 大连：辽宁师范大学，2014.

第二节 朱熹的《诗》学观

朱熹的《诗》学观主要反映在《诗集传》《诗序辨说》《朱子语类》等作品中，此外在《四书章句集注》和往来书信中也有所反映。与传统汉唐《诗经》学之《诗》学观有很大不同，朱熹的《诗》学观具有鲜明的宋学特征，敢质疑重思辨，对《诗》的本质与功能及一些《诗》学基本问题都提出了新观点与新认识，在传统经学观的基础上融入了新的理学观念，并注意到了《诗经》的文学性，这对此后的《诗经》学研究影响深远。

一、朱熹对《诗》本质与功能的认识

朱熹对《诗》的本质与功能的认识在《诗经》宋学中有鲜明的代表性。《诗经》宋学启于欧阳修，其在《诗本义》中云："诗文虽简易，然能曲尽人事，而古今人情一也。求诗义者，以人情求之，则不远矣。而学者常至于迂远，遂失其本义。"❶强调应以"人情"来求《诗》之本义，批评了说《诗》者因谨守《诗序》而造成的迂远失义，可谓是《诗经》宋学的开山。对此《四库全书总目》评曰："自唐以来，说《诗》者莫敢议毛、郑。虽老师宿儒，亦谨守《小序》。至宋而新意日增，旧说几废，推原所始，实发于修。"❷

所谓"旧说"，其实就是汉代以来以《诗序》为中心的传统《诗》学观点。在汉儒眼中，《诗》的诞生与应用都是围绕政治而展开的，这在《小序》中有鲜明的反映。他们注重的是《诗》的政教意义，认为《诗》是为王道教化所作，不承认是诗人感物道情的产物，所以总将《诗》与"政"、与为政者联系起来，或"美"之，或"刺"之，因此形成了以"美刺"说《诗》的系统，如清人程廷祚所言："汉儒言《诗》，不过美刺两端。"❸其实汉儒解《诗》并非不注重《诗》的教化功能，对孔子以"兴观群怨"说《诗》也多有发挥，但由于对《诗》之本质的认识不同，造成了汉人与宋人对《诗经》功能认识的偏差。

---

❶ [宋]欧阳修．诗本义[M]//影印文渊阁四库全书（第70册）．台北：台湾商务印书馆，1986：222.

❷ [清]永瑢等撰．四库全书总目[M]．北京：中华书局，1965：121.

❸ [清]程廷祚撰．宋效永校点．青溪集[M]．合肥：黄山书社，2004：38.

朱熹承继了欧阳修对《诗》的认识，以人为主体，以本义是求，对《小序》以“美刺”说《诗》的做法提出公开质疑：“温柔敦厚，《诗》之教也。使篇篇皆是讥刺人，安得温柔敦厚？”❶认为“美刺”之说与孔子“温柔敦厚”的诗教观点相矛盾。

朱熹对《诗经》的本质与功能的认识，用其《诗集传序》中的一段话就可以概括阐释：“诗者，人心之感物而形于言之余也。心之所感有邪正，故言之所形有是非。惟圣人在上，则其所感者无不正，而其言皆足以为教。”❷首句“诗者，人心之感物而形于言之余也”，明确提出了“诗”的本质即是人内心情感的表达；然而“心之所感有邪正，故言之所形有是非”，既然人的情感是邪正皆有的，所以作为人感物道情的产物——“诗”，也必然是善恶交杂的，不必出于“美刺”。

那么《诗》的功能是什么呢？朱熹认为传世的《诗》是经过孔子删定的，其功能体现在孔子删定之后，“惟圣人在上，则其所感者无不正，而其言皆足以为教。……此《诗》之立教如此，可以感发人之善心，可以惩创人之逸志。”❸朱熹是相信孔子删诗说的，他认为当年圣人孔子删定诗篇，是为了“立教”，希望发挥其“兴、观、群、怨”的教化功能，对读《诗》者加以正确的引导，使人读后可以“思无邪”，达到“温柔敦厚”之境界，所以《诗》的最重要的功能即在于对人的教化。

总的来说，在朱熹的认识里，《诗经》从产生到应用皆围绕着“人”，《诗》的本质是对人情感的表达，《诗》的功能是对人产生教育意义，这一看法明显具有宋学的特征，与以《诗序》为中心的《诗经》汉学系统有着根本区别。将《诗》着落在“人”上，认为《诗》所言者无非人情，所感者无非人心，以“人情”“人心”解《诗》，相较以“政治比附”“美刺”解《诗》显然更靠近《诗》的本质，是对汉唐《诗经》学的一大进步。

---

❶ [宋]黎靖德．王星贤点校．朱子语类[M]．北京：中华书局，1986：2056.

❷ [宋]朱熹撰．朱杰人，严佐之，刘永翔主编．朱子全书[M]．上海：上海古籍出版社；合肥：安徽教育出版社，2002：350.

❸ [宋]黎靖德．王星贤点校．朱子语类[M]．北京：中华书局，1986：538.

二、朱熹对《诗》学基本问题的看法

《诗经》学研究中有一些不可绕过的基本问题，如《诗序》“淫诗”“六义”等相关问题，历来为治《诗》者所争论，治《诗》者对它们的态度与观点反映了其自身的《诗》学思想。朱熹批判地继承前人之说，形成了自己的一套《诗》学观点，大致可总结为“《诗序》说”“二南说”“淫诗说”“六义说”等几大主题。

（一）《诗序》说

自汉以来，学者论《诗》无不首先要面对《诗序》的问题，表达对《诗序》的态度。胡朴安将之总结为三个问题，一是大、小《序》之说，二是作《序》人之说，三是《诗序》存废之说。❶

这三个问题中，首先要回答的是第二个问题，也是最基本的问题——《诗序》的作者。关于对《诗序》作者的看法，朱熹于《诗序辨说·序》中有明确看法：

> 《诗序》之作，说者不同，或以为孔子，或以为子夏，或以为国史，皆无明文可考，惟《后汉书·儒林传》以为卫宏作。《毛诗序》今传于世，则《序》乃宏作，明矣。然郑氏又以为诸《序》本自合为一编，毛公始分以置诸篇之首，则是毛公之前其传已久，宏特增广而润色之耳。故近世诸儒多以《序》之首句为毛公所分，而其下推说云云者，为后人所益，理或有之。❷

显然，朱熹认为《诗序》乃汉儒卫宏所作。但同时他认为虽然流传下来而被后世看到的《诗序》是由汉儒卫宏所作，却也不能排除《诗序》的一部分内容可能是从更早的时代流传下来，后由毛公分置于各篇之前，再由卫宏等汉儒增益推说而成后来面貌的可能性，“因论《诗》，历言《小序》大无义理，皆是后人杜撰，先后增益凑合而成。多就《诗》中采摭言语，更不能发明《诗》之大旨……

---

❶ 胡朴安，闻一多，傅斯年．胡朴安诗经学·闻一多诗经讲义·傅斯年诗经讲义 [M]. 长春：吉林人民出版社，2012：18.

❷ [宋] 朱熹撰．朱杰人，严佐之，刘永翔主编．朱子全书（第 1 册）[M]. 上海：上海古籍出版社；合肥：安徽教育出版社，2002：353.

《大序》却好，或者谓补凑而成，亦有此理”。[1]因此，朱熹将《诗序》分为《大序》和《小序》，认为《小序》为后人杜撰补缀的内容，价值不大，可以废弃，而他认为蕴含义理的部分被他分为《大序》。

《大序》《小序》之说由来已久，从划分上来讲，宋代之前普遍认为“《关雎》，后妃之德也，风之始也，所以风天下而正夫妇也。故用之乡人焉，用之邦国焉”一段为《关雎》序，属《小序》，而从“风，风也”到“是《关雎》之义也”一段为《大序》，或以整篇《关雎》序为《大序》，其余为《小序》。[2]而朱熹的分法与之前汉儒的分法是有区别的，他认为《大序》是从“诗者，志之所之也”到“是谓‘四始’，诗之至也”一段，前后其余皆为《小序》，因为这一段是总摄性的文字，与具体篇什诗义无关。[3]这种分法由朱熹所首创，宋代之后随着《诗集传》的传播而为学者所广泛接受。

在《诗序》存废问题上，朱熹对于《诗序》——特别是《小序》，是持怀疑态度的。他曾说过：“《小序》汉儒所作，有可信处极少。《大序》好处多，然亦有不满人意处。”[4]因为《大序》是纲领性的文字，旨在阐明《诗经》的性质与功能，不涉及具体诗篇的含义，所以朱熹对《大序》是既有批评又有肯定的，虽然称赞过《大序》“好处多”，然而也批评过“《诗大序》只是后人做，其间有病句”，“《大序》亦有未尽，如‘发乎情，止乎礼义’，又只是说正诗，变风何尝止乎礼义”[5]。

而《小序》在朱熹眼中则是古人“臆度”的产物，存在许多谬误，所以别为一篇附在经文之后，“但今考其首句，则已有不得诗人之本意而肆为妄说者矣，况沿袭云云之误哉。然计其初犹必自谓出于臆度之私，非经本文，故且自为一编别附经后”。但毛公将《诗序》分置诸篇之首，“及至毛公引以入经，乃不缀篇后而超冠篇端，不为注文而直作经字，不为疑辞而遂为决辞。其后三家之传又绝，

[1] [宋]黎靖德.王星贤点校.朱子语类[M].北京：中华书局，1986：2075.

[2] [唐]陆德明撰.黄焯断句.经典释文[M].北京：中华书局，1983：53.

[3] [宋]朱熹撰.朱杰人，严佐之，刘永翔主编.朱子全书（第1册）[M].上海：上海古籍出版社；合肥：安徽教育出版社，2002：354.

[4] [宋]黎靖德.王星贤点校.朱子语类[M].北京：中华书局，1986：2067.

[5] [宋]黎靖德.王星贤点校.朱子语类[M].北京：中华书局，1986：2072.

而毛说孤行，则其牴牾之迹无复可见。故此《序》者遂若诗人先所命题，而诗文反为因《序》以作”，《毛诗序》一家独大的权威化使得学者不敢怀疑，以至于因《序》解《诗》，牵强附会，“于是读者转相尊信，无敢拟议。至于有所不通，则必为之委曲迁就、穿凿而附合之。宁使经之本文缭戾破碎，不成文理，而终不忍明以《小序》为出于汉儒也。愚之病此久矣。”虽然朱熹对《诗序》表达了怀疑态度，但并未完全否定其真实性，所以将大小《序》合为一篇附于经后以备参考，“然犹以其所从来也远，其间容或真有传授证验而不可废者，故既颇采以附《传》中，而复并为一编以还其旧，因以论其得失云”。❶

虽然朱熹对《诗序》持怀疑态度，但并未全盘否定，《诗序》对诗篇义理的许多说解朱熹是认同的，特别是对“二南”诗义的解说，朱熹几乎全盘同意。朱熹对《诗序》的异议主要是针对具体诗篇前的《小序》，对其所指的作诗人与所指事件，以及所持的“美刺说”有不同看法。他认为《小序》往往附会历史、断章取义，不仅误解诗义，更是有害于“诗教”。其于《诗序辨说·柏舟》篇辩之甚详：

> 诗之文意事类可以思而得，其时世名氏则不可以强而推。……若为《小序》者，姑以其意推寻探索，依约而言，则虽有所不知，亦不害其为不自欺，虽有未当，人亦当恕其所不及。今乃不然，不知其时者，必强以为某王某公之时，不知其人者，必强以为某甲某乙之事。于是傅会《书》史，依托名谥，凿空妄语，以诳后人。……又其为说，必使《诗》无一篇不为美刺时君国政而作，固已不切于情性之自然，而又拘于时世之先后，其或《书》《传》所载，当此一时偶无贤君美谥，则虽有辞之美者，亦例以为陈古而刺今。是使读者疑于当时之人绝无善则称君、过则称己之意。而一不得志，则扼腕切齿，嘻笑冷语以对其上者，所在而成群。是其轻躁险薄，尤有害于温柔敦厚之教，故予不可以不辨。❷

❶ [宋]朱熹撰．朱杰人，严佐之，刘永翔主编．朱子全书（第1册）[M]. 上海：上海古籍出版社；合肥：安徽教育出版社，2002：353.

❷ [宋]朱熹撰．朱杰人，严佐之，刘永翔主编．朱子全书（第1册）[M]. 上海：上海古籍出版社；合肥：安徽教育出版社，2002：361.

朱熹作为文学家与理学家，解《诗》务求厘清其内在文脉、理路，所以对《小序》因附会历史、断章取义造成的不合情理、文理，从而蒙蔽诗义的弊端多有批判。特别是在《诗序辨说》中，朱熹集中批评了《小序》的不合理而致误之处。下举数例：

如评《卫风·氓》曰："此非刺诗。宣公未有考。'故序其事'以下亦非是。其曰'美反正'者，尤无理。"❶这是对《小序》以"美刺"解《诗》所造成的"无理"进行批评。

评《郑风·羔裘》曰："《序》以变风不应有美，故以此为言古以刺今之诗。今详诗意，恐未必然。"❷这是对《小序》囿于正变，强为"美刺"进行质疑。

评《郑风·山有扶苏》曰："此下四诗（《萚兮》《狡童》《褰裳》《丰》）及《扬之水》，皆男女戏谑之词。序之者不得其说，而例以为刺忽，殊无情理。"❸这是认为《小序》附会历史，强系人物而造成的解《诗》不合情理。

评《小雅·无将大车》曰："此《序》之误由不识兴体，而误以为比也。"❹这是认为《小序》错判比兴的修辞手法以致误解《诗》义。

再如评《周颂·昊天有成命》曰："此诗详考经文而以《国语》证之，其为康王以后祀成王之诗无疑。而毛、郑旧说定以《颂》为成王之时，周公所作，凡颂中有成王及'成康'两字者，例皆曲为之说，以附己意。其淤滞僻涩，不成文理，甚不难见。"❺这是认为《序》说错系了创作时代，以至于曲为之说牵强附会所致的不合文理。这样的例子在《诗序辨说》中不胜枚举。

莫砺锋在《论朱熹对〈诗序〉的态度》一文中做过统计："朱熹同意《小序》

---

❶ [宋]朱熹撰.朱杰人，严佐之，刘永翔主编.朱子全书（第1册）[M].上海：上海古籍出版社；合肥：安徽教育出版社，2002：367.

❷ [宋]朱熹撰.朱杰人，严佐之，刘永翔主编.朱子全书（第1册）[M].上海：上海古籍出版社；合肥：安徽教育出版社，2002：370-371.

❸ [宋]朱熹撰.朱杰人，严佐之，刘永翔主编.朱子全书（第1册）[M].上海：上海古籍出版社；合肥：安徽教育出版社，2002：371.

❹ [宋]朱熹撰.朱杰人，严佐之，刘永翔主编.朱子全书（第1册）[M].上海：上海古籍出版社；合肥：安徽教育出版社，2002：387.

❺ [宋]朱熹撰.朱杰人，严佐之，刘永翔主编.朱子全书（第1册）[M].上海：上海古籍出版社；合肥：安徽教育出版社，2002：395.

说的诗共占《诗经》总数的27%……朱熹对《小序》说有异议的诗共占《诗经》总数的70%。这说明朱熹对《小序》的态度是有取有舍，既不曲从，也不尽废，但是改正《小序》说的比较多。”❶杨晋龙《朱熹〈诗序辨说〉述义》也说：“根据今人的研究，《国风》中《诗集传》和《诗序辨说》跟从《诗序》的几达百分之七十，而全部《诗经》则有百分之二十七赞同《诗序》。”❷还有一些研究者对朱熹依违《诗序》的比例有不同看法，但总的来说，可以看出朱熹主张废《序》并不是喜好自出新解，为反对而反对，其目的在于解除附着在《诗序》之上的一层神圣光环，使其不致成为理解诗义的障碍。就像朱熹自己曾说的：“某解《诗》，多不依他《序》。纵解得不好，也不过只得罪于作《序》之人。只依《序》解而不考本诗上下文意，则得罪于圣贤也。”❸朱熹废《序》的目的在于解除汉唐经学已经僵化了以“正变”“美刺”解《诗》的系统，从而将关注点放回《诗经》文本上，尽量接近《诗》之本旨，领会圣贤之本义，恢复“诗教”，最终建立基于理学思想的新的解《诗》系统。

（二）“二南”说

朱熹对“二南”极为重视，曾作《二南说》，此书于南宋绍兴二十九年（1159）即开始编次，时间尚在《诗集传》之前，可惜今已不传。

首先，朱熹认为《国风》是采自民间的，“二南”亦不例外：“《诗》，有是当时朝廷作者，《雅》《颂》是也。若《国风》乃采诗，有采之民间，以见四方民情之美恶，‘二南’亦是采民言而被乐章尔。程先生（程颐）必要说是周公作以教人，不知是如何？某不敢从。”❹反驳了程颐以“二南”为周公所做的说法，认为其是采自民间但由乐官重新配乐的诗歌。

但朱熹对“二南”的评价又继承了《诗序》“《周南》《召南》，正始之道，

❶ 莫砺锋．论朱熹对《诗序》的态度 [J]. 文献季刊，2000（1）：122.

❷ 杨晋龙．朱熹《诗序辨说》述义 [J]. 中国文史研究集刊，1983（12）：315.

❸ ［宋］黎靖德．王星贤点校．朱子语类 [M]. 北京：中华书局，1986：2092.

❹ ［宋］黎靖德．王星贤点校．朱子语类 [M]. 北京：中华书局，1986：2067.

王化之基”[1]的说法，认为“二南”体现了文王之世的风化，其《诗集传序》曰：“凡诗之所谓风者，多出于里巷歌谣之作，所谓男女相与咏歌，各言其情者也。惟《周南》《召南》，亲被文王之化以成德，而人皆有以得其性情之正，故其发于言者，乐而不过淫，哀而不及于伤，是以二篇独为风诗之正经。”[2]可见朱熹对“二南”的看法与《毛诗序》大同小异，都受到孔孟儒家诗教思想的影响，因孔子曾言“人而不为《周南》《召南》，其犹正墙面而立与”[3]，并言《关雎》“乐而不淫，哀而不伤”[4]。因了孔子的高度评价，所以后人解“二南”多不敢出此区域，朱熹亦不例外。

据学者总结，历来《诗经》研究者对“二南”之“南”一般有六种观点：“一、南化说。《毛诗·关雎序》曰：‘然则《关雎》《麟趾》之化，王者之风，故系之周公。南，言化自北而南也’；二、《南》为南乐说；三、《南》为南土说；四、《南》为南面说；五、《南》为诗体说；六、《南》为乐器说，南本为乐器（铃）之名，后孳乳为汝、汉、沱、江一带的南方乐调之名，是南国之风。不妨视为《风》诗之一体。”[5]刘毓庆更将诸家关于“二南”的说法细分为十四说，分别为：一、南化说；二、南音说；三、国名说；四、地域说；五、南国兼南化说；六、南方诸侯之国说；七、乐歌名说；八、宫调名；九、臣节说；十、南风说；十一、乐器说；十二、诗体说；十三、职位说；十四、舞蹈说。[6]

朱熹《诗集传》对“南”字的解释为：“南，南方诸侯之国也。”[7]明确认为“南”是地理概念。但对于《毛诗序》关于“二南”的解释，朱熹又评价：“斯言

[1] [宋]朱熹撰．朱杰人，严佐之，刘永翔主编．朱子全书（第1册）[M]. 上海：上海古籍出版社；合肥：安徽教育出版社，2002：356.

[2] [宋]朱熹撰．朱杰人，严佐之，刘永翔主编．朱子全书（第1册）[M]. 上海：上海古籍出版社；合肥：安徽教育出版社，2002：351.

[3] 刘毓庆著．论语绎解 [M]. 北京：商务印书馆，2017：336.

[4] [宋]朱熹撰．朱杰人，严佐之，刘永翔主编．朱子全书（第1册）[M]. 上海：上海古籍出版社；合肥：安徽教育出版社，2002：356.

[5] 唐世贵．从《诗经》“周南”“召南”看楚风与巴蜀文化之关系 [J]. 攀枝花学院学报，2003（6）.

[6] 刘毓庆．诗经二南汇通 [M]. 北京：中华书局，2017：3-9.

[7] [宋]朱熹撰．赵长征点校．诗集传 [M]. 北京：中华书局，2011：1.

得之矣。”❶似也赞许“南化说”。然考察朱熹《诗集传》对“二南”的解释：“盖其得之国中者，杂以南国之诗，而谓之《周南》，言自天子之国而被于诸侯，不但国中而已。其得之南国者，则直谓之《召南》，言自方伯之国被于南方，而不敢以系于天子也。”❷可以得出朱熹依然认为“南”是地理概念，乃“南国”之意，又代指“南国之诗”。

而对“二南”具体诗义的解释，朱熹亦篇篇围绕“文王之化”“后妃之德”说，显然受到了《诗序》的影响，其总结《周南》曰：

此篇首五诗，皆后妃之德，《关雎》举其全体言也，《葛覃》《卷耳》言其志行之在己，《樛木》《螽斯》美其德惠之及人，皆指一事而言也。其辞虽主于后妃，然其实则皆所以著文王之修身齐家之效也。至《桃夭》《兔罝》《芣苡》，则家齐而国治之效也。《汉广》《汝坟》，则以南周之诗附焉，而见天下已有可平之渐矣。若《麟之趾》，则又王者之瑞，有非人力所致而自至者，故复以是终焉，而序者以为“《关雎》之应也”。❸

总结《召南》曰：

《鹊巢》至《采蘋》，言夫人、大夫妻，以见当时国君、大夫被文王之化，而能修身以正其家也。《甘棠》以下，又见由方伯能布文王之化，而国君能修之家以及其国也。其词虽无及于文王者，然文王明德、新民之功，至是而其所施者溥矣。❹

显然认为“二南”皆为文王时诗，《周南》讲述的是文王之躬化逐渐由己及人、由家及国的具体体现，《召南》则进一步描述了诸侯大夫等被文王之化，故亦能修其身、正其家、治其国的具体体现。

朱熹对“二南”诗体现“文王之化”的强调甚至超过了《诗序》，他在《诗序辨说》中批评了对《诗序》评价《关雎》为美后妃之德的说法：“其诗虽若专美太姒，而实以深见文王之德，《序》者独见其词，而不察其意，遂一以后妃为主，

❶ [宋]朱熹撰．赵长征点校．诗集传[M]. 北京：中华书局，2011：2.

❷ 同❶.

❸ [宋]朱熹撰．赵长征点校．诗集传[M]. 北京：中华书局，2011：10.

❹ [宋]朱熹撰．赵长征点校．诗集传[M]. 北京：中华书局，2011：18.

而不复知有文王，是固已失之矣。至于化行中国，三分天下，亦皆以为后妃之所致，则是礼乐征伐皆出于妇人之手。而文王者徒拥虚器以为寄生之君也，其失甚矣。”❶认为《关雎》表面上是赞美太姒，实际目的是间接地表现文王之德。在他看来，《诗序》没有体会作者深意，一味赞美后妃，却忽略了对文王教化之主导作用的强调，易使读者误以为化行中国而有天下是后妃而非文王之功，是一大失误。

但总的来说，在《诗集传》中朱熹对“二南”的时、地与具体诗义的解释都不曾越出前人藩篱。据台湾黄忠慎分析，朱熹《诗序辨说》对25篇“二南”各篇《诗序》的看法，从《序》说者共12篇，其余13篇也并未完全推翻《序》说，而是仅作局部性的修改。❷

清人崔述曾对朱熹完全因循汉儒之说而解“二南”做出批评：“《周南》《召南》二十五篇，自郑、孔以来，说诗者皆以为在文王之世。朱子《集传》因之，既皆以为文王时诗，势不得不以为有正而无邪。于是《汉广》之游女，《行露》之速讼，《摽梅》之迫吉，《野有死麕》之怀春，皆训以为文王德化所致，风俗之美。”❸认为朱熹为了保证“二南”作为“风诗之正经”的地位而无视诗文之内容，强为之说。

考察《诗集传》可以发现这种情况确实存在，同样是描写男女之情的爱情诗，在“二南”之外就多被视为“淫诗”，很显然朱熹是受到了“正变说”的影响，认为“二南”是“正风”，其后皆属“变风”，“自邶而下，则其国之治乱不同，人之贤否亦异，其所感而发者，有正邪是非之不齐。而所谓先王之风者，于此焉变矣”。❹朱熹显然不同意《诗大序》“变风发乎情止乎礼义”的说法，认为“若变风，又多是淫乱之诗，故班固言‘男女相与歌咏以言其伤’，是也”。❺

❶ [宋]朱熹撰.朱杰人，严佐之，刘永翔主编.朱子全书（第1册）[M].上海：上海古籍出版社；合肥：安徽教育出版社，2002：355.

❷ 黄忠慎.朱子《诗经》学新探[M].台北：五南图书出版股份有限公司，2003.

❸ [清]崔述.读风偶识[M].北京：中华书局，1985：9-10.

❹ [宋]朱熹撰.朱杰人，严佐之，刘永翔主编.朱子全书（第1册）[M].上海：上海古籍出版社；合肥：安徽教育出版社，2002：351.

❺ [宋]黎靖德.王星贤点校.朱子语类[M].北京：中华书局，1986：2067.

但是被视为“正风”的“二南”中，即使有“男女相与歌咏以言其伤”的情诗，朱熹也不免要做正解。

以《摽有梅》为例，这首诗一般被认为是女子怀春恨嫁之诗，《毛诗序》云：“《摽有梅》，男女及时也。召南之国，被文王之化，男女得以及时也。”❶《诗集传》的解释为：“南国被文王之化，女子知以贞信自守，惧其嫁不及时，而有强暴之辱也。”❷算是在《毛诗序》的基础上对此诗作进一步的补充。朱熹在《答潘恭叔》中对认为此诗“是皆当时女子自赋之辞，则不足以为《风》之正经”的说法进行了反驳：“或是女子自作，亦不害，盖里巷之诗但如此，已为不失正矣。”❸明显是倾向于此诗为女子自作，并且认为此诗“不失正”。而女子自作恨嫁之诗似乎于礼不合，于是弟子有问曰：“《摽有梅》何以入于正《风》？”对此朱熹的回答是：“此乃当文王与纣之世，方变恶入善，未可全责备。”❹可以看出朱熹对此诗之于礼不合处并不是全无觉察，但是依然为此诗回护，将“恶”的部分归咎于纣王，也算是煞费苦心。但难能可贵的是，虽然有曲意回护之处，朱熹依然坚持认为此诗是里巷歌谣，出于女子自作，并且肯定了人情的合理性：“《摽有梅》诗女子自言婚姻之意如此。看来自非正理，但人情亦自有如此者。”❺

类似的例子还有《召南·野有死麕》和《郑风·将仲子》二诗的说解，两首诗非常相似，都是刻画男女约会时女方的心理活动，前者被《诗集传》评价为：“南国被文王之化，女子有贞洁自守，不为强暴所污者，诗人因所见以兴其事而美之。”❻将其视为美诗。后者朱熹却引郑樵之说曰：“此淫奔者之辞。”❼指其为“淫诗”。这样明显的双重标准，数百年来为朱熹与《诗集传》招致了不少批评。

❶ [汉]毛亨撰，郑玄笺.[唐]孔颖达疏.李学勤主编.毛诗正义[M].北京：北京大学出版社，1999：90.

❷ [宋]朱熹撰.赵长征点校.诗集传[M].北京：中华书局，2011：16.

❸ [宋]朱熹撰.朱杰人，严佐之，刘永翔主编.朱子全书第22册[M].上海：上海古籍出版社；合肥：安徽教育出版社，2002：2311.

❹ [宋]黎靖德.王星贤点校.朱子语类[M].北京：中华书局，1986：2100.

❺ [宋]朱鉴.诗传遗说[M]//影印文渊阁四库全书（经部第75册）.台北：台湾商务印书馆，1986：549.

❻ [宋]朱熹撰.赵长征点校.诗集传[M].北京：中华书局，2011：16.

❼ [宋]朱熹撰.赵长征点校.诗集传[M].北京：中华书局，2011：62.

郑振铎曾批评朱熹道："许多人都公认朱熹是一个攻击《毛诗序》最力的，而且是第一个敢把《毛诗序》从《诗经》里分别出来的人。而在实际上，除了朱熹认《国风》的'风'字应作'风谣'解，认《郑风》是淫诗，与《诗序》大相违背外，其余的许多见解，仍然都是被《诗序》所范围而不能脱身跳出。"❶的确如此，这种现象在朱熹《诗集传》"二南"部分的解说中尤为明显。如果说对《诗序》的质疑体现了朱熹《诗经》学之于前人的进步性，那么解说"二南"等诗仍沿袭《诗序》之观点，则在一定程度上体现了朱熹《诗经》学的保守性。

其实，无论是指《郑风》为"淫诗"，还是解"二南"不曾突破《诗序》之说，都与朱熹之理学思想有关。朱熹的弟子辅广论其师解"二南"时说：

> 张子谓："今之言《诗》者，字为之训，句为之释，未有全得一篇之意者。"而先生于《诗》，非止全得一篇之意者。至于此论，则又全得周公集此"二南"之旨，句句有事实意味可玩，无一毫穿凿牵合之私，熟读之自见。与《大学》《中庸》二解同功，是岂拘于《序》说者所能及哉！❷

认为朱熹之解"二南"与解《大学》《中庸》二者的理论相同，并没有受到《诗序》的拘牵。的确，朱熹确实以《大学》《中庸》"明德新民""修齐治平"之义解"二南"，将每首诗的诗旨纵贯联系起来，以说明文王躬化之功自闺门而风化天下，认为后世之修身、齐家、治国、平天下者皆可取法。这说明朱熹对"二南"尊崇的态度并不是出于对《诗序》的因循，而是想要以"二南"为核心，像以注解《大学》《中庸》构建其理学系统一样，构建一个以理学思想体系解《诗》的新系统。

（三）"淫诗"说

关于《诗经》中的"淫诗"说，其肇始大概可以追溯到孔子"郑声淫"之说。孔子于《论语·卫灵公》篇曰："放郑声，远佞人。郑声淫，佞人殆。"❸又

---

❶ 顾颉刚．古史辨（第 3 册）[M]. 上海：上海古籍出版社，1982：386.

❷ [宋] 辅广．诗童子问 [M]// 影印文渊阁四库全书（第 74 册）．台北：台湾商务印书馆，1986：313.

❸ 刘毓庆．论语绎解 [M]. 北京：商务印书馆，2017：296.

于《论语·阳货》篇曰："恶郑声之乱雅乐也。"❶但孔子这一说法到底单指郑国乐音还是兼指郑《诗》，"淫"具体作何解，后人不得而知。于是众说纷纭，莫衷一是。

首位将"郑声淫"理解为"郑诗淫"的是东汉的许慎，其《驳五经异义》曾引《鲁论》云："郑国之为俗，有溱、洧之水，男女聚会，讴歌相感，故云'郑声淫'。"并且从郑《诗》中找到实证，"谨案：今郑诗二十（按语当为二十一篇），说妇人者十九，故郑声淫也"。❷此后，认为"郑声淫"即为"郑诗淫"者代不乏人，宋代在朱熹之前持"淫诗说"的亦有欧阳修、苏辙、郑樵等。

朱熹远继许慎之说，近承欧阳修、郑樵之论，以孔子"郑声淫"之语为依据，将"郑声"理解为郑人之诗即《郑风》，并将"淫"明确理解为"男女淫奔"之"淫"。

淳熙七年（1180）三月，朱熹去信吕祖谦云：

> 雅、郑二字，恐雅便是大、小《雅》，郑恐便是《郑风》，不应概以《风》为《雅》，又于《郑风》之外别求郑声也。❸

又于《语类》云：

> 许多《郑风》，只是孔子一言断了曰："郑声淫。"❹
>
> 圣人言"郑声淫"者，盖郑人之诗，多是言当时风俗男女淫奔，故有此等语。❺

认为《郑风》就是孔子所批评的"郑声淫"的"郑声"，故而《郑风》中多淫奔之诗。

当然，朱熹所判定的"淫诗"并不仅限于郑《诗》，还有卫《诗》等：

> 郑、卫之乐，皆为淫声。然以诗考之，卫诗三十有九，而淫奔之诗才四

---

❶ 刘毓庆．论语绎解 [M]. 北京：商务印书馆，2017：341.

❷ [汉] 许慎．驳五经异义 [M]// 影印文渊阁四库全书（第 182 册）[M]. 台北：台湾商务印书馆，1986：321.

❸ [宋] 朱熹撰．朱杰人，严佐之，刘永翔主编．朱子全书（第 21 册）[M]. 上海：上海古籍出版社；合肥：安徽教育出版社，2002：1502.

❹ [宋] 黎靖德．王星贤点校．朱子语类 [M]. 北京：中华书局，1986：2108.

❺ [宋] 黎靖德．王星贤点校．朱子语类 [M]. 北京：中华书局，1986：2109.

之一，郑诗二十有一，而淫奔之诗已不翅七之五。卫犹为男悦女之辞，而郑皆为女惑男之语。卫人犹多刺讥惩创之意，而郑人几于荡然无复羞愧悔悟之萌。是则郑声之淫，有甚于卫矣。故夫子论为邦，独以郑声为戒，而不及卫，盖举重而言，固自有次第也。诗可以观，岂不信哉！❶

朱熹解释了孔子批评郑声淫而未及卫声的原因，认为是因卫国的淫诗数目不及郑《诗》中的多，淫逸程度也不及郑《诗》中严重，故而孔子只点名批评了淫风最严重的郑《诗》。

朱熹在《诗序辨说》中对郑、卫之《诗》与孔子对《诗》的评价做了更细致的辨析：

《雅》者,《二雅》是也。《郑》者,《缁衣》以下二十一篇是也。《卫》者,《邶》《鄘》《卫》三十九篇是也。桑间,《卫》之一篇《桑中》之诗是也。《二南》《雅》《颂》，祭祀朝聘之所用也。《郑》《卫》《桑》《濮》，里巷狭邪之所歌也。夫子之于《郑》《卫》，盖深绝其声于乐以为法，而严立其词于诗以为戒。如圣人固不语乱，而《春秋》所记无非乱臣贼子之事，盖不如是无以见当时风俗事变之实，而垂鉴戒于后世，故不得已而存之，所谓道并形而不相悖者也。❷

其中朱熹将《诗》分为两大类，《二南》《雅》《颂》之类，为“祭祀朝聘之所用”;《郑》《卫》“桑”“濮”之类，为“里巷狭邪之所歌”，两者从音乐形式来讲就有不同。“桑、濮”之说出于《礼记·乐记》:“郑卫之音，乱世之音也，比于慢矣。桑间、濮上之音，亡国之音也。其政散，其民流，诬上行私而不可止也。”❸朱熹认为“桑间”即是《鄘风·桑中》，因《邶》《鄘》《卫》皆为卫国之诗，于是《桑中》就被他看作是卫国“淫诗”的代表。在他看来，“桑濮”之音即是《郑》《卫》之诗的音乐，孔子“放郑声”乃是放其声乐，即在音乐中杜绝郑声，而不是删除郑诗，而圣人孔子之所以将“淫诗”存而不删，目的是将其作为反面教材“垂鉴

❶ [宋]朱熹撰 . 赵长征点校 . 诗集传 [M]. 北京：中华书局，2011：72.

❷ [宋]朱熹撰 . 朱杰人，严佐之，刘永翔主编 . 朱子全书（第 1 册）[M]. 上海：上海古籍出版社；合肥：安徽教育出版社，2002：365-366.

❸ [唐]贾公彦 . 周礼注疏 [M]. 北京：中华书局，1998：424.

戒于后世”，乃“不得已而存之”。

面对一些以“思无邪”说质疑“淫诗”说的声音，朱熹于《读吕氏〈诗记·桑中篇〉》辩解道：

> 孔子之称“思无邪”也，以为《诗》三百篇，劝善惩恶，虽其要归无不出于正，然未有若此言之约而尽者耳，非以作诗之人所思皆无邪也。今必曰：“彼以无邪之思，铺陈淫乱之事，而闵惜惩创之意自见于言外”，则曷若曰：“彼虽以有邪之思作之，而我以无邪之思读之，则彼之自状其丑者，乃所以为吾警惧惩创之资耶？”❶

这一番说解巧妙地化解了孔子“思无邪”之说与“淫诗说”的矛盾，传统的解读将“思无邪”解释为作《诗》之人以无邪之思作之，但朱熹认为所谓的“刺淫诗”实则多为淫者“以有邪之思作之”。他认为《诗》可以是“有邪”的：“诗有善有恶，头面最多，而惟‘思无邪’一句足以该之。上至于圣人，下至于淫奔之事，圣人皆存之者，所以欲使读者知所惩功。其言‘思无邪’者，以其‘有邪’也。”❷之所以《诗》“有邪”，是因为“诗者，人心之感物而形于言之余也，心之所感有邪正，故言之所形有是非。”❸既然“心之所感”不能无邪，那么《诗》作为“心之所感”的外化，自然也不可能全然无邪。于是他创造性地将“思无邪”解释为读者“以无邪之思读之”，打破了传统的认为“思无邪”乃作《诗》者以无邪之思作诗的观念，首次将“思无邪”的对象指为读者，“使‘思无邪’由对诗作的评价转而成为读者读诗的目的和结果”。❹

被朱熹所判定的“淫诗”皆集中于传统《诗经》学观念中的“变风”篇目，对于《诗大序》“变风发乎情，止乎礼义”的说法，朱熹认为只是说大体如此，非篇篇皆然，其《诗传纲领》云：“然此言亦其大概如此者，其放逸而不止

❶ [宋]朱熹撰．朱杰人，严佐之，刘永翔主编．朱子全书（第23册）[M]. 上海：上海古籍出版社；合肥：安徽教育出版社，2002：3371.

❷ [宋]黎靖德．王星贤点校．朱子语类[M]. 北京：中华书局，1986：541.

❸ [宋]朱鉴．诗传遗说[M]// 影印文渊阁四库全书（第75册）. 台北：台湾商务印书馆，1986：517.

❹ 张祝平．朱熹“淫诗说”与明清“诲淫”文学之辨[C]// 中国诗经学会编．第二届诗经国际学术研讨会论文集．北京：语文出版社，1996：439.

乎礼义者固已多矣。”❶所谓“放逸而不止乎礼义者”，即指“淫诗”。朱熹认为变风中存在许多“淫诗”，是上位者失于教化的体现，“若变风，又多是淫乱之诗，故班固言‘男女相与歌咏以言其伤’是也。圣人存此，亦以见上失其教，则民欲动情胜，其弊至此，故曰‘诗可以观也’”。❷在朱熹看来，圣人未删“淫诗”乃是出于“诗教”的目的，发挥“诗可以观”的作用，给读者留下风俗败坏后的社会实录以作为反面教材，使读者反思戒惧，从而真正达到“思无邪”的境界。

虽然在朱熹之前已经有郑樵等人认为《诗经》中存在“淫诗”的说《诗》者出现，但朱熹在他们的基础上更进一步，大胆地跳脱“美刺说”，将大部分“淫诗”明确判定为淫者所自道，他说：“如《桑中》《溱洧》之类，皆是淫奔之人所作，非诗人作此以讥刺其人也。”❸朱熹这一说法的提出在当时引起了很大的争议，此后数百年亦被攻讦不绝，吕祖谦就此问题与朱熹曾展开辩论，朱熹反驳道：“伯恭谓《诗》皆贤者所作，直陈其事，所以示讥刺。熹尝问伯恭，如伯恭是贤者，肯作此等诗否？且如今人有作诗讥刺人者，在一乡为一乡之扰，在一州为一州之恶，安得谓之好人？”❹又曰：“温柔敦厚，《诗》之教也，使篇篇皆是讥刺人，安得温柔敦厚？”❺以讥刺他人之阴私有失《诗》教温柔敦厚之旨，非贤者所为，来反驳刺淫之说，可谓正中吕氏之软肋。

关于“刺诗”和“淫诗”的区别，朱熹在《诗序辨说·桑中》篇辩之甚详：

夫诗之为刺，固有不加一辞而意自见者，《清人》《猗嗟》之属是，已然尝试玩之，则其赋之之人犹在所赋之外，而词意之间犹有宾主之分也。岂有将欲刺人之恶，乃反自为彼人之言，以陷其身于所刺之中而不自知也哉？其必不然也明矣。又况此等之人，安于为恶，其于此等之诗，计其平日，固已自其口出而无惭矣，又何待吾之铺陈而后始知其所为之如此，亦岂畏我之闵

❶ ［宋］朱熹撰．朱杰人，严佐之，刘永翔主编．朱子全书（第1册）[M].上海：上海古籍出版社；合肥：安徽教育出版社，2002：345.

❷ ［宋］黎靖德．王星贤点校．朱子语类[M].北京：中华书局，1986：2067.

❸ ［宋］黎靖德．王星贤点校．朱子语类[M].北京：中华书局，1986：539.

❹ ［宋］朱鉴．诗传遗说[M]//影印文渊阁四库全书（第75册）．台北：台湾商务印书馆，1986：517.

❺ ［宋］黎靖德．王星贤点校．朱子语类[M].北京：中华书局，1986：2065.

惜，而遂蟠然遽有惩创之心耶？以是为刺，不惟无益，殆恐不免鼓之舞之，而反以劝其恶也。[1]

在他看来，首先“淫诗”与“刺诗”从语言表述方式上就有所不同，《诗》是作者性情心性的外化，“是有那情性，方有那词气声音”[2]。所以两种诗读起来是有明显差别的。其次，作诗之人的视角也不同，“刺诗”的作诗者也许会铺陈客观事实而不加一词以刺人之恶，但不会将自己以第一人称代入为恶之人的身份，只有习于恶行之人才会自道其丑而毫无羞惭之心。最后，朱熹认为将“淫诗”解为“刺诗”，不仅不能起到劝诫的作用，反而会使读《诗》者受其鼓舞，起到反效果，有害于“诗教”。

所以朱熹解这类《诗》时，会就诗文的具体内容分析作诗之人的思想情感，如《诗序辨说》论《卫风・氓》曰：“此非刺诗……此淫妇为人所弃，而自叙其事以道其悔恨之意也。”[3]《诗集传》论《鄘风·桑中》曰:“卫俗淫乱，世族在位，相窃妻妾。故此人自言将采唐于沬，而与其所思之人，相期会迎送如此也。”[4]《诗集传》论《郑风・狡童》曰：“此亦淫女见绝，而戏其人之词。言悦己者众，子虽见绝，未至于使我不能餐也。”[5]这三首诗朱熹皆认为并非“刺诗”而是淫者自道，在其说解中，作诗的背景、缘由，诗中之情境，乃至作《诗》人的思想感情皆跃然纸上，为其“淫诗说”增加了说服力。

朱熹之所以要厘清三百篇中的“淫诗”，目的便是为了教育读《诗》者，使其有所戒惧，且看《诗集传》解《卫风・氓》曰：“盖一失其身，人所贱恶，始虽以欲而迷，后必有时而悟，是以无往而不困耳。士君子立身一败，而万事瓦裂者，何以异此，可不戒哉！”[6]朱熹这段说解得可谓苦口婆心，且已经不限于解

---

[1] [宋]朱熹撰．朱杰人，严佐之，刘永翔主编．朱子全书（第1册）[M]．上海：上海古籍出版社；合肥：安徽教育出版社，2002：365.

[2] [宋]黎靖德．王星贤点校．朱子语类[M]．北京：中华书局，1986：626.

[3] [宋]朱熹撰．朱杰人，严佐之，刘永翔主编．朱子全书（第1册）[M]．上海：上海古籍出版社；合肥：安徽教育出版社，2002：367.

[4] [宋]朱熹撰．赵长征点校．诗集传[M]．北京：中华书局，2011：40.

[5] [宋]朱熹撰．赵长征点校．诗集传[M]．北京：中华书局，2011：68.

[6] [宋]朱熹撰．赵长征点校．诗集传[M]．北京：中华书局，2011：48.

说诗文本身，而是从诗文原本的内容阐发开去，劝诫警醒读者立身守正，其以《诗》为教的目的尤为明显。

对于《诗集传》中朱熹目为“淫诗”者的数目，马端临《文献通考·经籍考》判为二十四首，篇目如下：(1)《邶风·静女》，(2)《鄘风·桑中》，(3)《卫风·木瓜》，(4)《王风·采葛》，(5)《王风·丘中有麻》，(6)《郑风·将仲子》，(7)《郑风·遵大路》，(8)《郑风·有女同车》，(9)《郑风·山有扶苏》，(10)《郑风·萚兮》，(11)《郑风·狡童》，(12)《郑风·褰裳》，(13)《郑风·东门之墠》，(14)《郑风·丰》，(15)《郑风·风雨》，(16)《郑风·子衿》，(17)《郑风·扬之水》，(18)《郑风·出其东门》，(19)《郑风·野有蔓草》，(20)《郑风·溱洧》，(21)《陈风·东方之日》，(22)《陈风·东门之池》，(23)《陈风·东门之杨》，(24)《陈风·月出》。❶历来学者们对朱熹所判“淫诗”的具体篇目与总数目各自有不同的看法，认为在23篇至30篇不等。❷

莫砺锋先生将朱熹对“淫诗”的划分情况归为两类：一类是《小序》认为与男女爱情毫无关系，而朱熹却解作“淫诗”的；另一类是《小序》承认所咏之事与男女之情有关，但认为诗人之意是讽刺当时的不良风俗，而朱熹却解为男女自叙其事或自咏其情的“淫诗”。❸在《诗集传》中，两种划分情况的数量大致各占一半，可见朱熹的“淫诗说”对基于《小序》“美刺说”的汉唐说《诗》体系的巨大冲击与突破。可以说朱熹的“淫诗说”是宋代理学发展的产物，是其理学思想在解《诗》中的体现，而“淫诗说”已成为朱熹《诗经》学的一个主要标志，朱熹之后学解说“淫诗”，莫不从理学的天理人欲之辨出发，而朱熹《诗》学的怀疑者与反对者亦多从“淫诗说”入手展开攻讦。

（四）“六义”说

“六义”一词的提出是在《诗大序》中，《诗大序》云：“故《诗》有‘六义’

❶ [宋]马端临.文献通考[M].北京：中华书局，1986：1540.

❷ 黄忠慎认为23篇，朱子《诗经》学新探[M].台北：五南图书出版股份有限公司，2003：76-85.檀作文认为28篇，朱熹《诗经》学研究[M].北京：学苑出版社，2003：93-96.

❸ 莫砺锋.从经学走向文学：朱熹“淫诗”说的实质[J].文学评论，2001（2）：78-79.

焉：一曰风，二曰赋，三曰比，四曰兴，五曰雅，六曰颂。”❶ 在此之前都称“六诗”。“六诗”说法出自《周礼·春官》：“大师教六诗，曰风，曰赋，曰比，曰兴，曰雅，曰颂。以六德为之本，以六律为之音。”❷

《诗大序》不仅提出了“六义”的说法，还具体解释了“风、雅、颂”的含义：“以一国之事，系一人之本，谓之风。言天下之事，形四方之风，谓之雅。……颂也，美盛德之形容，以其成功，告于神明者也。”❸ 朱熹虽然对《诗序》有所怀疑，但对其中“六义”的解说还是认同的，曾道：“《诗大序》只有六义之说是。”❹ 其实对于“六义”，《诗大序》只对“风、雅、颂”进行了解释，并没有论及“赋、比、兴”。

东汉郑玄最早对“六义”进行了具体且完整的解释，其《毛诗传笺》曰：

> 风，言贤圣治道之遗化；赋之言铺，直铺陈今之政教善恶。比，见今之失，不敢斥言，取比类以言之。兴，见今之美，嫌于媒谀，取善事以喻劝之。雅，正也，言今之正者，以为后世法。颂之言诵也、容也，诵今之德，广以美之。❺

可以看到，郑玄对“六义”的解释完全是从政教美刺的角度出发的，这种看法也是汉儒解《诗》的普遍观点。

唐孔颖达在郑玄的基础上进一步对“六义”进行了更加详细的解释，解释了“六义”的排序问题：

> 风、雅、颂者，皆是施政之名。❻
>
> “六义”次第如此者，以诗之“四始”，以风为先，故曰风。风之所用，以赋、比、兴为之辞，故于风之下即次赋、比、兴，然后次以雅、颂。雅、颂亦以赋、比、兴为之，既见赋、比、兴于风之下，明雅、颂亦同之。❼

❶ [汉]毛亨撰，郑玄笺．[唐]孔颖达疏．李学勤主编．毛诗正义[M].北京：北京大学出版社，1999：11.

❷ [汉]郑玄注，贾公彦疏．十三经注疏·周礼注疏[M].北京：中华书局，1979：797.

❸ [汉]毛亨撰，郑玄笺．[唐]孔颖达疏．李学勤主编．毛诗正义[M].北京：北京大学出版社，1999：16-18.

❹ [宋]黎靖德．王星贤点校．朱子语类[M].北京：中华书局，1986：2072.

❺ [汉]郑玄注，贾公彦疏．十三经注疏·周礼注疏[M].北京：中华书局，1979：796.

❻ [汉]毛亨撰，郑玄笺．[唐]孔颖达疏．李学勤主编．毛诗正义[M].北京：北京大学出版社，1999：12.

❼ 同❻.

赋、比、兴如此次者，言事之道，直陈为正，故《诗经》多赋在比、兴之先。比之与兴，虽同是附托外物，比显而兴隐。当先显后隐，故比居兴先也。❶

并提出了“三体三用”之说：

然则风、雅、颂者，诗篇之异体；赋、比、兴者，诗文之异辞耳。大小不同而得并为“六义”者，赋、比、兴是诗之所用，风、雅、颂是诗之成形。用彼三事，成此三事，是故同称为义，非别有篇卷也。❷

且风、雅、颂以比、赋、兴为体，若比、赋、兴别为篇卷，则无风、雅、颂矣。是比、赋、兴之义，有诗则有之。❸

可以看出，相比汉儒纯然将“六义”看作服务于政教美刺的工具，孔颖达开始关注“六义”作为文体与修辞方法的应用。

对于前人的“六义”说，朱熹大胆评价道：“六义自郑氏以来失之。”❹在吸收前人“六义”说，特别是孔颖达“三体三用”之说的基础上，朱熹又将“六义说”做了进一步的发展，构筑了“三经三纬”之说。他说：

“三经”是赋、比、兴，是做诗底骨子，无诗不有，才无，则不成诗。盖不是赋，便是比；不是比，便是兴。如风、雅、颂却是里面横串底，都有赋、比、兴，故谓之“三纬”。❺

可以看出，朱熹分类中的“三经”——“赋、比、兴”，便是孔颖达的“三用”；而“三纬”——“风、雅、颂”，即是孔颖达的“三体”，以“经纬”来做比方，更加直观形象。而对“六义”次序的解说，朱熹的说法亦与孔颖达别无二致：“关于六者之序，以其篇次。风固为先，而风则有赋、比、兴矣，故三者次之，而雅、颂又次之，盖亦以是三者为之也。”❻

❶ [汉]毛亨撰，郑玄笺.[唐]孔颖达疏.李学勤主编.毛诗正义[M].北京：北京大学出版社，1999：12.

❷ [汉]毛亨撰，郑玄笺.[唐]孔颖达疏.李学勤主编.毛诗正义[M].北京：北京大学出版社，1999：12-13.

❸ [汉]毛亨撰，郑玄笺.[唐]孔颖达疏.李学勤主编.毛诗正义[M].北京：北京大学出版社，1999：13.

❹ [宋]黎靖德.王星贤点校.朱子语类[M].北京：中华书局，1986：2070.

❺ [宋]黎靖德.王星贤点校.朱子语类[M].北京：中华书局，1986：2070.

❻ [宋]朱熹撰.朱杰人，严佐之，刘永翔主编.朱子全书（第1册）[M].上海：上海古籍出版社；合肥：安徽教育出版社，2002：334.

但关于“诗六义”特别是“风、雅、颂”的定义，朱熹明显与孔颖达持不同看法,《诗传纲领》解“六诗义”曰：

此一条本出于《周礼》大师之官，盖《三百篇》之纲领管辖也。风、雅、颂者，声乐部分之名也。风则十五国风，雅则大、小雅，颂则三颂也。赋、比、兴则所以制作风、雅、颂之体也。赋者直陈其事,《葛覃》《卷耳》之类是也。比者以彼状此，如《螽斯》《绿衣》之类是也。兴者托物兴词，如《关雎》《兔罝》之类是也。盖众作虽多，而其声音之节，制作之体，不外乎此，故大师之教国子，必使之以是六者三经而三纬之，则凡诗之节奏指归，皆将不待讲说，而直可吟咏以得之矣。❶

不同于孔颖达从政教思想出发提出的“风、雅、颂皆是施政之名”的看法，朱熹从音乐性出发，认为“风、雅、颂者，声乐部分之名也”，是“声音之节”。在《朱子语类》中，朱熹打过更通俗的比方：“盖所谓‘六义’者，风、雅、颂乃是乐章之腔调，如言仲吕调、大石调、越调之类。”❷

当然朱熹并非认为“风、雅、颂”仅仅在音乐类别上有区分，还曾说过：

大抵《国风》是民庶所作,《雅》是朝廷之诗,《颂》是宗庙之诗。❸

《风》则闾巷风土男女情思之词,《雅》则朝会燕享公卿大人之作,《颂》则鬼神宗庙祭祀歌舞之乐。其所以分者，皆以其篇章节奏之异而别之也。❹

朱熹显然认为除了音乐形式，“风、雅、颂”在作者、主题内容与使用场合上皆有区别，是具有不同功能的不同文体。

而“赋、比、兴”在朱熹看来是“制作之体”，即文学表现手法。在《诗集传》中朱熹对“赋、比、兴”的定义是：

赋者，敷陈其事而直言之者也。❺

---

❶ [宋]朱熹撰．朱杰人，严佐之，刘永翔主编．朱子全书（第1册）[M]. 上海：上海古籍出版社；合肥：安徽教育出版社，2002：334.

❷ [宋]黎靖德．王星贤点校．朱子语类[M]. 北京：中华书局，1986：2067.

❸ [宋]黎靖德．王星贤点校．朱子语类[M]. 北京：中华书局，1986：2066-2067.

❹ [宋]朱熹．楚辞集注[M]. 上海：上海古籍出版社，1979：2.

❺ [宋]朱熹撰．赵长征点校．诗集传[M]. 北京：中华书局，2011：4.

比者，以彼物比此物也。[1]

兴者，先言他物以引起所咏之词也。[2]

在《诗传遗说》中也记录了朱熹对“赋、比、兴”的描述：

直指其名，直叙其事者，赋也。

引物为况者，比也。

本要言其事而虚用两句钓起，因而接续去者，兴也。[3]

区别于《毛诗》的“独标兴体”，朱熹《诗集传》在诗的每个章节之后都标明赋、比、兴，甚至根据具体情况将之继续分类，划分出了兼体：

然比兴之中，《螽斯》专于比，而《绿衣》兼于兴，《兔罝》专于兴，而《关雎》兼于比。此其例中又自有不同者，学者亦不可以不知也。[4]

认为同样是比兴，其中就包含“专于比”“（比）兼于兴”“专于兴”“（兴）兼于比”等不同情况。

在《诗集传》中，将“赋、比、兴”细分兼标的情况比比皆是，试举几例：

如《小雅·小弁》：“君子信谗，如或醻之。君子不惠，不舒究之。伐木掎矣，析薪杝矣。舍彼有罪，予之佗矣。”此一章后标“赋而兴矣”。[5]“莫高匪山，莫浚匪泉。君子无易由言，耳属于垣。无逝我梁，无发我笱。我躬不阅，遑恤我后。”此一章后标“赋而比也”。[6]

如《周南·汉广》三章后皆标“兴而比也”。[7]

如《卫风·氓》：“桑之未落，其叶沃若。于嗟鸠兮，无食桑葚。于嗟女兮，无与士耽。士之耽兮，犹可说也。女之耽兮，不可说也。”此一章后标“比而兴也”[8]，“及尔偕老，老使我怨。淇则有岸，隰则有泮。总角之宴，言笑晏晏。

[1] [宋]朱熹撰．赵长征点校．诗集传[M]．北京：中华书局，2011：6.

[2] [宋]朱熹撰．赵长征点校．诗集传[M]．北京：中华书局，2011：2.

[3] [宋]朱鉴．诗传遗说[M]//影印文渊阁四库全书（第75册）．台北：台湾商务印书馆，1986：535.

[4] [宋]朱熹撰．朱杰人，严佐之，刘永翔主编．朱子全书（第1册）[M]．上海：上海古籍出版社；合肥：安徽教育出版社，2002：334.

[5] [宋]朱熹撰．赵长征点校．诗集传[M]．北京：中华书局，2011：186.

[6] [宋]朱熹撰．赵长征点校．诗集传[M]．北京：中华书局，2011：186.

[7] [宋]朱熹撰．赵长征点校．诗集传[M]．北京：中华书局，2011：8.

[8] [宋]朱熹撰．赵长征点校．诗集传[M]．北京：中华书局，2011：49.

信誓旦旦，不思其反。反是不思，亦已焉哉！”此一章后标“赋而兴也”。[1]

计之，《诗集传》中“赋而兴”共出现13处，其中包括《卫风·氓》1处，《王风·黍离》3处，《郑风·野有蔓草》2处，《豳风·东山》1处，《小雅·小弁》1处，《小雅·頍弁》3处；“赋而比”共出现2处，包括《邶风·谷风》1处，《小雅·小弁》1处；“比而兴”共出现5处，包括《卫风·氓》1处，《曹风·下泉》4处；“兴而比”共出现6处，包括《周南·汉广》3处，《唐风·椒聊》2处，《小雅·巧言》1处；“赋而兴又比”共出现3处，都出现在《小雅·頍弁》中。

朱熹将“赋、比、兴”兼标相对前人旧说是一个进步，其目的是更好地理解《诗》之文本，挖掘《诗》之本义。

“兴”作为《诗经》中最重要最常见的表现手法，尤其受到朱熹的重视。朱熹曾就“兴”发表过一通议论：

> 问：“诗传说六义，以‘讬物兴辞’为兴，与旧说不同。”曰：“觉旧说费力，失本指。如兴体不一，或借眼前物事说将起，或别自将一物说起，大抵只是将三四句引起，如唐时尚有此等诗体。如‘青青河畔草’，‘青青水中蒲’，皆是别借此物，兴起其辞，非必有感有见于此物也。有将物之无，兴起自家之所有；将物之有，兴起自家之所无。前辈都理会这个不分明，如何说得诗本指！只伊川也自未见得。看所说有甚广大处，子细看，本指却不如此。若上蔡怕晓得诗，如云‘读诗，须先要识得六义体面’，这是他识得要领处。”[2]

显然朱熹认为“兴”即“讬物兴辞”，“别借此物，兴起其辞，非必有感有见于此物也”，即所托之物（兴体）不必与“其辞”（本体）有必然联系。这与旧说的代表——“独标兴体”的《毛诗》相比较有很大不同，《毛传》对“兴”的解释总是脱离不了政教比附，在它的解释中，“兴体”一定是有内在含义来隐喻“本体”的。

孔颖达评价《毛诗》《郑笺》对“兴”的运用时说：“传言兴也。笺言兴者喻，言传所兴者欲以喻此事也，兴、喻名异而实同。……郑云喻者，喻犹晓也，取事

[1] [宋]朱熹撰．赵长征点校．诗集传[M]．北京：中华书局，2011：50.

[2] [宋]黎靖德．王星贤点校．朱子语类[M]．北京：中华书局，1986：2070-2071.

比方以晓人，故谓之为喻也。”❶乍看来，毛、郑的“兴”似乎与“比”相差不大，分界模糊。但细究郑玄对“兴”的认识就会发现，在他看来“兴”的作用不仅在于取事来比喻，它更重要的作用是以“所兴者”来“晓人”，类似孔子的“微言大义”，其目的是达到美刺教化的目的。

对此朱熹是不以为然的，在他看来，“兴”常与义理无涉。如《唐风・绸缪》一诗，对“绸缪束薪，三星在天”两句，《毛传》曰：“兴也。……男女待礼而成，若薪刍待人事而后束也。三星在天，可以嫁娶矣。”《郑笺》曰：“三星，谓心星也。心有尊卑夫妇父子之象，又为二月之合宿，故嫁娶者以为候焉。昏而火星不见，嫁娶之时也。今我束薪于野，乃见其在天，则三月之末，四月之中，见于东方矣，故云‘不得其时’。”❷毛公认为“绸缪束薪”是比喻“男女待礼而成”，郑玄认为“三星在天”暗指“不得其时”，两者皆是就《诗序》“《绸缪》，刺晋乱也。国乱则婚姻不得其时焉”❸的说法进行发挥，着眼于政教的比附。

而《诗集传》是于“绸缪束薪，三星在天。今夕何夕，见此良人。子兮子兮，如此良人何”一章之后，注曰：“兴也。……国乱民贫，男女有失其时，而后得遂其婚姻之礼者。诗人叙其妇语夫之词曰：‘方绸缪以束薪也，而仰见三星之在天。今夕不知何夕也，而忽见良人之在此。’既又自谓曰：‘子兮子兮，其将耐此良人何哉！’喜之甚而自庆之词也。”❹朱熹虽然也从《序》之说敷衍了一句“国乱民贫，男女有失其时”，但重点却是在说诗中男女“而后得遂其婚姻之礼”，并且认为“绸缪束薪，三星在天”不仅没有复杂的寓意，并且是出于女子之口的闲语，述其所见而已，并且将整首诗都视作女子自道自庆之辞，完全突破了毛、郑以政教比附说“兴义”的传统。

诸如此类的例子还有很多，经过对比我们能够发现，《毛传》与《诗集传》首先对“兴”的标注就有一个显著差别，前者一般将“兴”标于首章二句句末，后者一般将“兴”标于一章之章末。且《毛传》解释“兴”义往往依《序》而发，

---

❶ ［汉］毛亨撰，郑玄笺．［唐］孔颖达疏．李学勤主编．毛诗正义 [M]. 北京：北京大学出版社，1999：44.

❷ ［汉］毛亨撰，郑玄笺．［唐］孔颖达疏．李学勤主编．毛诗正义 [M]. 北京：北京大学出版社，1999：388.

❸ 同❷.

❹ ［宋］朱熹撰．赵长征点校．诗集传 [M]. 北京：中华书局，2011：90.

并统摄全诗；而《诗集传》的“兴”往往就一章而言，只兴起下面一两句一件事，并且其意义与下面所引起的内容有时有一定联系，但并不十分紧密，有时甚至毫无关系。

朱熹对“兴”的解释较之毛、郑等前人显然更复杂。在《朱子语类》中，朱熹对“兴”多有阐述，如“问：‘《诗》中说兴处，多近比。’曰：‘然。如《关雎》《麟趾》相似，皆是兴而兼比。然虽近比，其体却只是兴。且如‘关关雎鸠’本是兴起，到得下面说‘窈窕淑女’，此方是入题说那实事。盖兴是以一个物事贴一个物事说，上文兴而起，下文便接说实事。如‘麟之趾’，下文接‘振振公子’，一个对一个说。盖公本是个好底人，子也好，孙也好，族人也好。譬如麟趾也好，定也好，角也好。”❶对于这种情况，朱熹是承认“兴体”与“本体”有一定联系的，前者是两个事物间有类比关系，是“兴体”引起“本体”，后者是“兴体”与“本体”结构一一相对应。

又如“读《诗》之法，且如‘白华菅兮，白茅束兮；之子之远，俾我独兮’！盖言白华与茅尚能相依，而我与子乃相去如此之远，何哉？又如‘倬彼云汉，为章于天；周王寿考，遐不作人！’只是说云汉恁地为章于天，周王寿考，岂不能作人也！上两句皆是引起下面说，略有些意思傍著，不须深求，只此读过便得”❷。虽然“兴体”与“本体”有一定联系——“有些意思傍着”，但是朱熹也主张“不必深求”。这显然与毛、郑将“兴”义极力发挥比附于政治道德的做法背道而驰。

再如“《诗》之兴，全无巴鼻。（振录云：‘多是假他物举起，全不取其义。’）”❸“《诗》之兴，是劈头说那没来由底两句，下面方说那事，这个如何通解？”❹“兴只是兴起，谓下句直说不起，故将上句带起来说，如何去上讨义理？”❺这就是对毛、郑以“兴”义附会义理通解全诗做法的断然否定了。《诗集传》解《召南·小星》曰：“兴也。……盖众妾进御于君，不敢当夕，见星而往，

❶ [宋]黎靖德．王星贤点校．朱子语类[M].北京：中华书局，1986：2069.

❷ [宋]黎靖德．王星贤点校．朱子语类[M].北京：中华书局，1986：2083.

❸ [宋]黎靖德．王星贤点校．朱子语类[M].北京：中华书局，1986：2070.

❹ [宋]黎靖德．王星贤点校．朱子语类[M].北京：中华书局，1986：2072.

❺ [宋]黎靖德．王星贤点校．朱子语类[M].北京：中华书局，1986：2085.

见星而还，故因所见以起兴。其于义无所取，特取‘在东’‘在公’两字之相应耳。”❶即是认为“兴体”与“本体”全无联系，只在声韵上相呼应。

总结朱熹对“六义”的认识可以发现，与前人相比，朱熹更多的是将之作为了解《诗》义的工具,《风》《雅》《颂》只是《诗》的体裁，赋、比、兴亦不过是文学表现手法，其研究“六义”的目的是更加深入地分析文本，以求得《诗》之本旨，理解《诗》的本来含义。显然，朱熹更重视的是《诗》的文本意义，而非政教意义。

总结朱熹的《诗》学观，我们可以发现朱熹继承与扬弃了前人的《诗》学思想,其“诗序说”“淫诗说”与“六义说”等打破了汉唐《诗经》学以政教美刺说《诗》的旧格局，并挖掘和肯定了《诗经》的文学性。但朱熹对《诗经》的认识依然是经学范畴的，并没有将《诗经》视为纯然的文学作品，这一点从朱熹的“二南说”对“文王之化说”的承袭可以看出。朱熹《诗经》学回归文本的倾向是为了突破僵化的“美刺说”《诗》模式，来重新构建一套基于宋代理学思想的说《诗》体系，注重《诗》的文学性不是目的，而是发掘经学意义的辅助手段。

第三节　朱熹的解《诗》特色

洪湛侯《诗经学史》将“诗经宋学”的特征概括为五点：“不用《诗序》，就诗论诗，一也；辨正旧解，阐发新义，二也；间采三家，不拘门户，三也；注重义理，略于训诂，四也;反对烦琐，力求简明，五也。”❷确实，这五点特征在宋代的《诗经》学著作中时有闪现，然同时与此五点皆吻合且突出者，无过于朱熹之《诗集传》。作为宋代《诗经》学的代表人物，朱熹解《诗》摆脱了汉唐章句训诂之学的桎梏，而具有鲜明的宋学特征。因为认识到《诗经》不同于其他经典，而兼具文学作品与经学典籍的双重性质，于是朱熹主张不受《诗序》的干扰，而用“涵泳”的方法就诗论诗，将目光放回到《诗经》文本本身；并以其理学思想为指导，着重挖掘《诗经》的义理，以使其发挥感发人心以正风俗

❶ [宋]朱熹撰.赵长征点校.诗集传[M].北京：中华书局，2011：15.

❷ 洪湛侯.诗经学史[M]北京：中华书局，2002：362.

的“诗教”作用。于是以理学解《诗》的倾向和以“涵泳”解《诗》的方法成为朱熹解《诗》最鲜明也最具个人特色的两大特征，故以下着重就这两方面进行讨论。

一、新的解《诗》系统的建立：以理学解《诗》

与汉唐儒生谨守章句注疏之学不同，宋儒治经注重探究性命义理，主张深入经文本身，探究其内在的道理深意，具有更强的思辨性。北宋庆历朝以后，经过周敦颐、张载、程颢、程颐等理学家的发展凝练，宽泛的义理之学逐渐发展成为更加系统化也更具思辨性的“理学”，经学研究逐步走向理学化。

重要理学流派“关学”的代表人物张载对于治学强调“心解”，曾云：“学贵心，旧无功。”[1]治学最重要的是独立思考，用心体悟才能获得真知，守旧因循则实无所得。又云：“心解则求义自明，不必字字相校。”[2]认为读书应该用心来体会义理，不认同汉唐章句训诂之学“字字相校”的解经方法。这种治学方法体现出宋学注重义理、以己意解经的特色，其实质是对真理的追求与对自我的探索，而这正是理学产生的必要条件。

理学流派“洛学”的代表人物程颢、程颐，进一步把义理之学发展成了理学，在他们的影响下，理学开始占据经学发展的主导地位。

二程对理学的最大贡献是创造了以“天理”论为核心的理学思想体系，认为“万物只是一个天理”[3]“天下万物皆能穷，只是一理”[4]。“理”即是宇宙的本源，天地万物都可以用一个“理”来解释，“天理”既是自然界又是人类社会的最高准则。这一体系将抽象的宇宙自然之理与具体的社会人伦之理结合起来。试看他们对“天理”的阐述：

---

[1] [宋]张载．张载集[M]．北京：中华书局，1978：274.

[2] [宋]张载．张载集[M]．北京：中华书局，1978：276.

[3] [宋]程颢，程颐．王孝鱼点校．二程集[M]．北京：中华书局，1981：30.

[4] [宋]程颢，程颐．王孝鱼点校．二程集[M]．北京：中华书局，1981：144.

人心，人欲；道心，天理。[1]

在天为命，在人为性，论其所主为心，其实只是一个道。[2]

天人之理，自有相合。人事胜，则天不为灾；人事不胜，则天为灾。人事常随天理，天变非应人事。如祁寒暑雨，天之常理，然人气壮，则不为疾；气羸弱，则必有疾。非天固欲为害，人事德不胜也。[3]

随事观理则天下之理得矣。天下之理得，然后可以至圣人。君子之学将以反躬而已矣。反躬在致知，致知在格物。[4]

凡下学人事，便是上达天理。[5]

在他们看来，“天”“人”之理相互关联，“人事”是“天理”在人类社会中的具体显现，通过对“人事”的考察可以体悟“天理”，处理好“人事”自然可与“天理”相合，即所谓“下学上达”，而方法就在于格物致知、反躬修己。“格物致知”的思想出自《大学》，“反躬修己”的思想出自孔孟，二程的理学思想体系即是围绕《大学》《中庸》《论语》《孟子》（合称“四书”）来建构的。

蔡方鹿评价二程对经学“理学化”的贡献时说：“在经学理论上提出‘由经穷理’和‘圣人作经，本欲明道。今人若不先明义理，不可治经’的思想，以穷理作为治经的目的，其‘理’即为‘天理’，亦即‘道’，把儒学经典作为载道之文，‘经所以载道’，置经典于服从‘道’即‘天理’的位置，打破汉学对经典及注疏盲目崇拜的旧传统，从理论上解决了在经学传授过程中，儒家经典与道统之道的关系问题，从而把经学理学化，亦即道学化。既以义理之学取代注疏之学，又把义理哲理化，提升为天理，克服了旧儒学缺乏哲学思辨的弱点。这即是对庆历以来疑经思潮及其义理之学的发展。”[6] 这段论述阐明了二程理学对经学的改造过程，也点出了宋代经学与汉唐经学的根本区别，即经过理学家们的改造，宋代经学成为理学化或道学化的经学，传统经学典籍成了载道的工具。

[1] [宋]程颢，程颐．王孝鱼点校．二程集[M]．北京：中华书局，1981：364.
[2] [宋]程颢，程颐．王孝鱼点校．二程集[M]．北京：中华书局，1981：204.
[3] [宋]程颢，程颐．王孝鱼点校．二程集[M]．北京：中华书局，1981：374.
[4] [宋]程颢，程颐．王孝鱼点校．二程集[M]．北京：中华书局，1981：316.
[5] [宋]程颢，程颐．王孝鱼点校．二程集[M]．北京：中华书局，1981：360.
[6] 蔡方鹿．朱熹经学与中国经学[M]．北京：人民出版社，2004：250-251.

朱熹作为宋代最有代表性的理学家，继承了张载、二程等前辈的理学思想，并取各派之学术思想加以取舍，融会贯通，形成了自己的理学体系，可谓宋代理学的集大成者，其最重要的成就是重新阐释、发挥、整合了“四书”的思想，将之构建成为一个有机的理学思想体系，并将“四书”提升到了与“五经”相当的地位。而同时作为具有代表性的经学家，朱熹的经学研究亦在二程的基础上，更进一步地系统地推进了经学理学化的进程。不止对“四书”，朱熹的所有解经活动都不可避免地带有浓厚的理学化色彩，朱熹《诗经》学作为其学术体系的一部分，也带有明显的以理学解《诗》的倾向，其解《诗》所运用的最核心的理学思想是“理一分殊”的思想与《大学》《中庸》的“诚敬”思想。

（一）“理一分殊”的理学思想

“理一分殊”的思想最早由张载阐明，其所作《正蒙·乾称篇》的部分文字因悬于其书房西窗，而被程颐命名为《西铭》，其文曰：

> 乾称父，坤称母，予兹藐焉，乃混然中处。故天地之塞，吾其体;天地之帅，吾其性。民，吾同胞；物，吾与也。大君者，吾父母宗子；其大臣，宗子之家相也。尊高年，所以长其长；慈孤弱，所以幼其幼；圣，其合德；贤，其秀也。凡天下疲癃、残疾、惸独、鳏寡，皆吾兄弟之颠连而无告者也。于时保之，子之翼也；乐且不忧，纯乎孝者也。违曰悖德，害仁曰贼，济恶者不才，其践形，惟肖者也。知化则善述其事，穷神则善继其志。不愧屋漏为无忝，存心养性为匪懈。恶旨酒，崇伯子之顾养；育英才，颍封人之锡类。不弛劳而厎豫，舜其功也；无所逃而待烹，申生其恭也。体其受而归全者，参乎！勇于从而顺令者，伯奇也。富贵福泽，将厚吾之生也；贫贱忧戚，庸玉汝于成也。存，吾顺事；没，吾宁也。❶

其中所讲“乾”为万物之父，“坤”为万物之母，乾坤的阴阳二气化生了万物，“吾”作为其中一部分与之浑然一体，于是人民是“吾”的同胞兄弟，万物是“吾”的同类，此即“理一”之意；而国君是父母（乾坤）的嫡长

❶ [宋] 张载撰 . 朱熹注 . 张子全书 [M]. 北京：商务印书馆，1935：1-8.

子，大臣是嫡长子的家相，圣人是合于乾坤之德者，贤者是人中优异者，老病鳏寡孤独者是不幸的兄弟，大家各安其位，各守其分，此即“分疏”之意。虽然这篇文章初步表达了“理一分殊”的思想，但却没有将这一概念具体地总结凝练出来。

首次将此思想具体总结为“理一分殊”这一说法的是程颐，出自他写给其弟子杨时的书信《答杨时论西铭书》中“《西铭》明理一而分殊”一句,他指出“分殊之蔽，私胜而失仁”，所以要以“理一”来统摄“分殊”，“分立而推理一，以止私胜之流，仁之方也”，并批评墨家兼爱思想为“二本而无分”。❶杨时继承并深化了“理一分殊”的思想，其曰:“《西铭》理一而分殊。知其理一，所以为仁；知其分殊，所以为义。所谓分殊，犹孟子言‘亲亲而仁民，仁民而爱物’。其分不同，故所施不能无差等。”❷

朱熹的“理一分殊”思想受学于杨时之再传弟子李侗。李侗非常重视“理一分殊”的思想，认为这是儒学的本质特征，曾言“吾儒之学，所以异于异端者，理一而分殊也”，而且强调“理不患其不一，所难者分殊耳”。❸朱熹继承了李侗以“理一分殊”为基础的治学方法，曾评价李侗之学的根源曰：“思延平（李侗）默坐澄心，其起手皆从理一。穷理者，穷此一也。所谓万殊者，直达之而已矣。若不见理一，则茫然不知何者为殊，殊亦殊个甚么，为学次第，鲜有不紊乱者。”❹

朱熹在前人的基础上更加细致地对“理一分殊”进行辨析，主要体现在他对《西铭》一文的解说中，《朱子语类》曾解释《西铭》曰：

> 中间句句段段，只说事亲事天。自一家言之，父母是一家之父母。自天下言之，天地是天下之父母。这是一气，初无间隔。‘民，吾同胞；物，吾与也。’万物皆天地所生，而人独得天地之正气，故人为最灵，故民同胞，物则亦我之侪辈。❺

❶ [宋]程颢，程颐．王孝鱼点校．二程集[M]. 北京：中华书局，1981：609.

❷ [宋]杨时．龟山集[M]. 北京：中华书局，1985：214.

❸ [清]黄宗羲．宋元学案[M]. 北京：中华书局，1986：1291.

❹ [清]黄宗羲．宋元学案[M]. 北京：中华书局，1986：1291.

❺ [宋]黎靖德．王星贤点校．朱子语类[M]. 北京：中华书局，1986：2520.

将《西铭》的大旨落实为“事亲事天”，人的一家有父母双亲，而天地就是天下万物的父母，“一家”与“天下”本出于一理，浑然一体并无间隔，这是“理一”的体现；而人能在天下万物之中“独得天地之正气”，成为万物之灵长，这就是“分殊”的体现。

其《论西铭》一文曰：

> 天地之间，一理而已，然乾道成男，坤道成女，二气交感，化生万物，则其大小之分，亲疏之等，至于十百千万而不能齐也。不有圣贤者出，孰能合其异，及其同哉？《西铭》之作，意盖如此。程子以为明理一而分殊，可谓一言以蔽之矣。盖以乾为父，以坤为母，有生之类，无物不然，所谓一理也。而人物之生，血脉之属，各亲其亲，各子其子，则其分亦安得而不殊哉？一统而万殊，则虽天下一家，中国一人，而不流于兼爱之弊。万殊而一贯，则虽亲疏异情，贵贱异等，而不梏于为我之私，此《西铭》之大指也。❶

此文可见朱熹继承了程子以“理一分殊”解《西铭》的观点，不仅具体论述了“理一分殊”的概念，并且还强调理一与分殊必须要兼顾起来，只言理一，就流于墨家之“兼爱”；只言分殊，就流于杨朱之“为我”；只有“理一而分殊”——二者兼顾，方符合儒家之价值观。

在朱熹看来，“理”无处不在，“理一分殊”即反映在“三纲五常”之中。朱熹曾云：“天理流行，触处皆是。暑往寒来，川流山峙，‘父子有亲，君臣有义’之类，无非这理。”❷所谓“三纲”，即君臣、夫妇、父子之关系，也就是中国古代社会最基本的伦理关系，它们之间是相互联系的，内在的理一脉相承而又有所分别，如《易·序卦》所云“有天地然后有万物，有万物然后有男女，有男女然后有夫妇，有夫妇然后有父子，有父子然后有君臣，有君臣然后有上下，有上下然后礼义有所错”。❸所谓“五常”，即“仁、义、礼、智、信”这五种基本道德规范。

关于“五常”等诸多道德，朱熹主要强调“理一”，曰：“理，只是一个理。

❶ [宋]张载撰．朱熹注．张子全书[M].北京：商务印书馆，1935：8.

❷ [宋]黎靖德．王星贤点校．朱子语类[M].北京：中华书局，1986：1033.

❸ [宋]朱熹．周易本义[M].北京：中华书局，2009：268.

理举著，全无欠阙。且如言著仁，则都在仁上；言著诚，则都在诚上；言著忠恕，则都在忠恕上；言著忠信，则都在忠信上。只为只是这个道理，自然血脉贯通。”❶关于“三纲”，朱熹在“理一”的基础上更多强调“分殊”，“理只是这一个。道理则同，其分不同。君臣有君臣之理，父子有父子之理”。❷陈来将之总结为：“统一的道德原则表现为不同的具体行为规范，各种道德行为中又包含着统一的普遍原则。”❸

“理一分殊”的思想在《诗集传》中多有体现，如《大雅·烝民》“天生烝民，有物有则。民之秉彝，好是懿德”一句，朱熹注曰：“言天生众民，有是物必有是则。盖自百骸、九窍、五脏，而达之君臣、父子、夫妇、长幼、朋友，无非物也，而莫不有法焉。如视之明，听之聪，貌之恭，言之顺，君臣有义，父子有亲之类是也。是乃民所执之常性，故其情无不好此美德者。”❹众民无论身份如何，无非都是上天的造物，然而因为其身份不同，故而职分亦不同，“君臣、父子、夫妇、长幼、朋友”各有其具体的道德准则与行为规范，这就是“分殊”；但同时他们又有“常性”，或者说统一的普遍的道德原则与追求，所谓“其情无不好此美德者”，这就是“理一”。

关于夫妇关系，儒家价值观认为夫为妻纲，男主外女主内，在《周南·关雎》中朱熹解释后妃的职责为“配君子而成内治”❺，意即作为妻子，妇女之职分限于家庭，不应干涉外事（政治）。在《小雅·斯干》篇，朱熹更具体地描述了妇女在家庭中的职责：“唯酒食是议，而无遗父母之忧，则可矣。《易》曰：‘无攸遂，在中馈，贞吉。’而孟子之母亦曰：‘妇人之礼，精五饭，幂酒浆，养舅姑，缝衣裳而已矣。’故有闺门之修，而无境外之志，此之谓也。”❻此即谓妇人之分的具体体现。

❶ [宋]黎靖德．王星贤点校．朱子语类[M].北京：中华书局，1986：100.

❷ [宋]黎靖德．王星贤点校．朱子语类[M].北京：中华书局，1986：99.

❸ 陈来．宋明理学[M].上海：华东师范大学出版社，2004：131.

❹ [宋]朱熹撰．赵长征点校．诗集传[M].北京：中华书局，2011：284.

❺ [宋]朱熹撰．赵长征点校．诗集传[M].北京：中华书局，2011：3.

❻ [宋]朱熹撰．赵长征点校．诗集传[M].北京：中华书局，2011：166.

朱熹认为对妇女来说最高且最重要的道德要求就是贞洁，"妇人无外事，唯以贞信为节，一失其正，则余无可观尔"（《卫风·氓》）[1]。在理学家看来，贞信就是为妇人为德之本，故女子讲究从一而终，不二嫁，"女子之生，以身事人，则当与之同生，与之同死，故夫死称未亡人，言亦待死而已，不当复有他适之志也"。(《鄘风·君子偕老》)[2]

当然，朱熹对夫妻关系中的道德要求并非仅针对女性，还有许多是针对夫妻双方的，"故为夫妇者，当邑勉以同心，而不宜至于有怒。又言采葑菲者，不可以其根之恶而弃其茎之美，如为夫妇者，不可以其颜色之衰，而弃其德音之善。但德音之不违，则可以与尔同死矣"（《邶风·谷风》）[3]。认为夫妻之间应同心协力，和睦相处，"不宜有怒"，即所谓"夫和而义，妻柔而正"[4]。并且只要妻子德行无亏，丈夫是不可以因为年长色衰抛弃妻子的。在他看来，夫妻主外主内之分虽殊，然修己以德、相待以礼之理却一。

关于父母与子女的关系，儒家讲究"父义母慈子孝"，意即父母当以仁义慈爱之心抚养教育子女，子女当以孝心侍奉终养父母，"孝"更是中国儒家价值观伦理思想的核心。朱熹解《小雅·蓼莪》曰："言父母之恩如此，欲报之以德，而其恩之大，如天无穷，不知所以为报也。"[5]正因父母的养育之恩如此之大，无以为报，所以为人子者唯有尽孝终养以报答万一。

但仅仅"能养"并不算是孝，孝的本质是敬。《论语·为政》篇孔子曾言："今之孝者，是谓能养。至于犬马，皆能有养;不敬，何以别乎？"[6]所以朱熹解《邶风·凯风》曰："母以淫风流行，不能自守，而诸子自责，但以不能事母，使母劳苦为词。婉词几谏，不显其亲之恶，可谓孝矣。"[7]面对母亲再嫁的想法，儿子不言母亲之过，而以不能侍奉母亲使其安心而自责，以此婉言劝谏母亲，这就是出于敬。

[1] [宋]朱熹撰．赵长征点校．诗集传[M].北京：中华书局，2011：49.

[2] [宋]朱熹撰．赵长征点校．诗集传[M].北京：中华书局，2011：38.

[3] [宋]朱熹撰．赵长征点校．诗集传[M].北京：中华书局，2011：28.

[4] 杨伯峻．春秋左传注[M].北京：中华书局，1981：1480.

[5] [宋]朱熹撰．赵长征点校．诗集传[M].北京：中华书局，2011：193.

[6] [宋]朱熹．四书章句集注[M].北京：中华书局，2012：55.

[7] [宋]朱熹．赵长征点校．诗集传[M].北京：中华书局，2011：26.

而对父母敬的根基是发自内心的对父母的爱，解《小雅·小弁》曰：“言桑梓父母所植，尚且必加恭敬，况父母至尊至亲，宜莫不瞻依也。”❶不仅面对父母本人，即使对父母所植之树也需保持恭敬，因为这恭敬是出于对父母发自内心的仰慕依恋。所以即使亲有大过，如此诗的主人公无端被放逐，也依然“怨而慕也”❷，这是出于“亲亲”的本能，也是儒家对贤人君子的道德标准。

关于君臣关系，在人伦关系中则较为特殊，“父子、兄弟、夫妇皆是天理自然，人皆莫不自知爱敬，君臣虽亦是天理，然是义合，世之人便自易得苟且，故须与此说忠，却是就不足上说”。❸“亲亲”是自然之情，亲属之间的职分在血缘与情感的支持下相对容易做到；而君臣之关系虽然也是天理之一部分，但因是纯以道义相合，没有血缘与感情的支撑，故而需要强调“忠”的思想以保证君臣之义，“忠”即为臣子最重要的职分。

朱熹解《小雅·四牡》曰：“夫君之使臣，臣之事君，礼也。故为臣者奔走于王事，特以尽其职分之所当为而已，何敢自以为劳哉？然君之心则不敢以是而自安也，故燕飨之际，叙其情以闵其劳。范氏曰：臣之事上也，必先公而后私；君之劳臣也，必先恩而后义。……臣劳于事而不自言，君探其情而代之言。上下之间，可谓各尽道矣。”❹这一段将君臣之“分殊”讲解得透彻，为臣者当不辞劳苦奔走王事，为君者应体察下情叙情闵劳，两者各安其分，各尽其道，即所谓“上以诚爱下，下以忠利上”❺。

“以诚爱下”是为君者之分，朱熹解《小雅·鹿鸣》曰：“此燕飨宾客之诗也。盖君臣之分，以严为主；朝廷之礼，以敬为主。然一于严敬，则情或不通，而无以尽其忠告之益。故先王因其饮食聚会，而制为燕飨之礼，以通上下之情。”❻虽然君臣之分以严敬为主，但为君者须制定燕飨之礼与臣子沟通感情，给臣子以建言渠道。同时修己之德亦是为君者之分，朱熹解《大雅·卷阿》曰：“东莱吕氏曰：

❶ [宋]朱熹撰．赵长征点校．诗集传[M]．北京：中华书局，2011：185.

❷ [宋]朱熹撰．赵长征点校．诗集传[M]．北京：中华书局，2011：184.

❸ [宋]黎靖德．王星贤点校．朱子语类[M]．北京：中华书局，1986：233.

❹ [宋]朱熹撰．赵长征点校．诗集传[M]．北京：中华书局，2011：131.

❺ [宋]朱熹撰．赵长征点校．诗集传[M]．北京：中华书局，2011：121.

❻ [宋]朱熹撰．赵长征点校．诗集传[M]．北京：中华书局，2011：130.

‘贤者之行非一端，必曰有孝有德，何也？盖人主常与慈祥笃实之人处，其所以兴起善端，涵养德性，镇其躁而消其邪，日改月化，又不在言语之间者矣。’言得贤以自辅如此，则其德日修，而四方以为则矣。”❶认为为君者必以贤臣为辅，通过与有德之人的长期相处，激发自身之善端，修养自身之德性，最终以身作则，成为天下之道德典范。

“以忠事上”是为臣者之分，解《小雅·雨无正》四章曰：“言兵寇已成，而王之为恶不退；饥馑已成，而王之迁善不遂。使我暬御之臣，忧之惨惨日瘁也。凡百君子，莫肯以是告王者。虽王有问而欲听其言，则亦答之而已，不敢尽言也。一有谮言及己，则皆退而离居，莫肯夙夜朝夕于王矣。其意若曰：王虽不善，而君臣之义，岂可以若是恝乎？”❷“恝”是无动于衷，淡然貌。即使君有不善，臣子也不可敷衍君主，为保其身而弃君于不顾，因这有违于君臣之义，有失臣子之职分。

通过以上这些例证可以看到朱熹以理解《诗》的视角是相对集中于“分殊”的，即对不同身份之人有不同的道德要求，然究其本质又皆不离于以“诚敬”自修其身这一“理”，这是由其以“诚敬”为核心的理学思想决定的。

（二）“主静”“主敬”与“诚心正意”的理学思想

“主静”与“主敬”是由二程提出的理学功夫。

其实“主静”一词最先由周敦颐在《太极图说》中提出：“圣人定之以中正仁义而主静，立人极焉。”❸程颢继承其说，并吸收佛教思想，首次将“主静”发展落实为一套以“静坐”为主要手段的治学乃至养心之法。这一方法从程颢传于弟子杨时再传于罗从彦又传于李侗，黄宗羲于《宋元学案·豫章学案》形容曰：“罗豫章（罗从彦）静坐看未发气象，此是明道（程颢）以来下及延平（李侗）一条血路也。”❹

---

❶ [宋]朱熹撰．赵长征点校．诗集传[M]. 北京：中华书局，2011：264.

❷ [宋]朱熹撰．赵长征点校．诗集传[M]. 北京：中华书局，2011：178.

❸ [宋]周敦颐撰．陈克明点校．周敦颐集[M]. 北京：中华书局，1990：111.

❹ [清]黄宗羲．宋元学案[M]. 北京：中华书局，1986：1277.

李侗于罗从彦处继承“主静”之法，其中亦经历了由怀疑到信服的过程。朱熹说：“尝见李先生说，‘旧见罗先生云：‘说《春秋》颇觉未甚惬意，不知到罗浮极静后，义理会得如何。’某心尝疑之。以今观之，是如此。盖心下热闹，如何看得义理出？”❶经过实践，李侗认识到读书必要平心静气，只有摒除杂念之后方能领会其中义理。于是李侗授徒亦将“主静”之法作为要诀法门，朱熹总结其学术曰：“李先生教人大抵令于静中体认大本，未发时气象分明，即处事应物自然中节，此乃龟山（杨时）门下相传指诀。”❷朱熹描述受学于李侗时的情形曰：“讲诵之余，危坐终日，以验夫喜怒哀乐未发之前气象如何，而求所谓中者。若是者盖久之，而知天下之大本真有在乎是也……其言曰：‘学问之道不在多言，但嘿坐澄心、体认天理，若见虽一毫私欲之发，亦退听矣，久久用力于此，庶几渐明，讲学始有力耳。’”❸可以看出，于静中体验“喜怒哀乐未发之本体”是李侗所传“主静”一派的核心思想，而静坐是其最重要的“法门”。朱熹师从李侗，最初对于“主静说”和静坐是非常认同的：

> 贺孙（叶味道）因云：“前承汉卿教训，似主静坐澄清之语。汉卿云，味道煞笃实云云。”先生曰：“静坐自是好。近得子约（吕祖俭）书云：‘须是识得喜怒哀乐未发之本体。’此语尽好。”❹

“喜怒哀乐未发之本体”云云出自《礼记·中庸》：“喜怒哀乐之未发，谓之中；发而皆中节，谓之和。中也者，天下之大本也；和也者，天下之达道也。”❺朱熹吸收了《礼记·中庸》的观点，融入其“性即理”的理学思想：“情之未发者性也，是乃所谓中也，天下之大本也。性之已发者情也，其皆中节则所谓和也，天下之达道也。”❻喜怒哀乐是“情”，“喜怒哀乐未发之本体”是“性”，是“中”，是“天下之大本”，其实也就是所谓“天理”。

---

❶ [清]黄宗羲.宋元学案[M].北京：中华书局，1986：1276.

❷ [宋]朱熹撰.朱杰人，严佐之，刘永翔主编.朱子全书[M].上海：上海古籍出版社；合肥：安徽教育出版社，2002：1802.

❸ [清]黄宗羲.宋元学案[M].北京：中华书局，1986：1288.

❹ [宋]黎靖德.王星贤点校.朱子语类[M].北京：中华书局，1986：2622.

❺ [宋]朱熹.四书章句集注[M].北京：中华书局，2012：18.

❻ [宋]朱熹撰.朱杰人，严佐之，刘永翔主编.朱子全书[M].上海：上海古籍出版社；合肥：安徽教育出版社，2002：3274.

于“静”中体会“天理”“大本”，这即是由程颢传至李侗的“主静”一派的精髓，即所谓直达本体的上达功夫。他们认为，于“静”中体会“本体”或曰“天理”这一人类社会的最高准则后，处事应物自然无不“中节”。如《诗集传》解《卫风·淇奥》云：“言其乐而有节也……可观而必有节焉。则其动容周旋之间无适而非礼，亦可见矣。”❶“动容周旋之间无适而非礼”即所谓“处事应物自然中节”。

但李侗于静中体认“喜怒哀乐未发”的功夫朱熹实则并未完全掌握，一直心有未安，曾曰：“余蚤从延平李先生学，受《中庸》之书，求‘喜怒哀乐未发’之旨未达，而先生没。”❷随着出仕理事，朱熹开始认识到了强调“静坐”的局限性，发现静坐之法用于读书治学尚可，在处事日用之际则难以实现，逐渐不满足于李侗的“主静说”，曾曰：“李先生不出仕，做得此工夫。若是仕宦，须出来理会事。”❸暗示于静坐中体会“大体”的方法，于动处则难以着力，静坐功夫不足以使人“处事应物自然中节”。经过实践，朱熹提出：“不专在静处做工夫，动作亦当体验。圣贤教人，岂专在打坐上？要是随处着力，如读书，如待人处事，若动若静，若语若默，皆当存此。”❹为学不仅是读书，还有待人处事，无论动静皆须时时检点随处着力，不可专在静处做工夫。

于是，对“主静说”感到怀疑的朱熹重新阅读了程氏之著作，“则复取程氏书，虚心平气而徐读之，未及数行，冻解冰释，然后知情性之本然、圣贤之微旨，其平正明白乃如此”。❺通过对程氏著作的重新学习，朱熹更深刻地理解了二程思想的分别，从而解开了自己的疑惑。程颐提出用“主敬”来代替“主静”，其云：“问：‘敬莫是静否？’曰：‘才说静，便入于释氏之说也。不用静字，只

❶ [宋]朱熹撰．赵长征点校．诗集传[M].北京：中华书局，2011：46.

❷ [宋]朱熹撰．朱杰人，严佐之，刘永翔主编．朱子全书[M].上海：上海古籍出版社；合肥：安徽教育出版社，2002：3634-3635.

❸ [宋]黎靖德．王星贤点校．朱子语类[M].北京：中华书局，1986：3592.

❹ [宋]黎靖德．王星贤点校．朱子语类[M].北京：中华书局，1986：3639-3640.

❺ [宋]朱熹撰．朱杰人，严佐之，刘永翔主编．朱子全书[M].上海：上海古籍出版社；合肥：安徽教育出版社，2002：3634.

用敬字。才说著静字，便是忘也。'’❶在他看来，“静”字代表着禅宗之“虚静”“坐忘”，而“敬”才是涵养性情的方法。程颐曾云：“涵养须用敬，进学则在致知。”❷朱熹受此二句的启发，开始接受程颐的“主敬说”：“熹旧读程子之书有年矣，而不得其要。比因讲究《中庸》首章之指，乃知所谓‘涵养须用敬，进学则在致知’者，两言虽约，其实入德之门无逾于此。方窃洗心以事斯语。”❸

但朱熹的观点与程颐略有不同的是，他认为“静”并非佛老所独有的概念，曾曰：“被异端说虚静了后，直使今学者忙得更不敢睡！”❹批评了儒家学者矫枉过正，为区别于静而一味求动的状况。既然儒家的“主静”与释家的“虚静”不是一个概念，儒家的“静坐”与释家的“坐禅”也只是形式相似，其精神实质不同，如此便不应因“异端”使用了“静”的概念与方法而全然放弃这块阵地，也不应排斥“静坐”，其曰：

> 静坐非是要如坐禅入定，断绝思虑。只收敛此心，莫令走作闲思虑，则此心湛然无事，自然专一。及其有事，则随事而应；事已，则复湛然矣。不要因一事而惹出三件两件。如此，则杂然无头项，何以得他专一！……今求此心，正为要立个基址，得此心光明，有个存主处，然后为学，便有归著不错。若心杂然昏乱，自无头当，却学从那头去？又何处是收功处？故程先生须令就“敬”字上做工夫，正为此也。❺

在朱熹看来，儒家之“静坐”与释家之“坐禅”的区别即在于，释家是要“断绝思虑”使心中空无一物，而儒家是要“收敛此心”，使思想“专一”，不“走作闲思虑”，这个收敛专一的工夫其实就是“持敬”。所以“静坐”本身不是

❶ [宋]程颢，程颐．王孝鱼点校．二程集[M]．北京：中华书局，1981：189.

❷ [宋]程颢，程颐．王孝鱼点校．二程集[M]．北京：中华书局，1981：188.

❸ [宋]朱熹撰．朱杰人，严佐之，刘永翔主编．朱子全书[M]．上海：上海古籍出版社；合肥：安徽教育出版社，2002：1425.

❹ [宋]黎靖德．王星贤点校．朱子语类[M]．北京：中华书局，1986：220.

❺ [宋]黎靖德．王星贤点校．朱子语类[M]．北京：中华书局，1986：217.

目的，是持敬功夫的一部分，“只是要得学者静中有个主宰存养处”。❶朱熹认为持敬功夫是通贯乎动静内外的，“问：‘敬何以用功？’曰：‘只是内无妄思，外无妄动。’”❷静心之后，使人思虑专一，心无杂念，即是“内无妄思”，处事则随事检点，整齐严肃，即是“外无妄动”。亦即朱熹所谓：“无事时敬在里面，有事时敬在事上，有事无事，吾之敬未尝间断也。”❸

朱熹对持敬功夫推崇备至，将“主敬说”视为儒家之学的第一“要义”“纲领”：

> “敬”字工夫，乃圣门第一义，彻头彻尾，不可顷刻间断。❹
>
> “敬”之一字，真圣门之纲领，存养之要法。一主乎此，更无内外精粗之间。❺
>
> 圣贤之学，彻头彻尾只是一“敬”字。致知者，以敬而致之也。力行者，以敬而行之也。❻

在朱熹看来，持敬的功效在于其能使人自然而然地“存天理，灭人欲”，不为邪妄所侵害：

> 若能持敬以穷理，则天理自明，人欲自消，而彼之邪妄将不攻而自破矣。❼

据钱穆统计，朱熹论“敬”可分为五种内涵：（1）畏；（2）收敛，心中不容一物；（3）主一；（4）随事检点；（5）常惺惺法。❽

在《诗集传》中，经常可以看到朱熹在解释诗义时谈到“敬”，有时作“尊敬”“敬畏”讲。如：

---

❶ [清]黄宗羲.宋元学案[M].北京：中华书局，1986：1291.

❷ [宋]黎靖德.王星贤点校.朱子语类[M].北京：中华书局，1986：211.

❸ [宋]黎靖德.王星贤点校.朱子语类[M].北京：中华书局，1986：213.

❹ [宋]黎靖德.王星贤点校.朱子语类[M].北京：中华书局，1986：210.

❺ 同❸.

❻ [宋]朱熹撰.朱杰人，严佐之，刘永翔主编.朱子全书[M].上海：上海古籍出版社；合肥：安徽教育出版社，2002：2323.

❼ [宋]朱熹撰.朱杰人，严佐之，刘永翔主编.朱子全书[M].上海：上海古籍出版社；合肥：安徽教育出版社，2002：1873.

❽ 钱穆.朱子学提纲[M].北京：生活·读书·新知三联书店，2002：95-97.

然几百君子岂可以王之为恶而不敬其身哉？不敬尔身，不相畏也。不相畏，不畏天也。（《小雅·雨无正》）❶

言各敬谨尔之威仪，天命已去将不复来，不可以不恐惧也。（《小雅·小宛》）❷

小心翼翼，恭慎之貌，即前篇之所谓敬也。文王之德于此为盛。（《鲁颂·殷武》）❸

有时作“随事检点”“持敬”讲。如：

然吾之友诚能敬以自持矣，则谗言何自而兴乎？始忧于人而卒反诸己也。（《小雅·沔水》）❹

言欲念尔祖，在于自修其德，而又常自省察，使其所行无不合于天理，则盛大之福，自我致之，有不外求而得矣。……其所以为德之实则不越乎敬之一字而已，然则后章所谓修厥德而仪刑之者，岂可以他求哉？亦勉于此而已矣。（《大雅·文王》）❺

言文王在闺门之内，则极其和；在宗庙之中，则极其敬。虽居幽隐，亦常若有临之者。虽无厌射，亦常有所守焉。其纯亦不已盖如是。（《大雅·思齐》）❻

此乃自为答之之言，曰：我不聪而未能敬也，然愿学焉。庶几日有所就，月有所进，续而名之，以至于光明。又赖群臣辅助我所负荷之任，而示我以显明之德行，则庶乎其可及尔。（《周颂·敬之》）❼

从“敬以自持”“反诸已”“自修其德”“常自省察”“常有所守”等描述中，可以看到朱熹一贯地将“敬”作为涵养性情修身养德的第一要义，无论君臣男女皆须以此来自我要求，而儒家眼中的道德楷模文王更被其作为持敬的代表人物加以推崇。

---

❶ [宋]朱熹撰．赵长征点校．诗集传[M]. 北京：中华书局，2011：177.

❷ [宋]朱熹撰．赵长征点校．诗集传[M]. 北京：中华书局，2011：183.

❸ [宋]朱熹撰．赵长征点校．诗集传[M]. 北京：中华书局，2011：329.

❹ [宋]朱熹撰．赵长征点校．诗集传[M]. 北京：中华书局，2011：158.

❺ [宋]朱熹撰．赵长征点校．诗集传[M]. 北京：中华书局，2011：235-236.

❻ [宋]朱熹撰．赵长征点校．诗集传[M]. 北京：中华书局，2011：244.

❼ [宋]朱熹撰．赵长征点校．诗集传[M]. 北京：中华书局，2011：310.

“敬”的本质是“诚”，“诚”反映在为人上就是“敬”，反映在为学上就是“格物致知”，“诚心正意”方是一切为人处世之根本。朱熹曰：

真实无妄之谓诚，主一无适之谓敬。❶

自格物致知以至于诚意正心不是两事。❷

诚敬涵养为格物致知之本。❸

在朱熹看来“诚敬涵养”或曰“诚心正意”与“格物致知”本是一事，不过一个更偏重向内的修养，一个更偏重向外的求索，两者不分彼此先后，同样重要，不可分离：

说为学次第，曰：“本末精粗，虽有先后，然一齐用做去。且如致知格物而后诚意，不成说自家物未格、知未至，且未要诚意，须待格了、知了，却去诚意，安有此理！圣人亦只说大纲自然底次序如此。拈著底，须是逐一旋旋做去始得。”❹

熹常谓天下万事有大根本，而每事之中又各有要切处。所谓大根本者，固无出于人主之心术，而所谓要切处者，则必大本既立，然后可推而见也。……此古之欲平天下者，所以汲汲于正心诚意以立其本也，若徒言正心，而不足以识事物之要，或精核事情而特昧夫根本之归，则是腐儒迂阔之论、俗士功利之谈，皆不足与论当世之务矣。❺

“诚心正意”能立大根本，“格物致知”能识要切处，在朱熹看来这是“人主”或曰“欲平天下者”所必备的素质。

在《诗集传》中“诚心正意”“存诚”“诚”一般出现在赞美文王、周公等圣贤之诗篇的说解中。

如解《召南·驺虞》曰：“文王之化，始于《关雎》而至于《麟趾》，则其化

❶ [宋]朱熹.晦庵集[M]//影印文渊阁四库全书（第1145册）.台北：台湾商务印书馆，1986：90.

❷ [宋]朱熹撰.朱杰人，严佐之，刘永翔主编.朱子全书[M].上海：上海古籍出版社；合肥：安徽教育出版社，2002：2654.

❸ [宋]黎靖德.王星贤点校.朱子语类[M].北京：中华书局，1986：407.

❹ [宋]黎靖德.王星贤点校.朱子语类[M].北京：中华书局，1986：300.

❺ [宋]朱熹撰.朱杰人，严佐之，刘永翔主编.朱子全书[M].上海：上海古籍出版社；合肥：安徽教育出版社，2002：1112-1113.

之入人者深矣。形于《鹊巢》而及于《驺虞》，则其泽之及物者广矣。盖意诚心正之功，不息而久，则其熏烝透彻，融液周遍，自有不能已者，非智力之私所能及也。”❶赞美文王诚心正意的化人之功。

解《豳风·狼跋》引程子语曰：“周公之处己也，夔夔然存恭畏之心；其存诚也，荡荡然无顾虑之意，所以不失其圣而德音不瑕尔。”❷赞美周公以敬畏之心处己，以存诚之心处事，故得以为圣人。

在朱熹看来，圣贤之人注重道德修养功夫，能“存诚居敬”“克己养心”，自然所行皆合于天理，故能致福而免祸。

如解《大雅·文王》曰：“命，天理也。……言欲念尔祖在于自修其德，而又常自省察，使其所行无不合于天理，则盛大之福自我致之，有不外求而得矣。又言殷未失天下之时，其德足以配乎上帝矣。今其子孙乃如此，宜以为鉴而自省焉，则知天命之难保矣。”❸此言“保天命”之法，在于自修其德、自省其过。

解《大雅·抑》曰：“当知鬼神之妙无物不体，其至于是有不可得而测者，不显亦临，犹惧有失，况可厌射而不敬乎？此言不但修之于外，又当戒谨恐惧乎其所不睹不闻也。子思子曰：‘君子不动而敬，不言而信。’又曰：‘夫微之显，诚之不可揜如此。’此正心诚意之极功，而武公及之，则亦圣贤之徒矣。”❹此言慎独居敬是君子诚心正意的外在表现，亦是其功夫。

解《鄘风·定之方中》曰：“然非独此人所以操其心者诚实而渊深也，盖其所畜之马七尺而牝者，亦已至于三千之众矣。盖人操心诚实而渊深，则无所为而不成，其致此富盛宜矣。”❺此言“存诚”之效验。

解《秦风·渭阳》引张栻语曰：“怨欲害乎良心也，使康公知循是心，养其端而礼之，则怨欲可消矣。”❻此言“克己养心”之效验。

❶ [宋]朱熹撰．赵长征点校．诗集传[M]．北京：中华书局，2011：17.
❷ [宋]朱熹撰．赵长征点校．诗集传[M]．北京：中华书局，2011：127.
❸ [宋]朱熹撰．赵长征点校．诗集传[M]．北京：中华书局，2011：235.
❹ [宋]朱熹撰．赵长征点校．诗集传[M]．北京：中华书局，2011：275.
❺ [宋]朱熹撰．赵长征点校．诗集传[M]．北京：中华书局，2011：41.
❻ [宋]朱熹撰．赵长征点校．诗集传[M]．北京：中华书局，2011：101.

“诚”在朱熹眼中是“理”在人身的体现，是为人道德中最首要的一项。其说《小雅·鹤鸣》首章曰：“此诗之作，不可知其所由。然必陈善纳诲之词也。盖鹤鸣于九皋，而声闻于野，言诚之不可揜也。鱼潜在渊，或在于渚，言理之无定在也。园有树檀，其下维萚，言爱当知其恶也。他山之石而可以为错，言憎当知其善也。由是四者引而伸之，触类而长之，天下之理庶几乎。”❶这一番说解非常具有理学化的特点，朱熹将“鹤鸣于九皋，声闻于野”解为“诚之不可揜”，意为“诚”，或曰“理”，或曰“道德”，至广至大，充塞宇内；将“鱼潜在渊，或在于渚”解为“理之无定在”，意为天理流行，无处不在；将“园有树檀，其下维萚”解为“爱当知其恶”，解“他山之石，可以为错”为“憎当知其善”，此两句意为不应以爱憎蒙蔽理性，朱熹认为从这四点引申开去，触类旁通，可以涵盖天下之理。前两句的说解明显具有“理一分殊”“天理流行”的内涵，后两句则有“诚敬克己”之意。其解此诗末章“他山之石，可以攻玉”一句所引述程子的说解则更是具有理学意味：“玉之温润，天下之至美也。石之粗粝，天下之至恶也。然两玉相磨，不可以成器。以石磨之，然后玉之为器，得以成焉。犹君子之与小人处也，横逆侵加，然后修省畏避，动心忍性，增益预防，而义理生焉，道德成焉。”❷程朱理学思想在此诗的说解中可谓展现得淋漓尽致。

据李金善统计，《诗集传》中出现表“诚敬”意的“敬”56次；表“诚敬”意的“诚”25次，另有3次“诚敬”连用；表“性情”“性理”之义的“性”出现16次，其中“性情”或“情性”连用出现7次；作为“天理”意的“理”出现37次。❸理学话语充斥《诗集传》全书，朱熹的理学思想在其解《诗》的过程中随处体现，并不仅限于上述“理一分殊”与“诚敬”两大主题，其以《大学》《中庸》之义说“二南”，以及“淫诗说”都是其以理学思想观照《诗经》的产物，上文仅举其大要而言之。

---

❶ [宋]朱熹撰．赵长征点校．诗集传[M]．北京：中华书局，2011：159.

❷ [宋]朱熹撰．赵长征点校．诗集传[M]．北京：中华书局，2011：159.

❸ 李金善．从宋代和民国两次废《序》运动看《诗经》学的转型[J]．河北大学学报（哲学社会科学版），2015（1）：12-15，159.

另外值得注意的是，朱熹解《诗》虽然有理学化的倾向，出于“诗教”的目的注重阐发义理，但一般较为克制，并不脱离文本进行过度引申。朱熹曾批评程颐解《诗》过于注重衍说义理而有碍《诗》义，曰：“程先生《诗传》取义太多。诗人平易，恐不如此。”❶可见朱熹解《诗》虽然注重对义理的阐发，但有意识地不使义理发挥脱离文本而淹没扭曲诗人之本义。同时，朱熹解《诗》也并不是完全抛弃前人之章句训诂而纯以义理解《诗》，马宗霍曾评价朱熹之学云：“盖朱子之学，博综旁通，不欲以道学自限，其平居教人治经宜先看注疏，尤非空谈性命，屏汉唐之学为不足取，假道学以自饰其浅陋者，所可同日而语。”❷《诗集传》章句训诂虽简略，然皆有出处，非如道学陋儒纯以道学论《诗》之空谈臆断。

二、经学与文学之间：以“涵泳”解《诗》

朱熹的经学研究一向注重义理，以其理学思想体系贯穿始终，但在《诗经》学研究中，朱熹认识到《诗经》在经学典籍中具有特殊性，“圣人之言，在《春秋》《易》《书》，无一字虚。至于《诗》，则发乎情，不同”。❸《诗》的本质是情感的表达，其文学性相较其他经典更明显。而这一特殊性，就决定了《诗经》的研究方法也应与其他经学典籍不同，“圣人有法度之言，如《春秋》《易》《书》，一字皆有理。如《诗》要逐字将理去读，便都碍了”。❹“逐字将理去读”即是汉唐章句之学“字为之训，句为之释”的解诗方法，汉唐之儒以《诗序》解《诗》，牵强附会之处颇多，字里行间无非政治隐喻。而认识到《诗》与后世的诗一样都是“感物道情”的产物的朱熹，对汉唐《诗经》学进行扬弃，不再依《序》解《诗》，而是以“诗”说《诗》，就《诗》之文本而索求“诗人本意”，“今人不以‘诗’说《诗》，却以《序》解《诗》，是以委曲牵合，必欲如序者之意，宁失诗人本意

❶ [宋]黎靖德．王星贤点校．朱子语类[M]．北京：中华书局，1986：2089.

❷ 洪湛侯．诗经学史[M]．北京：中华书局，2002：367.

❸ [宋]黎靖德．王星贤点校．朱子语类[M]．北京：中华书局，1986：2778.

❹ [宋]黎靖德．王星贤点校．朱子语类[M]．北京：中华书局，1986：2082.

不恤也。此是序者大害处”[1]，“大率古人作诗与今人作诗一般，其间亦自有感物道情，吟咏情性，几时尽是讥刺他人，只缘《序》者立例篇篇要作美刺说，将诗人意思尽穿凿坏了”[2]。

在朱熹看来，《诗经》的研究方法可总结为：“章句以纲之，训诂以纪之，讽泳以昌之，涵濡以体之。”[3]“章句”“训诂”是汉唐以来《诗经》学研究应有之义，“讽泳”“涵濡”则是直至宋代才被提出的《诗》学研究方法。朱熹《诗传纲领》引张载语曰：“置心平易，然后可以言《诗》。涵泳从容，则忽不自知而自解颐矣。若以文害辞，以辞害意，则几何而不为高叟之固哉？”[4]之所以提出不同的研究方法，是因为宋儒认识到了章句训诂之学解《诗》有牵强穿凿的弊端，认为要理解诗人本意，必须把注意力放回到诗文本身，并通过反复阅读求其言外之意。回到诗文本身即从文本下手，“且只据所读本文，逐字逐句理会教分明，不须旁及外说”[5]，“不可先看诸家注解”[6]，以免形成前见从而影响自己对诗义的体悟与理解。这种治《诗》方法与汉唐谨守章句训诂的治《诗》方法截然不同，具有典型的宋学特征。

朱熹认为想要深入理解文本，就必须不抱成见地对文本进行反复阅读，即所谓“讽泳”；通过不断的“讽泳”，将身心沉浸于文本的语境之中，即所谓“涵濡”；“讽泳涵濡”久之，便能自然而然地体会诗义，领会其中蕴含的义理：

> 读《诗》之法，只是熟读涵味，自然和气从胸中流出，其妙处不可得而言。不待安排措置，务自立说，只恁平读着，意思自足。须是打叠得这心光荡荡地，不立一个字，只管虚心读他，少间推来推去，自然推出那个道理。所以说“以此洗心”便是以这道理尽洗出那心里物事，浑然都是道理。[7]

[1] [宋]黎靖德．王星贤点校．朱子语类[M]. 北京：中华书局，1986：2077.
[2] [宋]黎靖德．王星贤点校．朱子语类[M]. 北京：中华书局，1986：2076.
[3] [宋]朱熹撰．赵长征点校．诗集传[M]. 北京：中华书局，2011：2.
[4] [宋]朱熹撰．赵长征点校．诗集传[M]. 北京：中华书局，2011：349.
[5] [宋]黎靖德．王星贤点校．朱子语类[M]. 北京：中华书局，1986：2535.
[6] [宋]黎靖德．王星贤点校．朱子语类[M]. 北京：中华书局，1986：2085.
[7] [宋]黎靖德．王星贤点校．朱子语类[M]. 北京：中华书局，1986：2086.

朱熹的这种治《诗》方法，因为"讽泳""涵濡"两者密不可分实为一体，一般被称为"涵泳"。

当然，朱熹也认识到要正确领会诗意不能完全抛开前人的看法，需要在通过不断"涵泳"文本而有所体会之后，再将前人的见解与自己的看法互相参考，最终形成判断：

> 读《诗》，唯是讽诵之功。……某旧时读《诗》，也只先去看许多注解，少间却被惑乱。后来读至半了，都只将诗来讽诵至四五十过，已渐渐得诗之意，却去看注解，便觉减了五分以上工夫。更从而讽诵四五十过，则胸中判然矣。❶

> 当时解《诗》时，且读本文四五十遍，已得六七分，却看诸人说与我意如何，大纲都得之，又读三四十遍，则道理流通自得矣。❷

所以不能说朱熹的读《诗》法是完全抛开前人之说而仅仅阅读文本，他是在熟读文本的情况下，以个人的体悟为主，参考众家之说，不断地进行对比、思考与修正，然后得出自己的结论。

在朱熹看来，"涵泳"不仅是针对《诗经》所特有的研究方法，也强调对其他经典的"涵泳"。他曾云："《论语》只看一段，大故明白底，则看两段。须是专一，自早至夜，虽不读，亦当涵泳常在胸次，如一件事未了相似，到晚却把来商量。"❸只不过，对于《诗经》这种更具文学性的体裁，朱熹对其文学性是更有自觉的："读《诗》，且只将做今人底诗看，或每日令人诵读，却从旁听之。其诂有未通者，略检注解看，却时时诵其本文，便见其语脉所在。"❹将《诗经》与时人诗歌相类比，似可说明朱熹已在一定程度上摆脱了对"经"的敬畏崇拜心理，初步认识到《诗经》作为"诗"的文学本质；强调读诗时关注文本、注意"语脉"，更是阅读文学作品的常用方法。反映在解诗实践中，如其说《秦风·晨风》"与《扊扅之歌》同意，盖秦俗也"❺，即是将此诗视作民歌一类；说《郑风·遵大路》

---

❶ [宋]黎靖德．王星贤点校．朱子语类[M]. 北京：中华书局，1986：2613.

❷ [宋]黎靖德．王星贤点校．朱子语类[M]. 北京：中华书局，1986：2091.

❸ [宋]黎靖德．王星贤点校．朱子语类[M]. 北京：中华书局，1986：434.

❹ [宋]黎靖德．王星贤点校．朱子语类[M]. 北京：中华书局，1986：2083.

❺ [宋]朱熹撰．赵长征点校．诗集传[M]. 北京：中华书局，2011：99.

将其与宋玉的赋相类比，认为两者是同一种文学类型；说《邶风·谷风》“他只是如此说出来，然而叙得事曲折先后，皆有次序”❶，即是注意到了诗歌叙事的语脉逻辑。

朱熹对《诗》的情感意蕴与艺术手法也有所体认，他曾论读《诗》之法曰：“而今随文解义，谁人不解，须要见古人好处。如昔人咏梅云：‘疏影横斜水清浅，暗香浮动月黄昏’，这十四个字谁人不晓得，然而前辈直恁地称叹，说他形容得好。这个便是难说，须要自得言外之意始得。”❷因《诗》是文学作品，文学特质较他经为浓厚，所以朱熹主张读《诗》不可像阅读其他经典那样“随文解义”，要“见古人好处”“自得言外之意”，即是强调读者注意作诗之人语言的精妙处及其中暗含的意蕴与情感，可见朱熹以文学审美眼光读《诗》的倾向。在具体的解《诗》过程中，常能看到朱熹对诗人的艺术手法与情感的挖掘，如其于《邶风·燕燕》一篇赞叹作诗之人笔法高超、文字美妙，“不知古人文字之美，词气温和，义理精密如此！秦汉以后无此等语”❸，认为作者同时兼顾了文字、词气、义理，后世之文学作品难以超越；又如说《周南·卷耳》一诗，认为采卷耳于周行、驰马于崔嵬皆为“托言”，乃是出于想象之词，说《召南·草虫》篇亦同。这说明朱熹认识到了《诗》作为文学作品，虚构与夸张是其中常见的艺术手法，故解《诗》不可句句落实，亦可见其对《诗经》文学性的体认。

需要注意的是，虽然朱熹意识到了《诗》的文学性，主张以文学的眼光来读《诗》，然而其最终目的是更好地体会《诗》之本义，以深研蕴含在其中的义理，不能因此就认为朱熹把《诗经》视作纯然的文学作品。朱熹曾曰：“某解《诗》，多不依他《序》，纵解得不好，也不过只是得罪于作《序》之人。只依《序》解，而不考本诗上下文意，则得罪于圣贤也。”❹“考本诗上下文义”，意即通过对文本的内部解读来体会文义，这显然属于文学范畴的阅读方法，但从“得罪于圣贤”一句能看出，朱熹仍然认为《诗经》之中是寄托与蕴含着圣贤之意旨的。在他

---

❶ [宋]黎靖德.王星贤点校.朱子语类[M].北京：中华书局，1986：2083.

❷ [宋]黎靖德.王星贤点校.朱子语类[M].北京：中华书局，1986：2755.

❸ [宋]黎靖德.王星贤点校.朱子语类[M].北京：中华书局，1986：2103.

❹ [宋]黎靖德.王星贤点校.朱子语类[M].北京：中华书局，1986：2092.

看来,《诗经》的作者与编者有周公、孔子以及古之贤人,《诗经》必然承载着他们欲传达给后世的"道",《诗经》固然是古人情感的载体,但更是"道"的载体。这显然是对北宋理学家周敦颐"文以载道"思想的继承。

朱熹对读《诗》的方法曾有一段论述:

> 赋、比、兴,固不可以不辨,然读《诗》者须当讽味,看他诗人之意是在甚处。如《柏舟》妇人不得于其夫,宜其怨之深矣,而其言曰:"我思古人,实获我心。"又曰:"静言思之,不能奋飞。"其词气忠厚恻怛,怨而不过如此,所谓止乎礼义而中喜怒哀乐之节者。所以虽为变风,而继《二南》之后者以此。臣之不得于其君,子之不得于其父,弟之不得于其兄,朋友之不相信,处之皆当以此为法。如屈原不忍其愤,怀沙赴水,此贤者过之也;贾谊云:"历九州而相其君兮,何必怀此都也",则又失之远矣。读《诗》须合如此看。所谓"诗可以兴,可以观,可以群,可以怨",是《诗》中一个大义,不可不理会得也!❶

可以看出,在朱熹眼中,无论是如上文第二节所述之"赋、比、兴"等文学表现手法的分析,还是"涵泳"的治《诗》方法,都只是为了帮助读者理解诗人本意的手段,读《诗》的第一要义还是在于"兴、观、群、怨"。"兴、观、群、怨"是孔子的诗教观,朱熹认为"诗三百"为圣人亲手删定,意在垂教于后世,使世人得以取法,故而读《诗》的最终目的是发挥《诗》的教育作用,感发人的善心,涵养人的性情,规范人的行为,使人"止乎礼义而中喜怒哀乐之节"。在他看来,"诗教"是通过"感发"人心来实现的,"涵泳"正是最为直接有效的促进"感发"的手段,"读《诗》,正在于吟咏讽诵,观其委曲折旋之意,如吾自作此诗,自然足以感发善心"❷,朱熹提出读《诗》者应通过"涵泳"文本的方法来尽量贴近诗人的情感,再以诗人的道德情感激发自己的"善心",最终将诗中所蕴含的义理内化为自己的道德气质,这一治《诗》方法显示出程朱理学"反己"的思想特色。

---

❶ [宋]黎靖德.王星贤点校.朱子语类[M].北京:中华书局,1986:2102.

❷ [宋]黎靖德.王星贤点校.朱子语类[M].北京:中华书局,1986:2086.

显然，朱熹“涵泳”的治《诗》方法是与其理学思想体系紧密相关的。程朱理学崇尚“涵养心性”，或曰“养心”的修养功夫，朱熹于《诗集传·关雎》篇后按曰：“孔子曰‘《关雎》乐而不淫，哀而不伤’，愚谓此言，为此诗者得其性情之正、声气之和也。……学者姑即其词而玩其理以养心焉，则亦可以得学诗之本矣。”❶“即其词而玩其理”的过程即是“涵泳”，“即其词”——就诗歌文本自身，“玩其理”——深入体会内涵的义理，其目的在于“养心”“得性情之正”，通过涵泳诗歌来达到修身养性的目的，这就是学《诗》之本，也就是朱子《诗集传序》中所说的“则修身及家、平治天下之道，其亦不待他求而得之于此矣”。❷朱熹的这种读《诗》方法正与其“格物致知”思想相合，“即其词玩其理”即是“格物”，“得学《诗》之本”即是“致知”，目的是“养心”，即“诚心正意”，并次第推进到“修身、齐家、治国、平天下”之功效。其实在朱熹看来，这不仅是学《诗》之本，更是做一切学问的最终目的，故其云：“所贵乎读书者，是要理会这个道理，以反之于身，为我之益而已。”❸朱熹之学术路径被称作“道问学”，即是因此。观朱熹解《诗》，可见其学术之一端。

虽无意于以文学解《诗》，然而朱熹“涵泳”的解《诗》方法与实践却给后学带来了启发，其寻绎诗中语脉，体会作诗者情感，品味诗中气象意境，关注赋、比、兴等艺术手法的种种做法，无不为日后《诗经》文学化的解读方向导其先路。

小 结

朱熹创作《诗集传》几易其稿，反复修改，直至晚年不休，在《诗》学观点与解《诗》方法上都较前人有所突破。其打破《诗序》的限制，大胆去《序》言诗，坚持以人为主体，以《诗》本义为追求，挖掘诗的抒情性与文学性，又以诗教为价值取向，发挥《诗》的内在教化功能，如此种种，可谓集宋代《诗经》

❶ [宋]朱熹撰.赵长征点校.诗集传[M].北京：中华书局，2011：3.

❷ [宋]朱熹撰.赵长征点校.诗集传[M].北京：中华书局，2011：2.

❸ [宋]黎靖德.王星贤点校.朱子语类[M].北京：中华书局，1986：191.

学之新变于一身，为《诗经》研究打开了新局面，因而朱熹《诗》学成为《诗经》宋学的代表。

尤其是以理学解《诗》和以“涵泳”解《诗》，作为朱熹《诗》学最鲜明的特色，是其明显区别于传统《诗经》汉学，理论上与方法上的创新，对《诗经》学由汉学到宋学的变革产生了巨大的作用。除以理学解《诗》和“涵泳”解《诗》外，《诗集传》还具有以训诂解《诗》的特色，其训诂与考据的内容涉及字音、词义、文字校勘、名物史实、天文地理、句法、章法等各个方面，可以明显看出对汉唐训诂义疏之学有所继承与吸收。然而《诗集传》的训诂语言简洁、明白、有序，略无汉唐人说《诗》常见的层叠、细碎、烦琐之弊。同时朱熹还吸收了一些新的训诂方法以用于解《诗》，如宋人吴棫之“叶音说”与宋代兴起的金石学等，并且将训诂与义理相结合，更是具有其个人特色。学界关于朱熹的训诂学与其《诗集传》的训诂研究已有很多成果，本书不再赘言。

朱熹的《诗集传》不拘门户，兼收并蓄，广泛吸收了前人与当代学者的见解，同时又有自己的创见，以及一以贯之的解《诗》纲领与思路，在成书之后逐渐受到重视，经过后学的不断丰富与发展，得到广泛传播，终于形成了与《毛诗》学体系并立的朱子《诗经》学体系。而《诗集传》在元代开始成为官方教材与科举标准，更使得朱熹的《诗经》学思想广泛传播其影响绵延七百余年，深刻地影响了中国《诗经》学历史的发展。

第三章　朱子《诗经》学在南宋的初步形成

南宋时期，《诗经》汉学与《诗经》宋学的斗争异常激烈，尊《序》派与反《序》派在思想上的交锋如火如荼。正是在这样的思想背景下，朱熹创作出了他的《诗经》学思想的结晶——《诗集传》，由尊《序》到反《序》，完成了从《诗经》汉学到《诗经》宋学的变革。然而由于政治斗争的原因，《诗集传》在一段时间内并没有得到学界的广泛关注与传播。但政治的打压反而增强了朱子门人的保护、传扬师说的责任感，朱熹的门人弟子竭力发扬、辅翼朱熹的《诗经》学说，通过著书立说，初步在南宋构建了以朱熹《诗集传》为中心的朱子《诗经》学体系。

第一节　朱子《诗经》学形成的政治文化背景

朱熹不仅是集宋学大成的经学家及理学（或曰道学）的代表人物，还曾经作为官员立于朝堂，其生前身后的政治地位对其学术之传播与接受的影响尤为巨大。而其《诗经》学思想的形成时期正是《诗经》学界存废《序》思想反复交锋的时期，朱熹的《诗》学思想经历了一个由尊《序》到反《序》的发展阶段，最终加入反《序》的阵营，以《诗集传》与《诗序辨说》成一家之言，再为门人弟子所接受。在这样的政治与学术背景之下，围绕朱熹《诗经》学思想而建立的朱子《诗经》学体系开始形成。

一、朱熹与其学术在南宋之命运

宋代以后，朱熹被目为当之无愧的“道统”承继者。“道统说”的明确概念由朱熹提出——“盖自上古圣神继天立极，而道统之传有自来矣”[1]，完善于黄

[1] [宋]朱熹.四书章句集注·中庸章句序[M].上海：上海古籍出版社，2002：29.

幹——“道源于天，具于人心，著于事物，载于方策，明而行之，存乎其人。……尧、舜、禹、汤、文、武、周公生而道始行；孔子、孟子生而道始明。孔、孟之道，周、程、张子继之；周、程、张子之道，文公朱先生又继之。此道统之传，历万世而可考也。”❶但在南宋，朱熹的地位并不像后世那样稳如泰山，而是随着道学一起卷入了党争的旋涡之中浮浮沉沉。作为南宋道学的领军人物，朱熹个人与其学术的命运是与道学的命运紧密联系在一起的。

（一）入朝与被逐

南宋绍熙五年（1194）六月，太上皇孝宗赵昚崩。因两宫父子长期失和，光宗赵惇称病不出，迟迟不肯为孝宗执丧，亦不主持朝政，致使朝野之间物议汹汹，人心浮动。宰相留正等再三请立嘉王赵扩为太子，代光宗主持葬礼以平息物议，光宗不悦，在奏章上批示“储不预建，建即代也”，以表不满。不几日却又批“历事岁久，念欲退闲”，流露出退位之意，前后矛盾的态度使人疑惑。然此时孝宗已去世二十余日，朝野局势益发不稳，知枢密院事赵汝愚与道学幕僚叶适、徐谊等密谋拥立嘉王以代之，宰相留正胆怯，竟以足跌为由连夜遁去。于是赵汝愚接任朝事，联络宪圣太后（高宗吴皇后）的外甥，也是北宋名臣魏王韩琦之曾孙韩侂胄，以光宗已有退意为由说服太皇太后同意扶立嘉王赵扩。七月五日，在孝宗梓宫前，宪圣太后垂帘，赵汝愚率百官奏对，以光宗因病不能临丧，并有御批“历事岁久，念欲退闲”为依据，宣布光宗退位，奏请嘉王即位，得太皇太后批准。而嘉王赵扩闻命色变，惊恐欲出，被韩侂胄以黄袍覆身扶抱到御座之上，赵汝愚即率百官参拜朝贺，于是礼成登基，是为宁宗皇帝。这一事件被后世称为“绍熙内禅”，虽名为“内禅”，实则是一场宫廷政变。❷

新君即位，希望通过招贤纳才以显示新朝气象，因拥立有功而官拜右丞相的赵汝愚和以他为首的道学官员们也迫切希望壮大朝堂之中的道学力量。朱熹作为

---

❶ [宋]黄幹．勉斋集[M]// 影印文渊阁四库全书（第1168册）．台北：台湾商务印书馆，1986：215.

❷ 此段据《两朝纲目备要》卷三绍熙五年（1194）六、七月记事，《宋史》卷三百九十一《留正传》，《鹤林玉露》甲编卷四《绍熙内禅》，《四朝闻见录》丙集《宁皇登位》、丁集《庆元垂相》下，《考异》，《齐东野语》等记载。

道学的代表，更是被寄予厚望。朱熹自淳熙九年（1182）于浙东任上弹劾贪官唐仲友而为左相王淮为首的官僚集团阻挠，愤而辞官，回乡专心讲学传道。同年赵汝愚至福州任闽帅，朱熹与之交游甚相欢，也常为赵汝愚的施政出谋划策，闽中道学在赵的庇护下愈加活跃。虽然在孝宗朝的朝堂之上道学一度受到王淮等反道学官僚的打压，有道学背景的士大夫纷纷被逐，但在民间程朱理学或谓道学已日渐势大，理学浪潮有向全国传播之势，士子们将朱熹目为“道魁”。此刻新君甫立，赵汝愚出任右丞相，朝野上下的道学之士都盼望着新朝能改弦更张，使道学力量在朝中重整旗鼓，所以朱熹入朝众望所归。

当年七月十一日，经宰相赵汝愚和道学朝臣们的举荐，宁宗召朱熹入朝奏事，朱熹此时尚持观望态度，先上了一道辞免状。八月五日，又援朱熹为焕章阁待制，宁宗钦点其为十名经筵讲官之一，于是朱熹终于再度出山，前往京城。这次出山，朱熹是怀着要为“帝王师”的豪情壮志的，在奉召入都前门人刘黻曾问道：“先生此行，上虚心以待，敢问其道何先？”朱熹答曰：“今日之事，非大更改不足以悦天意，服人心。必有恶衣服、菲饮食、卑宫室之志，而不敢以天子之位为乐，然后庶几积诚尽孝，默通潜格，天人和同，方可有为。”❶从决定入朝的那一刻，朱熹就怀抱着做一番大事业“大更改”的抱负，他把希望寄托于能以理学思想规谏影响宁宗，将他打造为一代明君。

十月二日，朱熹入临安。四日，面君奏事。十日，正式拜命。朱熹及赵汝愚推荐进入朝堂的一班道学之士们形成了一股新势力，讲侍经筵时围绕在宁宗身边力图施加影响，宁宗赵扩也摆出一副虚心听教的好学姿态，道学势力在朝堂之上一时风头无两，“众贤盈庭，人称为小元祐”。❷十月十四日，朱熹首次进讲《大学》，此后的六次经筵授课皆围绕“持敬”与“诚心正意”的修身涵养之学生发，希图以“诚敬”之意感动上心，还将讲义编成册子呈进，要求宁宗反复学习。朱熹曾问赵扩：“臣所进讲义册子，必经圣览？不知于圣意如何？”赵扩答：“看来紧要处，只在求放心耳。”朱熹激动顿首曰：“圣学高明，宣谕极是。老师宿儒穷日竟月不曾见得此意，说得此语。陛下天纵生知，拈出此求放心语，正是圣学要领。

❶　束景南．朱熹年谱长编 [M]. 上海：华东师范大学出版社，2001：1137.

❷　[宋] 真德秀．西山文集 [M]// 影印文渊阁四库全书（第 1174 册）. 台北：台湾商务印书馆，1986：561.

愿推之以见于实行，不患不为尧舜之君也。”❶赵扩也对朱熹这个“帝王师”礼遇有加，于十月十七日授朱熹朝请郎，赐紫金鱼袋，在告词中盛赞朱熹：“学先圣之道，而明于当世之务。三仕三已，义不苟合，天下高之。盖累朝之所嘉叹而不忘也。长沙谋帅，强为时起。肆予初政，式遄其归，于以劝讲，朕将虚己纳焉。”❷两人之间貌似君臣相得，一片和乐。

可惜赵扩实质上并不是朱熹理想中虚怀若谷从谏如流的君主，入朝后朱熹积极参与朝堂关于山陵祧庙等礼事的争论，又不断通过上书面奏对赵扩规陈劝谏，这些作为早已使这位年轻的新帝感到厌烦，而朱熹也逐渐认识到这位新帝的独断专行和放任近习的作风，他在《经筵留身面陈四事札子》中对赵扩进行了近乎严厉的规谏：

> 上自人主，以下至于百执事，各有职业，不可相侵。盖君虽以制命为职，然必谋之大臣，参之给舍，使之熟议，以求公议之所在，然后扬于王庭，明出命令，而公行之。……此古今之常理，亦祖宗之家法也。今者陛下即位未能旬月，而进退宰执，移易台谏，甚者方骤进而忽退之，皆出于陛下之独断，而大臣不与谋，给舍不及议。正使实出于陛下之独断，而其事悉当于理，亦非为治之体，以启将来之弊，况中外传闻，无不疑惑，皆谓左右或窃其柄，而其所行，又未能尽允于公议乎！❸

宁宗赵扩终于忍无可忍，于闰十月十九日晚讲之后，一纸御批将朱熹逐出了朝堂：“朕悯卿耆艾，方此隆冬，恐难立讲。已除卿宫观，可知悉。”此举可谓毫无预兆，不经中书封驳，径由御笔批出，引得朝野哗然骇异。赵汝愚、刘光祖、楼钥、吴猎等朝臣先后力谏，未果。工部侍郎兼侍讲黄艾问宁宗逐朱熹之故，上曰：“始除熹经筵耳，今乃事事欲与闻。”❹此语暴露出赵扩对朱熹早已经心怀不满，因为朱熹对政事讨论的积极参与和喋喋不休的规谏限制了这个新君实现君主专权

---

❶ [宋]佚名．两朝纲目备要[M]// 影印文渊阁四库全书（第 329 册）．台北：台湾商务印书馆，1986：730.

❷ [宋]陈傅良．止斋集[M]// 影印文渊阁四库全书（第 1150 册）．台北：台湾商务印书馆，1986：613.

❸ [宋]朱熹撰．朱杰人，严佐之，刘永翔主编．朱子全书[M]. 上海：上海古籍出版社；合肥：安徽教育出版社，2002：680-681.

❹ [宋]李心传．朱军点校．道命录[M]. 上海：上海古籍出版社，2016：65.

的野心，道学家所秉持的道尊于势的信念使得赵扩皇帝无法忍受朱熹在朝堂中继续存在。而此时对朱熹不满的不仅是皇帝赵扩，还有皇帝的外戚近习韩侂胄——朱熹札子中“左右或窃其柄”的暗指对象。

韩侂胄本是外戚近习，自拥立有功之后更见亲幸，其侄孙女韩氏被立为皇后，一时更是炙手可热，出入宫掖，居中用事。道学势力对以他为代表的外戚近习势力一向是持贬抑态度的，两者之间早有嫌隙。绍熙内禅后自认为拥立有功的韩侂胄欲求节度使之位，赵汝愚坚持不予。此时朱熹尚未入朝，曾修书建议赵汝愚“当以厚赏其劳，勿使得预朝政”❶，授韩侂胄节度使之位使其远离京城权力中心，而赵汝愚不以为意，没有采纳，既没有给韩高官厚禄，也没有对其进行防备。自此韩侂胄深恨以赵汝愚为首的道学势力，为了与道学势力相抗衡，他迅速与朝堂中的反道学力量如京镗、陈骙、谢深甫、刘德秀等世俗官僚结合，将他们扶植安插进台谏言路，开始对道学之士进行打击排挤。这些行动实则在朱熹入朝之前就已经开始了，至朱熹入朝，韩侂胄已深获赵扩宠信，把持了“内批御笔”及台谏言路，陆续弹劾罢免了左正言黄度等一批“相党”的道学人士，于是才有了朱熹愤而上书直斥之举。韩侂胄得知后大怒，“使优人峨冠阔袖象大儒，戏于上前，因乘间言熹迂阔不可用”❷，这一番谗言正与赵扩不满权力被牵制的心思相合，于是朱熹终于被逐出朝堂。虽然道学朝臣们不断上书乞留朱熹，宁宗依旧于闰十月二十五日贬朱熹为宝文阁待制，与州郡差遣。二十六日，朱熹踏上了南归的行程，一介大儒抱着雄心壮志而来，不想区区四十余日就黯然而去。朱熹入朝与被逐这一番遭遇的实质，是作为道学的代表在朝堂中受到专制皇权与世俗官僚集团的联手绞杀，程朱理学错失了一次进入官方意识形态的机会。

（二）党禁与学禁

驱逐朱熹对于韩侂胄及其党羽而言并不是结束，而仅仅是一个开端，用韩侂胄的话说就是：“先去其为首者，则其余去之易耳。”❸在绍熙五年（1194）闰十月

❶ [宋]叶绍翁.四朝闻见录[M].北京：中华书局，1989：141.

❷ [明]陈邦瞻.宋史纪事本末[M].北京：中华书局，1977：872.

❸ [宋]佚名.两朝纲目备要[M]//影印文渊阁四库全书（第329册）.台北：台湾商务印书馆，1986：738.

“为首者”朱熹被逐之后，紧接着陈傅良、彭龟年、刘光祖、吴猎等与朱熹亲近或为其抗言的道学党人在当年纷纷被弹劾罢免，逐出都城。除去一干道学“相党”人士之后，韩侂胄的屠刀就转向了宰相赵汝愚本人，他授意其一手提拔为右正言的党羽李沭以“宗室不得为执宰”“同姓居相位，必不利于社稷”的理由诬蔑赵汝愚有不臣之心，其余党羽群起弹劾，终于在庆元元年（1195）二月罢免了赵汝愚右丞相之位，以观文殿大学士，知福州。所以朱熹的被逐并不是一个偶然的独立事件，而是朝堂政治斗争的一部分，朱熹是相党与外戚近习、道学势力与反道学势力斗争的牺牲品。

驱逐了“道魁”朱熹与“党魁”赵汝愚，韩党反道学势力再无顾忌，参知政事京镗、右正言李沭、御史何澹、侍御史杨大法、右正言刘德秀等对道学人士展开了大肆攻击，朝中敢于为朱熹、赵汝愚上书辩言的道学人士如郑湜、章颖、徐谊、李祥、杨简、吕祖俭等，在短短几月之间被纷纷罢去，“众贤盈庭”的“小元祐”烟消云散。不仅朝中的道学力量遭到清洗，连敢于上书痛斥韩党为道学抗争的杨宏中等六名太学生都获罪流放，韩侂胄权势之煊赫，反道学势力手段之疯狂可见一斑。

朱熹对这一系列变故是有所预见的，绍熙五年（1194）十一月回到考亭之后他就反复请辞焕章阁待制，面对朝廷的数次任命亦坚辞不出，他说：“今番死亦不出！才出，便只是死！”❶朱熹的判断没有错，韩侂胄及其党羽对道学一派的打击迫害远未结束，并且由朝堂向学术领域扩大。“汝愚初抵罪去国，搢绅大夫与夫学校之士，皆愤悒不平，疏论甚众。侂胄患之，以汝愚之门及朱熹之徒多知名士，不便于已，欲尽去之，谓不可一一诬以罪，则设为伪学之目以摈之。”❷驱逐赵汝愚导致的朝野道学舆论力量的强烈反弹使韩侂胄认识到，只有将“道学”本身作为攻击对象打倒，才能彻底清除朝堂之中的异己，稳固自己的地位。于是在他的授意下，朝中的反道学势力对道学发起了冲锋。

庆元元年（1195）六月，刘德秀上书，希望宁宗“以孝宗为法，考核真伪，以辨邪正”，并开列了一张四十多人的道学党人名单，“此论伪学之始也”❸。七月

❶ [宋]黎靖德.王星贤点校.朱子语类[M].北京：中华书局，1986：2499.

❷ [元]脱脱，等.宋史[M].北京：中华书局，1985：12023.

❸ [宋]佚名.两朝纲目备要[M]//影印文渊阁四库全书（第329册）.台北：台湾商务印书馆，1986：746.

十三日，御史中丞何澹上书抨击道学“空虚短拙，文诈沽名”，宁宗次日即下诏将此奏疏张榜朝堂，这标志着打击道学的行动得到了皇帝的公然支持。自此排挤道学成了反道学者与投机分子的晋身之阶，打击道学的活动变得更加狂热。十九日，吏部侍郎糜师旦再次奏请“考核真伪”，并因此立授左员外郎。另有投机者张贵谟上书批判《太极图说》亦被赏擢。七月，御史中丞何澹疏落赵汝愚观文殿大学士之职。感受到形势严峻的朱熹于月末上书，乞追还待制职名，并以妄议陵寝自劾。在给田子真的信中说道：“时论日新，于赵（汝愚）、章（颖）、彭（龟年）、徐（谊）、薛（叔似）诸人，必续有行遣，未知轻重远近如何耳……某以议陵自劾，恐亦触诸新贵之怒。……近观时论日就卑鄙，而吾党之士相继而出，似犹未艾。”❶冬十一月，监察御史胡纮诬陷赵汝愚“唱引伪徒谋为不轨”，于是赵汝愚又被贬永州。朱熹听闻此事，写了一封数万言的奏疏痛陈奸邪蔽主之祸并为赵汝愚辩护，弟子门生们害怕引来祸患纷纷进谏，朱熹不听，直到门人蔡元定用蓍草占卜得到《遁》之《家人》的卦象，朱熹才终于将奏稿一把火焚之，改号遁翁，复辞职名。十二月，依所乞罢待制，仍旧秘阁修撰，提举鸿庆宫。至此，朝堂中的道学人士几乎一扫而尽。

如果庆元元年（1195）韩党还主要是对朝堂中的道学人士进行打击，那么到了庆元二年（1196）打击已经扩大到作为学术的道学本身。庆元二年正月四日谏议大夫刘德秀以四大罪弹劾留正，第一条就是“招引伪学以危社稷”，道学被正式定名为“伪学”。继而胡纮上书论“伪学猖獗图为不轨，曾经台谏论列者权住进拟”。❷正月十八日，赵汝愚在贬谪路上服药暴毙于衡州。同月何澹同知枢密院事，自此掌控伪学之禁长达六年。二月，反道学势力开始对士人的思想进行钳制，同知贡举叶翥、倪思、刘德秀上书请求禁毁道学语录。并且在当年的科举考试中打压道学言论，“是科取士，稍涉义理，悉见黜落，六经、《语》《孟》《中庸》《大学》之书，世为大禁”❸。这场科举考试在朝野间引起了轩然大波，就连深宫之中

---

❶ [宋]朱熹撰．朱杰人，严佐之，刘永翔主编．朱子全书[M].上海：上海古籍出版社；合肥：安徽教育出版社，2002：4737.

❷ [宋]沧州樵叟．庆元党禁[M]// 影印文渊阁四库全书（第451册）．台北：台湾商务印书馆，1986：32.

❸ [宋]沧州樵叟．庆元党禁[M]// 影印文渊阁四库全书（第451册）．台北：台湾商务印书馆，1986：31.

的太皇太后吴氏也有所耳闻，大不以为然。于是宁宗下了一道“纠偏建正”的诏书：“今后台谏论奏，不必更及旧事。”暗示对道学的打压要适可而止。然而此时反道学势力对道学的凌厉攻势竟连他也无力阻止了，在受到强烈的反弹之后，宁宗不得不将诏书追改为“不必专及旧事”。❶从此之后，再没有什么力量能阻止韩侂胄及反道学势力对道学的追杀了。

赵汝愚已死，反道学势力最大的敌人自然就是“道魁”朱熹了，欲彻底打倒道学，必先摧毁道学的灵魂人物与精神象征。于是监察御史胡纮以稿授沈继祖抨击朱熹“剽窃张载、程颐之余论，寓以吃菜事魔之妖术，以簧鼓后进，张浮驾诞，私立品题，收招四方无行义之徒以益其党伍，相与餐粗食淡，衣褒带博，或会徒于广信鹅湖之寺，或呈身于长沙敬简之堂，潜形匿迹，如鬼如魅，及不忠不孝不仁不义不公不廉等十罪，乞褫职罢祠。其徒蔡元定佐熹为妖，送别州编管”❷。于是，是年十二月宁宗下诏责落朱熹秘阁修撰并罢宫观，蔡元定也被发送道州编管，并于次年死于贬所。沈继祖这篇奏章之后，大批对朱熹的捕风捉影捏造构陷蜂拥而至，一时“台谏汹汹，争欲以熹为奇货……乡曲射利者多撰造事迹，以投合言者之意”❸，甚至有人上书乞斩朱熹。朱熹面对诋毁讲学如常，略不辩解，亲朋“或劝先生散了学徒，闭门省事，先生曰：‘祸福之来命也。’‘为辟祸之说者，固出于相爱。然得某壁立万仞，岂不益为吾道之光！’‘人欲避祸终不能避。’”❹而面对越来越严峻的形势，朱熹的书院也开始萧条起来：“从游之士，特立不顾者，屏伏邱壑；依阿软慊者，更名他师，过门不入，甚至变易衣冠，狎游市肆，以自别非党。”❺门人弟子中有风骨者匿迹潜形以避时难，立场不坚者公然改换门庭以划清界限，而朱熹依然淡然处之，潜心于治学，著述不辍。

庆元三年（1197）二月，大理司直邵褒然上书请除伪党在内差遣，获准，与道学相关的士人终于被公然排除在朝堂之外。闰六月六日朝散大夫刘三杰进一步攻击道学人士，直接将道学之徒斥为“逆党”。九月，宁宗下诏宣布不用伪学之

❶ [宋]沧州樵叟.庆元党禁[M]//影印文渊阁四库全书（第451册）.台北：台湾商务印书馆，1986：32.

❷ [宋]佚名.两朝纲目备要[M]//影印文渊阁四库全书（第329册）.台北：台湾商务印书馆，1986：757.

❸ [宋]李心传撰.朱军点拨.道命录[M].上海：上海古籍出版社，1987：71.

❹ [宋]黎靖德.王星贤点校.朱子语类[M].北京：中华书局，1986：2671.

❺ [清]黄宗羲.宋元学案[M].北京：中华书局，1986：250.

人任官，各地举荐官员必须于奏牍前声明非伪学之人。十二月，知锦州王允上书奏请设立伪学之籍，开列了《伪学逆党籍》五十九人，其中宰执周必大、留正、赵汝愚、王蔺四人，待制以上朱熹、徐谊、彭龟年等十三人，余官刘光祖、吕祖俭、叶适等三十一人，武臣皇甫斌、范仲壬、张致远三人，士人杨宏中、周端朝、蔡元定等八人。这五十九人皆是“自庆元至今，以伪学逆党得罪者”，因此被列入党籍诏示天下，宣布永不叙用。

庆元四年（1198）四月，右谏议大夫姚愈奏请宁宗明诏天下禁止“伪学”。五月，宁宗遂命直学士兼中书舍人高文虎草诏告谕天下，严禁“伪学”，曰：“若其遂非不悔，怙终不悛，邦有常刑，必罚无赦。”❶十二月，朱熹上状以年及七十奏请致仕。他写信给黄幹说：“致仕文字州府只为申省，不肯保奏。……旦夕当附人去，成败得失一切任之，不能以为念也。”❷庆元五年（1199）四月，朱熹终于获准以朝奉大夫致仕，弟子刘爚形容他的致仕为“结五十年之公案”❸。此“五十年公案”指的是朱熹一生的宦仕生涯，朱熹“登第五十年，仕于外者仅九考，立朝才四十日”❹，跨越三朝的宦仕生涯历经波折坎坷，终于以悲凉告老而告终。

庆元六年（1200）三月九日，朱熹病逝于建阳考亭，年七十岁。至其临终前三日，犹在修改《大学·诚意》章的注解。十一月会葬，虽然此时仍是禁严之时，一举一动皆受当地官员监视，但前来送葬者仍多达几千人。《庆元党禁》记录了会葬当时的情形：“诸生近者奔讣，远者为位而哭。蔡沈主丧役，黄幹主丧礼，冬十一月，葬于建阳之唐石。时伪党禁严，守则侂胄之党傅伯寿也。然会葬亦几千人。”❺可见一代大儒虽带着“伪师”的污名于党禁中凄凉离世，但他所代表的理学精神却不曾磨灭，依然有弟子坚守其道。

---

❶ [宋]佚名．汝企和点校．续编两朝纲目备要[M]．北京：中华书局，1995：85.

❷ [宋]朱熹撰．朱杰人，严佐之，刘永翔主编．朱子全书[M]．上海：上海古籍出版社；合肥：安徽教育出版社，2002：4662.

❸ [宋]朱熹撰．朱杰人，严佐之，刘永翔主编．朱子全书[M]．上海：上海古籍出版社；合肥：安徽教育出版社，2002：4728.

❹ [元]脱脱，等．宋史[M]．北京：中华书局，1977：1508.

❺ [宋]沧州樵叟．庆元党禁[M]//影印文渊阁四库全书（第451册）．台北：台湾商务印书馆，1986：36.

至宁宗嘉泰元年（1201），韩侂胄已官至太傅，封平原郡王，权倾朝野，地位稳固。至此赵汝愚、朱熹皆已去世，韩侂胄与反道学势力于党争中已取得全面胜利。达到目的后，韩侂胄开始与反道学官僚切割，为防日后报复，逐步松弛“党禁”，复起因党籍获罪的官员。李心传《道命录》曰：“伪学之禁虽出侂胄，而力主其说者，宰执京镗、何澹，台谏刘德秀、胡纮也。至是，德秀、纮皆去，侂胄也稍厌前事，凡以伪学得罪者往往奉祠、补郡。”❶

嘉泰二年（1202）朝廷开始恢复赵汝愚与朱熹的名誉。二月，追复赵汝愚资政殿大学士。十月，追复朱熹职名，以华文阁待制致仕。

开禧三年（1207）十一月，北伐失败，韩侂胄伏诛，史弥远当政为相。史弥远是陆象山之再传弟子杨简的门人，并且为了争取道学人士的支持对理学解禁持赞同态度。在他出任丞相之后几年，“雪赵汝愚之冤，乞褒赠赐谥，厘正诬史，一时伪学党人朱熹、彭龟年、杨万里、吕祖俭虽已殁，或褒赠易名，或录用其后，召还正人故老于外”。❷被党禁迫害的道学人士纷纷得到平反。

嘉定元年（1208）四月，太学博士真德秀上书呼吁解除学禁。真德秀为朱熹私淑弟子，习朱子之学，为朱熹之学的解禁与地位的树立贡献良多。《宋史》云：“自侂胄立伪学之名以锢善类，凡近世大儒之书，皆显禁以绝之。德秀晚出，独慨然以斯文自任，讲习而服行之。党禁既开，而正学遂明于天下后世，多其力也。”❸十月，朝廷下令叙复朱熹原官，给予致仕恩泽，遗表恩泽。

嘉定二年（1209）十二月，朝廷特赐朱熹谥号曰“文”，称朱文公。

嘉定三年（1210）五月，朱熹被追赠中大夫，宝谟阁直学士，以明堂恩，加通议大夫。

嘉定四年（1211）四月，朱熹弟子国子司业刘爚上奏，乞开“伪学”禁。

嘉定五年（1212）三月，刘爚为国子祭酒，又奏请将朱熹所著《论语集注》与《孟子集注》列于学官，获宁宗批准。这标志着“伪学”之禁彻底解除，朱子理学得到平反，并由此开始了向国家意识形态过渡的进程。

---

❶ ［宋］李心传．朱军点校．道命录［M］．上海：上海古籍出版社，2016：79.

❷ ［元］脱脱，等．宋史［M］．北京：中华书局，1977：12417.

❸ ［元］脱脱，等．宋史［M］．北京：中华书局，1977：12964.

至理宗朝，朱熹地位进一步提升，宝庆三年（1227），理宗下诏曰：“朕观朱熹集注《大学》《论语》《中庸》《孟子》，发挥圣贤蕴奥，有补治道。朕方励志讲学，缅怀典刑，深用叹慕，可特赠太师，追封信国公。”❶明确地对朱熹的“四书”之学进行表彰，其目的是以理学统一思想，维护“治道”，朱熹的理学体系至此得到官方的全面肯定。

理宗绍定三年（1230）九月，改封朱熹为徽国公。

理宗淳祐元年（1241），理宗幸太学，手诏以周敦颐、张载、二程及朱熹从祀孔庙。从此，程朱理学正式成为官方学术思想。朱熹之学术终于为南宋士人所接受，据宋末元初人戴表元所记“甲辰（1244）、乙巳（1245）间，有用其说取甲科者，四方翕然争售朱学”❷，可为一证。《诗集传》作为朱熹为《诗经》所作的传注，自然也通过科举考试得到了广泛的传播，朱熹的《诗经》学思想在宋末为越来越多的士人所接受。

二、从《诗序》之争看《诗经》汉学到宋学的转变

《诗经》汉学和《诗经》宋学的根本分歧点在于对《诗序》的认识，因此由《诗经》汉学至《诗经》宋学的发展转变，通过关于《诗序》作者的论争过程可窥见大概。《诗序》问题可谓“说经之家第一争诟之端”❸，而《诗序》问题的核心是《诗序》的作者问题，千百年来说《诗》者关于《诗序》的作者，以及其引申出来的大、小《序》之说，乃至《诗序》存在价值的争论从未停息过。

关于《诗序》的作者，东汉郑玄首次提出《诗序》为子夏所作，其笺《小雅》“鹿鸣之什”之《南陔》《白华》《华黍》三亡诗曰：“此三篇盖武王之时，周公制礼，用为乐章，吹笙以播其曲。孔子删定在三百一十一篇内，遭战国及秦而亡。子夏序《诗》，篇义合编，故诗虽亡而义犹在也。毛氏《故训传》各引《序》冠其篇首，故《序》存而诗亡。”❹于是此后学者至多提出毛公、卫宏于

❶ [元]脱脱，等．宋史[M]．北京：中华书局，1985：880.

❷ [元]戴表元．剡源文集[M]// 影印文渊阁四库全书（第1194册）．台北：台湾商务印书馆，1986：7.

❸ [清]永瑢，等．四库全书总目[M]．北京：中华书局，1965：119.

❹ [南朝宋]范晔．后汉书[M]．北京：中华书局，2005：810.

《诗序》有所润益，“子夏序《诗》”的观点基本成为共识。“孔子删《诗》，子夏作《序》”之说使得《诗序》具有了与《诗经》同等的神圣性与权威性，在中唐之前《诗序》几乎是不曾有人敢于质疑的，如《四库全书总目》云："自唐以来，说《诗》者莫敢议毛、郑，虽老师宿儒，亦谨守《小序》。"❶在汉唐《诗经》学中，尊《序》派占据着绝对的主流地位。

直到唐代中期，韩愈首次对《诗序》提出质疑，认为《诗序》不是子夏所作，乃是出于汉儒藉名，并提出了三个理由："子夏不序《诗》之道有三焉：'不智，一也；暴中冓之私，《春秋》所不明不道，二也；诸侯犹世不敢以云，三也。查夫《诗序》，其汉之学者欲自显立其传，因藉之子夏。'"❷韩愈对“子夏作《序》”的质疑掀起了《诗经》学史上疑《序》的开端，引领了《诗》学研究的新局面。

其后，唐之成伯屿、五代之邱光庭等也对《诗序》的作者提出了质疑与讨论。成伯屿相对韩愈还略保守些，认为《大序》是子夏所作，但首次提出《小序》仅首句为子夏所作，以下皆为毛公所作。他在《毛诗指说》中举了两个证据，一是至汉代已经亡佚到有目无辞的六篇亡诗皆只有一句序文，说明毛公没有看到诗文，所以无从发挥，只留下一句子夏所写的《序》；二是《大雅·丝衣序》曰："丝衣，绎宾尸也。高子曰：灵星之尸也。"因为高子为战国时人，时代比子夏晚，所以子夏不可能引用他的话，《诗序》里出现他的话就成为《诗序》一句之下非子夏所作的明证。❸邱光庭《诗序不作于毛公辩》对《诗序》作者是毛公的观点提出质疑，认为《毛传》解《诗》之意与《序》义多有矛盾处，所以《序》的作者不是毛公，作《序》人的时代当比毛公早。但对作《序》者具体是何人，是否为子夏，邱光庭并没有下判断。

可以看到韩愈之后各家虽然各执一词，没有达成共识，但对《诗序》作者的质疑已经公开讨论。既然《诗序》的作者存疑，那么《诗序》的内容自然也变得可疑起来，《毛传》的权威性受到动摇。无怪乎此后疑《序》的风潮愈演愈烈，至宋代逐渐发展成为反《序》、废《序》的风潮。

❶ [清]永瑢，等．四库全书总目[M]．北京：中华书局，1965：121.

❷ [唐]韩愈撰．屈守元，常思春主编．诗之序义[M]．成都：四川大学出版社，1996：3038.

❸ [唐]成伯屿．毛诗指说[M]//影印文渊阁四库全书（第70册）．台北：台湾商务印书，1983：174.

宋代的疑《序》思潮实为北宋庆历朝之后“疑古惑经”风潮的一部分，汉之儒学发展至此已经陷入僵化，不再能满足当时的政治需求，学者们迫切需要将汉学请下神坛，才能树立新的符合时代要求的学术思想。清人范家相形容疑《序》、废《序》思潮由唐至宋的发展曰：“疑《序》者始于韩昌黎（韩愈），发于成伯玙，而宋儒从而力排之。舍《序》言诗者，始于苏颍滨（苏辙），甚于郑夹漈（郑樵）、王雪山（王质），而朱子因句诋而字驳之。嗣是以后，或信或否，又分道扬镳，不可胜纪矣。”❶可见自韩愈开此先河之后，疑《序》之风逐渐发展，至北宋时开始形成反《序》、弃《序》的思潮与尊《序》的不断斗争，说《诗》者已明显分为尊《序》与反《序》两大派，至朱熹后反《序》派已与尊《序》派呈分庭抗礼之势。

北宋之时，疑《序》派的代表人物为欧阳修、苏辙，尊《序》派的代表人物为王安石、程颐。

欧阳修《诗本义·序问》曰：

> 或问：“《诗》之《序》，卜商作乎？卫宏作乎？非二人之作，则作者其谁乎？”应之曰：“《书》《春秋》皆有《序》而著其名氏，故可知其作者。《诗》之《序》不著其名氏，安得而知之乎？虽然，非子夏之作可以知也。”曰：“何以知之？”应之曰：“子夏亲受学于孔子，宜其得《诗》之大旨，其言风雅有变正，而论《关雎》《鹊巢》系之周公、召公，使子夏而序《诗》，不为此言也。”❷

关于《诗序》的作者，欧阳修认为并非子夏所作，并从诗之本义来考证，认为《序》义与《诗》旨不符者甚多，未得《诗》之大旨，特别是“二南”部分。但从整体来说欧阳修还是对《诗序》的价值持认可态度的，他说：“自汉以来，学者多矣，其卒舍三家而从毛公者，盖以其源流所自，得圣人之旨多欤？今考《毛诗》诸序与《孟子》说《诗》多合，故吾于《诗》常以《序》为证也。至其时有小失，随而正之。惟《周南》《召南》失者类多，吾固已论之矣，学者可以察

❶ [清]范家相．诗渖[M]//影印文渊阁四库全书（第88册）．台北：台湾商务印书馆，1986：613.

❷ [宋]欧阳修．诗本义[M]//影印文渊阁四库全书（第64册）．台北：台湾商务印书馆，1986：293-294.

焉。"❶经过考证，欧阳修认为除却解"二南"之《序》外，《诗序》解释诗义只是偶有小失误，依然保留了许多圣人之旨，是可以作为解《诗》的依据的。

苏辙《诗集传》曰：

今《毛诗》之序何其详之甚也，世传以为出于子夏，予窃疑之。子夏尝言《诗》于仲尼，仲尼称之，故后世之为《诗》者附之。要之，岂必子夏为之？其亦出于孔子或弟子之知《诗》者欤？然其诚出于孔氏也，则不若是详矣。孔子删《诗》而取三百五篇，今其亡者六焉，《诗》之叙未尝详也。《诗》之亡者，经师不得见矣，虽欲详之而无由，其存者将以解之，故从而附益之，以自信其说。是以其言时有反覆繁重，类非一人之词者，凡此皆毛氏之学而卫宏之所集录也。东汉《儒林传》曰："卫宏从谢曼卿受学作《毛诗叙》，善得风雅之旨，至今传于世。"隋《经籍志》曰："先儒相承，谓《毛诗叙》子夏所创，毛公及卫敬仲又加润益。"古说本如此。故予存其一言而已，曰是诗言是事也，而尽去其余。独采其可者见于今传，其不可者皆明著其失，以为此孔氏之旧也。❷

苏辙也认为《诗序》不出于子夏之手，原因是《诗序》内容太过详细，不似孔子及子夏的手笔，并且言辞时有重复烦冗，不像出于一人之手，所以判断为习毛氏之学的经师们所附益，而后由卫宏整理辑录，并引东汉《儒林传》和隋《经籍志》为佐证。他部分继承了成伯屿的观点，在其《诗集传》中对《诗序》"存其一言"，也就是仅保留首句，其余"采其可者见于今传，其不可者明著其失"，认为这样才能除去遮蔽，还"孔氏之旧"。正因其大胆地"尽去其余"，所以苏辙《诗集传》被认为是舍《序》言诗之滥觞。

值得注意的是，北宋尊《序》一派的代表人物王安石也不认同《诗序》为子夏所作，其《诗经新义》曰：

世传以为言其义者子夏也。观其文辞，自秦汉以来诸儒盖莫能与于此。然传以为子夏，臣窃疑之。《诗》上及于文王、高宗、成汤，如《江有汜》之为"美媵"，《那》之为"祀成汤"，《殷武》之为"祀高宗"，方其作时，

❶ [宋]欧阳修. 诗本义[M]// 影印文渊阁四库全书（第 64 册）. 台北：台湾商务印书馆，1986：293-294.

❷ [宋]苏辙. 诗集传[M]// 影印文渊阁四库全书（第 70 册）. 台北：台湾商务印书馆，1986：315.

无义以示后世，则虽孔子亦不得而知，况于子夏乎？[1]

《诗序》是国史撰作。[2]

王安石认为《诗序》的作者既不是子夏，也不是汉儒，而是与《诗》的创作者同时代的史官。并且王氏对《诗序》极为尊崇，在《答韩求仁书》中曾曰："盖序《诗》者不知何人，然非达先王之法言者，不能为也。故其言约而明，肆而深。要当精思而熟讲之尔，不当疑其有失也。"[3]王安石如此尊《序》，将之置于不容置疑的地位，并非完全出于对汉唐尊《序》传统的沿袭，他将《诗序》权威化是因为看重其美刺教化功能，希望借助对《诗序》的重新阐释来构建符合时代要求的新意识形态为其变法服务。

程颐也是坚定的尊《序》者，他认为《大序》是孔子所作，《小序》是国史所作，但在《小序》中也掺杂有后世说《诗》者所添入的内容。他关于《诗序》的言论有：

夫子虑后世之不知《诗》也，故序《关雎》以示之。学《诗》而不求《序》，犹欲入室而不由户也。[4]

《诗》前序必是当时人所传，国史明乎得失之迹是也。不得此，则何缘知得此篇是甚意思。《大序》则是仲尼所作，其余则未必然。要之，皆得大意，只是后之观《诗》者亦添入。[5]

《诗·小序》便是当时国史作。如当时不作，虽孔子亦不能知，况子夏乎？如《大序》，则非圣人不能作。[6]

曰："圣人删《诗》时，曾删改《小序》否？"曰："有害义理处，也须删改。今之《诗序》，却煞错乱，有后人附之者。"[7]

---

[1] 程元敏．三经新义辑考汇评 [M]. 上海：华东师范大学出版社，2011：5.

[2] 程元敏．三经新义辑考汇评 [M]. 上海：华东师范大学出版社，2011：5.

[3] [宋] 王安石．唐武标校．王文公文集 [M]. 上海：上海人民出版社，1974：77.

[4] [宋] 程颐．程氏经说 [M]// 影印文渊阁四库全书（第 177 册）. 台北：台湾商务印书馆，1986：62.

[5] [宋] 程颐，程颢．王孝鱼点校．二程集 [M]. 北京：中华书局，1981：40.

[6] [宋] 程颐，程颢．王孝鱼点校．二程集 [M]. 北京：中华书局，1981：256.

[7] [宋] 程颐，程颢．王孝鱼点校．二程集 [M]. 北京：中华书局，1981：229.

总结以上两派的观点可以看出，时至北宋，虽然尊《序》派与反《序》派对待《诗序》的态度有所不同，但对《诗序》的作者问题，一派认为是早于子夏的史官或孔子所作，另一派认为是晚于子夏的汉儒经师所作，《诗序》非出于子夏之手已成为基本的共识。这体现出宋儒们共有的不盲从前人成说，敢于自己做出判断的独立治学精神，宋代的疑古惑经风潮已愈来愈盛。

到了南宋，《诗经》研究领域的发展愈加蓬勃，各家纷纷以己意对《诗经》进行阐释，尊《序》、废《序》两派的斗争也变得更加激烈，辩论更加深入具体。尤其是废《序》派的观点愈发鲜明，从对《诗序》作者或者对部分《诗序》的质疑转向对《诗序》整体存在价值的质疑。南宋最为突出的反《序》派，当属郑樵、朱熹和王质了。《宋史·艺文志》曰："南宋之初，废《诗序》者三家，郑樵、朱子及质也。郑、朱之说最著，亦最与当代相辩难。"❶

南宋之初的郑樵是第一个旗帜鲜明地打出反《序》大旗的学者。其《诗辨妄》专攻《诗序》，所谓"辨妄"即是辨毛、郑之妄。《诗辨妄》早已亡佚，但南宋周孚著有驳斥此书的《非诗辨妄》一书，将郑樵批驳《诗序》的一些观点和原文保存了下来，顾颉刚据之做过辑佚，辑得五十九则。其《诗辨妄·自序》曰：

> 《毛诗》自郑氏既笺之后，而学者笃信康成，故此《诗》专行，三家遂废。《齐诗》亡于魏；《鲁诗》亡于西晋。隋、唐之世，犹有《韩诗》可据。迨五代之后，《韩诗》亦亡。致今学者只凭毛氏；且以《序》为子夏所作，更不敢拟议。盖事无两造之辞，则狱有偏听之惑。今作《诗辨妄》六卷，可以见其得失。❷

针对学者"只凭毛氏"，对子夏序《诗》"不敢拟议"的状况，郑樵在《诗辨妄》中对子夏序《诗》的说法提出质疑，公然向《诗序》的权威性发起挑战，其曰：

> 汉之言《诗》者三家耳。毛公，赵人，最后出，不为当时所取信，乃诡诞其说，称其书传之子夏。盖本《论语》所谓"起予者商也，始可与言《诗》已矣"。

❶ [清]永瑢，等.四库全书总目[M].北京：中华书局，1965：122.

❷ [宋]郑樵.通志[M].北京：中华书局，1987：757.

设如有子夏所传之《序》，因何齐鲁间先出，学者却不传，反出于赵也？《序》既晚出于赵，于何处而传此学？❶

郑樵认为《诗序》是汉代赵人毛公所作，因其不仅比齐、鲁、韩三家诗晚出，且传承不明，不过是诡称传于子夏以为借重罢了。并且郑樵从《诗序》自身找到其并非秦以前三代所传的证据："据六'亡诗'，明言'有其义而亡其辞'，何得是秦火前人语？《裳裳者华》'古之仕者世禄'，则知非三代之语。"❷

同时郑樵也认为卫宏对《诗序》有所增益，《小序》或"续序"为卫宏所作，因为辑文中有三处直呼卫宏之名，如驳《蜉蝣》序曰："彼以《候人》为刺共公，共公之前则昭公也，故以《蜉蝣》为刺昭公。昭公之实无其迹，但不幸代次迫于共公，故为卫宏所置。"❸可见他认为《诗序》的作者是毛公，而卫宏为之增益。

郑樵将《诗序》质之史书，与史实相印证后，发现《诗序》所系人物、世次多是附会史书、谥号。

作《序》者有可经据则言其人，无可经据则言其意。

诸风皆有指言当代之某君者，惟《魏》《桧》二风无一篇指言某君者，以此二国《史记》世家、年表、书传不见有所说，故二风无指言也。若《序》是春秋前人作，岂得无所一言。❹

《宛丘》《东门之枌》刺幽公，《衡门》谓刺僖公。幽、僖之迹无所据见，作《序》者但本谥法而言之。❺

朱熹《朱子语类》曰："郑渔仲谓《诗小序》只是后人将史传去拣，并看谥，却附会作《小序》美刺。"❻可见郑樵的这一考证方法对朱熹的《诗序》观造成很大影响，间接推动了朱熹从尊《序》到反《序》的改变，"向见郑渔仲有《诗辨妄》，力诋《诗序》，其间语言太甚，以为皆是村野妄人所作，始亦疑之。后

❶ [宋]郑樵.诗辨妄[M]//续修四库全书（第56册）.上海：上海古籍出版社，1996：227.
❷ [宋]郑樵.诗辨妄[M]//续修四库全书（第56册）.上海：上海古籍出版社，1996：227.
❸ [宋]郑樵.诗辨妄[M]//续修四库全书（第56册）.上海：上海古籍出版社，1996：228.
❹ [宋]郑樵.诗辨妄[M]//续修四库全书（第56册）.上海：上海古籍出版社，1996：227.
❺ [宋]郑樵.诗辨妄[M]//续修四库全书（第56册）.上海：上海古籍出版社，1996：227.
❻ [宋]黎靖德.王星贤点校.朱子语类[M].北京：中华书局，1986：2079.

来仔细看一两篇，因质之《史记》《国语》，然后知《诗序》之果不足信。”❶可见郑樵从《诗》学观点到治《诗》方法对朱熹的影响。

王质是与朱熹同时的一位反《序》派中坚，常被论说者与郑樵、朱熹并提，著有《诗总闻》一书，以己意说《诗》，断然将《诗序》弃置不用，所以被认为其废《序》较郑樵、朱熹更为彻底。《宋史·艺文志》曰："质说不字字诋《小序》，故攻之者亦稀。然其毅然自用，别出心裁，坚锐之气，乃视二家（郑樵、朱熹）为加倍。"❷

《四库总目提要》曰：

自汉以来，说《诗》者多依《序》，苏辙《诗传》始去取相半，其废《序》言《诗》，则郑樵唱而质和之也。❸

南宋陈日强于《诗总闻》跋曰：

其删除《诗序》，实与文公朱先生合。至于以意逆志，自成一家，真能寤寐诗人之意于千载之上，斯可谓之穷经矣。❹

明人陆深曰：

其书颇与朱传不合，亦多前人所未发。❺

清人周中孚曰：

其书虽与郑渔仲、朱子同一不用《小序》，然废《序》而不攻《序》，其间自抒心得，独辟门径，多精义悬解，而无胶执之见，故为世所称焉。❻

虽然王质与朱熹的《诗》学观点未必相同，但二人从对《诗序》的质疑，到以意逆志、涵泳文本、以情说《诗》的解《诗》方法都非常一致，或许说明经过各家《诗》学思想的碰撞交流，《诗经》学发展至南宋出现全面的彻底的反《序》、废《序》作品是一个必然。

宋代反《序》派发展至朱熹这里，正如周予同先生所云："欧阳修作《毛

❶ [宋]黎靖德．王星贤点校．朱子语类[M]．北京：中华书局，1986：2076.

❷ [清]永瑢，等．四库全书总目[M]．北京：中华书局，1965：122.

❸ [清]永瑢，等．四库全书总目[M]．北京：中华书局，1965：122.

❹ [清]永瑢，等．四库全书总目[M]．北京：中华书局，1965：122.

❺ [明]陆深．俨山外集[M]//影印文渊阁四库全书（第885册）．台北：台湾商务印书馆，1986：127.

❻ [清]周中孚．郑堂读书记[M]．上海：上海书店出版社，2009：105-106.

诗本义》，始辨毛、郑之失而断以己意。苏辙作《诗集传》，始以毛《序》为不可尽信，因仅存其首句而删去其余。郑樵作《诗传辨妄》，始专攻毛、郑而极诋《小序》，盖欧、苏、郑三氏为宋代《诗经》学怀疑派之先河，而朱熹之《诗序辨说》及《诗集传》集其大成。”❶至于朱熹的诗《序》观，本书第一章第二节已有论述，此处不再赘述。大略而言，朱熹认为《诗序》是由卫宏等汉儒增益凑合而成：“《诗序》，东汉《儒林传》分明说道是卫宏作，后来经意不明，都是被他坏了。某又看得亦不是卫宏一手作，多是两三手合成一序，愈说愈疏。浩云：‘苏子由却不取《小序》。’曰：‘他虽不取下面言语，留了上一句，便是病根。’”❷并且对保留《诗序》首句的做法不以为然，所以其《诗集传》尽去《小序》自为其说，《诗序辨说》对《小序》更是“字诋句驳”。虽然朱熹被视为宋代反《序》派的集大成者，但在后世反《序》派看来朱熹对《小序》的批判并不彻底，如清人姚际恒即批评朱熹《诗集传》“时复阳违《序》而阴从之”❸，其实原因正如朱熹在《诗序辨说·序》里说的那样：“愚之病此久矣，然犹以其所从来也远，其间容或真有传授证验而不可废者。故既颇采以附《传》中，而复并为一编，以还其旧。因以论其得失云。”❹朱熹认为《诗序》毕竟流传久远，其中很可能留存有真正的诗义，不能一概否定废除，所以《诗集传》中还是保留采纳了许多《诗序》中的说法。

而与朱熹同时的尊《序》派学者影响最大者当属吕祖谦，吕氏曾受学于二程之再传弟子刘勉之，其学以二程为宗，《宋史·吕祖谦传》云：“祖谦学以关、洛为宗，而旁稽载籍，不见涯涘。”❺所以吕祖谦著《吕氏家塾读诗记》虽博采众家之说，但仍坚守程氏之《诗》说，其说《诗》大抵本于程颐之《诗解》。如《读诗记》卷首《纲领》即引程颐语曰：“至周而世益文，人之怨乐，必形于言；政之善恶，必见美刺。至夫子之时，所传者多矣。夫子删之，得三百篇，皆止于

❶ 周予同．周予同经学史论著选集 [M]. 上海：上海人民出版社，1983：156-157.

❷ [宋]黎靖德．王星贤点校．朱子语类 [M]. 北京：中华书局，1986：2074.

❸ [清]姚际恒．诗经通论 [M]. 北京：中华书局，1958：8.

❹ [宋]朱熹撰．朱杰人，严佐之，刘永翔主编．朱子全书 [M]. 上海：上海古籍出版社；合肥：安徽教育出版社，2002：353.

❺ [元]脱脱，等．宋史 [M]. 北京：中华书局，1985：12874.

礼义，可以垂世立教。”❶显然是认同夫子删诗之说的。

吕祖谦对《小序》作者的看法与程氏如出一辙，曾引程氏语曰：

学《诗》而不求《序》，犹入室而不由户也。……史氏得《诗》，必载其事，然后其义可知，今《小序》之首是也，其下则说诗者之词也。❷

其自曰：

三百篇之义，首句当时所作，或国史得《诗》之时，载其事以示后人，其下则说诗者之辞也。说诗者非一人，其时先后亦不同。❸

可以看出他对《诗序》作者的认识集合了程颐的观点，并结合了苏辙的看法，认为《诗序》最早为国史所作，只有首句，之后的内容由不同时期的说《诗》者陆续添入。

早年朱熹尊《序》时，作《诗集解》初稿，吕祖谦《吕氏家塾读诗记》对其说多有采撷，书中所引“朱氏曰”者即是，后来朱熹尊《序》的态度转为疑《序》乃至反《序》，二人因此而有数次书信论争。

淳熙五年（1178），朱熹曾写信给吕祖谦说：

大抵《小序》尽出后人臆度，若不脱此窠臼，终无缘得正当也。❹

而吕祖谦对朱熹的反《序》观点颇不以为然，在给朱熹的书信中说道：

唯太不信《小序》一说，终思量未通也。❺

朱熹曾言吕祖谦尊《序》之弊曰：

伯恭专信《序》，又不免牵合。伯恭凡百长厚，不肯非毁前辈，要出脱回护。不知道只得个解经人，却不曾为得圣人本意。是便道是，不是便道不是，方得。❻

东莱《诗记》却编得子细，只是大本已失了，更说甚么？向尝与之论此，

---

❶ [宋]程颢，程颐．王孝鱼点校，二程集[M]. 北京：中华书局，1981：1046.

❷ [宋]程颢，程颐．王孝鱼点校，二程集[M]. 北京：中华书局，1981：1046-1047.

❸ [宋]吕祖谦．吕氏家塾读诗记[M]// 丛书集成．北京：中华书局，1985：74.

❹ [宋]朱熹撰．朱杰人，严佐之，刘永翔主编．朱子全书[M]. 上海：上海古籍出版社；合肥：安徽教育出版社，2002：1475.

❺ [宋]吕祖谦．东莱别集[M]// 文渊阁四库全书（第1150册）. 台北：台湾商务印书馆，1986：255.

❻ [宋]黎靖德．王星贤点校．朱子语类[M]. 北京：中华书局，1986：2074.

如《清人》《载驰》一二诗可信。渠却云："安得许多文字证据？"某云："无证而可疑者，只当阙之，不可据《序》作证。"渠却云："只此《序》便是证。"某因云："今人不以《诗》说《诗》，却以《序》解《诗》，是以委屈牵合，必欲如《序》者之意，宁失诗人之本义而不恤也。此是《序》者大害处！"❶

《读诗》诸说，乃是《诗小序》说，非《诗》说。疑亦是从前太于世变一事留意得重，故只见得此意思。大率向外底意思多，切己底意思少，所以自己日用之间都不得力。❷

指出了吕祖谦以《序》解《诗》，忽略《诗》的本文，导致不得诗人之本义，"大本已失"，从根本上忽略了《诗》感物道情的本质，忽视了《诗》对个体的人的教化功能。并分析原因在于吕氏受传统《诗》说之影响更关注"世变"——政治变迁，导致其解《诗》时更重视"向外底意思"——政治美刺功能，而非"切己底意思"——对个人修养的教育作用，这两种倾向的差别正是《诗经》汉学与《诗经》宋学之间的根本差别。

明人顾起元曾将朱、吕二人关于《诗经》的争议归纳为四个方面：

文公取夹漈郑氏诋諆《小序》之说，多斥毛、郑，而以己意为之序；成公则尊用《小序》，且谓《毛诗》率与经传合，为独得其真，其异一也。文公释"思无邪"为劝善惩恶，究乃归正，非作诗之人皆无邪；成公则直谓诗人以无邪之思作之云耳，其异二也。文公以《桑中》《溱洧》即是《郑》《卫》，《二雅》乃名为《雅》，成公刘谓二诗并是雅声，彼桑间、濮上，圣人固已放之，其异三也。文公以《二南》房中之乐，正大、小《雅》朝廷之乐，《商颂》《周颂》宗庙之乐，《桑中》《溱洧》之伦，不可以荐鬼神、御宾客；成公则谓凡《诗》皆雅乐也，祭祀聘享皆用之，惟桑、濮、郑、卫之音乃世俗所用，元不列于三百篇数，其异四也。❸

---

❶ [宋]黎靖德．王星贤点校．朱子语类[M]．北京：中华书局，1986：2067-2077.

❷ [宋]朱熹撰．朱杰人，严佐之，刘永翔主编．朱子全书[M]．上海：上海古籍出版社；合肥：安徽教育出版社，2002：2195.

❸ [清]朱彝尊．经义考[M]．北京：中华书局，1998：577.

第一个争议是《小序》是否可信；第二个争议是“思无邪”是否针对作诗者而言；第三个争议是《桑中》《溱洧》之诗是否是“淫诗”；第四个争议是关于《风》《雅》《颂》不同体裁的诗的使用。四个争议问题归结起来都是围绕《诗序》是否可信而展开的所谓衍生问题。

直到淳熙八年（1181）吕祖谦去世，二人的观点也没有达成一致。次年，朱熹在《吕氏家塾读诗记后序》中云：“此书所谓‘朱氏’者，实熹少时浅陋之说，而伯恭父误有取焉。其后历时既久，自知其说有所未安。如雅正邪正之云者，或不免有所更定，则伯恭父反不能不质疑于其间，熹窃惑之。方将相与反复其说，以求真是之归，而伯恭父已下世矣。”❶虽然这场讨论没有得出结果，但在思想交流碰撞的过程中，朱熹的反《序》思想渐趋成熟完善，《四库全书总目》云：“盖《集传》废《序》，成于吕祖谦之相激，非朱子之初心。故其间负气求胜之处，在所不免。”❷此说虽然出于臆断，并无实据，但朱熹反《序》的观点的确是在与吕祖谦论辩的过程中逐渐完善确立的。

要之，吕祖谦的《诗》学既有宋学之兼容并包的态度，又有汉学之严守师承的法度，朱熹的《诗经》学则体现了博观约取而又大胆质疑的宋学之风，以两人为代表的尊《序》与反《序》两派发展至此可谓平分秋色，之后两派也各有后学参与论争，一时亦难分高下。但通过论争，两派的思想也有所融合，如宋末最具分量的尊《序》派《诗经》学者严粲就受到了朱熹《诗经》学观点的很多影响，虽然对于《诗序》他依然认为不可废弃，但也已然把《诗序》首句与之后的部分区别看待，以首句之后的部分为“后序”，认为是讲师所作，承认其间多有错误之处。

由韩愈等历代学者所发起的疑《序》、废《序》运动发展到朱熹这里取得了阶段性的成果，朱熹不仅跳出《诗序》的束缚，打破了依据《诗序》进行政治比附的“美刺”说《诗》系统，而且建立了基于《诗经》文本且关注于人之心性修养的新说《诗》系统。虽然直到元代延祐年间朱熹《诗集传》悬为功令，反《序》

❶ [宋]朱熹撰．朱杰人，严佐之，刘永翔主编．朱子全书[M]上海：上海古籍出版社；合肥：安徽教育出版社，2002：3655.

❷ [清]永瑢，等．四库全书总目[M]．北京：中华书局，1965：130.

派才首次彻底占据了上风，但是朱熹《诗经》学的形成仍可视作《诗经》汉学与《诗经》宋学攻守易位的转折点。

第二节　南宋朱子门人对其《诗》学思想的继承与发展

朱熹的《诗经》学思想在通过其《诗经》学著作传播之前，首先通过师徒授受传于门人弟子，而接受了朱熹《诗》学思想的门人弟子复为之著作，以申明补益朱熹之说。这些著作捍卫了朱熹的《诗》学观点，补充了朱熹的疏漏之处，主观与客观上加速了朱熹《诗经》学的传播，扩大了朱熹《诗经》学的影响。庆元党禁时朱子之学被斥为“伪学”，朱熹之学术在党禁及之后的一段时间里不免风头稍偃，党禁学禁结束之后，朱门之弟子自然要以朱学之重振与传播为己任，展现出强烈的门户意识。如宋末元初人戴表元所说：“文公既没，而诸生方脱党祸，起而尊奖先说。非朱氏者，皆废格不用。”❶辅广作为朱门之高足即作《诗童子问》，以朱熹《诗经》学为绝对核心为之辅翼张目；至理宗朝朱子地位回升，三传弟子王柏所做的《诗疑》则更加激进，将朱熹的疑《序》与“淫诗说”发挥到废《序》删《诗》的程度；至南宋末年尚有黄震、王应麟等朱门后学的《诗》学著作继承了朱熹《诗经》学的某些思想观点，并对《诗集传》在辑佚考据方面的薄弱处形成补充，开拓了研究路径。正是这些朱子门人们继承并发展了朱熹的《诗经》学，开始了朱子《诗经》学体系的构建，形成《诗经》学史上最初的一股“尊朱”力量。

一、剖析师说，阐扬补益：辅广《诗童子问》

辅广（生卒年不详），字汉卿，号潜庵。南宋宁宗时人，祖籍赵州庆源（今河北赵县）。父名逵，字彦达，宋高宗南渡时，隶杨沂中麾下，累立战功。历官左武大夫、邵州防御使，后知泰州。晚年迁居秀州崇德（今浙江桐乡），遂为崇德人。辅广以父恩授保义郎、转忠训郎，曾四试不第，约于淳熙年间师事吕祖谦，

❶ [元]戴表元. 剡源文集[M]// 影印文渊阁四库全书（第1194册）. 台北：台湾商务印书馆，1986：20.

后又问学于朱熹，庆元元年（1195）于武夷山从朱熹问学三月。与黄榦同门，相友善，时人并称“黄辅”。朱熹对其多有称赞，曾曰：“汉卿身在都城俗学声利场中，而能闭门自守，味众人之所不味，虽向来金华同门之士，亦鲜有见其比者。”[1]宁宗庆元二年（1196）道学被斥为“伪学”，朱熹被斥为“伪师”时，书院生徒惧怕招祸多有避走者，独广反于此时前来问学两月。朱熹曾赞道：“当此时立得脚定者甚难，惟汉卿风力稍劲。”[2]庆元六年（1200）朱熹逝世后辅广入京，后因论政被劾，归乡讲学，于崇德县筑传贻堂教授生徒，盖取传之先儒以贻后学之义，故世称传贻先生。毕生专心于学问，以著书为己任。卒后赠朝奉郎。

在朱熹的众多弟子中，辅广可谓登堂入室将其学发扬光大者。全祖望在《宋元学案》中称赞辅广曰：“朱门弟子，潜庵其眉目也。”[3]辅广毕生以光大朱子之学为己任，《宋元学案》载其传朱子之学于魏了翁的事迹曰：“与魏文靖公善，每相过，必出文公言语文字，雒颂移晷而去。文靖外补，先生以其平生所得于文公者尽畀之。”[4]可见其推广师学的拳拳之心。黄宗羲按曰：“先生之学，入闽者，熊勿轩（熊禾）、陈石堂（陈普）其尤也；入东浙者，韩庄节（韩性）、黄东发（黄震）其尤也。逮至明初，而韩古遗（韩信同）及吾族祖黄菊东（黄珏）尚接其传。於乎！道之行不行，岂以时位哉？何先生之牢落而自远有耀乎？”[5]认为辅广生时虽声名不显，然其学光大于后世，影响深远。

辅广一生著述颇多，载于《宋元学案·潜庵学案》中的有《语孟学庸答问》《四书纂疏》《六经集解》《诗童子问》《通鉴集义》《潜庵日新录》《诗训编》。但至今除《诗童子问》外，其余诸书皆已亡佚。《诗童子问》一书收录了辅广受业于朱熹时所闻朱子论《诗》之说，兼朱熹《诗集传》《诗序辨说》的观点，并为其阐述发挥之作，之所以名曰《诗童子问》，胡一中《序》给出了解释：“先生（辅广）亲炙朱子之门，深造自得，于问答之际尊其师说，退然不敢自专，故谦

[1] [宋]朱熹撰．朱杰人，严佐之，刘永翔主编．朱子全书[M]．上海：上海古籍出版社；合肥：安徽教育出版社，2002：2839.

[2] [清]黄宗羲．宋元学案[M]．北京：中华书局，1986：2056.

[3] [清]黄宗羲．宋元学案[M]．北京：中华书局，1986：2056.

[4] [清]黄宗羲．宋元学案[M]．北京：中华书局，1986：2056.

[5] [清]黄宗羲．宋元学案[M]．北京：中华书局，1986：2057.

之曰‘童子问’。”❶ 明人王袆曰:“辅氏《童子问》,其说多补朱《传》之未备。”❷ 认为《诗童子问》可以视作《诗集传》的补充资料。

《四库全书总目》论此书曰：

谨案:《诗童子问》十卷,宋辅广撰。……是编大旨主于羽翼《诗集传》,以述平日闻于朱子之说,故曰“童子问”。卷首载《大序》《小序》,采录《尚书》《周礼》《论语》说《诗》之言,各为注释,又备录诸儒辨说,以明读《诗》之法。书中不载经文,惟录其篇目,分章训诂。末一卷则惟论叶韵。朱彝尊《经义考》载是书二十卷,有胡一中《序》,言阅建阳书市,购得而锓诸梓。且载文公《传》于上,《童子问》于下。此本仅十卷,不载朱子《集传》,亦无一中《序》。盖一中与《集传》合编,故卷帙加倍。此则汲古阁所刊广原本,故卷数减半,非有所阙佚也。其说多掊击《诗序》,颇为过当。张端义《贵耳集》载陈善送广往考亭诗曰“见说平生辅汉卿,武彝山下吃残羹”,似颇病其暖暖姝姝,奉一先生。然各尊其所闻,各行其所知,谨守师传,分门别户,南宋以后亦不仅广一人,不足深异。陈启源《毛诗稽古编》纠其注《周颂·潜》篇不知“季春荐鲔”为《月令》之文,误以为《序》说而辨之,则诚为疏舛。盖义理之学与考证之学分途久矣。广作是书,意自有在,固不以引经据古为长也。❸

《提要》之说，简要概括了《诗童子问》的体例源流。朱彝尊《经义考》著录此书为二十卷，并有胡一中《序》，实则二十卷本是胡一中将朱熹《诗集传》与《诗童子问》合刊而成，前十卷为朱熹《诗集传》。胡氏之所以合并二书，实与《诗童子问》体例相关。《诗童子问》主要围绕朱熹《诗传纲领》《诗序辨说》《诗集传》的内容进行申说，但对于朱熹的原文却省略不录，读者如无朱熹之书，阅读多有不便，于是胡氏将《诗集传》置于此书之前，以便于读者参考查阅。明代毛晋汲古阁重刊此书时，去掉了朱熹《诗集传》并胡一中《序》，故卷数减半为十卷，实则内容并无缺少。

❶ [清]黄宗羲.宋元学案[M].北京：中华书局，1986：2057.
❷ [清]朱彝尊.经义考[M].北京：中华书局，1998：580.
❸ [清]永瑢，等.四库全书总目[M].北京：中华书局，1965：343.

《诗童子问》是一部通释体《诗经》学著作，共十卷。首先卷首引录朱熹《诗传纲领》所备载《大序》，并引《尚书》《周礼》《论语》《孟子》和程颐、张载、谢良佐之说《诗》文字，一一为之诠释，以阐明读《诗》之方法（至于朱熹原本之序说、辨说文字，则略去不录，只做发扬，通篇皆遵此例）；其次载《小序》，以朱熹《诗序辨说》为基础，申说议论之。再次为《师友粹言》，引述朱子论《诗》之说，大略与《朱子语类》中的论《诗》之说同，并将之分为"读诗法""论乐出乎诗""论韵""雅论""论大序""论小序""论六义"七类。卷一至卷八为辅广对《诗经》各篇的诠释，书中不载《诗经》原文，只在篇目、章次、章句下作训解，有的每章都有解，有的仅挑选部分章次作解，有的无章句，内容基本为引述发明朱《传》，长于义理，略于训诂；最末一卷为《协韵考异》，只有四页，因为《诗集传》论叶韵已较为详尽，所以此书仅考其异，以为补正。

（一）对朱熹《诗》说的继承与补正

1. 对朱熹《诗序》观的继承与申明

辅广此书即专为辅翼朱熹《诗》说而作，其全面继承了朱熹的《诗》学观，对《毛诗序》多有抨击也是应有之义，但其言辞较之朱熹更为激烈，观点亦更为鲜明。《四库全书总目》批评辅广"掊击《诗序》，颇为过当"，清人周中孚亦曰："潜庵受学于朱子，故专主阐发师说，其攻击《小序》，较朱子更甚，所谓变本加厉也。"❶的确如此，辅广《诗童子问》中对《诗序》的批评随处可见：

《序》之为《诗》害也大矣！❷

如《序》说，……岂不大缪矣哉！❸

若如《序》说，则偏狭甚矣，非《诗》之教也。❹

若毛公之作（指《诗序》），则出于率易不思，遂启后人穿凿迂就之失，以至于上诬圣经，而其罪有不可追者矣。呜呼，可不戒哉！可不谨哉！❺

❶ [清] 周中孚．郑堂读书记 [M]．上海：上海书店出版社，2009：116.

❷ [宋] 辅广．诗童子问 [M]// 影印文渊阁四库全书（第 74 册）．台北：台湾商务印书馆，1986：283.

❸ [宋] 辅广．诗童子问 [M]// 影印文渊阁四库全书（第 74 册）．台北：台湾商务印书馆，1986：279.

❹ [宋] 辅广．诗童子问 [M]// 影印文渊阁四库全书（第 74 册）．台北：台湾商务印书馆，1986：380.

❺ [宋] 辅广．诗童子问 [M]// 影印文渊阁四库全书（第 74 册）．台北：台湾商务印书馆，1986：298.

对于《诗序》作者的看法，辅广云：“先生直据《后汉·儒林传》之说而断以为卫宏作，又因郑氏之说，以为宏特增广而润色之。”❶继承了朱熹以《序》为毛公所传、卫宏所做的看法。对于《诗序》首句之可靠性，辅广云：“首句之已有妄说者，则非先生阅理之明，考义之精，不能及也。”❷亦继承了朱熹的看法，认为《诗序》首句也不可靠。

可以看出，辅广对《诗序》的看法继承自朱熹，且较朱熹更加严厉，绝无株守汉唐学者对于《诗序》的那份敬畏，辅广敢于如此批判《小序》是因为他对朱熹的反《序》观点发自内心的认同与捍卫：

或曰：……晦翁先生又生于数千年后，乃尽废诸儒之说，而遂断《小序》为不足据者，何哉？予应之曰：不然。先生之学始于致知格物，而至于意诚心正。其于解释经义，工夫至矣。必尽取诸儒之说，一一细研，穷一言之善无有或遗，一字之差无有能遁，其诵圣人之言，都一似自己言语一般。盖其学已到至处，能破千古疑，使圣人之经复明于后世。然细考其说，则其端绪又皆本于先儒之所尝疑而未究者，则亦未尝自为臆说也。学者顾第弗深考耳。观其终，既已明知《小序》之出于汉儒，而又以“其间容或真有传授证验而不可废者，故既颇采以附《传》中而复并为一编，以还其旧，因以论其得失”云之说，则其意之谨重不苟，亦可见矣。岂可与先儒之穿凿迁就者同日语哉？❸

辅广解释了朱熹认为《小序》不可信并非妄下断语，而是建立在对“诸儒之说”的详尽了解以及对“先儒之所尝疑而未究者”的坚持求索上，这种既重视前人之说并对其进行认真详尽的考察，又保持怀疑与独立思考的“谨重不苟”“格物致知”的精神，是朱熹与前儒最大的差别。辅广对朱熹反《序》说的认同是建立在对朱熹治《诗》方法的认同上的。

朱熹在谈到《小序》的弊病时曾说：“《诗》之文意事类可以思而得，其时

❶ [宋]辅广．诗童子问[M]// 影印文渊阁四库全书（第74册）．台北：台湾商务印书馆，1986：298.

❷ [宋]辅广．诗童子问[M]// 影印文渊阁四库全书（第74册）．台北：台湾商务印书馆，1986：298.

❸ [宋]辅广．诗童子问[M]// 影印文渊阁四库全书（第74册）．台北：台湾商务印书馆，1986：298.

世名氏则不可以强而推。”❶

辅广为之申说曰：

……两句便断尽说《诗》之义，先生之说《诗》不过如此而已。于其可以思而得者，则从而为之说。于其不可强而推者，则阙之而已。此不惟说《诗》之法，如此凡说经皆当然也。至于诗文明白直指其事，与夫证验的切见于《书》史两条，此则《小序》所据以为说而得之者也。若因此而遂欲篇篇必求其时世名氏以为说，则诸空妄语，无所不至。此则《小序》故为欺罔而失之者也。❷

在辅广看来，这两句话即概括了朱熹解说《诗》义，去取《诗序》的方法。朱熹认为《诗》的“文意事类”可以从文本中推究思索而得到的信息，但诗中具体所指何时何人是不可以牵强推断的，宁愿阙之不论，亦好过误导后人。在辅广看来，《小序》最大的问题正在于此，为了取信于人而强行给每篇诗都系上时代与人物，这恰恰是《小序》不可信而往往有失于《诗》旨的原因。

由于尊信朱熹《诗》说，对于朱熹解《诗》不用《序》说之处，辅广必为之申说，并举《序》之所误，以阐明朱熹不从《诗序》之合理性，并且其反《序》态度比之朱熹更加鲜明、严厉。以下试举几例：

如《邶风·终风》一诗，《序》曰：

魏庄姜伤己也。遭州吁之暴，见侮慢而不能正也。❸

朱熹《诗序辨说》云：

详味此诗，有夫妇之情，无母子之意，若果庄姜之诗，则亦当在庄公之世，而列于《燕燕》之前。《序》说误矣。❹

---

❶ [宋]朱熹撰．朱杰人，严佐之，刘永翔主编．朱子全书[M]．上海：上海古籍出版社；合肥：安徽教育出版社，2002：361.

❷ [宋]辅广．诗童子问[M]//影印文渊阁四库全书（第74册）．台北：台湾商务印书馆，1986：281.

❸ [汉]毛亨撰，郑玄笺．[唐]孔颖达疏．李学勤主编．毛诗正义[M]．北京：北京大学出版社，1999：126.

❹ [宋]朱熹撰．朱杰人，严佐之，刘永翔主编．朱子全书[M]．上海：上海古籍出版社；合肥：安徽教育出版社，2002：362.

辅广进一步说解道：

何以知是诗有夫妇之情，无母子之意？曰：笑则幸其笑，来则幸其来，不然则思，望之而不能已。施之夫妇则可见其厚，施之母子则几于亵矣。庄姜之贤，其所以处州吁者，亦必自有道也，何至是哉！❶

《小序》认为此诗是讲魏国庄姜与州吁母子之事，而朱熹从文意中体会，认为此诗是讲夫妇之情，并无母子之意。而辅广则对诗中具体文句进行分析，来佐证朱熹的观点，认为其放在夫妻之间可见妻对夫感情深厚，放在母子之间就近于猥亵了，以庄姜之贤德，与儿子相处应当不至于如此。

再如《郑风·女曰鸡鸣》一诗，《序》曰：

刺不说德也。陈古义以刺今不说德而好色也。❷

朱熹《诗序辨说》曰：

此亦未有以见其陈古刺今之义。❸

辅广《诗序辨说》曰：

诗辞正是说其德而不泥于色，《序》者意郑国之风，不宜有此，故强以为陈古义以刺今，其思窄狭固滞甚矣。《郑风》虽曰淫乱，而天理民彝，岂容遂殄灭哉？唯其《郑风》而有此诗，此圣人之所以录之也。❹

《小序》以为此诗是刺诗，乃作诗者敷陈古人事以刺今人好色不好德，而朱熹不评价《序》之正误，但言在文本中找不到支持其"陈古刺今"之义的证据，辅广则直接从"诗辞"即文本解读，认为此诗义恰恰是好德而不泥于色，批评作《序》之人思维"狭窄固滞"，以为《郑风》不应有美诗，故强说致误。在他看来，好德乃天理赋予民之常性，即使在衰世也不会被完全泯灭，此诗主人公在不正的风气之中而能守正，这正是孔子收录此诗入三百篇的原因。

---

❶ [宋]辅广.诗童子问[M]//影印文渊阁四库全书（第74册）.台北：台湾商务印书馆，1986：281.

❷ [汉]毛亨撰，郑玄笺.[唐]孔颖达疏.李学勤主编.毛诗正义[M].北京：北京大学出版社，1999：294.

❸ [宋]朱熹撰.朱杰人，严佐之，刘永翔主编.朱子全书[M].上海：上海古籍出版社；合肥：安徽教育出版社，2002：371.

❹ [宋]辅广.诗童子问[M]//影印文渊阁四库全书（第74册）.台北：台湾商务印书馆，1986：285.

2. 对朱熹“淫诗说”的继承

辅广还支持朱熹之“淫诗说”，如《郑风·扬之水》一诗，《小序》曰：

闵无臣也。君子闵忽之无忠臣良士，终以死亡，而作是诗也。❶

朱熹《诗序辨说》曰：

此男女要结之词，《序》说误矣。❷

辅广《诗童子问》曰：

以圣人放郑声之训观之，则郑多淫奔之诗宜也。而序者不足以知此义，故疑圣人录此等诗之多，遂因《有女同车》诗有“齐姜”二字，遂定以为刺忽；而于《山有扶苏》以下诸篇，凡有可以附会忽事者，例以为刺忽。至《丰》与《东门之墠》，则明白是妇人之辞，故不得以归之于忽。若《风雨》则以“君子”二字生说，《子衿》则以“青青子衿”一句生说，然《毛传》以“青衿”为学者所服，亦无所据。至此诗，则又以忽之无亲臣而附会与之，其凿空妄说，盖不难晓。而先生独玩诗文以为说而釐正之，当矣。读者尚以习熟《序》说之故而不肯从，何哉？若能姑置《序》说，直以诗文涵咏其意思，则是非便自可见矣。❸

辅广遵从朱熹“淫诗说”，于此遍说解逐篇指出《诗序》解《郑风》时因不知“郑声淫”之义而导致的穿凿附会的例子，并认为读者不信朱熹“淫诗说”是因为习于《诗序》而为其所遮蔽，自信只要搁置《序》说，涵泳诗文本身，自然能判断出朱熹“淫诗说”的正确。

3. 对朱熹《诗》说与诸家异同的申明

对于朱熹《诗》说与前人旧说及其余各家异同之处，辅广必一一指出并为之辨析先后同异，使朱熹的观点既有所本而又与诸家分别，并且大多数情况下他都支持朱说，指出诸家之误。如《郑风·有女同车》一诗：

---

❶ [汉] 毛亨撰，郑玄笺 . [唐] 孔颖达疏，李学勤主编 . 毛诗正义 [M]. 北京：北京大学出版社，1999：316.

❷ [宋] 朱熹撰 . 朱杰人，严佐之，刘永翔主编 . 朱子全书 [M]. 上海：上海古籍出版社；合肥：安徽教育出版社，2002：372

❸ [宋] 辅广 . 诗童子问 [M]// 影印文渊阁四库全书（第 74 册）. 台北：台湾商务印书馆，1986：286.

《诗序》曰：

刺忽也。郑人刺忽之不婚于齐。太子忽尝有功于齐，齐侯请妻之齐女。贤而不取，卒以无大国之助，至于见逐，故国人刺之。❶

朱熹《诗集传》云："此疑亦淫奔之诗。"❷并于《诗序辨说》细论云：

然以今考之，此诗未必为忽而作，《序》者但见"孟姜"二字，遂指以为齐女，而附之于忽耳。假如其说，则忽之辞婚未为不正而可刺，至其失国，则又特以势孤援寡不能自定，亦未有可刺之罪也。《序》乃以为国人作诗以刺之，其亦误矣。后之读者又袭其误，必欲锻炼罗织，文致其罪而不肯赦，徒欲以徇说诗者之缪，而不知其失是非之正，害义理之公，以乱圣经之本旨，而坏学者之心术，故予不可以不辨。❸

辅广《诗童子问》云：

《读诗记》所载南轩先生说，盖亦疑忽初无大恶，可为国人所刺者，但拘于《小序》求其说而不得，故以为国人之所以拳拳者，为其立之正，故怜其无助，而追咎其失大国之助而怨耳。至东莱先生之说，则不免委曲以成就其《序》之误也。夫为善，有名而无情，遂至于无助而失国，则固亦可悯。至以为国人刺之，则亦非人情矣。况是诗但称道孟姜之美而已，初不及忽之事，则何以知其然也？❹

朱熹对《小序》以此诗为"刺忽"的说法提出质疑，认为太子忽并无可刺之罪，《序》说有误，更严厉批评了后来的说诗者为遵循《序》说，曲笔成文，罗织罪名于太子忽，有害于义理、《诗》旨与学者心术，但并未实指其人。辅广指出《吕氏家塾读诗记》中所引张栻之说也曾经对太子忽无大恶而被刺提出过怀疑，但始终没能突破《小序》之说的遮蔽，而吕祖谦更是为了圆《小序》之说委曲成文，二人正如朱熹所批评者。

---

❶ [汉]毛亨撰，郑玄笺.[唐]孔颖达疏.李学勤主编.毛诗正义[M].北京：北京大学出版社，1999：296-297.

❷ [宋]朱熹.诗集传[M].北京：中华书局，2011：67.

❸ [宋]朱熹撰.朱杰人，严佐之，刘永翔主编.朱子全书[M].上海：上海古籍出版社；合肥：安徽教育出版社，2002：371.

❹ [宋]辅广.诗童子问[M]//影印文渊阁四库全书（第74册）.台北：台湾商务印书馆，1986：285-286.

虽然吕祖谦亦曾为辅广之师，但辅广并没有继承他的尊《序》立场，而是坚定地站在朱熹的反《序》立场上，对于他认为吕说有误处从不讳言其失。但他对吕氏《诗》说也并未一概否定，曾云："东莱先生之说，所谓正风之所以为正者，举其正者以劝之也；变风之所以为变者，举其不正者以戒之也，此数语可谓善说诗，而得诗人之意矣。此正晦翁先生之意也。而其于诸诗则牵于《序》说，终不敢废，而委曲穿凿以就之，是亦安于习闻之病耳。"[1] 他认为吕祖谦善于说《诗》，与朱熹常有相合处，但其说《诗》的最大弊病在于牵于《序》说，安于习闻。其实辅广对诸家说《诗》的批判主要集中在因循《序》说造成的牵强凿说偏狭固陋上，对于诸家说《诗》有得之处也是不吝称赞的。《诗童子问》虽为辅翼《诗集传》而作，但实则引众家之说亦多，特别是宋代说《诗》诸家，如吕祖谦、张载、二程、二苏、郑樵等。

又如解《唐风·无衣》《诗序》曰：

《无衣》美晋武公也。武公始并晋国，其大夫为之请命乎天子之使，而作是诗也。[2]

朱熹《诗序辨说》云：

《序》以《史记》为文，详见本篇。但此诗若非武公自作，以述其赂王请命之意，则诗人所作，以著其事，而阴刺之耳。《序》乃以为美之，失其旨矣。且武公弑君篡国，大逆不道，乃王法之所必诛而不赦者，虽曰尚知王命之重，而能请之以自安，是亦御人于白昼大都之中，而自知其罪之甚重，则分薄赃饵贪吏，以求私有其重宝而免于刑戮，是乃猾贼之尤耳。以是为美，吾恐其奖奸诲盗，而非所以为教耳。《小序》之陋固多，然其颠倒顺逆，乱伦悖理，未有如此之甚者，故予特深辨之，以正人心，以诛贼党，意庶几乎《大序》所谓"正得失"者，而因以自附于《春秋》之义云。[3]

---

[1] [宋]辅广.诗童子问[M]//影印文渊阁四库全书（第74册）.台北：台湾商务印书馆，1986：344.

[2] [汉]毛亨撰，郑玄笺.[唐]孔颖达疏.李学勤主编.毛诗正义[M].北京：北京大学出版社，1999：397.

[3] [宋]朱熹撰.朱杰人，严佐之，刘永翔主编.朱子全书[M].上海：上海古籍出版社；合肥：安徽教育出版社，2002：377.

辅广《诗童子问》云：

以子为天子之使盖避其辞之悖慢也，故诸说皆从之。然命服出于天子，固非使人之所得专，又可以为使人之衣乎？程子之说因《序》而误，刘氏、吕氏及东莱先生之说又因程子之说而失也。展转相因，说愈巧而理愈暗，自非先生断然黜《序》之缪，则武公之罪终不白，义理之正终不明，其何以正人心修人纪乎？❶

朱熹认为此诗并非美诗，讲述的是晋武公篡位得国，贿赂天子之使以免于刑戮之事，指责《小序》以此诗为美诗有害于“诗教”。辅广从朱熹之说，并批评各家由于因循《诗序》及前人成说违背《诗》旨有害义理，称赞朱熹之反《序》对义理的发明和对“诗教”的重申。

可以看出，辅广在说解时有意识地将朱熹的《诗经》学观点与其余各家的不同之处明确地指出来，并论述辨析朱熹《诗》说从方法乃至具体观点上较之他人的优越性，有为朱子自立一家之言的想法。

4. 对《诗集传》训释的补正

因朱熹《诗集传》的训解具有简明扼要的特点，辅广在《诗童子问》中经常对朱《传》过于简略之处做进一步阐明补充，以便于理解：

如解《邶风·击鼓》“不我以归”一句，郑《笺》云：“不与我归期。”孔《疏》云：“不于我以告归期。”❷两者意思相同。而朱熹《诗集传》云：“言不与我而归也。”❸显然朱熹之说与前人不同，认为这句诗的意思不是不告知我归期，而是不和我一起归去，但言简意赅，不甚易于理解。辅广《诗童子问》解之曰：“‘不我以归’者，虽与其帅同往不得与其帅同归也。”❹在朱熹之说的基础上进一步补充了人物关系，使得释义更为详明易懂。

又如《大雅·泂酌》一诗，《诗序》云：“召康公戒成王也。言皇天亲有德，

❶ [宋]辅广．诗童子问[M]// 影印文渊阁四库全书（第 74 册）．台北：台湾商务印书馆，1986：228.

❷ [汉]毛亨撰，郑玄笺．[唐]孔颖达疏．李学勤主编．毛诗正义[M]. 北京：北京大学出版社，1999：296.

❸ [宋]朱熹．诗集传[M]. 北京：中华书局，2011：25.

❹ [宋]辅广．诗童子问[M]// 影印文渊阁四库全书（第 74 册）．台北：台湾商务印书馆，1986：319.

飨有道也。”❶朱熹论曰:“《序》无大失,然语意亦踈。”❷“踈”同“疏”,朱熹此语是指《序》说对诗义的涵盖不全面。辅广解之曰:“此《序》虽无大失,然其所谓‘皇天亲有德,飨有道’者,特据诗中‘饎饎’及‘濯罍’四字,意其为祭祀而言耳,故云语意亦踈也。’”❸具体解释了朱熹评价此《序》语意疏的原因,认为是因《诗序》仅就诗中“饎饎”“濯罍”四字发说而不顾及诗之全体。

对朱熹之训释偶有疏漏未解之处,辅广亦为之补益:

如《大雅·板》六章:“天之牖民,如埙如篪,如璋如圭,如取如携。携无曰益,牖民孔易。民之多辟,无立自辟。”❹

朱熹《诗集传》训曰:

> 赋也。牖,开明也。犹言天启其心也。埙唱而篪和,璋判而圭合,取求携得而无所费,皆言易也。辟,邪辟也。❺

辅广补充曰:

> 李氏解“携无曰益”一句云:“益者,言其无求多也。特言携者,带上文言之耳。”此说甚当,而先生偶不曾释此句,空当以李说足之。❻

对朱熹未曾训释的“携无曰益”一句,辅广援引他所认同的李樗之训解予以补充。

总的来说,辅广说《诗》主要承继朱子之说,并为之申述阐发而已,无论对《诗序》“淫诗说”“六义说”等问题的看法,还是对具体的每篇诗义的说解,辅广《诗童子问》基本皆尊朱说,与朱熹差异不大。此处举书中最有代表性的旗帜鲜明地维护朱熹的例子——解《鄘风·干旄》篇。

❶ [汉]毛亨撰,郑玄笺.[唐]孔颖达疏.李学勤主编.毛诗正义[M].北京:北京大学出版社,1999:1123.

❷ [宋]朱熹撰.朱杰人,严佐之,刘永翔主编.朱子全书[M].上海:上海古籍出版社;合肥:安徽教育出版社,2002:393.

❸ [宋]辅广.诗童子问[M]//影印文渊阁四库全书(第74册).台北:台湾商务印书馆,1986:296.

❹ [宋]朱熹撰.赵长征点校.诗集传[M].北京:中华书局,2011:267.

❺ [宋]朱熹.诗集传[M].北京:中华书局,2011:267.

❻ [宋]辅广.诗童子问[M]//影印文渊阁四库全书(第74册).台北:台湾商务印书馆,1986:27.

《诗序》云：

美好善也。卫文公臣子多好善，贤者乐告以善道也。❶

朱熹《诗集传》云：

言卫大夫乘此车马，建此旌旄，以见贤者。比其所见之贤者，将何以畀之，而答其礼意之勤乎？❷

辅广《诗童子问》云：

此序虽无害理处，然“乐告以善道”一句乃是毛氏说，今先生既改之，则此句亦未为当，若云国人唯恐贤者无以答之则可矣。❸

此处辅广竟公然将朱熹对《序》说进行了修改作为判断《诗序》失当的理由，不禁让人怀疑辅广解《诗》是否障蔽于门户之见而有失公允。然而细究辅广论《诗》就会发现，辅广对朱熹的观点也并非无条件服从，在解释诗义或训解诗句时，辅广也间或对朱熹之说提出质疑与修正：

如《卫风·木瓜》一诗，《诗集传》云：

疑亦为男女相赠答之词，如《静女》之类。❹

辅广《诗童子问》云：

先生疑以为男女相赠答之辞，如《静女》之类者，则亦以《卫风》多淫乱之诗，而疑其或然耳。至于《家语》所载夫子之说，乃王肃所纂集，固难尽信。而其言亦又无甚意味。且于《小序》之作，未知其孰为先后也，又乌可据以为记哉？尝试思之，《静女》之诗，其为男女相赠答，于诗文可见。至此诗则全不见有男女之辞。若只据诗文，以为寻常相问遗之意，似亦通。先施之者虽薄，而复报之者常过厚，是亦忠厚之情也。且与《家语》之说亦不相戾。❺

朱熹怀疑《卫风·木瓜》是和《邶风·静女》类似的“淫诗”，辅广认为朱熹是因《卫风》中“淫诗”较多而推断出来的，对此诗是否为“淫诗”辅广未置

❶ ［汉］毛亨撰，郑玄笺．［唐］孔颖达疏．李学勤主编．毛诗正义 [M]. 北京：北京大学出版社，1999：206.

❷ ［宋］朱熹．诗集传 [M]. 北京：中华书局，2011：43.

❸ ［宋］辅广．诗童子问 [M]// 影印文渊阁四库全书（第 74 册）. 台北：台湾商务印书馆，1986：238.

❹ ［宋］朱熹撰．赵长征点校．诗集传 [M]. 北京：中华书局，2011：53.

❺ ［宋］辅广．诗童子问 [M]// 影印文渊阁四库全书（第 74 册）. 台北：台湾商务印书馆，1986：329-329.

可否，而是从诗文本身的内容出发，判断此诗没有男女之辞，与《静女》不同，并以人情和《家语》为佐证，但言辞委婉，绝不直接指其师之说为误。

又如解《小雅·鱼丽》三章“君子有酒，旨且有”一句，朱熹《诗集传》云：“有，犹谓多也。”[1]

辅广《诗童子问》云：

> 六章后三章，乃重叹前三章“多”“旨”“有”三字耳。《集传》谓“有犹多”，恐未密。“多”则繁多而已，“有”则无所不备，言“有”则“多”不足道也。……三字实相须，自有次第。[2]

朱熹将“有”等同于“多”，而辅广认为朱熹之说不够准确。在他看来，“有”与“多”是包含与被包含的关系，在意义上有递进。

另外，朱熹对于他认为背景无可考，“不可强而推之者”的《诗》一般会选择遵从《诗序》，曾云：“《诗传》中或云‘姑从’，或云‘且从其说’之类，皆未有所考，不免且用其说。”[3]对于这种情况，辅广往往会站在批驳《诗序》的立场上进行说解，不从《小序》之说。

如《郑风·缁衣》，《诗序》曰：

> 美武公也。父子并为周司徒，善于其职，国人宜之，故美其德，以明有国善善之功焉。[4]

朱熹《诗序辨说》云：“此未有据，今姑从之。”《诗集传》云：

> 旧说郑桓公、武公相继为周司徒，善于其职。周人爱之，故作是诗。[5]

辅广《诗童子问》云：

> 此乃周人美武公之诗，非郑国之人所作也。“以明有国善善之功”者，诗亦无此意，故《读诗记》以为后之讲师，习其读而不知其义，误以为称武公之好贤，遂曰“明有国善善之功”，失其旨矣。[6]

---

[1] [宋] 朱熹撰 . 赵长征点校 . 诗集传 [M]. 北京：中华书局，2011：143.

[2] [宋] 辅广 . 诗童子问 [M]// 影印文渊阁四库全书（第 74 册）. 台北：台湾商务印书馆，1986：355.

[3] [宋] 黎靖德 . 王星贤点校 . 朱子语类 [M]. 北京：中华书局，1986：48.

[4] [汉] 毛亨撰，郑玄笺 . [唐] 孔颖达疏 . 李学勤主编 . 毛诗正义 [M]. 北京：北京大学出版社，1999：276.

[5] [宋] 朱熹撰 . 赵长征点校 . 诗集传 [M]. 北京：中华书局，2011：62.

[6] [宋] 辅广 . 诗童子问 [M]// 影印文渊阁四库全书（第 74 册）. 台北：台湾商务印书馆，1986：285.

对于此诗，由《诗序》说解中“国人”“有国”二词可知，《诗序》认为此诗是郑国人所作，对此朱熹表示怀疑，认为无据，提出了周人作此诗以赞美郑武公的旧说。辅广肯定了朱熹提出的周人作诗以美武公“善于其职”的说法，但更进一步对朱熹不曾质疑的“以明有国善善之功”一句提出质疑，认为诗中并无此义。并赞同吕祖谦的说法，批评作《序》之后世讲师不细究文意，搞错了作诗之人，误以为此诗为郑国人美武公之好贤。

综上可见，虽然辅广《诗童子问》乃为发扬朱熹《诗》说所作，书中对朱熹言必称“先生”，甚至有时褒扬朱熹其辞近谀，其说《诗》也大致基于朱熹的说法加以阐述。但不表示他对朱熹之说无条件地全盘接受，或因尊朱而排斥别家的观点，辅广对说《诗》观点的去取是建立在自己的思考之上的，无论对朱熹的观点或申说或补充或修正，其目的都是为了完善发扬其师之《诗经》学。

（二）对朱熹解《诗》方法的继承与发展

1. 对“涵泳”解诗方法的继承

在《诗童子问》卷首《师友粹言》部分，辅广于七个个类中首列“读《诗》法”，其中内容基本是朱熹强调以“涵泳”之法体味《诗经》的言论。在朱熹看来，这是为了理解《诗经》所首先要掌握的最重要的方法，是治《诗》的门径。《师友粹言》引朱熹语曰：

> 《诗》且逐篇旋读方能通训诂，岂有不读而能尽通训诂之理乎？读之多玩之久，方能渐有感发，岂有读一二遍而便有感发之理乎？古之学《诗》者固有待于声音之助，然今已亡之，无可奈何，只得熟读而从容讽味之耳。若疑《郑》《卫》之不可为法，即且令学者不必深究，而于正当说道理处子细消详，反复玩味，不费工夫也。❶

朱熹认为只有通过反复阅读讽咏诗文本身才能于读《诗》者有所感发，无论是对训诂的理解还是对义理的发明皆须站在熟读诗文的基础上。由于时代变化、乐音亡佚，字音也发生转变，后来的读诗者对《诗》的理解固然比不上古之读《诗》

❶ [宋]辅广. 诗童子问[M]// 影印文渊阁四库全书（第 74 册）. 台北：台湾商务印书馆，1986：299.

者，但仍可以通过反复诵读体会，尽量向古人靠近。而对于“淫诗”固然不能取法，但对“淫诗”之外包含义理的诗篇则应反复玩味。

辅广对朱熹以“涵泳”解《诗》的方法非常认同，在他看来朱熹所提出的“涵泳”解《诗》之法是对儒家传统的“以意逆志”的读《诗》方法的接续。《诗童子问·卷首》引朱熹《诗传纲领》云：

> 咸丘蒙问曰：“《诗》云‘普天之下，莫非王土，率土之滨，莫非王臣’。而舜既为天子矣，敢问瞽叟之非臣如何？”孟子曰：“是诗也，非是之谓也。劳于王事而不得养父母也。曰：‘此莫非王事，我独贤劳也。’故说《诗》者，不以文害辞，不以辞害志。以意逆志，是为得之。如以辞而已矣，《云汉》之诗曰‘周余黎民，靡有孑遗’，信斯言也，是周无遗民也。”程子曰：“举一字是文，成句是辞。”愚谓：意，谓己意；志，谓诗人之志；逆，迎之也。其至否迟速，不敢自必，而听于彼也。❶

并为之说解道：

> 程子曰：“《诗》为解一字不行，却迁就他说，如‘有周不显’，自是作文当如此。”此解不以文害辞也。先生曰：“以己之意，迎诗人之志，其至与否，迟与速，不敢有一毫自必之心。而惟彼之听焉，则庶乎其得之矣。”此解不以辞害志也。此乃读书之妙法，不但说《诗》而已。若如近世学者，心中先主一见，更不问是非，却要将经之所言来凑合其所见，有不合者，则强行穿凿，牵拽来凑之，如此，则终不能得经之正意矣。可不戒哉！❷

在朱熹看来，“以意逆志”的具体操作方法就是读诗人排除自身前见或主观看法的干扰，通过反复诵读体会诗文去感受作诗人之本意，这种方法其实就是朱熹所谓的“涵泳”。而辅广对朱熹的读《诗》法推崇备至，“盖先生之读诗不为《序》所惑乱，但熟玩诗之所言而以意逆志，则诗之旨义自然可得，学者诚不可不以此为法也”❸，“深得诗人言外之意，先儒皆所未及也”❹。辅广曾形容孔门弟子读

❶ [宋]朱熹撰．朱杰人，严佐之，刘永翔主编．朱子全书[M].上海：上海古籍出版社；合肥：安徽教育出版社，2002：348.

❷ [宋]辅广．诗童子问[M]// 影印文渊阁四库全书（第74册）．台北：台湾商务印书馆，1986：276.

❸ [宋]辅广．诗童子问[M]// 影印文渊阁四库全书（第74册）．台北：台湾商务印书馆，1986：397.

❹ [宋]辅广．诗童子问[M]// 影印文渊阁四库全书（第74册）．台北：台湾商务印书馆，1986：310.

《诗》法曰:“孔门弟子善于学《诗》,不泥章句,而又能得其言外之意如此。”❶“不泥章句”“得其言外之意”,正是朱熹读《诗》法的写照。在辅广眼中,朱熹读《诗》法与孔门弟子学《诗》法相一致,朱熹实得圣门读《诗》之真传。

辅广将“涵泳”读《诗》法与章句训诂之学治《诗》相对比,认为尊《序》的汉唐章句训诂之学往往限制了读者对诗义的理解,只有排除《诗序》干扰,对诗文本身讽咏玩味,方能得诗人之旨,其曰:

> 今人学《诗》所以无感动兴起处,只为不会讽泳,却只泥章句故也。惟明道先生不泥章句,但优游玩味,吟哦上下,故便能使人有得处。❷
>
> 后世学《诗》者泥于章句,汩于训诂,虽老师宿儒往往堕于穿凿固滞之域,而终不足以知诗之义,怎生责得学者?又何望其兴起乎?❸
>
> 若能姑置《序》说,直以诗文涵咏其意思,则是非便自可见矣。❹

通过以上的言论可以发现,辅广对于学《诗》非常注重“兴起”二字,他认为学《诗》仅仅读懂诗义是不够的,还要使《诗》为人之用,使人有得,发挥诗教的作用。故“涵泳”只是方法,其目的在于实现《诗》之功用,《诗》之功用在于兴起、感发人的善心、变化人的气质,使人得性情之正,受到道德教育,这才是学《诗》之本,亦是这一观点明显继承自朱熹,辅广曾在《诗童子问》中引述朱熹关于“学《诗》之本”的论述:

> 先生尝有说曰:“凡圣贤之言《诗》,主于声者少而发其义者多。仲尼所谓‘思无邪’,孟子所谓‘以意逆志’者,诚以《诗》之所以作,本乎其志之所存,然后《诗》可得而言也。然则志者《诗》之本,而乐者其末也。末虽亡,不害本之存,患学者不能平心和气,从容讽泳,以求之情性之中耳。”以此观之,则所谓学《诗》之本者,可知矣。❺

发《诗》中之义,体诗人之志即为学《诗》之本,而体会诗人之志的方法在于平心涵泳,最终目的在于陶冶性情、培养道德、“求性情之中”。辅广又申说:

---

❶ [宋]辅广.诗童子问[M]//影印文渊阁四库全书(第74册).台北:台湾商务印书馆,1986:275-276.
❷ [宋]辅广.诗童子问[M]//影印文渊阁四库全书(第74册).台北:台湾商务印书馆,1986:277.
❸ [宋]辅广.诗童子问[M]//影印文渊阁四库全书(第74册).台北:台湾商务印书馆,1986:276.
❹ [宋]辅广.诗童子问[M]//影印文渊阁四库全书(第74册).台北:台湾商务印书馆,1986:286.
❺ [宋]辅广.诗童子问[M]//影印文渊阁四库全书(第74册).台北:台湾商务印书馆,1986:310.

《诗》虽本于人情，其言易晓，然全在讽泳，必讽泳之然后诗与己意优柔浸渍，相与乳入，故曰有以感人而入于其心。若诵而习焉，不能使志意悠然兴起于善，则不善读《诗》者也，虽多亦奚以为！❶

《诗》之作本于吟咏情性，故读之者亦当吟咏其情性，使其心意沉浸纾快于道德之中，有所慕乐而动荡鼓舞之，直与曾点浴沂风雩之气象一般方能有益。❷

将讽咏之目的与功效说得透彻，可谓深得朱子之传。据黄忠慎统计，《诗童子问》中要求读者以“涵泳”“玩味”的方式阅读《诗经》的观点出现近八十处。❸可见辅广对朱熹“涵泳”解诗的方法的重视与继承。

2. 对《诗经》文学性体认的继承

继承了朱熹“涵泳”解《诗》方法的辅广，也继承了朱熹对《诗经》文学性的体认。

辅广引朱熹语曰：“此等语言，自有个血脉流通，但涵咏久之，自然见得条畅浃洽，不必多引外来道理言语，却壅滞了诗人活底意思也。周王既是寿考，岂不作成人才？此事已自分明，更着个‘倬彼云汉，为章于天’唤起来，便愈见活泼泼地。此六义所谓兴也，兴乃兴起之义，凡言兴者，皆当以此例观之。《易》以言不尽意，而立象以尽意，盖亦如此。”❹这是主张从“涵泳”中体会诗歌的语言脉络所使用的艺术手法，从而感受诗人的本意。

朱熹曾云：“看《诗》，义理外更好看他文章。且如《谷风》，他只是如此说出来，然而叙得事曲折先后，皆有次序。而今人费尽力气去做后，尚做得不好。”❺

注意到《诗经》的文学价值的同时，还注意到作诗之人的行文叙事之法可资后人借鉴。

辅广就朱熹此说进一步讨论道：

❶ [宋]辅广. 诗童子问[M]// 影印文渊阁四库全书（第74册）. 台北：台湾商务印书馆，1986：275.

❷ [宋]辅广. 诗童子问[M]// 影印文渊阁四库全书（第74册）. 台北：台湾商务印书馆，1986：276.

❸ 黄忠慎. 辅广《诗童子问》新论[J]. 台大中文学报，2010（32）：325-358.

❹ [宋]辅广. 诗童子问[M]// 影印文渊阁四库全书（第74册）. 台北：台湾商务印书馆，1986：384.

❺ [宋]黎靖德，王星贤点校. 朱子语类[M]. 北京：中华书局，1986：2083.

《谷风》与《氓》二诗皆怨，然《谷风》虽怨而责之，其辞直，盖其初以正也；《氓》之诗则怨而悔之耳，其辞隐，盖其初之不正也。尝谓二诗皆出于卫之妇人，其文辞次序，虽后世工文之士所不能及。然考其行则一贤一否，如是其不同，所谓有言者不必有德，岂不信哉！❶

不仅比较了题材相似的两篇诗作在写作手法、文字风格和创作动机上的差异，并感叹于作诗之人的文才，还得出文才与德行之间无必然联系的结论。

辅广不仅注意作诗之人的作文之法，还强调读《诗》之人也要了解作文之法。

朱熹《诗序辨说》解《周南·卷耳》云：

首章之"我"独为后妃，而后章之"我"皆为使臣。❷

辅广申朱熹此论云：

且"我"之一字前后衡决，不相承应，亦非作文之体，其说尤为精确，故先生尝言东坡会做文字，晓得文字意脉，所以解经多得其指。以是知解经者亦不可不理会得作文之法。❸

认为作为读《诗》之人必须要了解作文之法——即文学创作的规律，方能寻得作诗人的思路意脉，从而正确理解诗文之所指。

此外，辅广还关注《诗》中所表现出来的气象、意味，朱熹《诗集传》说《邶风·北风》云："言北风雨雪，以比国家危乱将至，而气象愁惨也。"❹辅广受此启发，论《诗》亦注意考察《诗》中之气象，如"国小而无政，气象迫促，日趋于危亡"（卷二《园有桃》）；"气象奄奄，日就危亡"（《扬之水》卷三）；"二章三章祈颂之语，则不过保其家邦家室而已，气象颇陋"（《瞻彼洛矣》卷五）等。《诗童子问·论六义》引朱熹语曰："今人说《诗》，空有无限道理，而无一点意味。"（诗童子问·论六义）受朱熹的影响，辅广于解《诗》时亦强调意味，"有意味""无意味""意味深长"等语在书中屡见不鲜，是否有"意味"成为他评价《诗序》

❶ ［宋］辅广．诗童子问［M］//影印文渊阁四库全书（第74册）．台北：台湾商务印书馆，1986：8.

❷ ［宋］朱熹撰．朱杰人，严佐之，刘永翔主编．朱子全书［M］．上海：上海古籍出版社；合肥：安徽教育出版社，2002：357.

❸ ［宋］辅广．诗童子问［M］//影印文渊阁四库全书（第74册）．台北：台湾商务印书馆，1986：14.

❹ ［宋］朱熹撰．赵长征点校．诗集传［M］．北京：中华书局，2011：44.

及各家《诗》说的标准。对气象与意味的关注无不说明朱熹与辅广对《诗》的文学性的觉察与体认。

当然，此时无论是朱熹还是辅广，对《诗经》文学性的体认还都只是以涵泳解《诗》之法解读《诗经》义理的副产品，他们尚没有将《诗经》作为单纯的文学作品来品评的自觉，《诗》的义理才是他们关注的重点。

3. 对以理学解《诗》的继承与发展

辅广《诗童子问》继承了《诗集传》以理学说《诗》的特色，甚至要比《诗集传》的理学化色彩更加浓厚。据黄忠慎统计，朱熹《诗集传》以理解《诗》的言论计有 27 处，而辅广以理解《诗》的言论高达 41 处。❶在辅广看来，孔子既将《诗》从三千删为三百之数，使其成为“经”，那么被选中的诗篇必有深意蕴乎其中：“虽云目前事，若无义理在其间，是特浅妄鄙俚之言耳。唯所言皆目前事，而却有义理存乎其中，此其所以为《诗》也。”❷浅近的语言中蕴含着深刻的义理，这就是《诗》的特质。言下之意，不以义理观《诗》，则非读《诗》之法，便能不得《诗》之真义。

（1）以“理欲之辩”说《诗》。

“理欲之辩”是经典的儒家命题，是儒家“克己复礼”观念的发展。最早将二者相对而言的是汉代《礼记·乐记》提出的“存理灭欲”，到了宋代以后程朱更是将“理欲之辩”发展成为典型的理学命题。二程提出“无人欲即皆天理”❸，朱熹继承二程的观点，亦曰“克尽人欲，便是天理”❹“天理人欲，不容并立”❺，都是以“天理”“人欲”为完全对立的不可并存的两个概念。

从“天理人欲”的角度来解读《诗经》，辅广是受到朱熹的影响的。辅广论《小雅·常棣》第六、七章时云：“就他逸乐时良心发处指出，谓酒食备而兄弟有不具，则无以其乐……故天理常易复，处逸乐则多为物欲所转移，故天理

❶ 黄忠慎．辅广《诗童子问》新论 [J]. 台大中文学报，2010（32）：325-358.

❷ [宋] 辅广．诗童子问 [M]// 影印文渊阁四库全书（第 74 册）．台北：台湾商务印书馆，1986：277.

❸ [宋] 程颢，程颐．王孝鱼点校．二程集 [M]. 北京：中华书局，1981：144.

❹ [宋] 黎靖德．王星贤点校．朱子语类 [M]. 北京：中华书局，1986：1045.

❺ [宋] 朱熹．四书章句集注 [M]. 北京：中华书局，2011：237.

常隐而难寻，所以卒章有是究是图，亶其然乎之说。反复玩味，真能使人孝友之心油然而生也。先生曰：'……那两章正是遏人欲而存天理，须是恁地看。'"❶朱熹此言虽是就《常棣》六、七两章而发，但实则提供了一种理学解《诗》的视角。辅广遵从朱熹的教诲，将"理欲之辩"贯彻到了解《诗》过程之中，其阐发义理，多自"天理""人欲"说。

朱熹《诗集传》解《鄘风·蝃蝀》三章云："婚姻，谓男女之欲。……命，正理也。言此淫奔之人，但知思念男女之欲，是不能自守其贞信之节，而不知天理之正也。程子曰：'人虽不能无欲，然当有以制之。无以制之，而惟欲之从，则人道废而入于禽兽矣。以道制欲，则能顺命。'"❷不同于郑《笺》将"命"解为"父母之命"，朱熹将"命"解为"正理"，或曰"天理之正"，明显是理学化的表述，乃是以理学的"天理人欲"之说作解。

辅广《诗童子问》解此章云："男女之欲，人所不能无也，要当有以制之，无以制之则失其贞信之节而有害于天理之正。道即是理，理即是命，以道制欲则能顺命。去其人欲，则能循乎天理矣。"❸很明显，辅广对此章的说解就是将朱熹、程颐二人之说结合起来，将"命"解为"理"与"道"，认为三者同为一事，得出"去人欲"则能"顺命""循理"的结论。

辅广在掌握这一方法后，触类旁通，解《诗》时尤为注意分辨天理人欲之别，对朱熹并未以"理、欲"作解的诗，也常以"理欲之辩"说之。以下试举几例：

比如解《召南·江有汜》一诗，朱熹本未就"理、欲"说，而辅广就"理、欲"之说发挥云："'不我以''不我与''不我过'者，欲也；'其后也悔''其后也处''其啸也歌'者，理也。从欲者躁急而褊狭，复礼者安舒而和乐，从欲而悔，循理而乐，则得其性情之正矣。"❹将人物的前后转变分为"从欲者"与"复礼者"两种形象，从欲者"躁急而褊狭"，得其性情之偏，喜怒哀乐不能中节，后必有悔；而当其克己复礼、循理而行之后，"得其性情之正"，故能"安舒而和乐"。这是讲"从欲""循理"对人之性情的影响。

❶ [宋]辅广.诗童子问[M]//影印文渊阁四库全书（第74册）.台北：台湾商务印书馆，1986：351.
❷ [宋]朱熹撰.赵长征点校.诗集传[M].北京：中华书局，2011：42.
❸ [宋]辅广.诗童子问[M]//影印文渊阁四库全书（第74册）.台北：台湾商务印书馆，1986：325.
❹ [宋]辅广.诗童子问[M]//影印文渊阁四库全书（第74册）.台北：台湾商务印书馆，1986：316.

又如解《召南·小星》首章云："大抵人情，纾则乐易，乐易则天理明；窘则滥乱，滥乱则人欲炽。南国夫人承后妃之化，能不妒忌，以惠其下，故其众妾之情纾平乐易，理明欲消，皆能勤其事，躬其劳，知其命分之当然而安之，无逸志，无怨言也。"❶因夫人不妒忌，能惠下，得性情之正，使得"众妾之情纾平乐易"，从而"理明欲消"，亦得性情之正，这是反过来讲人之性情对"循理""从欲"的影响。

再如论《齐风·甫田》末章云："厌小务大，忽近图远，则欲之亟也。循其理之自然，而计获之心不萌，则忽然而造其极有不自知者。徇其欲之所为，则躁亟之意纷然而终不能有所达矣。故循理者有美成之功，而徇欲者无幸成之事。"❷亦是从"理、欲"说，认为从欲者"躁亟"，思虑纷然而致事无所成，不若循理者无"计获之心"，没有欲望的干扰，能循序渐进，自然而然成就其事。

再如解《王风·黍离》曰："久而不忘者，天理之有常也。暴集旋涸者，人欲之无定也。情得其正，则自然久而不忘矣。"❸此处说解与诗文联系不大，明显是在借题发挥，来申说天理人欲之辩。

总结以上几例，可见辅广以"理、欲"说《诗》基本是把"从欲""循理"两类人或两种行为相对而言，注重探讨"循理""从欲"对人性情以及行为的影响，一些说解已超越对文本的解释而主于发挥义理了。这在朱熹的解《诗》活动中并不太常见，代表着辅广解《诗》较之朱熹具有更为明显的理学化倾向。

（2）以"诚敬""诚心正意"说《诗》。

比起以"天理人欲"说《诗》，辅广以"诚敬""诚心正意"说《诗》就更接近朱熹以理解《诗》的风格了。

有讲文王"诚心正意"躬化天下者。如解《周南·桃夭》一章云："文王之化，自家及国，至于男女以正，婚姻以时，则《中庸》所谓'诚则著，著则明，明则动，动则变，变则化'之事也。文王之化始于家，故天下亦先有此应。"❹解《召

❶ [宋]辅广．诗童子问[M]// 影印文渊阁四库全书（第 74 册）．台北：台湾商务印书馆，1986：315.

❷ [宋]辅广．诗童子问[M]// 影印文渊阁四库全书（第 74 册）．台北：台湾商务印书馆，1986：334.

❸ [宋]辅广．诗童子问[M]// 影印文渊阁四库全书（第 74 册）．台北：台湾商务印书馆，1986：329.

❹ [宋]辅广．诗童子问[M]// 影印文渊阁四库全书（第 74 册）．台北：台湾商务印书馆，1986：311.

南·驺虞》云："《周南》见其化之入人者深，《召南》见其泽之及物者广，则文王意诚心正之功转移动化，始于家邦，终于四海者，无以复加矣！此义至先生而始明。"[1]两例皆以《中庸》之意解"二南"，认为文王之所以能化行家人、邦国乃至天下四海者，皆始于其自身之"诚心正意"。

有讲人之"诚敬"以修己身者，如解《小雅·小宛》二章云："人能敬我身之威仪，则能敬天矣，天岂在外哉！"[2]言"敬身"即能"敬天"，"天"与"人"本为一体一理。解《烝民》六章云："德者，人之固有，自一身而言之，随用而足，故举之甚易，不啻如一毛之轻，只为气质物欲为之遮蔽，故懵然不知，非知至意诚者，莫能举也。"[3]言"德"为人身所固有，不过为物欲蒙蔽，唯有意诚心正之功，可以使德不为物欲所蔽。解《采蘩》三章云："此章又极言以形容其诚敬之有终始也。熟玩之，如画出个贤妇人来，其意态精神皆可见。……夫锐始而怠终者，常人之情也，事有始终，敬无间断，此夫人之所以为贤也。"[4]言德或理虽皆本在我身，然须诚心正意作持敬功夫，始终如一方能称作贤者。

有以"诚敬"讲君臣之义，道"理一分殊"者。解《邶风·式微》一章云："'式微式微，胡不归'，羞恶之心，义之端也。'微君之故，胡为乎中露'，忠敬之诚，仁之至也。"[5]这是讲为臣者以"忠""敬""诚"为仁。解《天保》云："臣不足以报君之德也，虽竭诚尽敬，凡力之所能为者，皆其分之所当为也。岂足以报君之德也哉？……臣之于君，其心苟未至于天保之忠爱其诚，皆未为极致也。为臣者固不可不以此自勉，而为君者亦不可不以此自反，盖君臣一体，其理固未尝不相关也。"[6]言为臣者之"忠""诚""敬"乃其分而已，分内之事理所当为，但为君者也要以此自反，做好为君之分所当为，因为君臣本为一体一理，这体现了程朱"理一分殊"的理学思想。

以上这些说解，体现了辅广对朱熹以理学解《诗》特色的继承，是以程朱理

---

[1] [宋]辅广.诗童子问[M]//影印文渊阁四库全书（第74册）.台北：台湾商务印书馆，1986：317.

[2] [宋]辅广.诗童子问[M]//影印文渊阁四库全书（第74册）.台北：台湾商务印书馆，1986：366.

[3] [宋]辅广.诗童子问[M]//影印文渊阁四库全书（第74册）.台北：台湾商务印书馆，1986：402.

[4] [宋]辅广.诗童子问[M]//影印文渊阁四库全书（第74册）.台北：台湾商务印书馆，1986：314.

[5] [宋]辅广.诗童子问[M]//影印文渊阁四库全书（第74册）.台北：台湾商务印书馆，1986：321.

[6] [宋]辅广.诗童子问[M]//影印文渊阁四库全书（第74册）.台北：台湾商务印书馆，1986：352-353.

学思想体系解《诗》的实践，在《诗童子问》中此类例子还有很多，不一一列举。

关于辅广《诗童子问》的价值，黄忠慎这样评价道："就《诗经》学史的意义来看，辅广《诗童子问》为亲受朱熹教诲之后，对朱熹《诗经》学体系方法论上的补强论述。因此，就著书意旨与学术传承的历史性观之，辅广《诗童子问》当可作为研究朱熹《诗经》学的研究材料之一，它的重要性不是后来所谓'羽翼朱学'的作品所能比得上的。另一个深远的意义在于，《诗童子问》是宋代《诗经》学史上，较为完整表达《诗经》宋学方法的专著，这个方法的开展起于北宋，至南宋朱熹取得突破性的成就，而辅广忠实地、贴心地将此一方法较为详尽地、具体地表述出来。"❶辅广《诗童子问》作为辅翼朱熹《诗经》学的首部著作，继承、补充、整理、深化了朱熹的《诗经》学观点，总结了朱熹的解《诗》方法，并且具有明显的宗派门户意识，深刻地影响了其后一批宗朱《诗经》学著作，为朱子《诗经》学系统的形成奠定了基础。

二、疑经删《诗》，激进发展：王柏《诗疑》

王柏（1197—1274），字会之，一字仲会，初号长啸，30 岁后改号鲁斋，婺州金华（今浙江金华市）人。王柏一生不曾应举做官，以讲学著述为业，南宋理宗时曾为金华丽泽书院山长、台州上蔡书院堂长。历宁宗、理宗、度宗三朝，享年 78 岁，朝廷赠谥曰"宪"，后由门人金履祥等人私谥为"文宪"。《宋史》有传。王柏师从黄榦弟子何基，为朱熹三传弟子。他又下传金履祥，金履祥下传于许谦。因何基、王柏、金履祥、许谦四人皆是金华人，所以后世合称他们为"金华四先生"。又因何基号北山，他们也被称为"北山四先生"，此"北山学派"一脉被后世学者看作是朱门之嫡传。

王柏著作宏富，现存的著作有《王鲁斋先生文集》《书疑》《诗疑》等。王柏的《诗经》学著作曾有《读诗记》十卷、《诗可言》二十卷、《诗辨说》二卷，但都没有流传下来，唯一流传至今的《诗经》学作品就是《诗疑》两卷。然而

❶ 黄忠慎．辅广《诗童子问》新论 [J]. 台大中文学报，2010（32）：325-358.

当时的文献记载如叶由庚为其所作之《圹志》❶、门人金履祥所作之《鲁斋先生文集目后题》❷里都没有载录《诗疑》一书，那么后来的《诗疑》是从哪里来的呢？

清人纳兰成德在《王鲁斋诗疑序》中云："今所传《诗疑》则行实未载，卷帙不分，绎其辞，殆即《诗辨说》。因公于《书》有《书疑》，遂比而同之也。"❸纳兰氏认为流传下来的《诗疑》就是《诗辨说》，只是在流传过程中两卷不分变作了一卷。实际上《诗辨说》在被金履祥编入《鲁斋先生文集》后，便不再独立成书，并随着文集的散失也逐渐丢失了部分内容。吴洋认为今传本《诗疑》是由本属于《诗辨说》的《诗十辨》加上王柏文集或著作中的其他论《诗》材料编辑而成的，原属于《诗辨说》的内容也已有所缺漏，其成书时间约在元代中后期。❹此书现存最早的本子为康熙十九年（1680）的通志堂本，其他本子皆以此为底本，现代则有 1935 年顾颉刚编辑点校的《辨伪丛刊》本。❺

《诗疑》卷一的内容为五十四条辅广论《诗》的札记，内容大致是辨析各诗之诗旨并论"淫诗"，次序较为杂乱，不成系统，像是未及定稿，杂抄而成一编；卷二为十篇辨说短文，名为《诗十辨》，分别为《毛诗辨》《风雅辨》《王风辨》《二雅辨》《赋诗辨》《豳风辨》《风序辨》《鲁颂辨》《诗亡辨》《经传辨》，与王柏《诗辨说序》中所载的篇目一致，其内容主要与《风》《雅》《颂》的定义与篇次相关。卷二体制完备，次第井然，成书当在卷一之前。

王柏作为朱熹的三传弟子，对朱熹《诗经》学予以很高的评价，其《诗辨说》自序曰：

> 圣人之道，以书而传，亦以书而晦……紫阳朱夫子出，而推伊洛之精蕴，取圣经于晦蚀残毁之中，专以《四书》为义理之渊薮，于《易》则分还三圣之旧，于《诗》则掇去《小序》之失，此皆千有余年之惑，一旦汛扫平荡，

❶ [宋]王柏.鲁斋集[M]//影印文渊阁四库全书：第 1186 册.台北：台湾商务印书馆，1986：292.

❷ [宋]金履祥.仁山文集[M]//影印文渊阁四库全书（第 1189 册）.台北：台湾商务印书馆，1986：830-831.

❸ [清]纳兰性德.黄曙辉，印晓峰点校.通志堂集[M].上海：华东师范大学出版社，2019：231.

❹ 吴洋，王柏.《诗疑》成书考[J].中国典籍与文化，2008（3）：6-66.

❺ [宋]王柏.诗疑[M].北京：朴社，1935.

其功过孟氏远矣。然道之明晦也，皆有其渐，盖非一朝夕之积，集其成者不能无赖于其始，则前贤之功有不可废，正其大著者，不能无遗于其小，则后学之责有不可辞，大抵有探讨之实者，不能无所疑，有是非之见者，不容无所辨，苟轻于改而不知存古以缺疑，固学者之可罪，纽于旧而不知按理以复古，岂先儒所望于后之学者？何后世徇破裂不完之经，以坏明白不磨之理乎？予因读《诗》而薄有疑，继而思益久而疑益多，不揆浅陋，作《诗十辨》……非敢妄疑圣人之经也，直欲辨后世之经而已。❶

王柏认为承载着“圣人之道”的“圣人之经”在漫长的历史过程中经历残缺、篡改、误读，早已不复本来面目，所以他对朱熹敢于质疑订正经传中存在的问题推崇备至，认为朱熹能扫除蔽障复明经学，功劳远超过孟子。但同时王柏又认为复明经学是一个长期性的工作，前贤功劳再大也未免有遗漏之处，作为后学理应修补前贤的遗漏，对学问有疑处大胆地质疑探讨，所以他要接续朱熹未竟之功“按理复古”，以复圣经之旧，以明圣人之道。

圣人看重《诗经》是因为重视其教化的功能，所以王柏对“诗教”也尤为重视，他曾说：

圣人之《诗》之为教所以异于他经者，自有正说。……然其所以为教者，未有训诂传注之可说，不过曰“此为风”“此为雅颂”“此为比兴”“此为赋”而已。使学之者循“六义”而歌之，玩味其词意而涵泳其情性，苟片言有得而万理冰融，所以销其念虑之非而节其气质之杂，莫切于此。此《诗》之所以为教者然也。❷

这段话概括了王柏对“诗教”的认识，在他看来圣人解《诗》时尚无《诗序》传注等，说《诗》教人无非凭借“诗六义”而已。所以对于后世学《诗》者来说，当以“六义”作为解《诗》的工具，以“玩味词意”体会文本作为解《诗》方法，“片言有得而万理冰融”融会贯通《诗》中所蕴藏的理学内涵，以“涵泳性情”为最终目的，最终要达到“销其念虑之非”，使人“思无邪”；“节其气质之杂”，使人“得性情之正”的效果才算是成功。

❶ [宋]王柏撰．顾颉刚校点．诗疑·卷二[M]．北京：朴社，1935：33-35.

❷ [宋]王柏撰．顾颉刚校点．诗疑·卷二[M]．北京：朴社，1935：33.

因此，王柏撰此书的目的绝不仅是为了辅翼朱熹的《诗经》学说，更是要补朱熹之阙遗，成其未竟之功，恢复《诗经》之教，以复明圣人之道。所以他对待朱熹之《诗经》学不像辅广那样遵从，虽然其解《诗》的主要观点如“《诗序》说”“淫诗说”等大都继承了朱熹《诗》学的观点，解《诗》方法也承袭自朱熹，但从具体的诗旨解读到对待“淫诗”的态度乃至诗篇的划分认定，与朱熹相异之处却又颇多。

（一）对朱熹《诗》学观点的继承与创新

王柏对朱熹《诗》学观点最为推崇的两个方面就是废《序》言《诗》与“淫诗说”，他曾称赞朱熹：

> 昔者朱子破千载之惑，退黜《小序》，删夷缠绕，作为《诗传》。自《诗》之埋没，经几何年而一旦洗出本义，明白简直，可谓骏功，无复遗恨。❶
>
> 自朱子黜《序》，始求之于诗，而直指之曰：此为淫奔之诗。予尝反复玩味，信其为断断不可易之论。❷

认为朱熹废《小序》后，被埋没千载的《诗》之本义才得以复明，而朱熹所提出的“淫诗说”，他经过“反复玩味”后更是绝对认同，视为“断断不可易之论”。

1. 对疑《序》思想的继承

关于《小序》的作者，王柏认为《小序》是毛苌所做、汉儒所作，“苌自谓其学传于子夏，按子夏少夫子四十一岁，至汉已三百年，乌在其为得于子夏哉？若传于子夏之门人，则流派相承，具有姓氏，不应晦昧湮没，诡所授受，以诳后世”。❸

于是在解《诗》过程中王柏亦多不从《序》说，常对《诗序》进行驳斥，例如解《郑风·出其东门》一诗云：

---

❶ [宋]王柏撰．顾颉刚校点．诗疑·卷一[M]．北京：朴社，1935：38.

❷ [宋]王柏撰．顾颉刚校点．诗疑·卷二[M]．北京：朴社，1935：56.

❸ [宋]王柏撰．顾颉刚校点．诗疑·卷二[M]．北京：朴社，1935：38.

> 郑诗多淫奔，忽有《出其东门》一诗，守义安分为得性情之正。《序》者全不读诗，乃为悯乱。又曰“男女相弃，思保其家”。殊无一毫相似。盖淫风熏染中犹有不为习俗所移者。见如云之女不敢起犯义之思，而自安室家之贫陋，犹可见天理之在人心，有未尝忘此。参之“二南”之中可以无愧。《序》者何所为，而读者何不思耳耶？❶

首先批评作《序》者“全不读诗”，不仔细阅读体会文本，导致说解与诗文不符，后半部对诗义的解释与朱熹之说解相一致，并加上了“天理之在人心”这句更为理学化的解读，最后对作《序》者不循文义，读者不思考而盲目信《序》的原因提出诘问。

对于朱熹不太确定而姑从《序》说的诗，王柏亦敢于做出自己的决断，如解《何彼襛矣》一诗的划分问题，《朱子语类》云：“问‘《何彼襛矣》之诗，何以录于《召南》？’（朱子）曰：‘也是有些不稳当。但先儒相传如此说，也只得恁地就他说。如定要分个正经及变诗，也自难考据。’”❷而王柏径断之曰：“平王以后之诗也，合次于《王风》明矣。”❸对于朱熹认为难以考据而无奈从旧说的篇次归属问题，王柏大胆判断，殊无顾忌。

对于朱熹从《序》之说的诗，王柏亦有不从者。如《郑风·东门之墠》，《诗序辨说》曰：“此《序》得之。”王柏曰：“《东门之墠》，此男子有所慕而不得见之词，《序》谓‘男女不待礼而相奔’，恐亦未尽然。”

以上几例，大略可见王柏对《诗序》的怀疑程度比朱熹更甚，不独《诗序》，即使对朱熹的《诗》学观点，王柏也不会盲目遵从，而是试图找到其疏漏错误之处补充订正之，展现了他不满足于任何前人旧说，而时刻保持独立思考的精神特质。

2. 发展“淫诗说”为“删诗说”

王柏还继承了朱熹的“淫诗说”，以“郑声”为“郑风”，认为其指代所有“淫诗”，其《诗疑》云：

---

❶ ［宋］王柏撰．顾颉刚校点．诗疑·卷一[M]. 北京：朴社，1935：11.

❷ ［宋］黎靖德．王星贤点校．朱子语类[M]. 北京：中华书局，1986：2101.

❸ ［宋］王柏撰．顾颉刚校点．诗疑·卷二[M]. 北京：朴社，1935：43.

愚尝疑今日三百五篇者，岂果为圣人之三百五篇乎？秦法严密，《诗》无独全之理。窃意夫子已删去之诗容有存于闾巷浮薄者之口。盖雅奥难识，淫俚易传。汉儒病其亡佚，妄取而掺杂，以足三百篇之数，愚不能保其无也。不然，则不奈圣人"放郑声"之一语终不可磨灭，且又复言其所以放之之意，曰："郑声淫。"又曰："恶郑声之乱雅乐也。"愚是以敢谓淫奔之诗，圣人之所必削，决不存于雅乐也审矣。妄意以刺淫乱，如《新台》《墙有茨》之类凡十篇，犹可以存之惩创人之逸志；若男女自相悦之词，如《桑中》《溱洧》之类，悉削之，以遵圣人之戒，无可疑者。所去者亦不过三十有二篇，使不滓秽《雅》《颂》，殽乱《二南》，初不害其为全经也。❶

王柏认为流传下来的三百零五篇诗并非全然是当年孔子所删定的。秦焚书之后，《诗经》亡佚了一部分，汉儒为补足三百零五篇之数补入了一些被孔子所删却由民间保存的淫俚之诗，即是《诗经》中所存之"男女自相悦之词"，亦即"淫诗"，这样的诗王柏认为在《诗经》中有三十二篇，皆应删去，以全孔子"放郑声"之旨，不使其污染"圣经"。从删诗的主张可见王柏对待"淫诗"的态度与朱熹截然不同，朱熹相信流传下来的《诗经》就是经过孔子删定的版本，而"淫诗"的保存是蕴含了深意的，故言："圣人删录，取其善者以为法，存其恶者以为戒，无非教者，岂必灭其籍哉？"❷而王柏恰恰认为这些诗乃"圣人之所必削"，曾曰："以俟有力者请于朝，而再放黜之，一洗千古之芜秽云。"❸希望以朝廷的力量将"淫诗"永远从《诗经》中删除。

王柏主张删去的"淫诗"篇目分别为：《召南·野有死麕》《邶风·静女》《鄘风·桑中》《卫风·氓》《卫风·有狐》《王风·大车》《王风·丘中有麻》《郑风·将仲子》《郑风·遵大路》《郑风·有女同车》《郑风·山有扶苏》《郑风·萚兮》《郑风·狡童》《郑风·褰裳》《郑风·东门之墠》《郑风·丰》《郑风·风雨》《郑风·子衿》《郑风·野有蔓草》《郑风·溱洧》《齐风·东方之日》《唐风·绸缪》《唐风·葛生》

❶ [宋]王柏撰．顾颉刚校点．诗疑·卷一[M].北京：朴社，1935：27-28.

❷ [宋]朱熹撰．朱杰人，严佐之，刘永翔主编．朱子全书[M].上海：上海古籍出版社；合肥：安徽教育出版社，2002：1502.

❸ [宋]王柏撰．顾颉刚校点．诗疑·卷一[M].北京：朴社，1935：28.

《秦风·晨风》《陈风·东门之枌》《陈风·东门之池》《陈风·东门之杨》《陈风·防有鹊巢》《陈风·月出》《陈风·株林》《陈风·泽陂》。王柏自言删去三十二篇“淫诗”，但所著录的“淫诗”数目却为三十一篇，《四库全书总目》认为是在传刻过程中脱落了一篇之目；夏传才认为是版刻错误所致；戴维认为少掉的一篇是《郑风·出其东门》，为列目时粗心所遗漏；陈战峰认为少掉的一篇为《王风·采葛》，乃是王柏自己删除的。❶

王柏对“淫诗”篇目的认定与朱熹是有所不同的，如《卫风·木瓜》《王风·采葛》《郑风·扬之水》《郑风·叔于田》这四篇朱熹所判定的“淫诗”，他就没有收录，反而收录了《召南·野有死麕》《卫风·有狐》《唐风·绸缪》《唐风·葛生》《秦风·晨风》《陈风·株林》等朱熹不认为是“淫诗”的诗篇。以下择其中数篇稍做说解：

关于《卫风·木瓜》《王风·采葛》《郑风·扬之水》三诗，王柏认为：“《木瓜》《采葛》之为淫奔，而情款未明。至于《扬之水》亦谓之淫奔，愚则未从。若曰‘人有间其兄弟，而兄弟相戒之词’，岂不平易明白而有余味？今曰男女要约，则未有以别其为男女也。”❷王柏判断这些诗不为“淫诗”是基于文本，从词句表达上判断的。他认为《木瓜》《采葛》两诗所指不明，文本中没有足够证据证明其为淫奔之诗；而《扬之水》从文字上解读也并没有显示其为“男女”之词的迹象，但诗中却有“兄弟”之词，解释为兄弟之诗更为“平易而有余味”，显然王柏认为朱熹的解说不够平易。其实以“平易”解《诗》恰恰是朱熹所提倡的，其《诗传纲领》中连引数条张载“平易”解《诗》之论，可见其重视程度，但王柏依旧认为朱熹解《诗》有不够平易之处。如王柏评价朱熹《诗集传》对《伐檀》一诗的说解曰：“愚窃谓《诗传》之说固高矣。然转旋颇费词，今以平易为主。”❸又是嫌朱熹说《诗》不够平易的一例。可见王柏对朱熹解《诗》可谓从其法而不从其说，继承并发展了朱熹言必有据、平易说《诗》的解《诗》原则。

---

❶ [清]永瑢，等.四库全书总目[M].北京：中华书局，1965：216；夏传才.诗经研究史概要[M].北京：清华大学出版社，2007：121；戴维.诗经研究史[M].长沙：湖南教育出版社，2001：381；檀作文.朱熹诗经学研究[M].北京：学苑出版社，2003：101.

❷ [宋]王柏撰.顾颉刚校点.诗疑·卷一[M].北京：朴社，1935：10.

❸ [宋]王柏撰.顾颉刚校点.诗疑·卷一[M].北京：朴社，1935：13.

王柏将《召南・野有死麕》划入"淫诗"，这是将"二南"视作"正道之始，王化之基"的朱熹绝不会做的，朱熹认为诗中女子"贞洁自守""凛然不可犯"，是因"南国被文王之化"的缘故，视此诗为"美诗"。而王柏的看法截然相反，王氏从欧阳修之说，将"吉士诱之"的"诱"解为挑诱，并因此认为此诗为"淫诗"。敢于声称"二南"之中也混入"淫诗"，可见王柏比之朱熹对《诗序》更加不信任，一定程度上跳出了以《诗序》为中心的旧有解《诗》体系对思维的限制，相对于朱熹来说在废《序》的道路上又向前迈了一大步。

对《唐风・绸缪》《唐风・葛生》《秦风・晨风》这三首诗，朱熹皆以为是夫妇之诗。而王柏持不同意见。他认为《唐风・绸缪》中"邂逅"一词，非婚姻之正，当为"淫诗"。而《葛生》中"予美"一词也非对丈夫的常用称呼，当与被朱熹认定为"淫诗"的《陈风・防有鹊巢》一样将"予美"解为所私之人，故而认为是"淫诗"。而《秦风・晨风》中"未见君子，忧心钦钦"一句则与朱熹认定为"淫诗"的《郑风・风雨》中"既见君子，云胡不夷"一句相仿，所以也将其判定为"淫诗"。可见王柏解《诗》注重考察字眼、句式等文本细节，并善于通过和其他诗篇的横向对比来理解诗旨。

而对于与朱熹同样认定为"淫诗"的诗，王柏也依然有所辨析，如解《郑风・将仲子》云："《将仲子》，序者固妄矣。而莆田郑氏谓此实为淫奔之诗，而朱子从之。愚谓其有所未尽也。此乃淫奔改行之诗也。仲虽可怀，独能畏父母兄弟之言，又能畏人之清议，三章六'无'字，所以拒仲子之为甚严，与《大车》誓死不相舍者大有间矣。"[1]对于此诗，朱熹从郑樵之说判为"淫诗"，但不曾细解。王柏在认同朱熹此诗为"淫诗"这一判断的基础上，补充其说解"有所未尽"之处，更仔细地剖析了女主人公的语言和心理活动，从六"无"字见其坚决的拒绝之意，并与《王风・大车》进行横向对比来体现主人公的反差，判此诗为"淫奔改行之诗"，对诗义的解读显得更为细腻，对诗歌类型的划分也更为细致。

综合以上几点，可以看到王柏解《诗》继承了朱熹对《诗序》的怀疑，从文

[1] [宋]王柏撰．顾颉刚校点．诗疑・卷一[M]．北京：朴社，1935：10.

本来解读《诗经》，相较于朱熹在更大程度上摆脱了《诗序》之说的束缚，体现了其对朱熹《诗》说的继承与发展；同时王柏也没有过于遵从朱熹《诗》说，而是有自己的独到见解，敢于直言朱熹之误，并将“淫诗说”发展为“删诗说”，更体现了其对朱熹《诗》说的突破。王柏曾云：“今后学既闻朱子之言，真知《小序》之为谬，真知是诗之为淫，而犹欲读之者，岂理也哉？在朱子前，《诗》说未明，自不当放。生朱子后，《诗》说既明，不可不放。与其尊汉儒谬说，岂若遵圣人之大训乎！”❶此处的“《诗》说”当是指朱熹的反《序》观点以及“淫诗说”，在王柏看来“删诗”正是对朱熹《诗经》学说的发展与践行，他在完成朱熹未完成的任务——“遵圣人之大训”“放郑声（淫诗）”，以维护圣人之经的纯洁。

（二）对《诗经》篇次、章次、文本内容的质疑改订

对“诗六义”中的“赋”“比”“兴”，朱熹已论之甚详，但对于《风》《雅》《颂》的问题只大致言其定义与分别。于是致力于补朱熹之阙的王柏就将注意力集中于朱熹“无所考验”的《风》《雅》《颂》篇什问题上来，曾云：“惟《风》《雅》之别，（朱子）虽有凡例，而推之篇什犹未坦然。故其答门人之问，亦多未一。”❷他认为虽然朱熹对《风》《雅》《颂》篇什次序没有改动，但绝不是无所怀疑，只是由于无所考证罢了。的确如此，朱熹曾言：“《大序》之文亦有可疑处，而《小雅》篇次犹多不可晓者，此未易考。但圣人之意，使人法其善戒其恶，此则炳如日星耳。今亦不须问其篇章次序，事实是非之如何，但玩味得圣人垂世劝戒之意，则《诗》之用在我矣。”❸因为《诗经》之篇章次序已多不可考，朱熹主张放弃考证而把注意力放在《诗经》的意义功用上来。王柏继承了朱熹对《诗序》与篇章次序的怀疑，云：“汉定之后，（毛）《诗》忽出于鲁，出于齐燕。《国风》《雅》《颂》之《序》，篇什章句之分，吾安知其果无脱简殽乱而尽复乎周公、孔子之旧也？”❹

---

❶ [宋]王柏撰．顾颉刚校点．诗疑·卷一[M].北京：朴社，1935：32.

❷ [宋]王柏撰．顾颉刚校点．诗疑·卷二[M].北京：朴社，1935：38.

❸ [宋]朱熹撰．朱杰人，严佐之，刘永翔主编．朱子全书[M].上海：上海古籍出版社；合肥：安徽教育出版社，2002：2085.

❹ [宋]王柏撰．顾颉刚校点．诗疑·卷二[M].北京：朴社，1935：36.

毛公所传《诗序》既然可疑，那么其所传诗文之篇什章句内容亦应可疑，存在极大的“脱简殽乱”的可能性，于是王柏对朱熹有所怀疑但置之不论的这一问题进行了考辨，并且没有止步于此，而是进一步将怀疑扩大到了《诗经》的篇题原文上。

对于《风》《雅》《颂》，王柏认为它们之间的区别在于“作之之意不同而用之之节亦异”❶。此说与朱熹之说相近，唯一的不同是没有采用朱熹“声乐部分之名”“乐章之腔调”的说法，有意无意地忽略了《诗》的音乐性。

且王柏认为《风》《雅》《颂》皆有正变：

> 周公之旧诗不满百篇，先儒以为“正风”“正雅”是也。夫子之删，固非删周公之所已定，删周公之后庞杂之诗，存者止二百有余篇，先儒以为“变风”“变雅”是也。《颂》虽无正变之分，而实有正变之体，周公、夫子合而为三百篇，而总系之以周也。❷

可见王柏虽不信《诗序》，但对《诗序》提出的“正变说”倒是很相信，甚至连《诗序》不曾以为有正变的《颂》，亦要分个正变，展现出义理化的解《诗》倾向与不循前人成说的创新意识。

敢于怀疑、大胆创新的精神不仅使他勇于改定包括朱熹在内的前人《诗》说，还使他勇于改定《诗经》本身的内容。

1. 对《诗经》篇次的改定

对于《风》《雅》《颂》内部的篇次问题，王柏更是着力分辨，此处不予详论，仅举大略言之。王柏以为十三《国风》之先后次序已不可考，不必讨论；“二南”各十有一篇，两两相配，《召南·何彼襛矣》《召南·甘棠》不为“二南”而为《王风》；三卫诗（《邶风》《鄘风》《卫风》）次序错乱，“共姜之《柏舟》当为变《风》第一，《淇澳》次之，庄姜之诗又次之，而《定之方中》《干旄》二诗终”❸;《邶风·泉水》《卫风·竹竿》当出于一人之手，不应分为两国之《风》;

❶ [宋]王柏撰．顾颉刚校点．诗疑·卷二[M].北京：朴社，1935：36.

❷ [宋]王柏撰．顾颉刚校点．诗疑·卷二[M].北京：朴社，1935：35.

❸ [宋]王柏撰．顾颉刚校点．诗疑·卷一[M].北京：朴社，1935：2.

《豳》七诗非周公所定，乃杂糅众诗而成，且不应为《风》，应分入“变雅”，其中《鸱鸮》《七月》并非“豳诗”;《鲁颂》为“变颂”，其中《閟宫》不为僖公之诗，《駉》《有駜》为伯禽之诗；“二《雅》之中不合于正《雅》之体用者，皆当归之《王风》”❶。

其中一些判断是有所根据的，如《邶风 · 泉水》《卫风 · 竹竿》两诗出于一人之手的判断，王柏是从《诗》之本文来考证的，因两诗多有相似或重复的诗句，如“毖彼泉水，亦流于淇”（《邶风·泉水》）和“泉源在左，淇水在右”（《卫风·竹竿》），“女子有行，远父母兄弟”（《邶风·泉水》）和“女子有行，远兄弟父母”（《卫风 · 竹竿》），以及两诗都有的“驾言出游，以写我忧”，王柏据此判断二诗出于同一妇人之手是很有道理的。

还有一些判断则较为主观，如“二《雅》之中不合于正《雅》之体用者，皆当归之《王风》”的判断就似乎并无依据。何谓“不合于正《雅》之体用”呢？王柏解释道：“《小雅》中凡杂以怨诮之语，可谓不雅，予今归之于《王风》，且得《小雅》粲然整洁。”❷这一番论述的背后是理学逻辑，在王柏看来，“怨诮之语”不合于性情之正，故而“不雅”，既不能用于燕飨，亦不能用于朝会，不得列入《雅》诗，而应归入《王风》。这与朱熹反驳“美刺说”的逻辑非常相似，关于《诗序》说诗“无一篇不为美刺”，其云“是使读者疑于当时之人绝无善则称君、过则称己之意，而一不得志则扼腕切齿，嬉笑冷语以怼其上，所在而成群。是其轻躁险薄，犹有害于温柔敦厚，故予不可以不辨”❸。朱熹、王柏二人所论虽为两事，但都是以维护伦理纲常为出发点，显然是受了理学思想的影响。

王柏移易诗篇次序的情况大多如以上两类，虽然其中一部分是有所考证的，但还有很大一部分是出于主观判断，没有足够的证据支撑，究其动机主要是出于对礼教纲常的维护。在他看来，“尊经”不是最终目的，“明道”才是，“经”是载“道”的工具，在明道的大使命下，“经”也并不是那么神圣而不可改易的了。

---

❶ [宋]王柏撰．顾颉刚校点．诗疑 · 卷二 [M]. 北京：朴社，1935：43.

❷ [宋]王柏撰．顾颉刚校点．诗疑 · 卷一 [M]. 北京：朴社，1935：18.

❸ [宋]朱熹撰．朱杰人，严佐之，刘永翔主编．朱子全书 [M]. 上海：上海古籍出版社；合肥：安徽教育出版社，2002：361.

2. 对《诗经》章次的改定

对于一些诗篇内部之章次，王柏亦提出质疑。

如说《卫风·硕人》："《硕人》之诗，前三章意已足，后一章体致不类。不然，则以四为三，犹有序也。"❶认为最后一章与前三章语言风格不相似，意脉不连贯，可能为乱入，或者四章本为三章。

又如《鲁颂辨》云：

> 意(《閟宫》)其间有颠倒参错之误，是盖传者之过也。……窃意"土田附庸"之下辞气未终，血脉不贯。当以"公车"以下九句接此为一章。继以"泰山严严""保有凫绎"两章，于此伦序方整。……欲以"鲁侯是若"为前段之终，后段自"周公之孙""福女"为一章，"秋尝"止"有庆"，接"天锡公"止"而齿"为一章，三"俾"自为一章，"徂徕"之下自为一章。❷

王柏认为《鲁颂·閟宫》一诗次序颠倒逻辑混乱，于是将《閟宫》改分为八章，并大幅度调整了诗句顺序。其实朱熹对于此诗的章次划分亦有改动，《诗集传》曰：

> 《閟宫》九章，五章章十七句（内第四章脱一句），二章章八句，二章章十句。旧说八章，二章章十七句，一章十二句，一章三十八句，二章章八句，二章章十句。多寡不均，杂乱无次，盖不知第四章有脱句然。今正其误。❸

朱熹虽将此诗旧有的八章改分为九章，并指出第四章有脱句，但没有移动诗句原文的位置顺序，而王柏既没有受原顺序的影响，也没有依从朱熹的分法，大胆移易诗句顺序，毫无面对"经文"的心理障碍，故而比朱熹走得更远。

3. 对《诗经》诗文、篇题的改定

对于一些诗文的具体内容，王柏也认为存在错简与脱简的情况。

如《召南·行露》：

---

❶ [宋] 王柏撰 . 顾颉刚校点 . 诗疑·卷一 [M]. 北京：朴社，1935：1.

❷ [宋] 王柏撰 . 顾颉刚校点 . 诗疑·卷二 [M]. 北京：朴社，1935：56.

❸ [宋] 朱熹撰 . 赵长征点校 . 诗集传 [M]. 北京：中华书局，2011：324.

首章与二章意全不贯，句法体格亦异，每窃疑之。后见刘向《列女传》谓召南申人之女许嫁于酆，夫家礼不备而欲娶之，女子不可，讼之于理，遂作二章，而无前一章也，乃知前章乱入无疑。❶

如《邶风·谷风》：

《谷风》以夫妇相弃，故有“毋逝我梁，毋发我笱，我躬不阅，遑恤我后”之句，《小弁》之怨，乃以此四句缀于后，既与前意不贯，而亦非所以戒父也。必汉儒妄以补其亡耳。❷

如《曹风·下泉》：

《下泉》四章，其末三章全与上三章不类，乃与《小雅》中《黍苗》相似，疑错简也。❸

如《齐风·东方未明》：

《东方未明》之诗，有“折柳樊圃，狂夫瞿瞿”，此二句自嘉，但与上下义不贯，未必本文也。❹

以上几例王柏皆是从上下文义进行考察，发现有句法体格不一致、意脉不连贯之处，于是怀疑是错简或窜入所致，并以其他文献或《诗经》中的其他诗篇为参考。

甚至关于《诗经》的篇题，王柏也认为可以改易。

如王柏发现“诸诗多以篇首字为题，独《巧言》于后章提两字为题”❺，因此认为《桑中》当为《采唐》，《权舆》当为《夏屋》；又认为《小雅·大东》当为《小东》，因“小东”二字在“大东”之上，并且《小雅》有《小旻》《小宛》《小弁》《小明》等例，故而《大东》当为《小东》。王柏对这些篇题的改易意义不大，并且判断基本没有依据，并无多少说服力，有为改而改之嫌。

从以上几例可以看出，王柏改动章次、诗文、篇题大多从考察上下文意、体制、句法入手，并以不同诗篇之文本相互参考比较，是比较科学的考据方法。并

❶ [宋] 王柏撰 . 顾颉刚校点 . 诗疑 · 卷一 [M]. 北京 : 朴社，1935 : 1.

❷ [宋] 王柏撰 . 顾颉刚校点 . 诗疑 · 卷一 [M]. 北京 : 朴社，1935 : 18.

❸ [宋] 王柏撰 . 顾颉刚校点 . 诗疑 · 卷一 [M]. 北京 : 朴社，1935 : 16.

❹ [宋] 王柏撰 . 顾颉刚校点 . 诗疑 · 卷一 [M]. 北京 : 朴社，1935 : 13.

❺ [宋] 王柏撰 . 顾颉刚校点 . 诗疑 · 卷一 [M]. 北京 : 朴社，1935 : 19.

且注重考察诗文内容的意脉是否贯通，句法体格是否一致，这显示出王柏以分析解读文学作品的方法来解读《诗经》的倾向。

总而言之，王柏对《诗经》篇次、章次、文本内容的质疑改订或出于对礼教的维护，或出于对文字的敏感，无不显示出其独立思考、大胆质疑的精神，这也成为王柏解《诗》最具个人特色的方面，也是其最招致争议、为人诟病之处。

（三）解《诗》倾向由理学化向道学化转变

王柏作为朱子后学，继承了朱子的理学思想。其时党禁已除，朱熹等理学领袖得以从祀孔庙，道学人士复起于朝，程朱理学思想开始成为主流。作为朱子三传弟子的王柏以维护礼教为己任，故而在解《诗》时道德评价非常严格，道学气息非常浓厚。与朱熹、辅广好以“理一分殊”“理欲”“诚敬”等概念解《诗》不同，王柏更倾向于以整体的礼教规范作为评判依据来对诗歌进行评价，如其《赋诗辨》云：“作诗之所以言志也，赋诗亦以观志也。观其志不若观其礼，志无定而礼有则。”❶比起诗人之“志”，他更注重诗中所蕴含的“礼”，比起《诗》的抒情与感发作用，他更强调《诗》中所体现的“礼”对人的规范作用。

因此，王柏解《诗》呈现出比朱熹强烈得多的道学化特征，一切不符合其所处时代之礼教观念的诗皆遭到王柏贬抑。他有意无意地忽略了春秋时代社会风气与道德观念不可能与后世完全相同，在解《诗》时亦不曾对古人报以理解之同情。

如解《秦风·黄鸟》，朱熹《诗集传》云：“但或以为穆公遗命如此，而三子自杀以从之，则三子亦不得为无罪。今观临穴惴栗之言，则是康公从父之乱命，迫而纳之于圹，其罪有所归矣。”❷朱熹认为殉葬乃是穆公乱命，三良如果是自杀从死即是纵容其君之罪，其本人亦不可谓无罪，但从诗中“临穴惴栗”之言可以看出三良是被迫“生纳于圹中”的，那么三良可谓无罪，罪责应尽归于穆公与康公，对于三良，朱熹是持同情态度的。

但王柏却认为《黄鸟》乃是“浅识之人所作”，朱熹的说解是“大段狼狈了

❶ [宋]王柏撰．顾颉刚校点．诗疑·卷二[M].北京：朴社，1935：45.

❷ [宋]朱熹撰．赵长征点校．诗集传[M].北京：中华书局，2011：99.

三良”，因为诗中描写的三良没有表现出他心目中士大夫面对死亡所应有的慷慨从容形象，反而表现出了恐惧的样貌，而朱熹的说解却从其为说，没有对此提出质疑。王柏《诗疑》云:“彼三良者，既不能引大义纳君于无过，又不能为国家虑，不以自全为嫌。不然，则慷慨从君于死尔。何至恐惧如此哉。”❶面对死亡有所恐惧是人类的本能，但在他看来，三良既不能劝谏国君改行，又不能为国惜身，那么就应该“慷慨从君于死”，不至于也不应该表现出恐惧，道学气息浓厚得堪称不近人情。

又如解《卫风·硕人》之诗，对于此诗为美庄姜之诗的说法，王柏并不反对，但他提出“第二章形容庄姜之色，亦太亵矣”❷。《硕人》第二章的内容为“手如柔荑，肤如凝脂。领如蝤蛴，齿如瓠犀。螓首蛾眉，巧笑倩兮，美目盼兮”，极言庄姜形貌之美，自孔子至后世之说《诗》者无人对这一段诗提出质疑，而在王柏看来，这段诗细致地描写了女性之美色，对主人公庄姜太过不恭，不合于礼教，俨然一派“老夫子”“卫道士”的形象。

王柏还判断《卫风·柏舟》非庄姜所作，“以兄弟不足依据而叹其不能奋飞，此闾巷无知之言也。苟能奋飞，则弃其所天可乎？庄姜安得出是言哉？”❸以王柏眼中的伦理纲常要求标准来看，女子当以夫为天，纵使丈夫暴虐，亦不能弃之而去，所以王柏因此断定以忠厚贤德著称的庄姜不可能口出此言，此诗应作于闾巷无知之人。

以上例证可见，相较于朱熹较为克制的以“理”解《诗》兼循人情，王柏解《诗》时喜好以“礼”解《诗》，即严格以礼教纲常为标准对《诗》做道德评价，具有明显的道学化倾向。

（四）“涵泳”解《诗》向文学化解《诗》发展

值得注意的是，虽然王柏在主观意识上没有强调《诗经》的文学性，也并不将《诗经》作为一部真正的文学作品看待，然而他的解《诗》风格却有着非常明

❶ [宋]王柏撰．顾颉刚校点．诗疑·卷一[M].北京：朴社，1935：15.

❷ [宋]王柏撰．顾颉刚校点．诗疑·卷一[M].北京：朴社，1935：1.

❸ [宋]王柏撰．顾颉刚校点．诗疑·卷一[M].北京：朴社，1935：2.

显的以文学解《诗》的特征。王柏说读《诗》方法时曾说过“玩味其词意而涵泳其性情”，对他来说，“玩味词意”即是上文提到的从文意、句法、字眼等处入手来对诗歌文本进行解读。这种解《诗》方法目的是更准确地体会诗意，而非单单为了考据。

关于联系上下文意解《诗》，例见前文论错简、脱简一节，这是王柏读《诗》的基本方法。

分析句法是王柏解《诗》的一个特色，“句法”在王柏这里或指行文模式与规律，或指语言风格。如：

《行露》首章与二章意全不贯，句法体格亦异。❶

如笺者曰：自七月以下皆言蟋蟀，虽自晓然，窃恐蟋蟀元在七月之下，以诗之句法律之当然也，不应读此数语出奇如此。❷

这两句中的“句法”显然是指行文模式和规律而言。又如：

如《江汉》云“明明天子,令问不已。矢其文德,洽此四国”。观此议论，岂不正大，其句法雄健，岂后人可及！❸

(《閟宫》) 味其词气雍肃，句法庄重。❹

这两句中的“句法”当是指语言与行文的风格，王柏“雄健”“庄重”的批语显然是针对诗篇的语言与行文风格的评价，这已经进入文学批评的范畴了。

抓住重点的字眼、词句来理解诗文也是王柏解《诗》的一个特点，如：

于“缉熙敬止”之遗意，紧要又只在几个叠字，曰亹亹，曰穆穆，曰勉勉，曰冀翼，曰噫噫，曰肃肃，尤有精神滋味。文王之德可谓盛矣，极其所以形容者止此。❺

“亹亹”二字又未足以尽其形容，又添一个“穆穆”字，其所以能如此深远者，只是缉熙此一个“敬”字而已。❻

---

❶ [宋]王柏撰．顾颉刚校点．诗疑·卷一[M].北京：朴社，1935：1.

❷ [宋]王柏撰．顾颉刚校点．诗疑·卷一[M].北京：朴社，1935：17.

❸ [宋]王柏撰．顾颉刚校点．诗疑·卷一[M].北京：朴社，1935：20.

❹ [宋]王柏撰．顾颉刚校点．诗疑·卷二[M].北京：朴社，1935：56.

❺ [宋]王柏撰．顾颉刚校点．诗疑·卷一[M].北京：朴社，1935：22.

❻ [宋]王柏撰．顾颉刚校点．诗疑·卷一[M].北京：朴社，1935：20.

此处点评诗中的用字，已颇有些文学评点的意味了。

不只诗中的字眼，对于诗句本身王柏也以文学的眼光进行评点，如：

《板》之末章曰："敬天之怒，无敢戏豫。敬天之渝，无敢驰驱。昊天曰明，及尔出王。昊天曰旦，及尔游衍。"此八句反复再三，而不若"上帝临女，无贰尔心"八字为约也。❶

王柏认为《大雅·板》之末章八句重复烦琐，比不上"上帝临女，无贰尔心"一句，虽表达的意思相同，但后者的语言更为简约而概括。

以上这些对诗文中的遣词用句所进行的评论，显然已经进入了文学批评的范畴。但上面几种皆是王柏用来"玩味词意"的方法，了解诗歌的意蕴本身才是目的。"玩味词意"，即是通过对文本内容的反复阅读和推究来体会诗文之内在意蕴，这一过程被王柏简称为"味"，如"味其意正指三良""予尝即其诗而熟味之"，其中"味其意""味之"都是指这一体会诗文意蕴的过程。但王柏的"味"不只作方法讲，还作内涵意蕴讲：

是知迹熄二字包含有味，然后二字承接有序，所当涵泳而研究之。❷

若曰"人有间其兄弟，而兄弟相戒之词"，岂不平易明白而有余味。❸

古人作诗，章句虽重而有味，条理虽宽而实密。❹

尤有精神滋味。❺

此处的"味""余味""滋味"都是指诗人言外之意或从行文中透露出的意蕴，需要通过对文本的反复阅读来体会理解。朱鉴编《诗传遗说》亦云："但须是陈潜讽泳，玩索义理，咀嚼滋味，方有所益。"❻二人应该都受到了梁朝钟嵘《诗品》"滋味说"的影响，但朱熹只是偶一提及，王柏则是有意识地以"味"说《诗》，其论《诗》之内容更明显地具有文学审美的特征。

---

❶ [宋]王柏撰．顾颉刚校点．诗疑·卷一[M].北京：朴社，1935：22.

❷ [宋]王柏撰．顾颉刚校点．诗疑·卷二[M].北京：朴社，1935：58.

❸ [宋]王柏撰．顾颉刚校点．诗疑·卷一[M].北京：朴社，1935：10.

❹ [宋]王柏撰．顾颉刚校点．诗疑·卷二[M].北京：朴社，1935：56.

❺ [宋]王柏撰．顾颉刚校点．诗疑·卷一[M].北京：朴社，1935：22.

❻ [宋]朱鉴．诗传遗说[M]//影印文渊阁四库全书（第75册）．台北：台湾商务印书馆，1986：506.

朱熹、辅广以“气象”之说论《诗》，王柏亦不能免，其以“气象”论《诗》的例子亦不少：

《考槃》词虽浅而有暇裕气象。❶

《著》之诗，先儒取其可以见当时亲迎之礼废，而不罪此女之气象轻佻，无肃敬之心，非嘉诗也。❷

厉王之世乱矣，宣王一出整顿，精彩大异，见之歌诗便有盛时气象。❸

观此一诗，命词措意雅奥渊源，必出于贤人君子之手，而周公伯禽之鲁，气象尚可辑也。❹

前两者之“气象”是形容诗歌语言风格所体现出的诗歌主人公的气质，一为悠闲不迫，一为轻佻不恭，后两者是诗文中体现出的时代气质。

王柏不仅以文学评论的眼光看待诗文本身，还以文学的眼光审视说《诗》者的语言表达，如其云：“说《诗》者不费词而诗意自见，此妙于说《诗》者。”❺就是对说《诗》者解说《诗经》的语言技巧做出评价。

比较王柏与朱熹的解《诗》特点可以发现，朱熹解《诗》虽具有怀疑精神，但决断审慎，不妄下一语，对不能确定的问题宁愿阙疑亦不敢师心自是，具有严谨笃实的特点；而王柏说《诗》不仅具有强烈的怀疑精神，而且主观自信，决心解决朱熹《诗集传》所未解决的问题。“阙疑之义，为其无所考证，不得已而阙之也。或幸而有所考证，亦何为而不决之哉？”❻在他看来考证朱熹不曾考证的阙疑之处，正是他作为朱子后学所应用力的方向，对于自己考证得出的结果，就要大胆决断，自言能“考证”朱子之“无所考证”处，敢“决”朱熹之所“阙”，可见王柏对自己《诗》说的高度自信。王柏之说《诗》虽常与朱熹相异，但并非有心标新立异以图盖过朱熹，而是想要补正发展朱熹之《诗》学，如其《自序》云：“正其大著者，不能无遗于其小，则后学之责有不可辞，大抵有探讨之实者，不

❶ [宋] 王柏撰．顾颉刚校点．诗疑·卷一 [M]. 北京：朴社，1935：6.

❷ [宋] 王柏撰．顾颉刚校点．诗疑·卷一 [M]. 北京：朴社，1935：13.

❸ [宋] 王柏撰．顾颉刚校点．诗疑·卷一 [M]. 北京：朴社，1935：25-26.

❹ [宋] 王柏撰．顾颉刚校点．诗疑·卷二 [M]. 北京：朴社，1935：56.

❺ [宋] 王柏撰．顾颉刚校点．诗疑·卷一 [M]. 北京：朴社，1935：24.

❻ [宋] 王柏撰．顾颉刚校点．诗疑·卷二 [M]. 北京：朴社，1935：54.

能无所疑，有是非之见者，不容无所辨”❶，之所以质疑辩驳朱熹正是尽后学之责，补前人之所遗，完善其学术，终极目标是为了进一步复明经学，接续圣人之道。

朱熹曾自言：“今若有会读书底人看某《诗传》，有不活络处都涂了方好。而今《诗传》只堪减，不堪添。”❷王柏说《诗》多在他认为朱熹《诗集传》“不活络处”用力，可谓贯彻了朱熹的教诲。虽然尊崇朱子，但王柏对朱熹的《诗经》学绝非亦步亦趋，而是继承了朱熹敢于质疑、独立思考、不盲从权威的治学精神，以补充发展朱子《诗经》学为己任。

同时王柏对朱熹的《诗经》学给予了“复经明道”的高度评价，鲜明的反《序》立场以及激烈的攻《序》言辞，主观与客观上都为朱子《诗经》学笼罩上一层宗派门户的气息，也在其后为朱子《诗经》学招致了不少攻击。这种门户意识也对后学产生了影响，其门人金履祥对学说中与朱熹相异之处这样辩解：“自我言之则为忠臣，自他人言之则为谗贼。”❸朱子后学的门户意识，于此可见一斑。

清人黄百家论王柏曰：

> 鲁斋之宗信紫阳，可谓笃矣。……其于《诗》《书》，莫不有所更定，岂有心与紫阳异哉！……后世之宗紫阳者，不能入郛廓，宁守注而背经，而昧其所以为说，苟有一言之异，则以为攻紫阳矣。然则鲁斋亦攻紫阳者乎？甚矣，今人之不学也！❹

顾颉刚也说：“惟其笃信朱熹，所以才能用了朱熹的方法作比朱熹进一步的研究。这才是真正研究学问的态度，这才是真正继续大师的工作的态度。”❺王柏作为朱门弟子，继承了朱熹敢于质疑、独立思考的治学精神与朱熹的《诗》学研究方法，并以此为基础发展了自己的《诗经》学说，虽然一些观点过于极端，有无据、武断之弊，但王柏之《诗》学仍然是传承构建朱子《诗经》学的一个重

❶ [宋] 王柏撰．顾颉刚校点．诗疑·卷二 [M]. 北京：朴社，1935：34.
❷ [宋] 黎靖德．王星贤点校．朱子语类 [M]. 北京：中华书局，1986：46.
❸ [宋] 金履祥．仁山文集 [M]// 影印文渊阁四库全书（第 1189 册）. 台北：台湾商务印书馆，1986：812.
❹ [清] 黄宗羲．宋元学案 [M]. 北京：中华书局，1986：2733.
❺ [宋] 王柏撰．顾颉刚校点．诗疑·序 [M]. 北京：朴社，1935：24.

要节点，对朱子《诗经》学有开疆拓土之功，对后来的朱子《诗经》学研究产生了深刻的影响。

三、辑佚考据，兼宗博采：王应麟与黄震的《诗经》学著作

南宋末期，受朱熹《诗经》学影响较大的朱子门人有王应麟与黄震，二人皆有与《诗经》学相关的著作。不同于何基、王柏的金华一系，王应麟与黄震是四明地区的朱子学传承者。四明地区陆学最盛，王应麟曾描述当时的情形曰："朱文公之学，行于天下而不行于四明；陆象山之学，行于四明而不行于天下。"❶改变这种现状的正是王应麟与黄震，二人将朱子之学传入了四明地区，改变了一地之学风。

（一）王应麟对朱子《诗经》学的继承与发展

王应麟（1223—1296），字伯厚，号深宁居士，又号厚斋。庆元府鄞县（今浙江省宁波市鄞州区）人。南宋理宗淳祐元年（1241）中进士，宝祐四年（1256）复中博学宏词科。历官太常寺主簿、台州通判，召为秘书少监、权中书舍人，知徽州、礼部尚书兼给事中等职。其为人正直敢言，因反对权臣贾似道而几遭贬斥，后辞官回乡，专心著述。南宋灭亡以后，他隐居乡里二十年，杜门著书，所有著作只写甲子不写年号，以示不向元朝称臣。

王应麟为学不名一师，兼宗陆九渊、朱熹、吕祖谦。全祖望论其学术渊源曰："四明之学多陆氏，深宁之父亦师史独善以接陆学，而深宁绍其家训。又从王子文以接朱氏，从楼迂斋以接吕氏。……和齐斟酌，不名一师。"❷王应麟的学术继承了朱氏之学的格物致知的考据精神与吕氏之学博采众长综罗文献的功夫，故其为学长于辑佚、考证，贯通经史百家、天文地理、文字音韵、掌故制度。他一生著述宏富，计有二十余种，有《深宁集》《困学纪闻》《玉海》《小学绀珠》《通鉴地理考及通释》《诗考》《诗地理考》《六经天文编》《通鉴答问》《汉书艺文志考证》

❶ [元]方回．桐江续集[M]//影印文渊阁四库全书（第1193册）．台北：台湾商务印书馆，1986：652.

❷ [清]黄宗羲．宋元学案[M].北京：中华书局，1986：2856.

《玉堂类稿》《掖垣类稿》等。其中专门的《诗经》学著作，有《诗考》《诗地理考》《诗草木鸟兽虫鱼广疏》三种，前两书尚存，后书已经亡佚。

1.《诗考》辑佚“三家《诗》”补充《诗集传》

王应麟《诗考》一书的主要内容是对鲁、齐、韩三家《诗》的辑佚，是一部辑佚体《诗经》学著作。汉代《毛诗》兴起之后，三家《诗》逐渐式微，至南宋王应麟时，三家《诗》中《鲁诗》《齐诗》早已亡佚，《韩诗》宋初尚存，但无传之者，于南渡之后也亡佚了，只存《韩诗外传》十卷。宋代疑《序》之风既起，《毛诗序》不再被视为对《诗经》唯一权威的解释，《诗集传》更是废《序》言诗，那么出于新时代学术发展的需要，学者必然把目光投向其他论《诗》资料，比如已经亡佚的三家《诗》。在这种背景下，王应麟开始了对三家《诗》的辑佚工作。

《四库全书总目》论王应麟《诗考》曰：

> 此编则考三家之《诗》说者也。《隋书·经籍志》云：“《齐诗》魏代已亡，《鲁诗》亡于西晋。《韩诗》虽存，无传之者。”今三家《诗》惟《韩诗外传》仅存，所谓《韩故》《韩内传》《韩说》者亦并佚矣。应麟检诸书所引，集以成帙，以存三家逸文。又旁搜广讨，曰《诗异字异义》，曰《逸诗》，以附缀其后。每条各著其所出。所引《韩诗》较夥，齐、鲁二家仅寥寥数条。盖《韩诗》最后亡，唐以来注书之家引其说者多也。卷末别为《补遗》，以掇拾所阙。其搜辑颇为勤挚。……古书散佚，搜采为难，后人踵事增修，较创始易于为力。筚路蓝缕，终当以应麟为首庸也。[1]

《提要》称赞王应麟于三家《诗》辑佚有“筚路蓝缕”之功，是三家《诗》辑佚学的开创者。的确，虽然《诗考》是否为第一部辑佚学著作学界有所争议[2]，但《诗考》是现存最早的三家《诗》乃至《诗经》学的辑佚著作当无疑问。

《诗考》一书在《宋史》与《宋史·艺文志》中都著录为五卷，《经义考》

[1] [清]永瑢，等.四库全书总目[M].北京：中华书局，1965：125-126.

[2] 叶德辉.书林清话[M].上海：上海古籍出版社，2008：166.

作六卷，《四库全书》作一卷。五卷本从不曾见，今之传本皆作六卷或一卷，其内容为《韩诗》《鲁诗》《齐诗》《诗异字异义》《逸诗》《补遗》六篇文章。考之，一卷本不分卷，六卷本乃是以每篇文章各为一卷，而《宋史》《宋志》著为五卷，可能是以《补遗》为前五卷的附录，不列入卷数。

王应麟《诗考·自序》云：

> 文公语门人"《文选注》多《韩诗》章句，尝欲写出"，应麟窃观传记所述三家绪言，尚多有之，网罗遗佚，傅以《说文》《尔雅》诸书，粹为一编，以扶微学，广异义，亦文公之意云尔，读《集传》者，或有考于斯。❶

从王应麟的自述来看，他作这本书是受到了朱熹的启发，因朱熹曾有辑录《韩诗》的想法但并未付诸实践，于是王氏决定完成朱熹未竟的工作，践行朱熹"扶微学，广异义"志愿，将散见于《说文解字》《尔雅》等各种文献的三家《诗》辑佚为一编，成为《诗考》一书。朱熹《诗集传》的确时常或直接或间接地征引三家《诗》之说，皮锡瑞究其原因云："《朱传》所以间用三家者，亦以毛、郑不惬于心，间采三家裨补其义。"❷由于不满于毛、郑之说，故朱熹兼采三家《诗》说以为自己说《诗》的参考。王应麟时，随着朱熹地位提升，其《诗集传》也开始流传开来，习之者众多，学者早已不专注于毛、郑之义，这也给三家《诗》学提供了发展的空间，《诗考》这本书亦是应时代需要而生。王氏云"读《集传》者，或有考于斯"，固然有借重于《诗集传》之意，同时也是希望此书可以成为学习《诗集传》的参考与辅助，对朱子《诗经》学有所补益。

2.《诗地理考》考据地理以观风俗

王应麟的《诗地理考》是一部博物体《诗经》学著作，共六卷，卷首列总说，卷一至卷五按经文顺序引用郑玄《诗谱》全文和《尔雅》《说文解字》《水经注》等文献资料并诸家之说逐条考证《诗经》与《毛序》中出现的地理名词，卷六为《诗谱地理考》，考证郑玄《诗谱》中的地理名词。《诗经》中出现的山川名、地名众多，然自先秦至宋历经数朝，地名、疆域屡经变化，给学《诗》者理解《诗

❶ [宋]王应麟撰．王京州，江合友点校．诗考·诗地理考·诗考序[M]．北京：中华书局，2011：9.

❷ [清]皮锡瑞．经学通论[M]．北京：中华书局，2011：65.

经》造成困难，此书以《诗经》中出现的地名、山川、疆域为主要考察对象，将大量前人对《诗经》地理问题的论述汇编起来。其《自序》云：

夫《诗》由人心生也。风土之音曰风，朝廷之音曰雅，郊庙之音曰颂，其生于心一也。人之心与天地山川流通，发于声，见于辞，莫不系水土之风，而属三光五岳之气。因《诗》以求其地之所在，稽风俗之薄厚，见政化之盛衰，感发善心，而得性情之正，匪徒辨疆域云尔。❶

从《自序》中可以发现王氏对《风》《雅》《颂》的定义与对《诗》之功用的认识都明显受到朱熹《诗》说的影响，其将地理与人的性情、道德乃至政治联系起来，更是具有鲜明的理学色彩。但考其书中的内容，基本为对各文献与各家说法的记录，较少有个人意见。书中多引朱熹关于《诗经》地理问题的说解，“朱氏曰”即是朱熹之说。但王应麟对朱熹的说法亦时有补充说明，如“大原”条引“朱氏曰：大原，亦曰大卤”，而后王氏又于其下引“《谷梁传》：中国曰大原，夷狄曰大卤”为之补充。❷在王应麟自己看来，此书并非“徒辨疆域”的地理书，他撰作此书的目的是发挥“《诗》可以观”的功用，以有助于读者由地域之风俗盛衰而有所感发以正性情，这一论调显然受到了朱熹诗教观的影响。

《诗考》《诗地理考》两书以辑佚、考据为主，皆有“案而不断”❸的特点，名曰“考”，其实未尽考也。其功在保存文献、考辨地理而非讲说《诗》义，与朱熹《诗经》学用力方向不同，然而堪为朱熹《诗经》学之补益。前者开创了三家《诗》辑佚学，后者则开创了《诗经》地理学。

3.《困学纪闻》吸收朱熹《诗》学思想

王应麟个人的《诗》学观点在其《困学纪闻》中展现较多，《困学纪闻》成书于宋亡之后，是一本笔记型的学术著作。全书共八卷，卷三为论《诗经》学之札记，明人曾单独将此卷刊印成书，名为《困学纪诗》。

《困学纪诗》中记录了众家说《诗》之观点，常围绕一个问题引众家之说互

❶ [宋]王应麟撰．王京州，江合友点校．诗考·诗地理考·诗地理考序[M].北京：中华书局，2011：179.

❷ [宋]王应麟撰．王京州，江合友点校．诗考·诗地理考·卷三[M].北京：中华书局，2011：264.

❸ [清]永瑢，等．四库全书总目[M].北京：中华书局，1965：126.

为参考，有时也考证诗中地理典故等，或述或论，不一而足。其中记录朱子之《诗》说亦不少，如：

朱子疑《楚茨》至《大田》四篇为“豳雅”,《思文》《臣工》《噫嘻》《丰年》《载芟》《良耜》等篇为“豳颂”，亦未知是否也。❶

《大东》维北有斗，或以为南斗，或以为北斗，朱子《集传》兼取二说。❷

书中所录大多如上两例，仅记录朱熹之说，一般不做判断。

也有为朱子之《诗》说寻找来源佐证的，如：

朱子《诗传》:《采菽》，天子所以答《鱼藻》也。《黍苗》，宣王时美召穆公之诗，皆非刺诗。愚按《国语注》:《采叔》，王赐诸侯命服之乐也。《黍苗》，道召伯述职，劳来诸侯也。韦昭已有是说。❸

《昊天有成命》二后受之，成王不敢康。朱子引《国语》叔向曰：“是道成王之德也。成王能明文昭，定武烈者也。其为祀成王之诗无疑。”愚观《贾谊书·礼容语》引叔向曰：“二后，文王、武王。成王者，武王之子，文王之孙也。文王有大德而功未就，武王有大功而治未成，及成王承嗣，仁以临民，故称昊天焉。”其义尤明。❹

朱熹说《诗》遍观众家之观点，最终断以己意，但因《诗集传》的撰作宗旨以简明为要，故有时对一些观点与训释的来源略去不讲，而王应麟对这些观点的来源出处多有考辨，一一讲明，证明朱熹的训解渊源有自，并非妄言，堪为朱子《诗》说的补充。

也有引朱子之说辨正他人之说的，如：

周子醇《乐府拾遗》曰:“孔子删《诗》，有全篇删者,《骊驹》是也。……有删一句者，‘素以为绚兮’是也。”愚考之……“素以为绚兮”，朱文公谓《硕人》诗四章而章皆七句，不应此章独多一句，盖不知其何诗，然则非删一句也。若全篇之删，亦不止《骊驹》。❺

---

❶ [宋]王应麟.[清]翁元圻辑注.孙通海点校.困学纪闻注[M].北京：中华书局，2016：341.

❷ [宋]王应麟.[清]翁元圻辑注.孙通海点校.困学纪闻注[M].北京：中华书局，2016：409.

❸ [宋]王应麟.[清]翁元圻辑注.孙通海点校.困学纪闻注[M].北京：中华书局，2016：411.

❹ [宋]王应麟.[清]翁元圻辑注.孙通海点校.困学纪闻注[M].北京：中华书局，2016：444.

❺ [宋]王应麟.[清]翁元圻辑注.孙通海点校.困学纪闻注[M].北京：中华书局，2016：344.

有补充朱子所未能考证之处的，如：

朱子《诗传》云："旧说扶风雍县南有召亭。今雍县析为岐山、天兴两县，未知召亭的在何县。"愚按：《史记正义》引《括地志》，召亭在岐山县西南。❶

董氏举侯包言："卫武公作《抑》诗，使人日诵于其侧。"朱子谓不知此出在何处。愚考侯包之说，见于《诗正义》。《隋经籍志》："《韩诗翼要》十卷，侯包撰。"然则包学《韩诗》者也。❷

也有不从朱子之说的，如：

春秋时，诸侯急攻战而缓教化，其留意学校者，唯鲁僖公能修泮宫，卫文公敬教劝学，他无闻焉。郑有《子衿》城阙之刺，子产仅能不毁乡校而已。❸

讨论春秋之时学校教化事，即引用了《诗序》对《郑风·子衿》"刺学校废"的解释，当是不同意朱熹以此诗为"淫诗"的看法。

对朱熹以理学解《诗》的倾向和"涵泳"解《诗》方法，王应麟是非常认同的，其曰：

《大学》"止于至善"引《诗》者五，"齐家"引《诗》者三。朱子谓：咏叹淫液，其味深长，最宜潜玩。《中庸》末章凡八引《诗》，朱子谓："衣锦尚絅"至"不显维德"，始学成德之序也；"不大声以色"至"无声无臭"，赞不显之德也。反复示人，至深切矣。❹

通过指出《大学》《中庸》引《诗》数目之多，来说明二者之内在联系，对朱熹用"咏叹""玩味"的"涵泳"读《诗》法和以《大学》《中庸》为核心的理学思想来解《诗》报以赞赏的态度。

关于"涵泳"解《诗》，王应麟曾云："'诵诗三百不能专对，不足以一献'，

❶ [宋]王应麟.[清]翁元圻辑注.孙通海点校.困学纪闻注[M].北京：中华书局，2016：352-353.

❷ [宋]王应麟.[清]翁元圻辑注.孙通海点校.困学纪闻注[M].北京：中华书局，2016：455.

❸ [宋]王应麟.[清]翁元圻辑注.孙通海点校.困学纪闻注[M].北京：中华书局，2016：490.

❹ [宋]王应麟.[清]翁元圻辑注.孙通海点校.困学纪闻注[M].北京：中华书局，2016：485.

皆诵言而忘味者也。”[1]将“言”与“味”相对而论，“言”指诗文本身或诗文的表面意义，“味”指《诗》的内涵意蕴、言外之意，通过深度阅读来体会。

王应麟本人对《诗经》的说解，也带有明显的理学化倾向，如：

文王之治，由身及家。《风》始于《关雎》，《雅》始于《大明》，而《思齐》又《关雎》之始也。《家人》之九五曰：“王假有家。”不显亦临。谨独者，齐家之本。故《家人》之吉，在于反身。[2]

《大明》《思齐》皆称颂文王之诗，王氏认为这两首文王之诗为《风》《雅》之本，因文王“谨独”“反身”之德可以由身及家，风化天下，《诗》中之一切美德皆由此而始。

王应麟好用“天人关系”来解《诗》，如：

“既克有定，靡人弗胜”，言天之胜人也。“藐藐昊天，无不克巩”，言天之终定也。申包胥曰：“人众者胜天。”人曷尝能胜天哉？天定有迟速耳。《诗》所以明天理也，故不云“人胜天”。[3]

王应麟从《小雅·正月》与《大雅·瞻卬》中各取两句诗来说明“天人关系”乃是“天胜人”，“天”即是“天理”，宇宙的自然法则与道德准则。王应麟认为它决定着人的命运，“人”必然受到“天”的制约而不能反过来影响它，偶尔出现看似“人”不受“天”所制约的情况，不过是因为“天”对“人”行为的制约反应得或迟或早而已，天理有常，天终有定。朱熹《诗集传》解《小雅·正月》四章曰：“民今方殆危，疾痛号诉于天，而视天反梦梦然，若无意于分别善恶者。然此特值其未定之时耳。及其既定，则未有不为天所胜者也。”[4]而王应麟解《大雅·瞻卬》“藐藐昊天，无不克巩”一句曰：“惟天高远，虽若无意于物，然其功用神明不测，虽危乱之极，亦无不能巩固之者。”[5]对比之后可以发现王应麟沿袭了朱熹“未有不为天所胜”的说解，显然是受到了朱子之说的影响。并且明确声称“《诗》所以明天理也”，认为《诗经》的功能在于使人明天理，申明了《诗》的教化作用。又如：

[1] [宋]王应麟．[清]翁元圻辑注．孙通海点校．困学纪闻注[M].北京：中华书局，2016：471.
[2] [宋]王应麟．[清]翁元圻辑注．孙通海点校．困学纪闻注[M].北京：中华书局，2016：496.
[3] [宋]王应麟．[清]翁元圻辑注．孙通海点校．困学纪闻注[M].北京：中华书局，2016：395.
[4] [宋]朱熹撰．赵长征点校．诗集传[M].北京：中华书局，2011：171.
[5] [宋]朱熹撰．赵长征点校．诗集传[M].北京：中华书局，2011：393.

“巧言如簧，颜之厚矣”，羞恶之心未亡也。“不愧于人，不畏于天”，无羞恶之心矣。天人一也，不愧则不畏。❶

王应麟举《小雅·巧言》与《小雅·何人斯》中的各两句诗以为类比，认为前者尚有羞恶之心而后者无之，并提出“天人一也”的“理一”思想。朱熹对“巧言如簧，颜之厚矣”的解读为：“言之徒可羞愧，而彼言之厚，不知以为耻也。孟子曰：‘为机变之巧者，无所用耻焉。’其斯人之谓与！”❷认为“巧言如簧”这种行为不知耻，没有羞恶之心。但王应麟对其说并没有完全采纳，而是与后一篇《何人斯》对比，认为前者尚以巧言为掩饰，是羞恶之心未尝尽亡的表现，与后者有程度上的差异，注意诗篇之间的联系，以《诗》解《诗》，对诗句的解读更为细腻。

王应麟解《诗》阐发义理还注意历史与现实的联系，其论《雨无正》曰：

“凡百君子，各敬尔身。胡不相畏，不畏于天？”荆公谓：“世虽昏乱，君子不可以为恶。自敬故也，畏人故也，畏天故也。”愚谓：《诗》云“周宗既灭”，哀痛深矣，犹以敬畏相戒。圣贤心学，守而勿失。中夏虽亡，而义理未尝亡；世道虽坏，而本心未尝坏，君子修身以俟命而已。（若璩按：王氏二十年杜门不出，概具见于此。）❸

《雨无正》此诗言世道混乱，大夫忧周朝将有易姓之祸。看到王应麟的这段说解，不能不让人联想到其身处宋元之交，面对朝代更替、世道败坏之残酷现实的痛心，面对剧变，王氏以保存“圣贤心学”为己任，坚信天之义理不亡，人之本心不坏，选择“修身以俟命”。这就不难理解为何王氏好以“天人关系”论《诗》，并强调“天胜人”“天终有定”了。清人阎若璩认为这段说解显示了宋亡之后二十年间王应麟杜门不出潜心著述的原因，颇有见地。

从以上这些例子可见，王应麟《诗》学虽然以辑佚考证见长，但对于《诗经》还是有自己的思考与态度的，在其解《诗》内容上无处不体现朱熹理学思想体系的影响。故而王应麟的《诗》学具有义理与考证相结合的特点，在学术风格上受

❶ [宋]王应麟.[清]翁元圻辑注.孙通海点校.困学纪闻注[M].北京：中华书局，2016：395.

❷ [宋]朱熹撰.赵长征点校.诗集传[M].北京：中华书局，2011：188.

❸ [宋]王应麟.[清]翁元圻辑注.孙通海点校.困学纪闻注[M].北京：中华书局，2016：395.

吕氏影响为大，而在理论方法上受朱熹影响为多，《四库全书总目》评价其博洽多闻而理轨于正，学问渊源出于朱子。虽然继承了朱子的理学思想，但王应麟没有走向王柏之谈义理改旧说一路，而是走了辑考文献兼论义理一路，出于朱子之学而已不限于朱子之学，实开创了一种新的学术门径。王应麟的学术开了辑佚考据学之先河，影响极为深远，傅斯年称其“开近三百年朴学之源”❶。

（二）黄震对朱熹《诗经》学的选择性继承

黄震（1213—1282），字东发，号于越，庆元府慈溪（今浙江宁波慈溪东南）人。南宋宝祐四年（1256）中进士，曾任史馆检阅，参与修撰宁宗、理宗两朝的《国史》《实录》。后出为抚州知州、浙东提举，为官多年，颇有政声。宋亡之后，隐居泽山，杜门著书。卒于元至元十八年（1281），门人私谥曰“文洁”。黄震师从辅广之再传弟子王文贯，《宋元学案》云：“四明之专宗朱氏者，东发为最。”❷《四库全书总目》评其曰：“盖震之学朱，一如朱之学程，反复发明，务求其是，非中无所得而徒假借声价者也。”❸

黄震的著作有《黄氏日抄》《古今纪要》《古今纪要逸编》《戊辰修史传》等。《黄氏日抄》又名《东发日抄》《慈溪黄氏日抄分类》，共九十七卷，现存九十五卷，第八十一卷、八十九卷已散佚。此书现存最早的本子为元刊本，另有明正德朝刻本、清乾隆朝汪佩锷校刊本、《四库全书》本等。《黄氏日抄》是一本学术笔记，经史子集无所不包，其中与《诗经》学有关的内容是第四卷，内容分为《读毛诗》《二南》《大序》《周南》《召南》五部分，皆就篇目或具体诗句、词句进行辨说。明人曾将此卷单独刊出，名为《读诗一得》。

《黄氏日抄》论学不坚持门户之见，全祖望云：“先生则独得之遗籍，默识而冥搜，其功尤巨。试读其《日抄》，诸经说间，或不尽主建安旧讲，大抵求其心之所安而止，斯其所以为功臣也。”❹认为黄震对朱熹的继承主要来自对朱熹遗籍

❶ 傅斯年．诗经讲义稿 [M]. 北京：中国人民大学出版社，2004：10.

❷ [清]黄宗羲．宋元学案 [M]. 北京：中华书局，1986：2884.

❸ [宋]黄震．黄氏日抄 [M]// 影印文渊阁四库全书（第 707 册 [M]. 台北：台湾商务印书馆，1986：2.

❹ [清]黄宗羲．宋元学案 [M]. 北京：中华书局，1986：2886.

的接受，受门派师承的影响较小，故而在治学时能较为客观地兼取各家之观点，而断以己意，恰可以补正丰富朱子之学。《四库全书总目》评价黄震治学云："解说经义，或引诸家以翼朱子，或舍朱子而取诸家，亦不坚持门户之见。"❶黄氏解《诗》也不例外，除朱子之说，也多取吕祖谦、王质、严粲、戴溪及诸古注为说，不专主于朱熹一家，与辅广、王柏坚守门户的解《诗》态度不同。

黄震曾为章叔平《读诗私记》作序云：

《诗》自卫宏作《小序》，诸儒往往凭之以说《诗》，随其所发，理趣虽精，而《诗》之所以作则世远，未必知其果然否也。王雪山、郑夹漈，始各舍《序》而言《诗》，朱晦庵因夹漈而酌以人情天理之自然而折衷之，所以开示后学者已明且要。东莱吕氏读《诗》时，尝杂记诸儒之旧说，未及成书，公已下世，学者以其朱晦庵之说异，而与旧传之诸说同也，或莫适从。临川章君叔平，因两家之异参诸说之详，断以己见，名以私记，无一语随人之后，其用功之精勤，与谦虚不敢自信之意，果何如哉？余得而读之，三叹不忍去手，方欲从之面请，则已拜予祠之命东归矣，始志篇端归之，尚俟后会云。❷

从这段《序》中可以看到黄震对于《诗序》的看法。首先他认为《小序》是由汉代卫宏所作，与《诗经》的创作年代相去较远，故不能断定其准确性。而对朱熹继承郑樵舍《序》言《诗》观点并以"人情天理"的理学思想解《诗》，以及吕祖谦从《序》并集诸儒之旧说以说《诗》这两种学术路向，黄震并没有偏主一方，而是对章叔平参考两方断以已见的治《诗》方法与"无一语随人后"又"谦虚不敢自信"的治《诗》态度表示赞赏，以此似可推见其自身之治《诗》的倾向。

黄震在《黄氏日抄·读毛诗》中评价朱熹《诗》学的主要观点曰：

夫《诗》非《序》莫知其所自作，去之千载之下，欲一旦尽去自昔相传之说，别求其说于茫冥之中，诚亦难事。然其指《桑中》《溱洧》为郑、卫之音，则其辞晓然，诸儒安得回护而谓之雅音？若谓《甫田》《大田》诸篇

❶ [宋] 黄震. 黄氏日抄 [M]// 影印文渊阁四库全书（第 707 册）[M]. 台北：台湾商务印书馆，1986：2.

❷ [宋] 黄震. 黄氏日抄 [M]// 影印文渊阁四库全书（第 708 册）[M]. 台北：台湾商务印书馆，1986：961.

皆非刺诗，自今读之，皆蔼然治世之音。若谓“成王不敢康”之成王为周成王，则其说实出于《国语》，亦文义之晓然者，其余改易，固不可一一尽知。若其发理之精到，措辞之简洁，读之使人了然，亦孰有加于晦庵之《诗传》者哉？学者当以晦庵《诗传》为主，至其改易古说，间有于意未能遽晓者，则以诸家参之，庶乎得之矣。❶

黄震认同《诗序》之总体价值，认为《诗序》与《诗经》的创作时代较后世更为接近，必然保存了更多的诗之本义，不可废弃，故不同意尽弃《诗序》之说。但对朱熹的“淫诗”说和以文本及其他文献解《诗》以正《诗序》之误的例子，黄震则报以认同的态度，并赞扬了朱熹《诗集传》义理精到、言辞简洁的特点，提倡学《诗》以《诗集传》为主要的参考读本。由此可见黄震对于朱熹的《诗》学观点是在肯定的基础上有所去取的。

黄震对朱熹将传统视为一体的《诗大序》分为两部分持保留态度，“易置其次，以‘诗者志之所之’居篇首，为《大序》；而别取其言《关雎》者居后，为《关雎》之《序》。于义正矣，而非复古人之本文”。同时认为《大序》亦有失误之处，“国史掌书而不掌诗，《大序》乃谓诗作于国史。孔子言：‘《关雎》，乐而不淫，哀而不伤。’盖淫者，乐之过；伤者，哀之过，惟此诗得性情之正。《大序》乃谓‘不淫其色，无伤善之心’，此《大序》之失也。晦庵辟之，当从晦庵。”❷几乎全盘采用了朱熹关于《大序》的说法，“国史掌《书》而不掌《诗》”的看法出自《诗传纲领》，辨《大序》解“淫”之误的看法则出自《诗序辨说》。

关于《小序》，如其《自序》所言，黄震认为其仍有参考价值，其中有得诗意者，不可尽去，其解“乐子之无知”条云：

晦庵《诗传》以子指苌楚，言草木无知也，然下章乐子之无室无家，恐难指苌楚。东莱曰：“所谓赤子之心也，未有知识，未有室家之时也。”此意得之。以此知《诗》不可尽去《序》说也。❸

❶ [宋]黄震.黄氏日抄[M]//影印文渊阁四库全书（第707册）[M].台北：台湾商务印书馆，1986：27-28.

❷ [宋]黄震.黄氏日抄[M]//影印文渊阁四库全书（第707册）[M].台北：台湾商务印书馆，1986：28.

❸ [宋]黄震.黄氏日抄[M]//影印文渊阁四库全书（第707册）[M].台北：台湾商务印书馆，1986：42.

但对于《小序》，黄震往往将首句之后的内容视为讲师所添入的“继序”，持不以为然的态度，如说《狡童》篇云：

王雪山曰：“郑忽言行盖亦近贤，不可以成败论人，所谓狡童当有他人当之，非谓忽也。”严华谷曰：“忽以世子为郑君，不得目以狡童，正指忽所用之人耳。”晦庵则谓：“忽之辞昏未为不正，《有女同车》《山有扶苏》《萚兮》《狡童》四诗，皆非刺忽。”凡皆公议，不惑于继序讲师之说者也。❶

又如“以祈黄耇”条云：

晦庵以为祝寿，的矣。诸家尚因继序，以为乞言，俗见传染之难回如此。❷

皆赞同朱子之说，视“继序”为“讲师之说”“俗见”，对因循《序》说而没有自己的思考判断的说《诗》者报以批评的态度。所以尽管不主张废《序》，且认为《小序》有其存在的价值，但黄震绝非盲从《小序》的泥古之人。是朱非《序》的例子还有很多，如其于《黍苗》条云：

诗中明言美召公，而《诗序》乃以为刺幽王，此类亦何讶晦庵之去《序》耶。若下篇《隰桑》，则诗中真有思见君子之意，《序》非自为之言也。❸

于“园有桃其实之肴”条云：

毛以为喻国有民，得其力，是特释《序》文“不能用其民”之语。诗中未见此意。郑以为“不取于民，食园桃而已”，则天下无此理也。惟晦庵不以为比喻，而以为托兴，诗意不过如此而已。❹

于“岁取十千”条云：

自《楚茨》至《甫田》《大田》诸诗，古说皆以为刺。晦庵皆不以为刺，三味经文实无感伤之意，晦庵之说为长也。❺

皆是在参考诸家之说后对朱熹的解说表示认同，而从“三味经文”之语可以看出其对“涵泳”解《诗》方法的继承。

❶ [宋]黄震.黄氏日抄[M]//影印文渊阁四库全书（第707册）[M].台北：台湾商务印书馆，1986：37.
❷ [宋]黄震.黄氏日抄[M]//影印文渊阁四库全书（第707册）[M].台北：台湾商务印书馆，1986：58.
❸ [宋]黄震.黄氏日抄[M]//影印文渊阁四库全书（第707册）[M].台北：台湾商务印书馆，1986：55.
❹ [宋]黄震.黄氏日抄[M]//影印文渊阁四库全书（第707册）[M].台北：台湾商务印书馆，1986：39.
❺ [宋]黄震.黄氏日抄[M]//影印文渊阁四库全书（第707册）[M].台北：台湾商务印书馆，1986：53.

其实细究黄震论《诗》，实集众家《诗》说辨析之，并无专主，不名一说，其对诸家之说的去取完全是以《诗》之本文为参考，其认为合于诗文本意的则从之，不合于诗文本意的即舍之，视朱熹之《诗》说不过为诸家中之一家。如其于“小东大东”条从朱熹之说云：

古说谓小大皆取之于东，晦庵独以为东方小大之国，华谷从之，于文义为长。❶

从文义方面考量，认为朱熹之说相较于古说更有意味，故得到了严粲的赞同，可以看到黄震取舍《诗》说是以能否更好地贴合文本、发挥文义为依据的。

其于《硕鼠》条，又从朱熹之说曰：

《郑笺》以硕鼠为斥其君，非矣。华谷以为指聚敛之臣，又不若晦庵谓托言大鼠害人而去之。尤平易也。❷

认为郑玄、严粲以“硕鼠”代指所刺之人的说解不如朱熹将之解释为托言更为平易。

于“能不我甲”条，即不从朱熹之说：

毛曰：甲，狎也。《释文》曰：《韩诗》作狎。东莱曰：但能不我亲狎，妄自尊大而已。似得诗意。程朱诸家以“甲”为君长，虽就“甲”字起义，而须展转，恐且合从毛吕之说为径。诸家讳言狎者，以狎为不美字。然此非亵狎之狎，乃亲狎之狎，正谓惠公骄傲而言，不当以文害辞。❸

认为程朱诸家之说失于“展转”，毛公与吕祖谦之说更为直截了当，与诗意为近；并分析诸家不以“甲”为“狎”是犯了以文害辞的毛病，可见其解《诗》不以文害辞的主张。考之，黄氏对于诸《诗》说的取舍非常看重文理，“平易”则从，“展转”则不从，可见黄氏对平易解《诗》倾向的继承。

对于“淫诗说”，黄震总体上持支持的态度，对朱熹认定为“淫诗”的诗篇，一般皆从其说，如：

---

❶ [宋] 黄震 . 黄氏日抄 [M]// 影印文渊阁四库全书（第 707 册）[M]. 台北：台湾商务印书馆，1986：52.

❷ [宋] 黄震 . 黄氏日抄 [M]// 影印文渊阁四库全书（第 707 册）[M]. 台北：台湾商务印书馆，1986：39.

❸ [宋] 黄震 . 黄氏日抄 [M]// 影印文渊阁四库全书（第 707 册）[M]. 台北：台湾商务印书馆，1986：35.

"静女其姝"乃奔者自为相称美之辞，岂必泥此而谓其真有贞静之德哉？(《邶风·静女》)[1]

此诗明为卫之诗，诗之名明以为《桑中》，诗之辞明言淫奔，后世安得反为之讳，而指以为雅音也？古人采民风，伤世变，故录之云尔。(《郑风·桑中》)[2]

甚至对一些朱熹未定为"淫诗"的诗，黄震也以"淫诗"视之，如：

诸家皆以日为喻君，然诗中似无此意。惟戴岷隐云："男女相奔，不夙则莫。日出，早也；月出，莫也。"此为近事情。(《齐风·东方之日》)[3]

可以发现黄震对"淫诗"的判断也是从《诗》之文意与"人情"两方面出发来进行判断的，并非盲从前人。

总的来说，黄震论《诗》有折中合同古今诸家的倾向，如论《王风·采葛》篇曰：

古以为《采葛》去君侧，故惧谗。特《采葛》非人臣之事，于事情未通。惟欧阳氏以积少成多为听谗之喻。而李氏取之晦庵《传》，以为淫奔者托以行，然亦意之之辞。至《诗传折衷》载晦庵新说，仍以《采葛》比听谗。愚按：晋（唐）风《采苓》之诗，亦以比听谗，则此说近人情而不反古说。[4]

黄震认为此诗的《序》说"惧谗"有不近人情处，而朱《传》淫奔之说为意测，于文本中亦无实据，他赞成欧阳修"听谗"的解释，并以《唐风·采苓》为佐证，认为此说既近人情又不反古说。可以看出，在各家之说皆有可取的情况下，黄氏尽量不违反古说，又兼取合于人情文义的今说，有折中古今的倾向。值得注意的是黄震还提到朱熹晚年解此诗弃"淫诗"说取"听谗"说，以《诗传折衷》一书为据。《诗传折衷》今已不传，不知为何书，黄震声称其中载有朱熹于《诗集传》之后更新的《诗》学观点，对《诗序》的态度相比《诗集传》更温和，然此书既已不传，亦无其他记载，其真伪与否已不得而知。

---

[1] [宋]黄震.黄氏日抄[M]// 影印文渊阁四库全书（第707册）[M].台北：台湾商务印书馆，1986：33.

[2] [宋]黄震.黄氏日抄[M]// 影印文渊阁四库全书（第707册）[M].台北：台湾商务印书馆，1986：34.

[3] [宋]黄震.黄氏日抄[M]// 影印文渊阁四库全书（第707册）[M].台北：台湾商务印书馆，1986：38.

[4] [宋]黄震.黄氏日抄[M]// 影印文渊阁四库全书（第707册）[M].台北：台湾商务印书馆，1986：36-37.

此外，黄震解《诗》还具有以人文风俗、自然物理解《诗》的特点，如于“载弄之瓦”条云：

古说瓦，纺砖也。今所见，纺无用砖者，而瓦亦与砖为二物，恐风俗古今不同尔。尝见湖州风俗，妇人皆以麻线为业，人各一瓦覆膝，而索麻线于其上，岁久瓦率成坎，古亦岂有此事，而诗人因指之欤？[1]

这是用地方人文风俗来解《诗》，考据诗中之名物。

于“螟蛉有子，蜾蠃负之”条云：

愚戊辰考试省闱，闻同官宫教台州董华翁云：蜾蠃负螟蛉，埋土中，而寄子其身，如鸡抱子，暖之而使生，然其子即蜾蠃之子，非以螟蛉之子为子，《诗》之说得之。……如腐草化萤，亦萤宿其子于腐草，既成形，则自腐草而出，杜诗云“幸因腐草出”，最精于物理。[2]

这是将个人见闻、自然物理与前人诗歌运用于《诗经》之名物辩证，显示出以名物解《诗》的倾向。

黄氏总结治《诗》之法曰：“学者当以晦庵《诗传》为主，至其改易古说，间有于意未能遽晓者，则以诸家参之，庶乎得之矣。”[3] 可见其对朱熹的《诗集传》总体上较为认同，主张学《诗》当以朱熹《诗集传》观点为主，但同时对改易古说持审慎的态度，对朱熹改易古说与阙疑之处，主张参考各家的观点而折中之。通过黄震的论《诗》活动可以看出，他在“合文义”“合古说”“平易”“近人情”之间尽力寻找平衡的努力。在朱子的后学中，从对朱熹《诗经》学与传统《诗经》学的取舍来看，黄震算是一个折中派。

小　结

从南宋《诗经》学著作状况考察，可以发现，在南宋时期，朱熹《诗经》学的主要接受对象是其门人弟子，而不同时期与地域的朱子门人对其《诗经》学不同方面的接受各有偏重，接受程度也有所不同。

[1] ［宋］黄震．黄氏日抄 [M]// 影印文渊阁四库全书（第 707 册）[M]. 台北：台湾商务印书馆，1986：51.

[2] ［宋］黄震．黄氏日抄 [M]// 影印文渊阁四库全书（第 707 册）[M]. 台北：台湾商务印书馆，1986：51-52.

[3] ［宋］黄震．黄氏日抄 [M]// 影印文渊阁四库全书（第 707 册）[M]. 台北：台湾商务印书馆，1986：28.

辅广为朱熹亲传弟子，受其影响最深，对朱熹《诗经》学的继承最为全面。其《诗童子问》与朱熹的《诗经》学著作联系也最为紧密，作为一部通释体著作，朱熹的《诗集传》《诗序辨说》《诗传纲领》乃至平日的论《诗》言语皆是其阐释说明的资料。此外《书》《礼》《论》《孟》以及程颐、张载、谢良佐等的论《诗》言语也是其阐释对象，故此书不止如《四库全书总目》所言仅是“羽翼《诗集传》”而已。并且当时由于政治原因，朱子的学术受到官方压制，其《诗集传》尚未大行于世，在《诗》学研究领域尊《序》派与反《序》派的论争尚且胶着。所以辅广作《诗童子问》的目的是要维护发明师说，为其争一席之地，故其对于朱熹的《诗》学思想与解《诗》方法持全盘继承的态度，竭力阐释其思想义理，而略于训诂考证。作为首部辅翼朱熹《诗经》学的著作，为朱子《诗经》学体系的形成奠定了基础。

王柏乃朱熹之三传弟子，属北山一脉，虽生于党禁之时，但至其作《诗疑》时朱熹的地位已经恢复，只是其《诗》学思想仍未得到广泛的认可。王柏的《诗经》学继承了朱熹《诗》学的主要观点与解《诗》方法，但不像辅广那样以发明朱子《诗》说为己任，而是继承朱熹“复明圣人之道”的使命，故其解《诗》主要在于发挥义理，以“理”解《诗》，且不受包括朱子之说在内的前人成说的牵绊，大胆发扬怀疑精神，乃至于废《序》改经;又能以文学评论的眼光观《诗》，发展“涵泳”解《诗》为文学化的解《诗》倾向，为朱子《诗经》学拓宽了研究空间，可谓是朱子《诗经》学的前锋。当辅广、王柏之时，朱熹的反《序》派《诗》学观点暂落下风，故二人之《诗经》学相对来说具有较为明显的门户色彩，维护、伸张师门之说的意图尤其强烈。

至王应麟、黄震之时已是南宋末期，朱子之学的地位已然得到了提升，开始有官学化的倾向，朱熹的《诗经》学也得到广泛传播与接受，故二人对朱熹《诗经》学的看法更为客观，并无朱熹近世嫡系弟子那般激烈的门户意识。虽然二人都对朱子《诗》学极为推崇，但在实际解《诗》活动中依然大量吸收《诗经》汉学与诸家之说的成果，对朱熹的《诗经》学思想进行有选择的继承。尽管当时朱熹《诗集传》尚且没有后世一家独尊的统治力，但宋末学者独立思考的精神与此时相对宽松自由的学术氛围亦可见一斑。其二人的《诗经》学著作都具有博采众家、辑佚考据的特色，对保存文献有很大的贡献，可以作为朱熹《诗集传》辑佚考据方面的补充，为后来的宗朱《诗经》学者提示了以辑佚考据之学辅翼补充朱熹《诗经》学的方向。

辅广、王柏、王应麟、黄震作为朱子门人后学，都对朱熹《诗经》学有着深入的了解，并受到朱熹《诗经》学不同程度的影响，但他们的《诗经》学著作又都有自己的独立观点与研究倾向，非是因循师说毫无创见之辈。他们开创了朱子《诗经》学中以理解《诗》、以考据解《诗》、以文学解《诗》等多条研究路径。他们围绕朱熹《诗经》学，或明确、深化朱熹的“废《序》说”“淫诗说”等《诗》学观点，或继承、发展其以理学解《诗》、以“涵泳”解《诗》的治《诗》方法，或运用辑佚考据补正《诗集传》疏漏舛误之处，或发表新见进一步拓宽其学术范围，初步建立了朱子《诗经》学体系，提升了朱熹《诗经》学的地位，使一人之学逐渐发展为一派之学。

第四章　朱子《诗经》学在元代的发展壮大

在元代，通过朱子门人的努力，朱子学在元中后期逐渐成为学术主流，延祐年间朱熹《诗集传》亦被立为官学，成为《诗经》学研究的中心。元泰定二年（1325）揭佑民所作《朱子诗传纂集大成序》即鲜明地体现了元人对朱子《诗经》学的推崇："彰圣人之功莫大焉，其书又岂肯自居于疏下？近世《诗》解甚多，如李迂仲、吕伯恭皆善言，惟华谷严氏独能诣风赋比兴之趣，识其正体。其间援朱子言者多，是知朱《传》不得不为《诗》之统宗会元。虽圣人复出，不易斯言也。"❶序中赞颂朱熹《诗集传》继承发扬孔子诗教之意，其功劳尚在孔《疏》之上，已成为其后《诗》学研究之纲领典范，反映出元人抛弃汉唐注疏，转以《诗集传》为宗的心态转变。

在这种背景下，各种类型的宗朱《诗经》学著作纷纷涌现，从各种角度对《诗集传》进行申说与补充，《诗集传》在元代逐渐完成了它的经典化，元代也成为朱子《诗经》学体系的鼎盛时期。

第一节　元代朱子《诗经》学发展的政治文化背景

从 1206 年成吉思汗统一漠北各部成立蒙古汗国，到 1271 年忽必烈定国号为"大元"，元朝正式建立，再到 1368 年元惠宗北逃，元朝灭亡，有元一朝共历时 97 年，立国 162 年。在一百多年的历史进程中，元朝皇帝日渐注重文治，元太宗窝阔台曾修建孔庙，在灭金攻宋的过程中曾命杨惟中、姚枢等汉臣挖掘保护儒士，还曾于 1237 年举行过一次儒士选拔考试，史称"戊戌选试"❷，是恢复科举的前导；

❶ [元] 胡一桂 . 诗集传附录纂疏 [M]. 北京：北京师范大学出版社，2013：7.

❷ [明] 宋濂，等 . 元史 [M]. 北京：中华书局，1976：1340.

元世祖忽必烈用儒臣、行汉法，恢复各级学校，重视对典籍与文人的保护；元仁宗爱育黎拔力八达自幼接受儒学教育，尊崇理学，以宋代理学五子（周敦颐、邵雍、程颢、程颐、张载）并司马光、朱熹、张栻、吕祖谦及本朝的大儒许衡从祀孔庙，并于延祐二年（1315）重开科举，给予读书人以上升通道。以上这些举措使得儒学在元代得以保存与发展。

但总的来说，战乱和异族文明的打压对儒学的发展还是造成了极大的破坏。元人统治者推崇儒学大多是出于功利目的，并非真心接纳，儒家思想也并未成为元朝真正的统治思想，而是作为工具被利用。元代儒士的社会地位前所未有的低下，特别是保存传承儒家文化最多的宋人被称作“南人”❶，处在社会的最底层，读书入仕都受到压制。但是以朱子门人为代表的元儒潜心经义，以保存圣学为念，继承了程朱理学思想，于文脉道统有传承之功。正如《宋元学案》曰：“有元立国，无可称者，惟学术尚未替，上虽贱之，下自趋之，是则洛、闽之沾溉者宏也。”❷之所以出现这种情况，一方面是由于元代统治者对儒学的轻视与对汉人的压制导致元代学术文化不够繁荣兴盛；但另一方面由于他们的忽视，又使得儒学内部所受的干预钳制较少，学者们的学术活动与学术思想较为自由，基本不受政治干涉。故而儒学在元代虽衰而不断，一如钱穆的评价：“譬如严冬雪虐，枝叶虽辞，根荄无伤也。”❸

故而本书将元代的学术分期大致划分为初期、中期、后期三个阶段：由窝阔台即位至南宋灭亡为初期（1229—1279），这五十年间，元代统治者初步任用儒臣以汉法治国，南方以朱子之学为代表的儒学继续发展并开始传入北方；由南宋灭亡至元仁宗重开科举前为中期（1279—1315），在此期间朱子之学在民间受到学者们的广泛接纳与传播，在朝堂受到汉族儒臣的推崇，以朱子之学为代表的儒学逐渐为元朝统治者所接纳；由延祐重开科举至元朝灭亡为后期（1315—1368），在这一时期，儒学终于为元朝统治者所接纳，科举取士成为定制，朱子之学成为官学，走向鼎盛。

---

❶ 元代统治者采取民族分化政策，将治下国人分为由高到低四等，分别为蒙古人、色目人、汉人、南人，并根据等级建立了一整套不平等的政策。

❷ [清] 黄宗羲 . 宋元学案 [M]. 北京：中华书局，1986：3142.

❸ 钱穆 . 中国近三百年学术史 [M]. 北京：商务印书馆，1997：3.

一、元初至元中期之南北朱子学

元代学术延南宋之旧，道学亦以朱熹为宗。在元代学者看来，朱熹得圣人真传，为圣学正脉，只有师从朱熹，才能得圣人之心传，理解经书之真义，从而保持道统的纯正："尧、舜、禹、汤、文、武、周公相传之道至孔子乃集其大成……至朱熹氏又集其大成者也……程氏之道至朱熹而始明，朱氏之道至金氏（履祥）、许氏（衡）而益专用，使百年以来学者有所宗乡，不为异说所迁，而道术必出于一，可谓有功于斯道矣。"❶故而元代学者以承继朱子之学接续道统为己任。

但在元初，由于政权割据，载籍不通，南北方的学术差异很大，此时南方的南宋理宗政权已经开始提升朱子地位，程朱之学开始成为官学而大行其道，而北方学术却依然以汉唐章句之学与苏氏蜀学为主，不闻程朱义理之学。

元代朱子学的传播大体有三条脉络，其中南方两脉皆始自朱熹亲传弟子黄幹：一是江西地区的黄幹—吴澄一脉，一传于饶鲁，再传于程若庸，三传于吴澄，因饶鲁号双峰，所以这一脉又称作双峰学派；一是浙江金华地区的黄幹—许谦一脉，这一线一传于何基，再传于王柏，递传于金履祥，而后传于许谦，因何基号北山，这一脉又称作北山学派。

而传于北方的有赵复一脉，可以说程朱之学在北方的传播始于赵复。

赵复，字仁甫，为德安人，私淑朱子，治程朱之学，人称江汉先生。南宋理宗端平二年（1235），元师攻宋，破江西德安城，赵复九族皆被屠戮殆尽，自身亦被俘为奴，适为于军中挖掘人才的姚枢所救，姚枢劝阻了赵复自杀的念头，将其送至燕京。赵复拒不仕元，于是中书令杨惟中与姚枢为其建立了元代第一家官办书院——太极书院，立周子祠，选取了二程、朱熹遗书八千余卷，请赵复于书院中讲授程朱理学，从学者百人，其中有许多是北方有名的学者大儒以及官员，如许衡、郝经、窦默、刘因等，甚至杨惟中与姚枢本人也常去听讲。北方学者自此开始接受理学思想，一些学者为此尽弃前学，如大儒许衡，学习程朱之学后心悦诚服，对其弟子曰："昔所授受，殊孟浪也，今始闻进学之序。若必须相从，

❶ [明]王祎撰.颜庆余点校.王祎集（中）[M].杭州：浙江古籍出版，2016：428-429.

当悉弃前日所学章句之习，从事于小学洒扫应对，以为进德之基，不然当求他师。”❶于是一改章句注疏之旧学，开始用程朱修身涵养之学来教导弟子。许衡终生以传道为己任，其曰：“纲常不可一日而亡于天下，苟在上者无以任之，则在下之任也。”❷后来在他的力请之下，忽必烈开太学，使其担任集贤大学士兼国子监祭酒，程朱理学自然成了国子学的主要教学内容而得到进一步推广，不但促进了元代统治者对朱子之学的接受，也为元代培养造就了一批受程朱之学熏陶的士大夫。就这样，在赵复及其弟子们的努力下，程朱之学逐渐在北方发扬光大，北方守旧固陋的学风为之一变。

赵复的弟子郝经曾评论其师的功绩曰：“昔之所学者，富一身而已，今也（赵复）传正脉于异俗，衍正学于异域。指吾民心术之迂，开吾民耳目之蔽。削芜漫，断邪枉，破昏塞，俾《六经》之义，圣人之道，焕如日星，沛如河海，巍如泰华，充溢旁魄，大放于北方。”❸称赞赵复将儒学之正脉程朱理学传于北方之后，对北方学术界产生了巨大影响，北方学者自此得窥《六经》之义、圣人之道，终将对改变北方异俗、教化北方民众产生了深远影响。

朱熹的《诗经》学作为其学术思想的重要组成部分，也是由赵复北传朱学之后方为北方学者所认识，郝经《朱文公诗传序》云：

> 时晦庵先生方收伊洛之横澜，折圣学而归衷，集传注之大成，乃为《诗》作传。近出己意，远规汉唐，复《风》《雅》之正，端刺美之本，厘训诂之弊，定章句、音韵之短长差舛，辨大、小《序》之重复，而“三百篇”之微意，“思无邪”一言涣乎白日之正中也。其《自序》则自孔孟及宋诸公格言具载之，毛郑以下不论，其旨微矣。是书行于江汉之间久矣，而北方之学者未之闻也。❹

通过这篇序文，可以看到北方对朱熹《诗集传》的接受较晚，在南方江汉之间《诗集传》早已大行之时，北方学者竟未尝听闻此书。其实不止对朱熹的《诗

❶ ［明］冯从吾．元儒考略 [M]// 影印文渊阁四库全书（第 453 册）．台北：台湾商务印书馆，1986：765.

❷ ［明］宋濂，等．元史 [M]. 北京：中华书局，1976：3717.

❸ ［元］郝经．陵川集 [M]// 影印文渊阁四库全书（第 1192 册）．台北：台湾商务印书馆，1986：327.

❹ ［元］郝经．陵川集 [M]// 影印文渊阁四库全书（第 1192 册）．台北：台湾商务印书馆，1986：333.

经》学，元代初期整个北方的《诗经》学研究都很薄弱，甚至没有出现一本《诗经》学专著。其实终元一朝，南方的《诗经》学研究都盛于北方，所以朱子《诗经》学的发展也是南方相较北方兴盛，尤其以江西与浙江两地为最盛。至南宋灭亡之前，朱熹的弟子门人如江西的辅广、王柏与浙江金华的王应麟、黄震等皆有《诗经》学著作，他们继承与发展了朱熹的《诗经》学，初步建立了朱子《诗经》学研究体系。所以南方朱子《诗经》学之所以兴盛，主要在于朱子门人的努力，他们开设书院，广收弟子，为朱子之学的延续、传播与发展做出了巨大贡献。

入元之后，南方的朱熹后学们继续坚持申说、补充、推广朱熹的《诗经》学，成了元代《诗经》学研究的主要力量。元代至今仍有存藏的《诗经》专著约有十三部，其中宗主朱熹《诗集传》的专门著述约有十部，分别为胡一桂《诗集传附录纂疏》二十卷、许谦《诗集传名物钞》八卷、梁益《诗传旁通》十五卷、刘瑾《诗传通释》二十卷、朱公迁《诗经疏义》二十卷、刘玉汝《诗缵绪》十八卷、罗复《诗集传音释》二十卷、朱倬《诗经疑问》七卷、刘贞《类编历举三场文选诗义》八卷、林泉生《诗义矜式》十二卷，其中《诗》学价值较大的为前六部。在这些《诗经》学者中胡一桂、朱公迁、刘瑾、刘玉汝、罗复、朱倬为江西人，梁益为江苏人，许谦为浙江人，林泉生为福建人，刘贞为山东人，在十位学者中江西一省即占了六位，南方学者达十人之多，可见元代朱子《诗经》学的主要力量集中在南方江浙地区。

二、元中后期朱子学之定为官学

元世祖至元八年（1271），许衡任国子监祭酒，首次将程朱之学引入国家最高学府，并将朱子学的核心典籍《四书》置于《五经》之前，“凡读书必先《孝经》《小学》《论语》《孟子》《大学》《中庸》，次及《诗》《书》《礼记》《周礼》《春秋》《易》”❶，程朱之学正式成为官方指定的教学内容。这时国子学的学生以蒙古贵族子弟为主，他们虽然学习程朱理学，但他们的学习内容并不与入仕实际挂钩。许衡当时虽议定学校科举之法，但未能执行。此时程朱理学虽然在民间的书

❶ [明]宋濂，等. 元史[M]. 北京：中华书局，1976：2029.

院中传播，但只是出于民间行为，官方一直不曾举行科举考试，故而对天下学风没有起到足够的倡导作用。

朱子之学在真正意义上成为指导天下士人的官学是在元仁宗延祐年间，此时元朝已经统一中国，朝廷对治国人才的需求越来越大，元仁宗对文教之事日益重视，儒臣们长期以来也坚持不断地呼吁恢复科举，皇庆二年（1313）中书省臣上书曰："科举事，世祖、裕宗累尝命行，成宗、武宗寻亦有旨，今不以闻，恐或有沮其事者。夫取士之法，经学实修己治人之道，辞赋乃摘章绘句之学。自隋、唐以来，取人专尚辞赋，故士习浮华。今臣等所拟，将律赋省，题诗小义皆不用，专立德行、明经科，以此取士，庶可得人。"❶于是元仁宗终于在当年正式下诏恢复科举，其诏曰："朕所愿者，安百姓以图至治，然匪用儒士，何以致此。设科取士，庶几等真儒之用，而治道可兴也。"❷于是延祐元年（1314）八月在全国17个行省、司、路举行了乡试，又于次年（1315）二月于京城大都举行了会试，三月举行了殿试。

在考试的内容上，乡试与会试体制相同，蒙古人、色目人与汉人、南人分卷考试，考试的场次与内容皆有不同，蒙古人与色目人考两场，为经义与策论，汉人、南人考三场，于经义、策论外多考一场古赋诏诰章表，且考试内容较前者难度更高。殿试皆为策一道。与经义相关的考试内容为：

> 蒙古人、色目人，第一场经问五条，《大学》《论语》《孟子》《中庸》内设问，用朱氏章句集注。其义理精明，文辞典雅者为中选。……汉人、南人，第一场明经经疑二问，《大学》《论语》《孟子》《中庸》内出题，并用朱氏章句集注，复以己意结之，限三百字以上；经义一道，各治一经，《诗》以朱氏为主，《尚书》以蔡氏为主，《周易》以程氏朱氏为主，以上三经，兼用古注疏。《春秋》许用《三传》及胡氏《传》《礼记》用古注疏，限五百字以上，不拘格律。❸

可以发现这场科举考试的经义内容多以朱熹的注解为标准，并将"四书"正

❶ [明]宋濂，等.元史[M].北京：中华书局，1976：2018.

❷ [明]宋濂，等.元史[M].北京：中华书局，1976：558.

❸ [明]宋濂，等.元史[M].北京：中华书局，1976：2019.

式立为科举考试的参考书目，对于蒙古人、色目人，经义只考“四书”的内容，纯用朱子《四书章句集注》为标准；对于汉人、南人，经义于“四书”外还要兼考“五经”中的一经，其中《诗经》以朱熹《诗集传》为主要参考标准，兼用古注疏。这次科举考试标志着朱子之学首次被官方全面接受，正式成为官学，确立了其在元代学术思想上的统治地位。元人虞集论曰：“群经、‘四书’之说，自朱子折衷论定，学者传之。我国家尊信其学，而讲诵授受，必以是为则，而天下之学皆朱子之书。书之所行，教之所行也；教之所行，道之所行也。”❶可见朱子之学在元代影响之大、地位之高。朱熹的《诗集传》就在此时首次被立为官学，成为科举教科书，由此开始在全国范围内广泛传播，日益为学者所接受，反《序》派至此之后方彻底占据上风。

据《元史·选举志》记载，这次科举于乡试中录取300人参加会试，其中蒙古人、色目人、汉人、南人分别有75人的名额，会试乃是从这300名举人中选取100人进入殿试，其中蒙古、色目人、汉人、南人又各有25人的名额。这次科考最终的殿试有五十六人及第，录取结果分左右两榜，蒙古人、色目人为右榜，汉人、南人为左榜，“第一名赐进士及第，从六品，第二名以下及第二甲，皆正七品，第三甲以下，皆正八品，两榜并同”❷。下第者亦给予教授、山长、学正等职。汉人、南人至此终于有机会通过科举走上仕途，在此之前“士无入仕之阶，或习刀笔以为吏胥，或执仆役以事官僚，或作技巧贩鬻以为工匠、商贾”❸，这次科举使普通汉族士子看到了入仕的希望，对向学之风有一定的激励作用。

延祐二年（1315）的这次科举作为元代首场科举考试，其章程内容几乎成为定制，此后元朝的科举考试流程与内容大多仿此，至多录取名额有所变动，考试内容稍有增删，如至元年间科考内容增设“经疑”一项。自此之后，科举三年一行，一直历经元仁宗、英宗、文宗三朝不曾中断，除在元惠宗时期因丞相伯颜擅

❶ [元]虞集.道园学古录[M]//影印文渊阁四库全书（第1207册）.台北：台湾商务印书馆，1986：1207-0515.

❷ [明]宋濂，等.元史[M].北京：中华书局，1976：2019.

❸ [明]宋濂，等.元史[M].北京：中华书局，1976：2017.

权意图废除科举，导致 1336 年和 1339 年的两科停办之外，从延祐二年首开科举到元朝灭亡，总计开科 16 次，共录取进士 1139 人。❶

历代以来科举对士人所习之学都具有极大的导向作用，元朝的科举也不例外，由于"重经义，轻辞赋"，元人的学风显得质朴实用。官方的推崇，推动了朱子之学的普及，朱熹《诗集传》也由于科举考试的推动而得到了更广泛的传播，为其日后的发展壮大奠定了基础。对于朱子《诗经》学的研究也是在延祐之后兴盛起来的。元代辅翼朱子《诗经》学的著作多出在元代后期，如梁益《诗传旁通》、刘瑾《诗传通释》、刘玉汝《诗缵绪》、朱公迁《诗经疏义》等，甚至出现了专为科场而作的《诗》学参考资料，如《类编历举三场文选诗义》《诗义矜式》等。当然，元代朱子《诗经》学的发展不能完全归功于科举考试，由于元代儒生社会地位低下，通过科举提升地位的通道狭窄，许多学者潜心研习儒家经典并非为了入仕，而是在异质文化统治者的压迫下以传承存续儒学为己任来进行学术研究，所以元代宗朱《诗经》学著作并非皆为科举制艺而作。但总的来说，元代朱子《诗经》学的发展在很大程度上受到了科举考试的推动。上有程朱理学官学化的推动作用，下有朱子门人的继承、发展与传播，朱子《诗经》学在元代开始走向兴盛，并开始了经典化的过程。

不过在元代朱子《诗经》学的研究尚没有陷入僵化，学者在研究过程中虽然以朱子《诗》学为宗，但多能保持独立思考，不吝借鉴汉唐《诗》学与诸家说《诗》之成果，解《诗》时亦常对朱子《诗》说有所突破，且在音韵训诂与名物考证等诸多方面对朱子《诗经》学进行了补充与完善。

第二节　朱子《诗经》学在元代中期的进一步发展

元初南北对峙时期，元人治下的北方地区几无《诗经》学著作，《诗经》学的研究活动主要集中于南宋朝廷治下的疆域，故此时的《诗经》学著作依然属于宋代《诗经》学的范畴。直到元中期，宋室灭亡，南北统一，元廷成为中国唯一

❶　陈文和 . 嘉定钱大昕全集 [M]. 南京：江苏古籍出版社，1997：38-75.

的政权，此时才出现独属于元代的《诗经》学研究。当此之时，北方尚没有成体系的《诗经》学研究，元代的朱子《诗经》学最初是由胡一桂、许谦等由宋入元的江浙朱子嫡系传人所继承与发展而来的。

一、体例详明，增益补缺：胡一桂《诗集传附录纂疏》

胡一桂（1247—？），字庭芳，号双湖，徽州婺源人（今江西婺源）。生于南宋淳祐七年（1247），卒于元延祐初年（1314 年后）。南宋景定五年（1264）会试不第，遂专心治学，曾数次游于闽地与朱子门人熊禾等交流切磋，终身以弘扬朱子之学为己任，入元不仕，隐居讲学，名动一时。《元史》记录了胡一桂的学术渊源："一桂生而颖悟，好读书，尤精于《易》。初，饶州德兴沈贵宝受《易》于董梦程，梦程受朱熹之《易》于黄幹，而一桂之父方平及从贵宝、梦程学，尝著《易学启蒙通释》。一桂之学，出于方平，得朱熹氏源委之正。"❶胡一桂的学术渊源可以上溯整理为胡一桂—胡方平—沈贵宝—董梦程—黄幹—朱熹，所以胡氏之家学出于朱子，胡一桂可以算作朱熹的五传弟子。

作为朱门后学，胡一桂专意传承发扬朱子之学，故其著述多围绕朱子之学而作，有《周易本义附录纂疏》《周易启蒙翼传》《诗集传附录纂疏》《十七史纂》《人伦事鉴》《历代编年》《双湖先生文集》等。

《诗集传附录纂疏》是胡一桂的《诗经》学著作，乃专为辅翼《诗集传》而作，又名《朱子诗传纂集大成》，两个名字可能皆非胡氏所定，因此书经反复修订，直到胡氏去世也未及出版，至其死后十余年的泰定四年（1327）方由朱熹友人刘用的后人刘君佐与建安刘氏翠岩精舍付梓，故此书的命名者当为刘氏。此书是元代第一部纂疏体《诗经》学著作，也是现存最早的元代宗朱《诗经》学著作。

此书成书于延祐开科之前，胡一桂撰作此书的目的是辅翼朱子《诗集传》，并非为场屋而作。而刘君佐出版此书，一方面是不忍使胡氏此书湮没不闻；另一方面更重要的目的是满足日益旺盛的科考需要。因延祐科举规定《诗》义以朱熹《诗集传》为主，兼用古注疏，胡一桂的《诗集传附录纂疏》以《诗集传》为宗

❶ [明]宋濂，等.元史[M].北京：中华书局，1976：4322.

并纂集诸家《诗》说，内容丰富，具有参考价值，非常适合作为科举考试的辅助用书，为学《诗》者提供便利。刘君佐题识曰："增以浚仪王内翰《韩鲁齐三家诗考》,求无遗也。今以《诗考》谨锓钎诸梓,附于《集传》之后,合而行之,学《诗》之士潜心披玩，蜚英声于场屋间者，当自此得之。"❶揭祐民所作《序》曰："使学者诚能于此沉浸参酌，举《疏》而《传》通，举《传》而《疏》通，明经取青紫之士，其事业所得，烛照龟卜，较然甚明也。"❷从两人的说法看，为科举而刊售此书的意图非常明显，且明确说明此书刚出版时是与王应麟《诗考》合刊的。

该书共二十卷，卷首部分内容丰富，依次有揭祐民所作《朱子诗传纂集大成序》，朱熹作《诗集传序》，文及翁与王应麟为《诗考》所作序，《十五国都地理之图》《诗传附录姓氏》《诗传纂疏姓氏》《诗篇目录》《诗传纲领》《语录辑要》《诗序辨说》。其中《十五国都地理之图》是在《毛诗李黄集解》的地理图的基础上修改而来；《诗传附录姓氏》记录了书中附录部分出现的 42 名朱子门人的姓名，《诗传纂疏姓氏》则记录了书中纂疏部分所引的由毛公至同代共 45 家说《诗》者的姓名，将被引用的对象名单加以总结，使人一目了然，这是胡氏的一个创新；《语录辑要》则是采录了《朱子语类》中与《诗》相关的一些重要内容，如朱子对"三家诗""《诗序》说"、叶韵、读《诗》法等问题的看法,与辅广《诗童子问》之《师友粹言》部分相类。此书正文部分依《诗集传》体例分为二十卷，每章首载经文，朱《传》次之，然后是附录、纂疏、按语的编纂体例，内容如《铁琴铜剑楼藏书目》所云："采朱子《文集》《语录》之及于《诗》者，附于《集传》，谓之'附录'；又采诸儒之说辅翼《集传》者次于附录，谓之'纂疏'。有与《集传》异者，间一取之，注云'姑备参考'。至自下己意，则加'愚按''愚谓'以别之。盖虽宗《朱传》，亦自具识解。"❸胡氏"附录"多引自《朱子语类》，兼及书信，为朱熹本人或弟子对《诗》的看法；"纂疏"部分除毛《传》、郑《笺》、孔《疏》外，兼引《说文》《释文》《尔雅》等书，并

❶ [清]张金吾．柳向春标点．爱日精庐藏书志[M].上海：上海古籍出版社，2014：52.

❷ [元]胡一桂．诗集传附录纂疏・揭祐民序[M].北京：北京师范大学出版社，2013：7.

❸ [清]瞿镛编．瞿果行标点．瞿凤起覆校．铁琴铜剑楼藏书目录[M].上海：上海古籍出版社，2000：71.

引历代各家《诗》说，计56家，其中以吕祖谦、严粲、谢枋得之《诗》说为多，纂疏部分内容最为丰富，约有2500余条；胡氏之按语较“附录”“纂疏”为少，约有150余条，一般附在纂疏之后，或深化前面所引的《诗》说，或在诸说中做出自己的判断，也有解说《诗》义，或做一些考据辩证者。总的来说，按语部分最能够直接反映胡一桂本人的《诗》学观点，而“纂疏”部分对诸家《诗》说的选择也间接地反映了胡氏的《诗》学倾向。

此书在体例上是具有开创性的，“附录纂疏”这一体例源于宋代，最早分为“附录”与“纂疏”两种体例，都由朱熹之门人弟子创立。“附录体”最早起源于朱熹之私淑弟子真德秀，命名于祝洙，顾炎武《日知录》曰：“自朱子作《大学中庸章句或问》《论语孟子集注》之后，黄氏有《论语通释》，而采《语录》附于朱子章句下，则始自真氏，名曰《集义》，止《大学》一书，祝氏乃仿而足之，为《四书附录》。”❶“纂疏体”最早创立于朱熹之再传弟子赵顺孙，其《自序》曰：“子朱子《四书》注释，其意精密，其语简严，浑然犹经也。顺孙旧读数百过，茫若望洋，因遍取子朱子诸书及诸高弟讲解有可发明注意者，悉汇于下，以便观省，见亦以鄙见一二附焉，因名曰《纂疏》。”❷类似著作还有陈栎《书经蔡传纂疏》（又名《书蔡氏传纂疏》《书集传纂疏》）。这两种体裁在元代由新安朱学后人发扬光大，合并为一体，最早有胡一桂《周易本义附录纂疏》《诗集传附录纂疏》，其后有董鼎《书集传辑录纂注》，董真卿《周易会通》（本名《周易经传集程朱解附录纂疏》），汪克宽《春秋胡传附录纂疏》。其中胡一桂的《诗集传附录纂疏》是第一部“附录纂疏体”的《诗经》学著作，其体例直接影响了刘瑾的《诗传通释》，又间接影响了明代之《诗经大全》等一批《诗经》学著作。

（一）对《诗集传》的申说与补益

1. 继承《诗集传》对《诗序》的质疑

胡一桂遵从朱熹《诗集传》的反《序》立场，对《诗序》多有质疑，如

---

❶ [清]顾炎武撰．黄汝成集释．栾保群，吕宗力校点．日知录集释（全校本）[M]. 上海：上海古籍出版社，2006：1041.

❷ [宋]赵顺孙．四书纂疏[M]// 影印文渊阁四库全书（第201册）．台北：台湾商务印书馆，1986：4.

对于《诗序》的作者问题，他在为《诗考》所作的序中就曾明确表示："毛氏所引序以冠篇首，不惟绝非夫子作，亦决非子夏作，或者反为毛自得所传受，尊而引之。后汉卫宏又复增广润色之也，使果作于子夏以前，则必为四家之所同引，又何至纷纷有如是之抵牾哉！"❶认为《诗序》并非子夏所作，乃是毛公所作又经卫宏增润而成的，与朱熹的观点相一致；并以三家诗为证，指出如有子夏所作之《诗序》，不可能韩、鲁、齐三家诗全无所引，乃至出现各家互相抵牾的情况。

胡一桂同时认为《诗序》中存在许多错误，比如其书《诗序辨说》部分对于《小序》"然则《关雎》《麟趾》之化，王者之风，故系之周公。南，言化自北而南也。《鹊巢》《驺虞》之德，诸侯之风也，先王所以教，故系之召公"一段，胡一桂"纂疏"曰：

> 程子曰："系之《周南》，系之《召南》，今本'南'皆误作'公'。"
>
> 愚按：容斋洪氏曰："据文义，二'公'字皆合为'南'字，则与上文相应。简册误尔。'王者之风'，恐不当系之周公，而'先王之所以教'，又与召公不相涉。"❷

胡一桂的按语引用洪迈从文义出发所做的考辨来支持程子的论断，显然也认为《诗序》在传写过程中将二"南"字误作"公"字。

对朱熹不曾质疑《诗序》处，胡一桂也常提出质疑。如《诗序辨说》部分对《生民》的《序》文"《生民》，尊祖也。后稷生于姜嫄，文武之功起于后稷，故推以配天焉"一句，朱熹无所辨。而胡氏按语曰："愚谓诗中即无后稷配天之意，已详论本篇末矣。岂此诗但为尊祖作，'后稷生于姜嫄'以下，皆讲师之衍说欤？"❸对此《序》的第一句大义"尊祖"胡氏尚且认同，但从诗义考察，认为诗文中并无"后稷配天"之意，所以怀疑一句之下皆为讲师衍说。

对朱熹质疑《诗序》处，胡氏能进一步思考挖掘。如《伐柯》《九罭》二诗，

---

❶ [宋]王应麟撰．王京州，江合友点校．诗考・诗地理考（《诗考》胡一桂序）[M]．北京：中华书局，2011：157.

❷ [元]胡一桂．诗集传附录纂疏卷首・诗序 [M]．北京：北京师范大学出版社，2013：31.

❸ [元]胡一桂．诗集传附录纂疏卷首・诗序 [M]．北京：北京师范大学出版社，2013：82.

《诗序》皆曰："美周公也。周大夫刺朝廷之不知也。"❶朱熹《诗序辨说》论此二诗曰："二诗东人喜周公之至，而愿其留之词，《序》说皆非。"❷认为《诗序》的解读有误，乃误将东人喜得见周公之诗解为周大夫刺朝廷之诗。《朱子语类》亦曰："《九罭》诗分明是东人愿其东，故致愿留之意。……止缘《序》有'刺朝廷不知'之句，故后之说《诗》者，悉委曲附会之，费多少辞语，到底鹘突。"❸可见朱熹认为后世之人不解此诗之义皆是由于《诗序》中"刺朝廷不知"一句的误导。

胡一桂也对《诗序》的说法提出了质疑：

> 愚谓首《序》云"美周公"，犹未甚矣，是美其礼于"笾豆有践"处，而所谓"刺朝廷之不知"，已是诗中所无之意。解者又推求"不知"二字，谓不知所以还周公之道，岂非所谓"传之愈失其真"也哉？朱子非之当矣。意更欲以下篇比之，《九罭》云"我觏之子，衮衣绣裳"，不过谓见公所服衮绣，（阙）无艰深，则所谓"我觏之子，笾豆有践"，亦不过见公践行笾豆，岂有所谓尽礼以迎公之意哉？大概看此篇是东人欲取法周公礼法处，所谓"伐柯""取妻"皆是欲比取法周公礼法也，斧与媒，即是下章践笾豆（阙），故下章若教之曰"伐柯伐柯，其则不远"，但以手中所执之柯为则可矣，以比欲取法周公礼法亦不远，但就公"笾豆有践"处取法之，斯可矣。❹

胡一桂首先肯定了朱熹对《诗序》的质疑，同样认为"刺朝廷之不知"一句并非出于文本之意，后世说《诗》者因袭《诗序》之说而进一步致误；并且将两诗联系起来解读，在朱熹之说的基础上进一步指出东人"美周公"是美其所行之礼法，"喜得见周公而愿其留"是为了以周公为榜样，取法周公所行之"礼法"。这一层意思是朱熹解诗时并未表达出来的，乃是胡氏在朱熹《诗》说基础上的进一步深化发挥，从"礼"的角度深入解读文本，将二诗的诗义上升到对"礼法"的推崇。

---

❶ [汉]毛亨撰，郑玄笺，[唐]孔颖达疏，李学勤主编．毛诗正义[M]. 北京：北京大学出版社，1999：529

❷ [元]胡一桂．诗集传附录纂疏·卷九[M]. 北京：北京师范大学出版社，2013：381.

❸ [宋]黎靖德．王星贤点校．朱子语类[M]. 北京：中华书局，1986：2114-2115.

❹ [元]胡一桂．诗集传附录纂疏·卷八[M]. 北京：北京师范大学出版社，2013：345-346.

2. 引诸家之说补充《诗集传》

在朱熹的《诗》说之后，胡氏会于“纂疏”部分引述各家说法，供读者对比，对朱熹解《诗》之疏略处亦常为补充。如《诗序辨说》部分，《出其东门》一诗先载《诗序》曰：“闵乱也。公子五争，兵革不息，男女相弃，民人思保其室家焉。”❶次载朱熹《诗序辨说》曰：“五争事见《春秋传》，然非此之谓也。此乃恶淫奔者之词，《序》误。”❷

其后胡一桂“纂疏”云：

孔氏曰：“鲁桓十一年，祭仲立突而忽奔卫，一争也。十五年，突使祭仲婿雍纠杀祭仲，仲知之，杀雍纠，突出奔蔡，忽复归于郑，是二争也。十七年，高渠弥弑忽而立公子亹，是三争也。十八年，齐人杀公子亹、高渠弥，祭仲逆子仪于陈而立之，是四争也。鲁庄公十四年，傅瑕杀子仪而纳突，是五争也。”先生《初解》曰：“五争首尾二十年。”姑备参考。❸

在“纂疏”中胡氏引述了孔颖达和朱熹早期依《序》解诗时对《诗序》说法的补充，对于诗义，胡一桂并未明确显示出个人的取舍意见，只是将不同的观点列出，但从“姑备参考”一句可以看出胡氏还是以朱子后期之说为主的。这种情况在胡氏的按语中经常出现，除在诸家说解后加“姑备参考”一句，类似的句子还有“故备诸说观焉”“谩备注说”“谩备”等。

其实胡一桂于“纂疏”部分常引诸家之说，其中多有尊《序》或与朱熹之说相悖者，对此胡氏有所解释。在《郑风·有女同车》一诗的按语中，胡氏曰：“文公于此《序》极辨其非，而愚复纂用《序》说者，所以见其锻炼罗织之辞，而备说《诗》者览焉耳。下仿此。”❹以他的解释，其纂录尊《序》之说只是聊备参考，通过与朱说的对比以见其不然。胡一桂所说的“下仿此”，考之，主要是针对《郑风》等“淫诗”的疏解。胡氏在此类诗歌的按语中皆以“诸

❶ [汉]毛亨撰，郑玄笺，[唐]孔颖达疏．李学勤主编．毛诗正义[M]. 北京：北京大学出版社，1999：316.

❷ [宋]朱熹撰．朱杰人，严佐之，刘永翔主编．朱子全书[M]. 上海：上海古籍出版社；合肥：安徽教育出版社，2002：373.

❸ [元]胡一桂．诗集传附录纂疏卷首·诗序[M]. 北京：北京师范大学出版社，2013：55.

❹ [元]胡一桂．诗集传附录纂疏·卷四[M]. 北京：北京师范大学出版社，2013：232.

家皆本《序》说”开头，其下罗列各家尊《序》之说，本人则很少置评，故而一些学者据此认为胡氏认同《诗序》之说，不从朱子之说，如清儒钱大昕曾云“双湖于《郑风》多取《序》说”❶，瞿镛云“《郑风》诸诗兼存《序》说”❷，张金吾云“盖虽不敢显违朱子，而亦隐示不墨守朱子也”❸。考之实情，胡氏于“《郑风》多取《序》说”并无事实依据，“兼存《序》说”“不墨守朱子”的评价则较为客观，在书中时有体现。但指胡氏有意“不敢显违朱子，而亦隐示不墨守朱子”的说法似言胡氏对朱《传》有阳奉阴违之意，则未必准确。

其实对于“纂疏”中选录的与朱熹《诗》说相异的各家说解，胡一桂一般会明言存录的原因，多是对《诗集传》有补充意义的或者有理有据言之成理的《诗》说。如《凯风》四章之“纂疏”，胡一桂先后引严氏（严粲）、孔氏（孔颖达）、苏氏（苏辙）、曾氏（曾巩）之说，并于按语曰：

> 愚谓“睍睆”，严氏、孔氏之说与《集传》相殊，然《集传》与苏说合。……曾氏之说有补于《集传》，严氏、孔氏于“睍睆”二字有据，并存之。❹

胡一桂不仅保存了与朱熹《诗集传》之说相符合的苏辙之说和对《诗集传》有补充作用的曾巩之说，严粲、孔颖达对于“睍睆”一词的解释尽管与朱熹相异，但因为有所根据，亦自成理，所以胡氏也一并予以保留。

又如《节南山》九章，朱熹曰：“赋也。尹氏之不平，若天使之，故曰‘昊天不平’。若是，则我王亦不得宁矣。然尹氏犹不自惩创其心，乃反怨人之正己者，则其为恶何时而已哉？”❺

胡氏“纂疏”曰：

> 严氏曰：九章、十章，推原乱本在于王心也。王信任小人，由其心蔽惑，今王不自惩创，反怨正救之者，言王不能从谏改过也。
>
> 愚按：此说虽异《集传》，证以次章，义亦通，故纂之。❻

---

❶ ［清］钱大昕．潜研堂文集［M］．南京：江苏古籍出版社，1997：437.

❷ ［清］瞿镛．瞿果行标点．瞿凤起覆校．铁琴铜剑楼藏书目录［M］．上海：上海古籍出版社，2000：16.

❸ ［清］张金吾．柳向春标点．爱日精庐藏书志［M］．上海：上海古籍出版社，2014：12.

❹ ［元］胡一桂．诗集传附录纂疏·卷二［M］．北京：北京师范大学出版社，2013：156.

❺ ［宋］朱熹撰．赵长征诗点校．诗集传［M］．北京：中华书局，2011：169-170.

❻ ［元］胡一桂．诗集传附录纂疏·卷十一［M］．北京：北京师范大学出版社，2013：429.

严粲之说，与朱熹《诗集传》的说法不同，然而联系上下两章来解释，亦自成理，所以胡氏也收录其说。

又如《泉水》一诗，胡氏按语曰："此诗严氏于《集传》同而小异，愚又小异严氏，以广《集传》之旨。"❶然考之胡氏与朱熹之说，实则无甚差别，但为了增益《集传》，即使在观点上与朱熹有微小的差别，胡氏也会加以说明。

再如《秦风·蒹葭》一诗，胡氏在按语中引述了郑玄、陈鹏飞、欧阳修、吕祖谦诸家因循《小序》之义的说解，但并非出于认同而引述，而是指出"此皆为《序》所缠，率以诗说《序》，愈巧而愈凿如此。故略纂之，以见其必不然也"❷，明言将这些观点作为以《序》解《诗》的反面教材。

唯有《大雅·皇矣》"崇墉仡仡"，《诗集传》解曰："仡仡，坚壮貌。"❸胡氏按语曰："仡仡，《韩诗》云'摇也'，孔云'将坏之貌'。"❹于按语引述了与朱熹不同的《韩诗》之说与孔颖达之说，却并没有表明态度，但也不能作为"不敢显违朱子"的证据。

基本上，对于书中所录的与朱《传》相异的诸家之说，或臧或否，胡氏都一一言明为何辑录，且与朱说有不同看法之处即行提出，并无阳奉阴违之意。

同时胡氏也不因门户之见而专主一家，对于朱熹《诗》说不能确言而阙疑之处，胡一桂会引用别家之说以为参考，有时也会提出自己的理解。如《芄兰》一诗，朱熹认为不知所谓，不敢强解。胡一桂云："愚按：诸家皆本《序》，谓大夫刺惠公骄而无礼。东莱曰：'杜预谓惠公即位时年十五六。'"❺关于此诗，朱熹对《诗序》的说法抱有怀疑，但仅凭文本中的信息又不能确定诗义，故而阙疑，于是胡氏在按语中提出《诗序》说法和吕祖谦引杜预的说法以供读者参考。

又如《召南·何彼襛矣》一诗，朱熹《诗集传》曰："此乃武王以后之诗，不可的知其何王之世。……或曰：平王即平王宜臼，齐侯即襄公诸儿。事见《春秋》。未知孰是。"❻

❶ [元]胡一桂. 诗集传附录纂疏·卷二[M]. 北京：北京师范大学出版社，2013：170.
❷ [元]胡一桂. 诗集传附录纂疏·卷六[M]. 北京：北京师范大学出版社，2013：291.
❸ [宋]朱熹撰. 赵长征诗点校. 诗集传[M]. 北京：中华书局，2011：245.
❹ [元]胡一桂. 诗集传附录纂疏·卷十六[M]. 北京：北京师范大学出版社，2013：562.
❺ [元]胡一桂. 诗集传附录纂疏·卷三[M]. 北京：北京师范大学出版社，2013：200.
❻ [宋]朱熹撰. 赵长征诗点校. 诗集传[M]. 北京：中华书局，2011：16-17.

胡氏“纂疏”曰：

黄氏曰：“《春秋》庄九年，夏书‘送王姬’，秋书‘筑王姬之馆于外’，冬书‘王姬归于齐’。庄九年即庄王四年，故以平王为东迁之王。然《春秋》所书王姬与齐襄公之淫僻何足美？《诗》自周太师所编，经吾夫子之手，岂若是失伦哉？”

愚谓以为东迁之王，齐国之侯，与《春秋》甚协，而黄氏所谓“齐襄邪僻何足美”不足为惑。盖此诗特自其婚姻之初时美之也。然以东周之诗得入《召南》之风，而黄氏所谓周太师编，后经吾夫子之手，不应若此其失伦者，诚为可疑。岂秦火之余，汉儒区区修补，不免简编错杂之患耶？是未可知也。然则此说只当如《集传》作“或曰”以附之，俾读者知其说可也。❶

对于以此诗为《春秋》齐襄之事的说法，朱熹持聊备一说的存疑态度，胡氏先引黄櫄之说，使读者略见《春秋》所录，然后在按语部分对黄氏“齐襄邪僻何足美”的质疑进行解释，认为此诗是就其婚姻之初时美之，未及于后事，从而肯定了此诗为齐襄之诗这一说法存在的合理性，而对黄氏以此诗入《召南》为“失伦”的质疑，胡氏认为很有可能是由于秦火之后汉儒修补错简所致，这一思路与王柏的观点相似，很可能是受其影响。按语最后，胡氏肯定了朱熹将这一说法作为附录以备读者参阅的做法，显示了他以朱熹之说为本，以《诗集传》为尊的态度。

3. 考据史实、名物

胡一桂有很高的史学造诣，解《诗》受到吕祖谦、王应麟与严粲的影响，注重名物与历史的考据。严粲曾言：“然古事亦有不见于史而因经以见者，《诗》即史也。”❷胡一桂同样有明显的以史解《诗》，以《诗》证史的倾向，如《秦风·渭阳》一诗，《诗序》曰：

❶ ［元］胡一桂. 诗集传附录纂疏 · 卷一 [M]. 北京：北京师范大学出版社，2013：139.

❷ ［宋］严粲. 诗缉 [M]// 影印文渊阁四库全书（第 75 册）. 台北：台湾商务印书馆，1986：363.

康公念母也。康公之母，晋献公之女。文公遭骊姬之难，未反而秦姬卒。穆公纳文公，康公时为太子，赠送文公于渭之阳，念母之不见也，我见舅氏，如母存焉。及其即位，思而作是诗也。❶

《诗序》认为此诗描述了秦穆公太子康公送别舅舅公子重耳归晋就国君之位于渭水之阳的情景。晋国公子重耳因骊姬之乱出奔于秦，被秦穆公所接纳，秦太子康公之母秦姬为晋文公重耳之姊，未及其返晋即逝，康公与文公为甥舅关系。《诗序》认为此诗由康公所作，因送别舅舅而引起思母之情，并指出作诗时间为即位之后，但究竟为谁即位，《诗序》指代不明。

朱熹《诗序辨说》曰：

此《序》得之。但"我见舅氏，如母存焉"两句若为康公之辞者，其情哀矣，然无所系属，不成文理，盖此以下又别一手所为也。"及其即位，而作是诗"盖亦但见首句云"康公"，而下云"时为太子"，故生此说。其浅暗拘滞，大率如此。❷

朱熹从文本出发，认为"我见舅氏，如母存焉"一句从行文角度讲与上下文不衔接，不合文理；且以为"及其即位"一句乃就"康公时为太子"一句说，故是指康公即位。但朱熹认为这一说法没有依据，故而指责《诗序》"浅暗拘滞"，有穿凿衍说之弊。

胡氏曰：

愚谓"我见舅氏"之上阙一"曰"字。按《左》僖二十四年乙酉，穆公纳文公，《左》文七年辛丑，康公即位已十七年。据《序》，则此诗作于即位之年，而令狐之役亦是年也。何康公思其母以及其舅，乃忍于其舅之孙乎？晋灵公，襄公之子，文公之孙。❸

胡一桂首先认为在"我见舅氏"上脱落了一个"曰"字，造成了朱熹提出的此句不成文理的问题。另外他对《诗序》表述的作诗时间提出质疑，认为《诗序》

❶ [汉]毛亨撰，郑玄笺.[唐]孔颖达疏.李学勤主编.毛诗正义[M].北京：北京大学出版社，1999：433.

❷ [宋]朱熹撰.朱杰人，严佐之，刘永翔主编.朱子全书[M].上海：上海古籍出版社；合肥：安徽教育出版社，2002：378.

❸ [元]胡一桂.诗集传附录纂疏卷首·诗序[M].北京：北京师范大学出版社，2013：63.

中的“及其即位”一句是指康公即位，他通过《左传》推算出康公的即位时间与令狐之役同年。令狐之役的起因是由于晋文公之子晋襄公卒，晋大夫赵盾本欲立在秦为质的襄公庶弟公子雍为君，之后却反悔转立襄公之子太子夷皋为君，即晋灵公，秦康公派兵护送公子雍归国为君，晋军于令狐（今山西省临猗县西南）拦击秦军，并以胜利告终。令狐之役发生时间为周襄王三十三年（公元前 619 年），而秦康公即位亦是此年（实为前一年），胡氏认为康公思母及舅之情与阻止舅氏之孙即位的行动相矛盾，言下之意即此诗非作于康公即位之年。胡氏的这段论证其实于时间考证和逻辑上都存在漏洞，并不十分严密，但是可以看到他引证《左传》等文献考证《诗经》的努力。

此外还有胡一桂对《鲁颂》四篇的考据，瞿镛曾称赞曰：“其论《鲁颂》四篇皆史克所作，在鲁文公时。《閟宫》新庙即僖公庙，作泮宫，克淮夷，是僖公实事，非颂祷之辞。《鲁颂》正可补《春秋》之阙，尤为卓识。”❶因《春秋》未记载鲁僖公作泮宫事，仅记载了其欲伐淮夷而未能成行的原因，所以许多说诗者对《鲁颂》所载僖公做泮宫克淮夷之事持怀疑态度，比如朱熹就认为是僖公出征前的颂祷之辞。而胡氏认为鲁僖公作泮宫克淮夷是信史，在《泮宫》按语中，其曰：

> 此篇言作泮宫、克淮夷，《春秋》皆不载，先儒多疑之。苏氏以为泮宫僖公因旧而修，是以不见于《春秋》，至于克淮夷，亦以为疑。而曰诗中云“式故犹尔，淮夷卒获”，有所未获而终获之，则其所获尚少也。而朱子于《集传》三章以下谓颂祷之辞，盖皆以为僖公存日之诗也。孔氏辨史克文公时为史官、《鲁颂》作于僖公薨后甚详，纂见《駉》诗《序》下。窃谓《春秋》，经也；《鲁颂》，亦经也。孔子曰：“吾犹及史之阙文也”，岂《泮宫》克淮夷皆史阙文也。孔子但据《春秋》以修之，今何幸有《鲁颂》以补《春秋》之阙，足僖公之事。后之颂其诗，爱其人者，正当为僖公喜之不暇，尚何过疑之有哉？若然，则《鲁颂》皆僖公实事，夫子删定之诗，不徒载夸诞之空言矣。❷

❶ [清]瞿镛.瞿果行标点.瞿凤起覆校.铁琴铜剑楼藏书目录[M].上海：上海古籍出版社，2000：71-72.

❷ [元]胡一桂.诗集传附录纂疏·卷二十[M].北京：北京师范大学出版社，2013：701.

胡氏认同孔颖达关于《鲁颂》四篇为史克所作的考据。史克是鲁文公时的史官，既然《鲁颂》作于鲁僖公薨逝之后，那么诗中所记录的事件必然是已发生过的史实。在他看来，苏辙的怀疑是因为“作泮宫、克淮夷”之事没有史料佐证，而朱熹认为克淮夷乃颂祷之辞是因为误认此诗为僖公生前所作。对此，胡氏认为《春秋》与《鲁颂》都是经过夫子之手删定的经典，应该具有同等的地位和可信度，所以《鲁颂》所记录的事件同样可作为信史，不应受到怀疑，且《鲁颂》所记录的历史内容恰可以补《春秋》的阙文，《鲁颂》即是孔子口中“史之阙文”的一部分。他的这一以《诗》补史的观点确为创见，受到瞿镛等后人的称道。

胡一桂学问广博，长于《易》之象数之学，于《诗经》中的天文地理时有精到的考证。如对《十月之交》中提到的日食现象，其按语曰：

> 朱子《集传》此章但本孔疏，谓天左旋，日月右转，而谓日行迟，月行速，盖是以历法退数算之也。其实，日月皆随天左旋。天行健，一日一夜周天，三百六十五度四分度之一而又过一度。日之行健次于天，一日一夜恰周得三百六十五度四分度之一而无过数，视天为不及一度，积三百六十五日九百四十分日之二百三十五，而与天一会而成一年。月行最迟，一日一夜常不及天十三度十九分度之七，积二十九日九百四十分日之四百九十九，而与日会而成一月。见之订定蔡氏《书传·尧典》“以闰月定四时，成岁”章甚详。读《集传》者，所当参看也。❶

在《诗集传》中关于这一问题朱熹沿用了孔颖达《疏》“天左旋，日月右旋”的说法，但从《朱子语类》的相关语录可知朱熹实际上是持“日月星辰随天左旋”的说法的：

> 问：“经星左旋，纬星与日月右旋，是否？”曰：“今诸家是如此说。横渠说天左旋，日月亦左旋。看来横渠之说极是。只恐人不晓，所以《诗传》只载旧说。”❷

---

❶ ［元］胡一桂．诗集传附录纂疏·卷十一［M］．北京：北京师范大学出版社，2013：436.

❷ ［宋］黎靖德，王星贤点校．朱子语类［M］．北京：中华书局，1986：16.

某看天上日月星不曾右转，只是随天转。天行健，这个物事极是转得速。且如今日日与月星都在这度上，明日旋一转，天却过了一度，日迟些，便欠了一度，月又迟些，又欠了十三度。❶

朱熹本人认为“日月星辰随天左旋”，可《诗集传》却依然采取大多数人所持的“旧说”，原因是“恐人不晓”，也就是担心无法阐述清楚，导致读者不好理解，故而沿用旧说。这展现了朱熹《诗集传》的保守性，他本人的《诗经》学观点并没有在《诗集传》中尽情地展现。而胡一桂的看法与朱熹在《语类》中的看法相一致，不过提供的数据更加精确，论述也更加清晰，还原了朱熹本人所持的观点，为学习《诗集传》的读者提供了参考。

4. 辑佚朱熹早年《诗》说

胡一桂此书对于朱熹《诗经》学还有一定的辑佚价值，保存了朱熹《诗集解》的一些内容，《诗集解》在此书中被名曰《初解》。如《芄兰》“芄兰之叶，童子佩韘”一句，胡氏“纂疏”曰：“先生《初解》引沈括云：‘芄兰之叶如佩韘之状。’”❷

并且胡一桂会于“纂疏”部分引述朱熹早期的《诗》说来展现朱子《诗》说的发展变化。如对于《小雅·六月》下之《序》《诗序辨说》无所解，只论及《小雅》篇次问题，曰：

《鱼丽》以下篇次为毛公所移，而此《序》自《南陔》以下八篇尚仍《仪礼》次第。读以《郑谱》误分《鱼丽》为文武时诗，故遂移此序《鱼丽》一句，自《华黍》之下而升于《南陔》之上。此一节与《小序》同出一手，其得失无足议者，但欲证毛公所移篇次之失与郑氏独移《鱼丽》一句之私，故论于此云。❸

胡氏“纂疏”则引述了朱熹早期的说解，曰：

---

❶ [宋]黎靖德，王星贤点校 . 朱子语类 [M]. 北京：中华书局，1986：14.

❷ [元]胡一桂 . 诗集传附录纂疏 · 卷三 [M]. 北京：北京师范大学出版社，2013：200.

❸ [宋]朱熹撰 . 朱杰人，严佐之，刘永翔主编 . 朱子全书 [M]. 上海：上海古籍出版社；合肥：安徽教育出版社，2002：384.

先生《初解》云：成康既没，文武之政侵寻弛坏，至于夷厉，而《小雅》尽废矣。盖其人亡，其政息，虽钟鼓管弦之声未废，然其实不举，则无所施之，所谓废也。宣王中兴，内修政事，外攘夷狄，北伐南征，以复文武之境土。故序诗者详记其所由兴废者如此，以发起端，而《小雅》之见于经者，于是变矣。❶

再如《载驰》第一章，《诗集传》解曰："宣姜之女为许穆公夫人，闵卫之亡，驰驱而归，将以唁卫侯于漕邑。未至，而许之大夫有奔走跋涉而来者。夫人知其必将以不可归之义来告，故心以为忧。继而终不果归，乃作此诗，以自言其意尔。"❷

胡一桂"纂疏"云："东莱引先生《初解》曰：夫人父母不在，当使大夫宁其兄弟。夫人欲归唁其兄弟，而托以不欲劳其大夫之跋涉也。"胡氏以此对比出朱熹前后两种观点的区别："愚谓今说则是夫人已至中途而复返，初说则托辞也。"❸直观地显示出朱熹对于此诗解释的前后变化。

5. 继承《诗集传》解《诗》特色

因为此书的纂集性质，不以说理为重，发挥经义的按语较少，故而胡氏的理学思想在书中直接体现处不多，但从他"纂疏"部分对诗说的选择，可以间接看到他对朱熹以理学解《诗》倾向的继承。

如《大雅·皇矣》四章曰："维此王季，帝度其心。貊其德音，其德克明。克明克类，克长克君。王此大邦，克顺克比。比于文王，其德靡悔。既受帝祉，施于孙子。"❹对此朱熹《诗集传》解曰："言上帝制王季之心，使有尺寸，能度义，犹言天诱其衷，使能制义也。又清净其德音，使无非闲之言，是以王季之德，能此六者。至于文王，而其德尤无遗恨。是以既受上帝之福，而延及于子孙也。"❺

❶ [元]胡一桂．诗集传附录纂疏卷首·诗序[M].北京：北京师范大学出版社，2013：71.

❷ [宋]朱熹撰．赵长征诗点校．诗集传[M].北京：中华书局，2011：44.

❸ [元]胡一桂．诗集传附录纂疏·卷三[M].北京：北京师范大学出版社，2013：188.

❹ [汉]毛亨撰，郑玄笺．[唐]孔颖达疏．李学勤主编．毛诗正义[M].北京：北京大学出版社，1999：1026-1026.

❺ [宋]朱熹撰．赵长征诗点校．诗集传[M].北京：中华书局，2011：246.

胡氏于“纂疏”部分引严粲语曰：

度，如“予忖度之”之度。天初省视岐周之山，眷命已定。今又监度王季之心，知其能以静养令名，非有心于干誉者。然其德明而类，长而君，顺而比，自不可掩。比及文王，其德无有可悔。人有过则悔恨，靡悔则无过，从容中道无毫发之慊也。言王季之德传于文王而益盛，故能受天之福而延于子孙。❶

又按语曰：

愚谓王季之心何心也？因心则友，则友其兄之心也。初何尝有一毫得国之意？唯其有是心，所以其德音自彰彰乎不可掩。而其德之备，如下文云也。上帝于此，正欲度其心以考察其为人耳，岂有一毫私于王季之意哉！曰“度其心”，初不过如“省其山”之义。意者，如严氏“忖度”之说。自左氏以“制意”为度，孔氏遂有“天开度其心”之说，使天屑屑焉开度其心，则亦将无以成其德音之清净矣。果何足以为天哉！何足以为王季哉！❷

胡一桂继承了严粲的观点，认为“帝度其心”的“度”应解释为“忖度”之义，反对朱熹沿袭自左丘明与孔颖达的以“制义”为“度”的解释。朱熹言“天诱其表”，是认为上天对王季进行诱导开度，使他能够“制义”，使他德音清净。而胡一桂认为天心无私，不会对王季之心进行干预规范，“度其心”只是对王季的本心进行考察，德音清净应是王季对自我进行道德规范——即“存诚居敬”“克己养心”的结果。这一解释虽与《诗集传》不同，却明显继承了朱熹的理学思想，朱熹《诗集传》解《大雅·文王》曾曰：“言欲念尔祖在于自修其德，而又常自省察，使其所行无不合于天理，则盛大之福自我致之，有不外求而得矣。”❸胡氏之解正合自修其德，合于天理而不外求之意。

胡氏又于《秦风》篇“纂疏”部分引谢枋得语曰：“中国，天理之聚，中国而纯乎人欲，能化为夷狄。夷狄，人欲之聚，夷狄而有知天理，能化为中国。秦本戎俗，不齿于中国之会盟，春秋，夷之邑于岐、丰，用文武成康之遗民，习文

---

❶ [元]胡一桂.诗集传附录纂疏·卷十六[M].北京：北京师范大学出版社，2013：557.

❷ [元]胡一桂.诗集传附录纂疏·卷十六[M].北京：北京师范大学出版社，2013：557-558.

❸ [宋]朱熹撰.赵长征诗点校.诗集传[M].北京：中华书局，2011：235.

武成康之旧俗，一旦恶人欲而崇天理，《无衣》则知有夫妇之天，《蒹葭》则知有人心礼义之天。”[1]此说以天理人欲说华夷之辨，认为秦本夷狄，不知天理，自从邑于周之故地，得“文武成康”之遗风所化，渐能知人伦礼义，由夷狄化为中国。胡氏乃宋末元初人，经历蒙古入侵南宋灭亡，引此说似可一观由宋人而元人的胡氏之心曲。

此外，胡氏还继承了朱熹吟咏讽味的读《诗》之法，比如关于《柏舟》的作者争议，胡氏有一段辨说：

严氏曰：“刘向《列女传》以《邶·柏舟》为卫宣夫人之诗，此《鲁诗》说也。《孔丛子》载孔子读《柏舟》，见匹夫执志之不可易。则非妇人之诗矣。”愚谓此诗辞气诚为卑弱，而末云‘不能奋飞’，犹可见妇人之诗，何则？人臣，道合则从，不合则去，是犹有可去之义也。若姜氏，则无可去之义矣，故曰‘不能奋飞’。味‘不能’之辞，则是非不欲去，是欲去而不能耳。[2]

通过讽味辞气，辨认出行文风格乃女子口吻，又通过细读文本，敏锐地发现“不能”一词其后蕴含着的限于女性身份的无奈与不甘，吟咏讽味达于幽微，可谓深得其法。

（二）对诗旨、训诂、比兴的新见

《续修四库全书提要》对胡一桂《诗集传附录纂疏》评价道：“盖虽宗《集传》，亦自具识解。”[3]认为胡一桂在《诗集传》的基础上提出了许多个人的新见解。

新安学者陈栎在给胡一桂的信中曰：

据愚之见，左右于《易》，不十分自立说，其附己见者，不过十之一二耳，今释《诗》亦须如此。前辈之说灼然未尽未明，而我之说灼然稳当明白者，则出之。不然不如其已，不必过于求奇以来云云也。……愿左右勇于删削，只存其稳当者，稍涉奇异、不契公论，则弃去之，使正大光明为无纤瑕之拱璧，与《本义附录纂注》久远并行，不亦善之善者乎？[4]

---

[1] [元]胡一桂.诗集传附录纂疏·卷六[M].北京：北京师范大学出版社，2013：284.

[2] [元]胡一桂.诗集传附录纂疏·卷三[M].北京：北京师范大学出版社，2013：188.

[3] 续修四库全书总目提要编纂委员会编.续修四库全书总目提要[M].上海：上海古籍出版社，2015：127.

[4] [元]陈栎.定宇集[M]//影印文渊阁四库全书（第1205册）.台北：台湾商务印书馆，1986：0304.

陈栎显然是认为胡一桂《诗集传附录纂疏》中自立己见之处过多，信中所谓“稍涉奇异，不契公论”者其实就是与朱熹之说不相符之处，他希望胡一桂对这些观点进行删削，使此书成为纯然的宗朱之作。然而从《诗集传附录纂疏》中的内容来看，胡氏显然并没有听从陈栎的劝告，依然坚持了自己的观点。在胡氏150余条按语中就有50余条与朱熹《诗集传》不一致，从训诂到诗旨，胡氏皆有与朱熹《诗集传》观点不同之处，甚至有时直接指出朱熹的错误，对朱熹的观点进行批评，可见言其“不敢显违朱子”的说法是站不住脚的。

1. 对诗旨的新见

以《大雅·生民》一诗为例，《小序》曰：“《生民》，尊祖也。后稷生于姜嫄，文、武之功起于后稷，故推以配天焉。”❶《诗集传》曰：“周公制礼，尊后稷以配天，故作此诗，以推本其始生之祥，明其受命于天，故有以异于常人也。”❷可以看到朱熹对诗旨的解释延续了《小序》以后稷“配天”——祭天时以后稷为配祀的说法。

对于此诗末章：“卬盛于豆，于豆于登，其香始升。上帝居歆，胡臭亶时！后稷肇祀，无庶罪悔，以迄于今！”❸《诗集传》解曰：

> 此章言其尊祖配天之祭，其香始升而上帝已安而飨之，言应之疾也。此何但芳臭之荐，信得其时哉。盖自后稷之肇祀，则庶无罪悔而至于今矣！❹

亦呼应了《诗序》的说法。而胡氏按语曰：

> 然以愚观之，此章但说“上帝居歆”“后稷肇祀”，初无尊后稷以配天之意。至“庶无罪悔，以迄于今”，方是说归成王时。况《思文》“郊祀后稷以配天”自有攸属，诗人未必于此篇末章剿入后稷配天之事，毛、郑说似得之。❺

胡氏对以“后稷配天”解《生民》持否定态度，认为末章没有提到以后稷配

❶ [汉]毛亨撰，郑玄笺.[唐]孔颖达疏.李学勤主编.毛诗正义[M].北京：北京大学出版社，1999：1055.
❷ [宋]朱熹撰.赵长征诗点校.诗集传[M].北京：中华书局，2011：254.
❸ [汉]毛亨撰，郑玄笺.[唐]孔颖达疏.李学勤主编.毛诗正义[M].北京：北京大学出版社，1999：1077.
❹ [宋]朱熹撰.赵长征诗点校.诗集传[M].北京：中华书局，2011：256.
❺ [元]胡一桂.诗集传附录纂疏·卷十七[M].北京：北京师范大学出版社，2013：577.

天的事，只是说后稷肇祀之事，“后稷配天”乃套用《思文》一诗之说，非从本诗出发。又检视全诗上下文曰：

此诗前三章是指后稷之生，后三章是说后稷种植稼穑，末二章是说后稷肇祀，而后结之以成王之时，即无后稷配天之意。《序》言“文武之功起于后稷，故推以配天焉”，亦诗外意也。如必就末章配天之事而求合于序文，则不免于强通矣。❶

胡氏从文本出发，检视各章之内容，结合全诗上下文义，认为全诗中皆无后稷配天之意，《序》文之说在诗中找不到对应。他判断此诗乃为“尊祖”——尊崇赞颂先祖后稷而作，“岂此诗但为尊祖作，‘后稷生于姜嫄’以下皆讲师之循说欤？”❷并怀疑《诗序》“配天”之说乃是讲师循说，暗示包括朱熹在内的后世学者在解本诗时皆因循成说强合于序文。

又如《周南·汝坟》“鲂鱼赪尾，王室如毁。虽则如毁，父母孔迩”一章，《诗集传》曰：

是时文王三分天下有其二，而率商之叛国以事纣，故汝坟之人，犹以文王之命供纣之役。其家人见其勤苦而劳之曰：“汝之劳既如此，而王室之政方酷烈而未已。虽其酷烈而未已，然文王之德如父母然，望之甚近，亦可以忘其劳矣。”此序所谓“妇人能闵其君子，犹勉之以正”也。❸

胡一桂按语曰：

此章说者皆就“鲂鱼赪尾”上说妇人闵其夫行役之劳，“王室如毁”以下说妇人勉其夫以正。恐不但以《小序》说诗，反成以诗说《小序》，此先生去《小序》而未尽也。窃谓诗人自说“鲂鱼赪尾”，以兴“王室如毁”一句，若曰鲂鱼则赪尾矣，王室则如毁矣，“赪”与“毁”二字相应。又曰“虽则如毁”，而文王之为我父母则甚迩也，岂妇人见其夫之归而相慰劳之辞乎？诗意不过如此，鲂鱼赪尾何预行役之劳事，而必欲强解以求合《序》，可乎？❹

---

❶［元］胡一桂．诗集传附录纂疏·卷十七［M］．北京：北京师范大学出版社，2013：578.

❷［元］胡一桂．诗集传附录纂疏·卷首诗序［M］．北京：北京师范大学出版社，2013：82.

❸［宋］朱熹撰．赵长征诗点校．诗集传［M］．北京：中华书局，2011：9.

❹［元］胡一桂．诗集传附录纂疏·卷一［M］．北京：北京师范大学出版社，2013：120-121.

直接批评朱熹解诗“去小序未尽”，因循《小序》之说，逃脱不了上句“闵其夫之劳”、下句“勉其夫以正”的窠臼。坚持从文本出发，认为这不过是妇人对行役归来的丈夫的慰劳之语。

2. 对训诂的新见

不仅诗旨，在名物训诂上胡一桂也对《诗集传》进行了驳正。依然以《周南·汝坟》为例，针对朱熹《诗集传》对“鲂鱼赪尾”一句训诂：“鲂，鱼名，身广而薄，少力细鳞。赪，赤也。鱼劳则尾赤；鲂尾本白，而今赤，则劳甚矣。”❶胡一桂反驳道：“鲂鱼尾本赤，不必言劳而后赤。按李氏引《说文》及《字林》皆曰：‘鲂，赤尾鱼。’又引晋安《海物记》曰：‘橘鬣鱼犹今鲂鱼，尾赤，鬣似橘。’且曰：‘观此数说，其实言尾本赤也。’”❷认为鲂鱼的尾巴本就是赤色的，并非朱熹所说本为白色，因劳累而变为赤色，并以李樗所引《说文》《字林》《海物志》之说为佐证，相当具有说服力。

而最有代表性的是胡一桂对于“不显”一词的训诂，胡氏与《诗集传》有明显的分歧。“不显”一词在《大雅》《周颂》中多次出现，多用于形容周文王之德。对此胡氏做过专门的统计：“《雅》《颂》称‘不显’凡十一，《文王》三，《大明》《思齐》《抑》《崧高》《韩奕》《清庙》《惟天之命》《烈文》《执竞》各一，其七为文王诗，《文王》《大明》《思齐》《清庙》《惟天之命》是也。盖文王自是一番浑然深潜纯懿之德，所处又当用晦其明之时，故见之诗者如此。”❸（《诗经》中“不显”一词出现的次数，以胡氏所列数目计算，应为十二处）他认为“不显”一词在文王相关的诗中反复出现，是与文王的道德品行与当时的时势背景直接相关的，故而他对“不显”一词的训诂解读，反映了他对文王所代表的道德理念的认识，是其理学思想在解《诗》中的反映。下举数例：

如《大雅·文王》“有周不显，帝命不时”一句，朱熹《诗集传》解曰：“不显，犹言岂不显也。不时，犹言岂不时也。”❹乃是以“不显”为反言，意即显，这是

❶ [宋]朱熹撰．赵长征诗点校．诗集传[M]. 北京：中华书局，2011：9.

❷ [元]胡一桂．诗集传附录纂疏·卷一[M]. 北京：北京师范大学出版社，2013：121.

❸ [元]胡一桂．诗集传附录纂疏·卷十六[M]. 北京：北京师范大学出版社，2013：529-530.

❹ [宋]朱熹撰．赵长征诗点校．诗集传[M]. 北京：中华书局，2011：233.

承袭毛《传》“不显，显也”[1]之说。胡氏看法恰相反，曰：“文王以前不过侯伯之邦，周本不显也。九年大统未集，命本不时也。文王之灵一陟一降，在帝左右，若阴有以相之，于是子孙蒙其福泽，以有天下。周邦于此乎显，帝命于此乎时焉。”[2]“九年大统未集”一句出自《尚书·武成》，孔疏解曰：“言诸侯归之，九年而卒，故大业未就。”[3]胡氏从历史背景进行解读，认为此处的“不显”指的是文王之时周国尚未革商之命，代商而立，周国依然是侯伯之邦，“不时”乃指称王之时未到，大统未集。并极力批评了因《小序》“文王受命作周”而衍生出的“文王受命，代商作周，改元称王”的说法，其曰：“‘天命文王’‘文王受命’，特不过作配、作邑、伐崇之事，初未尝出乎侯伯职分之外。若曰‘三分天下有其二’，而证之以为文王受命之实，恐亦不过言文王德化所及，人心归往者众，如虞、芮质成，汉、汝被化之类，岂曰殷家三分天下，已奄有其二分之土地哉？”[4]之所以胡氏力主文王不曾代商称王，是出于“理一分殊”的理学思想，以理学观照，倘若殷室尚存，文王即以方伯之臣位侵地称王，是为篡僭，非其职分所当为，有伤其所代表的“圣王至德”，“文王以大圣之德益王而不王”[5]才符合儒家之正统伦理观。其实朱熹也倾向于文王未曾称王的说法，在《诗序辨说》中曰：

> 受命，受天命也。作周，造周室也。文王之德，上当天心，下为天下所归往，三分天下而有其二，则已受命而作周矣。武王继之，遂有天下，亦卒文王之功而已。然汉儒惑于谶纬，始有赤雀丹书之说，又谓文王因此遂称王而改元。殊不知所谓天之所以为天者，理而已矣；理之所在，众人之心而已矣；众人之心，是非向背，若出于一，而无一毫私意杂于其间，则是理之自然，而天之所以为天者不外是矣。今天下之心既以文王为归，则天命将安往哉！[6]

---

[1] ［汉］毛亨撰，郑玄笺.［唐］孔颖达疏.李学勤主编.毛诗正义[M].北京：北京大学出版社，1999：957.

[2] ［元］胡一桂.诗集传附录纂疏·卷十六[M].北京：北京师范大学出版社，2013：529.

[3] ［汉］孔安国传.［唐］孔颖达疏.李学勤主编.尚书正义[M].北京：北京大学出版社，1999：290-291.

[4] ［元］胡一桂.诗集传附录纂疏·卷十六[M].北京：北京师范大学出版社，2013：529.

[5] ［元］胡一桂.诗集传附录纂疏·卷十六[M].北京：北京师范大学出版社，2013：529.

[6] ［宋］朱熹撰.朱杰人，严佐之，刘永翔主编.朱子全书[M].上海：上海古籍出版社；合肥：安徽教育出版社，2002：391.

认为文王受命乃受天命，此处天命并不是神秘主义的具有主观意识的上帝神祇，天命即理，理在民心，于是拥有民心就是受天命，非以称王改元为受天命。可以看出胡氏吸收参考了朱熹此说，虽然对于“三分天下有其二”的理解可能不一致，但从“文王德化所及，人心归往者众”的解释中可以看到朱熹之说的影响。

又如《周颂·清庙》“不显不承，无射于人斯”，《诗集传》解为：“文王之德岂不显乎？岂不承乎？信乎其无有厌斁于人也。”❶与对《文王》诗“不显”之解如出一辙，以为是反言。胡氏解曰：“文王往矣，今助祭之公侯执事之人所对越者，强名之曰‘在天’，已不见其有显然之迹；所奔走者，强名之曰‘在庙’，已不见其有可承之实。影渺迹绝之余，而人心之敬恭严事者，无厌射乃如此。于此可以见其盛德至善，渐磨渗漉，沦肌浃髓，没世自有不能忘者矣。”❷认为这句诗不是直接在说文王之德，而是说祭祀文王之人，将“不显”解为“不见有显然之迹”，所谓“影渺迹绝”，指的是文王去世已久，已没有明显的实迹遗留，而后人依然恭敬事之，从侧面说明文王之德的教化浸淫作用久远。

又解《周颂·惟天之命》“于乎不显，文王之德之纯”曰：“意者‘文王之德’，所谓‘不显’者，深潜纯粹，栗密不露之谓，而非谓其不明显也。故《易》称之为‘用晦其明’，斯亦‘不显’之义欤？”❸强调“不显”并非不明显之意，而是不外显、不表露之意，乃言文王韬光养晦，涵养其德于内。此处“不显”，朱熹未作注解。

但《周颂·烈文》“不显维德，百辟其刑之”一句，《诗集传》解曰：“莫显于德，先王之德所以人能不忘者，用此道也。……《中庸》引‘不显维德，百辟其刑之’，而曰：‘故君子笃恭而天下平。’”❹从这段解释来看，朱熹将“不显”解作“莫显”，显然是取不外显、不表露之意，并引用了《中庸》对此句的引申。对此，胡氏于按语引述了朱熹对《中庸》引此诗之章的说解：

---

❶ [宋]朱熹撰.赵长征诗点校.诗集传[M].北京：中华书局，2011：298.

❷ [元]胡一桂.诗集传附录纂疏·卷十九[M].北京：北京师范大学出版社，2013：660.

❸ [元]胡一桂.诗集传附录纂疏·卷十九[M].北京：北京师范大学出版社，2013：661.

❹ [宋]朱熹撰.赵长征诗点校.诗集传[M].北京：中华书局，2011：299.

《中庸》三十三章引此诗末章，朱子释之曰："此借引'不显维德'，以为幽深玄远之意，承上文言天子有不显之德，而诸侯法之，则其德愈深而效愈远矣。笃恭，言不显其敬也。笃恭而天下平，乃圣人至德渊微，自然之应也。"

《中庸》下文又曰："《诗》云：'予怀明德，不大声以色。'子曰：'声色之于化民，末也。'《诗》曰：'德輶如毛'，毛犹有伦。'上天之载，无声无臭'，至矣。"朱子又释之曰："所引孔子之言，以为声色乃化民之末务，今但言不大之而已，则犹有声色存，是未足以形容不显之妙。不若所言'德輶如毛'，则庶乎可以形容矣。而又以为毛犹可比，亦未尽其妙，又不若所言'上天之载，无声无臭'，然后乃为不显之至耳。故惟此可以形容不显笃恭之妙。"

以此观之，则"不显"之义，文公亦未尝执一于"岂不显乎"之说，在学者融而通之可也。❶

从解说中可以看出朱熹对"不显维德"的解释是圣人不以声色化民，笃恭持敬，自修其德，自然而然化民于无形，而致天下平。这种观点源自《中庸》，为朱熹所接受，又为胡氏所融通，成为其解释文王之德的理论支撑。

此外，并非直接说文王之德的诗句如《大雅·大明》"造舟为梁，不显其光"，《诗集传》解曰："不显，显也。"❷胡氏曰："按毛氏云圣贤之配，'王基始于是。造舟，然后可以显其光辉。'切谓圣贤之配光辉，何必待造舟而后显？且诗但谓'不显其光'耳，岂造舟为梁，制度朴素，不事华美，以为光辉乎？"❸《大雅·思齐》"不显亦临"，《诗集传》解曰："不显，幽隐之处也。……虽居幽隐，亦常若有临之者。"❹胡氏引熊去非《诗说》曰："在宫幽隐，乃人所不睹之处，而我则常若有鉴临之者，此'不显亦临'者也。"❺可见朱熹乃是根据文意选择对各诗中的"不显"一词作出不同的训诂，而胡氏倒是"执一"于一说，在解读所有

❶ [元]胡一桂.诗集传附录纂疏·卷十九[M].北京：北京师范大学出版社，2013：663-664.

❷ [宋]朱熹撰.赵长征诗点校.诗集传[M].北京：中华书局，2011：237.

❸ [元]胡一桂.诗集传附录纂疏·卷十六[M].北京：北京师范大学出版社，2013：537.

❹ [宋]朱熹撰.赵长征诗点校.诗集传[M].北京：中华书局，2011：244.

❺ [元]胡一桂.诗集传附录纂疏·卷十六[M].北京：北京师范大学出版社，2013：553.

有关文王之诗时一以贯之地将“不显”解为“显”的反义，如不显扬、不表露、不外显等，固然贯彻了他围绕对文王之德的认识所构筑的一套理学逻辑，但不免失于僵硬，许多说解有强说之感。

3. 对“赋比兴”的新见

胡氏此书对于“赋比兴”的申说并不太多，大致按朱《传》所标衍说分解。如《关雎》一诗三章，《诗集传》皆标兴，胡氏补充曰：“愚谓流只是言荇菜顺流于水中，荇菜方流于水中，以兴淑女未得而方求之也；及其既采，以兴淑女方得而有之也；及其既芼，以兴淑女既得而乐之也。”[1]认为起兴之物的状态与所引起之事有意义上的关联，并将之一一照应，层层推进，较之朱熹《诗集传》的说解更为条畅易晓。

然而也有与朱《传》认识不同之处。如《邶风·日月》一诗，《诗集传》以为全诗三章皆为赋体，曰：“庄姜不见答于庄公，故呼日月而诉之。”[2]而胡氏曰：“‘日居月诸，照临下土’，意庄姜以日月比公，以下土自比，若曰日月则照临下土，公胡不以古道与我相处也？后二章则以日月比公，而以东方自比。此诗虽赋体，恐亦兼比意。”[3]胡氏认为此诗乃是赋兼比，作者庄姜以“日月”比庄公，以“下土”“东方”自比，却是朱熹《诗集传》未有之义。

总而言之，《诗集传附录纂疏》作为第一部元代宗朱《诗学》著作与纂疏体《诗经》学著作，虽然以纂集诸家之说为主要内容，然亦注重名物考据与章句训诂，兼顾义理发挥，从体例上与内容上对元代朱子《诗经》学与后世《诗》学皆起到了范式作用，产生了重要的影响。

二、考据训诂，补益《集传》：许谦《诗集传名物钞》

许谦（1269—1337），字益之，号鲁斋、白云山人，浙江金华人。生于南宋度宗咸淳六年（1270），卒于元顺帝（后）至元三年（1337），享年六十八岁。许

---

[1] [元]胡一桂．诗集传附录纂疏·卷一[M]. 北京：北京师范大学出版社，2013：107.

[2] [宋]朱熹撰．赵长征诗点校．诗集传[M]. 北京：中华书局，2011：24.

[3] [元]胡一桂．诗集传附录纂疏·卷二[M]. 北京：北京师范大学出版社，2013：151.

谦之父为许觥，生父乃许觥之从父兄，因觥无子而出继许谦为之嗣。许觥曾中进士，仕途未显就早早去世。许谦自幼敏而好学，少年老成，世母陶氏亲授之《孝经》《论语》，入耳不忘。十岁时宋亡家破，许谦寄居借书而学，于三十一岁师从七十岁的金履祥，不拘常序，就弟子列，深受器重，尽得其传。故其学术渊源可以上溯整理为许谦—金履祥—王柏—何基—朱熹，许谦是为朱熹之五传弟子，与何基、王柏、金履祥合称北山四先生。许谦终身不仕，地方官屡次荐举，都坚辞不受，专心以讲学为业，乃元代著名的大儒，世称白云先生。自元延祐初年，许谦开始在东阳八华山讲学，历四十年，以朱子义理之学教弟子，不以科举之文授人，且能因材施教，使学者皆有所得，故四方学子纷纷前来求学，门人弟子见于著录者达千余人之众，远超何基、王柏、金履祥三位先生。《元史·许谦传》曰："先是，何基、王柏及金履祥殁，其学犹未大显，至谦而其道益著。"❶门人黄溍在《白云许先生墓志铭》中盛赞道："程子之道得朱子而复明，朱子之道至许公而益尊。"❷可见对于发扬光大朱子之学，许谦功莫大焉，金华朱学至许谦而发展至鼎盛。

许谦学问渊博，涉猎广泛，"天文、地理、典章、制度、食货、刑法、字学、音韵、医经、术数之说，亦靡不该贯，旁而释、老之言，亦洞究其蕴。"❸其著作有《读书丛说》《读四书丛说》《白云文集》《观史治忽几微》《温故管窥》《诗集传名物钞》等，其中《诗集传名物钞》是他《诗经》学方面的代表著作。《诗集传名物钞》一书，顾名思义，以朱熹《诗集传》为宗，主于名物考证，"钞"乃摘录编纂众家之说。《四库全书总目》云："谦虽受学于王柏，而醇正则远过其师。研究诸经，亦多明古义。故是书所考名物音训，颇有根据，足以补《集传》之阙遗。……然书中实多采用陆德明《释文》及孔颖达《正义》，亦未尝株守一家。名之曰《钞》，盖以此云。"❹此书虽以"名物钞"为名，但内容却不仅限于名物考证，还涉及字词训诂、音韵考释以及诗旨义理的阐发等；虽以《诗集

❶ [明]宋濂，等.元史[M].北京：中华书局，1976：432.

❷ [元]黄溍.王頲校.黄溍全集[M].天津：天津古籍出版社，2008：462.

❸ [明]宋濂，等.元史[M].北京：中华书局，1976：4318.

❹ [清]永瑢，等.四库全书总目[M].北京：中华书局，1965：126.

传》为宗，却并没有限制于朱熹《诗经》学的一家之言，除却采用王柏、金履祥之师说外，还征引毛《传》、郑《笺》、孔《疏》旧说，并纂集宋代吕祖谦、严粲、李樗等各家说解，还时常有按语附于其后以表达自己的见解。

该书共八卷，卷首为“纲领”部分，采众说以辅翼朱熹之《诗传纲领》，但不录《诗传纲领》原文。其后八卷正文部分亦不录《诗经》与《诗集传》原文，仅依《诗集传》次序录各篇题名，名下列出在该国中的篇次顺序，并概括《诗集传》之诗旨结合自己的理解作一两句言简意赅的序言，如有序义与毛传相异处，则在其下标“异”字或“异古”二字，大小雅篇名下又标正变及次序，如《周南·桃夭》篇题下作“周南六：诗人见亲迎者。异”❶，《小雅·雨无正》篇题下作“小四十，变十八：饥馑，臣散，不去者责去者。异”❷。对于每首诗的具体解释一般分为“经”“传”“序”三部分，“经”是对《诗经》经文本身的说解，“传”是对《诗集传》传文的说解，“序”是对《诗序》的辨析，并不是每首诗都三者皆有，大体说来“传”最多，“经”次之，“序”最少。主要内容为抄录各家对名物、训诂、音释的解释，“经”与“序”的部分时常有作者的串讲，“传”部分间或有按语。于“二南”之末载王柏《二南相配图》,并引王氏“《召南》有《甘棠》，后人思召伯也；《何彼襛矣》《王风》也；《野有死麕》，淫诗也，皆不足以与此”❸一句于其后，周中孚评价曰：“至于其《周南》《召南》卷后，列鲁斋《二南相配图》，不过聊备其师之一说，非本其说以立言也。故于鲁斋所删《国风》三十二篇，仍因其旧次诠解，不在放弃之列，盖亦知其师说之不然矣。”❹《风》之各国、《雅》之各什与各《颂》之后均附有“诗谱”，以明其所作时世，体例学自郑玄，而观点从《诗集传》之说，在《卫诗谱》中许氏即明言“朱子说诗与郑不同，故不从郑谱”❺，表明了对师门之学的维护态度。《风》与大、小《雅》之后各附其正变篇目。全书之末附《诗总图》，依朱子之说，定一百八十三篇诗之时世。

❶ [元]许谦，刘玉汝．诗集传名物钞·卷一·诗缵绪[M].北京：北京师范大学出版社，2012：34.

❷ [元]许谦，刘玉汝．诗集传名物钞·卷五·诗缵绪[M].北京：北京师范大学出版社，2012：194.

❸ [元]许谦，刘玉汝．诗集传名物钞·卷一·诗缵绪[M].北京：北京师范大学出版社，2012：51.

❹ [清]周中孚．郑堂读书记[M].上海：上海书店出版社，2009：119.

❺ [元]许谦，刘玉汝．诗集传名物钞·卷一·诗缵绪[M].北京：北京师范大学出版社，2012：51.

总的来说，许谦作此书，虽为辅翼《诗集传》且具有门户意识，但对师门之说也并非一味信守盲从，而是博采众家之说，补充修正朱熹《诗》说，最终形成自己的判断。《元史》评曰："正其音释，考其名物度数，以补先儒之未备，仍存其逸义，旁采远援，而以己意终之。"❶重视章句训诂、名物考释，反对空谈义理，曾语吴师道曰："朱子所著书，盖数十万言，巨细精粗，本末隐显，无所不备，方将句而诵，字而求，竭吾之力唯恐其不至。然则，举大纲而弃万目者，几何不为释氏之空谈也？近日学者，盖不免此失矣，吾侪其可踵而为之乎？"❷《诗集传名物钞》作为一部考释类的宗朱《诗经》学著作，在名物考证、音韵训诂、义理阐释上对朱子《诗经》学的发展皆有一定贡献。

（一）对《诗集传》名物的考释

《诗集传名物钞》既名"名物钞"，对名物的考释自然是此书的重中之重。朱熹《诗集传》主于发明经义，不以训诂考据、名物辨正为要。许谦在名物考证方面则对《诗集传》多有所补正，对经文与《诗集传》传文内容中的名物一一考释，涉及草木虫鱼鸟兽、人物职官、历史典故、典章器物、天文地理等诸多方面。

对草木虫鱼鸟兽的考释补正，如《周南·汉广》"翘翘错薪，言刈其蒌"一句，《诗集传》注解"蒌"字曰："蒌，蒌蒿也。叶似艾，青白色，长数寸，生水泽中。"❸此说出于陆玑《毛诗草木鸟兽虫鱼疏》："蒌，蒌蒿也。其叶似艾，白色，长数寸，高丈余，好生水边及泽中。"❹对比朱《传》与陆《疏》可以发现前者少了"高丈余"一句，对此许谦考证云：

> 今案"长数寸"言其叶，"高丈余"言其茎，唯其"高丈余"，故可刈为薪，《传》恐脱"高丈余"三字，则于错薪之义似有碍。❺

---

❶［明］宋濂．元史［M］．北京：中华书局，1976年：4319.

❷［元］许谦．白云集［M］//影印文渊阁四库全书（第1199册）．台北：台湾商务印书馆，1986：25.

❸［宋］朱熹撰．赵长征点校．诗集传［M］．北京：中华书局，2011：8.

❹［吴］陆玑．毛诗草木鸟兽虫鱼疏［M］//影印文渊阁四库全书（第70册）．台北：台湾商务印书馆，1986：5.

❺［元］许谦，刘玉汝．诗集传名物钞·卷一·诗缵绪［M］．北京：北京师范大学出版社，2012：38.

找到了《诗集传》此条名物解释的出处，两相对比指出《诗集传》之疏漏，并在陆疏的基础上对名物作更细致的辨析，有益于读者对《诗》义的理解。

又于《邶风·谷风》按曰：

> 《传》"荼，苦菜，蓼属，详见《载芟》"。是引"以薅荼蓼"句也，此句在《良耜》，言《载芟》，误。而荼蓼之荼乃秽草，非菜也。《尔雅》谓之委叶，字作蒤，与苦菜之荼是两物，《传》亦误。❶

这条名物解释指出了《诗集传》的两处错误，一是《诗集传》关于"荼"的解释"详见《载芟》"应为"详见《良耜》"，考之现存的《诗集传》版本，此处皆作《良耜》，当是许谦当时所用版本有误，今无此误，或是现存诸版本已经正误，或是许谦所用版本之误，而此本亡佚未传；二是引《尔雅》之释义考证"荼蓼"之"荼"是一种野草，并非苦菜，朱《传》言"荼，苦菜，蓼属"，是将两种植物混为一谈了。

许谦对《诗集传》此类草木名物的字词正误较多，另有辨《诗集传》误将"萑"字作"萑"字（《王风·中谷有蓷》），误将"萩"字作"荻"字（《王风·采葛》），误将"脆"字作"肥"字（《小雅·采芑》）等。

许氏还常就朱熹之名物解释进一步发挥补充，如《召南·摽有梅》篇，《诗集传》解"梅"曰："梅，木名，华白，实似杏而酢。"❷针对《诗集传》这条注解中的"酢"字，许谦注曰："酢，仓故反，酸也。古人酬酢之酢本作醋，酰醋之醋本作酢。后人两易之，莫能辨，《传》从古。"❸解释了"酢"与"醋"古今意义之变化，朱熹《诗集传》对"酢"的用法乃是从古义。又如《郑风·缁衣》中"粲"字，《诗集传》曰："粲，餐也。或曰：粲，粟之精凿者。"❹许氏进一步解释"粟之精凿"曰："粟一石得米六斗为粝，粝米一石舂为八斗为凿。"❺再如《召南·野有死麕》中"麕"字，《诗集传》曰："麕，獐也。"❻许氏引《本草》对"獐"字进一步解释：

---

❶ [元]许谦，刘玉汝．诗集传名物钞·卷二·诗缵绪[M].北京：北京师范大学出版社，2012：61.

❷ [宋]朱熹撰．赵长征点校．诗集传[M].北京：中华书局，2011：14.

❸ [元]许谦，刘玉汝．诗集传名物钞·卷一·诗缵绪[M].北京：北京师范大学出版社，2012：46.

❹ [宋]朱熹撰．赵长征点校．诗集传[M].北京：中华书局，2011：62.

❺ [元]许谦，刘玉汝．诗集传名物钞·卷三·诗缵绪[M].北京：北京师范大学出版社，2012：94.

❻ [宋]朱熹撰．赵长征点校．诗集传[M].北京：中华书局，2011：16.

“獐类甚多，麕总其名。今陂泽之中多有之。有有牙者，有无牙者，然牙不噬。”❶

对人物职官的考释补正，如《邶风·泉水》之“诸姬”“诸姑”“伯姊”，朱《传》云：“诸姬，谓侄娣也。……诸姑、伯姊，即所谓诸姬也。”❷认为诗中“诸姬”“姑姊”都是指陪嫁之侄娣。许氏则认为：“《传》释诸姬为侄娣，释姑姊则曰诸姬。夫侄娣，从嫁者也，故可与谋。若姑与姊，则岂亦在所嫁之国而可问之哉？《诗缉》：‘既出适于人，则与父母兄弟相远矣。今父母终，唯姑姊尚存，问其安否，感亲之殁而念骨肉之存者也。’当从此说。”❸直接反驳了朱熹《诗集传》将“诸姬”与“姑姊”混为一谈的解释，认为“诸姬”是指从嫁的侄娣，对“姑姊”的解释则采用严粲之说，理解为远在母国的诸姑、伯姊。

又如《小雅·雨无正》“暬御”一词，《诗集传》解曰：“暬御，近侍也。《国语》曰：‘居寝有暬御之箴’，盖如汉侍中之官也。”❹对朱熹解说中的“侍中”一词，许谦引述材料进行解释：“《汉·百官表》：‘侍中加官，得入禁中。’应劭曰：‘入侍天子，故曰侍中。’《百官志》：掌侍左右，赞导众事，顾问应对。”❺

对史实典故、典章器物的补充，如在《小雅·蓼莪》篇末，朱熹讲了一段典故说明《诗》对人的感发作用：“晋王裒以父死非罪，每读《诗》至‘哀哀父母，生我劬劳’，未尝不三复流涕，受业者为废此篇。《诗》之感人如此。”❻许谦详细地补充了典故的来龙去脉：

> 魏邵陵厉公嘉平四年，诏胡遵、诸葛诞率众攻吴东兴，安东将军司马昭为监军。吴诸葛恪败之，死者数万人。昭问曰：“今日之事谁任其咎？”司马王仪对曰：“责在元帅。”昭怒曰：“司马欲委罪于孤邪？”遂斩之。子裒痛父非命，隐居教授，三征七辟，皆不就。庐于墓侧，旦夕常至墓所，拜跪悲号。读《诗》至此，三复流涕。后司马昭子炎篡魏为晋，裒终身未尝西向而坐，以示不臣。❼

❶ [元]许谦，刘玉汝．诗集传名物钞·卷一·诗缵绪[M]．北京：北京师范大学出版社，2012：38.
❷ [宋]朱熹撰．赵长征点校．诗集传[M]．北京：中华书局，2011：32.
❸ [元]许谦，刘玉汝．诗集传名物钞·卷二·诗缵绪[M]．北京：北京师范大学出版社，2012：64.
❹ [宋]朱熹撰．赵长征点校．诗集传[M]．北京：中华书局，2011：177.
❺ [元]许谦，刘玉汝．诗集传名物钞·卷五·诗缵绪[M]．北京：北京师范大学出版社，2012：195.
❻ [宋]朱熹撰．赵长征点校．诗集传[M]．北京：中华书局，2011：193.
❼ [元]许谦，刘玉汝．诗集传名物钞·卷六·诗缵绪[M]．北京：北京师范大学出版社，2012：205.

补充了典故的时间、背景、人物以及细节。

又如《小雅·信南山》篇“我疆我理，南东其亩”，《诗集传》解为：“于是为之疆理，而顺其地势水势之所宜，或南其亩，或东其亩也。”❶认为田亩走向因地势水势而因地制宜。许谦则详述《周礼》中的田亩制度“沟洫法”与“井田法”：

《周礼》土田之制，乡遂用沟洫法：百亩为夫，夫间有遂，十夫有沟。都鄙用井田法，谓王城二百里至五百里，公卿大夫采地及畿内诸侯也：百亩为夫，夫间有遂，九夫为井，井间有沟。凡遂，在田首，乡遂以东西为亩，则遂从而沟横。都鄙以南北为亩，则遂横而沟从。遂则深广各二尺，沟则深广各四尺也。此《传》谓“顺其地势水势”，则南东之说不尽如《周礼》。❷

指出在《周礼》中田亩走向有定制，“沟洫法”为东西走向，“井田法”为南北走向，但并没有以此否定朱熹《诗集传》的解释，显然是出于对师门之学的尊崇。

又如《鄘风·干旄》篇，许谦详细解说了“旄”这一器物的形制与用途制度：

旄，旟旌。今案：《周礼》《尔雅》《礼书》参比而得其说，曰：凡旗，有杠、有縿、有旒。杠者，旗竿也，其首以旄牛尾注于其上，又以翟五色之羽析之。注于旄之上谓之旌，则旄旌皆是杠之饰也。旄与髦同。其杠以素锦韬之，然后以縿系于杠，縿以纁帛为之。纁，绛色也。旒，赤绛帛而属于縿之上。以俗言之，则縿是旗身，旒是旗脚，又以组饰旒之边，又用朱缕缝纰旒縿。或以维持之，不欲令曳地。凡旗则自王以下各有所建，旗上所画则各有其物。旟，州里所建者也。其上画鸟隼。鸟与隼二物也，縿及旒皆画之。或者以为，《大司马》“百官载旟”，乃卿大夫仲秋教治兵所建，而《司常》“州里建旟”亦大阅时也，见贤载旟，无明文，以疑此诗，然《司常》下文明言“宾客亦如之”。而陈祥道曰：“州里建旟者，州里之常；百官载旟者，一时之事。”军国之容固不同耳。❸

❶ [宋]朱熹撰．赵长征点校．诗集传[M]. 北京：中华书局，2011：205.

❷ [元]许谦，刘玉汝．诗集传名物钞·卷六·诗缵绪[M]. 北京：北京师范大学出版社，2012：211.

❸ [元]许谦，刘玉汝．诗集传名物钞·卷二·诗缵绪[M]. 北京：北京师范大学出版社，2012：75.

参考了《周礼》《尔雅》《礼书》等多种礼书与辞书的说法，对“旄”这种旗帜进行考据，并用通俗的语言对其构成、形制、图案和使用制度进行描述，以补充《集传》，便于读者理解。

对于天文地理的考释补正，如《小雅·大东》后三章有不少天文星象之名，许谦解“天汉”曰：

《晋·天文志》：“天汉起东方，经尾箕之间，谓之汉津。乃分为二道，其南经傅说、鱼、天钥、天弁、河鼓，其北经龟，贯箕下，次络南斗魁、左旗，至天津下而合南道。乃西南行，又分夹瓠瓜、络人星、杵、造父、螣蛇、王良、传路、阁道北端、太陵、天船、卷舌而南行；络五车，经北河之南，入东井水位而东南行，络南河、阙丘、天狗、天纪、天稷，至七星南而没。”下凡言星同出《晋志》。❶

引《晋·天文志》详细解释了“天汉”即今所谓银河的结构走向，列举了其中包含的星座；之后又引“孔疏”与《晋志》对诗中出现的“织女”“牵牛”“启明”“长庚”“毕”“箕”“斗”等星座一一说解，较《诗集传》之解为详。

如《周南·汉广》一诗，《诗集传》对“汉水”解释为：“汉水出兴元府嶓冢山，至汉阳军大别山入江。”❷而许谦则旁征博引，对“汉水”作了一番更加细致的考辨，引《水经注》《汉书·地理志》《禹贡》《太平寰宇记》《通典》等书的相关条目，比较各家说法，详细地考证了汉水的发源地、流向、分支、合流情况以及途经地域的名称变化、历史沿革等，并指出朱熹《诗集传》的考证并不全面，漏掉了汉水的其中一个源头。

虽然《诗集传名物钞》并不是一部纯然的名物类著作，但仍以名物考据见长，对《诗集传》的名物考证颇有补充，广征博引包括经书、诸子书、字书、礼书、史书、地理书、名物书、方志等各类文献书籍，有《经典释文》《说文解字》《尔雅》《周礼》《通典》《左传》《汉书》《山海经》《水经注》《太平寰宇记》《地理考异》《毛诗草木鸟兽虫鱼疏》《埤雅》等数十种典籍，对其后的《诗集传》名物著作乃至《诗经》学名物著作都产生了影响，对《诗经》名物学的发展有一定贡献。

❶ [元]许谦，刘玉汝．诗集传名物钞·卷六·诗缵绪[M].北京：北京师范大学出版社，2012：206.

❷ [宋]朱熹撰．赵长征点校．诗集传[M].北京：中华书局，2011：8.

（二）对《诗集传》音韵训诂的补正

许谦之《诗集传名物钞》虽以名物考据为主，但对于音韵以及字词的训诂亦同样重视，对朱熹《诗集传》音释训诂之未备者多有补充，对认为《诗集传》训释有误之处一一辨析订正。

1. 对音韵的补正

许谦对于《诗经》与《诗集传》中乃至引用文献中出现的疑难字词的读音多有详细的标注乃至考辨。在《豳风·鸱鸮》篇的按语中，许氏曾着重强调字音训诂对于解《诗》乃至治学的重要性，其曰：

> 《传》以《鸱鸮》之诗为诛武庚后作，盖以周公居东为东征也。其原皆因《金縢》"我之弗辟"之"辟"读为"致辟管叔"之"辟"，故其说如此。亦朱子早年之说也。及后《与蔡仲默论书手帖》则曰："弗辟之说只从郑氏为是，向董叔重辨此，一时信笔答之，谓当从古注说。后来思之不然。"今《书》说悉已改定，而《诗传》乃若此者，未及改也。若从避音，而以前说求诗，则圣人之心与当时事势之实皆可见矣。然又知读书者于字音训诂不可不致谨也，一字之误遂至义理悬绝如此，其可视为小学之事而忽之哉？❶

对《鸱鸮》这首诗的创作时间，朱熹早年与晚年有两种看法，朱熹在《诗集传》中认为此诗为周公东征之后所作，曰："周公东征，二年乃得管叔、武庚而诛之，而成王犹未知周公之意也，公乃作此诗以贻王。"❷晚年则认为是东征前所作，其曰："成王方疑周公，周公岂得即东征乎？二年，犹待罪也。"❸之所以有这种前后差异是因为其对《尚书·金縢》篇"我之弗辟"一句中"辟"字的理解产生了变化，最初朱熹将之理解为"致辟管叔"的"辟"，即"诛杀"之意，那么《鸱鸮》就可理解为周公东征之后作；后来朱熹改从郑玄之说，将之理解为"避嫌"之意，即周公居东二年非为征伐，乃为避嫌待罪，那么《鸱鸮》即为东征之前所作。许谦认为后说更能体现周公的圣人之心和当时的事势，对于一个

❶ [元]许谦，刘玉汝．诗集传名物钞·卷一·诗缵绪[M]．北京：北京师范大学出版社，2012：37-38.

❷ [宋]朱熹撰．赵长征点校．诗集传[M]．北京：中华书局，2011：122.

❸ [元]许谦，刘玉汝．诗集传名物钞·卷四·诗缵绪[M]．北京：北京师范大学出版社，2012：146.

字的解读不同就可能造成对文章背景乃至义理截然不同的理解，故而许氏非常强调字音训诂对义理理解的重要性，在《诗集传名物钞》中可以看到许氏对字音训诂的考释用力甚勤。

对《诗集传》中朱熹未标字音者，所标音义前后矛盾者，或在其看来有异议者，许氏皆详加考释。许谦对字音的考释多是音义结合的，特别是多音字，一个字的不同读音即对应不同的释义，故而许氏确定字音的时候往往对其意义细致考辨，如因《周颂·我将》“既右享之”中的“右”字有一番议论：

> 此诗“右”字无音，而释曰：“尊也。神坐东向，在撰之右。所以尊之也。”是则左右之右，为上声字。《时迈》亦释曰尊而无音，亦当作上声读。《雝》诗“既右烈考”“亦右文母”，亦释曰“尊也”，而音“又”，下引《周礼》“享右祭祀”以证之，均训曰尊，而有上声、去声之不同。《语录》却引“享右祭祀”以证为左右之右，而《周礼》音义皆作侑。三诗音既不同，义亦似异，而《雝》传及《语录》引用《周礼》亦觉不同，未详如何。❶

此处“右”字朱熹解为“尊也”，因周礼祭祀以右为尊，故而在许谦看来此处“右”字当如“左右”之“右”，读上声，而《时迈》“实右序有周”之“右”，朱熹同样解作“尊”，所以也应作上声读。但是，他发现朱熹《诗集传》在解《雝》诗之“右”时同样作“尊”义解，同样引《周礼》“享右祭祀”之说为佐证，却将字音以直音法标作“又”音，即作入声读。而《周礼》“享右祭祀”之“右”郑玄注曰:“右，读为侑，侑劝尸食而拜。”❷解“右”作“侑”义，即“劝酒食”之“劝”，朱熹不取其义。针对以上情况，许谦认为朱熹对“右”的解释相互矛盾，不能前后统一，但考之则发现，朱熹从未曾将“右”字标明为上声，唯一标明注音之处即为入声，许谦“右”做上声读的看法并无依据。

又如《郑风·清人》:“陶陶，《释文》:‘徒报反，驱驰貌。’今《传》无音，必当读如桃。而解为乐而自适之貌，则当为余招反。”❸当时许氏看到的《诗集传》此处“陶陶”并无音释，只有释义“乐而自适之貌”，根据释义许氏

❶ [元]许谦，刘玉汝．诗集传名物钞·卷八·诗缵绪[M].北京：北京师范大学出版社，2012：277.

❷ [汉]郑玄．周礼郑氏注[M].北京：中华书局，1985：467.

❸ [元]许谦，刘玉汝．诗集传名物钞·卷三·诗缵绪[M].北京：北京师范大学出版社，2012：96.

认为此“陶”字应读作“余招反”。考今之《诗集传》《清人》篇，此处“陶陶”音释为“徒报反，叶徒候反”，却与《释文》“驱驰貌”之义相对，倘许氏所言为确，则《诗集传》此处所标音读与释义不符。

再如《邶风·燕燕》三章中的“下”字，朱熹《诗集传》未标注音，而许谦曰：“三章，上音时掌反，而下字无音。案：《字书》：‘元在物下之下则上声，自上而下之下则去声。’凡与自下而上之上对义者，皆当作去声读，后同。”❶许氏引《字书》之说，厘清了“下”字在不同语境意义下的音读。

许谦每将《诗集传》中的音释与《经典释文》《说文解字》《字书》《尔雅》等书交叉对照，以辨其正误。如《召旻》：“苴，水中浮草。《释文》：‘士加反。’《字书》：‘与楂同音。’《传》误。”❷因为《诗集传》注音与《释文》《字书》皆不同，故而认定《诗集传》注音有误。

又如《小雅·蓼莪》：“瘁，《释文·雨无正》‘徂醉反’，此诗‘似醉反’，皆训病。《传》并从《释文》《字书》无似醉反。当从《雨无正》音读。”❸指出《释文》对《雨无正》和《蓼莪》两诗中的“瘁”字注音不同，一为“徂醉反”，一为“似醉反”，《诗集传》延续了《释文》的错误，许氏以《字书》为对照，发现没有“似醉反”的读音，于是提出当以《雨无正》的注音“徂醉反”为准。

再如《小雅·四月》：“腓，《释文》：‘房非反。’与《说文》合。《传》作‘芳非反’，恐误。”❹因《释文》与《说文》注音用字相同，《诗集传》选用的反切上字与两者有异，故而许氏怀疑《诗集传》注音有误。

但许谦也并非一味遵从《释文》等书，也会对其提出反对意见，如《小雅·青蝇》：“榛，士巾反，木丛生也。《毛传》：‘所以为藩也。’《释文》：‘一音侧巾反’者，误，小粟（当为‘栗’之误）也。”❺指出当“榛”作“侧巾反”读音时，释义为小栗，即今所谓榛树，许氏认为此释义与诗义不符，认为诗中之“榛”字只应取“木丛生”之义。但陆德明取两音应是认为两义皆通，木丛生可

❶ [元]许谦，刘玉汝．诗集传名物钞·卷二·诗缵绪[M]．北京：北京师范大学出版社，2012：56.
❷ [元]许谦，刘玉汝．诗集传名物钞·卷七·诗缵绪[M]．北京：北京师范大学出版社，2012：272.
❸ [元]许谦，刘玉汝．诗集传名物钞·卷六·诗缵绪[M]．北京：北京师范大学出版社，2012：204.
❹ [元]许谦，刘玉汝．诗集传名物钞·卷六·诗缵绪[M]．北京：北京师范大学出版社，2012：207.
❺ [元]许谦，刘玉汝．诗集传名物钞·卷六·诗缵绪[M]．北京：北京师范大学出版社，2012：217.

做藩篱，而榛木也可为筑藩篱之物，两义与诗义、《毛传》皆不相悖，许氏直指《释文》为误未免武断。

除了纠正《诗集传》中已有的注音，对经文中《诗集传》未曾注音的字词，乃至《传》文和引文中的一些疑难生僻字词，许谦也随文标注，或用反切法或用直音法。比如《齐风·南山》篇，对经文中“鲁道有荡”的“荡”字，《诗集传》无注音，许氏注音曰“徒党反”，对其下引文《士丧礼》注中“禪下曰屦”的“禪”字，许氏以直音法注曰“禪音单”，又对题下一段朱熹注解中的难字统一注音曰：“繻音需。泺，庐笃反，又音洛。谪音责。乘，绳证反，又如字。”❶

对于注音的方式，特别是字音的反切，许谦也对《诗集传》做了不少改动。

首先是改动“类隔切”。“类隔切”，即反切上字与所切字之声母有重唇与轻唇、舌头与舌上或齿头与正齿之异，二者声母不同类，故名“类隔”。造成这种情况是因为古无轻唇音、舌上音、正齿音（有争议），但至唐宋时语音已发生变化，而宋人不知上古音，误以为古人可以隔类相切，遂把这一类声母不同的反切统称类隔切。《诗集传》之注音多来自《经典释文》，故而沿用了不少其中保存下来的古音，即类隔切。许谦认为类隔切与时音不同，不便于读者阅读，于是将其改为符合当时语音的“音和切”，即反切上字与所切之字声母相同，反切下字与所切之字声调及韵母相同者，或用“直音法”，使用同音字来标音。

如以“符”为反切上字的，《邶风·柏舟》“摽，符小反。类隔切，今易并小反”❷，《桧风·匪风》“飘，符遥反，类隔切，今易并遥反”，《鄘风·干旄》“纰，符至反，类隔切，今易毗至反”❸。许谦之时“符”已为轻唇音，而“摽”“飘”“纰”的声母皆是重唇音，故而以“符”为反切上字无法拼出正确的读音，故而许氏以“并”“毗”替换之。

❶［元］许谦，刘玉汝．诗集传名物钞·卷三·诗缵绪[M].北京：北京师范大学出版社，2012：107.

❷［宋］朱熹撰．赵长征点校．诗集传[M].北京：中华书局，2011：58.

❸［宋］朱熹撰．赵长征点校．诗集传[M].北京：中华书局，2011：58.

又如《小雅·巧言》“长，丁丈反，类隔切，今易展两反”❶，《大明》“长，丁丈反，类隔切，今易张丈反”❷。宋元时音“丁”已从舌上音“知”母变为舌头音“端”母，无法拼出正确的读音，故改为舌上音“知”母字“展”“张”。

又《齐风·敝笱》：“鱮，字书皆似吕反，今《传》从《释文》，做才吕反，是类隔切，当从，韵读如叙。”❸宋元时音“才”已为齿头音“精”母，无法拼出声母为“邪”母的“鱮”字读音，故直接用直音法，以同音字“叙”来标音。

又《大雅·皇矣》“貊，武伯反；长，丁丈反；皆类隔切，即陌音掌音”❹，也是采用直音法，用“陌”字标“貊”字的读音，用“掌”字标“长”字的读音。

其次是改动“纽音切”，“纽音”之说他书未见记载，应为许氏自己定名的一类反切，命名或取“纽”字声母之意，《诗集传名物钞》中共六例：

兕，徐履反，纽音切，今更为序姊反，则易求得音之正。(《周南·卷耳》)

肄，以自反，纽音，今易羊至反。(《周南·汝坟》)

泛，芳剑反，纽音，今易孚梵反。(《邶风·柏舟》)

远，于万反，纽音，今易于愿反。(《鄘风·蝃蝀》)

缪，莫侯反，纽音，今易莫彪反。(《豳风·鸱鸮》)

兕，徐履反，纽音切，今更为序紫反。(《小雅·何草不黄》)❺

考查这些例子可以发现，许谦对它们的改易有一个共同特点，即反切上字的声母皆不变，而反切下字的韵母发生了变化，可见这些字韵母的读音也在语言发展中发生了变化，原本的反切不易拼出正确的读音，许谦为了“易求得音之正”——让读者更容易地拼出正确的读音，对这些反切字做了更换，使其发音更贴合所释之字。

此外，对朱熹《诗集传》中的“叶音”，许谦在书中也有一些批评与改订。所谓叶音，又名叶韵、协韵，“叶”同“协”。“叶音说”起源于南北朝时期，

❶ [宋]朱熹撰．赵长征点校．诗集传[M]. 北京：中华书局，2011：58.

❷ [元]许谦，刘玉汝．诗集传名物钞·卷七·诗缵绪[M]. 北京：北京师范大学出版社，2012：232.

❸ [元]许谦，刘玉汝．诗集传名物钞·卷三·诗缵绪[M]. 北京：北京师范大学出版社，2012：108.

❹ [元]许谦，刘玉汝．诗集传名物钞·卷七·诗缵绪[M]. 北京：北京师范大学出版社，2012：238.

❺ [元]许谦，刘玉汝．诗集传名物钞·诗缵绪[M]. 北京：北京师范大学出版社，2012：卷一 33，39；卷二 54，74；卷四 147-148；卷六 228.

当时的学者读《诗经》，由于语音已经变化，许多诗句出现了不押韵的情况，于是将韵脚字改换成一个押韵的读音，以图音韵和谐，这就是叶韵。但是由于不能完全掌握古音语音的发展规律，其中既保留了一些古音，也包含很多错误。宋人吴棫作《韵补》《诗补音》等，就采用叶音说，《四库全书总目》评之曰："自宋以来，著一书以明古音者，实自棫始。……棫书虽抵牾百端，而后来言古音者皆从此而推阐加密，故辟其谬而仍存之，以不没筚路蓝缕之功焉。"❶朱熹《诗集传》对其叶音说颇多引用，对于《诗集传》的韵脚字，朱熹多有主张叶韵者。

从许谦音释的倾向来看，其对叶音持审慎的态度，能不叶则不叶，故其对朱熹所标之叶韵多有辨析纠正。

对一些朱熹标为叶韵的韵字，许谦认为其实使用的正是其本有的读音，不必叶韵，而有些韵字以时音读亦和韵，故也不必叶韵。如《魏风·十亩之间》首章"间""闲""还"三个韵字，《诗集传》分别释为"叶居闲反""叶胡田反""叶音旋"❷。对此许氏辨之曰："《释文》：'还，本作旋。'恐不必叶，若如本字读，则闲亦不必叶。"❸引《释文》之说，认为"旋"音是"还"字本来就有的读音，故不必标为叶音，而"闲"与"旋"两音在他看来韵母相类，恰可与"叶居闲反"的"间"字协韵，故而"闲"也不必叶音。

同时他还认为《诗经》中有许多无韵的诗句，特别是首句，不必每句皆求押韵，且一诗中常有换韵之处。如《周南·葛覃》：

> 此诗前二章虽各三句连文，而每二句一韵。前二章上二句皆无韵，而每章中二句"萋""飞"，"莫""濩"，"私""衣"皆是韵，二章、三章下二句"绤""斁""否""母"换韵。惟前章以"喈"叶"鸡"连上韵；后章以"归"连下韵。如此已觉可读，恐不必叶"绤""斁"为"却""药"上连"濩"字。❹

❶ [清]永瑢，等.四库全书总目[M].北京：中华书局，1965：360.
❷ [元]许谦，刘玉汝.诗集传名物钞·卷二·诗缵绪[M].北京：北京师范大学出版社，2012：84.
❸ [元]许谦，刘玉汝.诗集传名物钞·卷三·诗缵绪[M].北京：北京师范大学出版社，2012：113.
❹ [元]许谦，刘玉汝.诗集传名物钞·卷一·诗缵绪[M].北京：北京师范大学出版社，2012：32.

许谦总结了此诗每章上两句无韵、后两句一韵的押韵规律，并列出了所有韵脚字与换韵处，发现此诗中朱熹标了三处叶音字，分别是一章末句的"喈"字，为协前韵"萋"字，朱熹标之为"叶居奚反"，许谦以直音法"鸡"字标之。第二章为了协前韵"濩"字，朱熹将"绤"字标"叶去略反"，"斁"字标"叶弋灼反"，许氏以直音法"却""药"标之；但在许谦看来，此诗既两句换韵。第三章也没有叶韵，则"绤""斁"亦不必叶上句韵，取本音"去逆反""亦"音，两句自成一韵即可。在许谦看来适当叶韵可以提高韵律感和可读性，但《诗经》的押韵并没有严格的规律，没有必要为了韵脚严整而频繁叶韵。

同样的例子还有《小雅・巧言》五章："以'口''厚'协为'苦''户'音，此诗前章多两句换韵，恐此二字不必协。"❶也是认为此诗多两句换韵，故而认为"口""厚"两句自成一韵，不必协前两句"树""数"之韵。又释《邶风・击鼓》曰："'兵''行''马''下'本不需叶，欲从上句'镗''处'而叶也，然诗中第一句无韵者甚多。末章'阔''活'正不需叶。'信'字当正做师人切，恐非叶，或本误尔。"❷许谦认为朱熹将首章"兵""行"两字叶韵是为了协首句之"镗"字，三章"马""下"两字叶韵是为了协此章首句之"处"字，在他看来这是无必要的，因为《诗经》首句经常不叶韵。同时认为末章"阔""活"两字不需叶韵也押韵，"信"字本音即为"师人切"，取"伸"义，不是叶音，推测可能是版本中的讹误。

当然，也存在朱熹未标叶音，许氏以为乃是叶音者，如《小雅・天保》"恒"字，朱熹《诗集传》曰："古登反。"❸许氏曰："恒，《释文》：'古邓反。'韵同。无'古登反'，恐此当作协。"❹许氏以《释文》为准，认为"恒"与"邓"韵同，因《释文》无"古登反"，故而怀疑此处朱熹音释为协韵，实则"恒""登""邓"皆属"蒸"部"登"韵，许氏以"古登"为协音，也许是从声调出发，认为"登""邓"声调不同，"韵同"之韵非指韵部而是指声调。

❶ [元]许谦，刘玉汝．诗集传名物钞・卷六・诗缵绪[M].北京：北京师范大学出版社，2012：201.
❷ [元]许谦，刘玉汝．诗集传名物钞・卷二・诗缵绪[M].北京：北京师范大学出版社，2012：57.
❸ [元]许谦，刘玉汝．诗集传名物钞・卷四・诗缵绪[M].北京：北京师范大学出版社，2012：137.
❹ [元]许谦，刘玉汝．诗集传名物钞・卷五・诗缵绪[M].北京：北京师范大学出版社，2012：167.

从许谦的音释倾向来看，其释音时注重音义结合，注音使用以宋元时音为主，以便于读者阅读理解为要。《诗集传名物钞》中细密的注音以及对朱熹《诗集传》音释的补正，显示出许谦对音韵学的关注。由于他对上古音缺乏认识，所参考的辞书、韵书资料有限，故而很多补正并不正确；但作为第一部为《诗集传》注音的著作，《诗集传名物钞》依然影响了一批元代宗朱《诗经》音韵学著作，具有开创性的意义。

2. 对字词训诂的补正

如同对字音的理解可能会影响对诗义的理解一样，对字词的训诂也会影响对诗义的理解。除音韵与名物考据外，许谦对朱熹《诗集传》的一些字词训诂也时常做出补充与修正。

因朱熹《诗集传》之训诂简明扼要，许氏时常为《诗集传》的训解作补充，以便利读者。如《小雅·黄鸟》“无集于穀”“不我肯谷”，《诗集传》释曰：“穀，木名。谷，善。”❶因两字字形相近，故许氏着重提醒读者区分两字的字形与字义，指出前者从“木”，后者从“禾”，并补充后者除“善”之一义，还是百谷之总名。❷

又如解《卫风·淇澳》一章，许氏曰：

此章训诂解义皆不及《大学》详明。曾子谓：“‘瑟兮僩兮’，恂栗也。”是瑟僩以存诸中者言，所以《章句》谓“严密武毅貌”。《传》乃释为“矜庄威严”，是就外言，则与曾子所谓“‘赫兮咺兮’，威仪”者若有重意，解上文亦详于此。盖《大学》，朱子晚年之书，读此章者当从《大学》。❸

以曾子之训解为参考，发现《诗集传》对“瑟兮僩兮”的解读与“赫兮咺兮”之义有重叠，并不准确严密，认为《诗集传》对此章的训诂解读不如朱子晚年所著的《大学章句》详明，建议读者以《大学》对此篇的训诂解义为准。

再如《大雅·文王》“有周不显”，相较朱熹解“不显”为“岂不显也”，胡

❶ [元]许谦，刘玉汝. 诗集传名物钞·卷五，诗缵绪一[M]. 北京：北京师范大学出版社，2012：163.

❷ [元]许谦，刘玉汝. 诗集传名物钞·卷五·诗缵绪[M]. 北京：北京师范大学出版社，2012：186.

❸ [元]许谦，刘玉汝. 诗集传名物钞·卷二·诗缵绪[M]. 北京：北京师范大学出版社，2012：77-78.

一桂解“不显”为不外露、不显扬，许谦引金履祥之说曰：“‘有周不显，帝命不时’，王文宪作‘丕显’‘丕时’，如《诅楚文》‘敢昭告于不显大神’。盖‘不’字乃‘丕’字也，岂有告神而谓之不显乎？”❶从金履祥语可见，将“不”训作“丕”解出自王柏，金氏乃从其说，并从先秦石刻文献《诅楚文》中找到依据，“丕”为“大”之义，古之“丕”“不”本为一字，可通用，“不显”即“丕显”，意为“大显”。此说解诗虽与《诗集传》义同，都将“不显”解作显，但较朱熹之说更为有据，堪为其补充。此说不见于王柏之《诗疑》，许谦承袭师说将其保存下来，为《诗集传》做了补充，清人解“不显”多从此说。

除对朱熹《诗集传》的训解作补充说明之外，许谦《诗集传名物钞》还对其进行修正，或选取众家训解之善者，或自辟新解。

如《邶风·凯风》“睍睆”，朱熹《诗集传》释曰：“清和圆转之意。”❷以为乃指声而言。而许谦不取此义，引毛《传》、郑《笺》、严粲《诗缉》之说曰：“睍睆，毛氏曰：‘好貌。’笺：‘以兴颜色悦也。’《诗缉》：‘光鲜貌。’《檀弓》‘华而睆’，睆，明貌。睍从目从见，亦以色言之，俗讹以为黄鸟之声。’”以为乃是指貌，并从行文脉络上为后说寻找证据：“‘睍睆’字在‘黄鸟’上，其下别言‘载好其音’，‘睍睆’与‘音’字文意似不连，宜《诗缉》说是。”❸

又如《王风·君子阳阳》“右招我由房”，朱熹解“房”为房屋之房：“房，东房也。”❹故而认为主人公乃是于家中以乐舞自娱，而许谦从《毛传》，解“房”作房中之乐：“房，毛谓房中之乐。疏：天子房中之乐以《周南》，诸侯以《召南》。”❺因房中之乐为天子诸侯所有，故而认为主人公乃是仕于乐官的贤者。一字之理解不同，就导致对全诗的诗义产生了截然不同的理解。

再如《王风·丘中有麻》中“彼留子嗟”“彼留子国”“彼留之子”，《诗集传》解曰：“子嗟，男子之字也。……子国亦男子字也。……之子，并指前二人也。”❻

---

❶ [元]许谦，刘玉汝．诗集传名物钞·卷七·诗缵绪[M]．北京：北京师范大学出版社，2012：231.

❷ [宋]朱熹撰．赵长征点校．诗集传[M]．北京：中华书局，2011：27.

❸ [元]许谦，刘玉汝．诗集传名物钞·卷二·诗缵绪[M]．北京：北京师范大学出版社，2012：58.

❹ [宋]朱熹撰．赵长征点校．诗集传[M]．北京：中华书局，2011：57.

❺ [宋]朱熹撰．赵长征点校．诗集传[M]．北京：中华书局，2011：90.

❻ [宋]朱熹撰．赵长征点校．诗集传[M]．北京：中华书局，2011：61.

是以"子嗟""子国"为男子之字，认为与妇人有私者为两位男子。"子嗟"为男子之字的说法来源于《毛传》。而许谦辩曰："愚恐'嗟'非其人之字，特叹语尔，以三章'之子'可见。'子国'则所私之人，上下两章皆异其文也。"❶认为"嗟"不是男子之字，而是叹语，二章"子国"方是男子的字，一、三两章"子嗟""之字"只是代指"子国"，是作者为了避免重复使用的异文，故各章所言者乃是同一位男子。这一解说甚为新颖，亦自成理。

最有代表性的新说是对《大雅·生民》"克禋克祀，以弗无子"的解读。《诗集传》训解此句曰："精意以享，谓之禋。祀，祀郊禖也。弗之言祓也。祓无子，求有子也。"❷许谦认为：

> "弗无"之言有也，"弗无子"即有子也。如"莫匪尔极"者，皆是尔极也。"求回不福"者，求福之正也。"方社不莫"者，祭之早也。"其则不远"，则之近也。此类皆诗人之反辞。他书如"不有君子"者，无君子也。"无非事"者，皆是事也，其类不一。谓"弗无"为有，何不可者？自毛氏以弗为去，郑氏以弗为祓，皆主于祭祀而言，故诸儒之说始胶，而后稷之生终不得其实。《玄鸟》之诗，曰"天命玄鸟，降而生商"，则契因祀郊禖而生，固经义也。而此经唯曰"克里克祀"，何所据而遂亦以为祀郊禖邪？夫禋者，精意以享神，不必附会为何神也。盖姜嫄者，姜姓之处女，其性好事鬼神，能精意享祀，正犹陈大姬好巫觋祷祈鬼神之类。为其能禋祀也，故鬼神依之而生神子，于是因出郊，履大人之迹而生稷焉。"克禋克祀"，非求子也，"以弗无子"，神之异也。且"克"者，已然之辞，非致力于此之谓。如成汤之"克宽克仁"、王季之"克明克类"。凡《诗》《书》言克，类皆谓其能若是尔。今试徐诵其文，而以意随之，谓姜嫄能禋能祀，是以有子，则辞甚顺、理甚明。若曰禋祀以祓去无子之疾，则二克字为不辞甚矣。以是求诗，庶几得诗人之意。❸

❶ [元]许谦，刘玉汝．诗集传名物钞·卷三·诗缵绪[M].北京：北京师范大学出版社，2012：93.

❷ [宋]朱熹撰．赵长征点校．诗集传[M].北京：中华书局，2011：253.

❸ [元]许谦，刘玉汝．诗集传名物钞·卷七·诗缵绪[M].北京：北京师范大学出版社，2012：244.

许谦认为“弗无”乃反词，就是“有”的意思，“弗无子”就是有子，并举了许多《诗经》与他书中相似的例证来佐证其说。毛、郑之说以姜嫄为高辛帝之世妃，为求有子而祀郊媒，之后果然得子后稷，其后包括朱熹在内的学者多从其说，但许谦认为在此诗中找不到“祀郊媒”之说的证据，毛、郑乃沿用《玄鸟》一诗祀郊媒而生契之说。许氏根据《诗经》《尚书》中的相似例证，考据出“克禋克祀”之“克”为能的意思，进而推测姜嫄乃是善能祭祀的姜姓处女，因精意享神，鬼神依附其身使其不夫而孕，突出了后稷出生的神异色彩，与之后“履大人之迹”相对应，也能够解释姜嫄将后稷弃之于“平林”“寒冰”的动机。此说比“高辛帝世妃祀郊禖祓除无子之疾”一说更合理，解决了此说中姜嫄求子又弃子的矛盾，也突出了后稷降生的神异色彩，为戴震、马瑞辰等清代学者所接受。从本篇训解来看，许谦对字词的训诂善于参考《诗经》与其他文献资料，搜集相似的字词、句式以总结规律，并且训解时注重前后文意逻辑的照应与全诗文理的通顺。

（三）对《诗集传》诗旨比兴的补正

1. 对诗旨的补正

许谦《诗集传名物钞》的诗旨比兴的解说一般出现在“经”的部分，这部分内容多为介绍背景、串讲诗义，分析文脉，辨明比兴，发挥义理，对《诗集传》与《序》说不同之处多从朱说，但又不墨守朱子，而是在参考诸家诗说的基础上有自己的思考，故而对《诗集传》的诗旨解说等时常加以补充或改动。

如解《唐风·杕杜》，许谦曰：“此诗因晋沃骨肉相争，致使民之兄弟相弃背，而知理者自相戒之辞，与《郑风·扬之水》相类。前三句以朱子之意求之，后六句以东莱之意求之，恐得此诗之旨。”❶前三句取朱子之意，后六句取东莱之意，显然认为前三句以朱熹之解为优，后六句以吕祖谦之解为优，可见许氏解诗并无门户之见，乃是择善而从。

又如《邶风·匏有苦叶》第一章，朱熹《诗集传》曰：“此刺淫乱之诗。言

❶ [元]许谦，刘玉汝.诗集传名物钞·卷三·诗缵绪[M].北京：北京师范大学出版社，2012：119.

匏未可用而渡处方深，行者当量其深浅，而后可渡。以比男女之际，亦当量度礼义而行也。”❶许谦扩其说曰：

此诗一章以水喻礼，涉是徒步渡水之名。水浅可涉，则是合礼而可行者也；水深险而不可涉，则是非礼而不可行者也。今济处有深涉，是不可涉者也，况匏尚未可为浮渡之器乎？以比非礼绝不可行之事，是指淫乱而言也。然于可渡处又当分择深浅，以厉以揭，比事有合礼可行，而又须择义。谓虽于礼可成男女之好，又择义而行之可也。❷

朱熹之解，以渡河当度量深浅比附男女之际当度量礼义，以礼说诗，言简意赅。许谦从朱熹之说，并将朱熹之解深化细化，反复阐发说理，理学意味很浓。

许谦的理学思想承自金履祥，“仁山因揭为学之要曰：‘吾儒之学，理一而分殊，理不患其不一，所难者分殊耳。’又曰：‘圣人之道，中而已矣。’先生由是致其辨于分之殊，而要其归于理之一，每事每物求夫中者而用之。”❸许谦从金履祥处学到了朱子理学的核心内容“理一分殊”与“执中”，在解诗之时，许谦也继承了朱熹《诗经》学以理学解诗的倾向，解释诗义时多有义理上的阐发。对于一些朱熹未曾深入说解的诗旨，许谦时有自己独到的发挥，从中可以窥见其理学思想。

如其对“父子之义”的解说，见《邶风·二子乘舟》篇，此诗《诗序》认为乃国人闵伋、寿二子而作，其典故为卫宣公欲杀公子伋，命他出使齐国，使盗半路截杀。公子寿得知后告知公子伋并劝他逃亡，公子伋以父命不可弃拒之，公子寿灌醉公子伋窃其旄节代之先往，被杀，公子伋赶到后亦赴死。此诗朱熹没有过多阐发义理，许谦为之做了一篇七百余字的论述，对卫宣公的评价为“卫宣淫于上下，父子夷戮，人道绝矣，无足论也”；对公子伋的评价为“惜乎伋之死未得其所尔。伋非得罪于父，特朔母子之构也。寿既告之，逃以自免，不陷父于恶，斯可矣。而以弃父命为辞，必于就死，是以从令为孝而择义未精者也”；对公子寿评价曰：“寿知爱其兄而已，不知加父之恶也。”又因公子申生、大禹之事与公

❶ ［宋］朱熹撰．赵长征点校．诗集传 [M]. 北京：中华书局，2011：27.

❷ ［元］许谦，刘玉汝．诗集传名物钞·卷二·诗缵绪 [M]. 北京：北京师范大学出版社，2012：59.

❸ ［清］黄宗羲．宋元学案 [M]. 北京：中华书局，1986：2756.

子伋事相类，以二人作比，认为申生的做法与伋一致，结果“成父之恶以致简书之斥”，应取法大禹“逃而得免，于圣人之德未尝少损”。又引叔齐因父命失义终不从命而为夫子所称赞之事，说明合于义者不可谓之抗命。并反复论述父子孝义的关系：“抗父之命为不孝，庸人之所能知，君子则有义焉尔。……父子主恩，今乃贼恩而杀其子以无罪，尚可谓之人乎？故子从父之逆命为恭之小，陷其父以灭人伦为害义之大，是以去彼而取此也。……盖有父子君臣则为中国，失则为夷狄矣。由是观之，君子以择义为大也。”认为在君臣父子之间，恭顺为小，择义为大，抗父之命而合于义，不为不孝，从父乱命陷其于不义才是真正的不孝，纯然是理学之孝义观。❶

又如《齐风·东方未明》篇，朱熹并未阐发义理，许谦则因之阐发“执中”之道：

> 人君勤则国治，惰则政昏，固其理也。未日出而视朝，可以言勤乎，而曰“不夙则莫”，真可见兴居无节，号令不时者矣。然视朝之早若无大过者，而其臣遽已怨悱兴刺，何欤？盖天下之道中而止，圣人制礼，因人心之所同然，未有不由乎中也。夫人之所自为不必能合乎中，而见人之失中则未有不能言者，况为人上者，可不谨乎？《鸡鸣》视朝之晚，此诗视朝之早，皆不能中。圣人于《齐》并存之，岂无意哉？君子读《诗》以自警，则于应事必求合于中，使无可议，则善矣，岂特居人君之位而于视朝之一事为然哉？❷

《东方未明》与《鸡鸣》两诗，一说视朝之早，一说视朝之晚，许谦认为夫子并存两诗于《齐风》是有深意的。在他看来，“中”乃天下之道，人心之理，故圣人循之以制礼，行事偏离中道必致违礼而招怨，故无论国君还是士人，皆应以“中”为人生准则，持中庸之道，无过与不及，“应事必求合乎中”。这正是许谦承自金履祥的“圣人之道，中而已矣”的为学要义，也是源自《中庸》的程朱理学的核心内容。

---

❶ ［元］许谦，刘玉汝．诗集传名物钞·卷二·诗缵绪 [M]. 北京：北京师范大学出版社，2012：67.

❷ ［元］许谦，刘玉汝．诗集传名物钞·卷三·诗缵绪 [M]. 北京：北京师范大学出版社，2012：106-107.

许谦对“君臣关系”的认识见《小雅·蓼萧》篇，此篇朱熹并未发挥义理，而许氏曰：

天生烝民，不可以无统，故立之君以主之。其始盖自下而推之也。德化足以服乎一方者，故共推以为一方之主。而万方之主又共推其德之至盛、足以服乎天下者一人，以为天下之共尊而取法焉。圣圣相继，于是制为典礼，定其等衰，上下相维，无相逼僭。然天子虽为天下之共戴，而其用礼乃与其臣非有大相辽绝之势。盖远则疏而近则亲，疏则离而亲则合。……三代圣君盖莫不由是道也，观宴乐群臣之诸诗可见矣。至于《蓼萧》之诗，尤见卑孙乐易，直犹宾主相敌，庆幸之辞安有一毫自尊陵下之意？……上之人礼容揖孙乃如此，而为下者所以承顺悦服又当何如邪？岂弟之气象盈于朝廷、被于天下，其化安得不至于比屋可封哉？自秦始皇尚气势而不知德义，又自尊而卑人，务使君臣之礼悬绝如天地，然后上下之情离，而乱臣贼子、奸名犯分者愈众矣。❶

许谦首先介绍了“君”是如何诞生的，他认为君乃是由民自下而上、以德行为标准层层推举出来的天下表率，逐渐形成定制，制定了尊卑差等。而君臣之间的关系，初时如三代之君，君臣所用之礼不相远，故而其情相亲相通，君谦逊礼待于臣，臣承顺悦服于君，上下和乐之风化行天下，故能政通人和。《蓼萧》一诗，许谦判为文王、武王时燕饮诸侯之诗，描述的依然是这种君臣相亲而和乐的氛围。许谦认为这种情形直到秦始皇时始被打破，因秦始皇不知德义，将皇权的地位无限拔高，而贬抑臣工的地位，使上下疏离、其情不通，于是出现许多乱臣贼子，这是许谦出于理学思维的解读。其实从今天的眼光看就是周王朝的以血缘宗族关系为纽带的分封制转向秦王朝的中央集权制。战国时期随着生产力发展，地方诸侯崛起，互相兼并，周王室覆灭，秦始皇平定列国之乱局，于地方设郡县，建立收归权力于中央的中央集权制，这是历史的必然。

又如《齐风·蒹葭》一诗，毛、郑解为刺襄公未能用周礼，其他说诗家不过从中引申出求贤之义，朱熹直言“不知其何所指也”❷，显然是不认同毛、郑

❶ [元]许谦，刘玉汝．诗集传名物钞·卷五·诗缵绪[M]．北京：北京师范大学出版社，2012：172-173.

❷ [宋]朱熹撰．赵长征点校．诗集传卷六[M]．北京：中华书局，2011：97.

之解的。许谦则从吕祖谦"'所谓伊人'犹曰所谓此理也"一说得到启发，将此诗解为追求"至道"的过程：

> 蒹葭苍苍而白露为霜矣，人无百年而良时已迈矣。所谓伊人惟在水一方尔，所谓至道岂远吾身哉？但溯回从之，则道阻而且长；用私智求之，则理凿而且迂独；溯游从之，则宛在水中央也。惟以乐易公平之心求之，则无所往而非道也。人其可不思日月之易迈，而迪知大道以至其极乎？此或非诗人之本意，亦学者之一义也。❶

从朱熹弃毛、郑之说，为此诗赢得了更广阔的解读空间，许谦得以自由地作理学的发挥，以蒹葭白露喻时光易逝，以伊人喻至道，言道无处不在，但求道不可用私智，而应以"乐易公平之心求之"。"乐易公平之心"，要而言之，不过依理执中道而求。许谦也认识到其说解未必是诗人本意，不过是作为学者的一种发挥罢了。

此外，受朱熹《诗集传》"淫诗说"的影响，许谦同样将一部分诗解为"淫诗"，但对于"淫诗"的认定与说解，许谦《诗集传名物钞》与朱熹《诗集传》时常有不同意见。

对一些朱熹判为"淫诗"的诗，许谦存在异议，认为不属于"淫诗"。《风雨》《扬之水》二诗皆为《郑风》，朱熹以"淫诗"视之。而许谦以《风雨》为思君子之诗，乃是从《诗序》之大旨，而具体解说又有个人的理解，前愚窃谓《风雨》为思君子之诗，《扬之水》谓兄弟相保之诗。《扬之水》从文本来看，无男女之意，朱熹《诗集传》将"兄弟"解为婚姻之称，以此诗为淫者相谓，未免勉强，似是因此诗位列《郑风》而将其判为"淫诗"。而许谦解之曰："郑君兄弟争国，日寻干戈，民皆化之，骨肉相怨。有兄弟之知义者，人又从而诳惑离间之，于是则自劝而作此诗。言悠扬之水不能流一束之楚，以兴宗族微弱不足以御外患。况我兄弟终少，维予二人而已，他人离间之言，乃诚无实而诳女，绝不可信。苟如此，则骨肉犹可以自相保也。"❷这一解释较之朱熹更为顺畅且贴合文本。

❶ [元]许谦，刘玉汝.诗集传名物钞·卷四·诗缵绪[M].北京：北京师范大学出版社，2012：126.

❷ [元]许谦，刘玉汝.诗集传名物钞·卷三·诗缵绪[M].北京：北京师范大学出版社，2012：100.

而对于“淫诗”的作者问题，朱熹认为“淫诗”乃淫者自作，许谦亦持不同看法，其曰：

朱子谓刺诗虽有铺陈其事不加一辞者，而赋之之人常在所赋之外。凡若其自言者，则淫邪之人所自赋也。尝于《桑中》之序论之，是固然矣。然以后世观之，为于放淫之辞深能道狎邪之情状者，未必皆其所自作，亦当时善为辞章而深知风俗者为之。但绝非意诚心正之君子，而其言不可以为训。乃若劝而非刺者，故不足道尔。人情不大相远也，何古之邪乱者多长于言，今之邪乱者多不能为之乎？故愚于《东门之墠》以为诗人道其男女相娼和淫邪之言而成之，非其自作者也。愚观诗此类亦多，非独此篇，亦非独淫邪之诗为然也。

许谦以后世文学作品创作类推，认为《诗经》中的“淫诗”未必都是淫者自作，也可能是当时善为辞章深知风俗者所作，虽然作诗者并非意诚心正的君子，也不是出于讽刺劝喻目的而作诗，但其自身未必是诗歌的主人公。许氏的这种观点不单限于“淫诗”，对于一些朱熹认为是女子自作的诗，也常认为是诗人借其口吻所作，如《王风·中谷有蓷》，《诗集传》曰：“凶年饥馑，室家相弃，妇人览物起兴，而自述其悲叹之词也。”[1]许谦曰：“详味其辞，人在言外。盖当时君子之言，非妇人之所自作也。”[2]从文本的措辞判断这首描写弃妇悲惨生活的诗是当时君子所作，不是妇女自作。

需要注意的是，许谦对“淫诗”的判断虽然多出于自我思考，但也在一定程度上受到了师门先辈王柏、金履祥之说的影响，比如其于《野有死麕》篇下与《诗集传名物钞》卷一之末皆曰：“鲁斋（王柏）有《二南相配图》，谓《甘棠》后人思召伯，《何彼秾矣》王风也，《野有死麕》淫诗也，皆不足以与此。”[3]公然将《野有死麕》逐出“二南”之列，与《诗集传》“南国被文王之化，女子有贞洁自守，不为强暴所污者。故诗人因所见以兴其事而美之”[4]的理解大为不同，其解曰：

---

[1] [宋]朱熹撰．赵长征点校．诗集传[M].北京：中华书局，2011：58.

[2] [元]许谦，刘玉汝．诗集传名物钞·卷三·诗缵绪[M].北京：北京师范大学出版社，2012：91.

[3] [元]许谦，刘玉汝．诗集传名物钞·卷一·诗缵绪[M].北京：北京师范大学出版社，2012：47.

[4] [宋]朱熹撰．赵长征点校．诗集传[M].北京：中华书局，2011：16.

> 此淫奔之诗也，错简在此，气象与二南诸诗不同。虽欲曲说归之于正，终恐有碍。盖“有女怀春，吉士诱之”两句是一诗大意。麕之自死者遗于野，人尚以为可食，以白茅之洁者包之而去。此有女子怀春，则吉士其诱之矣。谓之怀春固非贞静之人，而又曰诱之，非淫辞而何哉？吉士，犹言美男子也。林之有朴樕，野之有死鹿，人尚以白茅包束之而去，况此如玉之女，而怀春之人安得不诱之也？后章则怀春之女戒其淫乱之男曰：“汝当舒徐迟缓而来，勿须相迫近，感佩帨而致尨之吠。”盖数相亲，尨或吠，则必致父母家人之所知而不得遂其乱矣。此其阴邪猾贼形于言辞者也，其郑、卫之风与？然亦诗人斥淫者之辞，非其自作也。❶

直言此诗为“淫诗”，疑为郑卫之风错简而编入二南。又以“有女怀春，吉士诱之”为淫辞，认为“怀春”说明女子“非贞静之人”，“诱之”说明男子乃淫乱之人，且形容末章女子之言为“阴邪猾贼”，与朱熹“凛然不可侵犯之意”❷的解释恰恰相反，不屑贬斥之意溢于言表，颇有王柏对“淫诗”之“嫉恶如仇”的态度。但与王柏不同的是，许谦认为此诗是诗人贬斥讽刺淫者之辞，似又以此诗为刺诗，与最初淫诗的判断相矛盾。

还有与《野有死麕》相似的《将仲子》一诗，朱熹《诗集传》引郑樵之说曰：“此淫奔者之辞。”❸王柏《诗疑》曰：“此乃淫奔改行之诗也。”❹许谦《诗集传名物钞》曰：

> 此诗词气类《野有死麕》之卒章，然有畏父母、诸兄、国人之言，犹为善于彼也。此可见理义根于人心，有终不可泯者。身之陷于淫邪，不能禁其欲也，有畏人之意，良心之存也。倘上之教化行而下之风俗厚，若此妇人岂不能修饬而以贞信自守邪？然则小民心术之微，皆上之人有以兴丧之耳。❺

---

❶ [元]许谦，刘玉汝．诗集传名物钞·卷一·诗缵绪[M].北京：北京师范大学出版社，2012：47.

❷ [宋]朱熹撰．赵长征点校．诗集传[M].北京：中华书局，2011：16.

❸ [宋]朱熹撰．赵长征点校．诗集传[M].北京：中华书局，2011：62.

❹ [宋]王柏撰．顾颉刚校点．诗疑·卷一[M].北京：朴社，1935：10.

❺ [元]许谦，刘玉汝．诗集传名物钞·卷三·诗缵绪[M].北京：北京师范大学出版社，2012：95.

许谦认为此诗与淫诗《野有死麕》末章文字内容相似，但意旨要优于《野有死麕》。因为根据《野有死麕》末章描写，女子畏犬吠是因为“必致父母家人之所知而不得遂其乱”，而此诗中女子有畏父母、诸兄、国人之言，说明心中仍存礼义的约束，一旦有“上之人”予以教化，必然会改正。从许氏对此诗的分析来看，应该是受到了王柏《诗疑》的影响，王氏曰：“仲虽可怀，独能畏父母兄弟之言，又能畏人之清议。三章六‘无’字，所以拒绝仲子为甚严，与《大车》誓死不相舍者有间矣。”[1]王柏将此诗与《王风・大车》相对比，许谦将此诗与《召南・野有死麕》相对比，从观点到解诗方法皆有类似之处。不同之处在于，王柏以此诗为“淫奔改行之诗”，女主人公已经幡然悔悟痛改前非，但许谦依然认为女主人公“不能禁其欲”，只是良心尚存犹畏人言，比王柏的道德标准似是更严苛些。

又有《郑风・羔裘》一诗，朱熹《诗集传》曰：“此诗不知所谓，不敢强解。”[2]许谦取其师金履祥之说曰：“妇人留所爱之词也。‘羔裘豹袪’，谓其人也；‘自我人居居’，留其人也。‘岂无他人？维子之故’二句可见。”[3]金履祥将此诗解为妇人爱其人而留之，并以“岂无他人？维子之故”两句为证，似是以为这两句诗与朱熹所判定的“淫诗”《褰裳》中“子不我思，岂无他人”两句可以互见，且言“妇人留所爱”，显非夫妇也，可见金氏是将此诗解为“淫诗”的，许谦引之而未反驳，当是认同此说。

许谦对于前两首“淫诗”的判定虽然一定程度上受王柏之说的影响，但从其分析来看，皆是由文本出发，据文意而斟酌判定，并非盲从王柏之说，其中也显示出许氏自己的思考。他不因《风雨》《扬之水》位列《郑风》而判其为“淫诗”，也不因《野有死麕》位列“二南”而不敢疑其为“淫诗”，较之朱熹显然更少受到以《诗序》为中心的解诗体系的限制。对《郑风・羔裘》引金履祥说，当是出于保存师说，补充《诗集传》所阙之意的目的。

即使对两书皆确定是“淫诗”的篇目，许谦亦会引用或发表不同于朱熹的解读。

---

[1] [宋] 王柏撰 . 顾颉刚校点 . 诗疑・卷一 [M]. 北京：朴社，1935：10.

[2] [宋] 朱熹撰 . 赵长征点校 . 诗集传 [M]. 北京：中华书局，2011：91.

[3] [元] 许谦，刘玉汝 . 诗集传名物钞・卷三・诗缵绪 [M]. 北京：北京师范大学出版社，2012：119.

如《郑风·有女同车》,《诗集传》解曰:“此疑亦淫奔之诗。言所与同车之女，其美如此，而又叹之曰:彼美色之孟姜，信美矣，而又都也。”[1] 许谦引金履祥语曰:“远望之，则‘有女同车，颜如舜华’;近视之，则‘将翱将翔，佩玉琼琚’;问其人，则孟姜也，‘信美且都’矣。此盖淫人睥睨之诗。”[2] 此说肯定了朱熹对此诗为“淫诗”的怀疑，区别在于朱熹认为作诗者乃是与女子同车之男子，且淫奔之诗，男女二人必皆为淫人;而金履祥认为作诗人并非车上之人，乃淫人见车上有美女而由远及近睥睨观望探听之，则车上之人未必为淫人。

如《郑风·山有扶苏》,《诗集传》解曰:“淫女戏其所私者曰:山则有扶苏矣，隰则有荷华矣。今乃不见子都，而见此狂人，何哉?”[3] 许谦解曰:“此诗恐是淫女见绝于男子而复私于人，乃思绝者之美好而厌所私者之狂狡也。”[4] 朱熹认为此诗是淫女与所私之人调情的戏言，美称与贬词皆指其一人;而许谦认为美称与贬词分指两人，诗中女子乃是与前任分手之后厌恶现任而怀念起前任的美好。较之朱熹的解读，诗中女主人公的“淫荡”程度可谓加倍了。许氏又引述了另一种说法:

> 《有女同车》男戏女,《山有扶苏》女戏男。其男子之言曰:“有女与我同车同行者，貌如舜华舜英，我将之以翱翔，佩玉固若美矣，然岂如彼美孟姜?容貌则洵美且都，语言则使人不忘哉。”同车者则所与淫之女，孟姜则戏设之辞也。女则以《山有扶苏》答之。如《传》意。[5]

此说认为《有女同车》和《山有扶苏》两首诗中的男女主人公是同一对，所以两首诗之间是相谑相答的关系，此说亦通，而且较为贴合《诗集传》的解说，所以许谦录之以为补充。

如《郑风·东门之墠》两章，朱熹《诗集传》解曰:“(一章)门之旁有墠，墠之外有阪，阪之上有草，识其所与淫者之居也。室迩人远者，思之而未得见

[1] [宋]朱熹撰．赵长征点校．诗集传[M].北京:中华书局，2011:67.

[2] [元]许谦，刘玉汝．诗集传名物钞·卷三·诗缵绪[M].北京:北京师范大学出版社，2012:98.

[3] [宋]朱熹撰．赵长征点校．诗集传[M].北京:中华书局，2011:64.

[4] [元]许谦，刘玉汝．诗集传名物钞·卷三·诗缵绪[M].北京:北京师范大学出版社，2012:98.

[5] [元]许谦，刘玉汝．诗集传名物钞·卷三·诗缵绪[M].北京:北京师范大学出版社，2012:98.

之词也。（二章）门之旁有栗，栗之下有成行列之家室，亦识其处也。”[1] 许谦解曰：

此男女相倡和之辞。其事则始相为乱，久而复会，共道前日之邪思也。一章男道女所居之地，曰："东门有墠，墠之外阪上有茹藘之草，其地则女之居也。于此而望之室则迩矣，不得见其人而甚远也。"二章则女自道所居之地，曰："东门有栗之所，行列之家室即我居也。我岂不尔思乎？但子不就我而不得见尔。"[2]

朱熹认为此诗两章皆一人之言，许谦认为此诗两章乃男女相唱和，一章为男子所言，一章为女子所言，两人互道思念之情，较朱熹笼统的表述更为生动，适可为其补充。对于这类男女之诗，许谦尤爱辨其男女口吻，如《月出》《泽陂》，朱熹《诗集传》笼统解为“男女相悦而相念之辞”[3]，许谦则辨之曰：“《月出》，男子思妇人也；《泽陂》，妇人思男子也。”[4] 如《静女》，《诗集传》曰：“此淫奔期会之诗也。”[5] 许谦直接概括为“淫奔之男”，强调此诗以男子的视角而作。可见许谦解诗能站在作诗人的角度，以辞气探究，言之颇有理。

又《郑风·狡童》篇，《诗集传》解曰：“此亦淫女见绝，而戏其人之词。言悦己者众，子虽见绝，未至于使我不能餐也。”[6] 许氏曰：“恐此为淫女见绝于人，而思其人之词，言：‘既于我绝，为思子之故，使我不能餐、息。’正言而怨之也。”[7] 朱熹认为“使我不能餐兮”是反语，意为“未至于使我不能餐也”。朱熹对“淫女”之言的解读更倾向于戏谑，如《山有扶苏》《狡童》《褰裳》等，皆认为是戏谑之语，而许谦认为女子之语是“正言”，故而属于怨词，可见许谦更倾向于从文字的正面意思去解读诗义。

对朱熹没有确言为“淫诗”的，如《卫风·木瓜》，朱熹《诗集传》曰：“疑亦

[1] [宋]朱熹撰．赵长征点校．诗集传[M]. 北京：中华书局，2011：69.
[2] [元]许谦，刘玉汝．诗集传名物钞·卷三·诗缵绪[M]. 北京：北京师范大学出版社，2012：100.
[3] [宋]朱熹撰．赵长征点校．诗集传[M]. 北京：中华书局，2011：108.
[4] [元]许谦，刘玉汝．诗集传名物钞·卷四·诗缵绪[M]. 北京：北京师范大学出版社，2012：136.
[5] [宋]朱熹撰．赵长征点校．诗集传[M]. 北京：中华书局，2011：34.
[6] [宋]朱熹撰．赵长征点校．诗集传[M]. 北京：中华书局，2011：68.
[7] [元]许谦，刘玉汝．诗集传名物钞·卷三·诗缵绪[M]. 北京：北京师范大学出版社，2012：99.

男女相赠答之词。”[1] 虽疑之为男女相赠答之诗，但不敢确言，更未指为“淫诗”。而许谦解曰：“此虽淫邪相赠答之辞，然推而充之，亦足以为法。”[2] 不仅认定此诗为男女之诗，且直接将之判为“淫邪相赠答之辞”，将男女赠答的行为视为淫邪之举。可见许谦对“淫诗”的判定标准比朱熹更为严苛，解诗更具有道学气息。

这一倾向还在他对非“淫诗”的释义中显现出来，如《王风·君子阳阳》一诗，朱熹认为乃是妇人叹美其丈夫不以行役为劳，安贫乐道，以乐舞自娱，且妻子能识其意并叹美之，夫妻二人皆可谓贤；而许谦则不认同朱熹的解读，他认为：“然则以大夫招其妻入于舞位，亦或有微碍否？”[3] 认为大夫招妻子入舞位一起跳舞，不太合于礼法，故而对于主人公的解读选择郑笺的说法：“窃意此诚贤者仕于伶官，如《简兮》。比郑笺，或得其说也。但‘招我’之招不必作相招禄仕尔。”[4] 以为诗中所赞美的主人公应是一位仕于伶官的贤者，赞美他的人与他并非夫妻关系。可以看到许谦的解诗较朱熹的确更保守，更注重礼教的约束。以后世礼教的标准来评判诗中的古人，显示出其解《诗》阐发理学思想的倾向。

总的来说，许谦对《诗》义的解释基本遵从《诗集传》，间或参考吕祖谦、严粲、金履祥等前人之说，且并不一味反《序》，而是择善而从，断以己意。许谦解诗之时更加细致，常站在作诗人的角度来解读诗歌的脉络意旨，且有明显的以义理解诗的倾向。对大部分“淫诗”的判定一如朱熹之旧，兼用王柏、金履祥之说，较之朱熹对“淫诗”持更加严厉的批判态度，但却并没有像王柏一样极端地提出删诗之说，显示出其对师门之说在继承与接受的基础上又有独立谨慎的思考与判断。

2. 对“赋比兴”的补正

除诗义之外，许谦对诗歌体例、用韵、艺术手法（赋、比、兴）也很关注，经常在“经”部分的串讲中予以讲解分析，如《小雅·四牡》，其曰：

---

[1] [宋]朱熹撰.赵长征点校.诗集传[M].北京：中华书局，2011：53.

[2] [元]许谦，刘玉汝.诗集传名物钞·卷二·诗缵绪[M].北京：北京师范大学出版社，2012：84.

[3] [元]许谦，刘玉汝.诗集传名物钞·卷三·诗缵绪[M].北京：北京师范大学出版社，2012：90.

[4] [元]许谦，刘玉汝.诗集传名物钞·卷三·诗缵绪[M].北京：北京师范大学出版社，2012：90.

章各五句。一章、二章、五章，赋也，自为一体。上二句为一节，下三句为一节，第二句、第五句用韵，其命词、用意皆同。三章、四章，兴也，亦自为一体。上三句为一节，下二句为一节，第二句、第三句、第五句用韵，名词、用意亦同。一篇之中，赋、兴既异体，其文又各自为一体也。❶

在这段说解之中，许谦以各章所用句式体例、赋比兴艺术手法的不同将其分为两类，并总结了其用韵、用词的规律。

对于《诗集传》所标之“赋比兴”，许谦尤其着意分析，常为之说解阐释。如《大雅·旱麓》一诗，共六章，除第四章标“赋”外，朱熹皆标“兴”，许谦为之辨析曰：“此诗五章有‘岂弟君子’一语者皆兴，其一章无此语者为赋，其意则在各章末句，相次为义。”❷总结了标“兴”章节的共同点与其中的规律。又如《小雅·菁菁者莪》：“一章曰‘兴也’，而又著‘或曰比，下章仿此。’于下三章则皆曰比，盖互见也。意四章皆可作兴，亦皆可作比也。”❸解释了朱熹同时用“兴”“比”两种标识的解读方法。再如《小雅·白华》：“全篇比体，而四、六、八章正比，余皆反比。”❹将“比”分为正比、反比两种。可以发现，许谦对朱熹所标的“赋比兴”进行了更加深入细致的分类。

“赋比兴”中，最复杂的是“兴”义。关于“兴”，朱熹于《诗集传》释曰：“兴者，先言他物以引起所咏之辞也。”❺朱熹认为“兴”又分为两种，有“无义之兴”，有“有义之兴”。于《楚辞集注》中曰：“兴者，托物兴辞，初不取义。”❻又于《语录》中曰：“兴有二义’，有一样全无义理。”❼这说的都是无义之兴。又曰：“兴，起也，引物以起吾意。如雎鸠是挚而有别之物，荇菜是洁净和柔之物，引此起兴，犹不甚远。其他亦有全不相类，只借他物而起吾意者，虽皆是兴，与《关雎》又略不同也。”❽这说的是有义之兴。朱熹认为，《周南·关雎》诗中“雎

❶ [元]许谦，刘玉汝.诗集传名物钞·卷五·诗缵绪[M].北京：北京师范大学出版社，2012：162.
❷ [元]许谦，刘玉汝.诗集传名物钞·卷七·诗缵绪[M].北京：北京师范大学出版社，2012：236.
❸ [元]许谦，刘玉汝.诗集传名物钞·卷五·诗缵绪[M].北京：北京师范大学出版社，2012：177.
❹ [元]许谦，刘玉汝.诗集传名物钞·卷六·诗缵绪[M].北京：北京师范大学出版社，2012：226.
❺ [宋]朱熹撰.赵长征点校.诗集传[M].北京：中华书局，2011：2.
❻ [宋]朱熹.楚辞集注[M].上海：上海古籍出版社，1979：2.
❼ [宋]黎靖德.王星贤点校.朱子语类[M].北京：中华书局，1986：2124.
❽ [宋]黎靖德.王星贤点校.朱子语类[M].北京：中华书局，1986：2069.

鸠”“荇菜”之物类的性质与君子淑女之德行品性有相类处，似这般以起兴之物与所兴之事有相类之处，存在某种意义上的近似与关联的，即为有义之兴；起兴之物与所兴之事全不相类，意义上没有相似之处与关联的，即为无义之兴。在《诗集传》中，朱熹明言为无义之兴的有《召南·小星》“盖众妾进御于君，不敢当夕，见星而往，见星而还，故因所见以起兴。其于义无所取，特取‘在东’‘在公’两字之相应也”[1]，《王风·扬之水》“兴取‘之’‘不’二字，如《小星》之例”[2]。从解释中可以看出，朱熹认为无义之兴只是取语言上的对应与和谐，两者意义上没有关联；明言有义之兴的如《小雅·南有嘉鱼》第三章，朱熹曰：“此兴之取义者，似比而实兴也。”[3]显然认为有义之兴似比，两者有意义上的相似与联系。

受朱熹《诗集传》的影响，对朱熹标“兴”的诗，许谦时常为之分辨“有义”“无义”。

判为无义之兴者，如《小雅·湛露》一诗，每章《诗集传》皆标兴，对此许谦认为：“此诗皆无义兴。一章以‘匪’‘不’二字兴下‘不’‘无’二字。二章两‘在’字相应，三章则承上‘在彼’二字。卒章则如欧阳公谓‘诗人比事多于卒章别引他物’是也。下两句皆以‘莫不’承之，其末章之兴尤为无义者也。”[4]认为每章前两句所言之物与后两句所兴之事毫无关联，只是句式相似、形成前后照应罢了。前三章皆以“湛露”起兴，最后一章改用“桐”“椅”起兴，许谦认为正合欧阳修“诗人比事多于卒章别引他物”的说法。又如《小雅·四月》一诗，“上章（四章）以山不变反兴人之变，此章（五章）以水之变反兴祸之不变。……卒章以山阴兴君子作歌，以四物兴告哀，此兴之无义者也。”[5]提出四、五两章的兴乃是反兴，同时认为此诗末章是无义之兴。此外还有《园有桃》，许谦也判作无义之兴。

---

[1] [宋]朱熹撰．赵长征点校．诗集传[M].北京：中华书局，2011：15.

[2] [宋]朱熹撰．赵长征点校．诗集传[M].北京：中华书局，2011：57.

[3] [宋]朱熹撰．赵长征点校．诗集传[M].北京：中华书局，2011：144.

[4] [元]许谦，刘玉汝．诗集传名物钞·卷五·诗缵绪[M].北京：北京师范大学出版社，2012：174.

[5] [元]许谦，刘玉汝．诗集传名物钞·卷六·诗缵绪[M].北京：北京师范大学出版社，2012：207.

判为有义之兴者，如《大雅·棫朴》末章，《诗集传》仅标兴，许谦进一步分析曰："窃谓卒章为有义之兴，言文王之德之纯也。文之见乎外者，固若金玉之追琢；质之存乎中，则实金玉也。表里如一，岂致饰于外而已？故勉勉其德之我王，能纲纪乎四方也。"❶认为金玉之质表里如一，与文王之德之纯相类，故为有义之兴。

除了分辨有义、无义之兴与正兴、反兴之外，许谦还提出了反比的概念，见《小雅·白华》："全篇比体，而四、六、八章正比，余皆反比。"❷所谓反比，即所比之物与被比之物呈现相反的状态。

对《诗集传》所标之"赋比兴"，许谦不仅满足于分析说解，亦常常根据自己的意见或参考他人之说进行改定。

有改兴为赋者，如《齐风·东方之日》，《诗集传》标兴，许谦云："此诗盖赋体。女子有早奔从男子而莫归者，故其人直述其事如此。"❸又如《周南·兔罝》一诗，《诗集传》标兴，曰："化行俗美，贤才众多。虽罝兔之野人，而其才之可用犹如此，故诗人因其所事以起兴而美之。而文王德化之盛，因可见矣。"❹许谦引金履祥语曰："《墨子》书文王举闳夭、泰颠于罝罔之中，授之政，西土服。此事于《兔罝》之诗辞意最为吻合，计此诗必为此事而作也。"❺从金履祥之说，将此诗改为赋体。又如《魏风·汾沮洳》一诗，朱熹认为是兴体，金履祥认为此诗乃无义之兴，许谦却认为此诗是赋体："公路、公行、公族，大夫也；采莫、采桑、采藚，细民之事也。大夫而为细民之事，是急于利而用心褊也。彼其之子虽美，奈夺民之利何？此其所异兴刺也，此则赋也。"❻否定了朱熹与金履祥之说，分析文本提出了自己的思考。

有改兴为比者，如《郑风·萚兮》，朱熹认为是兴体，而许谦引金履祥说："萚，木叶之将落者，风吹则落矣。以见人生之易老，故欲且与之相乐也。"并于按语曰：

❶ [元]许谦，刘玉汝.诗集传名物钞·卷七·诗缵绪[M].北京：北京师范大学出版社，2012：235.

❷ [元]许谦，刘玉汝.诗集传名物钞·卷六·诗缵绪[M].北京：北京师范大学出版社，2012：226.

❸ [元]许谦，刘玉汝.诗集传名物钞·卷三·诗缵绪[M].北京：北京师范大学出版社，2012：106.

❹ [宋]朱熹撰.赵长征点校.诗集传[M].北京：中华书局，2011：7.

❺ [元]许谦，刘玉汝.诗集传名物钞·卷一·诗缵绪[M].北京：北京师范大学出版社，2012：35.

❻ [元]许谦，刘玉汝.诗集传名物钞·卷三·诗缵绪[M].北京：北京师范大学出版社，2012：111.

"此说则当为比体。"❶所引用的金履祥之说，以木叶易落见人生易老，对诗义的解读更加细腻，注意到了前后两句的相似性，认为此诗当为比体，发朱熹所未发。

有改比为兴者，如《秦风·黄鸟》，朱熹认为是比体，而许谦从严粲之说：

《诗缉》："兴也。民适异国，不得其所，无可告语者。唯黄鸟可爱，平时飞鸣往来于此。故于其将去，呼黄鸟而告之，曰：'尔无集于我之穀，无啄我之粟矣。盖此邦之人不肯以善道待我，我亦不久于此，将旋归，复反我邦之宗族矣。'与黄鸟告别之辞也。黄鸟本好鸟，非可恶者。以比不善之俗，或不甚切。恐《诗缉》说为兴者是。"❷

如果以此诗为比体，那么就是以黄鸟比此邦之人，诗中言此邦之人不以善道与我相处，则亦以黄鸟为不善。许谦从严粲之说，认为黄鸟是好鸟，比不善之俗并不贴切，所以认为此诗为兴体，以黄鸟兴起告别之辞。

又如《小雅·绵蛮》，朱熹认为此诗是比体，"为鸟言以自比"❸，而许谦认为"此诗恐是兴体"❹。

有认为赋有兴义者，如《王风·君子于役》两章，《诗集传》标赋，许谦曰："赋而兴也。上三句谓君子之役，无期可归；次三句则以家中目前之所睹者以起兴。鸡则必栖于埘与桀，尤人必当止于家，今乃不得止息；日夕则牛羊必来，尤人出有期则必当归，今乃无期可归；则思君子之心容可已乎？"❺认为作诗者以鸡与牛羊栖居有定兴，君子兴义于外归来无期，在意义上有相似相应之处，有兴义，当为赋而兴。

又如《小雅·正月》一章，《诗集传》标赋，许谦曰："一章总言其大略，盖赋而兴也。正月而霜，固天示灾异。然正阳之时而有穷阴之应，此天气变乱无常，因以兴起下讹言变乱是非之意。终篇未尝言灾变，惟首句言之，故知因以起兴也。"❻因为十二章中只有第一章提到了"正月而霜"的天气灾变，后面的章节都

---

❶［元］许谦，刘玉汝．诗集传名物钞·卷三·诗缵绪［M］．北京：北京师范大学出版社，2012：99.

❷［元］许谦，刘玉汝．诗集传名物钞·卷五·诗缵绪［M］．北京：北京师范大学出版社，2012：186.

❸［宋］朱熹撰．赵长征点校．诗集传［M］．北京：中华书局，2011：229.

❹［元］许谦，刘玉汝．诗集传名物钞·卷六·诗缵绪［M］．北京：北京师范大学出版社，2012：227.

❺［元］许谦，刘玉汝．诗集传名物钞·卷三·诗缵绪［M］．北京：北京师范大学出版社，2012：89.

❻［元］许谦，刘玉汝．诗集传名物钞·卷五·诗缵绪［M］．北京：北京师范大学出版社，2012：192.

在说我因讹言而忧心忡忡，许氏认为有以天气变乱而兴讹言变乱是非之意，故曰赋而兴。

有认为赋有比义者，如《小雅·雨无正》，朱熹全诗标赋，许谦曰："一章言昊天降灾，虽曰赋而实如比，盖全章皆言王之无德也。"❶以昊天"不骏其德"降灾于世间，比附王之无德暴虐致使政事昏乱天下危殆。又如《陈风·衡门》，朱熹全诗标赋，许谦曰："前一章有自足之意，后两章无外慕之心。此虽赋体，而实似比也。"❷认为后两章所言"食鱼"与"取妻"两事相似，皆无外慕之心，有比义在其中。再如《大雅·荡》，朱熹全诗标赋，许谦曰："此诗赋体，而未尝一及当时之事，皆以殷纣言之，虽谓之比可也。"❸《魏风·伐檀》，朱熹全诗标赋，许谦曰："盖首三句，比也，言伐檀木将以为辐轮，而车所以行陆者也，今乃置之河滨，河水之清，将何所用车乎？以比己之勤劳于事，乃摒弃不用也。"❹认为每章的前三句为比，将做车轮之木放置在河边不用，以比己之有才而不见用。

有改赋为比者，如《召南·行露》一章，《诗集传》标赋，许谦则认为是比："一章比，谓行道之露厌浥，出行者岂不欲夙夜而行？然畏露之沾濡，终不敢早出。以比强暴之人，罪必累其妻孥，而其恶亦足以移人之善性。夫男女者，人之大伦。岂不愿早成室家？然畏此，虽有求而终不许。"❺朱熹以诗中女子不敢早夜独行之事为实，"畏露之沾濡"乃畏强暴之人的托词，所以标赋；许谦认为此事不必为实，"畏露之沾濡"乃比喻强暴之人罪必殃及家人，且移人善性，故而此章为比。

又如《郑风·风雨》一诗，朱熹标为赋体，解为风雨之时淫奔女见所期之人而悦之，《毛传》标兴，郑笺云："兴者，喻君子虽居乱世，不改变其节度。"❻许谦认为此诗是比体，其曰："《小序》以为乱世思君子，亦通，但不必以鸡鸣喻君子之不变。……'风雨如晦'正不足以取喻，盖此诗非兴体，乃比体也。'喈喈'

❶ [元] 许谦，刘玉汝．诗集传名物钞·卷五·诗缵绪 [M]. 北京：北京师范大学出版社，2012：195.
❷ [元] 许谦，刘玉汝．诗集传名物钞·卷四·诗缵绪 [M]. 北京：北京师范大学出版社，2012：133.
❸ [元] 许谦，刘玉汝．诗集传名物钞·卷七·诗缵绪 [M]. 北京：北京师范大学出版社，2012：256.
❹ [元] 许谦，刘玉汝．诗集传名物钞·卷三·诗缵绪 [M]. 北京：北京师范大学出版社，2012：113.
❺ [元] 许谦，刘玉汝．诗集传名物钞·卷一·诗缵绪 [M]. 北京：北京师范大学出版社，2012：44.
❻ [汉] 毛亨撰，郑玄笺．[唐] 孔颖达疏．李学勤主编．毛诗正义 [M]. 北京：北京大学出版社，1999：313.

‘胶胶’‘不已’皆鸡声纷杂之意，风雨比时之昏，鸡鸣比政之乱。”❶此诗朱熹认为是赋体，是以“风雨”“鸡鸣”为淫奔之时的实景，《毛传》标兴体，但后跟一“喻”字，实有比义，以风雨中鸡守时而鸣比喻君子不改其节度。许氏将此诗标为兴体，显然在诗义上认同《毛传》“思君子”之说，但不认同以风雨之日鸡鸣有时喻君子不变，而是以风雨比时世昏暗，鸡鸣比政事纷乱，故人心思有君子为政。

以上例证可见许谦特别注重对“赋比兴”的辨析，他对“赋比兴”的判断是和诗歌上下文意的解读紧密联系在一起的，其中体现着他对诗旨的理解。《诗集传名物钞》也是第一部对“赋比兴”之义比较关注的宗朱《诗经》学著作。

关于许谦《诗集传名物钞》，吴师道称赞曰：“正音释，考名物度数，粲然毕具。其有功前传，嘉惠后学，羽翼朱《传》于无穷，岂小补而已哉？”❷的确，名物考证、音韵训诂，是此书用力最勤、成就最大的部分。虽然宗朱《诗经》学著作多少都会对《诗集传》作名物训诂上的辨正与补充，但《诗集传名物钞》是元代第一部以名物为主题的宗朱《诗经》学著作，虽不是纯粹的名物学著作，但在《诗经》名物学史上也是有一席之地的，清人《诗经》名物类著作对其多有采纳。同时此书也是最早对《诗集传》音释进行关注的《诗经》学著作，不仅考订补正《诗集传》的音释，对叶音说提出怀疑，还对《诗集传》的传文本身进行注音，影响了之后一批《诗集传》音释著作。但此书对《诗集传》的补益绝不仅限于名物与音释两方面，此书于诗旨解说、比兴用韵方面亦时有创见，对朱熹《诗集传》有所补益，“有功前传，嘉惠后学”非是虚言。

第三节　朱子《诗经》学在元中后期的壮大

元代中期，朱子之学已从民间之学成为官方主流学术，不止在学派内部与各级书院之中传承。自元延祐元年（1314）重开科举，朱子注疏列为考试标准，天下士人学子皆习朱学，《诗经》亦以朱熹《诗集传》之义为主，兼存古注疏。于

❶ [元]许谦，刘玉汝．诗集传名物钞·卷三·诗缵绪[M].北京：北京师范大学出版社，2012：101.

❷ [元]吴师道．邱居里，刑新欣点校．吴师道集[M].杭州：浙江古籍出版社，2012：526-527.

是朱子《诗经》学得以更广泛的传播，各类宗朱《诗经》学著作亦不断涌现，考释类如梁益的《诗传旁通》,通释类如刘瑾的《诗传通释》、朱公迁的《诗传疏义》;论说类如朱倬的《诗经疑问》、刘玉汝的《诗缵绪》；音释类如罗复的《诗集传名物钞音释纂辑》、余谦《诗集传音考》；科举类如刘贞的《新刊类编历举三场文选诗义》、林泉生的《明经题断诗义矜试》等。这些《诗经》学著作从名物、训诂、音释、义理、艺术手法等各个方面对朱子《诗集传》进行补充、订正与阐发，反映了元人对《诗集传》的深入理解，对朱子《诗经》学的进一步发展产生了一定的作用。本节主要选取其中在内容与体例上较有学术价值与代表性的《诗传旁通》《诗传通释》两部《诗经》学作品做个案分析，其他著作则简论之。

一、考证注补，发挥旁通：梁益《诗传旁通》

梁益（生卒年不详），字友直，号庸斋，江苏江阴人，祖籍福建三山。他虽生卒年不详，但曾于元至正元年（1341）中江浙乡试，卒年五十六岁，故当属元代后期人。梁益一生未曾宦仕，教授乡里，颇有名望，事迹附载《元史·儒学传·陆文圭传》内，传文称他“博洽经史，而工于文辞。其教人，以变化气质为先务，学徒不远千里从之。自文圭既卒，浙以西称学术纯正，为人师表者，惟益而已。”❶其著作有《三山稿》《诗绪余》《诗传旁通》《史传姓氏纂》《尚书补遗》《七政疑解》，仅《诗传旁通》一书仍存于世，其余皆亡佚。

《诗传旁通》一书，据翟思忠《诗传旁通·序》及梁益自叙所言，该书成书于元至正四年（1344），乃在其中乡试之后；又据王逢《挽梁先生》一文可知，此书刊行流传于梁益生前。《诗传旁通》中的“诗传”即《诗集传》，此书显然是为了补益《诗集传》所作;“旁通”乃书之体例。“旁通”之说最早出于《周易·乾卦·文言》:“大哉乾乎！刚健中正，纯粹精也；六爻发挥，旁通情也。”❷而最早以“旁通”命名的著作为金末元初学者杜瑛的《语孟旁通》,梁氏自叙曰：“末学梁益，伏读朱《传》，昧焉多所未解，如‘见尧于羹’‘见尧于墙’‘犹曰

❶ ［明］宋濂，等．元史 [M]. 北京：中华书局，1976：4345.

❷ ［宋］朱熹撰．廖名春点校．周易本义 [M]. 北京：中华书局，2009：40.

圣人之耦'之类，罔知攸出，问之老师宿儒，间有补助，得之耳闻目见，辄自笔录，久之浸繁，用纂成帙，仿缑山杜文玉瑛《语孟旁通》之例，目之曰《诗传旁通》。"❶从他的自序看，此书是以他在学习《诗经》过程中所积累下来的学术笔记为底稿，仿照杜瑛《语孟旁通》的体例编纂而成的。《语孟旁通》一书今已亡佚不可见，但从现存的另一部"旁通体"著作陈师凯《书蔡传旁通》可以见旁通体之大概，陈师凯于自序中言："《传》文之中，片言之啧，只字之隐，呻其占毕之际，嗫嚅而龃龉者，不为无矣。况有所谓天文地理、律历礼乐、兵刑龟策、河图洛书、道德性命、官职封建之属，未可以一言尽也。是以旁通之笔，不厌琐碎，专务释《传》，固不能效正义之具举，但值片言只字之所当寻绎，所当考训者，必旁搜而备录之，期至于通而后止。俾初学之士对本传于前，置旁通传侧，或有所未了者，即转瞩而取之左右，庶几微疑易释，大义易畅，乘迎刃之势，求指掌之归，吾见其有融会贯通之期，无嗫嚅龃龉之患矣。"❷关于《语孟旁通》的体例，《四库全书总目提要》评曰："朱子《诗传》，详于作诗之意，而名物训诂仅举大凡。益是书仿孔、贾诸疏证明注文之例，凡《集传》所引故实，一一引据出处，辨析源委，犹陈师凯《书集传旁通》意也。"❸由此可见，"旁通体"著作是一种专门对《传》文中名物、字词等内容作详细注释训诂的有利于初学的参考书。这种体例自元代开始兴起，有杜瑛的《语孟旁通》、陈师凯的《书蔡传旁通》、程直方的《春秋旁通》、梁益的《诗传旁通》等。

《诗传旁通》共十五卷，卷首有翟思忠序，序后有类目，第一卷至第十四卷为对《诗集传》传文的训释，只录篇题，不录《诗经》与《诗集传》原文，篇题之下为自《诗集传》传文中择取的条目，条目下为梁益所作疏释，或考证名物，或指明出典，或进行增释，或纠正谬误，释文之中需再释者则作双行夹注；第十五卷为《叙说》，是对朱熹《诗序辨说》的疏释，较为粗疏，不主于辨说《序》义《诗》旨，主要解说各《风》之历史背景、主要人物及《诗序辨说》之内容，并寻绎揭示朱熹《诗序辨说》说《诗》之内在理路。

---

❶ [元]梁益撰 . 李辉，郭鹏点校 . 诗传旁通・卷十五 [M]. 北京：北京师范大学出版社，2012：283.

❷ [元]陈师凯 . 书蔡传旁通 [M]// 影印文渊阁四库全书（第 62 册）. 台北：台湾商务印书馆，1986：211.

❸ [清]永瑢，等 . 四库全书总目 [M]. 北京：中华书局，1965：127.

此书现有三个版本，一为文渊阁本，一为文津阁本，一为《常州先哲遗书本》。其中“常州本”系据文渊阁抄本刊印，但较文渊阁本多收录了一篇梁益所做的《诗传旁通类目》。

（一）全面细致补正《诗集传》之名物训诂

《诗传旁通》作为一部辅翼《诗集传》的旁通体《诗经》学著作，不主于对《诗经》经文本身的义理阐发，其创作目的在于对《诗集传》传文进行注释补正，所谓：“博稽训诂，以启其塞；根之义理，以达其意。于其隐也，阐而使之显；于其略也，推而使之详。其间与《传》抵牾，盖或时有焉，而以求其是也。”❶梁益广引众家之说为《诗集传》进行发明补充，是抱着求是的态度的，并非一意阿附。友人俞远在《梁益墓志》中称赞其“明毛、郑《诗》，通《春秋》、百氏之书，纵学无不观。”❷可见其学识之渊博、涉猎之广泛。梁益将名物考证与字词训诂作为此书的重点，书中关于《诗经》与《诗集传》中的草木虫鱼、天文地理、典章制度、历史典故等的考证注释尤为细致，有些地方甚至颇为烦琐，对《诗集传》传文中出现的一些人名、诗歌、典故用语，不论深浅难易，一一考其出典。

1. 对《诗集传》名物的补正

关于草木虫鱼的考证，是所有名物类《诗经》学著作的重点。梁益《诗传旁通》对《诗集传》中草木考证的特点是分类归纳，如《邶风·谷风》篇“荼”条，下附“苦菜”“委叶”“英荼”“萑苕”四个小条目，梁氏释“荼”曰：

> 荼，一曰苦菜，一曰委叶，一曰英荼，一曰之萑苕，四名而为三物。萑，胡官切，音丸。“谁谓荼苦”，《传》曰：“荼，苦菜也。”《大雅·绵》之“堇荼如饴”，《唐·采苓》之“采苦采苦”，皆苦菜也。《郑》“出其东门，有女如荼”，《传》曰：“荼，英荼也。”《豳·鸱鸮》“予所捋荼”，《传》曰：“荼，萑苕也。”《周颂·良耜》：“以薅荼蓼”，孔氏疏曰：“委叶也。”❸

❶ [元]梁寅．诗演义[M]// 影印文渊阁四库全书（第78册）．台北：台湾商务印书馆，1986：3.

❷ 李修生．全元文（第51册）[M]．南京凤凰出版社，2004：354.

❸ [元]梁益撰．李辉，郭鹏点校．诗传旁通·卷二[M]．北京：北京师范大学出版社，2012：51-52.

列举了《诗经》中出现的含有“荼”字的篇目及各种传疏的解释，指出荼有四种名称，而实际上是三种事物。其后引《尔雅》、孔《疏》、韦昭、王肃等各家之说对每一个具体的小条目进行释义，指出“苦菜”为可食之野菜，“委叶”为陆地芜秽之草，“英荼”“萑苕”实为一物，即“茅草秀出之穗”。

相似的例子还有《小雅·蓼莪》篇，梁益于“蒿”条下附“菣”“莪”“蔚”“蘩”“萧”“苹”“萎”七个小条目，释曰：“蒿者，众蒿之总名。蒿之言高也。《尔雅》：‘蘩之丑，秋为蒿。’郭景纯曰：‘丑，类也。春时各有种名，至秋老成，皆通呼为蒿也。’”[1]其后梁氏引用《尔雅》与诸家之说对七个类目一一考释，指出以下七者皆是蒿的不同小类或别名。

又如《小雅·四牡》篇辨“杞”有两义，一为“柳杞”，一为“枸檵”。“按朱子《集传》，《将仲子》‘树杞’、《湛露》‘杞棘’，皆杞柳也；此篇‘苞杞’、《杕杜》‘采杞’、《四月》‘杞桋’、《南山有台》之‘有杞’，皆枸檵也。”[2]对《诗集传》中含有“杞”的篇目进行了分类。《采芑》篇辨“芑”有二义，一为菜，一为草。《常棣》辨“常棣”与“唐棣”之不同。

以上这些例子说明梁益是有意识地将《诗集传》中出现的草木名物归纳分类进行解释，颇有触类旁通之意。可见“旁通”不仅就体例形式而言，也就注释方法、特色而言。

《诗传旁通》对于地理方面的考证尤为详细，凡《诗集传》中出现的山水、地名，梁氏必一一考证，对山水走向，地名沿革等，皆不吝篇幅，广采典籍，详为考证。

关于山水走向的考证，如《邶风·谷风》“泾”“渭”两条：

> “泾”：泾水出安定泾阳县西开头山，宋为镇戎军，古之安定朝那县也。开，苦见切，又音牵。一名笄头山，一名都卢山，一名崆峒山。笄音鸡。
>
> “渭”：渭水出陇西郡首阳县渭首亭南鸟鼠山。首阳，唐省入渭源，隶渭州。宋隶熙州，在州之东。其水东过陇州汧源县，汧水从西北来入焉；又东过凤翔府郿县，斜水从南来入焉；汧音牵，斜音耶。又东过槐里县南，涝水

---

[1] [元]梁益撰．李辉，郭鹏点校．诗传旁通·卷八[M]．北京：北京师范大学出版社，2012：172.

[2] [元]梁益撰．李辉，郭鹏点校．诗传旁通·卷六[M]．北京：北京师范大学出版社，2012：123.

入焉。槐里，今永兴军兴平县。涝音劳。又东北过咸阳县，澧水入焉；又东北过高陵，泾水入焉；又东北过富平县，漆水入焉；又东则同州之洛水入焉；又东过临潼县，灞水入焉；又东至京兆船司空县，入河。船司空县，后省入华州之华阴。❶

将泾水与渭水两条河的起始地、支流、流向、途经地一一阐明，甚是清晰。又如《邶风·泉水》“淇干、言、须”条：

淇水，一名郑水。郑玄云：“即降水，出卫州共城县北山。”或云：出林虑，东至汤阴，又东至黎阳入河。林虑即汉河内隆虑县改，今隶相州。共音恭，虑音闾。

干、言，厚斋《纪闻》曰：“《隋书·志》邢州内丘县有干、言山。”李公绪纪云：“柏人县有干山、言山。”柏人县，邢州尧山县也。邢州，今顺德路。

须，《汉·地理志》东郡有须昌县，故须句劭国，今东平之须城县。❷

一个大条目下附带两个小条目，引郑玄之说、王应麟《困学纪闻》之说、李公绪之说与《汉·地理志》对朱熹解《泉水》时未曾细解的一水、两山、一地进行了解释。

书中诸如此类对山川河流之考释甚多，如《汉广》之“汉”“江”，《载驱》之“济”“清河”，《周颂》之“河”“海”等条目解释尤详，动辄数百上千言，此不赘述。

关于地理沿革的考证，最典型而全面的一处在《叙说》部分，梁益于《风》诗之后不惜篇幅，用四百多字对《诗经》中出现的十五国之地与十五国外之地的大概位置与归属都做了详细的介绍，甚至还介绍了“星土”之说。古时以为山川之精，上应星辰，故以星宿分主九州岛地域或诸侯封域。这些地域或封域即称星土，其曰：

以星土言之，大梁之次州曰冀，寿星之次州曰兖，玄枵之次州曰青，降娄之次州曰徐，星纪之次州曰扬，鹑尾之次州曰荆，大火之次州曰豫，实沈

❶ [元]梁益撰．李辉，郭鹏点校．诗传旁通·卷二[M].北京：北京师范大学出版社，2012：53.

❷ [元]梁益撰．李辉，郭鹏点校．诗传旁通·卷二[M].北京：北京师范大学出版社，2012：55.

之次州曰益，益州与梁州同分野。沈音审，或云与沉同。鹑首之次州曰雍，析木之次州曰幽，娵訾之次州曰并，以分野之星言九州岛者如此。

并总结道：

《诗》之十五国风之地，古九州岛内之地也，而其地形皆狭隘。今自都省、行省所辖各道、各路、郡县处所有，古所未有之幅员，不可与十五国同论。然以舆地形势观之，今天下即古天下，今山川即古山川，但有通未通、辟未辟之分，初无古今之异，愚因以赘兹说。❶

对比了《诗经》中古九州岛十五国风之地的狭隘与元代疆土幅员之辽阔，又提出“今天下即古天下，今山川即古山川”的看法，山水与天下古今皆无异，相较元初学者更明显地体现了对元朝的认同，似乎还暗含着对中原主体文明始终接续不断的体认与信念。

梁益还纠正了朱子《诗集传》中一些地理考证上的错误，如《殷武》“鬼方”条：

《集传》云：“盘庚没，而殷道衰，楚人叛之，高宗伐其国，平其地。《易》曰：‘高宗伐鬼方，三年克之。’盖谓此欤？”愚益按：朱子此《传》以鬼方为荆楚，南方之地也。《史记·黄帝纪》：“北逐荤粥。”荤音熏，粥音育。司马贞云：“荤粥，匈奴别名。唐虞已上曰山戎，亦曰熏粥。夏曰淳维，殷曰鬼方，周曰玁狁，汉曰匈奴。”司马贞《史记索隐》此说以鬼方为北方之地也。朱子虽不取《索隐》之言，然鬼方实指北而非南耳。❷

引《史记》与《史记索隐》，指出鬼方为殷商时期北方部落民族的名称，即是匈奴的前身，朱熹以为在南方荆楚之地，实为误判。

关于天文方面的考证补充，如在《小雅·十月之交》“日食”条下❸，梁益就与日食相关的“分至说”“月行速”“玑衡”“星回于天”“天体”“浑天仪”等几项天文学知识引诸多典籍如《左传》《舜典》《易》《汉书》及《晋书》之《天文志》等，并朱熹、孔颖达、陈尚德、欧阳修、蔡邕、马融、沈括等十数家之言反复讲解，洋洋洒洒竟有三千字之多。

❶ [元]梁益撰．李辉，郭鹏点校．诗传旁通·卷十五[M]. 北京：北京师范大学出版社，2012：292.

❷ [元]梁益撰．李辉，郭鹏点校．诗传旁通·卷十四[M]. 北京：北京师范大学出版社，2012：281.

❸ [元]梁益撰．李辉，郭鹏点校．诗传旁通·卷八[M]. 北京：北京师范大学出版社，2012：159.

关于典章制度的考证补充，如《周南·桃夭》篇，《诗集传》引“《周礼》曰：‘仲春令会男女。’”❶甚为粗疏，梁氏作“仲春令”条曰：“《周礼·地官》：‘媒氏掌万民之判，中春之月，令会男女。’郑氏注：‘中春阴阳交，以成婚礼，顺天时也。’”❷指出引文在《周礼》中的具体篇目，并引用《周礼》原文和郑玄的注文为补充。

又如《召南·鹊巢》篇，《诗集传》注曰：“盈，满也，谓众媵侄娣之多。”❸梁氏作“众媵侄娣”条曰：

> 《公羊传》庄公十九年：“公子结媵陈人之妇于鄄。媵，音孕。鄄，音绢。媵者何？诸侯娶一国，则二国往媵之。以侄娣从才用切。侄者何？兄之子也。娣者何？弟也。诸侯一娶九女，诸侯不再娶。”何休注：“诸侯一娶九女，所以广嗣续也。”左氏成公八年《传》：“凡诸侯嫁女，同姓媵之，异姓则否。”媵者，从嫁之称，男为媵臣，女为媵妾。❹

引《公羊传》和《左传》详细地解释了“媵”“侄”“娣”的具体含义与诸侯嫁娶的媵妾制度。

再如《小雅·出车》篇，《诗集传》解“旐”“旟”，曰“龟蛇曰旐”“鸟隼曰旟”；又曰“鸟隼龟蛇，《曲礼》所谓‘前朱雀而后玄武’也”❺。梁氏作“旟旐”条曰：“《春官·司常》：‘掌九旗之物名，各有属，以待国事。日月为常，交龙为旂，通帛为旜；杂白为物，熊虎为旗，鸟隼为旟；龟蛇为旐，全羽为旞遂，析羽为旌。’”❻作“朱雀、玄武”条曰：“《曲礼》曰：‘行，前朱雀而后玄武，左青龙而右白虎，招摇在上，急缮其怒。’注者曰：‘以此四兽为军阵，象天也。急，犹坚也。缮，读曰劲。”❼引《周礼·春官》与《曲礼》解释了《诗集传》释文的出处与各种旗帜的形制名称。《无羊》篇，又作“建旐建旟”条曰：“《春官·司常》：

---

❶ [宋]朱熹撰．赵长征点校．诗集传[M]．北京：中华书局，2011：6.

❷ [元]梁益撰．李辉，郭鹏点校．诗传旁通·卷一[M]．北京：北京师范大学出版社，2012：37.

❸ [宋]朱熹撰．赵长征点校．诗集传[M]．北京：中华书局，2011：10.

❹ [元]梁益撰．李辉，郭鹏点校．诗传旁通·卷一[M]．北京：北京师范大学出版社，2012：41.

❺ [宋]朱熹撰．赵长征点校．诗集传[M]．北京：中华书局，2011：139.

❻ [元]梁益撰．李辉，郭鹏点校．诗传旁通·卷六[M]．北京：北京师范大学出版社，2012：130-131.

❼ [元]梁益撰．李辉，郭鹏点校．诗传旁通·卷六[M]．北京：北京师范大学出版社，2012：131.

‘王建太常，诸侯建旗，孤卿建旜，大夫、士建物。师都建旗，州里建旟，县鄙建旐。道车载旞，斿车载旌。’旜、旃通用。师都，六乡六遂。大夫道车，象路。斿车，木路也。九旗皆画成物之象。”❶引《周礼·春官》说明各种旗帜的使用制度。

《小雅·湛露》篇，《诗集传》曰：“燕礼，宵则两阶及庭、门皆设大烛焉。”❷梁氏作“设烛”条曰：“《仪礼·燕礼》曰：‘宵则庶子执烛于阼阶上，司宫执烛于西阶上，甸人执大烛于庭，阍人为大烛于门外。’”❸补充了出典原文。

梁益考证典章制度，引《周礼》最多，兼及《仪礼》《礼记》等礼书，还参引《公羊传》《左传》等史传。

2. 对《诗集传》传文出典的考证

梁益《诗传旁通》对《诗集传》中所涉及的历史典故、人物、诗歌、短语等皆指明出典，详为解释。

如《桧风·候人》篇，《诗集传》曰：“晋文公入曹，数其不用僖负羁，而乘轩者三百人，岂谓是欤？”❹梁益作“晋文入曹”条曰：

> 《左》僖二十八年二月，晋侯围曹。三月入曹，数之以不用僖负羁而乘轩者三百人也。数，上声。僖二十三年，晋公子重耳及曹。曹共公闻其骈胁，欲观其裸浴，薄而观之。僖负羁之妻曰：“吾观晋公子之从者皆足以相国，若以相夫子，必反其国，反其国必得志于诸侯，得志于诸侯，而诛无礼，曹其首也，子何早自贰焉？”乃馈盘飧，置璧焉。公子受飧反璧。❺

引《左传》补充了晋文公入侵曹国之事的时间与起因，讲明曹共公如何得罪于重耳，僖负羁如何礼待于重耳。

又如《小雅·正月》篇，《诗集传》引：“申包胥曰：‘人众则胜天，天定亦能胜人。’”❻梁益作“申包胥”条：

---

❶ [元]梁益撰．李辉，郭鹏点校．诗传旁通·卷七[M]. 北京：北京师范大学出版社，2012：155-156.

❷ [宋]朱熹撰．赵长征点校．诗集传[M]. 北京：中华书局，2011：146.

❸ [元]梁益撰．李辉，郭鹏点校．诗传旁通·卷六[M]. 北京：北京师范大学出版社，2012：135.

❹ [宋]朱熹撰．赵长征点校．诗集传[M]. 北京：中华书局，2011：113.

❺ [元]梁益撰．李辉，郭鹏点校．诗传旁通·卷四[M]. 北京：北京师范大学出版社，2012：103.

❻ [宋]朱熹撰．赵长征点校．诗集传[M]. 北京：中华书局，2011：171.

《史记·伍子胥传》："吴兵入郢，伍子胥求昭王不得，掘楚平王墓，出其尸鞭之三百。申包胥使人谓子胥曰：'子之报仇，其以甚乎！吾闻之，人众者胜天，天定亦能胜人。'申包胥求救于秦，立于秦庭，昼夜哭，七日七夜不绝声。秦哀公怜之，遣车五百乘救楚，败吴于稷。"❶

明《诗集传》所引申包胥语出处为《史记》，并引《史记》原文补充申包胥出此言之前因后果。

梁益《诗传旁通》中对人名之标注非常详细，从《诗集传》中涉及的历史人物到当代之学者皆有标注，从黄帝、蚩尤到古公、王季、文王，由太史公、郑康成、孔颖达再到王应麟、严粲、胡一桂，有的专为条目，有的随文标注，不可胜数。以下只取梁氏补充解说《诗集传》注文中的两例：

《诗集传》注《魏风·伐檀》篇曰："后世若徐稺之流，非其力不食，其厉志盖如此。"❷梁益作"徐稺之流"条曰："东汉徐稺，字孺子，豫章南昌人，家贫常自耕稼，非其力不食，恭俭义让，所居服其德。"❸补充了徐稺的朝代、籍贯、事迹。

《诗集传》于《小雅·都人士》篇引郑玄语曰："尹氏、姞氏，周之婚姻旧姓也。"又引李樗语曰："所谓尹、吉，犹晋言王、谢，唐言崔、卢也。"❹梁益作"周尹姞""晋王谢""唐崔卢"三条释之。

"周尹姞"条曰：

《春秋》："尹氏世为公卿，周之旧族。"《左传》："郑石癸曰：'姞，吉人也，后稷之元妃也。'周旧婚姻，故称尹姞。"

"晋王谢"条曰：

王，王导族。谢，谢安族。王有太原、琅琊二宗，琅琊为盛。太尉王祥与弟览之后，王导是也。

"唐崔卢"条曰：

山东崔、卢、李、郑诸族，自矜地望，凡为婚姻，必多责财货，或舍其

❶ [元]梁益撰.李辉，郭鹏点校.诗传旁通·卷七[M].北京：北京师范大学出版社，2012：156-157.

❷ [宋]朱熹撰.赵长征点校.诗集传[M].北京：中华书局，2011：85.

❸ [元]梁益撰.李辉，郭鹏点校.诗传旁通·卷四[M].北京：北京师范大学出版社，2012：90.

❹ [宋]朱熹撰.赵长征点校.诗集传[M].北京：中华书局，2011：225-226.

乡里，妄称名族；或兄弟齐列，更以妻族相陵。唐太宗恶之，命吏部尚书高士廉等遍责天下谱牒，质以史籍，考其真伪，褒进忠贤，贬退奸逆，分为九等。士廉等以黄门侍郎崔民干为第一。帝更命刊定，专以品秩为高下。于是以皇族为首，外戚次之，民干为第三，凡二百九十三姓，千六百五十一家。贞观十二年春正月，颁《氏族志》于天下。李肇《国史补》："山东四姓：土门崔、冈头卢、潭底李、荥阳郑，皆为显族。"❶

解释了周朝、晋朝、唐朝的贵姓望族。

在历史典故与人物的考证中，梁氏广引《左传》《公羊传》《史记》《汉书》《国语》《吴越春秋》《列女传》等十余部史籍，以引《左传》为最多，俞远言梁氏"通《春秋》"，信然。

对《诗集传》中提到的诗歌，梁氏亦尽量找出原文出处与作者。如《周南·汉广》篇，《诗集传》曰："江汉之俗，其女好游，汉魏以后犹然，如《大堤之曲》可见也。"❷梁氏作"大堤之曲"条：

夹漈郑氏樵《通志略》曰："乐府清商曲《襄阳乐（音洛）》，大堤曲者，宋随王诞始为襄阳郡，元嘉末仍为雍州，夜闻诸女郎歌谣，因为之辞。古辞云：'朝发襄阳城，暮至大堤宿。大堤诸女儿，花艳惊郎目。'后世如李太白《大堤曲》等作，皆古乐府题。"❸

对于《诗集传》中提到的《大堤之曲》，引郑樵《通志略》之说阐明之。

又如《郑风·遵大路》篇，《诗集传》曰："宋玉赋有'遵大路兮揽子祛'之句，亦男女相悦之词也。"❹梁益作"揽子祛"条曰：

宋玉《登徒子好色赋》曰："臣少曾远游，从容郑、卫、溱、洧之间，是时向春之末，迎夏之阳，仓庚喈喈，群女出桑。此郊之姝，华色含光，体美容冶，不待饰装。臣观其丽，因称诗曰：'遵大路兮揽子祛，赠以芳华辞甚妙。'"李善《文选》注曰："称此诗者，此本郑诗，故称之以感动。"❺

❶ ［元］梁益撰．李辉，郭鹏点校．诗传旁通·卷九 [M]. 北京：北京师范大学出版社，2012：192.

❷ ［宋］朱熹撰．赵长征点校．诗集传 [M]. 北京：中华书局，2011：8.

❸ ［元］梁益撰．李辉，郭鹏点校．诗传旁通·卷六 [M]. 北京：北京师范大学出版社，2012：131.

❹ ［宋］朱熹撰．赵长征点校．诗集传 [M]. 北京：中华书局，2011：66.

❺ ［元］梁益撰．李辉，郭鹏点校．诗传旁通·卷三 [M]. 北京：北京师范大学出版社，2012：78.

指出朱熹所引宋玉这句诗具体出自《登徒子好色赋》。

再如《秦风·晨风》篇,《诗集传》曰:“此与《扊扅之歌》同义,盖秦俗也。”❶梁氏作“扊扅歌”条曰：

百里奚妻《琴歌》三篇，其一曰：“百里奚，五羊皮。忆别时，烹伏雌。舂黄齑，炊扊扅。今日富贵忘我为。”其二曰：“百里奚，初娶我时五羊皮。临当别时烹乳鸡，今适富贵忘我为。”其三曰：“百里奚，百里奚，母已死，葬南溪，坟以瓦，覆以柴，舂黄藜，搤伏鸡，西入秦，五羖皮，今日富贵捐我为。”百里奚，虞人，为秦大夫，其妻寄之如此。❷

指出《扊扅之歌》即是百里奚妻子所作之《琴歌》，并抄录《琴歌》三首原文以供读者参阅。

《诗传旁通》中对《诗集传》传文中各种字词短语进行疏释之处则更多，这些字词短语可谓包罗万象，有些是专有名词，有些是俗语习语，有些是出自典籍，梁益皆究其命意、原委、出处，以为《诗集传》之补充。

如《唐风·绸缪》篇“女三为粲”条：

刘向《列女传》:“密康公之母，姓魏氏。周恭王游于泾上，康公从。有三女奔之，其母曰：‘必致之王。夫兽三为群，人三为众，女三为粲。王田不取群，公行下众，王御不参一族。夫粲，美之物。归汝，而何德以堪之？王犹不堪，况尔小丑乎？’康公不献，王灭密。”密，盖畿内诸侯也。❸

指出“女三为粲”的出处为刘向的《列女传》。

如《小雅·巧言》篇“忠言良药”条曰：

《孔子家语·六本》篇：“孔子曰：‘良药苦于口而利于病，忠言逆于耳而利于行。汤武以谔谔而昌，桀纣以唯唯而亡。’沛公入咸阳，意欲留居之，樊哙谏不听，张良曰：‘忠言逆耳利于行，毒药苦口利于病，愿听哙言。’”❹

指出“忠言良药”的出典为《孔子家语》。

❶ [宋]朱熹撰.赵长征点校.诗集传[M].北京：中华书局，2011：99.

❷ [元]梁益撰.李辉，郭鹏点校.诗传旁通·卷四[M].北京：北京师范大学出版社，2012：97.

❸ [元]梁益撰.李辉，郭鹏点校.诗传旁通·卷四[M].北京：北京师范大学出版社，2012：93.

❹ [元]梁益撰.李辉，郭鹏点校.诗传旁通·卷八[M].北京：北京师范大学出版社，2012：170.

又如《诗集传》释《卫风·氓》引"《传》曰：'思其终也，思其复也。'"❶并未说明《传》为何"传"，这句话具体出自何处，首尾为何，易对读者造成困扰。梁氏作"思终、思复"条释之曰："《左》襄二十五年，卫太叔子文曰：'君子之行下孟切，思其终也，思其复也。'"❷指明《诗集传》所言之《传》为《左传》，"思其终也，思其复也"语出卫太叔子文，乃是形容君子之行。

相似的例子还有《小雅·四牡》篇，梁氏对《诗集传》注文中的"传曰"二字解释曰："凡《诗》之传注，毛氏谓之传，郑氏谓之笺。此云'传曰'者，杂引康成之笺而总谓之传耳。"❸指出此处的《传》指的是《诗》之传，而此处的"传曰"是杂合了毛传与郑笺的总称，避免了读者的疑惑。

又如《小雅·何人斯》篇，朱熹《诗集传》引《三都赋》云："盱衡而语。"❹梁益作"盱衡"条曰：

> 《汉书·王莽传》："盱衡厉色。"孟康注曰："眉上曰衡。盱衡者，举眉扬目也。"盱，许于切。梁刘孝标《绝交论》："见一善则盱衡扼腕，遇一才则扬眉抵掌。"晋左太冲《魏都赋》："魏国先生有晬其容，乃盱衡而诰。"李善注曰："诰，告也。"本文作诰，今《集传》作语。❺

引《汉书》及孟康之注以明"盱衡"之意，又引《绝交论》《魏都赋》两文之有"盱衡"句，最后依《魏都赋》之原文指出朱熹《诗集传》引文之错误。

再如《大雅·行苇》篇，《诗集传》解"以祈黄耇"曰："犹曰'以介眉寿'云尔。古器物款识云'用蕲万寿''用蕲眉寿，永命多福''用蕲眉寿，万年无疆'，皆此类尔。"❻梁氏为之作"古器物款识""用蕲万寿""永命多福""万年无疆"四条注释。

"古器物款识"条曰：

---

❶ [宋]朱熹撰.赵长征点校.诗集传[M].北京：中华书局，2011：50.

❷ [元]梁益撰.李辉，郭鹏点校.诗传旁通·卷四[M].北京：北京师范大学出版社，2012：69.

❸ [元]梁益撰.李辉，郭鹏点校.诗传旁通·卷六[M].北京：北京师范大学出版社，2012：123.

❹ [宋]朱熹撰.赵长征点校.诗集传[M].北京：中华书局，2011：189.

❺ [元]梁益撰.李辉，郭鹏点校.诗传旁通·卷八[M].北京：北京师范大学出版社，2012：171.

❻ [宋]朱熹撰.赵长征点校.诗集传[M].北京：中华书局，2011：257.

古人制器物，皆有款识。款者，志也。识即志也，志其作器岁月、姓氏，申以颂祷之辞。

“用蕲万寿”条曰：

《周伯冏敦铭》：“伯冏父作周姜宝敦，用夙夕享，用蕲万寿。”敦音对，此铭见欧阳公《集古录》。

“永命多福”条曰：

《周姬寏豆铭》：“用蕲眉寿，永命多福，永宝用。”

“万年无疆”条曰：

《召仲考父壶铭》：“用祈眉寿，万年无疆，子子孙孙永宝是尚。”《集古录·韩城鼎铭》：“万年无疆，用享用德，畯保其孙子，三寿是利。”❶

指出了这些铭文的原文与出典。

3. 对朱熹《诗》说未详之处的补充

梁益还对朱熹《诗集传》注文解说未详之处进行补充，如《大雅·生民》，关于“履帝武敏”一句，朱熹是持姜嫄履巨迹而有孕之说的；又于《诗集传》曰：“巨迹之说，先儒或颇疑之。”❷但并未列举先儒为何人、持何说，梁氏作“先儒或颇疑之”条为之补充：

今姑摭王充、欧阳公一二说，而以黄东发语终之。

汉人王充《论衡》曰：“儒者称圣人之生，不因人气，更禀精于天。禹母吞薏苡而生禹，故夏姓曰姒；契母吞燕卵而生契，故殷姓曰子；后稷母履大人迹而生后稷，故周姓曰姬。世好奇怪，古今同情，不见奇怪，谓德不异，故因以为姓。世间诚信，因以为然。圣人重疑，因不复定；世士浅论，因不复辨；儒生是古，因主其说。契、稷皆帝喾之子，其母皆帝喾之妃，帝王之妃何为适草野？古时虽质，礼制已设，帝王之妃何为浴于川？夫如是言，圣人更禀气于天，母有感吞者，虚妄之言也。”

❶ [元]梁益撰．李辉，郭鹏点校．诗传旁通·卷十一[M].北京：北京师范大学出版社，2012：220.

❷ [宋]朱熹撰．赵长征点校．诗集传[M].北京：中华书局，2011：254.

欧阳修曰："秦汉学者喜为异说。高辛四妃，皆以神异而生子。盖尧有圣德，稷、契后世皆王天下，数百年学者喜为之称述，欲神其事，故务为之说。"修辟祥瑞之说，有《诗本义》。❶

首先列举了王充《论衡》、欧阳修《诗本义》不信神异、辟祥瑞之说。又引严粲折中之说：

严坦叔粲曰："古无巨迹之说，特《列子》异瑞，司马迁好奇，郑氏信谶纬，以帝武疑似之辞借口而为是说。毛氏不信神怪，其说甚正。后世犹未尽从者，谓其以帝为帝喾耳。今依毛以敏为疾，而不用其帝为高辛之说；依郑以帝为上帝，而不用其敏为拇指之说。合二家之说而去取之，可以折衷矣。"

严粲既不信神异巨迹之说，又反对解"帝"为帝喾高辛氏，折中毛、郑两家之说。

黄东发震曰："郑氏谓姜嫄履巨人迹，歆动而生后稷。近世大儒如晦庵、东莱皆从之。惟欧阳公尝斥其诞，至严华谷力主欧阳之说焉。如诸儒说，姜嫄正因履巨迹生子，而惊异之，是以弃之隘巷，弃之平林，弃之寒冰，是以名之曰弃，是以曰：'上帝岂不宁乎？岂不康我之禋祀乎？何乃居然而生子也？'则其训释于上下经文皆协。今华谷力排履武之说，止以不难产为神异，而亦袭用诸儒之语，曰：'上帝岂不宁乎？岂不康我之禋祀乎？使之安然而生子也。'则其说不通矣。"❷

坦叔淳祐八年戊申夏五月，所著《诗缉》成，时为朝奉大夫，知横浦郡，在晦庵后。东发，晦庵门人之门人，其言皆可摭以相发。❸

梁氏选取了对"履帝武敏"作不同解释的诸家之说，虽然其本人并不作评价，但却点明以黄震之说作结，而黄震《诗缉》的说解对欧阳修、严粲之说进行了反驳，有力地支持并阐发了《诗集传》的观点。从梁氏对引文的选择编排，可以看出他对朱熹《诗集传》之说持支持态度。还特别指出严粲《诗缉》的创作

❶ ［元］梁益撰．李辉，郭鹏点校．诗传旁通・卷十一［M］．北京：北京师范大学出版社，2012：215-216.

❷ ［元］梁益撰．李辉，郭鹏点校．诗传旁通・卷十一［M］．北京：北京师范大学出版社，2012：216.

❸ ［元］梁益撰．李辉，郭鹏点校．诗传旁通・卷十一［M］．北京：北京师范大学出版社，2012：216.

在朱熹之后，而黄震为朱子嫡传之门人弟子，二人《诗》说对朱熹《诗集传》皆有阐发之功。

梁益对朱熹《诗》说的补充不只限于《诗集传》，还对《诗序辨说》进行补充。如《叙说》中《唐》风“不谓之晋而谓之唐，初不为此”条，《小序》曰：“此晋也而谓之唐，本其风俗，忧深思远，俭而用礼，乃有尧之遗风焉。”❶《诗序辨说》曰：“然其所以不谓之晋，而谓之唐者，又初不为此也。”❷朱子否认了《小序》以唐谓晋是本其风俗而言的说法，但并未给出自己的解释。梁益释之曰：“叔虞封唐侯，其子燮以晋水所出，改为晋。晋之为国，盖以水得名。”❸

4. 对《诗集传》音韵训诂的补正

对于《诗经》与《诗集传》中字词的音释，梁益有时专作一条目释之，有时是在释义之后加以音释。对于引用文里的字音一般随文标注，有时作双行夹注。注音基本采用《礼部韵略》中的宋元时音，标注方法多用直音法与反切法。

对《诗经》经文的音释梁氏使用反切法与直音法标音，并指出多音字。如《周颂·载芟》篇，“函”字条：“函，户南切，《良耜》篇同。函、含音同，其音咸者，音义与户南切者不同。”“飶”字条：“飶，蒲节切，又蒲必切。严坦叔曰：‘音，离别之别。’”❹

对《诗集传》传文，梁氏也专作一个条目进行音义解释，同时使用直音法与反切法。如《小雅·頍弁》篇，《诗集传》曰：“将大雨雪，必先微温，雪自上下，遇温气而抟，谓之霰。”❺梁益作“抟”条曰：“‘遇温气而抟’之抟音团，徒端切，搏击也。抟，控也，聚也。”❻

梁氏不仅标注字音，还标识声调，如《大雅·瞻卬》篇“懿”字条：“‘懿厥

❶ [汉]毛亨撰，郑玄笺．[唐]孔颖达疏．李学勤主编．毛诗正义[M]. 北京：北京大学出版社，1999：377.

❷ [宋]朱熹撰．朱杰人，严佐之，刘永翔主编．朱子全书[M]. 上海：上海古籍出版社；合肥：安徽教育出版社，2002：376.

❸ [元]梁益撰．李辉，郭鹏点校．诗传旁通·卷十五[M]. 北京：北京师范大学出版社，2012：290.

❹ [元]梁益撰．李辉，郭鹏点校．诗传旁通·卷十三[M]. 北京：北京师范大学出版社，2012：260.

❺ [宋]朱熹撰．赵长征点校．诗集传[M]. 北京：中华书局，2011：215.

❻ [元]梁益撰．李辉，郭鹏点校．诗传旁通·卷九[M]. 北京：北京师范大学出版社，2012：186.

哲妇’之懿，古注作有所痛伤之声，故圈平声。今朱《传》训美也，如字。”❶从“故圈平声”可以看出，梁益《诗传旁通》之原本似乎在标此音时使用了四角标调法❷，以加圈的方式标出声调，或者是其引用的韵书使用了此法，梁氏只是引述。此类例证还有《大雅·行苇》“台、鲐”字条：“台，音胎，不圈。鲐，圈，音苔，又音代，鱼名也。……音胎者，汤来切。”❸《大雅·荡》“宁”字条：“门屏之间，人君宁立之处。屏，上声。宁音贮。凡处字，上声者不圈，去声者加圈。”❹可见梁氏对注音加圈有自己的标准，不过《四库全书》本的韵书皆删圈留注，今传梁益《诗传旁通》各本皆无圈注，所以梁氏到底有没有使用四角标调法已不可考。

梁氏还指出朱子注音的出处，并将其注音与韵书进行对比，如《召南·摽有梅》篇“塈”字条：

> “顷筐塈之”之塈，塈者，取也，音许器切。《大雅·假乐》《泂酌》“民之攸塈”之塈，塈者，息也，音许既切。《礼部韵》许既切者，在未韵，音饩，《注》云“取也”；许器切者，在至韵，音洎，韵作巨至切。其曰许器切者，陆德明音也。朱子之音与《礼部韵》不同。❺

《礼部韵》即《礼部韵略》，为宋、元官方通行之韵书。梁益将之与《诗集传》注音对比，发现两者不一致，因为朱熹注音采用的是陆德明《经典释文》所记录的古音，梁氏以时音考之，故不同。梁氏对古今音之异同似乎没有足够的认识，曾曰：“诗之音，则后魏太常刘芳有《毛诗音证》，梁徐邈等有《毛诗音》。后徐氏音亡，而陆德明之音所引多本于徐氏。德明，名元朗，以字行。德明，吴人，故多吴音。”❻（引文此处断句标点有误，将《毛诗音》误作《毛诗音后》，本书改之）指出陆德明的《经典释文》保存了魏晋时期的一些《毛诗》音释，又说因

❶ [元]梁益撰.李辉，郭鹏点校.诗传旁通·卷十二[M].北京：北京师范大学出版社，2012：243.
❷ 四角标调法是我国古代分析声调的一种方法，也叫四角标圈法，即在字的上下左右四角分别标上圆圈以表示声调，左下角、左上角、右上角、右下角分别对应平声、上声、去声、入声。
❸ [元]梁益撰.李辉，郭鹏点校.诗传旁通·卷十一[M].北京：北京师范大学出版社，2012：220.
❹ [元]梁益撰.李辉，郭鹏点校.诗传旁通·卷十二[M].北京：北京师范大学出版社，2012：231.
❺ [元]梁益撰.李辉，郭鹏点校.诗传旁通·卷一[M].北京：北京师范大学出版社，2012：44-45.
❻ [元]梁益撰.李辉，郭鹏点校.诗传旁通·卷十五[M].北京：北京师范大学出版社，2012：284.

陆德明是吴人所以其韵书多用吴音，其实魏晋南北朝时期的韵书多为吴音，陆德明只是继承前人之音罢了。

梁氏还指出朱子注音有误之处，如《豳风·东山》“敦”条：“‘有敦瓜苦’之敦，《集传》与‘敦彼独宿’同音，都回切。古注有敦音，徒丹切。《毛传》：‘敦，犹专专也。’专音徒端切。今朱子不解‘有敦’之义，想以为与‘敦彼独宿’之敦同其音义云。”❶梁氏据《毛传》之解判断“敦”乃多音字，不同的发音对应不同的意义，而朱熹之音释在两处意义不同的语境下却同音，故梁氏指出朱熹因不解“有敦”之意而致误。

对《诗集传》中字词训诂的补正也有很多，如《郑风·扬之水》，《诗集传》释“迋”曰：“迋，与诳同。”梁益作“迋与诳同”条补充：

《左》定十年，宋公子地出奔陈，宋景公弗止，公子辰为之请，弗听。辰曰：“是我迋吾兄也。”按《春秋传》“迋”字之义，正与此《扬之水》诗“人实迋女汝”之“迋”同。迋者，欺诳也，音求况切，又古况切。❷

给出《左传》中相似的义例以证朱子之说，并作音释。

又如《秦风·晨风》“酢”条：“酢、醋同。《召南·摽有梅》言梅实似杏而酢，此言檖实酢可食。凡言酢者，犹言酸也。”❸指出《诗集传》中两处“酢”字，一并释之。

再如《小雅·何人斯》“陈”条：“‘胡逝我陈’，堂涂谓之陈，堂下至门之径也。《陈风》‘中唐有甓’，庙中路谓之唐。唐之与陈，庙、庭之异耳，唐亦堂下至门之径也。”❹

将“陈”与“唐”两个意思相近的字词放在一起进行对比，指出二字所指之物相同，使用地点不同。

翟思忠《诗传旁通序》曰：“‘旁通’者，引用群经，兼辑《诗》说，不泥不僻，如《易·六爻》，发挥旁通，周流该贯也。”❺梁益此书遍引经、史、子、集

❶ [元]梁益撰．李辉，郭鹏点校．诗传旁通·卷五[M].北京：北京师范大学出版社，2012：114.
❷ [元]梁益撰．李辉，郭鹏点校．诗传旁通·卷三[M].北京：北京师范大学出版社，2012：81.
❸ [元]梁益撰．李辉，郭鹏点校．诗传旁通·卷四[M].北京：北京师范大学出版社，2012：97.
❹ [元]梁益撰．李辉，郭鹏点校．诗传旁通·卷八[M].北京：北京师范大学出版社，2012：170-171.
❺ [元]梁益撰．李辉，郭鹏点校．诗传旁通·序[M].北京：北京师范大学出版社，2012：17.

与古今诸家《诗》说，所引书目不下百部，对朱熹《诗集传》中的名物字词进行了全面的说解、补充与订正，读者通过查阅此书，可以解决疑难，补充知识，增进对《诗经》经文与《诗集传》传文的深入理解。梁益对《诗集传》的确是旁采他书以通之，“旁通”之名，名副其实。

此外，作为一部工具书，梁益《诗传旁通》还体现了服务读者的意识。为了方便初学者，梁益对一些较为难读的引文进行断句，如《大雅·既醉》“嗣举奠”条，引《仪礼·特牲馈食礼》曰：“嗣举奠句，盥入句，北面再拜稽首句。尸执奠句，进受复位句，祭酒啐酒句。尸举肝句，举奠左执觯句，再拜稽首句。进受肝句，复位句。坐食肝句，卒觯拜句。尸备答拜焉句。举奠洗酌入句，尸拜受句。举奠答拜句，尸祭酒啐酒奠之句，举奠出，复位。”❶梁益将复杂难解的《仪礼·特牲馈食礼》用小字“句”字点断，使其变得易读易解，的确有利于初学。

梁益还在卷首设置类目，将《诗经》各篇题目按顺序排列，每一篇目下有对该诗诗文与传文进行解释的条目名称，便于读者检阅，其后有梁益的一段题识，曰：“愚益此编，不敢自谓成书，不敢辄题目录，然又不可无目，以记录其事，故姑类聚其目，备观者之检阅，而以类目目之云尔。”❷

（二）对朱熹《诗》学思想的遵违

梁益认为朱熹的《诗经》学思想主要集中表现在《诗序辨说》中，于是为了增补辅翼《诗序辨说》作末卷之《叙说》部分，其曰“惟是窃伏细绎朱子传《诗》之旨，大节目、大议论，多于《序说》见之，愚益未能发明其详，今姑纂辑其略。”❸“大节目、大议论”即朱子解《诗》的核心思想与观点，尤其是其义理思想。梁益《叙说》虽不主于发明义理，但他对朱熹《诗》学思想的观点与评价仍然在《叙说》部分有所体现。

对于《诗经》学的基本问题，如“《诗序》说”“二南说”“诗六义”等问题，梁益皆遵从朱《传》，并不作更多阐发，如认为《诗序》为卫宏所作：

---

❶ [元]梁益撰．李辉，郭鹏点校．诗传旁通·卷十一[M]．北京：北京师范大学出版社，2012：222.

❷ [元]梁益撰．李辉，郭鹏点校．诗传旁通·类目[M]．北京：北京师范大学出版社，2012：28.

❸ [元]梁益撰．李辉，郭鹏点校．诗传旁通·卷十五[M]．北京：北京师范大学出版社，2012：283.

辨《诗序》之作，引《后汉书·儒林传》，以为卫宏作《毛诗序》，今传于世，则《序》乃宏作明矣。按《汉书》："初，谢曼卿善《毛诗》，乃为其训。宏从曼卿受学，因作《毛诗序》，善得风雅之旨。"朱子"序乃宏作"之言，盖实其说也。小序先自合为一编，后乃各引以超冠篇端。今复并为一编，缀于经后，以还其旧，因以论其得失。此朱子去《序》言诗之本意也。去《序》言诗，雪山王氏质、夹漈郑氏樵已有其法，朱子盖取之。❶

并指出朱子去《序》言诗的本意不是废《序》，而是将其恢复最初的原貌并为一编，缀在经文的后面以讨论其得失，这就是朱熹《诗序辨说》的由来。

朱熹与其门人之所以持反《序》态度，是认为《诗序》乃补凑而成，《小序》出于汉儒之手，存在许多与《诗》之本文不相符之处，这些不合《诗》之本义，不能发明《诗》之大旨的内容，乃是为汉儒讲师所臆度杜撰出来的。

在《叙说》《郑》诗之后，梁氏有一段关于"讲师"的议论：

汉儒尚专门之学，各讲授其师之说，故有讲师之名。人各异师，师各异说，经之本旨反因之而亡。吕伯恭氏所谓从而附益之，此讲师讲经之弊也。然亦有互相发明者，不可一概而论。故近世李性学先辈有"继序"之说。《大序》《小序》之下，以经生讲师所述者为《继序》。性学著《诗统》一编，其自序《诗统》有曰："《诗》者，圣人传心之正印，而五经之灵枢也。士欲学道，必自《诗》入。经毁于秦，惟《诗》以咏免，汉裂而四，鲁固、齐陋、韩厖，惟毛以尔雅传。"又曰："至隋而王文中氏始窥其门，至宋而欧阳氏、苏氏始撤其藩，睹其堂室。明道氏、伊川氏、横渠氏发其蔀，启其钥，《诗》之真隐而复豁。紫阳氏觿其结，解其纷，而《诗》之灵明公大中正纯粹之天乃昭昭。"李先辈之《自序》此其大略，然《诗统》每篇之首各有《小序》，盖雪山王氏、夹漈郑氏、子朱子之外，言诗者率以《序》言，非愚益所敢妄议也。❷

梁氏口中的讲师即朱子与其弟子常常批评的汉儒，对于这些讲师，朱学一派一般都以批评他们说《诗》因循守旧、委曲穿凿为主，但梁氏却公开表示"其中亦有互相发明者"，肯定了讲师之说的价值。对李性学《诗统》称赞宋人去《序》

❶ ［元］梁益撰．李辉，郭鹏点校．诗传旁通·卷十五[M]．北京：北京师范大学出版社，2012：283．

❷ ［元］梁益撰．李辉，郭鹏点校．诗传旁通·卷十五[M]．北京：北京师范大学出版社，2012：290．

言诗却依然存《小序》于各篇之首的做法，他也给出了解释，乃是因为除了王质、郑樵、朱熹之外，说《诗》者皆从《诗序》之说。言下之意，大部分说《诗》者皆从《序》，可见《诗序》必有其存在价值。对于李性学的这种做法与观点，梁益声称不敢妄议，实质上也就是表示委婉的认同。

梁益不仅暗示《诗序》不可废，还公开发表意见曰："惟宋欧阳公、王荆公诸先生出，卓然有见，高视千古之上，舍《序》舍《传》而研究经旨，理明义精，犂然允当。如唐之啖助、赵匡、陆淳舍《传》言《春秋》，非寻常识见所及。夹漈郑樵氏渔仲之言曰：'风土之音曰风，朝廷之音曰雅，宗庙之音曰颂。'且为作《诗辨妄》六卷，《诗经》之旨大明，迨晦庵朱子而大定矣。益谓：去古未远，有古书可考，莫若汉儒之毛氏传、郑氏笺；制度述作，物性名件，莫若唐孔氏之疏义。读此经者所当遍知，而不可偏观也。"❶虽然肯定了欧阳修、郑樵、朱熹等学者去《序》言《诗》挖掘本旨义理的积极意义，但紧跟着就强调了毛《传》、郑《笺》、孔《疏》保存古说、考证名物对《诗经》研究的重要意义，认为两者不可偏废。俞远说他"明毛、郑《诗》"，可见他对汉唐《诗》学涉猎颇深，并且明确指出在学《诗》的过程中应将毛、郑《诗》学与朱子《诗》学相互参照，不可偏主朱《传》一家，而弃毛、郑不观，与辅广、王柏、许谦等朱子门人明确甚至激烈地反《序》态度相比，确实是少了一些门户色彩。《四库全书总目》赞之曰："是是非非，绝不坚持门户。视胡炳文等之攀附高名，言言附合，相去远矣。"❷大概就是指这一点。其实梁益之师承未详，但其祖籍福建，生活于江浙，又身处朱子《诗经》学已成为学术主流的元代中后期，虽未必为朱学之嫡传门人，但其学也必以朱子为宗，从其虽明毛、郑《诗》学，却主于《集传》，引众家之书而为《诗集传》作"旁通"可知。然而在这样的情况下，梁氏并没有盲目阿附，而是置心平易，体现了元人笃实的治学精神。

梁益对"二南"的看法一如朱子，朱子对"二南"看法则源于《毛诗·关雎序》。《序》中曰："《关雎》《麟趾》之化，王者之风，故系之周公。南，言化自北而南也。《鹊巢》《驺虞》之德，诸侯之风也，先王之所以教，故系之召公。

❶ [元]梁益撰．李辉，郭鹏点校．诗传旁通·卷十五[M]. 北京：北京师范大学出版社，2012：284.

❷ [元]梁益撰．李辉，郭鹏点校．诗传旁通·附录[M]. 北京：北京师范大学出版社，2012：295.

《周南》《召南》正始之道，王化之基。”[1]朱熹认为序中所说“先王”指的是周文王，“二南”讲的是“文王身修家齐之效”。梁氏于《叙说·周南·关雎》部分讲解曰：“身修故国家、天下治，取南丰曾氏说。……有《关雎》《麟趾》之意然后可以行《周官》之法度，此程伯子明道先生之语。……《关雎》为《二南》正风之首，文王盛时之诗也。”[2]又于《召南·鹊巢》曰：“诸侯蒙化成德，其道亦始于家人，即《周南·关雎》身修而国家治之意。”[3]认为《二南》乃是正风，《关雎》作为正风之首，是文王盛世之时的诗歌，《周南》讲的是文王修身所以能齐家，而后能化行天下；以《鹊巢》为首的《召南》讲的是诸侯蒙文王之化，故能修身、齐家、治国云云，不过祖述朱熹之语。并于其后列举了齐、鲁、韩三家诗以《关雎》为康王政衰之刺诗，“本诸衽席而《关雎》作”的说法，并提出了朱熹对此说的批评：“朱子斥之，而以《仪礼》正之。”[4]因《仪礼》以《关雎》为乡乐与房中之乐，朱熹认同《仪礼》为周公所作，那么《关雎》之作必早于周公之世。所以朱熹认为《关雎》是文王之诗，梁氏从其说，亦以为是文王盛时之诗。

梁氏又于《邶风》部分“卫宣公”条曰：“及《新台》《二子乘舟》之诗作，风大变矣。《二南》，正家之本，身修故国家可治；变而至于如是，人道或几乎灭息，悲夫！”[5]以《二南》正风为对比，强调《风》诗至《新台》《二子乘舟》大变到另一个极端，卫宣公乱伦常、残骨肉，“人道”——人的社会伦理关系至此几乎沦丧。在卷首类目中，十五国风除《豳》诗不标正变之外，《周南》《召南》皆标正风，其余皆标变风，可见梁益对朱熹“二南说”与“正变说”的接受。

对“诗六义”的看法，朱熹《朱子语类》曰：

> “三经”是赋、比、兴，是做诗底骨子，无诗不有，才无，则不成诗。盖不是赋，便是比；不是比，便是兴。如风、雅、颂却是里面横串底，都有赋、比、兴，故谓之“三纬”。[6]

---

[1] ［汉］毛亨撰，郑玄笺．［唐］孔颖达疏．李学勤主编．毛诗正义 [M]. 北京：北京大学出版社，1999：19-20.

[2] ［元］梁益撰．李辉，郭鹏点校．诗传旁通·卷十五 [M]. 北京：北京师范大学出版社，2012：285.

[3] ［元］梁益撰．李辉，郭鹏点校．诗传旁通·卷十五 [M]. 北京：北京师范大学出版社，2012：285.

[4] ［元］梁益撰．李辉，郭鹏点校．诗传旁通·卷十五 [M]. 北京：北京师范大学出版社，2012：285.

[5] ［元］梁益撰．李辉，郭鹏点校．诗传旁通·卷十五 [M]. 北京：北京师范大学出版社，2012：288.

[6] ［宋］黎靖德．王星贤点校．朱子语类 [M]. 北京：中华书局，1986：2070.

《诗传纲领》曰：

“故《诗》有六义焉，一曰风，二曰赋，三曰比，四曰兴，五曰雅，六曰颂。”此一条本出于《周礼》大师之官，盖《三百篇》之纲领管辖也。《风》《雅》《颂》者，声乐部分之名也。……赋比兴，则所以制作《风》《雅》《颂》之体也。……盖众作虽多，而其声音之节，制作之体，不外乎此。故大师之教国子，必使之以是六者三经而三纬之，则凡《诗》之节奏指归，皆将不待讲说而直可吟咏以得之矣。……然比，兴之中，《螽斯》专于比，而《绿衣》兼于兴，《兔罝》专于兴，而《关雎》兼于比。此其例中又自有不同者，学者亦不可以不知也。❶

梁益云：

赋、比、兴者，作诗之体；风、雅、颂者，作诗之名。诗有六义，三经而三纬之。风、雅、颂为经，赋、比、兴为纬。三纬之中又复错综焉，如兴而比，赋而兴之类。六义之旨，粲然明矣。❷

朱熹的“三经三纬”说，是以赋、比、兴为经，风、雅、颂为纬，梁益却相反，以风、雅、颂为经，以赋、比、兴为纬，应当是沿袭了辅广之说。朱熹将风、雅、颂称作“声乐部分之名”，梁益将其称作“作诗之名”，盖简述之，意为作诗之体例。朱熹将赋、比、兴称作“所以制作风、雅、颂之体”，梁益将其称作“作诗之体”，亦简述之，意为作诗之艺术手法。朱熹强调比兴之中又可细分为不同情况，有专有兼，梁益亦强调三纬的复杂性，举“兴而比”“赋而兴”之例说明三纬之间有交叉复合关系，并称赞朱熹的解说使六义的含义清晰明了。

梁益此书虽不以解说义理为主，甚至有意地回避对《诗》义进行解释，但其《自序》曾曰“根之义理，以达其意”，可见其并非忽视义理，而是从义理出发，以义理为根据选择内容对《诗经》与《诗集传》进行疏解，以展现其意蕴内涵，在《叙说》部分更是直接显露出对义理的关注。

如在与文王相关的诗篇注释中，梁益多次表达了“文王未尝称王”的观点。

---

❶ [宋]朱熹撰．朱杰人，严佐之，刘永翔主编．朱子全书[M].上海：上海古籍出版社；合肥：安徽教育出版社，2002：344.

❷ [元]梁益撰．李辉，郭鹏点校．诗传旁通·卷一[M].北京：北京师范大学出版社，2012：33.

其于《周南》题下“三分天下有其二”条曰：

> 时天下九州岛：冀、兖、青、徐、扬、荆、豫、梁、雍。今归文王者六州：荆、梁、雍、豫、徐、扬也，惟青、兖、冀尚属纣耳。此文王为西伯时也。文王所以为西伯者，以国君而赐弓矢，得专征伐者也。汉孔安国言虞、芮质成之年，为文王受命改元之年，非也。文王在日未尝称王，诗中有“周王于迈，六师及之”等语，天子六军，侯国三军，所谓六师盖追述之词。❶

首先明确了文王三分天下有其二的具体地理范围，并且为文王之征伐找到了合理的解释，即文王为西伯，受国君的命令专事征伐，并且否认文王生前曾经称王的说法，认为《诗经》中以文王称之者皆系追述。

在《叙说》部分《周南·关雎》篇下梁氏亦曰：“后妃，文王未尝称王，太姒亦未尝称后。《序》乃后人所作，不害为追称之辞。”❷既以《关雎》为文王诗，诗中的后妃自然指太姒。文王未尝称王，太姒自然不得称后妃，所以梁氏认为《小序》中的后妃之称亦为后人追述。

甚至在《棫朴》篇“文王九十七乃终”条，因《礼记·文王世子》篇所记录的对话中武王称其父为君王，梁氏质疑《礼记》的作者在书写时出现了失误：“文王未曾称王，武王曷为称父君王？此记《礼》者之误。”❸

梁益又于《叙说》部分《大雅·文王》篇下曰引欧阳修、苏轼、游酢三家之考释为佐证，三家之考释颇详，皆以为文王未称王，梁氏还特别引述了游氏一段义理阐发：“君臣之分犹天尊地卑，纣未可去而文王称王，是二天子也。当六国之时，辛垣衍欲帝秦，鲁仲连以片言折之，不敢复出口，名分之严如此。曾谓至德如文王者，反盗虚名而拂天理乎？”❹梁氏虽未置评，但显然以之为是。在《诗传旁通》中，梁益绝少直接解释《诗》义阐发义理，但是在注疏选取的倾向上依然可以看到梁益的义理思想，所谓借他人之言表达自己的立场，此即是一例。

---

❶ [元]梁益撰．李辉，郭鹏点校．诗传旁通·卷一[M]．北京：北京师范大学出版社，2012：31-32.

❷ [元]梁益撰．李辉，郭鹏点校．诗传旁通·卷十五[M]．北京：北京师范大学出版社，2012：285.

❸ [元]梁益撰．李辉，郭鹏点校．诗传旁通·卷十[M]．北京：北京师范大学出版社，2012：204.

❹ [元]梁益撰．李辉，郭鹏点校．诗传旁通·卷十五[M]．北京：北京师范大学出版社，2012：294.

最后梁氏又就朱熹《诗序辨说》中“汉儒惑于谶纬，始有赤雀丹书之说，又谓文王因此遂称王而改元”❶一句补充解释曰：“赤雀丹书，此谶纬之说，不足取信。如云有火自上复于下，至于王屋流为乌，其色赤之类是也。汉儒解经多惑谶纬，既已近诬，而《灵台》一诗乃追述文王之事，遂以为天子之制，其诬甚矣。”❷可见梁益所秉持的“文王未称王”的思想来自对朱子思想的继承。文王在程朱理学思想体系中是圣王，是道德的代表与化身，朱子《诗经》学更是将文王之教化作为《诗经》解释体系的核心内容，《诗集传·关雎》开篇即曰“周之文王，生有圣德”，《四书章句集注》又曰“圣人生知安行，固无积累之渐”，在朱熹眼中周文王既是先天的圣人，不是后天积累修成，为人处世自然无过无失，不会有道德上的瑕疵，所以继承朱熹义理解《诗》思想的梁益自然要不遗余力地确保文王道德形象的完美无瑕。

在《叙说》《卫风》与《唐风》部分，梁氏亦是强调君臣名分和为君者所起到的风化垂范作用。

《卫》“从王伐郑”条曰：

> 《春秋》桓公五年，蔡人、卫人、陈人从王伐郑。王，周天子桓王也。天子之兵有征无战。郑祝射王中肩，郑庄公使祭音债足劳去音王，且问左右。敢抗王师，恭而无礼，郑庄之罪有不容诛，实为厉阶之首，人纪殆绝，重可悲夫。《经》书“蔡人、卫人、陈人从王”，正君臣名分之辞也。❸

引《春秋》讲述了蔡人、卫人、陈人从周桓王伐郑，郑庄公率军击败王师，射伤周桓王，又命大臣慰问周桓王之事。梁益认为郑庄公作为诸侯敢于对抗周天子，表面恭敬实而无礼，是臣欺君，此后周天子再也没有实力与诸侯抗衡，郑庄公首开祸端，自此“人纪殆绝”。“人纪”之说出自《尚书·伊训》篇：“先王肇修人纪。”孔疏曰：“言汤始修为人纲纪。”❹“人纪”即为人之纲纪，指人立身处世的道德规范。

---

❶ [宋]朱熹撰．朱杰人，严佐之，刘永翔主编．朱子全书[M].上海：上海古籍出版社；合肥：安徽教育出版社，2002：391.

❷ [元]梁益撰．李辉，郭鹏点校．诗传旁通·卷十五[M].北京：北京师范大学出版社，2012：294.

❸ [元]梁益撰．李辉，郭鹏点校．诗传旁通·卷十五[M].北京：北京师范大学出版社，2012：288-289.

❹ [汉]孔安国传．[唐]孔颖达疏．李学勤主编．尚书正义[M].北京：北京大学出版社，1999：204.

《唐》“晋武公”条曰：

《史记·晋世家》：“晋侯缗立二十八年，曲沃武公伐晋，灭之，尽以其宝器赂周僖王。”《春秋左传》：“王使虢公命曲沃伯以一军，立为晋侯。”实鲁庄公之十六年也。武公弑君篡国，大逆不道，乃王法之所必诛而不赦者。朱子自附于《春秋》之义，以正人心，以诛乱贼。于《小序》深辨之，辞严义正，武公之罪暴不可揜。愚所谓大节目者，于是乎在矣。其后六卿分晋，并归于三，而威烈王命魏斯、韩虔、赵籍为诸侯。篡夺强僭之臣，天诛不加而宠秩命之，王纲于是而自紊，政柄以是而下移。正人纪，立人极者，不可复言矣。呜呼，悲夫！❶

引《史记》《左传》讲述了曲沃武公伐晋，杀死晋侯缗，吞并晋国，并以珍宝贿赂周僖王，周僖王便封其为晋国国君，列位诸侯之事。此诗《序》以为美晋武公，朱熹极力批驳，认为有悖于诗教。梁氏深以为然，并增述六卿分晋使晋国分裂为魏、韩、赵三国之事，认为源于周僖王不惩罚篡僭之臣反而为之加官晋爵导致的王纲紊乱，权柄下移，“正人纪，立人极者，不可复言矣”。“人极”之说系自《尚书》中“皇极”“民极”之说化用而来，《尚书·洪范》篇曰“五，皇极：皇建有其极。”孔疏曰：“‘皇’大也。‘极’中也。施政教，治下民，当使大得其中，无有邪辟。故演之云，大中者，人君为民之主，当大自立其有中之道，以施教于民。”❷《君奭》篇曰：“前人敷乃心，乃悉命汝，作汝民极。”孔疏曰：“前人文武布其乃心制法度，乃悉命汝，为民立中正之道也。”❸“皇极”“民极”皆言为君者、执政者应以中正之道立身而为万民作典范，并以之为法则教育规范民众，“人极”亦如此义。

加上前文“卫宣公”条“变而至于如是，人道或几乎灭息，悲夫”，梁益于此三处三言“悲夫”，感慨君臣失其分而导致的“人纪”“人极”“人道”——纲纪、典范、伦理道德的败坏，体现了他对《诗经》义理层面的关注。这也是梁氏全书中少有的关于义理的主观议论。

❶ [元]梁益撰．李辉，郭鹏点校．诗传旁通·卷十五[M]．北京：北京师范大学出版社，2012：290-291.

❷ [汉]孔安国传．[唐]孔颖达疏．李学勤主编．尚书正义[M]．北京：北京大学出版社，1999：307.

❸ [汉]孔安国传．[唐]孔颖达疏．李学勤主编．尚书正义[M]．北京：北京大学出版社，1999：448.

《诗传旁通》一书明确地将自己定义为一部针对《诗集传》进行增补旁通的工具书，在一众元代宗朱《诗经》学作品中显得相当特别。受朱子《诗经》学以理学解《诗》倾向的影响，历来宗朱《诗经》学作品多注重对义理的发挥，以阐发义理为一项重要内容，即使《诗集传名物钞》这样以“名物”为题的作品，也有很多内容涉及对《诗集传》义理的发挥。在这些作品之中，《诗传旁通》独树一帜，克制于主观议论与义理发挥，致力于旁征博引以考释《诗集传》中名物、典故，其史料价值更大于其《诗》学价值。

二、会通归纳，承前启后：刘瑾《诗传通释》

刘瑾（生卒年不详），字公瑾，江西安福（今江西吉安）人，生平不详。《吉安府志》云：“刘瑾，安福人，淹贯经史，留心理学。晚更肆力治《诗》。其说宗朱子，而间出其所自得。又考正诸国世次、作者时世，察其源流、辨其音韵。审《诗》乐之合，穷删定之由，为《诗传通释》，能阐发朱子之蕴。”❶除《诗传通释》外，刘瑾尚有《律吕成书》一书，可见其长于乐理音律。此书《自序》云“成书于至正丁亥夏五月”❷，至正丁亥（1347）为元朝最后一个皇帝顺帝执政时期，以此可知刘瑾当为元末时人。

《诗传通释》是一部通释体宗朱《诗经》学著作。此书据《天禄琳琅书目》记载“卷一末又有至正壬辰仲春日新堂刻梓木记”❸，可知此书刊刻于元顺帝至正十二年（1352）。此书共二十卷，卷首为朱熹所作《诗集传序》《诗序朱子辨说》《诗传纲领》，皆引诸家语随文疏解，间下按语，标“愚按”。次录《诗传通释外纲领》，包含“引诸儒书”“引用诸儒姓氏”“诸国世次图”“作诗时世图”“诗源流”“章句音韵”“诗乐”“删次”八个部分。其中“诸国世次图”以《史记》为依据列数诸国之世次更替；“作诗时世图”按照商、周之诸王世次顺序排列归纳诸诗篇，明其具体时世的作“某王世”，明其大概时世的作“某王后”，不明其时世的作“时世未详”列于最后，每一时世分别将对应篇目按风、雅、颂的顺序附于其下，

❶ [明]万历吉安府志[M].北京：书目文献出版社，1991：372.

❷ [元]刘瑾.律吕成书[M]//丛书集成初编.上海：商务印书馆，1935：1.

❸ [清]于敏中，彭元瑞，等.天禄琳琅书目天禄琳琅后编[M].上海：上海古籍出版社，2007：123.

其中风、雅又以正变、小大的顺序排列；《诗源流》引郑玄、程颐、欧阳修、朱熹等诸家语述诗之起源与流变；“章句音韵”略论《诗经》章句划分与叶韵说；“诗乐”引《尚书》《三礼》、《左传》，荀子之说讨论《诗》与乐的关系，体现了刘瑾对《诗经》音乐性的关注；“删次”部分引《论语》、欧阳修、程颐之说正文部分为二十卷，分卷同朱熹《诗集传》，全录《诗集传》传文，且将《小序》与朱熹《诗序辨说》对各篇诗旨的辨说附于对应篇目之后，并以夹注的形式对以上内容引各家之说逐篇逐章随文疏解，所引诸儒自汉唐而宋元有数十家之多，间下按语申己意，以“按”“愚按”“愚谓”标之。

从体例上可以看出，刘瑾《诗传通释》受到了吕祖谦《吕氏家塾读诗记》与胡一桂《诗集传附录纂疏》的影响，特别是卷首部分收录《诗集传序》《诗传纲领》、所引用诸儒之姓氏等，皆与胡氏书类似，“章句音韵”“诗乐”“删次”在《读诗记》之基础上加入朱子之说，且比前两书增加了“诗时世”“诗源流”等部分，集前人之长，所站视野更高，关注的面更为广泛。本书主体部分似乎也受到胡氏之书的影响，胡氏书作附录、纂疏两部分，以朱子及门人之言为附录，以诸家之言为纂疏，于每章之后对《诗集传》所涉及的名物、训诂、诗义加以考订；刘氏书虽无这两部分，然亦引朱子与门人之言与诸家之说对《诗集传》全文随文训释，内容覆盖名物、故实、音韵、训诂、比兴、诗旨等诸多方面，较胡氏书更为全面，又不似梁益《诗传旁通》的训解为求完备而致烦琐漫漶。刘瑾此书虽然引诸家之说，间出己意，但其目的明确，乃是为了“阐发朱子之蕴”，所以无论是引述的内容还是自己的观点皆是为了补充、解释、阐发《诗集传》而服务的，此书引述朱子亲传弟子辅广《诗童子问》内容为最多即是一证，且自出己意否定朱说之处亦较同代他书为少。清人瞿镛《铁琴铜剑楼藏书目录》评此书曰：“此书专宗《集传》，博采众书以证明之。”[1]可谓贴切。此书所引诸家诗说除郑《笺》、孔《疏》之外，以宋人欧阳修、王安石、苏辙、吕祖谦、辅广、严粲、谢枋得之说为多，引元人主要有胡一桂、董鼎、陈栎、熊禾等。

刘瑾将此书命名为《诗传通释》，一个“通”字道出了本书最鲜明的特色，

---

[1] [清]瞿镛编．瞿果行标点．瞿凤起覆校．铁琴铜剑楼藏书目录[M].上海：上海古籍出版社，2000：72.

明人杨士奇评此书曰："采录各经传及诸儒所发要义，又考求世次源流，至明且备，盖会通之书也。"❶"会通"的特色在此书中表现为几个方面，如卷首设置"作诗时世图"、《诗集传序》《诗序朱子辨说》《诗传纲领》等部分，使读者可以从时空与全篇的高度通观《诗经》与朱熹《诗经》学思想；而正文部分则会通诸儒之说，从各个方面全面系统地通释《诗集传》全篇。这是刘瑾有意为之，乃是其以理学视角观照《诗经》的结果，其曰："通三百篇而论其大义，则其善不至渎，怒不至绝，怨不至乱，谏不至讦。天时日星之大，虫鸟草木之微，人伦纲常之道，风气天地之宜，神祇祖考之祀，礼乐行政之施，凡天人相与之理，莫不毕备于一经之中也。"❷正是因为《诗经》三百篇中隐含着天人相与之理，天文地理、草木虫鱼、典章制度、人伦纲常无所不包，所以要解《诗》之大义，就必然要对以上各个方面进行全面的了解与掌握。此外，刘瑾在解《诗》时注意诗篇内部与诗篇之间的归纳会通。如此种种，不一而足，试于下文论之。

全面通释补正朱熹《诗集传》。

1. 对《诗集传》名物、故实的补正

作为全面通释《诗集传》之作，《诗传通释》对《诗集传》中涉及的名物、制度、故实、时世等皆有考辨，多引典籍与诸家说以充实《诗集传》，对朱子以为无可考而缺疑之处亦尝试给出自己的见解。

名物方面。对草木鸟兽虫鱼的考释，如《秦风·蒹葭》篇，《诗集传》释"蒹葭"曰："蒹，似萑而细，高数尺，又谓之薕。葭，芦也。"❸刘瑾先引严粲《诗缉》曰："蒹一名薕，又名荻，一物而三名。陆玑云：'水草，牛食之肥强。'山阴陆氏云：'今人以为薕箔，因以得名。'葭，芦也，苇也，又名华，一物而四名。疏曰：'初生为葭，长大为芦，成则名苇。'萑，菼也，又名鵻，亦一物而四名。"最后总结道："蒹、葭、萑，三物共十一名。"❹以严粲《诗缉》所引三家之说解释《诗集传》

❶ [明]杨士奇.东里集[M]//四库明人文集丛刊.上海：上海古籍出版社，1991：579.

❷ [元]刘瑾.诗传通释·卷首[M].北京：北京师范大学出版社，2013：10.

❸ [宋]朱熹撰.赵长征点校.诗集传[M].北京：中华书局，2011：97.

❹ [元]刘瑾.诗传通释·卷六[M].北京：北京师范大学出版社，2013：299-230.此处引严粲《诗缉》语有删节改动，刘瑾征引各家之说于字句常有改动，无大相异与疏漏以致影响理解处，本书均不注出。

注文中出现的“蒹、葭、萑”三种植物，并模仿严粲对几种植物的名称数量进行总结。

又如《陈风·防有鹊巢》篇，《诗集传》释“鹝”曰：“鹝，小草，杂色如绶。”❶刘瑾按曰：“《埤雅》：‘鹝，本鸟名，亦名绶鸟，咽下有囊如小绶，且五色彪炳。’此《传》所释鹝，草之名，岂因其似鹝鸟而取义乎？”❷刘瑾引陆佃《埤雅》补充“鹝”之本义，并推测其由鸟名演变为草名的原因，为《诗集传》之解释作补充。

又如《曹风·下泉》篇，《诗集传》释“蓍”曰：“蓍，筮草也。”刘瑾先引陆玑《毛诗草木鸟兽虫鱼疏》曰：“似藾萧，青色，科生。”又引唐慎微《经史证类备急本草》曰：“其生如蒿，高五六尺，一本多者至三五十茎，生便条直，异于众蒿。秋后有花出枝端上，红紫色，形如菊。用其茎为筮，以知吉凶，故谓之神物。《史记》云：‘蓍满百茎者，其下有神龟守之，上有青云覆之。’”❸《诗集传》只解释了“蓍”的功用，刘氏则引用名物书与药书补充了蓍草的性状与传说。但刘氏引书不太规范，常只录人名不录书名，如以上引文出自陆玑《毛诗草木鸟兽虫鱼疏》，刘氏只云“陆玑曰”；引书名一般也只写简称不写全称，如以上引文出自唐慎微《经史证类备急本草》，刘氏只云《本草》，此类简称不甚便于读者检阅。

《郑风·山有扶苏》篇，《诗集传》释“龙”曰：“龙，红草也，一名马蓼，叶大而色白，生水泽中，高丈余。”❹刘瑾引张载语曰：“龙是荭草，其枝干樛屈著土处，便有根如龙也。”又引《经史证类备急本草》曰：“荭草，一名鸿藹，如马蓼而大，即水红也。诗注云：‘一名马蓼。’马蓼自是一种也。”❺“龙”为荭草，一名马蓼之说出自陆玑《毛诗草木鸟兽虫鱼说》，为《毛诗正义》所引，朱熹从其说，刘瑾引《经史证类备急本草》之说正之，以为荭草非马蓼，马蓼自是一种。

在地理方面，凡《诗集传》中出现过的地名，刘瑾皆标明其在元代的名称与隶属，以便读者参考。如《诗集传·邶风》篇题下，朱熹注曰：“卫故都即今卫县，漕、楚丘，皆在滑州。大抵今怀、卫、澶、相、滑、濮等州，开封、

❶ [宋]朱熹撰.赵长征点校.诗集传[M].北京：中华书局，2011：108.

❷ [元]刘瑾.诗传通释·卷七[M].北京：北京师范大学出版社，2013：317.

❸ [元]刘瑾.诗传通释·卷七[M].北京：北京师范大学出版社，2013：332.

❹ [宋]朱熹撰.赵长征点校.诗集传[M].北京：中华书局，2011：68.

❺ [元]刘瑾.诗传通释·卷四[M].北京：北京师范大学出版社，2013：236.

大名府界，皆卫境也。”❶刘瑾按曰："怀州，今改怀孟路。卫州，今改卫辉路。相州，今改彰德路。大名府，今改大名路，所治有滑州及澶州，今改开州，并隶河东山西道。濮州，今为东昌路濮州，隶山东东西道。开封府，今改汴梁路，隶河南省。”❷一如朱熹《诗集传》将《诗经》中出现的地名标出宋代的名称与隶属，刘瑾在《诗传通释》中亦将《诗集传》提到的地名与隶属变迁一一标明。

对朱熹不能确定的地理问题，刘瑾会尽量予以解释，提出自己的看法。如《诗集传》于《邶风》篇首曰："邶、墉不详其始封。卫，则武王弟康叔之国也。”❸刘瑾按曰："武王作《酒诰》，戒康叔而曰：'明大命于妹邦。'妹邦即纣都，则康叔封卫，明在武王时矣。邶、墉之地，岂其始为武庚、三叔之封？至成王灭武庚，诛三监，乃复以封他国，而其后又并入于卫也欤？”❹朱熹认为，邶、鄘两国始封之时、之人皆不详，卫国则是周武王时始封于康叔，

书中对山水之名亦有考释，如《唐风·采苓》篇，《诗集传》释“首阳”曰：“首阳，首山之南也。”❺刘瑾先引孔颖达《毛诗正义》曰:“首阳，在河东蒲坂南。”又引李樗《毛诗集解》曰："亦名雷首山。”补充了“首阳”的地理位置与别名。又作按语曰：

> 《集传》以首为山名，阳为山之南，《春秋传》亦曰“赵宣子田于首山”。然此诗下章又云“首阳之东”，则似“首阳”二字同为山名。《论语集注》亦尝指首阳为山名矣，岂泛名其山则曰首山，主山南而言，则又独得首阳之称乎？❻

指出朱熹在不同的著作中或以“首”为山名，或以“首阳”为山名，存在两种解释，且皆有例证支撑，对这种情况，刘瑾解释为朱熹可能以“首山”为整体的山名，“首阳”则专指首山的南部而言。

对天文历法的补充与解释，如《鄘风·定之方中》篇，《诗集传》曰："定，

❶ [宋]朱熹撰.赵长征点校.诗集传[M].北京：中华书局，2011：21.

❷ [元]刘瑾.诗传通释·卷一[M].北京：北京师范大学出版社，2013：121.

❸ [宋]朱熹撰.赵长征点校.诗集传[M].北京：中华书局，2011：21.

❹ [元]刘瑾.诗传通释·卷一[M].北京：北京师范大学出版社，2013：121.

❺ [宋]朱熹撰.赵长征点校.诗集传[M].北京：中华书局，2011：93.

❻ [元]刘瑾.诗传通释·卷六[M].北京：北京师范大学出版社，2013：290.

北方之宿，营室星也。此星昏而正中，夏正十月也。于是时可以营制宫室，故谓之营室。”❶刘瑾按曰：

> 夏正十月建亥，春秋时十二月也。农事已毕，可以兴作，而人君居必南面，故亥月昏时见定星当南方之午位，因记此星为每岁营作之候，又因号为营室。此盖成周以后之制。上考唐虞之时，定星以戌月昏中，岁久而差。至周时，定星始以亥月昏中，下逮今日，此星又以子月昏中矣。❷

解释了定星“营室”之名的由来，又历数了定星在唐虞、周代以及元代所发生的轨迹变化。

关于历法的补正，还有《豳风·七月》篇中“十月改岁”之说，《诗集传》引吕祖谦语曰：“十月而曰改岁，三正之通于民俗，尚矣。周特举而迭用之耳。”❸“三正”即所谓夏历、殷历、周历，三者岁首不同，故合称三正，夏历以建寅之月（即今农历正月）为岁首，殷历以建丑之月（即今农历十二月）为岁首，周历以建子之月（即今农历十一月）为岁首。刘瑾先引《朱子语类》之说作为补充：“周历夏商，其未有天下之时，固用夏商之正朔；然其国僻远，无纯臣之义，又自有私记其时月者，故三正皆曾用也。”❹朱熹解释“三正”通用的原因为周经历了夏、商的统治，所以使用夏、商的历法，又因为其地远离政治中心，所以百姓私记时月，所用历法并不统一，故而三种历法都有所使用。需要注意的是，刘瑾于此书中常引《朱子语类》中关于《诗经》的内容以补充《诗集传》，但并不标明出处，径以双行小字夹注的形式附于传文之中。又作按语曰：

> 岁字之义，有以天时一周而言者，有以正朔所纪而言者。天时一周，必始于孟春，而终于季冬。首章所谓“二之日”“何以卒岁”是也。正朔所纪，则子丑寅之迭建，与此十月而谓改岁者是也。夫《夏书》有“怠弃三正”之语，则自夏以前，已有子丑之正，是三正通于民俗，其来既远，故邠公创国偏方，亦有十月改岁之俗。及至周有天下，又因以为一代之正朔，正如公刘彻田为粮之法，

❶［宋］朱熹撰．赵长征点校．诗集传[M]．北京：中华书局，2011：41.

❷［元］刘瑾．诗传通释·卷三[M]．北京：北京师范大学出版社，2013：173.

❸［宋］朱熹撰．赵长征点校．诗集传[M]．北京：中华书局，2011：120.

❹［元］刘瑾．诗传通释·卷八[M]．北京：北京师范大学出版社，2013：341.

其后亦为成周之彻法也。然考东莱《诗记》“周”字上有“商”字,似谓子丑之正,非创自商周。商周迭兴，不过举前代之制而迭用之耳。今朱子所引，乃无“商”字，而又谓周人三正皆曾用，似与东莱本意不同，未知何也。❶

刘氏以《夏书》为证据，认为夏朝之时已有“三正”之历法，皆通行于民间，周朝时重定正朔，选取了其中以建子之月为岁首的历法为官方历法，故而称十月为改岁。此外，刘氏还指出朱熹引吕祖谦《读诗记》之文较之原文在“周”字上脱落了一个“商”字，改变了商周用前代之制的本意，将其限制在周代，刘氏据此推测朱熹的观点与吕祖谦不同，而刘氏指出在夏朝时已有“三正”之法，实则是对朱熹《诗集传》中体现出的观点作委婉的反驳。

对典章制度的解说，朱熹《诗集传》一般较为简明，于是刘瑾《诗传通释》常为之丰富补充。如《唐风·无衣》篇,《诗集传》曰：“侯伯七命，其车旗衣服皆以七为节。”❷《诗传旁通》引：

王介甫曰：“《周礼·司服》所谓‘侯伯之服，自鷩冕而下如公之服’，即《典命》所谓‘侯伯七命，衣服以七为节’也。”吕东莱曰：“《周礼》注：‘鷩冕七章，衣三章：一曰华虫，画以雉，即鷩也，二曰火，三曰宗彝，皆画为缋；裳四章：一曰藻，二曰粉米，三曰黼，四曰黻，皆以为绣。”❸

以王安石、吕祖谦二人引《周礼》之说为《诗集传》作补充，补充了侯伯之服的形制。

刘瑾长于律吕，故对乐器的考证也较翔实，如《大雅·灵台》篇“贲”,《诗集传》释曰:“贲，大鼓也。长八尺，鼓四尺，中围加三之一。”❹刘瑾先引《释文》曰：“贲亦作鼖。”又逐句作按语解释：“贲，鼓身高八尺，而其鼓之面皮所冒者径四尺也”：“中围者，谓鼓腹也。鼓面径四尺，则其围十二尺。鼓腹之围加以三之一,则其围十六尺,而径五尺三寸三分寸之一也。”❺对“贲”的形制作出更详细的补充。

---

❶ [元] 刘瑾. 诗传通释 · 卷八 [M]. 北京：北京师范大学出版社，2013：341-342.

❷ [宋] 朱熹撰. 赵长征点校. 诗集传 [M]. 北京：中华书局，2011：92.

❸ [元] 刘瑾. 诗传通释 · 卷六 [M]. 北京：北京师范大学出版社，2013：285.

❹ [宋] 朱熹撰. 赵长征点校. 诗集传 [M]. 北京：中华书局，2011：249.

❺ [元] 刘瑾. 诗传通释 · 卷十六 [M]. 北京：北京师范大学出版社，2013：625.

又如《小雅·车攻》篇，《诗集传》曰：“驰，驱驰之法也。”❶刘氏补充曰：“五御之目，三曰‘过君表’，五曰‘逐禽左’，即御田车、驱驰之法也。”❷对“驱驰之法”，也就是君子六艺之一的驾车之法的具体内容作了补充。

对《诗集传》释义之难解者，刘瑾会进一步解释。如《小雅·天保》篇“吉蠲”，《诗集传》训曰：“吉，言诹日择士之善。蠲，言斋戒涤濯之洁。”❸朱熹的训释采用礼学术语，对不熟悉礼学的初学者依然晦涩难解。于是刘瑾按曰：

> 诹日者，君臣诹谋祭日于旬有一日之先，至次日，乃卜所诹之日吉否。如少牢馈食，大夫先与有司诹丁巳之日，至明日，乃筮其日之吉凶也。择士者，大射于射宫，以选与祭之士。斋戒，谓七日斋、三日戒之类。涤濯，谓溉濯祭器、扫除宗庙之类。❹

对朱熹解说中出现的“诹日”“择士”“斋戒”“涤濯”等礼学术语一一进行解释。

对《诗集传》之解说有疑惑处，刘瑾亦委婉提出自己的意见。如《邶风·泉水》篇“诸姬”“诸姑”“伯姊”，《诗集传》解曰：“诸姬，谓姪娣也”“诸姑、伯姊，即所谓诸姬也。”❺对于这一解释刘瑾作按语曰：“夫人之嫁，必有侄娣二人为媵，而同姓二国往媵之，亦有侄娣，皆谓之媵，凡八人。《集传》以此诗为夫人作，而以诸姬为侄娣，又谓诸姑、伯姊即诸姬。然则八人之中，亦有是夫人姑姊辈行者乎？”❻朱熹认为“诸姑伯姊”乃是指从嫁之姪娣。关于“姪娣”，孔颖达疏曰：“姪是妻之兄女，娣是妻之妹，从妻来为妾也。”❼《公羊传·庄公十九年》载：“媵者何？诸侯娶一国，则二国往媵之，以姪娣从。姪者何？兄之子也；娣者何？弟也。”❽诸多典籍记载皆是以侄女或妹等同姓女为媵妾，未见有以姑姊

❶ [宋]朱熹撰．赵长征点校．诗集传 [M]. 北京：中华书局，2011：155.
❷ [元]刘瑾．诗传通释·卷十 [M]. 北京：北京师范大学出版社，2013：429.
❸ [宋]朱熹撰．赵长征点校．诗集传 [M]. 北京：中华书局，2011：137.
❹ [元]刘瑾．诗传通释·卷九 [M]. 北京：北京师范大学出版社，2013：387.
❺ [宋]朱熹撰．赵长征点校．诗集传 [M]. 北京：中华书局，2011：32.
❻ [元]刘瑾．诗传通释·卷二 [M]. 北京：北京师范大学出版社，2013：151.
❼ [汉]郑玄注．[唐]孔颖达疏．李学勤主编．礼记正义 [M]. 北京：北京大学出版社，1999：106.
❽ [汉]何休注．[唐]徐彦疏．刁小龙整理．春秋公羊传注疏 [M]. 上海：上海古籍出版社，2014：289.

为媵妾者，故而刘瑾产生了怀疑，但其不敢直指朱子之说为非，而是以疑问句提出隐晦的质疑。

对历史故事的考证补充，如《小雅·彤弓》篇，对《诗集传》注文“后之视府藏为己私分，至有以武库兵赐弄臣者”一句，刘瑾引许谦语为之补充曰：“汉哀帝建平四年，上发武库兵，送侍中董贤及乳母王阿舍。执金吾毋将隆奏：‘武库兵器，天下公用，今便僻弄臣，私恩微妾，而以天下公用给其私门，非所以示四方也。’”对“赏赐非出于利诱，则迫于事势，至于有朝赐铁券而暮屠戮者”一句，刘氏补充曰：“如唐德宗于李怀光、昭宗于王行瑜是也。”对“屯膏吝赏，功臣解体，至有印刓而不忍予者”一句，刘氏曰：“如项羽是也。”❶对《诗集传》释文中提及的三种情况，刘瑾分别引述相对应的历史人物与典故来说明。

又如《唐风·扬之水》篇，《诗集传》曰：“晋昭侯封其叔父成师于曲沃，是为桓叔。”❷刘瑾补充道：“案《左传》《史记》，晋穆侯太子曰仇，其弟曰成师。穆侯薨，仇立，是为文侯。文侯薨，昭侯立，封成师于曲沃，师服谏曰：‘吾闻国家之立也，本大而末小，是以能固，故天子建国，诸侯立家。今晋，甸侯也，而建国本既弱矣，其能久乎？’成师卒，谥曰桓叔。”❸总结《左传》《史记》的记载，介绍了晋昭侯封桓叔之始末，补充了《诗集传》的说明。

再如《诗集传》在《秦风·晨风》篇的注文中曰：“此与《扊扅之歌》同意，盖秦俗也。”❹刘瑾按曰：“晋献公灭虞，百里奚亡秦走宛，楚鄙人执之。秦穆公闻其贤，以五羖羊皮赎之，授以国政。后因作乐，所赁澣妇自言知音，呼之，援琴而歌曰：‘百里奚，五羊皮，临别时，烹伏雌，炊扊扅，今富贵，忘我为。’因问之，乃其妻也。”补充了《扊扅之歌》的内容与其背后的典故。❺

还有《唐风·无衣》篇，《诗序》以为美晋武公，朱熹于篇末有一段从义理出发驳斥《小序》的议论，自言“自附于《春秋》之义”。刘瑾按曰：

❶ [元]刘瑾.诗传通释·卷十[M].北京：北京师范大学出版社，2013：415-416

❷ [宋]朱熹撰.赵长征点校.诗集传[M].北京：中华书局，2011：89.

❸ [元]刘瑾.诗传通释·卷六[M].北京：北京师范大学出版社，2013：278-279.

❹ [宋]朱熹撰.赵长征点校.诗集传[M].北京：中华书局，2011：99.

❺ [元]刘瑾.诗传通释·卷六[M].北京：北京师范大学出版社，2013：304.

晋赵盾亡不越境，反不讨贼；许世子不尝药，《春秋》且不少从末减，皆结正其杀君之罪。况武公篡逆如此，而请命之事反可以为美乎？朱子此论，足以正人心于千载之后，诛乱贼于千载之上矣！然则此义行，而乱臣贼子惧。❶

举《春秋》因晋赵盾亡不越境、反不讨贼与许世子不尝药而判定其二者为弑君之例来说明朱子所说的"《春秋》之义"，在他看来，晋武公弑君篡国，其罪重于赵盾与许世子，而《小序》以其请命之诗为美诗，不仅有违《春秋》褒贬之义，更有违于诗教，故朱熹辨之的目的在于正人心、诛乱贼，这也是朱熹以理学解《诗》的命意所在。

关于诗歌之时世，刘瑾亦尝试考证。如《邶风》中关于《式微》《旄丘》二诗，《诗序》皆以为是黎侯寓居于卫之时黎之臣子所作。朱熹《诗集传》曰："此无所考，姑从《序》说。"❷《诗序辨说》又曰："诗中无'黎侯'字，未详是否。下篇同。"❸对《序》说抱着将信将疑的态度。对其下《邶风·旄丘》篇，朱熹《诗序辨说》曰："《序》见诗有'伯兮'二字而以为责卫伯之词，误矣。陈氏曰：'说者以此为宣公之诗，然宣公之后百余年，卫穆公之时，晋灭赤狄潞氏，数之以其夺黎氏地，然则此其穆公之诗乎？不可得而知也。'"❹朱熹认为，《小序》因为诗中有"伯兮"二字而将此诗误判为黎臣责卫伯之词，又引陈傅良疑此诗为卫穆公时诗之说，指出另一种可能。但实际上，诸旧解皆将"伯兮"解为卫臣，没有证据显示《诗序》是因为诗中有"伯兮"二字而将此诗解为责卫伯之诗的，且陈氏之说也只是提出一种怀疑，没有确切的证据。

对此刘瑾辩曰：

以此诗为作于卫宣之时，固无可考，但上篇黎臣有劝归之辞，则此时黎之宗社疑未灭也，岂其后黎侯复国，至卫穆公时方为赤狄所灭，故晋人数赤

❶ [元]刘瑾．诗传通释·卷六[M]．北京：北京师范大学出版社，2013：288.

❷ [宋]朱熹撰．赵长征点校．诗集传[M]．北京：中华书局，2011：30.

❸ [宋]朱熹撰．朱杰人，严佐之，刘永翔主编．朱子全书·诗序辨说[M]．上海：上海古籍出版社；合肥：安徽教育出版社，2002：363.

❹ [宋]朱熹撰．朱杰人，严佐之，刘永翔主编．朱子全书·诗序辨说[M]．上海：上海古籍出版社；合肥：安徽教育出版社，2002：363.

狄之罪，立黎侯而还。以此意之，《式微》《旄丘》二诗，虽未有以见其必作于卫宣之时，恐亦未必作于卫穆时也。❶

刘瑾认同《式微》《旄丘》两诗是黎侯寓卫之时黎之臣子所作，但黎侯为赤狄所逐，流寓卫国数十年，至卫穆公时才在晋国的帮助之下复国，在此期间卫国变换数任君主，无法确定此诗作于哪一任国君之时。因为《式微》有劝归之辞，刘氏据此推测此时黎国宗社未灭，故更倾向于二诗作于黎国灭国早期，不应如卫穆公时之迟。

又如《秦风》之时世，《秦风·车邻》篇，《诗序》以为“美秦仲也”，《诗序辨说》曰：“未见其必为秦仲之诗，大率《秦风》唯《黄鸟》《渭阳》为有据，其他诸时皆不可考。”❷刘瑾尝试考证《秦风》之时世，于《车邻》篇末曰：“秦仲但为宣王大夫，未必得备寺人之官。此诗疑作于平王命襄公为侯之后。”❸附和朱熹之说，以为此诗未必为美秦仲之诗，并试图提出自己的推断，以为此诗作于周平王任命秦襄公为侯之后，但并没有什么依据。于《驷驖》篇，《诗序》以为“美襄公也”，朱熹无所辨，而刘瑾辨曰：“朱子虽以此《序》稍平，不复辨说，然又谓秦诗时世多不可考。今据诗中言公，乃臣子称其君之词，疑此诗亦作于襄公受命为侯之后也。”❹遵从《诗序》之说，以为美襄公之诗，又因诗中有美公之辞判定此诗为襄公受命为侯之后的诗，其分析虽试图从文本内容出发，但依然缺乏有说服力的证据。

再如《小雅·正月》八章，《诗集传》曰：“言我心之忧如结者，为国政之暴恶故也。燎之方盛之时，则宁有能扑而灭之者乎？然赫赫然之宗周，而一褒姒足以灭之。盖伤之也。时宗周未灭，以褒姒淫妒谗谄而王惑之，知其必灭周也。或曰：此东迁后诗也，时宗周已灭矣，其言褒姒灭之，有监戒之意，而无忧惧之情，似亦道已然之事，而非虑其将然之词。今亦未能必其然否也。”❺从朱熹的这段说

❶ [元]刘瑾．诗传通释·卷二[M]．北京：北京师范大学出版社，2013：148.

❷ [宋]朱熹撰．朱杰人，严佐之，刘永翔主编．朱子全书·诗序辨说[M]．上海：上海古籍出版社；合肥：安徽教育出版社，2002：377.

❸ [元]刘瑾．诗传通释·卷六[M]．北京：北京师范大学出版社，2013：293.

❹ [元]刘瑾．诗传通释·卷六[M]．北京：北京师范大学出版社，2013：296.

❺ [宋]朱熹撰．赵长征点校．诗集传[M]．北京：中华书局，2011：172.

解中可以看出，关于此诗的时世有两种说法，一为幽王褒姒之时；一为宗周灭亡、周室东迁之后。对于两种说法，朱熹亦莫衷一是。

对此刘瑾辨之曰：

> 章末四句，语意反复相应，其言燎之难灭，正以叹伤宗周之易灭，真似道已然之事，窃恐或说为长。且使宗周未灭，褒姒方宠，则诗人之言未应指斥如是也。若以下篇"艳妻煽方处"之语证之，彼词则又微婉。虽作于褒姒嬖盛之时，固无嫌也。❶

从文本出发，体会作诗之人的语气，认为更接近于形容已经发生的事情，所以倾向于此诗为东迁后之诗，并且由诗人直指褒姒之名以斥之推断此诗不应作于褒姒方宠之时，言之颇成理。

2. 对《诗集传》音韵、训诂的补正

（1）对字音的标注、补正。

刘瑾《诗传通释》一书不以音韵注释为重点，故注音并不密集，只对《诗集传》传文与引文中的疑难字和多音字注音，多以双行小字夹注的形式随文标出，注音方法主要使用直音法，亦用反切法。如对《秦风·晨风》篇，《诗集传》注文中的"《扊扅之歌》"，用直音法在"扊扅"两字之下标"音剡移"；又如对《庭燎》篇注文"诸侯将朝，则司烜以物百枚，并而束之"，两处注音，前者用直音法，直接把同音字"毁"标注在所释字"烜"后，后者用反切法标识"并"字的读音"卑政反"。《诗传通释》一书的注音方式基本如上，不需赘述。

对《诗集传》音训的补充，如《大雅·崧高》篇"往近王舅"之"近"，《诗集传》曰："郑音记。"是以直音法标识郑玄所注的读音。刘瑾曰："读如'彼己之子'之己。"❷"彼己之子"就是《诗经》中经常出现的"彼其之子"，"其"读为"己"，刘氏此处亦用直音法标识，但"记"为入声字，"己"为上声字，刘氏所标声调并不准确。

又如《大雅·皇矣》篇"上帝耆之"之"耆"，《诗集传》曰："未详其意。

---

❶ [元]刘瑾.诗传通释·卷十一[M].北京：北京师范大学出版社，2013：463-464.

❷ [元]刘瑾.诗传通释·卷十八[M].北京：北京师范大学出版社，2013：708.

或曰：耆，致也。”❶刘瑾引程子曰：“《颂》云：‘耆定尔功。’《毛氏传》曰：‘耆，致也。’”刘瑾按：“耆，《释文》音髻，《集传》疑训为致，则当音指，读如‘耆定尔功’之耆。”❷《诗集传》对于“耆”字并无注音，刘瑾从《诗集传》将其训为“致”而判断此字读音为“指”，并认为《周颂·武》篇中“耆定尔功”之“耆”亦作此读，然“致”与“指”声调亦不同。

再如《大雅·桑柔》篇“既之阴女，反予来赫”，《诗集传》注“阴”字曰“叶于鸩反”，注“赫”字曰“叶黑各反”，释曰：“之，往。阴，覆也。赫，威怒之貌。我以言告女，是往阴覆于女，女反来加赫然之怒于己也。张子曰：‘既往密告于女，反谓我来恐动也。’亦通。”❸在自己的训解之外，又引述了张载将“阴”解为密告，“赫”解为恐动的说法。刘瑾按曰：“《释文》：‘阴，或音如字。赫，本亦作嚇，音瑕。《庄子》云：以梁国嚇我是也。’张子之说盖用《释文》二字之意。”❹进一步指出张载的解释出自陆德明《经典释文》，并引《释文》之注音补充“阴”“赫”二字本音。对照《经典释文》原文可以发现在引用时刘瑾对原文作了更改，原文作：“阴女，郑音荫，覆荫也。王如字，谓阴知之。赫，毛许白反，炙也，与‘王赫斯怒’同义。本亦作吓，郑许嫁反，口拒人也，《庄子》云‘以梁国嚇我’是也。”❺在原文有毛氏注音与郑玄注音，刘瑾采取的是郑玄注音，且将原文中的反切法注音改为直音法注音。

另外，刘瑾对朱熹的叶韵说颇为赞同，其于卷首《章句音韵》部分曰：

> 若句之叶韵，则有句句用韵者，有隔两句用韵者，有隔韵相叶者，有隔数句相叶者。且章句音韵不特《诗》为然，求之《四书》，亦或有章句之分。求之诸经，亦时有音韵之叶，《书》则舜、皋陶之歌及《五子之歌》《洪范》无偏无陂之咏，《仪礼》则《士冠礼》祝辞、醮辞、字辞，《易》则爻辞、彖、象、杂卦之类，莫不叶韵，盖皆欲其便于吟咏而已。❻

❶ [宋]朱熹撰.赵长征点校.诗集传[M].北京：中华书局，2011：244.

❷ [元]刘瑾.诗传通释·卷十六[M].北京：北京师范大学出版社，2013：614.

❸ [宋]朱熹撰.赵长征点校.诗集传[M].北京：中华书局，2011：805.

❹ [元]刘瑾.诗传通释·卷十八[M].北京：北京师范大学出版社，2013：698.

❺ [唐]陆德明撰.黄焯断句.经典释文[M].北京：中华书局，1983：98.

❻ [元]刘瑾.诗传通释·卷首[M].北京：北京师范大学出版社，2013：51.

在这段话中，刘瑾总结了《诗经》叶韵的一些规律，并指出《尚书》《仪礼》《易经》等经典皆有叶韵的情况，但从其叶韵仅是为了便于吟咏的说法来看，可以发现刘瑾对古音并没有太深入的认识。

从《诗传通释》的内容看，刘氏对音韵之学不甚精通，故关于叶韵所论不多，其对朱熹《诗集传》中叶韵判断的质疑也很少，大概有如下几例。

在《小雅·采薇》首章，《诗集传》注音曰："采薇采薇，薇亦作（叶则故反）止。曰归曰归，岁亦莫（音慕）止。靡室靡家（叶古乎反），玁（音险）狁（音允）之故。不遑起居，玁狁之故。"❶对此章的叶韵情况刘瑾总结曰："此章'作'与'慕''故'叶，'薇'与'归'叶，'家'又与'居'叶。"❷通过他的总结，读者可以更直观地发现此章诗句皆为隔句叶韵。

又如《周颂·烈文》，《诗集传》曰："此篇以公、疆两韵相叶，未审当从何读，意亦可互用也。"❸此诗主要有"公""疆"两个韵脚，一属"东"部，一属"阳"部，朱熹认为读此诗时应将两韵叶为一韵读，但不能判断应当从哪个韵。对此刘瑾提出了自己的看法："第一句与第六、第七句相叶，第三句与第五、第八、第十三句相叶，亦隔互叶韵也。"❹认为此诗属于隔句叶韵，两个韵脚同时使用，不必叶为一韵，此说颇有见地。

再如《商颂·玄鸟》末章，《诗集传》注音曰："四海来假（音格，下同），来假祁祁。景员维河，殷受命咸宜（叶牛何反），百禄是何（音荷，叶如字）。"❺可以看到朱熹将"宜"字读音标为"叶牛何反"，与上下句的韵脚"河""何"相叶。对此刘瑾反驳道："宜字恐不须叶音，则祁与宜、河与何，皆隔句叶韵也。"❻认为此章是隔句叶韵，"宜"字不必叶韵，其本音即与"祁"字隔句叶韵，此说相较《诗集传》的注音更符合诗歌韵律。

还有《小雅·南有嘉鱼》末章，《诗集传》注音曰："翩翩者鵻（之谁反），

❶ [宋]朱熹撰．赵长征点校．诗集传[M].北京：中华书局，2011：537.
❷ [元]刘瑾．诗传通释·卷九[M].北京：北京师范大学出版社，2013：390.
❸ [宋]朱熹撰．赵长征点校．诗集传[M].北京：中华书局，2011：219.
❹ [元]刘瑾．诗传通释·卷十九[M].北京：北京师范大学出版社，2013：746.
❺ [宋]朱熹撰．赵长征点校．诗集传[M].北京：中华书局，2011：327.
❻ [元]刘瑾．诗传通释·卷二十[M].北京：北京师范大学出版社，2013：826.

烝然来（叶六直、陵之二反）思。君子有酒，嘉宾式燕又（叶夷昔反，或如字）思。”解释曰：“思，语辞也。又，既燕而又燕，以见其至诚有加而无已也。或曰：又思，言其又思念而不忘也。”❶对此刘瑾整理道：“‘来思’之思，语词。‘又思’，既燕而又思之，以见其至诚有加而无已也。凡思字为语助者，上字叶韵；为思虑之思者，本字协韵。此章则来字与末句思字协韵也。”❷总结了以语词“思”结尾的诗句的叶韵规律，认为第一个“思”是语词，以上一字协韵，第二个“思”不是语词，作思虑解，以本字协韵，较朱熹之解说更为清晰明白。

（2）对训诂的整理、补正。

对朱熹《诗集传》中的字词训诂，刘瑾《诗传旁通》亦作了许多整理、补充与订正。

对《诗集传》字词训诂做整理归纳工作的例子有：《邶风·式微》篇“式微式微，胡不归？微君之故，胡为乎中露”一章，首句与第三句皆有“微”字，《诗集传》释前者曰：“微，犹衰也。再而言之者，言衰之甚也。”释后者曰：“微，犹非也。”❸刘瑾按曰：“此章二‘微’字义不同。”❹提醒读者注意在同一章中“微”字有两种不同的释义。相似情况还有《大雅·皇矣》“爰整其旅，以按徂旅”一句，《诗集传》释曰：“其旅，周师也。按，遏也。徂旅，密师之往共者也。”❺刘瑾按：“二‘旅’字所指不同。”❻提示读者注意此章“旅”字有两个所指对象。

又如《周颂·昊天有成命》篇，《诗集传》释“成王”曰：“成王，名诵，武王之子也。”❼刘瑾按曰：“朱子于《下武》诗‘成王’二字则辨先儒之误，而谓非王诵之谥，于此诗‘成王’字，则正先儒之误，而以为谥，名固各有当也。”❽指出朱熹在不同篇章对“成王”一词有不同的解释，《诗经》中的“成王”并非

❶ [宋]朱熹撰．赵长征点校．诗集传[M].北京：中华书局，2011：144.

❷ [元]刘瑾．诗传通释·卷九[M].北京：北京师范大学出版社，2013：407.

❸ [宋]朱熹撰．赵长征点校．诗集传[M].北京：中华书局，2011：30.

❹ [元]刘瑾．诗传通释·卷二[M].北京：北京师范大学出版社，2013：145.

❺ [宋]朱熹撰．赵长征点校．诗集传[M].北京：中华书局，2011：246.

❻ [元]刘瑾．诗传通释·卷十六[M].北京：北京师范大学出版社，2013：618.

❼ [宋]朱熹撰．赵长征点校．诗集传[M].北京：中华书局，2011：300.

❽ [元]刘瑾．诗传通释·卷十九[M].北京：北京师范大学出版社，2013：747.

都指武王之子诵的谥号。

刘瑾还对《诗经》中反复出现的字词进行训释与整理归纳，如于《大雅·皇矣》篇末统计各章出现的“帝”字：

（一、二）两章称‘帝’者三，称‘天’者一，可见天之所以命大王者矣。盖其始去邠则邠人从之，其居于岐则四方归之。民之归往如此，即大王已受天命矣。然而求大王之所以得乎天者，则以帝迁明德而然也。

三、四章内言‘帝’者四，可见天之命王季者矣。然而王季之所以得乎天者，则以其德克明而然也。

五章至八章言‘帝’者四，而帝之所以命文王者，唯拳拳于武功，求其所以然者，则又以帝之怀具明德也。唯其祖父子孙相传一德，是以天之眷命有加而无替，及至商罪贯盈，而天又命武王诛之，天岂私于有周也哉？❶

并围绕“帝”这个关键词对各段落的主要内容作义理方面的解读。

又如《大雅·文王》篇之“不显”，《诗集传》解曰：“不显，犹言岂不显也。”❷刘瑾按曰：“雅、颂称‘不显’凡十二：此诗三，《大明》及《崧高》《韩奕》《清庙》《维天之命》《执竞》《烈文》各一，皆与此诗同义。《思齐》《抑》各一，则词指有不同者。”❸总结了《雅》《颂》各诗中“不显”一词出现的次数，并按意义的不同归纳为两类，一类作“岂不显也”解，一类作“幽隐之处”“非显明之处”解。

再如《小雅·伐木》篇之“兄弟不远”，《诗集传》解曰：“兄弟，朋友之同侪者。”❹刘瑾按曰：“诗言‘兄弟’多矣，《郑风·扬之水》婚姻之党，《唐·杕杜》《常棣》《頍弁》《斯干》《行苇》等篇同气之亲也，此诗则同侪之友也，各随所指不同耳。”❺归纳总结了“兄弟”一词在不同诗篇中的释义。

对《诗集传》的字词训诂作补充的例子有：《大雅·棫朴》“遐不作人”之

❶ [元]刘瑾．诗传通释·卷十六[M]. 北京：北京师范大学出版社，2013：622-623.

❷ [宋]朱熹撰．赵长征点校．诗集传[M]. 北京：中华书局，2011：233.

❸ [元]刘瑾．诗传通释·卷十六[M]. 北京：北京师范大学出版社，2013：578.

❹ [宋]朱熹撰．赵长征点校．诗集传[M]. 北京：中华书局，2011：136.

❺ [元]刘瑾．诗传通释·卷九[M]. 北京：北京师范大学出版社，2013：385.

“遐”，《诗集传》释曰：“遐，与何同。”❶刘瑾引《朱子语类》补充曰：“遐，古注并诸家皆作‘远’字，无甚道理。《礼记》注训‘胡’字，甚好。”又引刘辰翁语曰：“遐不，何不也。”❷以《朱子语类》中的朱熹之说与刘辰翁之说为《诗集传》作补充。

又如《魏风·伐檀》“河水清且涟猗”之“猗”，《诗集传》解曰：“猗，与兮同。语词也。《书》‘断断猗’，《大学》作‘兮’，《庄子》亦云‘而我犹为人猗’是也。”❸在“猗，与兮同”一句之后，刘瑾引王应麟《诗考》补充曰：“《鲁诗》作兮。”又于朱熹所举例证之后补充曰：“《大宗师》曰：‘而已反其真，而我犹为人猗。’林氏曰：‘猗，助语也。’”❹具体指出了朱熹引《庄子》之语的出处为《大宗师》篇，并补充了原文上句，又引林氏注“助语”之说来支持朱熹“语词”之说。

再如《大雅·云汉》篇“瞻卬昊天，云如何里”，《诗集传》释“里”曰：“里，忧也。与《汉书》‘无俚’之‘俚’同，聊赖之意也。”❺朱熹认为《诗经》中的“里”字作忧解，又言其与《汉书》中的“俚”字相同，作“聊赖”之意。刘瑾引吕祖谦《读诗记》曰：“《释文》云：‘里本作瘇，《尔雅》作悝。’《释诂》云：‘悝，忧也。’”补充了不同字书中作“忧”义的“里”字本字有“瘇”与“悝”两种写法。又作按语补充道：“《孟子》‘稽大不理于口’，《集注》训赖，亦引《季布传》‘无俚’之‘俚’为证，然则里、理、俚盖通用。”❻指出朱熹《孟子集注》中将“理”训作赖，且同样引《汉书》“无俚”为旁证，得出“里”“理”“俚”通用的结论。

对《诗集传》传文中的字词进行训解的例子亦有不少，如《周南·芣苢》篇，《诗集传》释“袺”与“襭”曰：“袺，以衣贮之而执其衽也。襭，以衣贮之，

---

❶ [宋]朱熹撰．赵长征点校．诗集传[M].北京：中华书局，2011：242.

❷ [元]刘瑾．诗传通释·卷十六[M].北京：北京师范大学出版社，2013：604.

❸ [宋]朱熹撰．赵长征点校．诗集传[M].北京：中华书局，2011：84.

❹ [元]刘瑾．诗传通释·卷五[M].北京：北京师范大学出版社，2013：268.

❺ [宋]朱熹撰．赵长征点校．诗集传[M].北京：中华书局，2011：282.

❻ [元]刘瑾．诗传通释·卷十八[M].北京：北京师范大学出版社，2013：704.

而扱其衽于带间也。”[1]刘瑾按曰：“衽者，衣之襟也。带者，腰之带也。自‘采之’至‘襭之’，有无多寡之序如此。”[2]对《诗集传》之注文作进一步训释，以便于读者理解。

又如《鄘风·柏舟》篇，《诗集传》释“柏舟”曰：“言以柏为舟，坚致牢实，而不以承载，无所依薄。”[3]对传文中的“薄”字，刘瑾释曰：“‘薄’字训‘附’，以《说卦》‘雷风相薄’证之，只读作‘泊’。若以《离骚》《九章》‘芳不得薄’之‘薄’证之，则音为‘傅’，而亦训为‘附’也。”[4]将“薄”字训解为“附”，并以《周易·说卦》与屈原之《离骚》《九章》为证，列举了“薄”的两个读音。

对《诗集传》训释未详之处，刘瑾亦为之补充，如《小雅·节南山》篇“有实其猗”一句，《诗集传》曰：“有实有猗，未详其意。《传》曰：‘实，满。猗，长也。’《笺》云：‘猗，倚也。言草木满其旁，倚之畎谷也。’或以为草木之实猗猗然，皆不甚通。”[5]朱熹认为毛传、郑笺与“或说”所持的三种观点“皆不甚通”，故曰“未详其意”。

刘瑾引辅广《诗童子问》曰：“‘有实其猗’，先生以为诸说皆不甚通者，盖与不平之意不相似耳。然郑氏之意大凿，而或者之说似可通。故苏氏亦云：‘草木，山之实也。山之生物，平均如一，凡草木之生于上者，无不猗猗其长也。’如此则与不平之意相近矣。”[6]辅广分析朱熹以为诸说“皆不甚通”，是因为在他看来三说皆与后句不平之意不相关，辅广认为第三说可以与不平之意对应，并引用苏辙《诗集传》之说为佐证。

最后刘瑾按曰：“以《左传》‘我落其实’与《卫风》‘绿竹猗猗’之语观之，或可为《集传》第三说之证。”[7]“我落其实”出自《左传·僖公十五年》，“绿竹

[1] [宋]朱熹撰．赵长征点校．诗集传[M].北京：中华书局，2011：7.
[2] [元]刘瑾．诗传通释·卷一[M].北京：北京师范大学出版社，2013：83.
[3] [宋]朱熹撰．赵长征点校．诗集传[M].北京：中华书局，2011：21.
[4] [元]刘瑾．诗传通释·卷二[M].北京：北京师范大学出版社，2013：123.
[5] [宋]朱熹撰．赵长征点校．诗集传[M].北京：中华书局，2011：168.
[6] [元]刘瑾．诗传通释·卷十一[M].北京：北京师范大学出版社，2013：456.
[7] [元]刘瑾．诗传通释·卷十一[M].北京：北京师范大学出版社，2013：456.

猗猗”出自《卫风·淇澳》,前者“实”做草木之实解,后者“猗倚”解作长而美貌,正可为“草木之实猗猗然”佐证。

又如《大雅 · 皇矣》“依其在京，侵自阮疆”一句,《诗集传》解曰 :“言文王安然在周之京，而所整之兵既遏密人，遂从阮疆而出以侵密。”❶虽解释了句意，对“侵”字并没有具体的训解。刘瑾引严粲《诗缉》曰 :“侵自阮疆，谓自阮疆而侵密，犹《春秋》书‘公至自晋’。密、阮接境也。”❷严粲之说解释了句法，但并未对具体字词进行训释。而刘瑾对此处“侵”字的使用则进行了具体的辨析 :“《春秋》书法 : 潜师掠境曰侵，声罪致讨曰伐，此诗于密言侵，于崇言伐，固非如《春秋》书法例。然其师既按徂共之众，则密人退归矣，故周师既出阮疆而遂侵之，盖亦出其不意而谓之侵也。”❸指出此处的“侵”字与《春秋》书法中“潜师掠境曰侵”的义例不同，应训为“出其不意而谓之侵”。

除了整理与补充之外，刘瑾还对朱熹《诗集传》中他认为不妥的训释进行补正，提出自己的看法。如《周颂 · 载芟》篇,《诗集传》释“耘”字为“去苗间草也”，刘瑾按曰 :“朱子《初解》尝从《郑笺》，以‘耘’为除根株，盖除草木之根株也。今此《传》改为去苗间草，然以下文之次序观之，恐此句未遽说耘苗也。故曹氏以为反土之后，草木根株有芟柞不尽者，则复耘之也。”❹指出朱熹早期《诗经》学著作《诗集解》从郑玄之说将“耘”释为“除草木之根株”，而在《诗集传》中改释为“去苗间草”，对于朱熹的前后两种解释，刘瑾从文本出发，认为后说与诗文中的耕种次序不甚相符，故引曹氏语支持前说。

3. 对《诗集传》诗旨、比兴的补正

《诗集传》去《序》言诗，于诗旨的解说常常不取《序》说，刘瑾《诗传通释》对诗旨的解说亦多依朱子之意，并于各诗之末载录《小序》与朱子《诗序辨说》之文。其于分析阐释诗旨时在阐释方式上有创新之处，擅于对主题、诗旨相

❶ [宋] 朱熹撰 . 赵长征点校 . 诗集传 [M]. 北京 : 中华书局，2011 : 247.
❷ [元] 刘瑾 . 诗传通释 · 卷十六 [M]. 北京 : 北京师范大学出版社，2013 : 619.
❸ [元] 刘瑾 . 诗传通释 · 卷十六 [M]. 北京 : 北京师范大学出版社，2013 : 619-620.
❹ [元] 刘瑾 . 诗传通释 · 卷十九 [M]. 北京 : 北京师范大学出版社，2013 : 784.

类的诗歌，或不同诗歌中相似的诗句进行归纳、对比与总结，表现出“会通”的特色。

《诗传通释》中于诗旨不从《序》说而支持补充《诗集传》之说处比比皆是，如《卫风·木瓜》篇，《序》曰：“美齐桓公也。卫国有狄人之败，出处于漕。齐桓公救而封之，遗之车马器服焉。卫人思之，欲厚报之，而作是诗也。”❶

朱熹《诗集传》曰：“言人有赠我以微物，我当报之以重宝。而犹未足以为报也，但欲其长以为好而不忘耳。疑亦男女相赠答之辞，如《静女》之类。”❷不取《序》说之典故。

刘瑾按曰：

桓公封卫，以王法律之，固为春秋之罪人。自卫人视之，则天地再造之恩也。果如《序》说，则桓公之德，仅可比于草木之实，而卫人之报者未见，乃遽自拟以重宝，尚为知恩也哉？《序》说非诗意矣，《集传》固不得从之也。❸

刘氏推测了朱熹不取《诗序》之说的理由，在他看来，齐桓公封卫虽不符合王法，但对于卫国乃是大恩，若此诗果如《诗序》所说为卫人赞美齐桓公而作，那么卫人将其大恩描述为“木瓜”“木桃”等寻常之物，把自己的回报比作玉石，则不符合常理。因此判断《小序》卫人美齐桓公之说与诗义不符，故朱熹《诗集传》于此诗不取《序》说是合情合理的。

又如《唐风·蟋蟀》篇，《序》曰：“刺晋僖公也。俭不中礼，故作是诗以闵之，欲其及时以礼自虞乐也。此晋也，而谓之唐，本其风俗忧深思远，俭而用礼，乃有尧之遗风焉。”❹

刘瑾引《诗序辨说》与《朱子语类》中相关的内容附于其后：

《诗序辨说》曰：“河东地瘠民贫，风俗勤俭，乃其风土气习有以使之，至今犹然，则在三代之时可知矣。《序》所谓‘俭不中礼’，固当有之，但所

---

❶ [汉]毛亨撰，郑玄笺．[唐]孔颖达疏．李学勤主编．毛诗正义[M]．北京：北京大学出版社，1999：246.

❷ [宋]朱熹撰．赵长征点校．诗集传[M]．北京：中华书局，2011：53.

❸ [元]刘瑾．诗传通释·卷三[M]．北京：北京师范大学出版社，2013：204-205.

❹ [汉]毛亨撰，郑玄笺．[唐]孔颖达疏．李学勤主编．毛诗正义[M]．北京：北京大学出版社，1999：377.

谓‘刺僖公’者，盖特以谥得之。而所谓‘欲其及时以礼自娱乐’者又与诗意正相反耳。况古今风俗之变，常必由俭以入奢，而其变之渐又必由上以及下。今谓君之俭反过于初，而民之俗犹知用礼，则尤恐其无是理也。独其‘忧思深远’‘有尧之遗风’为得之。然其所以不谓之晋，而谓之唐者，又初不谓此也。”❶

《朱子语类》曰：“唐自是晋未改号时国名，序者便牵合谓‘此晋也而谓之唐，乃有尧之遗风’。本意岂因此而谓之唐？是皆凿说。”❷

朱熹肯定了《诗序》中的合理部分，但并不认同《诗序》所说以“唐”称“晋”乃是因为此地“有尧之遗风”的解释，认为这并非《诗经》编纂者的本意，且认为《诗序》言此诗“刺僖公”的判断没有依据。

其后刘瑾按曰：“季札见歌《唐》，曰：‘思深哉！其有陶唐氏之遗风乎！不然，何其忧之远也？’意序者据此，遂谓因其有尧遗风而谓之唐。不知大师特系以始封之号尔，初无与于尧也。”❸进一步明确指出《诗序》的说法乃是受到季札观乐评语的影响，认为采诗之官将晋国之风命名为唐风只是采用了最初封国时的国号，与尧并无关联。

再如《小雅·雨无正》篇，《诗序》曰：“大夫刺幽王也。雨，自上下者也。众多如雨，而非所以为政也。”❹《诗序辨说》曰：“此《序》尤无义理，欧阳公、刘氏说已见本篇。”❺

朱熹《诗集传》曰：

欧阳公曰：“古之人于诗多不命题，而篇名往往无义例。其或有命名者，则必述诗之意，如‘巷伯’‘常武’之类是也。今《雨无正》之名，据《序》所言，与诗绝异，当阙其所疑。”

元城刘氏曰：“尝读《韩诗》有《雨无极》篇，《序》云：‘《雨无极》，

❶ [元]刘瑾.诗传通释·卷六[M].北京：北京师范大学出版社，2013：276.

❷ [元]刘瑾.诗传通释·卷六[M].北京：北京师范大学出版社，2013：276.

❸ [元]刘瑾.诗传通释·卷六[M].北京：北京师范大学出版社，2013：276-277.

❹ [汉]毛亨撰，郑玄笺.[唐]孔颖达疏.李学勤主编.毛诗正义[M].北京：北京大学出版社，1999：730.

❺ [宋]朱熹撰.朱杰人，严佐之，刘永翔主编.朱子全书·诗序辨说[M].上海：上海古籍出版社；合肥：安徽教育出版社，2002：386.

正大夫刺幽王也。’至其诗之文，则比《毛诗》篇首多‘雨无其极，伤我稼穑’八字。”

愚按：刘说似有理。然第一、二章，本皆十句，今遽增之，则长短不齐，非诗之例。又此诗实正大夫离居之后，暬御之臣所作。其曰“正大夫刺幽王”者，亦非是。且其为幽王诗，亦未有所考也。❶

朱熹认为此诗《毛诗序》无义理，引欧阳修关于《诗序》的质疑，认为与诗义不符，又引刘安世所录《韩诗》之说，反驳《韩诗序》“正大夫刺幽王”的说法，认为此诗非作于正大夫，而是暬御之臣所作，并对《韩诗》版本篇首多出的两句诗提出质疑，认为增加这两句破坏了诗之体例，还指出以此诗为幽王时诗并无依据。

对此，刘瑾《诗传通释》按曰：

诗文四章言“曾我暬御，憯憯日瘁”，固可见其作于暬御之臣矣。但二章首言“周宗既灭”，继言“正大夫离居”，卒章又言“谓尔迁于王都，曰予未有室家”，似是东迁之际，群臣惧祸者，因以离居不复随王同迁于东都，故见于诗词如此。而《文侯之命》亦曰：“即我御事，罔或耆寿俊在厥服”，则其验也。参考《正月》所谓“赫赫宗周，褒姒灭之”，及《节南山》“国既卒斩，何用不监”等语，疑此三诗犹皆为东周之变雅，其后《雅》亡于上，而《国风》作于下，于是《春秋》托始于隐公，实为平王之四十九年也。❷

支持了朱熹认为此诗作于暬御之臣的观点，并从文本出发推断此诗作于平王东迁之际，在朱熹之说的基础上更具体了作诗时间，引《尚书·文侯之命》为佐证。又因此诗与《正月》《节南山》二诗在文本上皆有疑似表述周宗灭亡的诗句，故而刘氏判断这三首诗都是作于东周的变雅。

刘瑾对诗旨的解读也并非对朱熹《诗集传》亦步亦趋，而是时常体现出自己的思考。

---

❶ [宋]朱熹撰.赵长征点校.诗集传[M].北京：中华书局，2011：178.

❷ [元]刘瑾.诗传通释·卷十一[M].北京：北京师范大学出版社，2013：478.

如《小雅·庭燎》篇，《序》曰："美宣王也，因以箴之。"❶朱熹对此《序》并无评价，应是未有置疑。刘瑾按曰："《列女传》'宣王尝晏起，姜后脱簪珥，待罪于永巷。宣王感悟，于是勤于政事，早朝晏退，卒成中兴之名'。以此证之，或果宣王诗也。"又曰："诗文恐无箴意。"❷因为此诗内容与《列女传》所载史实能够对应，故而刘瑾认同此诗为宣王诗的说法，但不认同此诗有"箴义"——告诫规劝之意，可见其在诗义的解读上有着自己独立的思考。

又如《召南·江有汜》篇，《序》曰："美媵也。勤而无怨，嫡能悔过也。文王之时，江、沱之间，有嫡不以其媵备数，媵遇劳而无怨，嫡亦自悔也。"❸朱熹《诗序辨说》曰："诗中未见勤而无怨之意。"❹刘氏又引《朱子语类》曰："只看诗中说不我以，不我过，不我与，便自见得不与同去之意，安得勤而无怨之意也？"❺朱熹从文本考察，认为《诗序》内容与文本不能对应，在他看来从诗文内容显示媵妾并未随嫡女同嫁，故而不可能有"勤而无怨"的内容。刘瑾按曰："此诗媵妾所作，序之首句恐亦非是。"❻在朱子疑《序》的基础上进一步对《诗序》进行质疑，认为此诗为媵妾所自作，并非他人所作以美媵，终于完成了对这篇诗序的彻底否定。

再如《王风·君子阳阳》篇，《序》曰："闵周也。君子遭乱，相招为禄仕，全身远害而已。"❼《诗集传》曰："此诗疑亦前篇妇人所作。盖其夫既归，不以行役为劳，而安于贫贱以自乐。其家人又识其意而深叹美之，皆可为贤矣。岂非先王之泽哉？或曰：《序》说亦通，宜更详之。"❽

针对《诗集传》关于诗旨的这段解释，刘瑾引辅广、孔颖达、胡一桂之说附于其后：

---

❶ [汉]毛亨撰，郑玄笺.[唐]孔颖达疏.李学勤主编.毛诗正义[M].北京：北京大学出版社，1999：663.

❷ [元]刘瑾.诗传通释·卷十[M].北京：北京师范大学出版社，2013：436

❸ [汉]毛亨撰，郑玄笺.[唐]孔颖达疏.李学勤主编.毛诗正义[M].北京：北京大学出版社，1999：97.

❹ [宋]朱熹撰.朱杰人，严佐之，刘永翔主编.朱子全书·诗序辨说[M].上海：上海古籍出版社；合肥：安徽教育出版社，2002：359.

❺ [宋]黎靖德.王星贤点校.朱子语类[M].北京：中华书局，1986：2101

❻ [元]刘瑾.诗传通释·卷一[M].北京：北京师范大学出版社，2013：109.

❼ [汉]毛亨撰，郑玄笺.[唐]孔颖达疏.李学勤主编.毛诗正义[M].北京：北京大学出版社，1999：256.

❽ [宋]朱熹撰.赵长征点校.诗集传[M].北京：中华书局，2011：57.

辅氏曰："谓'此诗疑亦前篇妇人所作'者，盖两篇之首皆以君子为言，而又相联属，此固不害于义，然亦安知其非偶然而然也。故又取或者之说，以为'《序》说亦通，宜更详之'，盖欲仍旧也。"

孔氏曰："君子之人阳阳然，左手执簧，右手招我从房中乐官之位。时世衰乱，且相与乐此而已。天子诸侯皆有房中之乐。"

胡庭芳曰："朱子《初解》云：君子知道之不行，为贫而仕所以辞尊居卑，辞富居贫，相招为禄仕。虽役于伶官之贱，而阳阳自得，若诚有乐乎此者。其所以全身远害之计深矣。虽非圣贤出处之正，然比于不量其力，贪利以没身者，岂不贤哉？"❶

其中孔颖达的解释与《诗序》同，属先儒旧解，辅广不同意《诗集传》妇人美其夫的解读，所以坚持朱熹"《序》说亦通"之语，实际上意味着同意《诗序》旧解，胡一桂亦引朱熹从《序》说之旧解，三者显然都偏向于《诗序》之解释，由此可见刘氏对此诗诗义之倾向。

更明显的是刘氏又于篇末引辅广之语曰：

此《序》得之。盖古之乐官，实掌教事，如舜命夔典乐教胄子，《周官·大司乐》掌"教国子"，可见故贤者多隐于乐工，如《简兮》诗之类。至春秋时，如鲁太师挚诸人，犹知踰河蹈海以去乱，不贤者能如是乎？使贤者隐于乐工，而以全身远害为乐，则时可知矣。❷

虽然对此诗刘瑾没有作按语，但显然他是不同意朱熹"此诗疑亦前篇妇人所作"的说法的，虽然没有直接反驳朱熹，却引孔颖达、胡一桂与辅广之说代为反驳。

刘瑾解诗具有自己的特色，其中一个鲜明的特色就是擅于在解诗时进行整理归纳。比如将相类的诗进行归纳与对比，如《召南·摽有梅》篇，刘瑾按曰："此诗惧婚姻之过时，固不若《桃夭》之乐得及时矣，然《召南》之有此诗，则犹《周南》之有《桃夭》也。"❸《周南·桃夭》与《召南·摽有梅》皆为婚嫁之诗，

❶ [元] 刘瑾 . 诗传通释 · 卷四 [M]. 北京：北京师范大学出版社，2013：212.

❷ [元] 刘瑾 . 诗传通释 · 卷四 [M]. 北京：北京师范大学出版社，2013：212-213.

❸ [元] 刘瑾 . 诗传通释 · 卷一 [M]. 北京：北京师范大学出版社，2013：106.

两诗虽然在内容上并不完全相同，但主题相似，朱熹三传弟子王柏曾作《二南相配图》，将《周南》与《召南》之诗两两相配，认为他们之间存在对应关系，刘瑾显然继承了这一思想，认为《周南》与《召南》中的诗歌存在对应与联系，有意识地挖掘其中的相似性。

与此相似的还有其对《召南·野有死麕》的评价："《召南》有此诗，亦犹《周南》有《汉广》，但《汉广》则男女各得其正，而《行露》《死麕》二诗方作之时，则女已贞而男未正耳。"❶刘氏认为《召南·野有死麕》与《周南·汉广》可以对应，两诗都体现了男子对女子的仰慕追求之心，但在相似性上刘氏又注意诗歌之间的区别，指出《周南·汉广》诗中"男女各得其正"，《召南》之《行露》与《野有死麕》则是"女已贞而男未正"，前者诗中男女主人公在道德上没有瑕疵，而后者两诗中的男性人物德行有亏，也正因此王柏《诗疑》于《召南》删去了《野有死麕》。刘瑾虽然也以理学观点对诗中人物进行评判，但并未像王柏一样极端地将认为不合于理的诗歌删去，而是认为"被化有远近，作诗有先后，未可遽分优劣也"❷，看法更加客观平和。

又如将《卫风·氓》和《邶风·谷风》进行对比：

> 此诗及《邶·谷风》皆弃妇所作，故其辞意多同。桑之黄陨，即泾浊之色也；食贫、靡劳，即方舟、泳游之苦也；也至于暴戾，即有洸有溃之意也；偕老而使我怨，即既生育而比予于毒也。然则宴尔新昏，以我御穷，则其过今在于夫；女之耽兮，不可说也，则其过昔在于已。今之过在夫，故可责其不念昔者之来塈；昔之过在已，故终于自悔昔者之不思其反。此诗自悔之深，固不得如《谷风》归怨之深也。❸

两首诗都是弃妇诗，皆以弃妇的口吻描述了被弃的过程与弃妇的感受，刘瑾对比两诗，一一列举了两诗的相同点，但他更重视两诗的区别。在其看来，《谷风》的女主人公在道德上无过失，过失在于其夫喜新厌旧；《氓》的女主人公则德行有亏，过失在于自己最初与男子有私。所以两位弃妇虽然遭遇相似，但表现在诗

❶ [元]刘瑾.诗传通释·卷一[M].北京：北京师范大学出版社，2013：110.

❷ [元]刘瑾.诗传通释·卷一[M].北京：北京师范大学出版社，2013：102.

❸ [元]刘瑾.诗传通释·卷三[M].北京：北京师范大学出版社，2013：196-197.

中的思想感情却不尽相同，一者“归怨”，一者“自悔”。

对于不同篇目中含义或句式相似的诗句，刘瑾在解诗时也有意识地进行整理，如《小雅·节南山》第五章中有形容天降灾戾的句子“昊天不佣，降此鞠讻。昊天不惠，降此大戾”。刘瑾于章末总结道：

> 此诗后章言“不吊”“不平”，《正月》言“天之杌我”“夭夭是椓”，《十月之交》言“天命不彻”，《雨无正》言“降丧”“疾威”，《小旻》言“旻天疾威”，《小弁》言“天之生我，我辰安在”，《巧言》言“昊天已威”“昊天泰怃”，以及变大雅《板》言“上帝板板”“天之方难”“方蹶”“方虐”“方懠”，《荡》言“疾威上帝”“天降焰德”，《瞻仰》言“不惠”而“降厉”，《召旻》言“疾威”而“降丧”，皆与此章言天之意同一致者，其诗人之情性有同然者与？❶

以上句子都是大、小《雅》各诗中与天降灾戾有关的诗句，刘瑾注意到这些句子的内容与表达方式非常相似，故而将它们总结到一起。而对于不同篇目却出现相似诗句的原因，刘氏推测为“诗人之性情有同然者”，而其所谓诗人之性情其实在《诗集传》此章之注文中可以找到，“夫为政不平以召祸乱者，人也，而诗人以为天实为之者，盖无所归咎而归之于天也。抑有以见君臣隐晦之义焉，有以见天人合一之理焉”❷。“君臣隐晦之义”“天人合一之理”即为当时诗人性情之同然处。

宋人尤其程朱一脉有以《周易》解《诗》的传统，《诗集传》于《曹风·下泉》之末即引程子以《易》说诗之语曰：“《易·剥》之为卦也，诸阳消剥已尽，独有上九一爻尚存，如硕大之果不见食，将有复生之理。上九亦变，则纯阴矣。然阳无可尽之理，变于上则生于下，无间可容息也。阴道极盛之时，其乱可知。乱极则自当思治，故众心愿载于君子，君子得舆也。《诗·匪风》《下泉》，所以居‘变风’之终也。”❸《剥》卦五阴在下，一阳在上，“上九”爻辞曰“硕果不食，君子得舆”，《象》曰“君子得舆，民所载也”，程氏将《剥》卦

❶ [元] 刘瑾. 诗传通释 · 卷十一 [M]. 北京：北京师范大学出版社，2013：458.

❷ [元] 刘瑾. 诗传通释 · 卷十一 [M]. 北京：北京师范大学出版社，2013：458.

❸ [宋] 朱熹撰. 赵长征点校. 诗集传 [M]. 北京：中华书局，2011：115.

阴至盛将生阳的卦象比附乱极将治，有君子得到民众的拥戴，与《匪风》《下泉》二诗之诗义呼应，程氏认为此二诗处变风之终，正暗合了阴阳消长、天道循环之理。

刘瑾继承了以《易》解《诗》的传统，其于《召南·行露》之末引黄氏语曰："周家贞信之教兴，而商人衰乱之俗未殄，此如一阳来复之时，阳虽有当盛之势，而五阴犹未却以逊阳，则草木之摧败，犹有所不免，自二《南》极而王道成，则自《复》而《临》，自《临》而《泰》之时也。"❶黄櫄这是用《易》之卦象的变化来比附"二南诗"之时代背景的发展变化。受到黄櫄以《易》解《诗》的启发，刘瑾在解读此诗时也选择以《易》之《讼》卦来比附诗义。之所以选用《讼卦》是因为《行露》正是一首关于诉讼的诗，其曰：

> 此诗贞女乃《讼》之"初六"，强暴之男则《讼》之"九四"也。"初六"阴深，不永于讼，而"九四"以刚不中，正应之贞女自守非所以召讼，而男子以强暴凌之。然曰"室家不足"，则"初六"之辨明矣；曰"亦不女从"，则"九四"不克讼矣。所以能然者，以有召伯为"九五"之大人也，然以此诗之贞女，犹《周南·汉广》之贞女也，而彼之出游人自不犯，此虽早夜自守，而犹有强暴之讼，是又被化有远近，作诗有先后，未可遽分优劣也。❷

可见刘氏对此诗的理解与《诗序》一致，《序》曰："召伯听讼也。衰乱之俗微，贞信之教兴，强暴之男不能侵陵贞女也。"❸刘氏将"贞女"比附为《讼》卦之"初六"，"强暴之男"比附为《讼》卦之"九四"，"召伯"比附为"九五"，将诗中"室家不足"对应"初六"之爻辞"不永所事，小有言"，意即男女双方因为婚嫁之事产生纠纷，"亦不女从"对应"九四"之爻辞"不克讼"，意即"强暴之男"最终不能打赢官司达成目的，并认为在召伯的裁判下此事得到了圆满的解决，以"九五"爻辞"讼，元吉"对应之，意为官司得到了公正的解决。

又如《小雅·采芑》篇"方叔元老，克壮其犹"一句，《诗集传》解曰："元，大。

❶ [元]刘瑾.诗传通释·卷一[M].北京：北京师范大学出版社，2013：103.

❷ [元]刘瑾.诗传通释·卷一[M].北京：北京师范大学出版社，2013：102.

❸ [汉]毛亨撰，郑玄笺.[唐]孔颖达疏.李学勤主编.毛诗正义[M].北京：北京大学出版社，1999：79.

犹，谋也。言方叔虽老，而谋则壮也。”❶刘瑾按曰：“方叔以元老而率师，则《师卦》所谓‘丈人’、所谓‘长子’者也。”❷“丈人”“长子”出自《易·师卦》卦辞“贞，丈人吉，无咎”，“六五”爻辞“长子帅师”，意为军队需要老成持重之人统领方可无咎。刘瑾以《师》卦解此诗，正可对应诗中方叔以元老之身而率师威服蛮荆之事。

再如《卫风·氓》“尔卜尔筮，体无咎言”一章，刘瑾引辅广评语曰：“此章可见古人之尚卜筮，然使其知《易》为君子谋，不为小人谋，则亦不敢求之筮矣。”❸辅广认为《易》当为君子所用，不可为小人所用。但刘瑾认为《易》有教化的作用并由此引发一段联想：

> 卜筮之法，所以开物成务，定天下之吉凶，成天下之亹亹者，曾谓有淫人之渎问，而尚得无凶咎之言乎？以其犹能自疑而欲决之也，则请以《蒙》之“六三”告之，盖使此氓而知“勿用取（女），行不顺”之戒，此女而知“不有躬，无攸利”之戒，则必各求正应，岂复至于相弃也哉？❹

在他的想象中，卜筮之人以《蒙》卦告谕诗中的男女主人公，并达到了劝诫的效果。《蒙》卦“六三”之爻辞为：“勿用取女，见金夫，不有躬，无攸利。”《象》曰：“勿用取女，行不顺也。”在他看来如果卜卦之人以“勿用取（女），行不顺”告诫男子不应娶此女，以“不有躬，无攸利”告诫女子不可随意委人，那么男女双方便会“各求于正”，不会有始乱终弃之事发生。

对赋、比、兴的补正也是刘瑾《诗传通释》所关注的重点，刘瑾于《诗传通释·卷首》引朱熹论比、兴之语曰：

> 比、兴之中各有两例：兴有取所兴为义者，则以上句形容下句之情思，下句指言上句之事实；有全不取义者，则但取一二字相应而已。要之上句全虚，下句常实则同也。比，有继所比而言其事者，有全不言其事者。学者随文会意可也。❺

---

❶ [宋]朱熹撰．赵长征点校．诗集传[M].北京：中华书局，2011：154.

❷ [元]刘瑾．诗传通释·卷十[M].北京：北京师范大学出版社，2013：427.

❸ [元]刘瑾．诗传通释·卷三[M].北京：北京师范大学出版社，2013：193.

❹ [元]刘瑾．诗传通释·卷三[M].北京：北京师范大学出版社，2013：193-194.

❺ [元]刘瑾．诗传通释·卷首[M].北京：北京师范大学出版社，2013：19.

指出了比、兴的进一步分类，兴有取义与不取义两种，比有所比事物与下文相关或无关的两种。因为比、兴之例中存在诸多不同的情况，所以朱熹对读者提出随文会意的建议。

刘瑾解《诗》时对《诗集传》所标赋、比、兴之意作进一步补充说明以便于读者理解，尤其对“兴”义的解释为最多。如《王风·扬之水》全诗三章，《诗集传》皆标兴，并曰：“兴取‘之’‘不’二字，如《小星》之例。”❶所谓“《小星》之例”，见《诗集传》解《召南·小星》“因所见以起兴，其于义无所取，特取‘在东’‘在公’二字之相应耳”❷。刘瑾按曰：“先儒多以为水弱不流薪楚，喻平王微弱不能征发诸侯，盖由误认此诗之体。此诗乃兴之不取义者，特取‘之’‘不’二字相应耳，故《集传》特指其例以明之。”❸《诗集传》因在《小星》篇注文中对“无义之兴”已有解释，故不再于此诗特意阐明，只言“如《小星》之例”，刘瑾则标明此诗为“兴之不取义者”以便于读者理解，并指出先儒因误认诗体而造成了对诗义理解的偏差。

又如《曹风·鸤鸠》全篇，《诗集传》皆标兴，刘瑾释之曰：“鸤鸠之子虽非一，而鸤鸠饲之之心则如一。其子之飞往虽无常，而鸤鸠居以待之则有常。诗人托兴之取义者，亦以应接事物之变，四国人民之众，而君子则度有常而心如一也。”❹标明此诗为“兴之取义者”，并解释了鸤鸠习性与君子处事之间的相似性。

再如《小雅·菁菁者莪》二章，《诗集传》标兴，又言：“或曰：以菁菁者莪，比君子容貌威仪之盛也。下章仿此。”❺可见朱熹认为此诗的体例可以有比、兴两种解读。对此刘瑾引陈器之语曰：“此篇朱子旧以为比，今改为兴，而下文兼存比说矣。但二章、三章比字皆失改，今悉正之。”❻提醒读者朱熹对此诗比兴之体的判定有一个前后转变的过程，且曾经存在过失改的版本。

---

❶ [宋]朱熹撰．赵长征点校．诗集传[M].北京：中华书局，2011：57.

❷ [宋]朱熹撰．赵长征点校．诗集传[M].北京：中华书局，2011：15.

❸ [元]刘瑾．诗传通释·卷四[M].北京：北京师范大学出版社，2013：213.

❹ [元]刘瑾．诗传通释·卷七[M].北京：北京师范大学出版社，2013：331.

❺ [宋]朱熹撰．赵长征点校．诗集传[M].北京：中华书局，2011：150.

❻ [元]刘瑾．诗传通释·卷十[M].北京：北京师范大学出版社，2013：417.

还有《周南·兔罝》全篇,《诗集传》标兴,刘瑾引《朱子语类》补充曰:"问:'《兔罝》诗作赋看，得否?'曰:'亦可，但其辞上下相应，恐当为兴，然亦是兴之赋也。'"又作按语解释道:"此赋其事以起兴也。"[1]

刘瑾对兴体的归纳总结不只限于《诗经》内部，还兼及其他文本，如《邶风·简兮》四章"山有榛，隰有苓。云谁之思？西方美人。彼美人兮，西方之人兮",《诗集传》曰:"兴也。"刘瑾按曰:

> 《楚辞·湘夫人》歌曰:"沅有芷兮澧有兰，思公子兮未敢言。"《越人歌》曰:"山有木兮木有枝，心悦君兮君不知。"《秋风辞》曰:"兰有秀兮菊有芳，携佳人兮不能忘。"皆与此章起兴之例同。故朱子尝曰:"知此则知兴体矣。"[2]

刘瑾敏锐地察觉到此处起兴与《楚辞·湘夫人》、楚国民歌《越人歌》和汉刘彻的《秋风辞》起兴方式相同,《诗经》与其他诗歌在起兴方式上存在共性，故而强调朱熹"知此则知兴体"之语。

解诗之时，对朱熹所创的"比而兴""赋而兴""赋而比"等兼体，刘瑾皆有留意，选取有代表性之处着意说解。如《卫风·氓》三章,《诗集传》标"比而兴"，刘瑾按曰:"此章比自比，兴自兴,《下泉》则就以比辞起兴，盖有两例。后凡言比而兴者，各以文意求之可也。"[3]归纳总结了"比而兴"存在两种情况，一种如《卫风·氓》三章之例，一章之内关于比、兴的诗句分开，所比与所兴为两事；一种如《曹风·下泉》全诗之例，同一句诗既有比意又有兴义，以上句之比辞兴起下句。

又如《卫风·氓》末章,《诗集传》标"赋而兴"，刘瑾按曰:"此章兴在赋外，他章亦有就赋其事以起兴，如《黍离》之类者，盖亦有两例也。后凡言赋而兴者，当各以其文意求之。"[4]归纳总结了"赋而兴"存在的两种情况，一种如《卫风·氓》末章之例，所赋之事与所兴之事为两事；一种如《王风·黍离》全诗之例，以所赋之事起兴，所赋之事与所兴之事相关联。

---

[1] [元]刘瑾.诗传通释·卷一[M].北京：北京师范大学出版社，2013：82.

[2] [元]刘瑾.诗传通释·卷二[M].北京：北京师范大学出版社，2013：149-150.

[3] [元]刘瑾.诗传通释·卷三[M].北京：北京师范大学出版社，2013：194.

[4] [元]刘瑾.诗传通释·卷三[M].北京：北京师范大学出版社，2013：196.

又如《邶风·谷风》二章，《诗集传》标“赋而比”，刘瑾按曰：“此章上四句赋其望夫之意，而及其夫之薄情；下四句则比己之甚苦，而叹其夫之方乐。赋体与比体相继成章，后凡言赋而比者，文意亦放此云。”❶总结出《诗集传》中凡是标明“赋而比”处，皆如此诗一般，赋体与比体同处一章，相继成文。

再如《小雅·頍弁》三章，《诗集传》皆曰“赋而兴又比”，刘瑾于首章曰：

> 此章诸本皆作赋而比，今详章首六句曰弁、曰酒、曰殽、曰兄弟，皆述宴时之实事，其体属赋。而其六句之中，“实维伊何”与“岂伊异人”语意相应，又似兴体。七句、八句则皆属比。疑此章当为“赋而兴又比”。及考辅氏《童子问》本正作“赋而兴又比”，今从之。❷

刘瑾当时所看到的《诗集传》版本皆为“赋而比”，但通过对文本的解读，认为首章前六句除属赋体外，第三、第五句还有兴义，第七、第八句属于比体。又参照辅广《诗童子问》之说，最终确认此章所使用的艺术手法为“赋而兴又比”，第二章亦同此例；又于末章曰：“上两章前六句赋，中兼兴。此章赋中似无兴意。第七、第八句则仍是比。疑此章当为赋而比。”❸此诗末章《诗集传》判为“赋而兴又比”，但是刘氏认为此章中并无兴意，似当判为“赋而比”更合理，可见其对赋比兴之体的判断有着自己的思考，并非盲从朱氏。

体现刘氏个人思考的例子还见《柏舟》首章，此处朱熹认为是比体，刘瑾按曰：“有全章皆比者，如《螽斯》之类，固专属比矣。亦有比意之外，继陈其事，如此章之类者。今以《集传》‘赋而比’之体反观之，‘比而兴’之体例求之，则此类恐亦可以为‘比而赋’也。”❹通过细究文意，刘氏发现存在一章之内既有诗句属比体又有诗句属赋体的情况，于是参考朱熹《诗集传》所创“赋而比”“比而兴”之例，创造出了“比而赋”之体，以区别于全章皆比的“比体”，较朱熹原有之划分更为细致。

---

❶ [元] 刘瑾. 诗传通释·卷二 [M]. 北京：北京师范大学出版社，2013：142.

❷ [元] 刘瑾. 诗传通释·卷十四 [M]. 北京：北京师范大学出版社，2013：543-544.

❸ [元] 刘瑾. 诗传通释·卷十四 [M]. 北京：北京师范大学出版社，2013：544-545.

❹ [元] 刘瑾. 诗传通释·卷二 [M]. 北京：北京师范大学出版社，2013：123.

（二）对朱熹《诗》学思想的继承

1. 对朱熹《诗》学观的继承

刘瑾《诗传通释》在卷首部分收录朱熹《诗集传序》《诗序辨说》《诗传纲领》，又作《诗传通释外纲领》，记录与以朱熹为主的诸家论《诗》之语，其中分为诸多专题，基本涵盖了朱熹对《诗经》中重要问题的观点，如“《诗序》说”“六义说”“淫诗说”等。不仅在卷首，而且全书中刘瑾对诸家关于《诗》学观言论的选择，多与朱熹观点相一致，引诸家语意在为朱熹之《诗》学观作辅翼。

关于《诗序》说，朱熹倾向于卫宏所作，又于《诗序辨说》曰：“近世诸儒多以《序》之首句为毛公所分，而其下推说云云者，为后人所益，理或有之。”❶对宋代诸儒以《诗序》本为一篇，现《诗序》首句为毛氏分置诸篇之首，其后内容为后人所附益的观点，朱熹亦认为有一定道理。

刘瑾引李樗之语附之曰：

> 以《诗序》考之，文辞殽乱，非出一人之手，如“诗有六义”至“六曰颂”，则见于《周官》；“情动于中而形于言”至“其民困”，则见于《乐记》。《鸱鸮》之序，则见于《金縢》《都人士》之序，则见于《缁衣》《清人》之序，则见《左氏传》《那》序，则见于《国语》。措辞引援，往往杂出传记之文。然则果作之谁乎？实出汉之诸儒也。❷

李樗认为《诗序》之文杂乱，非出于一人之手，其内容措辞杂引《尚书》《礼记》《左传》《国语》诸书，乃是由汉儒补缀而成。刘瑾引此语是对朱熹所谓“近世诸儒”之说的补充。

关于“诗六义”，《诗大序》曰：“故《诗》有六义焉，一曰风，二曰赋，三曰比，四曰兴，五曰雅，六曰颂。”❸对此朱熹于《诗传纲领》评论曰：“此一条本出于《周礼》大师之官，盖三百篇之纲领管辖也。”❹

---

❶ [元]刘瑾．诗传通释·卷首[M]．北京：北京师范大学出版社，2013：11.

❷ [元]刘瑾．诗传通释·卷首[M]．北京：北京师范大学出版社，2013：11.

❸ [汉]毛亨撰，郑玄笺．[唐]孔颖达疏．李学勤主编．毛诗正义[M]．北京：北京大学出版社，1999：11.

❹ [宋]朱熹撰．朱杰人，严佐之，刘永翔主编．朱子全书[M]．上海：上海古籍出版社；合肥：安徽教育出版社，2002：344.

刘瑾就朱熹“纲领管辖”之论详细解释曰：

诗有六义，如网之有纲，如衣之有领，如车之有管有辖。管与錧、輨同，车毂端铁也。辖与辖、舝同，车轴头铁也。四者皆机要之所在也。然纲领之用在网与衣之上，则风、雅、颂之比也。管辖之用在车之中，则赋、比、兴之譬也。❶

他从“纲领”“管辖”的本义出发，比附六义之于《诗》的作用，认为风、雅、颂在六义中属于纲领，赋、比、兴在六义中属于管辖。风、雅、颂决定诗的体例，正如纲和领在网与衣之上，决定其结构；赋、比、兴是作诗的手法，正如管与辖是车中的零件，在车的内部发挥作用。这番说解，具体且形象地描述了朱熹对六义区别与作用的认识。

朱熹《诗传纲领》评论“诗六义”曰：

风、雅、颂者，声乐部分之名也。……赋、比、兴，则所以制作风雅颂之体也。……盖众作虽多，而其声音之节，制作之体，不外乎此。故大师之教国子，必使之以是六者三经而三纬之，则凡诗之节奏指归，皆将不待讲说而直可吟咏以得之矣。❷

朱熹认为风、雅、颂是声乐部分之名，由声音之节来决定，对此刘瑾作按语补充曰：

吕氏尝谓得风之体多者为风，得雅之体多者为雅，得颂之体多者为颂。而朱子亦尝疑以《七月》诗变其音节，或为风，或为雅，或为颂。则风、雅、颂之例中，亦恐有不同者，不特比、兴之例为然也。❸

在刘瑾看来，风、雅、颂作为诗的体例，它们之间的区别是由声音之节，也就是乐章之腔调决定的，但风、雅、颂体例之间的区别并不一定壁垒森严，其中互有交杂，甚至是可以转化的。刘氏引吕祖谦之言与朱熹之言来支持此看法，其中朱熹关于《豳风·七月》的观点，来源于《朱子语类》有关豳雅、豳颂的问答：“问：‘豳之所以为雅为颂者，恐是可以用雅底腔调，又可用颂底腔调否？’

❶ [元] 刘瑾. 诗传通释·卷首 [M]. 北京：北京师范大学出版社，2013：17.

❷ [元] 刘瑾. 诗传通释·卷首 [M]. 北京：北京师范大学出版社，2013：16-17.

❸ [元] 刘瑾. 诗传通释·卷首 [M]. 北京：北京师范大学出版社，2013：19.

曰:‘恐是如此，某亦不敢如此断，今只说恐是亡其二。’”❶《周礼》曾言豳诗中有豳雅、豳颂,《周礼·春官·籥章》曰:“籥章掌土鼓豳籥。中春昼击土鼓，吹豳诗以逆暑。中秋夜迎寒，亦如之。凡国祈年于田祖，吹豳雅，击土鼓，以乐田畯。国祭蜡，则吹豳颂，击土鼓，以息老物。”❷关于“豳诗”“豳雅”“豳颂”的所指，有几种解释，一种认为豳诗、豳雅、豳颂皆指《七月》一诗，用属于风、雅、颂的不同乐调演奏出来就成了豳风、豳雅、豳颂;一种观点认为豳风、豳雅、豳颂分别指《七月》诗中的不同章节,郑玄即持此观点。对此朱熹认为豳雅、豳颂皆已亡佚,《诗经》只存豳风。其实朱熹还引过郑樵语曰:“古人作诗，体自不同，雅自是雅之体，风自是风之体。如今人做诗曲，亦自有体制不同者，自不可乱，不必说雅之降为风。”❸可见朱熹更倾向于风、雅、颂各有体例，不可随意转化。

关于“大、小雅”，朱熹《诗传纲领》曰:“小雅皆王政之小事，大雅则言王政之大体也。”❹

《朱子语类》曰:

若大雅、小雅，则亦如今之商调、宫调，作歌曲者，亦按其腔调而作尔。大雅、小雅亦古作乐之体格，按大雅体格作大雅，按小雅体格作小雅;非是做成诗后，旋相度其辞目为大雅、小雅也。❺

《小雅》恐是燕礼用之,《大雅》须飨礼方用。《小雅》施之君臣之间,《大雅》则止人君可歌。❻

朱熹认为“大、小雅”在内容、体格、使用范围上皆有分别。内容上,《小雅》主要是王政中具体的小事,《大雅》是王政之大体，以歌颂祭祀先王为主;体格上，二者腔调不同，即所使用的音节不同;在使用范围上,《小雅》用于燕礼,《大雅》用于飨礼即飨礼，飨礼与燕礼都是周礼中招待宾客的重要礼仪，飨礼规格最

❶ [宋]黎靖德.王星贤点校.朱子语类[M].北京:中华书局，1986:2067-2068.
❷ [清]孙诒让.周礼正义[M].北京:中华书局，2000:1905.
❸ [宋]黎靖德.王星贤点校.朱子语类[M].北京:中华书局，1986:2067.
❹ [元]刘瑾.诗传通释·卷首[M].北京:北京师范大学出版社，2013:22.
❺ [宋]黎靖德.王星贤点校.朱子语类[M].北京:中华书局，1986:2066.
❻ [宋]黎靖德.王星贤点校.朱子语类[M].北京:中华书局，1986:2117.

高，用于天子飨宴诸侯，或诸侯之间飨宴，地点一般在宗庙，形式隆重，气氛严肃；燕礼一般用于诸侯宴请本国群臣及来宾，地点一般在路寝，即处理政事的地方，气氛相较来说宽松活跃一些。故《小雅》天子、诸侯、大夫均可使用，《大雅》只有天子可以使用。

刘瑾显然继承了朱熹的观点，在《小雅·鹿鸣》作按语曰：

先王作此诗以宴享宾客，后乃推而用于诸侯之燕礼，又用于乡大夫、贡士之礼，又用于大学之教习，盖不专用于天子也。今据《大射礼》亦有歌《鹿鸣》之文，则又通用于诸侯之射礼矣。然考《仪礼》，凡上下通用之乐，止是《小雅》《二南》诸诗，而无歌《大雅》者，可见《大雅》独为天子之乐，此"二雅"大小所以分也。❶

但书中也引用了与朱熹不同的观点以为补充，如引严粲之语曰：

以政之小大为二雅之别，验之经而不合。窃谓雅之大小，特以其体之不同耳。盖明白正大直言其事者，雅之体也。纯乎雅之体者，为雅之大；杂乎风之体者，为雅之小。太史公称'《国风》好色而不淫，《小雅》怨诽而不乱，若《离骚》可谓兼之'。言《离骚》兼《国风》《小雅》，而不言兼《大雅》，见《小雅》与风、骚相类，而《大雅》不可与风、骚并言也。❷

严粲不认为"大、小雅"的主要区别在于内容，而是"体"不同。雅的文体特征是"明白正大直言其事"，杂有《国风》文体特征的是《小雅》，单纯是雅之文体特征的是《大雅》，朱熹说"大、小雅"体格不同只是说音节腔调，未及文体特征，严粲之说堪为补充。

关于"颂"，《诗传纲领》曰："颂，皆天子所制，郊庙之乐歌。"❸刘瑾按曰："论颂诗之大体，固是天子郊庙乐歌，而所以美盛德、告成功者也，但验之三《颂》诸篇，亦不能尽然也。"❹对朱熹之说并不盲从。

关于"正变说"，《诗传纲领》录"先儒旧说"曰：

❶ [元]刘瑾.诗传通释·卷九[M].北京：北京师范大学出版社，2013：371.

❷ [元]刘瑾.诗传通释·卷首[M].北京：北京师范大学出版社，2013：22.

❸ [元]刘瑾.诗传通释·卷首[M].北京：北京师范大学出版社，2013：22.

❹ [元]刘瑾.诗传通释[M].北京：北京师范大学出版社，2013：23.

二《南》二十五篇为正风，《鹿鸣》至《菁莪》二十二篇为正《小雅》，《文王》至《卷阿》十八篇为正《大雅》，皆文、武、成王时诗，周公所定乐歌之词。《邶》至《豳》十三国为变风，《六月》至《何草不黄》五十八篇为变《小雅》，《民劳》至《召旻》十三篇为变《大雅》，皆康、昭以后所作，故其为说如此。❶

记录了先儒之说中正风、正雅与变风、变雅的篇目划分情况，认为正风、正雅为文、武、成王时诗，变风、变雅为康王、昭王以后之诗。对此朱熹认为："然正变之说，经无明文可考，今姑从之，其可疑者则具于本篇云。"❷许多诗的时世所指皆无明文可考，故其对前人之"正变说"持存疑的态度。

对此刘瑾持相同的态度：

诗人各随当时政教善恶、人事得失而美刺之，未尝有意于为正为变。后人比而观之，遂有正变之分，所以正风、雅为文、武、成王时诗，变风、雅为康、昭以后所作矣。《豳风》不可以为康、昭以后之诗也。大抵就各诗论之，以美为正，以刺为变，犹之可也。若拘其时世，分其篇帙，则其可疑者多矣。❸

认为诗之"正变"并不是作诗人有意为之，是后人以美刺对诗篇作大概划分的产物，强行以时代先后划分正变必然会出现许多牵强可疑之处。又举《豳风》之例为说明，《豳风》被划为变风，但《豳风》并不是康王、昭王以后的诗，而是周公、成王时代的诗，可见以时代分正变之不严谨。

刘瑾对朱熹之"淫诗"说亦持支持的态度，朱熹认为《郑风》中的"淫奔之诗不翅七之五"，对此刘瑾在《郑风·溱洧》篇解说道：

《郑风》之有《缁衣》《羔裘》《女曰鸡鸣》《出其东门》数篇，乃砾中之玉也。他如《大叔于田》及《清人》，诗虽无足尚，犹幸非为淫奔而作。若《叔于田》则亦未免有男女相悦之疑，是其二十一篇之中，晓然不为淫奔而作者五六篇而已，故曰"淫奔之诗不翅七之五"。然自昔说诗者，唯以《东门之墠》与《溱洧》为淫诗。今朱子乃例以淫奔斥之者，盖即其词而得其情，

❶ [元] 刘瑾. 诗传通释 [M]. 北京：北京师范大学出版社，2013：20.

❷ [元] 刘瑾. 诗传通释 [M]. 北京：北京师范大学出版社，2013：20.

❸ [元] 刘瑾. 诗传通释 [M]. 北京：北京师范大学出版社，2013：20.

正以发明“放郑声”之旨，不然则卫、齐、陈诗诸篇，非无淫声，夫子何独以郑声为当放哉？❶

肯定了朱熹打破前人依《序》解《诗》的局限，从文本出发，“即其词而得其情”，大胆地将《郑风》中一些篇目判断为“淫诗”，认为这是发明了孔子放郑声之义旨。朱熹认为《郑风》淫诗中多为女悦男之诗，且为淫女自作，对此刘瑾在《郑风·丰》篇引刘辰翁语曰：“诸诗朱氏一以为淫女之辞，其识甚远。”❷借他人之语对朱熹之说表示肯定。

对于“淫诗”圣人何不删去的疑问，朱熹曰：“所谓‘诗可以兴’者，使人兴起有所感发，有所惩创。‘可以观者’，见一时之习俗如此，所以圣人存之不尽删去，便尽见当时习俗美恶，非谓皆贤人所作耳。”❸刘瑾在解《诗》中常征引这类观点，如《鄘风·墙有茨》引辅广语曰：“凡圣人所录淫乱之诗，其意皆如此，即先生所谓恶者可以惩创人之逸志者也。”❹《鄘风·鹑之奔奔》引李樗语曰：“淫乱非美事，而不删之者，所以示鉴戒也。”❺皆是认为存“淫诗”而不删是圣人有意为之，“淫诗”的保存符合孔子“兴观群怨”之诗教观，由此可见刘瑾对朱子此说的理解与认同。

以上诸例可见刘瑾的《诗》学观与朱子一脉相承，但不是盲从照搬，而是有自己的理解与看法的，对朱子之说是有选择的继承。

2. 对朱熹以理学解《诗》倾向的继承

《四库全书总目》评价《诗传通释》云：“研究义理，究有渊源。议论亦颇笃实，于诗人美刺之旨，尚有所发明，未可轻废。”❻刘瑾继承了朱熹的理学思想，在《诗传通释》中常引述诸家以理解《诗》之语，也常运用理学观点分析诗义，在注释中发挥理学思想，使本书带有鲜明的理学色彩。

---

❶ [元]刘瑾.诗传通释·卷四[M].北京：北京师范大学出版社，2013：245.

❷ [元]刘瑾.诗传通释·卷四[M].北京：北京师范大学出版社，2013：239.

❸ [宋]黎靖德.王星贤点校.朱子语类[M].北京：中华书局，1986：2090.

❹ [元]刘瑾.诗传通释·卷三[M].北京：北京师范大学出版社，2013：163.

❺ [元]刘瑾.诗传通释·卷三[M].北京：北京师范大学出版社，2013：172.

❻ [清]永瑢，等.四库全书总目[M].北京：中华书局，1965：127.

如《蝃蝀》三章，朱熹《诗集传》曰："言此淫奔之人，但知思念男女之欲，是不能自守其贞信之节，而不知天理之正也。"又引程子曰："人虽不能无欲，然当有以制之。无以制之，而惟欲之从，则人道废而入于禽兽矣。以道制欲，则能顺命。"❶

刘瑾引王安石、辅广之说为之补充：

王介甫曰："男女之欲，性也。有命焉，君子不谓性也。今也从欲而不知命有所制，此谓不知命也。"

辅氏曰："男女之欲，人所不能无也，要当有以制之。无以制之，则失其贞信之节，而有害于天理之正。道即是理，理即是命。以道制欲，则能顺命。去其人欲，则能循乎天理矣。"❷

王氏用性命之说解诗，可谓开义理解诗之先河。他认为"男女之欲"是"性"，需要受到"命"的制约，但并没有解释什么是"命"。朱子将"命"解释为"天理之正"，程子提出"以道制欲，则能顺命"，辅氏之说进一步解释了"道即是理，理即是命"，"道""理""命"为一体，明确地将"人欲"放在"天理"的对立面，提出"去其人欲，则能循乎天理"。刘瑾将以上诸家注释放在一起，不唯使读者理解诗中义理，也让读者得以认识前人以理解《诗》逐渐发展完善的过程，由此亦可见刘氏对理学思想的深刻理解。

相似的例子还有《鄘风·柏舟》一诗后关于妇女守节问题，刘瑾引述了诸家之理学阐发：

范氏曰："衰乱之世，淫风大行，共姜得礼之正而能守义，故以首《鄘风》也。"

或问："有孤孀贫穷无托者，可再嫁否？"程子曰："只是后世怕寒饿死，故有是说，然饿死事极小，失节事极大。"

真氏曰："《柏舟》之不再适，盖妇人之大节，故孔子列之，使万世取法焉。程子之论，可为后世深戒。"

陈寿翁曰："卫之淫风流行，而有共姜特立之节，真可遏人欲之横流矣。读此诗者，岂不可以感发人之善心乎？"❸

❶ ［宋］朱熹撰．赵长征点校．诗集传 [M]. 北京：中华书局，2011：42.

❷ ［元］刘瑾．诗传通释·卷三 [M]. 北京：北京师范大学出版社，2013：178.

❸ ［元］刘瑾．诗传通释·卷三 [M]. 北京：北京师范大学出版社，2013：162.

引北宋范祖禹之言来说明此诗之顺序是编次者有意为之以示对道德的褒扬，引程颐、真德秀对儒家贞节观的看法来说明此诗具有垂范后世的作用，引朱子后学陈栎以“天理人欲”之说解诗之语，认为此诗可以感发读者之善心。对于《诗序》所言此诗为共姜自誓守节的说法，因其事未见于他书，朱子不置可否，姑且从之，但以刘氏的引言来看，当是赞同此说的。刘氏将这些引言按时间之先后排列，既有一贯的主题，即认为此诗体现了共姜的贞节观，圣人存之以垂教后世，感发人心，又可以看到宋代以来理学解《诗》倾向的继承与发扬，《提要》所云“研究义理，究有渊源”大抵指此。

以“天理人欲”之说解诗的例子还见于《秦风》篇末，刘瑾引谢枋得语曰：

> 中国而纯乎人欲，则化为夷狄；夷狄而知有天理，则化为中国。秦本戎狄，不得齿中国之会盟，《春秋》夷之。邑于岐丰，用文、武、成、康之遗民，习文、武、成、康之旧俗，一旦恶人欲而崇天理，其发于诗者，有尊君亲上之义，有趋事赴功之勇，故季札听其乐曰：“是谓夏声，能夏始大。”忧其将有中国矣。❶

谢氏以天理人欲之说解释秦国之崛起与《秦风》之气象，不只是以理学论《诗》，也是以理学论史。

全书引用理学阐发的例子比比皆是，说明刘瑾对《诗》中理学意蕴的重视，对以义理解《诗》这一方法之认同。

刘瑾认为《诗经》自编纂之时起就有道德义理赋于其中，在他看来从各《风》之系名到诗歌的编次皆有深意。在卷首《诗传通释外纲领》“删次”部分，刘氏引程子说《诗》次序之大段文字，程子之说大抵以治乱兴替、礼义消长立论，认为《诗经》篇目之排序乃据此精心安排。刘瑾在解《诗》之系名时多有借鉴，明显受到了程子此说的影响。

如“邶、鄘、卫”之系名，武王灭商后，分商都畿内之地为邶、鄘、卫三国，以监视殷之遗民，史称“三监”，“河内，本殷之旧都，周既灭殷，分其畿内为三国，《诗·风》邶、庸（鄘）、卫国是也。鄁（邶），以封纣子武庚；庸（鄘），管叔尹之；卫，蔡叔尹之，以监殷民，谓之三监”❷。《诗集传》于《邶风》曰：“但邶、墉

❶ [元]刘瑾．诗传通释・卷六[M]．北京：北京师范大学出版社，2013：309.

❷ [宋]王应麟撰．王京州，江合友点校．诗考・诗地理考[M]．北京：中华书局，2011：196.

地既入卫，其诗皆为卫事，而犹系其故国之名，则不可晓。”[1]朱熹发现所谓邶、鄘之诗，其所言之事皆是邶、鄘被吞并入卫国之后的事，三国之风实乃一国之事。但对编诗者仍以故国之名系之的原因，朱子认为不可晓，并没有选择以义理做解读。

对这个问题，程子之解释为："及乎周道衰，政教失，风遂变矣。于是诸侯擅相侵伐，卫首并邶、鄘之地，故为变风之首。一国之诗，而三其名，得于卫地者为《卫》，得于邶、鄘者为《邶》《鄘》，所以见其首乱也。”[2]在他看来，编诗者意图批判周道衰微、政教不施以致诸侯侵伐，故存邶、鄘之名以批判卫首开吞并之风，这一解读显然是理学化的，且兼具史学视角。

刘瑾于《邶风》作按语曰：

> 《绿衣》《燕燕》等诗庄姜自作，共姜作《柏舟》《桑中》言沬乡，皆正作于卫国，而或系邶，或系墉；《泉水》《载驰》《竹竿》皆作于外国，而一系邶，一系墉，一系卫。意大师各从得诗之地而系之也，其所以必系邶、墉故名者，无乃欲寓兴灭继绝之心，如《春秋》昭公八年，楚既灭陈，而九年经书陈灾，《谷梁》以为存陈，亦此意也。是以大师存邶、墉之名，置于卫前，亦如《魏风》先于唐之例。夫子存其名而不削，因其序而不革耳。[3]

刘氏认为虽然作诗之时邶、鄘已并入卫国，但大师编系诗篇之归属仍用其“故名”，乃是出于“兴灭继绝之心”而有意为之。“兴灭继绝”语出《论语·尧曰》“兴灭国，继绝世，举逸民，天下之民归心焉”[4]，刘氏将其用在此处非指编诗者真的要复邶、鄘两国之旧，而是认为编者意在保存周国早期之历史痕迹，更是在周室衰微的时代表达对周室正统之认同与对诸国互相攻伐吞并之贬斥，与孔子作《春秋》之明大义、尊周室之意相类。刘瑾此解显然继承了程子的观点，赋予了《诗经》系名以道德含义，比朱子《诗集传》有更浓厚的理学化倾向。

《诗集传》于《大雅·文王》篇说文王之德："语其所以为德之实，则不越乎敬之一字而已。”[5]对此，刘瑾发挥道：

---

[1] [宋]朱熹撰.赵长征点校.诗集传[M].北京：中华书局，2011：21.

[2] [元]刘瑾.诗传通释·卷首[M].北京：北京师范大学出版社，2013：58.

[3] [元]刘瑾.诗传通释·卷二[M].北京：北京师范大学出版社，2013：121-122.

[4] [宋]朱熹.四书章句集注[M].北京：中华书局，2011：180.

[5] [宋]朱熹撰.赵长征点校.诗集传[M].北京：中华书局，2011：236.

> 敬者，千圣传心之法，即所谓钦也。……唐虞君臣相传相戒，固唯在于此也。……是创业垂统者固在于此敬，而持盈守成者尤在于此敬也。然则成王所以念祖修德、仪刑文王之事者，诚不可以他求，亦唯法文王之敬德而已。❶

“传心”本是佛教禅宗概念，指传法，后为儒家所借用，宋人何坦《西畴老人常言》曰：“道统之传自尧舜，《书》虽载‘精一’传心，而学之名未著也。”❷刘瑾将“敬”这一内在修养方法上升为千古圣王代代相传之心法，道统之所系。

此外刘瑾还注重《诗经》的教化作用，其于《卫风·氓》三章作按语曰：“《集传》所谓‘主言’者，盖以此妇立言之意，专主于言妇人不可以失其节。故其辞意抑扬，重于女而轻于男，非谓男有可耽之理而无所妨。玩诗文‘犹’之一字，意亦可见。读者当不失性情之正也。”❸在解说《诗集传》时亦不忘提醒教育读者在读诗时以义理为指导匡正自己“不失性情之正”，可见理学思想浸润之深。

3. 对朱熹以文学解《诗》倾向的继承

刘瑾以文学解《诗》的倾向除上文述及的对比、兴的关注外，还主要体现在：关注诗的章句之间的文意脉络与音韵呼应，如《小雅·车攻》篇，《毛诗》判为“八章，章四句”，朱熹认为“以五章以下考之，恐当作四章，章八句”。对此刘瑾按曰：

> 五章、六章通言其田猎射御；七章、八章通言其始终整肃，而且音韵各相谐叶，故疑其当以八句成章。以此推之，则合首章、二章八句，通言车马盛备，将往东都圃田之地；合三章、四章八句，通言天子诸侯来会东都之事，总为四章，章八句也。❹

认为朱熹《诗集传》的分章是以音韵相叶与文义相近为依据，依照朱熹的划分来理解，认为前两章与后两章恰在文义上分为两大部分，显然认同《诗集传》的分章。又如《大雅·文王》篇按曰：

---

❶ [元]刘瑾．诗传通释·卷十六[M]. 北京：北京师范大学出版社，2013：586.

❷ [宋]何坦．西畴老人常言[M]// 丛书集成．北京：中华书局，1985：7.

❸ [元]刘瑾．诗传通释·卷三[M]. 北京：北京师范大学出版社，2013：194.

❹ [元]刘瑾．诗传通释·卷十[M]. 北京：北京师范大学出版社，2013：431-432.

一章以文王之德与上帝之命对言也。二章言天之命周，与四章言天之绝商为对。三章言命周之群臣后嗣，与五章言绝商之群臣后嗣为对。六章先言法文王，后言监商。七章先言监商，后言法文王，亦对举而互言之。❶

认为在诗的内部不同章节之间，有着错综复杂的对应关系。

关注诗与诗之间的对应关系，如于《小雅·天保》按曰：

《鹿鸣》以下五诗所言非同一事，所歌非同一时，所宴非同一臣，而其臣之答之则唯同歌此诗者，盖凡臣子之祝报其君，唯愿其福禄寿考而已。试取前五诗分而读之，而各以此诗答之，尤可见其一时君臣相与，殷勤忠厚之意。❷

同时关注诗的文体与篇章结构，《小雅·车攻》按语曰：

《楚辞集注》曰："凡作篇章既成，撮其大要，以为乱辞。"今此诗言田事，以上七章既序其始终，以成篇矣。此章又言其始事之整肃，终事之有成，以深美之，亦犹《楚辞》之有乱辞也。《车舝》《公刘》卒章皆然。❸

认为《车攻》这种于卒章整理全篇之大要的文体，与《楚辞》之"乱辞"异曲同工，并举出相类的例子《车舝》《公刘》以为佐证。

此外，刘瑾还善于体会对作诗之人的思想感情、心理变化，如《小雅·白华》篇按语曰："一诗之中，首以之子称王，斥之也；继称硕人，尊之也；继而称子，亲之也；继又称硕人，又称之子。怨者之词，固有不暇整也。"❹他观察到在一诗之中对同一个对象的称呼却在不停地发生着变化，始于"斥"，复有"尊"，又有"亲"，终又复归于斥。刘瑾为此找到了合理的解释，"怨者之词，固有不暇整也"，反而间接地体现了作诗者申后对幽王复杂矛盾爱恨交加的感情。与之相类的例子还有《氓》："此妇首称曰氓，继而曰子，继而曰尔，又继而谓之士，继而复曰尔，又复曰士。或鄙之，或亲之，或贵之，此所以为怨妇之辞欤？"❺从人称的转换

❶ [元]刘瑾.诗传通释·卷十六[M].北京：北京师范大学出版社，2013：585.

❷ [元]刘瑾.诗传通释·卷九[M].北京：北京师范大学出版社，2013：386.

❸ [元]刘瑾.诗传通释·卷十[M].北京：北京师范大学出版社，2013：431.

❹ [元]刘瑾.诗传通释·卷十五[M].北京：北京师范大学出版社，2013：571.

❺ [元]刘瑾.诗传通释·卷三[M].北京：北京师范大学出版社，2013：195.

上看到主人公情绪的转换，刘氏可谓观察入微，说明他对文本中所暗藏的作诗人之感情心理具有高度的敏感性。

刘氏还关注作诗人的创作目的与身份经历对诗歌感情色彩的影响，如说《常棣》："其言人情之曲折，天伦之厚重者，哀伤激切，故不若其他宴乐兄弟乐歌之和平也。"❶认为此诗与《诗经》中其他兄弟诗相对比差别很大，因其他兄弟诗主于宴乐和会，而《常棣》的创作意图在于"言人情之曲折，天伦之厚重"。又如说《豳风·鸱鸮》："此诗专罪武庚，而于三叔则有闵惜之意，盖为亲者讳也。"❷管叔、蔡叔为周武王之弟，武庚为纣子，此诗公认周公所作，周公亦为武王之弟，自然要为亲者讳。再如说《卫风·氓》："此诗自悔之深，固不得如《谷风》归怨之深也。"❸认为二诗主人公虽皆为弃妇，但《氓》诗主人公因己身有过，故有怨又有自悔之情；而《谷风》主人公其身无过而遭弃，故其所表达出的怨恨之意较前者更加深刻强烈。

《诗传通释》是元代宗朱《诗经》学著作的集大成者，也是元代《诗经》学作品中学术影响最大的一部，明代《诗传大全》以此书为蓝本，可见此书的价值。

三、其他宗朱《诗经》学著作

元代是朱子《诗经》学的兴盛期，各类宗朱《诗经》学著作层出不穷，除以上四部之外，还有刘玉汝《诗缵绪》、朱公迁《诗传疏义》、朱倬《诗经疑问》、罗复《诗集传名物钞音释纂辑》等，多作于元末，体例各有特色，内容亦各有侧重，但相对来说流传不广，影响较小。

（一）刘玉汝《诗缵绪》

刘玉汝（生卒年不详），字成之，江西庐陵人（今江西吉安），元末时人，至正元年（1341）曾举乡贡，后中进士，明初尚存。其《诗经》学著作有《诗缵绪》一书，流传绝少，各家书目皆未著录，可能并未刊刻，故世无全本。现存内容系

❶ [元]刘瑾.诗传通释·卷九[M].北京：北京师范大学出版社，2013：382.

❷ [元]刘瑾.诗传通释·卷八[M].北京：北京师范大学出版社，2013：349.

❸ [元]刘瑾.诗传通释·卷三[M].北京：北京师范大学出版社，2013：197.

四库馆臣从《永乐大典》中辑出，正其脱讹，依经文顺序编为十八卷，《诗经》篇目中有三十二篇因《永乐大典》未引，故而缺失。《四库全书总目》评曰："其大旨专以发明朱子《集传》，故名曰《缵绪》。体例与辅广《童子问》相近，凡《集传》中一二字之斟酌，必求其命意所在。"❶《诗缵绪》之"缵绪"，典出《鲁颂·閟宫》"缵禹之绪"，《毛传》注"缵，继也"，"绪，业也"❷。刘玉汝此书以此为名，显然以继承发明朱子《诗经》学为目的。因此书乃辑佚之书，故原书完整的体例已不可见，不过从四库辑佚本来看，此书乃按照《诗集传》的顺序逐篇疏解，因疏解内容时有《诗集传》传文混入，似本为随文疏解。《四库全书总目》言其"体例与辅广《童子问》相近"，依其所言，则《诗缵绪》当属于通释体《诗经》学著作。注重阐释发明朱子之取舍用意，着重探讨赋、比、兴及用韵，并有从文学角度说《诗》的倾向。

此书最为人称道的是其对《诗经》文学性的关注，尤其是对赋、比、兴等艺术手法以及用韵的关注。《四库全书总目》评曰：

> 至论比、兴之例，谓有有取义之兴，有无取义之兴，有一句兴通章，有数句兴一句，有兴兼比、赋兼比之类。明用韵之法，如曰隔句为韵，连章为韵，叠句为韵，重韵为韵之类。论《风》《雅》之殊，如曰有腔调不同，有词义不同之类。于朱子比兴、叶韵之说，皆能反复体究，缕析条分。虽未必尽合诗人之旨，而于《集传》一家之学，则可谓有所阐明矣。❸

如《总目》所言，关于赋、比、兴等艺术手法，刘玉汝在朱熹《诗集传》的基础上进行了进一步的细分，如说《关雎》篇："兴有二例，有无取义者，有有取义者。《传》前以'彼''此言'者，无取义也；后言'挚而有别''和乐''恭敬'者，兼比也。兼比，即取义之兴也。"❹继承了朱熹之说，将兴分为"有取义者"和"无取义者"，然而又有自己的创新，认为"取义之兴"即为兴中兼比者。又如《旄丘》篇曰："此篇所赋，皆由感物而起，故所兴虽为一章之兴，而实一

❶ [清]永瑢，等．四库全书总目[M]. 北京：中华书局，1965：127.

❷ [汉]毛亨撰，郑玄笺．[唐]孔颖达疏．李学勤主编．毛诗正义[M]. 北京：北京大学出版社，1999：1408.

❸ [清]永瑢，等．四库全书总目[M]. 北京：中华书局，1965：127.

❹ [元]许谦，刘玉汝．诗集传名物钞·诗缵绪·卷一[M]. 北京：北京师范大学出版社，2012：339.

篇之兴，盖诗有为一章起兴者，有为一篇起兴者，不可不知也。”❶认为“兴”有“一章之兴”，有“一篇之兴”。又如说《螽斯》篇：“比有二例，有专比，有兼兴。专比之中又有二例，有全篇比，《鸱鸮》《伐柯》是也；有全章比，《螽斯》是也。”❷将比进行了两次细分。此外，刘玉汝还在《兔罝》篇讨论全篇为兴体之例以及比、兴的区别，于《汉广》篇详细讨论归纳了赋、比、兴之兼体，书中探讨赋、比、兴之义例处甚多，不胜枚举。

刘玉汝解《诗》还有一大特点是注重文学的创作手法，如说“兴”义有虚实，不必皆真见，说《桃夭》曰：“诗人所见桃花以起兴，此专指首章言。次、末二章则因首章言华，遂取实与叶以申所咏，不必皆实见矣。盖桃始华，所见者也，当此时也，安有实与叶哉？《诗》之托兴多如此，如《黍离》之苗、穗、实亦然，不必别为之说，盖亦一体也。”❸此说符合文学创作的规律。又如解《周南·卷耳》曰：“《传》以采卷耳、登山、马罢、人病为托言，然酌罍与觥亦托言也。《国风》中如《柏舟》无酒、《采绿》狩钓，皆当为托言。”❹同样认为此诗使用了虚实结合的写作手法，诗中之景之事皆为托言，不必实见实历。

刘玉汝解《诗》对文脉与章句结构也高度关注，曾论读《诗》曰：“凡读《诗》，必字求其义，句求其辞，章求其法，合各章以观其一篇之意，合诸诗以观一国之风。既得于心，然后吟哦上下，揄扬反复，以玩其味，则所以嗟叹咏歌之妙，真有非言之所能喻者矣。”❺认为分析文脉走向与章句结构，有助于把握文意，体会诗旨。于《大雅·抑》篇论曰：“文意接续，血脉贯通，故有异章而辞相连，同章而意中断，相连以终前词，中断以起后说，其间意脉各相贯通。大篇长章之体，自然有如此者。故《大雅》诸诗不可以常例论，若泥章句而观，则但见其繁杂而不见其统绪，岂足以尽诗人之旨哉！”❻《大雅》诸诗因为篇幅

❶ [元]许谦，刘玉汝．诗集传名物钞·诗缵绪·卷三[M].北京：北京师范大学出版社，2012：368.
❷ [元]许谦，刘玉汝．诗集传名物钞·诗缵绪·卷一[M].北京：北京师范大学出版社，2012：343.
❸ [元]许谦，刘玉汝．诗集传名物钞·诗缵绪·卷一[M].北京：北京师范大学出版社，2012：344.
❹ [元]许谦，刘玉汝．诗集传名物钞·诗缵绪·卷一[M].北京：北京师范大学出版社，2012：341.
❺ [元]许谦，刘玉汝．诗集传名物钞·诗缵绪·卷五[M].北京：北京师范大学出版社，2012：393.
❻ [元]许谦，刘玉汝．诗集传名物钞·诗缵绪·卷十五[M].北京：北京师范大学出版社，2012：548-549.

较大，所以意脉断续、结构复杂，这是由其文体决定的，提醒读者不可泥于章句，而应宏观地把握全诗之血脉统绪。

此外，刘氏还关注诗句的用韵之法，如说《葛覃》篇："首章中谷无韵，合下章中谷以重韵为韵。诗有本章重韵为韵者，《简兮》末章是也；有合两章、三章重韵为韵者，此篇与《瞻彼洛矣》是也。此古人用韵之体。后人以重韵为嫌，非古矣。"❶讨论了"重韵"的现象，认为重韵乃是古人常见的用韵手法，在《诗经》多篇诗篇里都有出现。除这段议论中提到的外，还有《殷其雷》《驺虞》《樛木》等诗亦同此例。

正因为对音韵的关注，使得刘氏对音韵有相较前人更深入的研究与认识，其批评《诗集传》叶韵之说曰：

> 《诗》音韵反切，古今不同。宋吴氏才老始为《叶音补韵》，其考证诸书最为有据。朱子取而用之于《诗传》，其间有未安者，又从而厘正之，使读者音韵铿锵，声调谐合，讽咏之间，诚深有助。然古人淳厚质实，当风气未开之时，其言语声音皆得天地自然之声气，而合于天地自然之律吕。自唐虞至于秦汉，凡圣贤君子，民俗之言语，文章歌谣词曲之见于经史子传百家之书者，莫不相合，盖古人之正音也。后来光岳气分而大音不全，方言里语，渐以讹谬，而为韵书者，又不能正之，而一从俗音。其意惟欲，取便一时，而不知其非古矣。今吴氏《补韵》以正音为叶韵，则是以后来之俗音为古人之正音，岂其然哉？今叶音之"叶"字，窃当以古易之，如"友"下云"古羽已反"，谓之古，庶几人知音韵之正，以复先王之旧，以本天地生气之初，以终朱子厘正谓之说，而未知其然否也。❷

提出以古音说代替叶音说，认为语音因时因地而变，不可以后人之语音为正音，以古人之语音为叶韵，所以希望改《诗集传》叶音之"叶"字为"古"字，以复先王之旧。此说进步之处在于认识到了语言的发展变化，局限之处在于将古音神圣化，以古人之音为正音，以今人之音为俗为讹，已开明人陈第"古无叶音说"之先声。

---

❶　[元]许谦，刘玉汝.诗集传名物钞·诗缵绪卷一[M].北京：北京师范大学出版社，2012：341.

❷　[元]许谦，刘玉汝.诗集传名物钞·诗缵绪卷一[M].北京：北京师范大学出版社，2012：340.

（二）朱公迁《诗传疏义》

朱公迁（生卒年不详），字克升，江西乐平人。其父朱以保，师事吴中，故其学属朱门一脉。元至正元年（1341）领浙江乡试，后被征召入朝，授翰林直学士。后因其耿直得罪权要，出为处州（浙江丽水）、婺州（浙江金华）学正。其著作有《诗传疏义》《四书通旨》《余力稿》等。

朱公迁《诗传疏义》成书于元至正七年（1347），然而在撰成之后未及刊刻，存于同里王逢之手，直到明正统九年（1444）才由何英根据其师王逢的遗稿增订刊刻。这一刊刻本一般称作《诗经疏义会通》或《诗传疏义详释发明》，除了朱公迁原稿外，还添加了王逢与何英的补充内容，分别题为“辑录”与“增释”，论者多以《诗传疏义》代指朱公迁原书。

《诗经疏义》共二十卷，乃为辅翼《诗集传》而作，在辅广《诗童子问》的基础上进一步对朱《传》进行阐释与补充。其《自序》曰：“间因辅氏之说而扩充之，剖析《传》文，以达经旨。而于未发者必究其蕴，已发者不羡其辞。”❶此书刊本在卷前附有大量图说，有《诗经大全图》《诸国世次图》《作诗时世图》等，似为明人所添。卷首录《朱子辨说》《大序》《小序》，又于《小序》之后附上自作之《序》，序义主要根据《集传》之说进行改定。其正文内容乃是在辅广《诗童子问》的基础上对朱《传》进行增益补充，亦援引诸家之说，之后下按语，表达自己的理解，对《集传》所引旧说、典故一一注明出处，注重篇章之间以及内部的关联，关注比兴之义，尤其对“兴”义着力探究，多有发明。

（三）朱倬《诗经疑问》

朱倬，字孟章，建昌新城（今江西南城）人，元至正二年（1342）进士，官至遂安县尹。至正十二年（1352）农民起义爆发，遂安失陷，于是自尽于任上，有“生为元臣，死为元鬼”语。

《诗经疑问》一书，共七卷，卷末附赵德《诗辨说》一卷，乃是与其同时之人刘锦文据其遗稿编订而成。此书体例为论说体，然而较为特别的是全篇皆设为

❶ [元]朱公迁.诗经疏义会通序[M].北京：北京师范大学出版社，2013：9.

问答，主要围绕诗次编排、正变之说、训诂考证、诗篇意旨等几大方面设置问题并进行问答。有些问题有问而无答，或为不幸遗漏，或本就无答，意在启发读者思考。很多问题并不是真的有疑问，而是为了便于讲解增益朱说而设为问答，还有一些意在回护朱说，为之补充漏洞。因其问答的体例，可以有重点地对一些问题进行具体的详解，亦可以从全局的高度进行会通作答。此书应是为科举“诗疑”而作。

（四）罗复《诗集传名物钞音释纂辑》

罗复，字中行，江西庐陵（今江西吉安）人，生平不详。其《诗集传名物钞音释纂辑》（又名《诗集传音释》）二十卷，此书全载《诗集传》，卷前有将音释附于每章章句之后，所注音主要选取《诗集传名物钞》的音释，亦兼采他说，可补正《诗集传》之音释、勘正文字讹误兼及词义章旨等。

此外，还有科举用书如林泉生《明经断题诗义矜式》、刘贞《新刊类编历举三场文选诗义》，这些为科举应试而作的工具书虽然《诗》学价值不大，但具有较高的文献价值，是考察元代科举不可或缺的材料。

小 结

元代《诗经》学几乎成了朱熹《诗集传》的一家之学。元代大多数《诗经》学著述都是围绕《诗集传》而作，以继承、拓展、深化朱熹的《诗》学思想为主旨。朱子《诗经》学体系在元代迅速发展繁荣，达到鼎盛。

元代宗朱《诗经》学者整体上呈现出门派性、地域性的特点，随着时间的推移也产生了跨门派、超地域的发展趋势。元代早期宗朱《诗经》学者胡一桂、许谦皆为由宋入元之人，分别是江西、浙江金华地区的朱子五传弟子，他们从师门处得朱学之真传，以传承发扬朱学为己任，在继承朱熹以义理解《诗》、文学解《诗》等《诗》学思想的基础上，博采众家之长，在音释、训诂、诗旨、诗歌艺术手法等方面对《诗集传》作出许多补充发明，初步对朱熹《诗经》学进行了全面的审视与总结；而在元代后期，《诗集传》成为官学，影响力进一步扩大，出现了一大批由非朱子门人所创作的朱子《诗经》学著作，但这些宗朱学者如刘瑾、刘玉汝、朱公迁、罗复、朱倬等也基本为江西籍，只有梁益为江苏籍，刘贞为山东籍，林泉生为福建籍。这说明随着科举的推广，朱熹《诗集传》的影响力由朱子门人向普通学者扩大，但江浙地区学风兴盛，朱学底蕴深厚，故而研究的活跃度与深度是其他地方无可比拟的。可以说，在元代，以朱子后学为首的一批江浙学者逐步丰富完善了朱子《诗经》学这一可与“毛《诗》学”鼎立的诗学系统。

在这种背景下，元代的朱子《诗经》学著作呈现出以下特点：

首先是撰著体例与类型的多样性。胡一桂《诗集传附录纂疏》为纂集体著作，进一步细分则为附录纂疏体，其体例有一定开创性，直接影响了刘瑾的《诗传通释》，又间接影响了明代《诗传大全》等一批《诗经》学著作；许谦《诗集传名物钞》与梁益《诗传旁通》为考释类著作，前者兼有博物体、集解体、通释体的特征，后者为博物体与旁通体的结合；刘瑾《诗传通释》、朱公迁《诗经疏义会通》为通释体，宗主一家而贯通诸说；刘玉汝《诗缵绪》与朱倬《诗经疑问》为论说类著作，而后者又为问答体；罗复《诗集传名物钞音释纂辑》为音释类著作；刘贞《新刊类编历举三场文选诗义》与林泉生《明经题断诗义矜式》为科举类著作。从体例类型上来讲，元代朱子《诗经》学著作可谓丰富。从功能类型上来讲，元代前期的宗朱《诗经》学著作重在对宗朱《诗经》学的整理、阐释与补充，元后期《诗经》学著作多呈现出工具书的性质与服务科举的倾向。其中纂集体、通释体著作整理朱熹《诗》说、汇集诸家之说辅翼朱《传》，可以看出对辅广《诗童子问》的继承；考释类著作补充《诗集传》之名物、训诂，亦是对南宋末年朱子学派考据倾向的发展。相对宋代的宗朱《诗》学著作而言，元代的宗朱《诗经》学著作不仅体例更加多样化，在内容组织上也更加丰富化、条理化，如卷首或卷末附以图、谱，引述内容分为附录、纂疏等。众多对《诗集传》从各方面进行训释补充的、具有不同体例的辅翼著作，在一个时代内集体涌现，这是一个学派发展壮大、走向成熟的标志。

其次是对朱熹《诗经》学思想的继承与发展。考察元代《诗经》学著作可以发现，关于尊《序》、废《序》的争论从元初到元末逐渐减少，宗朱《诗经》学者普遍继承了朱熹对《诗序》的质疑态度，并且在朱熹不曾质疑《诗序》处亦常常大胆提出质疑；对朱熹之“淫诗说”，他们亦基本持支持的态度，甚至对王柏、金履祥等朱子后学关于“淫诗”的论说也有所吸收；对赋、比、兴等艺术手法与文体、用韵的辨析较之朱《传》亦更加细致、深入，《诗经》的文学性得到进一步挖掘；朱熹理学化的解《诗》路径，更是得到了充分的实践与深化，“天理人欲”“诚敬”等理学概念在解《诗》时被普遍运用，且说解的理学化程度往往较朱熹的说解要深得多。

最后是治学的征实严谨。虽然元人解《诗》以《诗集传》为宗，但元代的宗朱学者们也继承了宋代学术的质疑与求实精神，并不墨守门户之见对朱子《诗》说亦步亦趋，也不一味标新立异、故作新解，而是参考汉宋诸家之说，对朱《传》的训释进行详细的考证辨别，力图补充其中疏漏之处，且对其中的舛误之处也并不讳言，但求其是，体现出元儒特有的笃实敦厚的学风。这一点从元代科举《诗》义以《诗集传》为主却仍兼存古注疏亦可以见其端倪。而敢于质疑却又严谨求证的治学精神正是对朱熹治学精神的继承。

值得注意的是，虽然在元代朱子《诗经》学大行其道，但也依然存在一些朱学系统以外的《诗经》学著作，其中有坚持尊《序》立场者，有不拘门户独立解《诗》者，甚至有反朱的《诗》学著作。如元初李公凯的《直音傍训毛诗句解》就以《吕氏家塾读诗记》为依据，对《毛诗》全文进行了注音句解；元初马端临《文献通考》的《诗经》学部分，不仅坚决站在尊《序》立场上，还对朱熹的以诗说《诗》倾向和“淫诗说”及王柏的“删诗说”展开了猛烈的批判。以上两者尚为宋末元初人士，然而，到了元代中后期朱子《诗经》学鼎盛之际，依然有苏天爵的《读诗疑问》不以《诗集传》为宗，立场在汉宋之间。可见朱子《诗经》学虽在元代迎来了大发展、大繁荣，走上了经典化的进程，占据了元代《诗经》学之绝对主流，但却没有定于一尊，故而并不僵化，与之后的明代朱子《诗经》学形成鲜明的对比。

第五章　朱子《诗经》学在明代的日渐式微

明代以理学立国，而朱熹《诗集传》的地位亦在明代走到了历史的制高点，不仅被立为官学，且被设为一家独尊之学。虽然《诗集传》被官方捧上神坛，然而朱子《诗经》学体系却没有因此而发展壮大，反倒日渐萎缩，阳明心学与复古思潮的兴起亦冲击着朱熹与《诗集传》的地位，有影响力的宗朱《诗经》学著作屈指可数，元代以来以朱子《诗》学为主流的《诗经》学研究至此产生了新变化。换言之，朱子《诗经》学在明代由兴盛转而走向衰落。

第一节　明代朱子《诗经》学发展的政治文化背景

本书将明代学术划分为前、中、后三个时期，其中洪武至宣德（1368—1435）为前期，这一时期的学术上承宋元，朱子之学成为绝对的权威；正统至隆庆（1435—1527）为中期，这一时期学术开始产生变化，复古思潮开始兴起，心学开始壮大并与朱子之学展开竞争；万历至崇祯（1572—1644）为后期，此时复古浪潮高涨，学术呈现多样化与多元化的态势，学者们先后对理学与心学进行反思，有复归汉学的倾向。明代朱子《诗经》学的发展历程也与这一学术分期大体一致。

一、明代前期官方对朱子《诗经》学的独尊

（一）明代前期统治者对朱子之学的推崇

1368 年，朱元璋建立大明政权，定都南京，年号洪武，同年攻陷大都，元顺帝北遁，宣告了统治中国 98 年的元朝政权的终结。

经过元末明初二十余年的动乱，全国上下学校荒废、学术不彰，明太祖朱元

璋受身边辅佐之金华学派文人的影响，大力兴办学校、发展教育，宣扬程朱理学，“首立太学，命许存仁为祭酒，一宗朱氏之学，令学者非‘五经’、孔孟之书不读，非濂、洛、关、闽之学不讲”❶；又陆续兴建府、州、县学等各级学校，优待生员，并鼓励民间兴办社学，以“四书”“五经”为教学内容，以朱子理学为指导思想。朱元璋之所以重视教育，一方面是为了在战乱之后统一思想，重新构建符合统治需求的社会道德体系；另一方面是为了培养治国理政的人才，收拢天下士人之心，其总的目的是巩固新生的明朝政权。

在这种需求下，明太祖朱元璋选择了程朱理学作为官方的学术思想。一方面是因为受到了政治集团内部金华学派文人的影响，明初朱元璋所信重之诸儒如宋濂、王祎、刘基等都是金华学者，同时也是程朱理学的继承者，在他们的影响下，朱元璋对程朱理学非常认同，相信程朱理学为圣贤之道，并意识到了程朱理学中道德伦理纲常思想对统治的有利作用；另一方面是因为程朱理学在元代曾长期作为官学存在，作为数十年来的学术主流，在民间已经有了广泛的接受度，将之作为官学阻力最小，便于统一思想。

但自宋、元起，中国南北方学术就已呈现出不平衡的发展态势，元代虽有赵复将程朱之学带到北方，延祐之后又有全国性的科举考试进行推广，但从整体上来讲元代统治者对儒学在北方的发展并不重视，程朱理学传承与研究的主要力量依然集中于南方地区。到了明初，经过长期战争与动乱之后的北方学术根基更加薄弱，南北方学术发展的差距尤其明显。明太祖朱元璋注意到了这种状况，为此他采取了许多措施以弥合南北学术的差距，如多次向北方学校颁赐经学典籍，并派遣优秀学者任教等。他曾对廷臣曰：“道之不明由教之不行也。夫《五经》载圣人之道者也，譬之菽粟布帛家不可无，人非菽粟布帛则无以为衣食，非《五经》《四书》则无由知道理。北方自丧乱以来，经籍残缺，学者虽有美质，无所讲明，何由知道？今以《五经》《四书》颁赐之，使其讲习。夫君子而知学则道兴，小人而知学则俗美，他日收效，亦必本于此也。”❷又曰：“致治在于善俗，善俗本于教化。教化行，虽闾阎可使为君子；教化废，虽中材或坠于小人。近北方丧乱之余，人

❶ [清]陈鼎．东林列传[M]//影印文渊阁四库全书（第458册）．台北：台湾商务印书馆，1986：199.

❷ 黄彰健校勘．“中研院”历史语言研究所校印．明实录[M]．北京：中华书局，2012：82.

鲜知学，欲求方闻之士甚不易得。今太学诸生中年长学优者，卿宜选取俾往北方各郡分教，庶使人知务学，贤才可兴于是。”❶如此种种鼓励北方教育的措施，皆是希望圣贤之道在北方得以复兴，从而改善社会风俗，培养选拔当地人才，其目的依然在于致治。深谙人才重要性的朱元璋曾对朝臣曰：“四民之中，士为最贵……士之最贵者何？读圣贤之书，明圣贤之道，出为君用，坐享天禄。”❷可见对圣贤之道的提倡，对士人的培养，其主要目的在于选拔人才“出为君用”。

为了引导学术，选拔人才，明廷于洪武三年（1370）开科取士，《明史·选举志》载：“三年大比，以诸生试之直省，曰乡试。中式者为举人。次年，以举人试之京师，曰会试。中式者，天子亲策于廷，曰廷试，亦曰殿试。分一、二、三甲以为名第之次。”❸考试承袭宋元之制，分为乡试、会试、殿试三级，三年一科。第一年举行乡试，次年举行会试与殿试。不过开国之初缺人才，故开科之后连举三年。关于明代考试内容，《明史·选举志》载：

> 科目者，沿唐、宋之旧，而稍变其试士之法，专取四子书及《易》《书》《诗》《春秋》《礼记》五经命题试士。……初设科举时，初场试经义二道，《四书》义一道；二场论一道；三场策一道。中式后十日，复以骑、射、书、算、律五事试之。后颁科举定式，初场试《四书》义三道，经义四道。《四书》主朱子《集注》，《易》主程《传》、朱子《本义》，《书》主蔡氏传及古注疏，《诗》主朱子《集传》，《春秋》主左氏、公羊、谷梁三传及胡安国、张洽传，《礼记》主古注疏。❹

洪武三年（1370）初设科举时所有规章制度一如元制，洪武十七年（1384）修改制度颁“科举定式”，对考试的范围与程序做了一些修改。总的来说，明代科举考试在科目上与元代类似，重经义轻辞赋，分为经义、策、论三场考试，以首场经义为最重，经义题目不出“四书”“五经”之范围，且其中“四书”《易》《诗》皆以朱子之注释为准。这也是题中应有之意，朱元璋所信重之洪武诸儒如宋濂、

❶ 黄彰健校勘．“中研院”历史语言研究所校印．明实录 [M]. 北京：中华书局，2012：1672-1673.

❷ [明] 余继登辑．典故纪闻 [M]. 北京：中华书局，1981：87.

❸ [清] 张廷玉．明史 [M]. 北京：中华书局，1974：1693.

❹ [清] 张廷玉．明史 [M]. 北京：中华书局，1974：1693.

王祎、刘基等都是金华学者，也是程朱理学的继承者，以朱子为道统，自然奉朱子之学如圭臬。在他们的推动下，朱子之学的地位进一步提高，“四书”的重要性已经超过了“五经”，成为出题的重点范围，“世之治举业者，以‘四书’为急务，视‘六经’为可缓”❶。明代前期对制义文体格式的要求其实并不太严格，文风也趋向朴实，“取书旨明晳而已，不尚华彩也”❷。

通过科举考试，南北方的学术差距更加明显而直观地体现了出来，最为典型的是在洪武三十年（1397）春举行的明开国以来第九次科举考试中，上榜的五十一名考生皆为南方人，北方士子竟无一人上榜。对于这种前所未见的情况，北方士子群情激奋，上书指斥考官刘三吾、白信蹈等徇私舞弊，朱元璋命侍读张信等复查再审，拟于落第卷中择优增录北方士子。结果呈上的北方学子试卷文理疏漏，甚至偶有犯禁之语。有人上告刘三吾、白信蹈故意嘱咐张信以陋卷进呈，朱元璋震怒，流放刘三吾，凌迟白信蹈、张信，株连官员六百余人。并于六月再次举行会试，增录六十二人，皆为北方士子，被后人称作“北榜”，因为在六月举行，又被称为“夏榜”，之前春季举行的那次会试因录取者全为南方士子，故被称作“春榜”“南榜”。这次事件因此被称作“南北榜案”。平心而论，这次科举的结果是由于南北方学术水平的客观差距造成的，是南北方学术水平的不平衡反映在了科举选拔中。朱元璋之所以施以雷霆手段，未必是真的相信考官徇私舞弊，实则是因为南方地区长期垄断科举录取名额导致朝堂中南北政治势力失衡而做出的平衡之举。

此次南北分榜影响深远，到明仁宗洪熙元年（1425）朝廷终于正式设立分地区按比例录取进士的南北卷制度，自此科举考试南北分卷成为定制，宣宗年间更是将不同地区分为南、北、中三卷按比例录取，这一制度延续到了明末，并为清代所借鉴。南北卷制度是科举制度发展过程中的一次重大改革，对后来的清代科举制度乃至我国现代的考试选拔制度都有很大的影响。

从南北榜一案可见明太祖朱元璋为了维护统治的稳固对文人是不吝使用铁腕手段的，其重视教育的目的是培养服务于其专制统治的工具，这就不可避免

❶ [清]朱彝尊撰．王利民校．曝书亭全集[M]．长春：吉林文史出版社，2009：413.

❷ [清]张廷玉．明史[M]．北京：中华书局，1974：1689.

地要禁锢士人思想，打压士大夫的独立人格。朱元璋对待文人之严苛酷烈是前史罕见的，文人出仕为官动辄获罪，“苏伯衡两被征，皆辞疾，寻为处州教授，坐表笺误死。郭奎参朱文正军事；张孟兼修史成，仕至佥事；傅恕修史毕，授博野令，后俱坐事死。高启为户部侍郎，已放归，以魏观上梁文腰斩。张羽为太常丞，投江死。徐贲仕布政，下狱死。孙蕡仕经历，王蒙知泰安州，皆坐党死。……当时以文学授官而卒不免于祸”❶，故人多不乐仕进。他甚至对儒家经典也加以审查，《明史·钱唐传》载：“帝（明太祖）尝览《孟子》，至‘草芥’‘寇仇’语，谓‘非臣子所宜言’，议罢其配享。诏：‘有谏者以大不敬论。’”❷所谓“‘草芥’‘寇仇’语”。即《孟子·离娄下》“君之视臣如土芥，则臣视君如寇仇”一句，讲求君臣双方关系对等，理应各尽其道，对于随意践踏杀戮臣民的暴君，臣民可视其如仇敌。这种思想是朱元璋绝对无法容忍的。众所周知，朱元璋是权力欲非常强烈的君主，明之开国功臣无论文臣还是武将，几乎都被其屠戮殆尽，“武臣被戮者，固不具论，即文人学士，一授官职，亦罕有善终者”❸。胡惟庸案、蓝玉案等动辄诛杀上万人，可谓杀人如草芥。这种情况下朱元璋自然担心孟子的思想会激起民众特别是知识分子的反抗意识，从而动摇其统治，故而即使在钱唐等诸多文臣的反对下依然于洪武二年（1369）罢去了孟子在孔庙中的配享，虽然转年即予以恢复，但并非因为其思想有所转变，而是出于安抚儒生鼓励名教的目的。在此后孟子的思想仍让朱元璋耿耿于怀，终于在洪武二十七年（1394）命翰林学士刘三吾撰《孟子节文》：“《孟子》一书，中间辞气太过者八十五条，其余一百七十余条，悉颁之中外校官，俾读是书者知所本旨。自今八十五条之内，课士不以命题，科举不以取士，一以圣贤中正之学为本。”❹所谓“辞气太过者”，即是《孟子》中涉及民贵君轻思想与反抗精神的内容。一本《孟子》经此一删竟被减去了三分之一的内容。自此《孟子节文》被作为科举考试的权威用书，《孟子》原本中被删去的内容不得用于教学与科考题目。直到永乐九年（1411），《孟子》全本才得以再次通

❶ [清]赵翼．王树民校．廿二史札记校证[M].北京：中华书局，2013：741.

❷ [清]张廷玉．明史[M].北京：中华书局，1974：3982.

❸ [清]赵翼．王树民校．廿二史札记校证[M].北京：中华书局，2013：741.

❹ [明]刘三吾．孟子节文[M]//北京图书馆古籍珍本丛刊（第一册）．北京：书目文献出版社，1988：956.

行。孟子自宋之后地位不断升格，被视为孔子道统的继承人，元至顺元年（1330）被加封为“亚圣公”，成为官方认证的地位仅次于孔子的圣人，其养气说被视为儒家气节观的重要起源，其书自宋元以来即作为科考的经书为士人所修习，至明洪武朝竟因帝王一言而废改，体现了封建专制思想对学术的干预达到了前所未有的程度。

洪武三十一年（1398）明惠宗朱允炆继位，次年（1399）改元建文。建文帝自幼深受儒家思想熏陶，以仁慈宽厚著称，即位后一改洪武朝之高压政策，“永惟宽猛之宜，诞布维新之政”❶，希图施行新政除严刑峻法之积弊，开一代文治之功。故而宽刑省狱，重视礼教，礼遇文士，重用以齐泰、黄子澄、方孝孺为首的江南文官集团。然而齐、黄、方等虽皆为饱学之士，但政治经验与军事眼光不足，有理想主义的倾向，致使许多政策不切实际或操之过急，如力主削藩，在他们的鼓动之下，朱允炆于建文元年（1399）即行削藩，短短时日一连五位藩王被削，当年七月燕王朱棣遂发动“靖难之役”。四年之后，燕王朱棣攻下南京，建文帝不知所终，建文朝文官有大批殉节或逃亡者。

明成祖朱棣于建文四年（1402）七月即位称帝，革除建文年号，仍以洪武年号标识，“一应建文中所改易洪武政令条格，悉复旧制”❷，并于次年（1403）改元永乐，建文朝四年间所布之新政大多付诸东流。而后朱棣对反对他的建文旧臣进行了肃清，族诛磔死齐泰、黄子澄、方孝孺等一大批儒臣以为威慑，南方派系文人集团遭到打击。永乐十四年（1416 年），明成祖朱棣决定将首都从南京应天府迁往北平顺天府，最终于永乐十九年（1421 年）正月正式迁都北平，并改称北平为北京。迁都的一个重要原因是为了政权稳定，北平乃朱棣为燕王时就藩之地，经营日久，迁都于此可以尽快摆脱建文朝遗留势力的影响，并且平衡已经严重失衡的南北势力。明初政治、经济、文化中心都在南方，自此开始北移。

为了巩固政权，证明其统治的合法性，朱棣一方面笼络安抚文人，大肆招揽文学之士修书，于永乐元年（1403）命解缙、姚广孝等修《永乐大典》，于永乐十三年（1415）命胡广等修纂《四书大全》《五经大全》《性理大全》等。另一方

❶ [清]谈迁撰．张宗祥校点．国榷[M].北京：古籍出版社，1958：787.

❷ 黄彰健校勘．“中研院”历史语言研究所校印．明实录[M].北京：中华书局，2012：136.

面加倍推崇程朱理学，朱棣亲自为《四书五经大全》作序曰：“使天下之人，获睹经学之全，探见圣贤之蕴。由穷理以明道，立诚以达本，修之于身，行之于家，用之于国，而达之天下。使家不异政，国不殊俗，大回淳古之风，以绍先王之统，以成熙雍之治。”❶从序中之意可见其敕令编纂《四书五经大全》的主要目的不在于发明学术，而是力图将理学推行全国，作为整个国家的指导思想与行为规范。其对理学的重视与强调，从《性理大全》得以与“四书”“五经”并列亦可窥见一斑，程朱理学至此获得一家独尊的地位，其殊荣无以复加。另外，为展示对文人的重视与优待，并尽快选拔培养一套新班底对旧臣进行更替，朱棣还大兴科举，于永乐元年（1403）即举行乡试，次年大开科举之门，一科竟选拔472人之多，可见其求才之心切。与洪武朝自洪武六年（1373）下诏暂停开科十年后方才再开不同，终永乐一朝基本三年一举，科举取士的频率非常稳定。自洪武至永乐年间，科举与荐举并重，而自永乐朝之后，科举成为选拔人才的主要途径，“自后科举日重，荐举日益轻，能文之士率由场屋进以为荣。”❷当科举取士成为人才上升的主流通道之后，科考的内容与形式必然对学风、文风、士风产生深刻的影响。

《四书五经大全》诞生之后随即作为指导各级学校教学与科举考试的国家指定教课书颁行天下，胡广《进书表》言明了编纂此书的目的：“非惟备览于经，实欲颁布于天下，俾人皆由于正路而学不惑于他歧，家孔孟而户程朱，必获真儒之用。”❸三部《四书五经大全》中，《四书大全》为朱子《四书章句集注》之扩充，《五经大全》亦以朱学系统的著作为依据，《性理大全》则汇集了朱子所注的周敦颐、二程、张载等理学家之名篇。伴随着《四书五经大全》的推行，朱子之学在政治力量的推动下成为统治者统治学界的权威思想，任何反对意见都被严厉的政治手段加以排除，“饶州儒士朱季友诣阙上书，专诋周、程、张、朱之说。上览怒曰：‘此儒之贼也！’命有司声罪杖遣，悉焚其所著书，曰：‘毋误后人。’于是邪说屏息。”❹自此士人读书只习此一家之言，议论不敢出其区域，更视不合朱子者为异端邪说，

---

❶ “中研院”历史语言研究所编．明太宗实录[M]. 台北：“中研院”历史语言研究所，1962：1874.

❷ [清]张廷玉．明史[M]. 北京：中华书局，1974：1713.

❸ [明]程敏政．皇明文衡[M]// 影印文渊阁四库全书（第1373册）. 台北：台湾商务印书馆，1986：550.

❹ [清]陈鼎．东林列传[M]// 影印文渊阁四库全书（第458册）. 台北：台湾商务印书馆，1986：199.

“以言《诗》，非朱子之传义弗敢道也；以言《礼》，非朱子之《家礼》弗敢习也。惟是而言，《尚书》《春秋》，非朱子所授，则朱子所与也。言不合朱子，率鸣鼓而攻之。”❶在科举考试中，古注疏与其余诸家注疏遂废而不用，“自是而后，经义试士，奉此为则；不唯古注疏尽废，及宋儒之书，学者亦不必寓目矣”❷，“二百余年庠序之所教，制科之所取，一禀于是”❸，影响可谓深远。长此以往，士人的视野与学术研究的空间必然日渐狭窄。四库馆臣说《书义矜式》曰：“考《元史·选举志》载，《书》用蔡《传》及注疏。当时经义，犹不尽废旧说，故应试者得兼用之。此元代经学所以终胜明代也。”❹认为明代因独尊《四书五经大全》而废诸家注疏，最终导致了一代经学之衰落。

除了将朱子之学作为官学一家独尊带来的影响之外，科举以八股取士造成的影响同样大而深远。明代前期——英宗天顺朝之前，科举制义尚没有严格固定的体式，高度程序化的八股文体形成于明中期成化朝以后，其形式模仿宋之经义：“其文略仿宋经义，然代古人语气为之，体用排偶，谓之八股，通谓之制义。”❺所谓八股文体，以宋代经义为雏形，进一步演变成为用破题、承题、起讲、入题、起股、中股、后股、束股八部分构成一篇文章的固定作文格式，除了首尾起讲、大结，以及中间的少量过渡性文字，文章中的起股、中股、后股、束股四段文字必须两两排比对仗，称作四比八股，因为这种特征，这样的制义之文又被称作八股文。八股文初时规则章法细密，从结构到字数都有规定，到了晚明对制义文体的要求开始松动并注重文学色彩，严格的格式规定也被打破，“八股”只余其名而无其实。❻

---

❶ [清]朱彝尊撰．王利民校．曝书亭全集[M].长春：吉林文史出版社，2009：413.

❷ 马宗霍．中国经学史[M].北京：商务印书馆，1937：133.

❸ [清]陈鼎．东林列传[M]// 影印文渊阁四库全书（第458册）．台北：台湾商务印书馆，1986：199.

❹ [清]永瑢，等．四库全书总目[M].北京：中华书局，1965：105-106.

❺ [清]张廷玉．明史[M].北京：中华书局，1974：1693.

❻ 见顾炎武《日知录》“试文格式”条：经义之文，流俗谓之八股，盖始于成化以后，股者，对偶之名也。天顺以前，经义之文不过敷演传注，或对或散，初无定式，其单句题亦甚少。成化二十三年，会试《乐天者保天下》文，起讲先提三句，即讲“乐天”四股；中间过接四句，复讲“保天下”四股；复收四句，再作大结。弘治九年，会试《责难于君谓之恭》文，起讲先提三句，即讲“责难于君”四股；中间过接二句，复讲“谓之恭”四股；复收二句，再作大结。每四股之中，一反一正，一虚一实，一浅一深，其两扇立格，则每扇之中各有四股，其次第文法亦复如之。故今人相传谓之八股。若长题则不拘此。嘉靖以后，文体日变，而问之儒生，皆不知八股之何谓矣。

此外，明代科举考试分经而试，拟定题目又着重昭示义理，造成题目可选取的范围有限。以《诗经》一经为例，科举题目多出自《雅》《颂》，“淫诗”《风》诗一般不在出题范围之内。出于功利化的考虑，士子不免将大部分注意力放在可能出题的篇目上，甚至因此钻空子、走捷径：“今日科场之病，莫甚乎拟题。且以经文言之，初场试所习本经义四道，而本经之中，场屋可出之题不过数十。富家巨族延请名士馆于家塾，将此数十题各撰一篇，计篇酬价，令其子弟及僮奴之俊慧者记诵熟习。入场命题，十符八九，即以所记之文抄誊上卷，较之风檐结构，难易迥殊，《四书》亦然。”❶拟题范围的狭窄加上文体的程序化，促成与助长了士人记诵成篇、转相剽窃的不良风气。

科举考试以《四书五经大全》一书为标准限制了士人对经传的广泛阅读与独立思考，程序化的制义文体限制了士人的深入讨论与自由发挥，有限的拟题范围使士子不睹全经、着力记诵。多重作用下，士人用力的重心逐渐从研究经学向钻研八股偏移，重文辞而轻实学，文字日渐浮华而学术日益空疏，朱子经学日益衰落。至明代中后期，朱子之学的主流地位逐渐被阳明心学取代，顾炎武曰：“自八股行而古学弃，《大全》出而经说亡，十族诛而臣节变，洪武、永乐之间，亦世道升降之一会矣。”❷在他看来，永乐朝的政治干预与政治清洗严重地打击了经学的发展和士人的精神节操，导致世风日下，明代后期的种种乱象皆由此而起。顾氏之说虽较为极端且不甚公允，但不得不承认八股取士与独尊《四书五经大全》确实给明代经学的发展带来了负面影响。

总的来说，“明初人犹多通经学，皆元时遗逸，非后辈所及”❸。这些由元入明的宿儒，以朱子之后学流裔为主流，学术不出朱氏之范围，但由于经历朝代更替而负担了重新构建新的社会秩序的责任，故而讲究经世致用，不尚性理空谈，在程朱理学的继承实践上显示出“专尚修，不尚悟，专谈下学，不及上达”❹的

❶ [清]顾炎武撰．黄汝成集释．栾保群，吕宗力校点．日知录集释（全校本）[M]．上海：上海古籍出版社，2006：945.

❷ [清]顾炎武撰．黄汝成集释．栾保群，吕宗力校点．日知录集释（全校本）[M]．上海：上海古籍出版社，2006：1045.

❸ [清]王士禛撰．靳斯仁校．池北偶谈[M]．北京：中华书局，1982：365.

❹ [清]黄宗羲撰．沈芝盈校．明儒学案[M]．北京：中华书局，2008：12.

特点。因此，明代学风在洪武、建文年间依然保持着元代学术淳朴笃实的风格。永乐之后朱子之学地位日高，逐渐权威化、神圣化，被清人视为朱学传宗的河东学派创始人薛瑄曾说："自考亭以还，斯道已大明，无烦著作，直须躬行耳。"❶在他看来，朱子之学成为"道"的代言，是神圣不可更易的教条律令。在这种思想的影响下，明中期士人已不读诸家注疏，亦不提倡著述。成化二年（1466）进士章懋竟说："经自程朱后不必再注，只遵闻行知，于其门人语录，芟繁去芜可也。"❷可见在当时人眼中经学几乎等同于程朱之学，并且程朱所作之传注被视为完美无缺，没有继续发展的必要，在这种观念下朱子之学必然缺乏发展的空间而趋于僵化，逐渐由一门活的学术变成死的教条。而科举考试以《四书五经大全》为标准使学子千口一声，以八股取士使士子重文辞轻义理，更使得程朱之学在一般士子眼中沦为记诵之学、进仕之阶，日益为追求思想独立、不甘墨守成说的学者所厌弃；同时明初儒士继承程朱理学时多注重下学功夫而忽略上达，多注重道德实践而忽略内在性情，于是明中后期陆王心学迅速崛起取代了空缺的位置，程朱理学自此大幅衰落，失去了主流思想的地位。

（二）朱子《诗经》学的教条化、义理化与通俗化

明代前期政治力量对朱子学的影响也直接反映在朱子《诗经》学上。清人孙承泽曾大致描述了朱熹《诗集传》由问世之初到明代在官方与民间的接受历程：

> 《集传》力正毛氏之失，而不甚许可《诗记》。当时骇者半、信者半，故《集传》未大行于宋之世。至元季，经学诸儒尊之、信之。明洪武初，元之宿儒多有存者，定科举之制，首重明经。经说兼主二三家，独《诗》主《集传》，不兼他说。永乐初，命儒臣修《五经大全》《周易》并列《传》义，《诗经》独诠《集传》，若是乎其重也。故当时治《诗》者师无异授，学有专门，毕力于六义之旨而《诗》明。逮嘉、隆而后，士学日趋新异，视《集传》仅为科举之书。❸

❶ [清]张廷玉．明史[M].北京：中华书局，1974：7229.

❷ [清]黄宗羲撰．沈芝盈校．明儒学案[M].北京：中华书局，2008：1075.

❸ [清]朱彝尊．经义考[M].北京：中华书局，1998：621.

其实在明洪武三年（1370）首次开科时，科举考试的范围尚且继承元制，《诗经》一科除用《诗集传》外还兼存古注疏；直至洪武十七年（1384）颁布“科举定式”，才将《诗集传》作为《诗经》科考的唯一标准，自此《诗集传》开始了真正意义上的一家独尊；永乐朝更以宗朱的《四书五经大全》作为权威教课书，严格规定了考试的参考内容，专制的文化环境进一步强化了朱熹与《诗集传》的地位。在这种环境中，朱子《诗经》学研究体现出教条化、义理化与通俗化三大特征。

朱子《诗经》学的教条化从明初即开始，自洪武至成化百年之间，学《诗》者莫不以朱子为宗，黄宗羲评价阳明之学兴起前的明代学术曰：“有明学术，从前习熟先儒之成说，未尝反身理会，推见至隐，所谓‘此亦一述朱，彼亦一述朱’耳。”❶明初大儒宋濂曾说：“三百篇之诗，自朱子亲为之注，其大义固已昭如日星。”❷这种将朱熹《诗》学神圣化是当时普遍的思想，在这一思想下出现的《诗经》学著作，自然都是些奉《诗集传》为圭臬的作品。如在元代尚且有所争论的《诗序》作者问题、“淫诗”问题，在明代前期的《诗经》学著作中已不再被讨论，汉唐诗说在学校也不再被讲习。在科举的规训下，朱子《诗》说成为不可违背的金科玉律，从而展现出教条化的特征。直到明中后期的嘉靖年间，尚有学者云：“凡今人诵读诗书，一取正于朱子，曰是则是，非则非，无非趋向大贤，以为准的。”❸

明代朱子《诗经》学的义理化较前代更为明显。虽然在元代朱子《诗经》学的阐释已经出现了义理化的倾向，但是因为元代辅翼朱子《诗》学的学者多为朱门直系弟子或同乡，据朱子之世也较近，尚有朱子学术方法的传承，故而解《诗》虽有义理化的倾向，然因读《诗》多遵循朱熹“涵泳”之法，故发挥义理仍以文本为据，不做过多的引申。而明初洪武、永乐二帝将程朱理学作为国家主导思想加以推行，奠定了明代以理学立国的基础，故明代初期之学术理学气息尤为浓厚，明初辅翼朱子《诗集传》者亦莫不以申说性命义理为重。明初说《诗》者如朱善、

❶ [清]黄宗羲撰．沈芝盈校．明儒学案[M].北京：中华书局，2008：178.

❷ [清]朱彝尊．经义考[M].北京：中华书局，1998：597.

❸ [清]朱彝尊．经义考[M].北京：中华书局，1998：570.

梁寅皆为自元入明之老朽宿儒，其学术承自元代，又于明代受朝廷征召继续进行学术活动，他们的《诗经》学作品相对显示出更明显的义理化倾向，道德义理的解读成为其著作中的主要内容。他们在解《诗》时意在借重《诗集传》以立训，挖掘《诗》之本义不再是主要目的，借《诗》来发挥义理、表达政治思想反而成为其目的。大概这些元明易代之际的学者，或因经历了由朝代兴替带来的乱世之苦，从而对国家治乱更加关注，就像程朱理学在明初转向了致用一路，宗朱说《诗》者亦希望作品能有实用价值，可以有裨于人事，有补于治道。

明代朱子《诗经》学的通俗化，则大概受到了经济与政治两方面的推动。

明代经济繁荣，重视教育，学校众多，受教育的人口相对元朝大幅增加，读书应试者之多前所未有。为了便于蒙学与应试，明代宗朱《诗经》学著作还呈现出简化与通俗化的倾向，与过去那些希望载圣人之道“藏之深山，传之后世”的经解面貌全然不同。如朱善的《诗解颐》不过是其授课讲章的整理本，梁寅的《诗演义》自言为幼学所作，顾梦麟《诗经说约》也是为指导举业而作。出于教学与普及的目的，这些宗朱《诗经》学作品也都会尽量使自己便于理解与阅读。整个明代巨大的科举需求带动了书坊的兴旺，明代书坊为谋利不断推出助益应举而作的“高头讲章”、制艺程文之书，多通俗易读，便于参考，而《诗经》为明代科举最热门的科目，此类书籍更是汗牛充栋，但因学术意义不大，于《诗经》学本身无甚功劳，故流传下来的也不多，可以置之不论。

在政治方面，甄洪永认为：“语言通俗化是明初经学发展的一大趋势，是洪武政权推行和普及经学的一种策略。”❶朱元璋曾于洪武六年（1373）九月诏禁四六骈文，发起公文的通俗化运动：“自今凡告谕臣下之词务从简古以革蔽习，尔中书宜播告中外臣民，凡表笺奏疏毋用四六对偶，悉从典雅。”❷关于解经，朱元璋也主张通俗化，曾颁布《群经类要》《千顷堂书目》述其成书过程，“明太祖命儒臣孔克表、刘基、林温等以恒言注释群经，使人易通晓。亲解《论语》二章以为之式。克表等承命释“五经”“四书”以上，赐今名”❸。所谓“恒言”，即所

❶　甄洪永．明初经学思想研究 [M]. 南京：凤凰出版社，2020：338.

❷　黄彰健校勘．“中研院”历史语言研究所校印．明实录 [M]. 北京：中华书局，2012：81.

❸　[清] 黄虞稷撰．瞿凤起，潘景郑整理．千顷堂书目 [M]. 上海：上海古籍出版社，1989：81.

谓常言、俗语。朱元璋希望通过使用通俗化的语言阐释经典，使其易于为文化程度不高的普通民众所接受，从而达到普及经学、教育民众的目的。明初朱善、梁寅等人的宗朱《诗经》学著作所展现出的通俗化特征，很可能是受到了这一倡导的影响。

总之，在以上几方面原因的共同作用之下，朱子《诗经》学呈现出教条化、义理化、通俗化的特点，学术性、多元性有所下降。从明初开始，朱子《诗经》学看似地位稳固、一家独尊，其实已逐渐失去活力，日渐沦为科举之学、记诵之学，终于在明代中后期受到质疑与挑战，开始下行与衰落。其实，对朱子《诗经》学不逾尺寸的墨守，恰恰违背了朱熹独立思考、不盲从权威的独立治学精神，毕竟排除前见通过反复咏诵从文本本身得出自己之体悟，这才是朱子《诗经》学的生命力所在。

二、明中后期学术思潮对朱子《诗经》学的影响

自明初起，统治者将程朱理学作为国家意识形态大力推广普及，反使程朱理学日益僵化，沦为指导一切的教条规范，导致无论在社会还是学界，自由的空气日渐稀薄，士人的个性受到长期压制。到明代中期，官方推崇的程朱理学“存天理，灭人欲”的道德规范受到日渐兴盛的商业文化、市井文化的冲击，士人的主体意识开始觉醒，对程朱理学逐渐开始质疑与反思。在这种大趋势下，“心学”趁势崛起挑战程朱理学的地位，而文坛上复古思潮的兴起，也对以朱子之学为代表的宋学发起了攻击。

（一）心学崛起与复古潮流对朱子之学的冲击

理学自朱熹、陆九渊开始分为两派，朱熹讲究格物致知，认为事事物物皆有定理，故于一事一物皆要居敬穷理，久之自能正心诚意、豁然贯通，为“道问学”一派；陆九渊讲究发明本心，认为心即理，理不用向外求，此心已完满自足，为“尊德性”一派。朱氏批判陆氏之说近禅，陆氏批判朱氏之说支离，两派自朱陆二人之时即相持不下，其后学弟子亦争论不休，至元明程朱理学成为官学以来，

“道问学”一派始大行其道，占据了绝对的主流地位。但“尊德性”一派的学术路线也始终未曾断绝，后世学人如元人吴澄与明初宋濂等一度试图和会朱、陆，然而朱、陆二人学术路线终究不同，和会朱、陆之说始终未成一派。

明初理学一如元代，没有太大的发展变化，直到明代中期，心学一脉开始发展，述其历程，大致萌于吴与弼，起于陈献章，成于王守仁、湛若水。

吴与弼（1391—1469），字子傅，号康斋，明江西崇仁县莲塘小陂（今江西省抚州市崇仁县东来乡）人，故其学派被称为崇仁学派。吴与弼学无师承，然崇信朱子，在读过朱熹所编的《伊洛渊源录》之后，尽弃举子之业，以传播继承程朱理学思想为己任，侯外庐等所著的《宋明理学史》评价道：“与薛瑄同时的吴与弼，也是明代前期的朱学人物。所不同者，薛瑄偏于下学，主道德实践；吴与弼则侧重于‘寻向上工夫’，求‘圣人之心情’。”❶然究其学术，既重视持敬穷理，又重视对“本心”的体认与涵养，兼具朱、陆二氏之学的特点，四库馆臣在为其《康斋集》所作的提要中称：“实能兼采朱、陆之长，而刻苦自立。其及门弟子陈献章得其静观涵养，遂开白沙之宗。胡居仁得其笃志力行，遂启余干之学。有明一代，两派递传，皆自与弼倡之，其端绪未可尽没。”❷清人黄宗羲作《明儒学案》，把《崇仁学案》列在首位，吴与弼为第一人，显然将其视为明代理学之开山。吴氏生活在明初至明中期，其学亦承上启下，虽本人身为朱学人物，然其弟子陈献章与娄谅皆继承了其学术中偏向陆氏心学的一部分，开启了明代心学之新局面。然娄谅著作不传，此不述。

陈献章（1428—1500），字公甫，别号石斋，广东广州府新会县白沙里人（今属广东省江门市蓬江区白沙街道），故人称白沙先生，其学派被称为白沙学派。陈献章虽曾拜在吴与弼门下，但其学术又与吴氏不同，相比程朱理学，更多的倾向陆九渊心学。《明儒学案》载:“白沙出其门，然自叙所得，不关聘君（吴与弼），当为别派。”❸认为宇宙万理备于一心，所谓心即理，发扬自我的主体性，“君子

❶　侯外庐．宋明理学史（下册）[M]. 北京：人民出版社，1987：135.

❷　[清]永瑢，等．四库全书总目[M]. 北京：中华书局，1965：1491.

❸　[清]黄宗羲．沈芝盈校．明儒学案[M]. 北京：中华书局，2008：14.

一心，万理完具。事物虽多，莫非在我”❶，“天地我立，万化我出，而宇宙在我矣”❷。陈献章的白沙之学脱离了程朱理学的范畴，标志着明代儒学实现了由理学向心学的转变，开明代心学之先河，在宋明理学史上是一个承前启后、转变风气的关键人物。陈氏曾言：“六经，夫子之书也。学者徒诵其言而忘味，六经一糟粕耳。”❸认为读书贵在心得，为学当求诸心。黄宗羲谓：“有明之学，至白沙始入精微。其吃紧工夫，全在涵养。喜怒未发而非空，万感交集而不动，至阳明而后大，两先生之学，最为相近。”❹陈献章的衣钵传人是与王阳明同时的湛若水。

湛若水（1466—1560），字符明，号甘泉，广东广州府增城县甘泉都（今广州市增城区新塘镇）人，其学派被称为甘泉学派。湛若水继承与发展了陈献章的学说，其“万事万物，莫非心也”是对陈献章“事物虽多，莫非在我”的直接继承，其为学之要是“随处体认天理”，“体认天理云者，兼行知合内外言之也”❺，其所言之天理“即吾心本体之自然者也”❻；又提出体认天理的方法是格物，格万物就是格心，心与物不可分割，其心学思想具有调和朱、陆的倾向。他的心学是内外一体的，“吾之所谓心者，体万物而不遗者也，故无内外；阳明之所谓心者，指腔子里而为言也，故以吾之说为外”❼，与王守仁的心学相似又有不同，在当时并称“王湛之学”。

明代心学成就最高、影响最大者，当属王守仁。王守仁（1472—1529），字伯安，号阳明，人称阳明先生，浙江余姚县（今余姚市）人，其学派被称为姚江学派。王守仁生于成化八年，卒于嘉靖七年，历成化、弘治、正德、嘉靖四朝，其心学思想形成于正德年间，处于明代中期到后期的转折点。

明弘治二年（1489），十八岁的王守仁自娄谅处得闻朱子“格物致知”之学，心喜之，于是遍读朱熹之著作。弘治五年（1492），王守仁二十一岁，因

---

❶ ［清］黄宗羲．沈芝盈校．明儒学案 [M]. 北京：中华书局，2008：91.
❷ ［清］黄宗羲．沈芝盈校．明儒学案 [M]. 北京：中华书局，2008：85.
❸ ［明］陈献章．陈献章集 [M]. 北京：中华书局，1987：20.
❹ ［清］黄宗羲．沈芝盈校．明儒学案 [M]. 北京：中华书局，2008：79.
❺ ［清］黄宗羲．沈芝盈校．明儒学案 [M]. 北京：中华书局，2008：887.
❻ ［明］湛若水．圣学格物通 [M]. 桂林：广西师范大学出版社，2015：1075.
❼ ［清］黄宗羲．沈芝盈校．明儒学案 [M]. 北京：中华书局，2008：883-884.

宋儒曾言"物有表里精粗，一草一木皆具至理"，他决定用竹子来做"格物致知"的实践，要穷格竹子之理，七天七夜之后却一无所得，反而致病。从此，王守仁对"格物致知"之说产生了怀疑。[1]之后又出入佛、老之学，吸收二家之思想，却又对二家之思想感到怀疑。

直到明正德元年（1506年），王守仁三十四岁，因触怒宦官刘瑾，被谪贬至贵州龙场驿为驿丞。龙场处于万山之中，环境恶劣，汉夷杂处。王守仁居此三载，艰难困苦、动心忍性之余，对自己的人生与思想历程进行了一番回顾整理，并与"四书""五经"相印证，终于顿悟，彻底否定了朱熹的"格物致知"理论，"及在夷中三年，颇见得此意思，方知天下之物本无可格者；其格物之功，只在身心上做；决然以圣人为人人可到，便自有担当了"[2]。"格物致知"一词出自《礼记·大学》"致知在格物，物格而后知至"一句，朱熹将其解为"致，推极也。知，犹识也。推极吾之知识，欲其所知无不尽也。格，至也。物，犹事也。穷至事物之理，欲其极处无不到也"[3]。认为格物致知就是穷极万事万物之本末，尽可能广泛地学习求知，最终贯通万理于一心，"至于用力之久，而一旦豁然贯通焉，则众物之表里精粗无不到，而吾心之全体大用无不明矣"[4]。这其实就是朱熹"道问学"的思想路径。王守仁对"格物致知"的解读与朱熹截然不同，在他看来："'格物'，如孟子'大人格君心'之'格'。是去其心之不正，以全其本体之正。"[5]将此处的"格"解作"正"意，"格物"的意思就变为正心以去私欲，使心恢复本体；其对"致知"的解释为："即心之良知更无障碍，得以充塞流行。便是致其知。"[6]是将"知"解作"良知"。"良知"语出《孟子·尽心上》："人之所不学而能者，其良能也；所不虑而知者，其良知也。"[7]王守仁曾曰："心之本

[1] [明]王守仁撰．[明]钱德洪原编．[明]谢廷杰汇集．王文成全书[M]//影印文渊阁四库全书（第1266册）．台北：台湾商务印书馆，1986：4.

[2] [明]王守仁撰．吴光，等．王阳明全集[M].上海：上海古籍出版社，1992：120.

[3] [宋]朱熹．四书章句集注[M].北京：中华书局，2011：5.

[4] [宋]朱熹．四书章句集注[M].北京：中华书局，2011：8.

[5] [明]王守仁撰．吴光，等．王阳明全集[M].上海：上海古籍出版社，1992：6.

[6] [明]王守仁撰．吴光，等．王阳明全集[M].上海：上海古籍出版社，1992：6.

[7] [宋]朱熹．四书章句集注[M].北京：中华书局，2011：331.

体，即是天理”[1]；又曰："吾心之良知，即所谓‘天理’也。"[2]在他的话语体系中，“良知”就是“心之本体”，就是“天理”。所以“理”不在事物上，不用向外去求，万物之理都是我心灵中本来就有的，通过革除私欲就可以唤醒心中本有之良知，“致吾心良知之‘天理’于事事物物，则事事物物皆得其理矣”[3]。这就是王守仁“致良知”的思想路径。王守仁的“致良知”之说否定了朱熹即物穷理的“道问学”路线，而主张心即是理，求理于心，显然是对陆九渊“尊德性”一路的发展继承。王守仁在这次“龙场悟道”中认识到："圣人之道，吾性自足，向之求理于事物者，误也。"[4]在这之后，他彻底走出了朱子理学的藩篱，建立了自己的心学体系，并且对明代前期普遍的将朱子之学等同于道学的思想观念发起挑战，“夫道，天下之公道也；学，天下之公学也，非朱子可得而私也，非孔子可得而私也”[5]。

然而此时程朱理学作为官学，其地位尚如日中天，王氏无法从根本上推翻否定朱子理学，于是他选择对朱子理学进行改造。正德十三年（1518）他作《朱子晚年定论》，言朱子晚年大悟旧说之非而以陆氏之学为是，表面上是为了和会朱陆异同，“然大意在委曲调停，以明此学为重”[6]，主要目的还是为了增强其心学理论的合理性。同年所作还有《古本大学》，将朱熹改动过的《大学》次序予以恢复，并以“致良知”之说解《大学》。这两本书在当时引起了强烈的反响，罗顺钦、王廷相等皆对其展开批判；又有陈建作《学蔀通辨》，批评《朱子晚年定论》颠倒早晚，牵朱和陆，流于释、老。因王学所体现出的发扬独立个体之精神，发挥主体判断能力的思想倾向，当时也有许多士人受此影响，尤其对当时困于程朱理学之束缚的士人起到了很大的鼓舞作用。“夫学贵得之心，求之于心而非也，虽其言之出于孔子，不敢以为是也，而况其未及孔子者乎？求

[1] [明]王守仁撰．吴光，等．王阳明全集[M]．上海：上海古籍出版社，1992：27.

[2] [明]王守仁撰．吴光，等．王阳明全集[M]．上海：上海古籍出版社，1992：45.

[3] [明]王守仁撰．吴光，等．王阳明全集[M]．上海：上海古籍出版社，1992：45.

[4] [明]王守仁撰．[明]钱德洪原编．[明]谢廷杰汇集．王文成全书[M]//影印文渊阁四库全书（第1266册）．台北：台湾商务印书馆，1986：8.

[5] [明]王守仁撰．吴光，等．王阳明全集[M]．上海：上海古籍出版社，1992：78.

[6] [明]王守仁撰．吴光，等．王阳明全集[M]．上海：上海古籍出版社，1992：78.

之于心而是也，虽其言之出于庸常，不敢以为非也，而况其出于孔子者乎？”❶“求之于心”这一号召，在当时如同一潭死水的学界掀起了波澜。其“知行合一”和“于事上磨炼”的方法简易直截、注重事功，便于入门、利于实践，颇能吸引积极入世希望有为于天下的士人，并且其“良知良能，愚夫愚妇与圣人同”❷的说法，也促进了下层民众对王氏心学的接受。

正德元年（1506），王守仁与湛若水会于京师，因皆宗程子“仁者浑然与天地万物同体”之旨，故二人一见订交，相约讲学，以共倡心学为己任。❸为了推广心学，二人皆不遗余力，热衷于讲学，因明代重视教育，对书院的兴建持鼓励态度，嘉靖朝及前后民间兴建书院的风潮最为鼎盛，于是王守仁“兴龙岗书院，主贵阳书院，修濂溪书院，辟稽山书院，兴南宁学校，立敷文书院”❹，所到讲学之处从者云集，“正、嘉之际，王守仁聚徒于军旅之中，徐阶讲学于端揆之日，流风所被，倾动朝野。于是搢绅之士，遗佚之老，联讲会，立书院，相望于远近”❺。而湛若水所到一处，更是必办书院以纪念先师陈献章，在全国各地创办书院竟有近 40 所，弟子无数，遍布于大江南北。在二人生前殁后，其主要弟子如王畿、王艮、钱德洪皆致力于传播心学思想，于各地大兴书院，聚众讲学，广印书籍，诸多举措促进了心学在中下层士人中的影响和传播。

心学的迅猛传播引起了官方的注意，程朱理学的拥护者为了维护程朱理学的正统地位，对心学发起了反击，不断有上书弹劾心学者。嘉靖九年（1530），礼部尚书兼武英殿大学士桂萼上书抨击阳明之学，明世宗诏曰：“守仁放言自肆，诋毁先儒；号召门徒，声附虚和；用诈任情，坏人心术。近年士子传习邪说，皆其倡导。……所封伯爵，本当追夺，但系先朝信令，姑予终身。其没后恤典，俱不准给。都察院仍榜谕天下，敢有踵袭邪说，果于非圣者，重治不饶。”❻下令撤销王守仁的恤典与世袭，并禁止王学的传播。嘉靖十六年（1537），又有御史游居

❶ [明]王守仁撰．吴光，等．王阳明全集[M].上海：上海古籍出版社，1992：76.

❷ [明]王守仁撰．吴光，等．王阳明全集[M].上海：上海古籍出版社，1992：49.

❸ 黎业明．湛若水年谱[M].上海：上海古籍出版社，2016：33.

❹ 周予同．中国学校制度[M].上海：上海书店，1991：99-100.

❺ [清]张廷玉．明史[M].北京：中华书局，1974：4040-4041.

❻ “中研院”历史语言研究所编．明世宗实录[M].台湾：“中研院”历史语言研究所，1962：2299-2300.

敬上书弹劾王守仁与湛若水，请禁二人所著书，并毁其私创之书院，明世宗诏曰："若水已有旨谕留，书院不奉明旨，私自创建，令有司改毁。自今再有私创者，巡按御史参奏。"❶禁毁王、湛二人所建之书院。嘉靖十七年（1538），世宗又诏曰："朕历览近代诸儒，惟朱熹之学醇正可师，祖宗设科取士，经书义一以朱子传注为主。比年各处试录文字，往往诡诞支离，皆戾经旨。此必有一等奸伪之徒，假道学之名，鼓其邪说，以惑士心，不可不禁。礼部便行与各该提学官及学校师生，今后若有创为异说，诡道背理，非毁朱子者，许科道官指名劾奏。"❷禁止在科举考试中使用朱子传注之外的说法，实际上主要还是针对心学，心学思想得以出现在各级科举文字中，说明心学思想早已传遍全国各地，为许多士人所接受；而命礼部行文禁止学校师生非毁朱子，则说明在当时士人对程朱之学进行质疑与批判已成为较为普遍的现象。

虽然官方动用政治手段来打压心学，以维护程朱理学的正统地位，但朱子之学在世人心中的权威地位早已经在王学冲击下松动，心学在民间已成为一股不可遏止的浪潮，"嘉靖以来，独守程朱不迁异说者，无复几人矣"❸。到了嘉靖后期，王学弟子如聂豹、李春芳、徐阶等开始走上政治舞台的中心，他们发挥政治影响力为王学正名张目，推动了王氏心学的主流化。《日知录》引明末艾南英语曰："嘉靖中，姚、江之书虽盛行于世，而士子举业尚谨守程、朱，无敢以禅窜圣者。自兴化（李春芳）、华亭（徐阶）两执政尊王氏学，于是隆庆戊辰《论语程义》首开宗门，此援浸淫，无所底止。科试文字大半剽窃王氏门人之言，阴诋程、朱。"❹"隆庆戊辰《论语程义》首开宗门"指的是隆庆二年（1568）会试，主考者颁布的关于《论语》的范例文章，对于"子曰由诲汝知之乎"一题，破题曰："圣人教贤者以真知，在不昧其心而已。""真知"之说出自庄子、列子，《庄子·大宗师》篇曰："且有真人而后有真知。"《列子·仲尼》篇曰："无乐无知，是真乐真知。"这是官方首次以道家文字用于科举程文，而阐述的思想内核却正是王守仁"致良

❶ 黄彰健校勘．"中研院"历史语言研究所校印．明实录[M]．北京：中华书局，2012：4191.

❷ [明]余继登辑．典故纪闻[M]．北京：中华书局，1981：312.

❸ [清]张廷玉．明史[M]．北京：中华书局，1974：7222.

❹ [清]顾炎武撰．黄汝成集释．栾保群，吕宗力校点．日知录集释（全校本）[M]．上海：上海古籍出版社，2006：1055.

知”的心学思想，也暗合了王守仁融会儒释道三教的倾向。这一事件标志着阳明心学摆脱了“异说”“邪说”的污名，从民间走向庙堂，成为官方公开承认的学术，科举考试不再严格限定在程朱之说的范畴内。

万历十二年（1584），明神宗下诏以王守仁从祀文庙，王守仁的地位至此被提升至无以复加，然而此时他的学术思想早已影响天下、深入人心。王氏认为“《六经》者非他，吾心之常道也”[1]，于是相对传统经学研究以辞章训诂之学求之典籍，更主张向个人心上求，以个人之心得体悟为重，以对文义的理解则为末节。从其经学著作《五经臆说》的命名就可以看出其自抒胸臆的学术倾向。这一理念是对科举带来的经学研究教条化、肤浅化现象的反动，王氏曾言：“自程、朱诸大儒没而师友之道遂亡。《六经》分裂于训诂，支离芜蔓于辞章业举之习，圣学几于息矣。”[2]认为程、朱等大儒没后，世之俗儒为举业习“六经”，沉溺于辞章训诂的支离之学，无闻于圣人之道，早已背离了儒学的本旨。但王氏不曾想到的是，其学术理念的大传播却给明末学风带来了意料之外的恶果，在王学末流那里，自抒胸臆发展为师心自是、放言异论，以文字训诂为支离之学使得学子不事考证、束书不观，融合三教使得佛、老甚嚣尘上而儒学转衰。万历三十年（1602），礼部尚书冯琦上疏曰：

> 臣窃惟国家以经术取士，自《五经》《四书》《二十一史》《通鉴》《性理》诸书而外，不列于学官，而经书传注又以宋儒所订者为准。此即古人罢黜百家，独尊孔氏之旨。自人文向盛，士习寖漓，始而厌薄平常，稍趋纤靡；纤靡不已，渐骛新奇；新奇不已，渐趋诡僻。始犹附诸子以立帜，今且尊二氏以操戈。背弃孔、孟，非毁程、朱，惟《南华》、西竺之语是宗是竞。以实为空，以空为实。以名教为桎梏，以纪纲为赘疣。以放言高论为神奇，以荡轶规矩、扫是非廉耻为广大。取佛书言心言性略相近者窜入圣言，取圣经有空字无字者强同于禅教。语道既为舂驳，论文又不成章。世道溃于狂澜，经学几为榛莽。[3]

---

[1] [明]王守仁撰．吴光，等．王阳明全集[M]．上海：上海古籍出版社，1992：254.

[2] [明]王守仁撰．吴光，等．王阳明全集[M]．上海：上海古籍出版社，1992：226.

[3] [清]顾炎武撰．黄汝成集释．栾保群，吕宗力校点．日知录集释（全校本）[M]．上海：上海古籍出版社，2006：1058-1059.

从这段条陈中大致可见王学流行对程朱理学的冲击，以及对士风、学风所造成的影响。在科举考试中，以程朱理学为代表的儒学思想竟也受到了道家老庄思想与佛家禅宗思想的冲击，可见程朱理学已不复独尊的地位。

然而冲击程朱之学地位的不只是阳明心学，复古思潮亦是一大作用力。

复古之风起自文坛，明中期弘治、正德年间，以李梦阳、何景明为代表的“前七子”，不满于当时文坛“纷芜靡曼”的台阁体文风以及“陈陈相因，啴缓冗沓”的八股习气，提出“文必秦汉，诗必盛唐”的文学复古主张，鄙薄盛唐之后尤其是宋代的诗文，李梦阳曾曰：“宋儒兴而古之文废矣，非宋儒废之也，文者自废之也。……而今之文，文其人无美恶，皆欲合道，传其志甚矣。”❶认为宋人“文以载道”的理念使得后人作文皆为“合道”、“传志”、说理，“道”或曰“理”压过了“文”，使文学失去了真实生动的意趣，损失了艺术性。他们的复古主张虽只是针对诗文而言，然究其深层原因实是对宋代以来“文以载道”思想造成的文学日益理学化、道学化不满，以及对明代以理学立国造成的重义理轻文辞的文学创作倾向的不满，希望通过复古运动来复兴文学、革新文风、矫正时弊。“前七子”的复古运动在文坛上一时造成很大影响。然而一味地崇古学古，刻意模拟古人而流于形式，造成了俗套、堆砌、“出之情寡而工之词多”的弊病。

嘉靖、隆庆年间，以李攀龙、王世贞为首的“后七子”接过“前七子”的复古大旗，王世贞提出写文章应“无一语作汉以后，亦无一字不出汉以前”❷的理念，较之“前七子”的复古理念更为极端。李攀龙甚至鼓吹“视古修辞，宁失诸理”❸的主张，更见其对文辞技巧的重视与对文学理学化的反叛。相对“前七子”提出的复古口号，“后七子”的复古理论更为完备具体，讲究“格调”“法度”等，对“前七子”的拟古之弊也有反思，然而他们并未解决“前七子”复古运动存在的问题，反而在实际创作中再次落入变复古为拟古的窠臼。“后七子”所掀起的复古运动比之“前七子”声势更加浩大，影响亦更大。

复古运动既有主张者，自然也有反对者。嘉靖年间，以王慎中、唐顺之、茅

---

❶ [明]李梦阳．空同集[M]．上海：上海古籍出版社，1991：604.

❷ [明]王世贞撰．陆洁栋，等．艺苑卮言[M]．南京：南京凤凰出版社，2009：112.

❸ [明]李攀龙．包敬第标校．沧溟先生集[M]．上海：上海古籍出版社，2014：491.

坤、归有光为代表的唐宋派，兴起于“前后七子”之间，与“后七子”相抗衡。他们反对“前后七子”尊秦汉盛唐而抑宋的文学倾向，王慎中提出：“学《六经》《史》《汉》最得旨趣根源者，莫如韩（愈）、欧（阳修）、曾（巩）、苏（轼）诸名家。”❶认为唐宋大家继承秦汉正绪，得其“旨趣根源”，学者不可跳过他们去学古。归有光批评王世贞等“以琢句为工，自谓欲追秦汉，然不过剽窃齐梁之余，而海内宗之，翕然成风，可谓悼叹耳”❷，认为七子派之复古只是雕琢字句，如齐梁文风一样形式重于内容，在文坛上引起了不良的风气。茅坤说：“世之文章家当于六籍中求其重心者之至而深于其道，然后从而发之为文。”❸此处的“心”，应指道心。茅氏认为文章家应沉潜于“六经”，务求领会蕴含在经典中的至道，将其内化为自身的精神内涵，然后于作文时由心中自然流出。这一理念的实质是主张文以明道、文道合一，是对“前后七子”复古只重形式不及内涵及割裂文、道的反动。

万历年间，又有公安派、竟陵派出，力图扫清“前后七子”一味“拟古”而引起的蹈袭风气。公安派袁中道云：“降及弘、嘉之间，有缙绅先生倡言复古，用以救近代固陋繁芜之习，未为不可。而剿袭格套，遂成弊端。”❹为了革除“剿袭格套”之弊，公安派提出“性灵说”。“性灵说”源自阳明后学李贽的“童心说”——“天下之至文，未有不出于童心焉者也”❺，认为文学应直抒胸臆、发乎本心、不拘格套。公安派既不主张学习宋人以理为文，也不主张学习七子描摹古人“格调”“法度”，认为文学语言因时而变，“世道既变，文亦因之”❻，不再借助复古来反对理学对文学的束缚，而是公然地高扬自我之主体精神，主张创作属于自己一代之文学。然公安派作品有俚俗肤浅的弊病，于是又有以钟惺、谭元春为首的竟陵派出现以矫其弊。竟陵派在文学理念上承接公安派，同样反对拟古，主张“性灵说”，然而他们对“性灵说”有不同的解释，“真诗者，精神所为也。察其幽情

❶ [明]王慎中．遵岩先生文集[M]．北京：书目文献出版社，1998：1103.

❷ [明]归有光撰．周本淳校点．震川先生集[M]．上海：上海古籍出版社，1981：869.

❸ [明]茅坤．茅坤集[M]．杭州：浙江古籍出版社，2012：357.

❹ [明]袁中道撰．钱伯城点校．珂雪斋集[M]．上海：上海古籍出版社，1989：452.

❺ [明]李贽．焚书 续焚书[M]．北京：中华书局，2009：99.

❻ [明]袁宏道撰．钱伯城笺校．袁宏道集笺校[M]．上海：上海古籍出版社，2018：515.

单绪，孤行静寄于喧杂之中，而乃以其虚怀定力，独往冥游于寥廓之外”❶，认为“性灵”即作者寄托在文字中的“幽情单绪”，提出在阅读古诗时应以自我为主体去体悟接引古人之精神思绪，“引古人之精神，以接后人之心目”❷。竟陵派的文学理论呈现出极度个人化的孤独内敛的文学审美倾向与自我超越意识，在文风上体现出求孤峭奇僻、深奥晦涩的特点。

纵观上述文学团体，无论是持复古还是反复古的理念，目的都是为了破除文坛积弊、求新求变，在客观上都促使士人不再只关注宋儒之文学与学术，而将目光放回到先秦典籍与汉唐文学，并且将关注点从文章的教化作用转移到文学的审美特征。他们发起的一系列文学运动，不仅推动了明代文风的变革，而且也推动了学术风气的转变。科举考试是学术的风向标，据《明史·选举志》载：

> 万历十五年，礼部言："国初举业有用六经语者，其后引《左传》《国语》矣，又引《史记》《汉书》矣。《史记》穷而用六子，六子穷而用百家，甚至佛经、道藏摘而用之，流弊安穷。弘治、正德、嘉靖初年，中式文字纯正典雅。宜选其尤者，刊布学官，俾知趋向。因取中式文字一百十余篇，奏请刊布，以为准则。时方崇尚新奇，厌薄先民矩矱，以士子所好为趋，不尊上指也。启、祯之间，文体益变，以出入经史百氏为高，而恣轶者亦多矣。"❸

可以看出随着时间的推移，明代士子举业制艺的引用范围不断扩大，由明初《四书五经大全》所规定的经书扩大到史书，再扩大到诸子百家之书，明嘉靖朝以后甚至于引述佛经道藏之语。至万历年间，国家虽颁布程文准则也无法抑止这股自下而上的学术多元化潮流。诸子百家与佛道两家的思想学说重新为举子所重视与崇尚，制艺之文风、文体也日益求新求奇，于是科举之范围、标准不得不日渐松弛，程朱之学已无法定于一尊。晚明之学术风气日渐自由，而士风却日渐败坏，王学末流已流入狂禅，于是万历年间有顾宪成、高攀龙等东林学者起而排王返朱，在他们的努力下，明末的学术风气又有了变化。如清人胡慎在为《东林书院志》所作序中言："至明弘、正之世，则姚江之学大行，而伊洛之传几晦，东

❶ [明]钟惺.[明]谭元春.张国光，张业茂，曾大兴点校.诗归[M].武汉：湖北人民出版社，1985：3.

❷ [明]钟惺.[明]谭元春.张国光，张业茂，曾大兴点校.诗归[M].武汉：湖北人民出版社，1985：3.

❸ [清]张廷玉.明史[M].北京：中华书局，1974：1689.

林亦废为丘墟。至万历之季，始有端文顾子、忠宪高子振兴东林，修复道南之祀，仿白鹿洞规为讲学会，力阐性善之旨，以辟无善无恶之说，海内翕然宗之，伊洛之统复昌明于世。"❶ 然而明末这场复兴程朱理学的运动虽然推动了学术风气由虚转实，力矫王学末流狂狷恣肆之弊，但却不能使程朱理学再重新回到明初绝对权威的统治地位。

复古思想对经学的影响还可以从明代《十三经注疏》的接受情况看出。自明中期起已经有学者认识到汉学不可废，于是"求朱子以前之六经"❷，开始关注汉唐注疏。《十三经注疏》是汇集唐宋之前最具权威性的"十三经"注、疏的合刊本，始刻于南宋绍熙年间，通行于宋、元，但在程朱之学悬为功令，特别是《四书五经大全》颁布之后，《十三经注疏》的影响力大大减弱。弘治、正德朝名臣王鏊于正德十年（1515）所作《震泽长语》云："宋儒性理之学行，汉儒之说尽废。然其间有不可得而废者，今犹见于《十三经注疏》，幸闽中尚有其板。使闽板或亡，则汉儒之学几熄矣。"❸ 正德年间《十三经注疏》在民间书坊已有多次补版重刊，嘉靖年间更是进行过大规模的重校修补。❹ 而在万历十四年到二十一年间（1585—1593），官方刊刻的《十三经注疏》开始在全国学校颁行，汉唐注疏重新回到了官学范围。嘉靖朝进士王圻在万历三十一年（1603）成书的《续文献通考》中说："国学重修《十三经注疏》及《二十一史》，以定士子之准绳，故迩年以来，博士家言渐返先秦两汉之旧，我皇上久道作人之功，信不诬矣。"❺ 可见汉学之复兴的潮流已不可抑止，以至于官方也开始推动汉学的官学化，重定科考准绳，朱子《诗经》学在官方的支持也减弱了。

明代中后期，阳明心学与复古思潮分别从哲学与文学两个领域对程朱理学的束缚发起冲击，导致了以程朱理学为代表的宋学的动摇和汉学的重新兴起，在这一背景下，经学研究的重心从理学开始转向考据学与文学。

---

❶ 《东林书院志》整理委员会整理．东林书院志 [M]. 北京：中华书局，2004：10.

❷ [明] 杨慎．升庵集 [M]. 上海：上海古籍出版社，1993：74.

❸ [明] 王鏊．[明] 王永熙汇辑．震泽先生别集 [M]. 北京：中华书局，2014：6.

❹ 杨新勋．元十行本《十三经注疏》明修丛考——以《论语注疏解经》为中心 [J]. 南京师范大学文学院学报，2019（01）.

❺ [明] 王圻．续文献通考 [M]. 上海：上海古籍出版社，1988：2979.

（二）新思潮影响下《诗经》研究的复古化与文学化转向

明中期，随着复古思潮的兴起，一部分以穷经为追求的学者不再满足于专宗朱熹《诗集传》一家之言，而是选择向上追溯，参详历代众家诗说，重新发现《诗经》汉学，而对以朱熹《诗经》学为代表的《诗经》宋学进行反思；另一部分拥有文学追求的学者则不满于往日《诗经》研究囿于伦理纲常、道德教化的经学视角，开始以文学的眼光观照《诗经》，逐步突破经学范畴而走向文学研究的路径，这是明代《诗经》研究的一大新变。

1. 明代《诗经》研究的复古化潮流

如洪湛侯《诗经学史》所说："朱熹《诗集传》，自南宋末叶至明代初期，经过众多诗家的发挥、阐述和订补，似已剩义无多，不可能再有多少新的作为了，于是治《诗》之家，遂转而上溯古义，复宗毛、郑。"❶在明中期以后的《诗经》学研究中，毛、郑重新受到重视，复归汉学的倾向愈加明显，《诗集传》受到的质疑也越来越多。

较早开始对朱熹《诗集传》进行审视与质疑的是景泰二年（1451）进士杨守陈，其于天顺元年（1457）所作《诗私抄序》曰："然其（朱熹《诗集传》）主夹漈而与郑、卫诸《风》尽断为淫诗，则东莱固尝议之，其后马氏端临亦尝辨之，今虽专门举子尚或有疑于此。蒙少从先祖栖芸先生授《诗》，仅闻大旨已厌淫诗之繁而疑之矣。其后遍考诸家，益详味之，则所疑亦不止此。……因详考各家传注，择而抄之以诵习，《诗》则专抄《集传》，独于疑未释者，或仍从《传》《笺》，或易以他说，或写愚见附焉。"❷杨氏在幼时已对朱熹"淫诗说"提出质疑，之后在参考诸家《诗》说的过程中逐渐对朱熹的《诗》学观点产生了更多的质疑，于是作《诗私抄》，在认为朱说可疑处，或依然遵从毛、郑之说，或参考诸家观点，或附上自己的判断。此时距《诗经大全》颁布不过四十年，作为官学，朱熹《诗集传》的地位依然如日中天，故而杨氏不敢断言朱子有误，只是在《自序》中委

❶ 洪湛侯．诗经学史 [M]. 北京：中华书局，2002：426.

❷ [清] 朱彝尊．经义考 [M]. 北京：中华书局，1998：599.

婉言道："今蒙学未至而轻据言之，不自知其说之谬甚也，俟他日改正焉，斯可以验学之进矣。"[1]此语可谓小心翼翼，生怕见罪于人。

成化十六年（1480），周洪谟作《疑辨录》，列朱子"未及发明者""袭其舛误者"二目，自言"宁为朱子忠臣，毋为朱子佞臣"[2]。作《毛诗集解》，认为"《集传》泥于'放郑声'之言，且过惩《小序》"，于是"爰取诸毛氏之注、郑氏之笺、孔氏之疏，稽诸朱氏之《语类》参之，吕东莱之《读诗记》，严华谷之《诗辑》，杨镜川之《诗抄》，而间有一得之愚，亦附见焉，是已取汉宋各家之言杂以己说"[3]。与其同时的陆深作《俨山诗微》，"盖欲折衷《传》《序》，兼采众长，以明诗人之旨，其疑者存焉，其阙者后焉，而因以附见鄙说，求为朱子之忠臣而后已"[4]。以上诸家集中于明中期前段，尚展现出较为明显的折中汉宋的倾向，对朱子《诗》学抱有继承与补正的态度。

嘉靖二十一年（1542）刊刻的吕柟《毛诗说序》复宗毛、郑，用《小序》说《诗》，遇朱《传》与《序》说龃龉处，多"虽违（朱）《注》，吾从旧"[5]，但又不便径以朱子为非，于是试图说明朱子晚年多从《序》说[6]，此意与王守仁作《朱子晚年定论》之意略同。同时的袁仁作《毛诗或问》虽自云："读《诗》不废《序》说，亦不纯主《序》说"[7]，然而充分肯定《诗序》存在的意义，认为其去古未远，大多皆有所本，批判朱熹"淫诗说"，"乃改曰淫奔，则诬人纵佚之情，而悖夫子无邪之训，其失不细也"[8]。湛若水作《诗厘正》，试图厘正《小序》与"淫诗"两个问题。湛氏尊《序》，在他看来《小序》是国史所记，论诗必以《小序》为正，然其中有少数谬误当为后儒杂入，故而需要厘正。湛氏对于"淫诗"的观点亦与朱熹"淫诗说"不同，他虽然认同《诗经》传本中确有"淫

[1] ［清］朱彝尊．经义考［M］．北京：中华书局，1998：599.

[2] ［清］朱彝尊．经义考［M］．北京：中华书局，1998：1251.

[3] ［清］朱彝尊．经义考［M］．北京：中华书局，1998：600.

[4] ［清］朱彝尊．经义考［M］．北京：中华书局，1998：600.

[5] ［明］吕柟．泾野先生毛诗说序［M］//丛书集成初编．北京：中华书局，1985：7.

[6] ［明］吕柟．泾野先生毛诗说序［M］//丛书集成初编．北京：中华书局，1985：38.

[7] ［明］袁仁．毛诗或问［M］．北京：中华书局，1985：1.

[8] ［明］袁仁．毛诗或问［M］．北京：中华书局，1985：13.

诗”存在，并不都是刺淫之作，但不认同“淫诗”是孔子存之以为后世之戒。在他看来，孔子删《诗》之后独存三百篇，而今诗有三百一十篇，多出的十篇乃为遭秦火后好事者混入的“淫诗”，也需要予以厘正。这种说法与王守仁相同，王氏《诗经臆说》曰：“此必秦火之后，世儒附会，以足三百篇之数。盖淫溢之词，世俗多所喜传，如今闾巷皆然，‘恶者可以惩创人之逸志’，是求其说而不得，从而为之辞。”[1]另有正德朝进士季本，为王守仁弟子，于嘉靖三十六年（1557）作《诗说解颐》，“其意悉本于经，而不泥于旧闻，深有得于孔氏之遗旨”[2]。既不尊汉儒亦不主宋儒，对《诗序》“四始”“六义”等前人成说一概疑之，自出胸臆然而又有所引证，可谓自成一格。隆庆四年（1570），李先芳作《读诗私记》，多从吕祖谦《读诗记》之说，而反对朱《传》去《小序》、判“淫诗”，但对《毛诗》之说亦没有全盘接受，如对其“正变”世次之说即多有怀疑，于《毛诗》解说未按者则与朱《传》两存之。嘉靖、隆庆年间，明宗室朱睦㮮作《毛诗稽疑》，不宗朱氏，亦不专宗毛、郑，乃兼取三家诗等汉儒之说加以辨析。万历年间，明宗室朱谋㙔作《诗故》，宗法汉学，其《自序》曰：“说诗者，毛、韩、齐、鲁互异，非一传一说可得而概也。愚者胶其师授，窃窃然自以为知诗，其用陋且隘矣。予之说，非敢尽《诗》之用也。将以通夫毛、韩、齐、鲁之固也。”[3]多采汉儒诗说，抨击朱《传》“淫诗说”，但不主于一家，而是断以己见，又能自出新意，不作陈因蹈袭之论。与其同时之姚舜牧作《诗经疑问》，兼采汉宋诸家，对朱《传》“三经三纬”说与“淫诗说”提出质疑，自言“即有碍于制义，亦弗所恤焉”[4]，大胆突破官学之藩篱。以上诸家集中于明中期后段，这一时期为心学思想与复古思潮风行，诸家解《诗》开始展现出更明显的崇古倾向与独立的治学态度，对《诗经》汉学的关注逐渐不限于《毛诗》一家，而对朱子《诗》学亦多持批判的态度。

万历年间，有徐奋鹏作《诗经毛朱二传删补》，“以毛诗朱传繁简不一，乃

[1] [明]王守仁撰．吴光，等．王阳明全集[M].上海：上海古籍出版社，1992：10.

[2] [清]朱彝尊．经义考[M].北京：中华书局，1998：603.

[3] [清]朱彝尊．经义考[M].北京：中华书局，1998：608.

[4] [明]姚舜牧．重订诗经疑问[M]//影印文渊阁四库全书（第80册）．台北：台湾商务印书馆，1986：581.

为是书，令学者味比、兴之旨。人或劾其擅改经传，请治罪。神宗取其书阅之，以其不悖朱子,有功于毛,贷之。”[1]由这一事件可见万历年间官方对于《诗集传》与《毛传》的态度，有人因为徐氏删改《诗集传》而弹劾他，说明此时许多人仍将《诗集传》视为不可改易之经传；然而明神宗却因其书没有明显与朱《传》相违背，且“有功于”《毛传》而宽恕了他。此书已亡佚，不可知其详情，但由“繁简不一”“不悖朱子”等语推测，大抵是以朱《传》之旨正《毛传》，以《毛传》之训诂补朱《传》。这一事件说明当时《诗集传》仍是官方的主流学术，但汉唐诗说的重要性已被重视，朱《传》不再是官方唯一承认的注解，这与明代前中期一语不得与朱子戾的学术氛围显然已大有不同。官方重修《十三经注疏》颁于国学正是发生在万历朝，可见此时复古风潮已由民间影响至庙堂，为大势所趋。自此之后，对《诗经》汉学的推崇与对朱熹《诗集传》的批判就更加公开与直截了当了，最典型的是万历朝进士郝敬于万历四十四年（1616）刊印的《毛诗原解》。郝氏极尊《序》，认为《诗序》首句为子夏所作，“曾经圣人删定，绝非苟作，而毛公发明微显,详略曲尽,为千余年诗家领袖”[2],故“读《诗》惟当以首序为宗”；同时郝氏对《诗集传》的废《序》改《序》、以诗说《诗》深恶痛绝，认为有害于诗教，直斥朱《传》“以近体解三百篇，宜其不达”[3]，在书中对《诗集传》可谓逐篇批驳，似专为攻朱《传》而作，其言语恣肆略无顾忌，与明初不敢越朱《传》雷池一步，明中期委婉折中毛、朱的说《诗》者形成鲜明反差，明代晚期朱子之学权威地位的衰落可见一斑。

天启年间，举人胡绍曾作《诗经胡传》，总体上倾向尊汉学反朱《传》，其书于每篇之首冠以《小序》《诗说》并三家诗说,然后予以辩说,考证甚勤,征引繁多,时有新见，兼顾文学性，有批评圈点，展现出明末《诗经》学研究的新特点。胡氏将此书命名为“胡传”，可见其想在“毛传”“朱传”之外自树一帜，展现出明末士人自我意识的高扬。

另外，在明中后期崇古的大风气下，伪托古人之作开始出现，有嘉靖朝进士

[1] [清] 朱彝尊 . 经义考 [M]. 北京：中华书局，1998：609.

[2] [明] 郝敬 . 毛诗原解 [M]. 北京：中华书局，1991：3.

[3] [明] 郝敬 . 毛诗原解 [M]. 北京：中华书局，1991：8.

丰坊作《鲁诗世学》，声称乃录其世代家传之学，书中内容托名先祖而实为自撰。更直接伪托古人之名作《子贡诗传》《申培诗说》，号称抄自秘府，一经刊出竟大行其道，令不少学者信以为真，在作品中引为论据，如胡绍曾的《诗经胡传》，就将《申培诗说》与《小序》及三家诗遗说并列于每篇之首。胡氏不是个例，据洪湛侯《诗经学史》统计，自嘉靖至清初百余年间征引、阐扬这两部伪书者，多达二十余家。[1]这一现象说明在这段时期被忽视已久的汉儒《诗》说越来越受到学者关注，究其心理动机并不是真的为了恢复上古学术之旧，而是希望发现新的资料，以此来打破程朱理学的权威，这也反映出当时学界对学术新变的普遍渴望。

明代后期，考据之学亦开始兴起，一方面是因为复归汉学的复古思想盛行，汉儒考据之学重新回归人们的学术视野；另一方面是出于对明代后期王学末流束书不观、师心自是的空疏学风的反动，求实思潮再次兴起。特别是明晚期自万历起涌现出一批《诗经》考据学著作，其中音韵考据类的有陈第于万历三十二年（1604）定稿的《毛诗古音考》，此书在杨慎《升庵经说·毛诗》的基础上继续考证古音，彻底否定叶韵说，采用本证、旁证法对《诗经》中四百四十四字进行注音与辨析，对后世的古音学的形成与发展影响深远；名物考据类的如冯复京作于万历四十八年（1620）的《六家诗名物疏》，辑《齐诗》《鲁诗》《韩诗》《毛诗》《郑笺》《朱传》六家考释名物之说于一书，在明代的《诗经》考据著作中价值与影响较大；其余名物考据之书还有林兆珂的《毛诗多识编》、吴雨的《毛诗鸟兽草木考》、沈万钶的《诗经类考》、黄文焕的《诗经考》等，内容皆不甚精核，然而已渐开考据之风，这股考据的风气一直延续到清代，终于得到大发展，成为清代经学的主流。

虽然许多明代《诗经》学著作已亡佚不传，但从命名也依然可以看出明代《诗经》学的关注焦点与形式的多样化。尤其观察明中后期《诗经》学著作的命名，大致可以发现，以“毛诗”和以“古”字命名者越来越多，除上文提到的著作之外，以“毛诗”命名者还有薛志学的《毛诗传旨》、陈推的《毛诗正宗》等，对《毛诗》的推崇显而易见；以“古”字命名者有黄绾的《诗经原古》、朱得之的

[1] 洪湛侯．诗经学史 [M]. 北京：中华书局，2002：437.

《印古诗说》、陈第的《毛诗古音考》、何楷的《诗经世本古义》等，皆反映出复古崇古的倾向；同时以“疑”字和“臆”字命名的《诗经》学著作也越来越多，如陈言的《诗疑》、张忠的《诗辨疑》、陆埛的《诗传存疑》等，又如冯时可的《诗臆》、王守仁的《诗经臆说》、戴君恩的《读风臆评》等，这种命名倾向反映出当时学者敢于质疑的思辨精神与自出胸臆的治学精神。

2. 明代《诗经》研究的文学化转向

在应举与穷经之外，明代的《诗经》学研究还存在第三种关注——即对《诗经》文学性的关注。其实自魏晋南北朝刘勰、钟嵘开始，历代都有学者文人曾用文学的眼光观照过《诗经》。到了宋代，《诗经》的文学性更加受到关注，朱熹自然也注意到了“诗缘情”的本质，曾言“凡诗所谓《风》者，多出于里巷歌谣之作，所谓男女相与咏歌，各言其情者也”[1]；又曰“大率古人作诗，与今人作诗一般，其间亦自有感物道情，吟咏性情”[2]，以涵泳解《诗》、以人情说《诗》是其《诗经》学的一个重要面向。但由于其《诗经》学是以理学思想为最高统摄的，《诗经》在他看来是圣人垂教的工具，故而在解《诗》时朱熹更关注它作为“经”的一面，《诗》的文学性并不是其挖掘的重点，因此在《诗集传》中并没有太多明显的文学化解读。朱子后学们在阐释《诗集传》时也不同程度地注意到了《诗经》的文学性，但是由于受传统的训诂解《诗》方法与朱子理学思想的影响，他们在解读《诗经》时，对文学性的关注一般是排在训诂考据与阐释义理之后的，只是将之作为解读经义的辅助。

但到了明代中后期，社会背景发生了变化，如刘毓庆所说：“明中晚期无论是民风还是士风，无论是思想领域还是文学创作领域，都发生了由‘崇理’向‘崇情’、由高雅向世俗的转变。这样，情感化与世俗化的社会环境，便构成了《诗经》学由人伦道德、天理纲常为重心的经学研究，向以人生情怀为基调的文学研究转变的一个历史背景。”[3] 在心学盛行与市民文化兴起带来的个性张扬与思想解

[1] [宋]朱熹撰．赵长征点校．诗集传[M]．北京：中华书局，2011：2.

[2] [宋]黎靖德．王星贤点校．朱子语类[M]．北京：中华书局，1986：2076.

[3] 刘毓庆．从经学到文学——明代《诗经》学史论[M]．北京：商务印书馆，2001：245.

放的浪潮中，人的“性情”——心性与情感受到了空前的关注。这一视角的转变使得一些文人学者在解《诗》活动中得以突破汉宋以来儒家传统诗教观念的束缚，剥除附着在“三百篇”上的经学光环，而重新发现其最初作为歌咏性情的诗歌的本质，强调其文学审美属性，大胆发出“今之君子，知《诗》之为经，而不知《诗》之为诗”❶的批判。

而对《诗经》文学特质的重新发现，具体表现在以情论《诗》，即对诗中所蕴含情感的着力挖掘上。弘治十八年（1505）进士，亦是前七子之一的徐祯卿曾在其诗话作品《谈艺录》中大致总结了《诗经》篇目中所蕴含的各种情感：

《鹿鸣》《頍弁》之宴好，《黍离》《有蓷》之哀伤，《氓》蚩《晨风》之悔叹，《蝃蝀》《山枢》之感慨，《柏舟》《终风》之愤懑，《杕杜》《葛藟》之悯恤，《葛屦》《祈父》之讥讪，《黄鸟》《二子》之痛悼，《小弁》《何人斯》之怨诽，《小宛》《鸡鸣》之戒惕，《大东》《何草不黄》之困疵，《巷伯》《鹑奔》之恶恶，《绸缪》《车舝》之欢庆，《木瓜》《采葛》之情念，《雄雉》《伯兮》之思怀，《北山》《陟岵》之行役，《伐檀》《七月》之勤敏，《棠棣》《蓼莪》之大义，皆曲尽情思，婉娈气辞。哲匠纵横，毕由斯阈也。❷

认为《诗经》之创作“曲尽情思”，开辟了诗歌的各种情感类型，对后世的诗歌创作起到了绝大的范式作用与启发作用。

明末豫章社的代表人物万时华于崇祯六年（1633）作《诗经偶笺》，不录诗经原文，于篇目下直接进行笺注，但与经学家之字笺句注不同，此书成书过程万氏自云“闲居偶有所见，随手识之，义类不能深也。跧伏既久，忽复成书”，是万氏读书的产物。在解读《诗经》时兼顾经学与文学，其《诗经偶笺自引》曰：“孟子之论说《诗》，‘以意逆志’。夫千载之上，千载之下，何徒逆之？大都日光所止，晶晶着纸上。古人妙理，相遭无故之中。作诗者之志，或偶而灵；读诗者之意，或偶而动。天下之不可力取而偶或遇之者，惟物之精微者为然。”❸孟子所云“以意逆志”虽然是历来所公认的读《诗》之法，但经过了千载的时间隔阂，

❶ [明]万时华.诗经偶笺[M]// 四库全书存目丛书（第70册）.济南：齐鲁书社，1997：533.

❷ [明]徐祯卿.谈艺录[M]// 何文焕辑.历代诗话.北京：中华书局，1981：768.

❸ [明]万时华.诗经偶笺[M]// 四库全书存目丛书（第70册）.济南：齐鲁书社，1997：533.

后人理解古人诗作绝非易事，以“读诗者”之意逆“作诗者”之志，“不可力取”，故章句训诂之法不可用于读《诗》，读诗者需要在品读《诗经》时于文字“精微”处抓住作诗者的情感与思绪，从而与作者会心相遇。而寻绎文字中与文字背后的作者情感的方法就是“以情论《诗》”，这也是《诗经偶笺》最鲜明的解《诗》特色。

崇祯六年贡生陆时雍于其诗话《诗镜总论》中说：“夫一往而至者，情也；苦摹而出者，意也；若有若无者，情也；必然必不然者，意也。意死而情活，意迹而情神，意近而情远，意伪而情真。情意之分，古今所由判也。……十五国风皆设为其然而实不必然之词，皆情也。晦翁说《诗》，皆以必然之意当之，失其旨矣。数千百年以来，愦愦于中而不觉者众也。”❶在他看来，“情”与“意”是两种不同境界的诗歌创作方法，一真一伪，一活一死，一古一今，《国风》皆以“情”而作。而朱熹解诗皆以“意”来解，于是不能得《诗》之本旨，其实与汉唐人解《诗》之附会政治相比，朱熹立足于文本的解诗方式已经更加贴近作诗人的内心情感了，然而在明末人眼中却依然不得本旨。当然陆氏对汉人解《诗》就更加不屑一顾了，“因之思《三百篇》，情绪如丝，绎之不尽，汉人曾道只语不得”❷。认为汉人说《诗》全然忽略了其中所蕴含的作诗人的思想感情，故不得其要。总的来说，陆氏对汉宋以来的《诗》学研究皆持否定态度，认为千百年来众多说《诗》者不能领会“三百篇”之本旨，皆是因为不能以“情”解《诗》。陆氏的观点具有一定代表性，时至明末，解《诗》活动有明显的由重理向重情转变的倾向。这是由于在心学影响下，士人对个体性情前所未有的重视，普遍表现出对传统经学与理学的反叛。

这些观点的出现，说明时至明末人们对《诗经》的观念已发生了转变，《诗经》在世人眼里除了作为古史的记载、圣人之道的载体、应举的工具之外，终于首次成了单纯的文学鉴赏对象。且看陆时雍论《诗》之语：“‘三百篇’赋物陈情，皆其然而不必然之词，所以意广象圆，机灵而感捷也。”❸这已是纯然从诗歌批评

❶ [明]陆时雍．诗镜总论[M]// 丁福保辑．历代诗话续编．北京：中华书局，1983：1414.

❷ [明]陆时雍．诗镜总论[M]// 丁福保辑．历代诗话续编．北京：中华书局，1983：1419.

❸ [明]陆时雍．诗镜总论[M]// 丁福保辑．历代诗话续编．北京：中华书局，1983：1420.

鉴赏的角度来评论《诗》了。在这种以文学之眼光观《诗》的风潮下，出现以文学鉴赏的方法来品读《诗经》的读本就不足为奇了。

而自成化之后，因八股制艺的需求使得民间书肆开始大量推出带有圈点批评的时文集子，士人们长期耳濡目染，逐渐形成了以阅卷官评点时文之法来读古书的风气，《诗经》作为五经之一为士人所必读之书，自然未能免俗。在以上诸多因素的影响下，最终涌现出了一批以文学鉴赏方法与时文圈点之法读《诗》的《诗经》评点之作。所谓《诗经》评点，就是在《诗经》原文的基础上，运用多种符号圈点经文，并用眉批、旁批、尾批等多种形式发表看法、进行评价；其内容主要为分析诗歌的立意、结构布局、文字技巧、艺术手法，并表达审美趣味等；这种形式来源于对八股时文的圈点批评，即时人称之为“八股手眼”者。上文万时华《诗经偶笺》中虽有圈点，但却不录《诗经》原文，只是针对万氏自己的文字进行圈点，且没有眉批、旁批等批语，故不能算作是《诗经》评点作品。

现在普遍认为最早的《诗经》评点作品是刊刻于万历二十九年（1601）的《诗批释》，撰者安世凤。此书体例“共分四卷，《风》《小雅》《大雅》《颂》各一卷。每卷各篇先列篇名，有 30 篇，篇名下有题下评。然后是诗歌正文，分章节排次。天头处有眉评，经文行间有旁批，有少量章节末尾处有小字双行夹批。点为单顿点，圈有单圈、双层圈、豆形圈。这些版刻样式无疑都是文学评点的典型形态”❶。明代的《诗经》评点本体例形式大多如此。关于此书的成书过程，安氏自述“间尝指其精诣批而释之，不觉盈袠”，“删之又删，或既录而复涂，或已镂而更削，今所存可二十之一”❷。可见此书是由安氏平日所积累的批点几经删削精选而成的。其批评内容主要涉及章法句法、用词炼字、语言风格等诗歌技法，在评语中已开始使用诗歌批评术语，明显具有艺术鉴赏的性质，一如其《自序》中“先王不以声诗娱人，而玩之者其不为侮”的声明，认为“可爱而玩者”乃是《诗》的固有性质之一。但其三十条题下评的内容大多是关于诗义的评论，虽不拘汉宋，自出己见，但所论仍然处于经学的范畴之内。

作于万历三十年（1602）的《批评诗经》，撰者为孙鑛。此书为三色套印

❶ 张洪海.《诗经》评点本安世凤《诗批释》述评 [J]. 古籍研究，2018（01）.

❷ 张洪海.《诗经》评点本安世凤《诗批释》述评 [J]. 古籍研究，2018（01）.

本，形式体例与上书相似。孙鑛主张将“经”当作文看，曾言“《诗》《书》二经，即吾夫子一部《文选》”❶，“盖文章之法，尽于经矣，皆千锤百炼而出者”❷。在他看来，《诗经》是诗歌之最高典范，后世诗歌皆取法于《诗经》却无能出其右者，显然受到了文学复古思潮的影响，然又比前七子“诗必盛唐”的主张更上溯一步，直以《诗经》为宗。孙氏以文学欣赏的眼光来品读《诗经》，在书中常以诗歌批评术语来点评《诗经》，注重发掘诗中蕴含的“情、趣、味”，并以“格、调”说《诗》，关注诗的体式、意境与声韵。❸另外，用八股术语解读《诗经》之创作章法亦是其一大特点。孙氏此书虽比安氏书所出稍晚，但传播更广，知名度更高，影响远较，一度被认为是《诗经》评点的肇始之作。四库馆臣评曰：“鑛乃竟用评阅时文之式，一一标举其字句之法，词意纤仄，钟、谭流派，此已兆其先声矣。”❹所谓“钟、谭流派”，即是以钟惺、谭元春为代表的竟陵派。

万历四十四年（1616），竟陵派代表人物钟惺作《批点诗经》，此书有朱墨套印本与三色套印本。钟氏于卷首所附《诗论》中提出“活物说”：“《诗》，活物也。游、夏以后，自汉至宋，无不说《诗》者。不必皆有当于《诗》，而皆可以说《诗》。其皆可以说《诗》者，即在不必皆有当于《诗》之中。非说《诗》者之能如是，而《诗》之为物，不能不如是也。……故说《诗》者散为万，而《诗》之体自一，执其一，而《诗》之用且万。噫，此《诗》之所以为‘经’也。”❺此观点认为，《诗》是“活物”，虽然自诞生之日起作为原始文本已基本被固定下来，即“《诗》之体自一”，但其意义是无法被固定的，自它开始被一批批读者解读以来，其意义就在不停地发生变化，每一个读者都会赋予其自己的理解，这理解也许与作诗者之原意并不完全相符，但读者“不必皆有当于《诗》”，在不断地解读之中，《诗》的意义空间反而得到深化与扩充，读者参与了《诗》的再创作，同时被《诗》所感发，此即“《诗》之用且万”。古往今来，无数读者的再创作使得《诗》成为一个不断生长的“活物”，这正是由于《诗》的特质

❶ [明]孙鑛．月峰先生居业次编[M]//四库禁毁丛书刊（第126册）．北京：北京出版社，1997：199.

❷ [明]孙鑛．月峰先生居业次编[M]//四库禁毁丛书刊（第126册）．北京：北京出版社，1997：193.

❸ 胡淑冰．孙鑛《诗经批评》研究[D]．乌鲁木齐：新疆师范大学，2006.

❹ [清]永瑢，等．四库全书总目[M]．北京：中华书局，1965：283.

❺ [明]钟惺撰．张国光点校．隐秀轩文[M]．长沙：岳麓书社，1988：20-22.

决定的，“后之视今，犹今之视前，何不能新之有？盖诗之为物，能使人至此”❶。因为《诗》作为审美对象，作为一个开放式的文本，有着近乎无限的解读空间，于是也就拥有了近乎无限的生命力，所以《诗》能够作为经典传之后世、历久弥新，“此《诗》之所以为‘经’也”。钟氏提出的“活物说”，正与现代接受美学的文学接受理论异曲同工，可见其对《诗》的文学性质已经有了深刻的思考与认识。

钟氏反对汉人据《序》解《诗》的政治比附，对朱熹废《序》言《诗》的解诗方法和虚心谨慎的解诗态度表示认同，“汉儒说《诗》据《小序》，每一诗必欲指一人一事实之。考亭儒者，虚而慎，宁无其人其事，而不敢传疑，故尽废《小序》不用”❷。但他并不满足于此，又对朱熹解《诗》作出了大胆的批评，“然考亭所间指为一人一事者，又未必信也。考亭注，有近滞者、近痴者、近疏者、近累者、近肤者、近迂者。考亭之意，非以为《诗》尽于吾之注，即考亭自为说《诗》，恐亦不尽于考亭之注也”❸。这种观点即是说读者在多次的阅读活动中，其观点与视角是会不断发生变化的，故而没有任何一部《诗经》注解可以称得上是完美正确的，此观点与明初“经自朱子之后无须再注”的普遍观点形成鲜明的反差。关于解《诗》方法，钟氏曰：“凡以为最下者，先分其章句，明其训诂。若曰有进于是者，神而明之，引而伸之。而吾不敢以吾之注，画天下之为《诗》者也。”❹他认为，理解《诗经》的基础是分章句、明训诂，然而这只是最初级的步骤，对《诗经》作更深入的解读需要读《诗》者在理解文本大意的基础上“神而明之，引而伸之”。所谓“神而明之”，就是用心去贴近体会作诗者在作诗时的心理活动，与其神交意会，领会文本原始的内在含义；然而这还不是终结，接下来还需要“引而伸之”，即是通过与自己的体验与感受相结合，进一步赋予文本属于读者自己的解读，丰富其内涵，这就属于读者对文本的再创作了，这种再创作甚至不是读者的刻意之举，而是深入的阅读活动所不可避免的结果。在他

❶ [明]钟惺撰．张国光点校．隐秀轩文[M]．长沙：岳麓书社，1988：22.
❷ [明]钟惺撰．张国光点校．隐秀轩文[M]．长沙：岳麓书社，1988：22.
❸ [明]钟惺撰．张国光点校．隐秀轩文[M]．长沙：岳麓书社，1988：22.
❹ [明]钟惺撰．张国光点校．隐秀轩文[M]．长沙：岳麓书社，1988：21.

看来，读《诗》最重要的是从自己的体验出发，不受前见的干扰，故不应以任何一种解读来限制读者对《诗》的理解，在阅读活动中，读者才是主体。钟氏《批点诗经》的评点内容、方法与“活物说”理论皆对之后明清两代的《诗经》评点产生很大的影响，堪称是明代最重要的一部《诗经》评点著作。

刊刻于万历四十八年（1620）的《读风臆评》，撰者戴君恩。此书是戴君恩于万历四十六年（1618）监考四川乡试时所批点，两年后为刻书商闵齐汲刊刻，朱墨套印本。此书体例“取《诗经・国风》加以评语，又节录朱《传》于每篇之后”❶，虽然节录朱《传》，然而戴氏对朱子说《诗》并非持肯定态度，其于卷首《自叙》中自言“蔑舍紫阳”，在评语中也确实对朱注毫不客气，有“令人喷饭”的讥诮之语，甚至认为朱注对诗人意趣的抹杀“亦祖龙烈焰后一厄”，为祸竟堪比秦始皇焚书了。戴氏对朱《传》的睥睨蔑然之态形于字里行间，这是因为戴氏纯以文学审美的眼光观诗，故而将朱熹以经学眼光解《诗》的质实风格视作迂腐无味。戴氏对《国风》的评点自出胸臆，不落前人窠臼，如其自言“以臆读，以臆评，以臆点涴断画”❷，而其最鲜明的特色是以诗评《诗》，即引用《楚辞》、汉诗与唐诗中的诗句与《诗》相类比，其中唐诗为最多。戴氏亦大量沿用八股时文评点术语与诗歌批评术语点评《诗经》，这说明《诗经》评点形式至此已相当成熟。《四库全书总目》评此书曰：“纤仄佻巧，已渐开竟陵之门径，其于经义固了不相关也。”❸是说此书完全从文学审美出发，关注《诗经》作为诗歌的艺术性，玩索于字句之间，与之后大兴的竟陵派雕琢字句、求新求奇的艺术倾向相一致，完全舍弃了传统《诗经》学以义理解《诗》的经学研究路径。

此外还存在一些辑评类的《诗经》评点作品，如凌蒙初的《言诗翼》等。《言诗翼》汇集徐光启、陆华熙、魏浣初、沈守正、钟惺、唐汝谔、戴君恩关于《诗》的评论或评点，连带凌氏自己的评论，一共八家，大致内容如《四库全书总目》所云：“直以选词遣调、造语炼字诸法论三百篇。”❹凌蒙初既是出版家又是小说

❶［清］永瑢，等．四库全书总目 [M]. 北京：中华书局，1965：140.

❷［明］戴君恩．读风臆评 [M]// 四库全书存目丛书（第 61 册）．济南：齐鲁书社，1997：231.

❸［清］永瑢，等．四库全书总目 [M]. 北京：中华书局，1965：140.

❹［清］永瑢，等．四库全书总目 [M]. 北京：中华书局，1965：142.

家、评点家，曾出版钟惺的《批点诗经》并作序，也曾创作杂剧与拟话本小说集《拍案惊奇》初刻、二刻等，他的身份颇能说明《诗经》评点的兴盛与出版印刷业之间的密切联系。《诗经》作为科举最热门的科目，其意旨一直是举子钻研的对象，且学习《诗》之创作技巧亦有助于八股制艺，于是庞大的应试需求催动逐利的书坊或与诗家、点评家合作，或汇集世面流传的诸多诗评，不断推陈出新，发行《诗经》评点本。凌家与闵家即是最有代表性的两家刻书商，皆以多色套版印刷著称。明晚期由这些书商出版的《诗经》评点本采用多种符号圈点、多色套印的形式，相较于传统经解新颖鲜明、娱人眼目、易于阅读，且内容丰富，表达的观点更加个人化，迎合了时人日益增长的审美需求，故而明代《诗经》评点本的出现不仅是经学文学化的表现，也是经学通俗化的表现。

辑评类《诗经》学评点另有张元芳、魏浣初的《毛诗振雅》，徐奋鹏的《毛诗捷渡》，何大抡的《诗经主意默雷》，陈祖绶的《诗经副墨》等。虽然裁剪辑录了许多前人评点内容，但此类著作撰著目的与孙鑛、钟惺、戴君恩等人或为贯彻文学理论或为自娱的评点目的不同，似是专为指导科举制艺而服务的工具书，从《毛诗振雅序》"可备棘闱之前茅"❶、《诗经副墨·凡例》"诸说虽精，或于制艺未当者，吾从宋"❷的声明即可见其大概。明人所言之宋学专指朱熹《诗经》学，可见即使在明末，科举依然以朱子《诗经》学为准的。虽然此时的《诗经》学研究已经呈现多元化的发展态势，但在科举考试中，朱熹的《诗经》学观点依然是受到官方维护的主流学术，不可轻易违逆。

总体来说，以理学解《诗》为特色的朱子《诗经》学阵地不断退守，仅在科举中发挥影响力，展现出义理化、教条化、通俗化的特点。而民间《诗经》学研究的潮流大势早已转变，其中一路走向复古化，表现为《诗经》汉学复兴、考据之风渐开；另一路走入文学化，表现为《诗经》的文学性得到空前的重视，甚至已脱离经学范畴，而走向纯文学欣赏的方向。

---

❶ [明]张元芳，[明]魏浣初撰.毛诗振雅[M].刻本.金陵：版筑居，1624.

❷ [明]陈祖绶.诗经副墨[M]//四库全书存目丛书（第71册）.济南：齐鲁书社，1997：5.

第二节　明代朱子《诗经》学的日渐式微

明代流传下来的宗朱《诗经》学著作没有元代多，部分原因是明代对朱子之学的神圣化导致“经自程朱后不必再注”的思想流行；兼之宋、元以来朱子门人对《诗集传》的不断补充阐释，给明代说《诗》者留下的发挥空间越发狭窄；官修教本、科举考试对《诗》义解释的限定更进一步缩减了在朱子《诗经》学框架下进一步解读《诗经》的空间。据刘毓庆考证，明初百余年间，说《诗》者约有 30 家，除杨守陈《诗私抄》，其余皆是辅翼朱《传》的作品，但大多已亡佚，可见其价值与影响皆有限。❶

明初流传下来的较有影响力的宗朱《诗经》学著作仅有《诗解颐》《诗演义》两部，皆为由元入明的宿儒所作，略于训诂、长于义理，兼有元代与明代的学术特征；永乐朝官修《诗传大全》以元人刘瑾《诗传通释》为蓝本，集合宋、元、明初诸家《诗》说以辅翼《诗集传》，在官府力量的推行下成为指导科举的权威用书，在《诗传大全》发行之后，几乎没有有分量的《诗经》学著作产生；明末影响较大的宗朱《诗经》学作品只有一本《诗经说约》，吸收汉、唐、宋、元及明人之诸家《诗》说对《诗集传》进行补正，相较前三书而言，重视考据与《诗》的文学性，昭示着《诗经》学发展的新变化，又带有鲜明的科举用书特征。

一、借《诗》立训，敷衍义理：朱善《诗解颐》

朱善（1314—1385），字备万，号一斋，江西丰城人。生于元延祐元年（1314），卒于明洪武十八年（1385）九月，享年 72 岁，正德朝追谥文恪。其父朱隐老以经学著称，承朱子遗绪，尤善《易》。朱善因家学渊源，自幼习经史，少有才名，以经学教授乡里。元末隐居山中以避兵乱，侍奉继母，同时埋首著述。洪武初年，任南昌教授。洪武八年（1375 年）被举荐入京，以廷对第一授翰林院修撰。后因奏对失旨发配辽东，未至即被赦。洪武十八年（1385），累迁至文渊阁大学士，与刘三吾、汪睿并称“三老”，事迹见《明史·刘三吾传》。《皇明名臣琬琰

❶　刘毓庆. 从经学到文学——明代《诗经》学史论 [M]. 北京：商务印书馆，2001：40.

录》卷九《文渊阁大学士朱善公言行录》载:“(善)壮年以经学授徒，壬辰兵变，隐居乡里。养亲教子之外，惟著书立言，以圣贤道学之传为己任。著述有《诗经解颐》《诗经辑释》《史辑》等书。”❶在朱善关于《诗经》学的两部著述中,《诗经辑释》一书已亡佚，只余《诗经解颐》四卷。

关于《诗经解颐》之书名,《明史》本传作《诗经解颐》,《明史·艺文志》作《诗解颐》，后世一般以《诗解颐》名之，以区别于清人张德纯之《诗经解颐》。此书为朱善所整理的《诗经》教学讲章，是其将日常讲解《诗经》时自认为关键独到的发明汇为一编。其门人丁隆为此书的重刊版作跋曰：“先生得家学之传，经籍无不考赜。至古诗三百篇，尤博极其趣，每授诸弟子，于发明肯綮处辄录之。时愚亦在门，不数年成集。俾诵之者不待玩诸心而喜形于色，先生遂取‘匡(衡)说《诗》，解人颐’之语以名之。其子叔(阙)既锓诸梓，远迩读《诗》之士往往称之，不啻良金美玉之重焉。比年愚承乏南昌司训，上下亦莫不重是编之便学者。但岁久不能无亥豕鲁鱼之难辨，于是佥议命工重刊，以广其传。愚僭分章析类，正其讹误以便观览，亦未必无小补云。洪武三十五年岁在壬午孟夏,上瀚后学丰城丁隆谨识。”❷此《跋》作于洪武三十五年或曰建文四年(1402),《跋》中云《诗解颐》的初版由朱善之子刊刻，入明之时朱善方54岁，却没有亲自主持刊刻此书，故可推断此书的刊刻时间当在朱善晚年或死后。而此书的创作时间为丁隆在朱善门下受学时，丁与朱为同乡，故此书的创作时间或为朱善教授乡里之时，或为其任南昌教谕之时，大抵在元末明初。所以，虽然朱善是由元入明之人，但以《诗解颐》创作、刊刻、流传的时间段来划分，将此书定为明代《诗经》学著作较为合适。

朱善《诗解颐》正文四卷，分别以《国风》《大雅》《小雅》《颂》各为一卷，不录《诗经》与《诗集传》原文，只依朱《传》次序标明篇题，依次串讲敷衍义理，然并非每篇皆有说解，有并篇目略而不论者。说解形式较为随意，乃根据需要进行选择，有总论一诗者，有分章说解者，有说首尾两章者，有总、分相结合者。据冯浩菲的《中国古籍整理体式研究》划分的标准，此书属于“说体”一类。

❶ [清]丁隆.明名臣琬琰录[M]//影印文渊阁四库全书(第453册).台北：台湾商务印书馆，1986：197.

❷ [明]朱善.诗解颐[M]//影印文渊阁四库全书(第78册).台北：台湾商务印书馆，1986：306.

朱善此书不重考据训诂，乃专为申说义理而作，说解《诗》义极富理学特色，发扬了朱熹以理学解《诗》的特点；同时又继承了朱子立足文本，从文学角度解《诗》的特点，且行文语言具有一定的文学性。当然，这并不说明朱善治《诗》不事训诂、略于考证，其另有《诗经辑释》一书，虽已亡佚，但从书名来看应属于传统的纂集体或集解体《诗经》学著作，朱氏训诂考证、参比异同之功当集于此书。朱善《诗解颐》一书对后世影响较大，其被《诗传大全》引用多达196条，且是唯一一部被引入《诗传大全》的明代《诗经》学著作。

（一）高度义理化的解《诗》倾向

《四库全书总目》评朱善《诗解颐》说《诗》云："其说不甚训诂字句，惟意主借《诗》以立训。故反覆发明，务在阐兴观群怨之旨，温柔敦厚之意，而于兴衰治乱，尤推求源本，剀切著明，在经解中为别体，而实较诸儒之争竞异同者为有裨于人事。"❶朱善创作《诗解颐》的本意是借《诗》以立训，达到垂教读者的目的，而不是为《诗经》或者《诗集传》作注，那么此书的重点必然是义理的发挥，对诗义的解读反在其次。

就义理的发挥而言，朱善继承了朱子的理学思想，并结合自身对人事的思考，小到立身，大到治国，皆是其发挥的范畴。从卷一之《二南总论》，朱善即申明了读《诗》的要领：

> 读圣贤之书必自《大学》始，诵三百篇之诗必自"二南"始，"二南"之与《大学》实相表里。盖《大学》是言修齐治平之理，"二南"是言圣人修齐治平之事。《大学》是圣人立法以教人，如射之必至于彀，大匠必用夫规矩；"二南"是圣人躬行心得于上，而化行俗美于下，乃羿之发而必中，大匠之巧用规矩以成其室屋者也。然则读《大学》者，固不可不知"二南"，而学"二南"者，又岂可徒诵其文而不考圣人行事之实哉？❷

朱善显然继承了朱熹《诗集传》将"二南"与《大学》"修齐治平"之说联系起来的观点，认为《大学》言圣人修齐治平之理，"二南"言圣人修齐治平

❶ ［清］永瑢，等．四库全书总目［M］．北京：中华书局，1965：128.

❷ ［明］朱善．诗解颐［M］//影印文渊阁四库全书（第78册）．台北：台湾商务印书馆，1986：196.

之事，二者互为表里，读《诗》者应从阅读“二南”的过程中体会圣人的为人处世之法，并加以学习效仿。不仅关于“二南”，朱善说解《诗经》其余部分也多从修齐治平、家国天下立论，务求发明圣贤行事之情理以为读者与人君之借鉴，可谓贯彻了儒家传统的《诗》教观。

朱善借《诗》讲为人处世之道之处颇多，时时不忘提醒读者感受《诗》中之义理，以《诗》中之圣贤为借鉴。如其论《北门》之主人公：

投之以王事之重，遗之以国事之难，益之以家计之窘，贤者之处此亦难。而又家人之交谪，则是内不见知于妻子也；禄食不足以自存，则是外不见知于君上也。斯二者，人之所为乎？抑天之所为乎？然不得于天而不怨天，不合于人而不尤人，尽心竭力以为其所当为，而无一毫忿闷之心，此所以为贤也。❶

认为贤者之所以为贤者，就在于当其身处内外困境之中，不被人所理解，而能不怨天尤人，于家于国皆尽力而为做好分内当为之事，可谓贤君子，堪为为人处世之典范。

相似的例子还有论《终风》：“庄姜之处此亦难矣。然有夫之狂惑而能不失其正，有妾之上僭而能不失其仁，有子之狂暴无礼而能不失其慈，虽遭人伦之变，而不失乎天理之常，则庄姜亦贤矣哉！是可以为处变者之法矣。”❷庄姜处困境而能守其分，遭逢人伦之变，仍能循天理之常道，不改其操行，朱善认为处变者可以引以为借鉴。

书中所论为人立身，多从天理人欲之说出发，如《蝃蝀》之论男女婚姻：

婚姻之际，男女之大欲存焉。待父母之命、媒妁之言，知正命者也。钻穴隙相窥、踰墙相从，不知正命者也。庄姜之贞静自守，共姜之节义自持，可谓知正命也已。宣姜一失身而为新台之有泚，再失身而为中冓之不可读，可谓不知正命也已。所贵乎知命者，谓能全其天理之正，以节夫人欲之流也。人人能节夫人欲之流，则淫乱之风息矣。❸

❶ [明]朱善．诗解颐[M]// 影印文渊阁四库全书（第 78 册）．台北：台湾商务印书馆，1986：204.

❷ [明]朱善．诗解颐[M]// 影印文渊阁四库全书（第 78 册）．台北：台湾商务印书馆，1986：201.

❸ [明]朱善．诗解颐[M]// 影印文渊阁四库全书（第 78 册）．台北：台湾商务印书馆，1986：207.

认为男女婚姻之际，以礼自守、自持，从天理而节人欲，可谓知命，以不得于其夫却以礼自持的庄姜和夫死守节誓不再嫁的共姜为正例，以多次再适的宣姜为反例，继承了程朱理学的贞节观。

在朱善的说解中，为人处世的各个方面都能从《诗》中找到参考，如《凯风》篇，“为人子者必知此义，而后可与言事亲矣”[1]；《小宛》篇，“为此诗者，其于保身、于教子，可谓两得矣”[2]；《伐木》篇，“道之所存，德之所存，即吾友之所存也。而何贵贱亲疏之间哉？必知此道也，而后可以言友矣”[3]。无论为子、为父、为友，皆可以《诗》为鉴，从中学习立身之道。

而对于有志于学者，朱善主张不仅要学习贤人，更要学习圣人，其于《小雅·车舝》曰：

> 盖知高山之可仰，则知圣德之可慕矣。知景行之可行，则知大道之可由矣。由圣人之道以求至圣人之所止，则所谓至善，不外是矣。然则仁之不如尧也，孝之不如舜也，学之不如孔子也，犹之陟高山而不至其巅，行大道而不达乎国都也。是即所谓半涂而废也，岂不惜哉！[4]

朱善显然认为圣人可学而至，鼓励治学者立志以圣人为目标，循圣人之道，止于至善，这正是程朱等道学家所主张的为学之道。这段说解可见朱善作为道学醇儒对学子的殷切希望。

具有道学气息的观点于书中多有体现，《二子乘舟》总论曰：“吾尝闻孝于夫子矣，其责曾子，盖曰：‘舜之于瞽瞍，小杖则受，大杖则走。’今宣公逆理乱伦，欲杀其子，而为子者又成父之志，以陷父于恶，使陷父于恶而可以为孝，则是教天下后世之为人子者皆从父之志，以成国家无穷之祸也。”[5]以孔子之言参卫太子伋之事，认为伋不可称孝子，因其不逃而赴死的行为乃是陷父于恶，于理有碍，以其为孝子将对天下后世之为子者造成不良的示范，为国家埋下祸患。四库馆臣认为朱善“律以‘大杖则逃’之文，固责备贤者之意。实则申生自缢，《春秋》

---

[1] [明]朱善．诗解颐[M]// 影印文渊阁四库全书（第78册）．台北：台湾商务印书馆，1986：202.

[2] [明]朱善．诗解颐[M]// 影印文渊阁四库全书（第78册）．台北：台湾商务印书馆，1986：241.

[3] [明]朱善．诗解颐[M]// 影印文渊阁四库全书（第78册）．台北：台湾商务印书馆，1986：224.

[4] [明]朱善．诗解颐[M]// 影印文渊阁四库全书（第78册）．台北：台湾商务印书馆，1986：251.

[5] [明]朱善．诗解颐[M]// 影印文渊阁四库全书（第78册）．台北：台湾商务印书馆，1986：205.

无贬。尚论古人，亦未可若是苛也”❶。然而对于浸淫理学思想的道学家而言，其意固不在责备贤者，而在于垂教后世，于是苛责古人亦在所难免。

周中孚《郑堂读书记》云："虽亦阐明《集传》，而意主于垂世立教，姑借诗以发之，务求合于兴观群怨、事父事君之旨。于治乱兴衰之际，尤三致志焉。"❷的确，朱氏论《诗》对于君臣为政、国家兴亡之道高度关注，其说解不仅是以理解《诗》，更是以《诗》阐理，以《诗》论政，在书中随处可见借《诗》阐述其理学思想，抒发其政治情怀。

如论君臣为政之道，于《北山》总论曰："均是人也，而劳逸厚薄若是其相悬，果能自已于言邪？然则臣子之事君，虽不可不竭其力，而君之使臣，要必有道矣。为人上者，其亦均平其心，而无使其彼此之相形乎？"❸这是要求为君者应均平其心，使臣必有道。

说《十月之交》六章曰："人臣之患莫大于自圣。苟有自圣之心，则谓天变为不足畏，谓人言为不足恤，谓君子未必胜于已，谓小人未必害于事。于是援富民以为党，殖厚利以自私，上则不忠于君，下则不惠于友，而其祸有不可胜言者矣。"❹这是要求为臣者不可自圣、自专、自私，否则将为害无穷。

论《敬之》曰："敬者，戒惧慎独之事，所以诚身也。明者，学问讲习之事，所以明善也。群臣以敬而进戒，欲成王之诚之也。成王以明而自勉，谓必先有以明之，而后可以诚之也。既有以致其明之之功，复有以致其诚之之力，则圣贤之事业可以驯致矣。"❺讲的是群臣以"敬"进戒成王，使其不自满、知戒惧，勤于学问讲习之"明"，而后达于"诚"，终成就"圣贤之事业"，所循的正是程朱理学"自明而诚""敬义加持，明诚两进"的修身次第。

说《大明》三章曰：

圣人之德，敬为大，泛言之而为德，切言之而为敬。敬者德之舆也，无敬则德不行。圣人之敬，上与天心合，下与人心合，故以之事天，非有心以

❶ [清]永瑢，等.四库全书总目[M].北京：中华书局，1965：128.

❷ [清]周中孚.郑堂读书记[M].北京：中华书局，1993：37.

❸ [明]朱善.诗解颐[M]//影印文渊阁四库全书（第78册）.台北：台湾商务印书馆，1986：246.

❹ [明]朱善.诗解颐[M]//影印文渊阁四库全书（第78册）.台北：台湾商务印书馆，1986：238.

❺ [明]朱善.诗解颐[M]//影印文渊阁四库全书（第78册）.台北：台湾商务印书馆，1986：294-295.

求福也，而自足以来多福；以之治人，非有心于求媚也，而自足以受方国。其德之不回，即其心之敬者为之也，使此心之敬有一毫之空阙，一息之间断，则不可谓之不回矣。❶

这里将“厥德不回，以受方国”之“德”解释为“敬”，因为“圣人之德，敬为大”，认为圣人、文王之为敬工夫，上可事天，下可治人，无一毫之空缺、一息之间断，于是可以集天命，受方国。朱善此处以理学持敬思想解《诗》，显然受到朱熹“敬字工夫乃圣门第一义，彻头彻尾，不可顷刻间断”❷之说的影响。

论《小雅·节南山》曰：

国之危亡尽以为人事欤？则日月剥蚀、山崩川竭。将兴必有祯祥，将亡必有妖孽，固未可尽责之人也。尽以为天意欤？则武丁因桑榖之祥而戒惧，以复成汤之业，宣王因云汉之灾而戒惧，以继文武之功，又未可尽归之天也。大抵人事之有得失，气化之有盛衰，此皆治乱之所由。惟君子为能以人合天，不诿于天，以义制命，不诿于命，则可以转祸而为福，转灾而为祥，转凶而为吉，转乱而为治。天也，有人焉，君子不纯以为天也。使王能平其心以任尹氏，尹氏能平其心以用在朝之君子，而不以小人间之，则岂至于危亡而不可救哉？故善为国者亦反求诸己而已矣。❸

这是说国之危亡有天灾与人祸两方面的作用，治国者当知戒惧，不把责任推诿给上天命运，而应反求诸己，循天理而尽人事，如此则能转灾为祥，转乱为治。此说强调了人的主观能动性，强调了人的自省与自强的作用。强调自强的还有《旄丘》篇之说解：“人之不可恃如此。有国有家者，其亦自强于政治，而无恃人以为安也哉！”❹

又如论国君夫妇相处之道，如《齐风·鸡鸣》篇的说解：“男女之际，人之大欲存焉。节欲而循乎天理者，贤君之所以治也；纵欲而灭夫天理者，昏君之所以乱也。此诗述贤妃警畏之心如此，盖天理之所以常存，而人心之所以不死也。

❶ [明]朱善.诗解颐[M]//影印文渊阁四库全书（第78册）.台北：台湾商务印书馆，1986：256.

❷ [宋]黎静德编.王星贤点校.朱子语类[M].北京：中华书局，1986：210.

❸ [明]朱善.诗解颐[M]//影印文渊阁四库全书（第78册）.台北：台湾商务印书馆，1986：234.

❹ [明]朱善.诗解颐[M]//影印文渊阁四库全书（第78册）.台北：台湾商务印书馆，1986：203.

其为君子之助，不亦多乎？”[1]朱熹认为此诗乃贤夫妇相警戒之诗，而朱善认为此诗乃言贤君贤妃之事，为之赋予了更多的政治色彩，将此诗比附为贤君循天理、节人欲而使国家治，贤君能如此，亦因贤妃有“警畏之心”，为君子助力良多。

与之形成对比的是《卫风·君子偕老》中的宣姜：

> 当其奉宗庙之时，其首饰之有副也，其身章之有翟也，是非不盛也。而不知宣姜之行果能视先君而无愧否乎？当其见宾客之时，其礼服之有展也，其里服之有絺也，又非不盛也。而不知宣姜之行果能视宾客而无愧否乎？夫入而奉宗庙，出而见宾客，非不尊且严也。而有靦面目，曾无羞愧悔悟之萌，则是人心之果亡，而天理之果灭矣，能无灭亡之祸乎？[2]

认为此诗是说宣姜德不配位，无贞信之德而有淫乱之行，失事君子之道，不足以奉宗庙、见宾客，然其毫无羞愧悔悟之心，是泯人心、灭天理，终将导致国家有危亡之祸。

在《邶风·燕燕》篇，朱氏更是直接发表了一番感叹：“余读是诗，未尝不叹庄公之狂惑也，使其幡然悔悟，立庄姜以为之主，俾戴妫以为之助，则闺门正矣；立子完以为之嫡，命石碏以为之辅，则国本定矣。”[3]认为卫庄公狂惑，没有自省自悔之心，无识人之明，不能正闺门、定国本。《四库全书总目》称朱善“于兴衰治乱，尤推求源本”。在儒家理学观看来，国之兴衰治乱皆源于闺门，闺门之人伦正否皆源于己身，故朱善对一切兴衰治乱之理的推求，终归都落在个人的修身进德之上，落在存天理节人欲之上。在朱熹看来，自求、自强、自悟、自省，既是对士人君子修身的要求，也是对为君者治国的要求。高扬人的主体意识和主观能动性是朱善说《诗》的一大特色，也许是其个人性格在书中的体现。

另外，对兴衰治乱的高度关注与其亲身经历有关，朱善大部分时间生活于元末乱世，对国家危亡、世道离乱有着切身的感受，自然对国家之兴亡治乱有更为深切的思考，于是将这些思索体现在著述之中，希望有补于治道，这是其“于治乱兴衰之际，尤三致志焉”的根本原因。《殷武》首章说解曰：“自古中兴之君，

---

[1] ［明］朱善．诗解颐 [M]// 影印文渊阁四库全书（第 78 册）．台北：台湾商务印书馆，1986：212.

[2] ［明］朱善．诗解颐 [M]// 影印文渊阁四库全书（第 78 册）．台北：台湾商务印书馆，1986：206.

[3] ［明］朱善．诗解颐 [M]// 影印文渊阁四库全书（第 78 册）．台北：台湾商务印书馆，1986：201.

未有不以武德胜者。盖继衰乱之后，内之则法度之既弛，纪纲之既坏；外之则诸侯之既叛，四夷之既起。自非以武德胜之，则安能举王纲于已坠，合人心于已离，拨乱而复反于正哉？”❶从这段说解中似可窥见元末乱世朝纲败坏、刀兵四起的一抹影子。

《四库全书总目提要》称赞《诗解颐》云：“在经解中为别体，而实较诸儒之争竞异同者为有裨于人事。”❷朱善对《诗》的解说虽然有高度义理化的倾向，但并非空言高论，而是从人情义理出发，笃实切近，层层递进，循循善诱，对为人处世、治国理政都有指导意义，《四库全书总目提要》“有裨于人事”的评论应是就此而发。

（二）对朱熹诗《学》观点的继承与发展

作为宗朱的《诗经》学作品，《诗解颐》继承了朱熹的诗学观，虽没有对“《诗序》说”“六义说”“淫诗说”等主题进行过专门的讨论，但考其书可以发现，朱善从未就这些《诗经》学基本问题发表与朱熹相悖的看法。

朱善对比兴之义所论不多，偶有论及则以朱熹之判定为是，如《蓼莪》篇曰：“此诗诸儒皆以为兴，至《集传》直以为比，而其义始明。”❸

而关于朱熹所定为“淫诗”的篇目，《诗解颐》多阙而不论，可能是受到朱熹“淫诗说”的影响，认为这些“淫诗”并无太多义理可以阐发，不能“有裨于人事”，故不论；或者受王柏“删诗说”的影响，认为“淫诗”于义理有碍，故而不录；又或是因为科举考试一般不会就“淫诗”出题，故缺之不讲。然而无论出于何种想法，置之不论的态度无疑显示出朱善以这些诗为“淫诗”的判断。明正德圾进士廖道南《殿阁词林记》曰：“予幼学时，颂善所著《解颐》《辑释》，颇得其要领。然而《国风》民谣，宗庙朝廷《雅》《颂》之诗，爰自千篇删为三百，亦已严矣。宋儒泥于‘郑声淫’之说，遂概以为淫奔而不以进讲，岂皆作者之本旨哉？思欲

❶　[明]朱善.诗解颐[M]//影印文渊阁四库全书（第78册）.台北：台湾商务印书馆，1986：304-305.

❷　[清]永瑢，等.四库全书总目提要·诗解颐提要[M].北京：中华书局，1965：128.

❸　[明]朱善.诗解颐[M]//影印文渊阁四库全书（第78册）.台北：台湾商务印书馆，1986：244.

起善于九原而与之论难，又胡可得也？”❶即认为朱善乃是从宋儒之说，把一些诗认定为“淫诗”而不予讲解，未必领会作者之本旨。这一质疑体现了至明中期，学者开始对宋儒的《诗》学观点如“淫诗说”等表示怀疑，但在明初，学者一以朱子《诗》学为正，补其未备可也，但少有对朱熹《诗集传》的观点公开提出质疑者。

对诗旨的判定，朱善一般不与朱熹之说相违背，对朱熹所明言批驳《诗序》处，亦多从朱熹之说。如《齐风·无衣》篇，《诗序》云：“《无衣》，美晋武公也。武公始并晋国，其大夫为之请命乎天子之使，而作是诗也。”❷朱熹《诗集传》云：“《史记》：曲沃桓叔之孙武公，伐晋灭之，尽以其宝器赂周釐王。王以武公为晋君，列于诸侯。此诗盖述其请命之意。……厉王贪其宝玩，而不思天理民彝之不可废，是以诛讨不加，而爵命行焉。则王纲于是乎不振，而人纪或几乎绝矣。呜呼痛哉！”❸从义理的角度对此诗的主旨大加批评，显然不认同以其为美诗的说法。朱善曰：“武公之事，人情所不与，天理所不容，王法所必诛。而《序》以为美之，失其旨矣。……夫子不删其诗者，所以著世变之穷而伤周之衰也。”❹同样以为武公之事有伤义理，不应为美诗，并认为夫子存其诗是为了让后世引以为戒。

又如《秦风·蒹葭》篇，《诗序》以为“刺襄公也。未能用周礼，将无以固其国焉”❺。朱熹不从《序》说，认为“言秋水方盛之时，所谓彼人者，乃在水之一方，上下求之而皆不可得，然不知其何所指也”❻，坚持只就文本解读。而朱善《诗解颐》曰：“所谓伊人，虽不知其所指，然味其词，有敬慕之意，而无亵慢之情，则必指贤人之肥遯者。惜不知其何人耳。旧说以为未能用周礼者，非是。”❼虽然与朱熹一样不从《序》说，但朱善从文本的感情色彩出发，推断此诗并非表达男女之渴慕，而是一首求贤诗。

---

❶ [明]黄佐撰，廖道南．殿阁词林记[M]//影印文渊阁四库全书：第452册．台北：台湾商务印书馆，1986：165.

❷ [汉]毛亨撰，郑玄笺．[唐]孔颖达疏．李学勤主编．毛诗正义[M].北京：北京大学出版社，1999：397.

❸ [宋]朱熹撰．赵长征点校．诗集传[M].北京：中华书局，2011：92.

❹ [明]朱善．诗解颐[M]//影印文渊阁四库全书（第78册）．台北：台湾商务印书馆，1986：213-214.

❺ [汉]毛亨撰，郑玄笺．[唐]孔颖达疏．李学勤主编．毛诗正义[M].北京：北京大学出版社，1999：422.

❻ [宋]朱熹撰．赵长征点校．诗集传[M].北京：中华书局，2011：97.

❼ [明]朱善．诗解颐[M]//影印文渊阁四库全书（第78册）．台北：台湾商务印书馆，1986：215.

与朱熹有意识地去政治比附、就文本而解读的解《诗》倾向不同，朱善解《诗》继承了朱熹以理学解《诗》的一面，并且理学化、道学化的倾向较朱熹更强，政治色彩也更加浓厚。

如《诗集传》论《鹤鸣》诗旨曰：“此诗之作，不可知其所由，然必陈善纳诲之辞也。”❶并以理学思想将诗中四个比喻归纳为诚、理、爱、憎四个方面，认为四者引而伸之，可包含天下之理。朱善就朱熹之说进一步发挥道：

> 知诚之不可揜，则知念虑方萌，而鬼神已知，形迹欲掩，而肺肝已见，所以不可无诚身之功也。知理之无定在，则知事有精粗，而理无精粗，事有大小，而理无大小，所以不可无明善之功也。知爱当知其恶，憎当知其善，则知亲爱贱恶之不可以或偏，哀矜敖惰之不可以自恣，所以于应接之间尤不可不去其私欲之心也。能是数者，则知行并进而明诚两立，好恶不偏而人已兼尽，其于治天下不难矣。此所以为陈善纳诲之辞也欤？❷

朱善从朱熹“诚、理、爱、憎”之说出发，进一步将其落实到“诚身”“明善”“去私欲”等程朱理学所提倡的修养功夫上，并从“陈善纳诲”联想到如君主能做到以上之修养功夫，“则知行并进而明诚两立，好恶不偏而人已兼尽，其于治天下不难矣”，将此诗从个人的修养范畴引申到“治天下”的政治范畴。

出于对治乱兴衰的关注和借《诗》立训的目的，使得朱善解《诗》不可能满足于就文本自身来解读，必然要在文本之上进行引申，不是以文人之眼光而是以道学家之眼光来观诗。如对《月出》一篇，《毛诗序》曰：“《月出》，刺好色也，在位不好德而说美色焉。”❸认为此诗是为讽刺陈国统治者好色而作，显然是从政治角度来解诗。朱熹《诗集传》曰：“此亦男女相悦而相念之辞。言月出则皎然矣，佼人则僚然矣，安得见之而舒窈纠之情乎？是以为之劳心而悄然也。”❹坚持只就文本自身解读，认为此诗是男女相悦相念之诗，未做任何义理的引申，完全摒弃了《序》说。而朱善《诗解颐》曰：“《月出》之诗，其悦之也至矣，其

❶ ［宋］朱熹撰．赵长征点校．诗集传 [M]. 北京：中华书局，2011：21.

❷ ［明］朱善．诗解颐 [M]// 影印文渊阁四库全书（第 78 册）. 台北：台湾商务印书馆，1986：232.

❸ ［汉］毛亨撰，郑玄笺．［唐］孔颖达疏．李学勤主编．毛诗正义 [M]. 北京：北京大学出版社，1999：451.

❹ ［宋］朱熹撰．赵长征点校．诗集传 [M]. 北京：中华书局，2011：108.

思之也切矣，其忧之也深矣。移是心以好贤，亦将何求而不获哉！惜也，吾未见好德如好色者也。”❶虽然也认为此诗是讲男女相悦相思之情,但回归了《序》说，叹息此诗主人公不能用求美人之心以求贤。这是因为《诗序》之政治比附与其政治化的解诗的倾向暗合，所以朱善解《诗》往往吸收《序》说，将之与朱熹之说调和，务必阐发一篇义理出来，冀图有裨于人事。

高度的道学化倾向使得朱善解诗时相比朱熹持更为严苛的道德标准，如《二子乘舟》篇论太子伋不可为孝子；又如《召南・摽有梅》篇,《诗集传》解曰："南国被文王之化，女子知以贞信自守，惧其嫁不及时。”❷而朱善云：

> 始而迨吉，犹有待也，继而迨今，则已迫矣，终而谓之，则愈迫矣。是盖汲汲于求售者，而岂可以贞信许之邪？尝试思之，男有家，女有室，必有待乎父母之命，今而曰“求我庶士”，则是苟有求之者，将不待父母之命而轻以其身许人也。岂有当圣人之世，轻以其身自许于人，而可以为贞乎？意斯女也，必不幸而父母俱亡，内之无兄弟之可依，外之无婚姻之可托，其势孤，其援寡，处于昏乱之俗，惴惴乎惟恐其身之不保，故其形于言者如此。其亦可念也已，若是则亦圣人之所许也。❸

他认为从诗中女主人公的言辞来看，其求嫁之心甚是迫切，与贞信之女的形象相差甚远，这就与朱熹“贞信自守”之说相矛盾了。为了调和二者的矛盾，朱善找到了一套说辞，假设女主人公父母双亡，且无兄弟姻亲，又处于婚乱之俗，于是只好在当嫁之年急于为自己张罗婚姻大事，以保全自身之贞节。然而此说虽为女子之急迫求嫁找到合理性，但又制造了新的矛盾，“处于婚乱之俗”的说法恰与“被文王之化”“当圣人之世”的背景相龃龉。造成这种矛盾的原因，是因为朱善不敢突破朱熹的权威解说，又以后世之礼教思想来要求古人，自不免于左支右绌。朱善《诗解颐》较之朱熹《诗集传》具有更浓厚的道学化倾向，展现了程朱理学随着时代发展与普及，至明初已形成了严密的礼教罗网，禁锢着人们的思想。

---

❶ [明]朱善.诗解颐[M]//影印文渊阁四库全书（第78册）.台北：台湾商务印书馆，1986：216.

❷ [宋]朱熹撰.赵长征点校.诗集传[M].北京：中华书局，2011：14.

❸ [明]朱善.诗解颐[M]//影印文渊阁四库全书（第78册）.台北：台湾商务印书馆，1986：198.

朱善就《诗集传》未精之处，亦能为之辨析考证，补其未备。如关于《四月》的主旨，一向有两种观点：一种是“行役说”，一种是“忧乱说”。而《诗集传》认为此诗诗旨为：“此亦遭乱自伤之诗”[1]。解说得较为模糊，没有明确说明此诗的主题是行役还是忧乱，抑或两者兼有。朱善于《四月》总论云：

> 此诗或以为行役，或以为忧乱。以诗考之，由夏而秋，由秋而冬，则见其经历之久；由西周而南国，由丰镐而江汉，则见其跋涉之远，此行役之证也。“父母先祖，胡宁忍予”，则无所归咎之辞；“乱离瘼矣，奚其适归”，则无所逃避之辞，此忧乱之证也。专以为行，则先祖匪人之怨，其辞过于深；专以为忧乱，则滔滔江汉之咏，其辞过于远。然则是诗也，盖大夫行役而忧时之乱，惧及其祸之辞也。[2]

通过对文本内容的细致考察，他认为“行役说”与“忧乱说”在诗中都有所表现，专持一说则不能完美契合于文本，于是合二说为一说，认为此诗是大夫行役之时因忧乱而作，言之颇成理，可以补《诗集传》之未详。

朱善不仅继承朱熹的《诗》学观点，对于朱子门人之说认为有理或堪为《诗集传》辅助的，也一并加以吸收。如《召南·何彼襛矣》，朱熹认为此诗应为武王以后之诗，具体时世不可知，但并没有对此诗编入《召南》提出质疑，而其三传弟子王柏作《二南相配图》，将《何彼襛矣》归入《王风》，朱善对此论曰：

> 《何彼襛矣》之诗，或以为武王之后，或以为平王、襄公之事。然以《诗》之例考之，“二南”之诗皆述文王大姒之化。是时文王未尝称王，故其诗不谓之《雅》而谓之《风》。《兔罝》所谓公侯，正指文王言也。公称公侯，则子自应称公子，女自应称伯姬、叔姬，必不称王姬也。此诗若以为武王以后之诗，则当属之《小雅》，固不可以入《召南》。若以为平王、襄公之事，则作于王国乎，当属之《王风》，作于齐国乎，当属之《齐风》，尤不可以入《召南》也。今而列于《召南》，则岂特非周公之旧，固亦非夫子之旧，其为后人误入无疑。[3]

---

[1] [宋]朱熹撰．赵长征点校．诗集传[M].北京：中华书局，2011：196.

[2] [明]朱善．诗解颐[M]//影印文渊阁四库全书（第78册）．台北：台湾商务印书馆，1986：245-246.

[3] [明]朱善．诗解颐[M]//影印文渊阁四库全书（第78册）．台北：台湾商务印书馆，1986：199.

朱善持文王未称王的观点，而《何彼襛矣》有“王姬”字眼，于是他由此判断此诗不是作于文王之时，这也是朱熹将此诗断为武王以后之诗的原因。而朱善又认为以《诗经》的编排体例“二南”应皆作于文王、召伯之时，《何彼襛矣》乃误入《召南》，这显然是受到王柏之说的影响，王柏将此诗并入《王风》，显然认为此诗作于东周之时，为平王之曾孙女嫁与齐襄公之事。虽说朱善并没有为此诗确定具体的时世，但根据两个时代都有的可能性，给此诗提供了第三种可能，作于武王以后东周以前则为《小雅》，作于东周以后如由周王室所作则为《王风》，由齐国人所作则为《齐风》。

对于《鲁颂·閟宫》二章“后稷之孙，实维大王。居岐之阳，实始翦商”一句，《诗集传》解曰：“大王自豳徙居岐阳，四方之民咸归往之，于是而王迹始著，盖有翦商之渐矣。”❶认为自大王时周国始有王业之肇迹、翦商之征兆，但没有明确大王是否有翦商的主观意愿。后世有因“实始翦商”一句而认为大王有翦商之志者，而此时商未失道，正统尚在，此时有翦商之志即是有不臣之心，在理学家看来这显然不合于义理，于是朱善引金履祥之说为朱熹《诗集传》补上这一漏洞：

> 案《诗》称大王“实始翦商”，不过谓周家翦商之业自大王始基之尔。而后世称大王有翦商之志，不惟误认诗意，其失大王本意甚矣。且大王迁岐，在小乙之世。至丁巳而高宗立，殷道中兴者六十年，历祖庚、祖甲。祖甲二十八祀而生文王，其时商未衰也。大王亦安得有翦商之志哉？况大王前日犹能弃国于狄人侵豳之时，而今日乃欲取天下于商家未乱之日，大王之心决不如此其悖也。
>
> 愚案：“金氏之说，足以补朱子之所未备，故著之。”❷

金履祥为朱熹三传弟子，朱善引其说以补朱子所未备。以上这些例子可见朱善所继承的并非只是朱熹本人的《诗》学观点，他将朱子门人的论《诗》观点一并吸收进来作为对朱熹《诗集传》的补充，显然其受到的是由朱熹与朱子后学所共同建构的朱子《诗经》学体系的整体影响。

---

❶ [宋]朱熹撰．赵长征点校．诗集传[M].北京：中华书局，2011：321.

❷ [明]朱善．诗解颐[M]//影印文渊阁四库全书（第78册）．台北：台湾商务印书馆，1986：299.

（三）以“四书”“五经”解《诗》

朱善善于运用“四书”“五经”等典籍解《诗》，但其引经据典并不是单纯地引用经典原文以为凭恃，而是深入思考其背后的理路，将其融会贯通之后再与自己的论说相结合。特别是对“礼”与《易》，朱善皆有深刻的研究，以“礼”解《诗》、以《易》解《诗》在《诗解颐》中相当突出。

朱善说《诗》时常对其中的“礼”有深入的探讨，于《小雅·鹿鸣》首章曰：

古人之燕，必至于旅而后语，何也？盖由旅而上，其揖逊升降之节繁矣，其酌献酬酢之文缛矣，嘉宾之至于斯也，其容止之淑慎，威仪之审密，固自足以起人之敬畏，而斯人之所得于观感者，深矣。迨夫币帛之既将，琴瑟之既奏，则主人之诚意已至矣，乃至于旅，而后君可以有求，臣可以有言。盖君之求臣也，必在于礼乐既备之后，臣之答君也，亦在于礼乐既成之余。则上之所以求之者，固从容而不迫，下所以答之者，亦诚一而无伪。此古之君臣所以为不可及欤？❶

朱善所谓“古人之燕，必至于旅而后语”，是源于对郑《笺》“饮酒之礼，于旅也语”的发挥。据孔《疏》，郑《笺》此说盖引自《仪礼·乡射礼》，原文为“古者于旅也语”，郑氏于彼处注云：“礼成乐备，乃可以言语。先王礼乐之道也。疾今人慢于礼乐之盛，言语无节。”❷（此意亦见于《小雅·鼓钟》笺）大意是说只有当宴会进行到“礼成、乐备”之环节时，宾主君臣才可以互相问答，谈论先王的大道，而不是在宴会进行的任意环节随意说笑、对谈。朱善此处的解说可谓体贴细致，深于礼学。

如《小雅·宾之初筵》总论曰：

因射而饮者，饮在射先。因祭而饮者，饮在祭后。饮在射先者，方有事于射，其容体欲比于礼，其节奏欲比于乐，固不暇于醉也。饮在祭后者，礼行既久，其筋力已竭，其志气少舒，若可以醉矣。而献酬交错之际，礼仪欲无一之不合于度，笑语欲无一之不得其宜，则亦岂暇于醉哉？噫！礼莫大于

---

❶ ［明］朱善．诗解颐 [M]// 影印文渊阁四库全书（第 78 册）．台北：台湾商务印书馆，1986：222-223.

❷ ［汉］毛亨撰，郑玄笺．［唐］孔颖达疏．李学勤主编．毛诗正义 [M]. 北京：北京大学出版社，1999：559.

射，而因射而饮者，其礼仪之备如此；尤莫重于祭，而因祭而饮者，其礼乐之盛又如此，则不惟不暇醉，亦不敢醉矣。此古人之饮所以无过举欤？❶

饮酒环节在射礼与祭礼的流程中，一处前，一处后，对此朱善认为这是制礼者有意设置的，射礼先饮后射，然而在射礼中，射箭是重头戏，因醉酒会影响射箭的动作节奏，故人们只是礼仪性的饮酒，不暇于醉；祭礼先祭后饮，此时人虽然疲劳且精神放松，然而场合庄重，有礼乐之盛，人必然会注意言行举止，不暇亦不敢醉。在他看来，这体现了古代制礼者的智慧，合理地设置礼仪环节，可以使人于饮酒有所节制，无失仪之过。

类似的例子还如《湛露》篇，朱善首先详述了二百余字有关“燕礼”的烦琐细节，只为说明“此虽诸侯燕宾之礼，然推而上之，则天子燕诸侯之礼亦于是乎可想矣”❷。可见朱善继承了《诗集传》认为《湛露》为“天子燕诸侯之诗”的观点。值得注意的是，在其对“礼”的表述中仍然能看到对“人”的关注，如“礼成而乐阕，日则暮矣，虽有强力之人亦已倦矣，乃于是而爵乐无筭，则夜饮之时也”，这番说解从参与燕礼者现实操作的角度考虑了燕礼各环节的制定逻辑，可见朱善对礼学典籍的确是有深入的理解与思考的。

又如说《泉水》篇，朱善论“礼”的同时还据“史”以为佐证，其曰：

礼缘人情而为之也。夫既曰缘人情而为之，则父母其本根也，兄弟其同气也，皆人情之不可忘者。而曷为其不可以宁兄弟也？曰：人之情有出于天理之公者，有出于人欲之私者，圣人制礼，将以全夫天理之正，而节其人欲之流也。据礼，女子已嫁而反，兄弟不与同席而坐，不与同器而食，所以厚别也。则闺门之内，所可同坐而共食者，惟母、姑、姊、妹耳。使父母没而归宁，则谁与同坐？谁与共食？而孰为之主乎？圣人于此，宁以义断恩，不以恩揜义。故制为父母终，不得归宁之礼。所以存天理而遏人欲也。以此为防，犹有禽兽其行如齐襄、鲁桓夫人之所为者。然后知圣人制礼真可谓万世无弊者矣。❸

❶ [明]朱善.诗解颐[M]//影印文渊阁四库全书（第78册）.台北：台湾商务印书馆，1986：251.
❷ [明]朱善.诗解颐[M]//影印文渊阁四库全书（第78册）.台北：台湾商务印书馆，1986：228.
❸ [明]朱善.诗解颐[M]//影印文渊阁四库全书（第78册）.台北：台湾商务印书馆，1986：204.

首先肯定了人情的合理性，又从情理与现实操作的角度详细分析了女子出嫁后父母没不可归宁这条礼法背后的义理，认为虽然礼缘人情，然圣人制礼，其意在于存天理而遏人欲，故在人情与义理产生矛盾时，选择以天之公理胜人之私情，舍人情而取义理。连同以上几例可以发现，朱氏虽皆就礼而论，但没有一味地只谈形而上的义理，而是以人为中心，认为礼不离于人情，从这点来说朱善可谓深刻地理解了“礼缘人情而为之”的本质。同时朱善还能参之以史，提出齐襄王与鲁桓夫人之事为反面例证，来说明圣人制此礼的正确性与必要性。

朱善解《诗》常引用历史故实来阐发诗义，亦偶有历史考据。如说《蝃蝀》，举庄姜、共姜、宣姜之事为例；说《节南山》，举武丁、宣王、纣王、厉王之事为例，并据宣王在位四十六年，且中兴乃其初年之事，驳项安世所言幽王时作乱者中可能有《大雅》中所美的宣王旧臣之说。朱善曾“引据往史，驳律禁姑舅、两姨为婚之说，极为典核”❶，其事见于《明史》列传第二十五。可见朱善善于结合现实、引用历史为依据来分析礼法，并且能厘清礼法之中所包含的情理与逻辑。

《易》乃朱善之家学渊源。据《明史》载，朱善任文渊阁大学士时曾为明太祖讲解“家人卦”，得到明太祖的赞赏，可见其对《易》也有深刻的研究，善于凭借《易》来说理。《诗解颐》中以《易》说《诗》的例子，如《召南·鹊巢》篇：

> 《周南》之与《召南》，合而言之，则《周南》犹《易》之有乾，《召南》犹《易》之有坤；分而言之，则国君能正心修身以刑其家，是亦一乾道也，夫人能专静纯一以配其君，是亦一坤道也。推而至于大夫妻亦然。凡为夫者皆属乎乾道，凡为妻者皆属乎坤道。盖阳健而阴顺，阳唱而阴和，阳主其始，阴成其终，此天地之常经，其理则通上下而无间，其道则亘古今而不易。能尽斯道者，夫爱其内助，妇爱其刑家，交相爱而家道成矣。然则《周南》之始《关雎》，《召南》之始《鹊巢》，读《诗》者其可以《易》而观之哉！❷

朱善认为《诗》之编排暗合《易》理，读《诗》应以《易》的眼光来观照。就《周南》与《召南》的关系而言，《周南》为乾，《召南》为坤；就国君与夫人、大夫与大夫妻等夫妇而言，夫为乾道，妻为坤道。乾为阳，坤为阴，二者一始一终，

❶ [清]永瑢，等．四库全书总目提要[M]. 北京：中华书局，1965：128.

❷ [明]朱善．诗解颐[M]// 影印文渊阁四库全书（第78册）．台北：台湾商务印书馆，1986：196.

一唱一和，为天地常经，不易之理。而就《周南》《召南》内部诗篇而言，则又有阴阳、乾坤之分，如其在《召南·采蘩》篇中云："知《关雎》《葛覃》为天下风化之首，则知《鹊巢》《采蘩》亦一国风化之首，其谓之坤承乾以此。"❶《关雎》《葛覃》为《周南》之始，《鹊巢》《采蘩》为《召南》之始，四诗皆是言国君夫人与大夫妻之贤淑诚敬可为君子之配，这是圣人与君子能刑于其家的结果，是为"坤承乾"。

此外还有《召南·行露》篇：

> 贞信之女，此能遵召伯之教，服文王之化者也。强暴之男，此不遵召伯之教，不服文王之化者也。岂文王、召伯之教化，能行于贞信之女，而不能行于强暴之男邪？盖当是时，南国之人染商之恶俗方深，被周之善政犹浅，则其或变或不变，固不可以一律齐也。譬之阳气之复，一阳之微虽不足以胜五阴之盛，然其气之上腾已骎骎乎不可遏矣，积而至于薰蒸透彻，则阳盛阴微，而为夬为乾，自有不期然而然者矣。《桃夭》之宜室宜家，纯乎纯者也。《汉广》之游女叹其终不可求，此被化而先变者也。《行露》之贞女见讼而召致于狱，此被化而未纯者也。斯女也，盖幸而遇圣人之世，不幸而远圣人之居也。太阳虽无私，而其照阴崖也独后，阳春虽无私，而其至阴谷也独迟，其势则然也。❷

朱善以《易经》卦象中阳气之生发的过程来比喻文王、召伯之教化在民间的风化过程，"复卦"的卦象只有初爻为阳，其余五爻为阴，代表着阳气复苏的开始，随着阳气越来越盛，自然会发展至"夬卦"与"乾卦"的卦象，"夬卦"只余上爻为阴，乃阴尽之相，而"乾卦"则六爻皆阳，为纯阳之相，至此阳气达到极盛。类比到《诗经》的篇目中，《桃夭》"纯乎纯者"为"乾卦"，《汉广》"被化而先变"为"复卦"，《行露》"被化而未纯"为"夬卦"。以抽象的卦象作解之后，朱氏又用太阳、阳春为比喻，更加浅显易懂，且与阴阳理念相合，可谓善说《诗》者。

以卦象解《诗》的还有《出车》篇："三军以将为主，文王用一南仲，而昆夷之患平于西，猃狁之患平于北，遂有以措中国于衽席之安，其《易》所谓'师。

---

❶ [明]朱善.诗解颐[M]//影印文渊阁四库全书（第78册）.台北：台湾商务印书馆，1986：196.

❷ [明]朱善.诗解颐[M]//影印文渊阁四库全书（第78册）.台北：台湾商务印书馆，1986：197-198.

贞，丈人吉’者欤？”❶《易经·师卦》卦辞曰:“贞，丈人吉，无咎。”❷意为出师适于任用老成持重的将领，如此则无祸患。朱善用“师卦”来说明文王能用老成持重之将领南仲，故能有安定的施政环境。

当然，《诗解颐》中亦有引典籍原文以说《诗》处，有引《尚书》以说《诗》者，如说《六月》三章曰：“兵事不可以不严，尤不可以不敬，不严则无以一士心，不敬则无以承上命。《书》曰‘钦承天子威命’，敬也；又曰‘威克厥爱，允济’，严也。严、敬二字，乃用师之要道。夫惟将帅皆严敬以共武事，所以能定王国也。”❸所引两句《尚书》之语皆出自《夏书·胤征》篇。又如说《节南山》末五章曰：“昏暴之君用小人以致乱，未有不至于灭亡者。《书》曰：‘与乱同事，罔不亡。’其是之谓欤？”❹所引之言出自《尚书·太甲》篇。

有引《论语》《孟子》《中庸》以说《诗》者，如《棫朴旱麓总论》引《论语》曰:“《论语》记夫子燕居之容曰‘申申夭夭’，申申者，其容舒。夭夭者，其色愉。即岂乐弟易之谓也。知文王则知夫子矣，知夫子则知文王矣。”❺此处所引《论语》典故出自《述而篇》:“子之燕居，申申如也，夭夭如也。”❻

于《大明》卒章引《孟子》曰：

> 此章述牧野之事，然言其檀车之煌煌而已，不及乎矛戟之利，则是无待于击刺也；言其驷騵之彭彭而已，不及乎弓矢之良，则是无待于贯革也；言尚父之鹰扬而已，不及乎徒御之众，则是无待于选锋陷阵之勇也。所以然者，殷周之不敌久矣。孔子曰：“仁不可为众。”孟子曰：“征之为言，正也。各欲正己也，焉用战？”皆此意也。会朝清明，所谓一戎衣而天下定也。❼

此处所引孔子之言出自《孟子·离娄上》“孔子曰：‘仁不可为众也。夫国君好仁，天下无敌。’”❽所引孟子之言出自《孟子·尽心下》。

❶ [明]朱善.诗解颐[M]//影印文渊阁四库全书（第78册）.台北：台湾商务印书馆，1986：226.

❷ 黄寿祺，张善文译注.周易译注[M].上海：上海古籍出版社，2005：52.

❸ [明]朱善.诗解颐[M]//影印文渊阁四库全书（第78册）.台北：台湾商务印书馆，1986：229.

❹ [明]朱善.诗解颐[M]//影印文渊阁四库全书（第78册）.台北：台湾商务印书馆，1986：234.

❺ [明]朱善.诗解颐[M]//影印文渊阁四库全书（第78册）.台北：台湾商务印书馆，1986：260.

❻ 杨伯峻译注.论语译注[M].北京：中华书局，2006：75.

❼ [明]朱善.诗解颐[M]//影印文渊阁四库全书（第78册）.台北：台湾商务印书馆，1986：257.

❽ 杨伯峻译注.孟子译注[M].北京：中华书局，2013：154.

说《长发》三章引《论语》《中庸》曰：

"圣敬日跻"，修己之敬也。"上帝是祇"，事天之敬也。惟其有修己之敬，故能昭假于天，久而不息。惟其有事天之敬，故帝又命之，使式于九围焉。《大明》称文王之德，曰"小心翼翼"，即修己之敬也；曰"昭事上帝"，即事天之敬也；曰"聿怀多福"，即"式于九围"也。孔子曰："修己以安百姓。"《中庸》曰："君子笃恭，而天下平。"皆此意也。❶

所引之言出自《论语·宪问》与《中庸》。

总的来说，朱善于《诗解颐》中直接引用典籍之处并不算多，且所引用的典籍不出"四书""五经"之外，其中《易》与"四书"更是程朱理学的核心典籍，可见他引经解《诗》只是为了申说义理，并不以博闻多识为能。但从朱善的诗解中可以看出，其所引典籍内容与他的议论是深度融合的，只有通过对典籍的深入理解，才能将其融会贯通，在解《诗》时信手拈来、妥帖精到。《四库全书总目》称其"研思典籍，具有发明。盖元儒笃实之风，明初尤有存焉，非后来空谈高论者比也"❷，信然。

（四）论《诗》与行文的文学化的倾向

因为朱善《诗解颐》重心在于阐述义理，故书中对艺术手法的讨论并不多，比如"赋、比、兴"，就很少被作为艺术手法来进行专门讨论，提到"赋、比、兴"之处也主要是为了解说诗义或分析篇章结构。如说《小雅·车舝》篇，"'高山仰止，景行行止'，于六义属兴，而断章取义，则于行道进德之喻尤为切至。"❸主于说其兴外之喻意。说《卫风·淇澳》篇，"首章以竹之美盛兴其德之进修，卒章以竹之至盛兴其德之成就，故读诗者又当合二章而并观之"❹。虽然解说其所兴之义，而意在说明两章之关系。

但也有一些关于比兴之义的讨论，展现了朱善对艺术手法的思考，具有一定

❶ [明]朱善.诗解颐[M]//影印文渊阁四库全书（第78册）.台北：台湾商务印书馆，1986：303.

❷ [清]永瑢，等.四库全书总目[M].北京：中华书局，1965：128.

❸ [明]朱善.诗解颐[M]//影印文渊阁四库全书（第78册）.台北：台湾商务印书馆，1986：251.

❹ [明]朱善.诗解颐[M]//影印文渊阁四库全书（第78册）.台北：台湾商务印书馆，1986：208.

新意。如其于《召南·驺虞》篇曰："'于嗟驺虞'之辞，与'于嗟麟兮'无以异，而彼以为兴，此以为赋者，'于嗟麟兮'此兴中之比也，'于嗟驺虞'此赋中之比也。"❶朱善发现《召南·驺虞》"于嗟驺虞"一句与《周南·麟趾》"于嗟麟兮"一句，句式相似，意义相近，而《诗集传》以前者为赋，后者为兴。对于这个问题，他给出了自己的解答，认为就整章而言，固然一为赋、一为兴，但就此两句而言，两者皆有比意，"驺虞"以比南国之诸侯，"麟"以比文王太姒，一者为赋中之比，一者为兴中之比。又如说《卷阿》七章、八章曰："此章通下章言之则为兴，就此章言之则为比。如以为比，则凤皇者贤材之喻，高冈者朝廷之喻，梧桐者贤君之喻，朝阳者明时之喻也。凤皇之鸣高冈，犹贤者之在朝廷也；梧桐之生朝阳，犹贤君之驭明时也。"❷这两章在《诗集传》中皆标为兴，而朱善认为第七章就其自身来说是比意。朱熹所标每章之比兴，皆就一章于全诗的关系而言，而朱善将对比兴之意的考察细化到章节内部，甚至一个诗句上。

朱善在解《诗》时，对诗歌主题、艺术手法、语言风格、情感心理等方面都有不同程度的关注。如《小弁》总论曰：

> 《小弁》之诗，处父子之变，《白华》之诗，处夫妇之变，圣人备录于经，所以著周室祸败之由，又以见天理民彝之不容泯也。然尝考之《小弁》之诗，其前六章皆兴；《白华》之诗，其八章皆比。《小弁》之辞婉而切，犹有望之之意，处父子之间则然也。《白华》之诗简而庄，不无责之之意，处夫妇之间则然也。《小弁》之诗，其哀痛迫切之意具于首章，其下不过自此而推之耳。❸

将《小弁》《白华》两诗对比，首先总结了两诗各自的主题，然后概述了两诗的比兴情况即艺术手法的区别，之后指出两诗不同的语言风格是与作者的身份和情感心理高度相关的。虽然所论比较简略，但却关注到了文学创作的几个重要方面，这说明朱善解《诗》是具有文学意识的，只不过《诗》的文学性不是其发挥的重点，故而表现得不够突出。

❶ [明]朱善.诗解颐[M]//影印文渊阁四库全书（第78册）.台北：台湾商务印书馆，1986：199.

❷ [明]朱善.诗解颐[M]//影印文渊阁四库全书（第78册）.台北：台湾商务印书馆，1986：272.

❸ [明]朱善.诗解颐[M]//影印文渊阁四库全书（第78册）.台北：台湾商务印书馆，1986：242.

朱善说《诗》善于揣摩人物心理，体会诗中人物情感与心理活动，如说《竹竿》：

> 竹竿，卫之物也。淇水泉源，卫之水也。思昔幼时，固常于此乎钓，于此乎笑语，且于此乎游戏矣。今而嫁于异国，父母既终，则虽欲暂焉之往钓，不可得也；复欲暂焉之笑语游嬉于其间，愈不可得也。顾彼二水之流于卫，日夜不息，而我之阻隔，曾二水之不如，则其思之将何时而已邪？❶

对卫女因睹淇水而思童年、思父母、思故国的心理活动，描绘得可谓纤毫毕见，十分生动感人。

在解《诗》时，朱善对叙事手法以及章节、文句之间的逻辑关系亦较为关注。如说《小雅·杕杜》曰：“是诗四章皆述其未至之思，而不言其已至之喜。盖未归之时，其思念之切如此，则既归之时，其喜乐之深，有不言而喻者矣。”❷认为作诗者只描写征夫未至时妻子的思念，而不描写征夫归来后的喜悦，是故意留白，以不写为写。又如解《葛覃》曰：“此诗三章，首章是未为絺绤以前事，二章是正为絺绤时事，三章是既为絺绤以后事，所谓勤俭孝敬亦非后妃之自言也。”❸认为此诗的叙事是有次序的与内在逻辑的。再如解《小弁》曰：“首章。此诗本叙哀痛迫切之情，故以一‘忧’字为一篇之纲领，下章凡七言之。二章。此章“忧”之一字凡三言之。‘怒焉如擣’，忧之而至于痛也；‘维忧用老’，忧之而至于衰也；‘疢如疾首’，忧之而至于病也。”❹注意到作诗人对“忧”字在全诗中反复使用，使得同一种感情贯穿全篇，反复堆叠，层层加深。《诗解颐》中对叙事手法和行文逻辑的关注，虽然没有像其后的一些制艺之书或《诗经》评点作品那样详细地总结章法、句法、文法，然而对学习行文应是有所助益的。此书为朱善日常《诗经》教义的总结整理本，教授学子诗义的同时兼顾文法亦是应有之义。

另外，朱善《诗解颐》之行文本身亦具有一定的文学性，《诗解颐》之体例属于“说体”，是由教学讲义编纂整理而成的，故而具有讲章口义的特征。

❶ [明]朱善．诗解颐[M]// 影印文渊阁四库全书（第78册）．台北：台湾商务印书馆，1986：209-210.

❷ [明]朱善．诗解颐[M]// 影印文渊阁四库全书（第78册）．台北：台湾商务印书馆，1986：226.

❸ [明]朱善．诗解颐[M]// 影印文渊阁四库全书（第78册）．台北：台湾商务印书馆，1986：193.

❹ [明]朱善．诗解颐[M]// 影印文渊阁四库全书（第78册）．台北：台湾商务印书馆，1986：241.

《诗解颐》的经义解说通俗、浅近，富有逻辑，好自设问答，善于运用排比、对仗的句法，句末常用语气词作结，具有时文、散文的特征，文学色彩浓厚。

《诗解颐》敷衍经义的形式，对之后的《诗经》学作品产生了很大的影响，《四库全书荟要》为此书所作“书前提要”曰：“盖自经疑作而揣摩问答之例兴，经义行而敷衍文句之体盛。明人口义、讲章汗牛充栋，先儒说经之法至是而一变，是编其嚆矢矣乎？”❶“经疑”“经义”皆为元代科举考试所设之程式,《四库全书荟要》认为朱善此书的行文体式受到了元代科考的影响，这是非常有可能的。明代于洪武三年（1370）首次开科取士，虽不知朱善此书作于之前还是之后，但明代开科基本承袭元制，洪武十七年（1384）所定八股制艺的形式乃是从宋、元经义演化而来，不过形式更加固定，对排比、对仗的要求更加严格，而《诗解颐》中以排比对仗式的语言、独立成章的段落来敷衍经义的形式对明代士子科举制艺依然具有很高的参考价值。自此之后，越来越多“口义讲章”式的《诗经》学著作出现，这固然是由八股取士的需求所催生，但也不能忽略朱善《诗解颐》的范式作用，故而以《诗解颐》为明代“说体”经解之嚆矢先声，当无疑议。

二、服务幼学，通俗浅显：梁寅《诗演义》

梁寅，字孟敬，临江新喻（今江西省新余市）人，生于元大德七年（1303），卒于明洪武二十二年（1389），享年 87 岁，为元末明初人。元末时累举不第，退而讲学，因学贯五经、百氏，人称“梁五经”。曾任集庆路（今江苏省南京市）儒学训导，居二年以亲老辞归。入明后受明太祖征召修撰礼书之时已年逾 60，在礼部议礼时因讨论精审而为诸儒所折服，修成《大明集礼》五十卷，书成将授官，以老病辞归，退居石门山著书讲学，故而又被世人称作“石门先生”。其事迹见于《明史・儒林传》。

梁寅一生著述颇丰，《四库全书总目》载：“寅于《易》《书》《诗》《春秋》《周礼》《礼记》皆有训释。又有《策要》《史断》诸书，颇究心于史学。又有《耄言》《论林》《搜古集》《格物编》诸书，亦兼讲考证。故其文理极醇雅，而

❶　[明]朱善.诗解颐[M]// 钦定四库全书荟要（第 27 册）. 长春：吉林出版集团有限责任公司，2005：676.

持论多有根柢，不同剽掇语录之空谈。”❶除诗文集《石门集》之外，《四库全书》经部中尚收录有其《周易参义》十二卷、《诗演义》十五卷。

过去一些《诗经》学研究者将梁寅《诗演义》归入元代《诗经》学范畴，可能是受到《四库全书总目》将梁寅判为元人的影响。其实这样划分并不妥当，梁寅虽是自元入明，人生大部分时光处于元代，但其入明之后依然著述不辍，其《诗演义》即成书于明洪武十六年（1383），恰是洪武十五年（1382）科举再开之次年，此时梁寅已 74 岁高龄，仍然致力于著书讲学等学术活动，故梁寅应算作明儒，其《诗演义》应算作明代《诗经》学著作。

《诗演义》一书专为演义《诗集传》而作，其《凡例》曰：“《诗演义》之作，本以申朱子《集传》之义，非敢违异，间有他说可取，必先用《传》义，而他说附之其后。”❷可见这是一部纯然的宗朱《诗经》学著作。但与之前辅翼朱《传》的《诗》学著作有所不同的是，此书将“幼学之士”——即《诗经》初学者作为目标读者。梁寅《自序》曰：

> 《传》之或简略者，盖章解句释，非君子之所尚也。然幼学之士读经而懵于《传》，读《传》而违于经，非加之意，何以究通。故余之所论者，为幼学虑也。故博稽训诂以启其塞，根之义理以达其意。于其隐也，阐而使之显；于其略也，推而使之详。其间与《传》牴牾，盖或时有焉，而以求其是也。❸

如其所言，此书致力于为《诗经》初学者提供便利，有两个主要的用力方向：一为“博稽训诂”，一为“根之义理”。在训诂方面，此书将朱子《诗集传》中一些简练难解的训释加以扩充并通俗化，以便于初学者理解；在义理方面，运用程朱理学思想详细阐发诗旨中蕴含的性命义理，“凡诗精微处，言及性命之旨，德行之要，必详说之，一依程朱之言，或有师其意不师其辞”❹，使初学者可以较为直接地体会《诗》中之义理。

---

❶ [清]永瑢，等．四库全书总目[M]. 北京：中华书局，1965：1463.

❷ [明]梁寅．诗演义[M]// 影印文渊阁四库全书（第 78 册）[M]. 台北：台湾商务印书馆，1983：3.

❸ [明]梁寅．诗演义[M]// 影印文渊阁四库全书（第 78 册）[M]. 台北：台湾商务印书馆，1983：2.

❹ [明]梁寅．诗演义[M]// 影印文渊阁四库全书（第 78 册）[M]. 台北：台湾商务印书馆，1983：4.

《诗演义》现存十五卷，朱彝尊《经义考》误载此书为八卷，为《四库全书总目》所纠："朱彝尊《经义考》载此书作八卷，注曰'未见'。此本至《小雅·苕之华》篇止，以下皆缺，而已有一十五卷，则八卷之说，殊为未确。盖彝尊未睹此本，但据传闻录之，卷数讹异，其亦有由矣。"❶然以书考之，十五卷最后一篇实为《小雅·何草不黄》，《四库全书总目》之说亦不确。以此书现存十五卷之分卷、篇次与二十卷本《诗集传》的前十五卷相比对，可以发现完全一致，故基本可以推断《诗演义》全书当为二十卷，后五卷亡佚。此书由自序、凡例、正文三部分构成，正文余十五卷，每个篇题之下皆有一句序言，多为对《诗集传》所言诗旨的概括，"旧序是者用之，其非者皆以《诗传》大意为篇之《小序》"❷。序言之下分章录入经文，一般于每章之下随文训释，有时亦合数章而言之，经文顶格，释文低一格，释文内容紧扣诗义或补充、通顺训诂，或敷衍诗义，或发挥义理，偶有诗义之外的按语议论，则用双行小字附于释文之后。从体例上来看，《诗演义》属于一部通释体《诗经》学著作。试举一例以说明本书体例：

《诗演义·周南·兔罝》篇，篇题下，梁寅自作序文曰："文王之世，贤才众多。虽罝兔之野人，亦皆可用。是诗所以美之也。"❸然后录《周南·兔罝》一章之原文："肃肃兔罝，椓之丁丁。赳赳武夫，公侯干城。"随后训解曰：

> 兔罝乃实事，因之以起兴也。罝者，兔网也。椓，椓通击也。击小木钉地，以设罝也。兔之罝则肃肃然其整，木之击则丁丁然其声，故因曰：此赳赳然武勇之夫，岂非公侯之干城乎？盾谓之干，垒谓之城，皆捍外而卫内者。夫五兵之用，虽盛时有所不免，而武勇之士唯明君能以义而用之。是则赳赳之武夫，宜不弃于文王之世也。❹

对于此章，朱熹《诗集传》的传文是：

> 兴也。肃肃，整饬貌。罝，罟也。丁丁，椓杙声也。赳赳，武貌。干，盾也。干、城，皆所以扞外而卫内者。化行俗美，贤才众多。虽兔罝之野人，

---

❶ [明]梁寅.诗演义[M]//影印文渊阁四库全书（第78册）[M].台北：台湾商务印书馆，1983：1.

❷ [明]梁寅.诗演义[M]//影印文渊阁四库全书（第78册）[M].台北：台湾商务印书馆，1983：3.

❸ [明]梁寅.诗演义[M]//影印文渊阁四库全书（第78册）[M].台北：台湾商务印书馆，1983：8.

❹ [明]梁寅.诗演义[M]//影印文渊阁四库全书（第78册）[M].台北：台湾商务印书馆，1983：8.

而其才之可用犹如此，故诗人因其所事以起兴而美之。而文王德化之盛，因可见矣。❶

对比发现，梁氏所作之序言乃是将朱熹《诗集传》解读的诗义做了一番简化。在其后的训解中，梁氏首先对此章比兴之义进行简单的解说，然后对朱《传》注释中的生僻字进行了训释，如朱注"罝，罟也"，对于幼学者来说是以生字解生字，而梁注"罝，兔网也"，则通俗地解释了朱注中"罝""罟"两字；朱注"丁丁，椓杙声也"，对"椓""杙"两字未作解释，梁注则解释了"椓"为敲击之意，"杙"为小木桩之意，并解释了"椓杙"与"兔罝"之关系——"击小木钉地，以设置也"，相比过于简洁以至于晦涩的朱注而言，确实显得通俗易懂。然后串讲了四句诗的诗意，这是朱注中所没有的；最后和朱《传》一样敷陈义理，朱熹注重讲文王之德化，而梁寅则引申出"武勇之士唯明君能以义而用之"这一君王用人之道。

可以发现，《诗演义》虽然只录《诗经》原文，不录《诗集传》传文，但却非为《诗》作注，而是为《传》作注，将《诗集传》中难解的注释作通俗化解释，且并不专主于解释字词，而是随文训释，将训诂文字与解说诗义、申说义理结合起来，使读者易于理解，便于阅读。

（一）对《诗集传》训诂的补充与通俗化

除上文《周南·兔罝》外，《诗演义》中补充与通俗化朱熹《诗集传》训诂的例子还有很多，如其自言"《诗》中鸟兽草木之名，吾夫子以为可资多识，今以《韵会》遍考而详注之，其中虽未必一一可信，姑并存之以广异闻"❷。然梁氏虽自云"博稽训诂"，实则与元代宗朱《诗经》学著作《诗集传附录纂疏》《诗传旁通》《诗传通释》等相比，所做的征引并不太多，无非《韵会》《说文》《尔雅》等，一般一次只征引一家，所征引的范围亦不算太广，大多数自为训诂而不做引述，且言语亦比较通俗精炼。

试举几个梁寅对《诗集传》之训诂进行补充与通俗化的例子：

---

❶ ［宋］朱熹撰．赵长征诗点校．诗集传 [M]. 北京：中华书局，2011：7.

❷ ［明］梁寅．诗演义 [M]// 影印文渊阁四库全书（第 78 册）[M]. 台北：台湾商务印书馆，1983：3.

如《邶风·燕燕》“燕燕于飞”一句，《诗集传》曰：“燕，鳦也。”❶《诗演义》曰：“燕之类有三，汉燕声多而稍小，越燕紫胸，胡燕胸斑黑而声大，其来去有时，丧偶则独飞独处，故因以起兴。”❷朱熹对“燕”的训释从《毛传》之说，“鳦”字对幼学者来说生僻难懂，梁氏的解释更为具体形象，不仅介绍了不同种类燕子的特征与燕子的习性，还指出起兴之物与所兴之事之间的关联，便于学者体会诗意。

又如《邶风·终风》二章“终风且霾”的“霾”字，《诗集传》解曰：“霾，雨土蒙雾也。”❸较为简略抽象，不易理解。梁寅《诗演义》解曰：“霾，《说文》云‘风雨土也’，盖风扬尘而昼冥晦也。”❹先引《说文》对霾的解释，又用自己的语言对这种现象做具体的描绘，清晰易懂。

再如《小雅·无羊》“尔牧来思，以薪以蒸”一句，《诗集传》曰：“粗曰薪，细曰蒸。……言牧人有余力，则出取薪蒸。”❺朱熹对“薪”“蒸”的注释缺少主语，易使不知其意的读者迷惑，梁氏解曰：“柴之大者曰薪，小者曰蒸。言牧人兼采樵也。”❻寥寥数语即将字义与句意解释得清晰明了。

还有《小雅·杕杜》“日月阳止”，《诗集传》曰：“阳，十月也。”❼梁氏补充解释曰：“日月阳止，十月也。阳无可尽之理，九月卦为剥，月终阳已尽，十月之初阳即生，一日长一线，积之踰月，阳一乃成，而卦为复。故十月嫌于无阳，谓之阳月也。”❽用《易》理解释了十月为阳月的由来。

但考察梁氏的训释可以发现，其对朱《传》的训释不仅只做补充，与《诗集传》训释不同之处亦时而有之，且多有凭据，如其所言：“其间与《传》牴牾，盖或时有焉，而以求其是也。”❾但也许是出于对朱子的尊重，梁氏在训诂方面只是径自作解，从不明言朱《传》之非。以下试举几例：

---

❶ [宋]朱熹撰．赵长征诗点校．诗集传[M].北京：中华书局，2011：23.

❷ [明]梁寅．诗演义[M]// 影印文渊阁四库全书（第78册）[M].台北：台湾商务印书馆，1983：20.

❸ [宋]朱熹撰．赵长征诗点校．诗集传[M].北京：中华书局，2011：25.

❹ [明]梁寅．诗演义[M]// 影印文渊阁四库全书（第78册）[M].台北：台湾商务印书馆，1983：21.

❺ [宋]朱熹撰．赵长征诗点校．诗集传[M].北京：中华书局，2011：167.

❻ [明]梁寅．诗演义[M]// 影印文渊阁四库全书（第78册）[M].台北：台湾商务印书馆，1983：136.

❼ [宋]朱熹撰．赵长征诗点校．诗集传[M].北京：中华书局，2011：141.

❽ [明]梁寅．诗演义[M]// 影印文渊阁四库全书（第78册）[M].台北：台湾商务印书馆，1983：115.

❾ [明]梁寅．诗演义[M]// 影印文渊阁四库全书（第78册）[M].台北：台湾商务印书馆，1983：2.

如《邶风·北门》“王事敦我”，《诗集传》解“敦”曰：“敦，犹投掷也。”❶《诗演义》曰:“敦,《广韵》曰:‘迫也。’盖促迫之意。”❷梁氏所引《广韵》之说，较朱子之解更为平易合理。

如《邶风·匏有苦叶》之“匏”,《诗集传》解曰:“匏，瓠也。”❸梁氏引陆佃《埤雅》曰:“瓠，长而瘦上。匏，短颈大腹。瓠甘而匏苦。”❹指明匏、瓠有所区别，乃是二物。

又如解《卫风·淇澳》“猗重较兮”,《诗集传》曰：“猗，叹词也。重较，卿士之车也。较，两輢上出轼者，谓车两傍也。”❺《诗演义》曰：

> 猗与輢通，车上两旁植木也。较者，木横輢上。谓之重较者,《诗诂》云：“轼者，车前横木，在舆之上，高三尺三寸。较在轼上，又高二尺二寸。较轼通高五尺五寸。”人立车上，则凭较；有所敬，则俯而凭轼。较在轼上，若两较然，故云重较也。❻

朱熹认为“猗”为叹词，梁氏持不同意见，认为是车之部件“輢”的通假，并解释了“輢”与“较”的含义，其对“较”的解释与朱熹不同。朱熹未具体解释“重较”之意，梁氏引《诗诂》解释了“较”与“轼”在车上的位置关系，并认为“重较”是合两者而言。

再如《小雅·四牡》“集于苞杞”,《诗集传》曰:“杞，枸檵也。”❼《诗演义》云:“杞，大木也。《孔丛子》曰:‘杞梓连抱’。旧《注》以为枸檵，乃小木，非是。”❽所谓旧《注》，指的是毛《传》之注，梁氏在此书中将毛《传》之注称为“旧注”，毛《传》之序称为“旧序”。虽然此处朱熹采用了毛《传》之说，但梁氏只斥旧《注》有误而不直言朱《传》之非。

---

❶ [宋]朱熹撰．赵长征诗点校．诗集传[M].北京：中华书局，2011：33.

❷ [明]梁寅．诗演义[M]// 影印文渊阁四库全书（第78册）[M].台北：台湾商务印书馆，1983：29.

❸ [宋]朱熹撰．赵长征诗点校．诗集传[M].北京：中华书局，2011：27.

❹ [明]梁寅．诗演义[M]// 影印文渊阁四库全书（第78册）[M].台北：台湾商务印书馆，1983：24.

❺ [宋]朱熹撰．赵长征诗点校．诗集传[M].北京：中华书局，2011：46.

❻ [明]梁寅．诗演义[M]// 影印文渊阁四库全书（第78册）[M].台北：台湾商务印书馆，1983：41.

❼ [宋]朱熹撰．赵长征诗点校．诗集传[M].北京：中华书局，2011：131.

❽ [明]梁寅．诗演义[M]// 影印文渊阁四库全书（第78册）[M].台北：台湾商务印书馆，1983：105.

还有《小雅·小宛》“螟蛉有子，蜾蠃负之”，《诗集传》注曰：“螟蛉，桑上小青虫也，似步屈。蜾蠃，土蜂也，似蜂而小腰，取桑虫负之，于木空中七日，而化为其子。”❶梁氏于此章先按朱注敷衍《诗》义，在其后另作按语，引《诗诂》之说讲明蜾蠃非是以螟蛉之子为己子，而是产卵在螟蛉的身体上以孵化后代。正如其《凡例》所说：“《诗演义》之作本以申朱子《集传》之义，非敢违异，间有他说可取，必先用《传》义，而他说附之其后。”❷既表达了尊重朱子《诗集传》之态度，又能选取更科学合理的解释以俾读者。

梁寅于《诗演义·凡例》曰：“《传》以一章之训诂聚为一处，‘凡’‘者’‘也’等字多省之，初学者或难于成诵。今于一章之后引经一句或二句，先释字义，后明一句之旨。‘凡’‘者’‘也’等字不厌其多，庶成章而便于诵。”❸《诗集传》训释与诗义分开，可见他是有意识地将训诂文字串联成文敷衍成章，使其便于阅读，体现了梁氏对《诗集传》通俗化、普及化的努力。

（二）附益朱说，间有己见

梁氏于诗旨的解读，基本以朱熹《诗集传》为准，于每篇篇题后所作的序文性文字多是就《诗集传》的诗旨做一番简单的总结概括，而当《诗序》之意与《集传》之解完全相合时，因《诗序》之言一般较为简短，梁氏多引用《小序》之语，或稍变其说，务为简短明了。如《豳风·破斧》篇，朱熹《诗集传》于首章解说诗义用了二百余字，而《诗序》曰：“美周公也。周大夫以恶四国焉。”❹对此梁氏于题下曰：“旧《序》曰：周大夫以美周公也。”❺即采用了《诗序》之说。

对于朱熹所判为“淫诗”者，梁氏多不详加解说，只略作训诂，概述诗义，应是认为无甚义理可言，或是出于元延祐朝以来科举考试不从“淫诗”中出题，故从略。

❶ ［宋］朱熹撰．赵长征诗点校．诗集传 [M]. 北京：中华书局，2011：183.

❷ ［明］梁寅．诗演义 [M]// 影印文渊阁四库全书（第 78 册）[M]. 台北：台湾商务印书馆，1983：3.

❸ ［明］梁寅．诗演义 [M]// 影印文渊阁四库全书（第 78 册）[M]. 台北：台湾商务印书馆，1983：3-4.

❹ ［汉］毛亨撰，郑玄笺．［唐］孔颖达疏．李学勤主编．毛诗正义 [M]. 北京：北京大学出版社，1999：527.

❺ ［明］梁寅．诗演义 [M]// 影印文渊阁四库全书（第 78 册）[M]. 台北：台湾商务印书馆，1983：100.

朱熹解《诗》一向反对附会历史，因编次而强定时世，而梁氏《自序》曰："古人之歌诗如今之歌曲，或颂或规唯取大意，诗之事实多所未究，以今观之，其作者为何人，所指为何事，勿问之可也。故曰其不可知者为多也。"❶显然对朱熹的这种解《诗》倾向报以认同。于是《诗演义》中对朱《传》不取《序》说处一一明朱子之意，为之附益，辩《序》说之失。试举以下几例：

于《小雅·楚茨》篇曰："《传》曰'自此篇至《车舝》凡十篇，似出一手，词气和平，称述详雅，无风刺之意。'旧《序》以其在变雅中，故皆以为伤今思古。窃恐正雅之篇有错脱在此者，《序》皆失之。"❷朱《传》认为《楚茨》至《车舝》这十首诗风格相似，像是一人所写，而且文风平和雅致，没有讽刺之意，但《诗序》皆认作刺幽王诗，梁氏认为这是因为这些诗本为正雅，因编次错脱而误入变雅，《诗序》为了使编次合理化，只得说这些诗是伤今思古。

《小雅·钟鼓》篇，《小序》以为刺幽王，《诗集传》曰："此诗之意，有不可知者。今姑释其训诂名物，而略以王氏、苏氏之说解之，未敢信其必然也。"❸朱熹认为此诗从文本看无法判断具体时世与所指，虽然引王安石、苏辙从《序》之解说使读者参考，但并不表示信服。梁寅则进一步从历史中找到证据以证明朱熹怀疑的合理性，"周之西都去淮上甚远，幽王虽无道，未尝巡游。不应远至淮上，且流连之久，《序》说恐未必然也。"❹反驳了王氏、苏氏所言周幽王久留于淮水之上的说法。

《小雅·节南山》篇，《诗集传》曰："《序》以此为幽王之诗。而《春秋》桓十五年，有家父来求车。于周为恒王之世，上距幽王之终，已七十五年，不知其人之同异。大抵《序》之时世皆不足信，今姑阙焉可也。"❺因诗中出现了"家父"一名，朱熹考之《春秋》，发现在鲁桓公十五年有关于家父的记载，然而此时周天子是周恒王，距幽王去世已七十五年久，此家父几乎不可能仕于幽王之世。朱熹出于严谨，无法断定诗中的家父是否是《春秋》所记载的家父，于是对此诗的

❶ [明]梁寅.诗演义[M]// 影印文渊阁四库全书（第78册）[M].台北：台湾商务印书馆，1983：3.
❷ [明]梁寅.诗演义[M]// 影印文渊阁四库全书（第78册）[M].台北：台湾商务印书馆，1983：165.
❸ [明]梁寅.诗演义[M]// 影印文渊阁四库全书（第78册）[M].台北：台湾商务印书馆，1983：202.
❹ [明]梁寅.诗演义[M]// 影印文渊阁四库全书（第78册）[M].台北：台湾商务印书馆，1983：165.
❺ [宋]朱熹撰.赵长征诗点校.诗集传[M].北京：中华书局，2011：170.

时世不予判定，只解说诗义曰："此诗家父所作，刺王用尹氏以致乱。"❶而梁氏曰："《旧序》言此诗刺幽王，然考之《春秋》隐公三年，三月平王崩，四月尹氏卒。《公羊传》以称尹氏为'讥世卿'，则尹氏专政在平王之末年，故家父作诗刺之。桓公八年，家父聘鲁，是家父仕于平王与尹氏同朝。其刺尹氏而兼刺平王，明甚。以为刺幽王者误矣。"❷梁氏不仅考察家父，还考察了尹氏在《春秋》中的记载，发现周平王末年有尹氏专政，平王之后恰为恒王之世，与鲁桓公十五年家父求车的记载刚好能够对应。周之世臣家父，专政之大师尹氏，委政于尹氏之王，三项要素皆与诗相合，于是梁氏判定家父所刺之王即为周平王，《诗序》"刺幽王"之说有误。

梁氏还吸收了朱子门人对《诗集传》的补正，如说《芄兰》诗义："《传》曰'此诗不知所谓'。辅氏以为讥刺在位之人也。"❸这是引辅广之言为《诗集传》做补充。

说《何彼襛矣》"此诗属之《召南》，疑不可知"❹。这是受到了王柏的影响，对《何彼襛矣》的编次问题有所质疑。

还有《豳风·东山》篇，梁氏曰：

> 旧《序》曰："周公东征，三年而归，劳归士，大夫美之，故作是诗也。"按：此《序》得之，其曰大夫作，亦或然也。《传》以为周公自作，则未见其实。又按《书·金縢》言周公因流言避居东都二年，成王因风雷之变迎公以归，然后东征讨管叔，其首尾又三年也。《传》于《东山》不言避居东都，盖朱子初以"居东二年"即"东征"，后又言其不然，而《传》于《鸱鸮》《东山》二篇之中未及添改耳。❺

梁氏不从《诗集传》认为此诗为周公所做的判断，而认同《诗序》，因为《序》说与《书·金縢》篇所述相合，朱熹早年将周公避居东都与东征混为一事，后来认识到此为两事，但《诗集传》中没有来得及添改，这一问题元人许谦、刘

❶ [宋]朱熹撰．赵长征诗点校．诗集传[M].北京：中华书局，2011：168.
❷ [明]梁寅．诗演义[M]//影印文渊阁四库全书（第78册）[M].台北：台湾商务印书馆，1983：139.
❸ [明]梁寅．诗演义[M]//影印文渊阁四库全书（第78册）[M].台北：台湾商务印书馆，1983：45.
❹ [明]梁寅．诗演义[M]//影印文渊阁四库全书（第78册）[M].台北：台湾商务印书馆，1983：17.
❺ [明]梁寅．诗演义[M]//影印文渊阁四库全书（第78册）[M].台北：台湾商务印书馆，1983：98.

瑾皆有所辨析，梁氏应是受到了他们的影响。但也展现了梁氏“其间与《传》牴牾，盖或时有焉，而以求其是也”[1]的求是精神。

梁氏的独立思考精神亦时而在书中闪现，以下试举数例以说明：

《小雅·小旻》篇，梁氏曰："旧《序》于此诸篇皆云刺幽王，《传》于《雨无正》之篇以为或东迁后作。如《旻》言王惑于邪谋而不断尔，幽王无道，其颠倒悖乱，奚但不断哉！东迁后诸王多无谋不断，诸诗或作于其时，未可例以为刺幽王也。"[2]《诗序》将《小雅》自《节南山》以下的大多数篇目都判为刺幽王之诗，朱熹多有所驳正，如认为《雨无正》为周王室东迁之后的诗，虽然朱熹对《小旻》的序说没有质疑，但梁氏通过自己的判断认为《小旻》很可能也为东迁以后之诗，在朱熹的基础上进一步质疑《诗序》。

《郑风·叔于田》篇，《诗集传》从《诗序》之说解之曰："段不义而得众，国人爱之，故作此诗。"然而又曰："或疑此亦民间男女相悦之词也。"[3]对此梁氏不取男女相悦之说，但又对《序》说提出质疑："疑非必为叔段，安知其不为他公子乎？"[4]认为诗中没有能证明实指共叔段的证据，反对《诗序》之附会历史人物，可谓是继承并发扬了朱熹“诗之文意事类可以思而得，其时世名氏则不可以强而推”的治《诗》思想。

《召南·野有死麕》末章，梁氏曰：

> 此章述女子拒其人之辞，乃赋也。“舒而脱脱”，言姑徐徐而来也。“无感我帨”，言勿动其拭手之巾也。“无使尨也吠”，言勿令犬之惊吠也。《传》曰："甚言其不相及，其凛然不可犯之意，盖可见矣。"由是论之，拒绝其人而为和婉之辞，几所谓怨而不怒者，方之激烈之人尤为难也。[5]

朱熹认为此诗女主人拒绝的言辞体现出“凛然不可犯之意”，似乎认为其拒绝的姿态是严词厉色的，而梁氏却从文本判断，认为此女表达拒绝之意“言辞和婉”“怨而不怒”，相较性情激烈之人更属难得。

---

[1] [明]梁寅.诗演义[M]//影印文渊阁四库全书（第78册）[M].台北：台湾商务印书馆，1983：2.
[2] [明]梁寅.诗演义[M]//影印文渊阁四库全书（第78册）[M].台北：台湾商务印书馆，1983：148.
[3] [宋]朱熹撰.赵长征诗点校.诗集传[M].北京：中华书局，2011：63.
[4] [明]梁寅.诗演义[M]//影印文渊阁四库全书（第78册）[M].台北：台湾商务印书馆，1983：55.
[5] [明]梁寅.诗演义[M]//影印文渊阁四库全书（第78册）[M].台北：台湾商务印书馆，1983：17.

《小雅·鸿雁》末章，朱熹以为“流民以鸿雁哀鸣自比，而作此歌也”❶，而梁氏曰：“然其歌者非谓歌此诗也，盖小民群聚为鄙俗之歌，而不成文理者乃其常态，是之谓民谣者也。”❷认为此诗非流民所作，因流民作歌多不成文理，故作诗者应是代流民而言。在梁氏看来作诗者应是士大夫之流，不可称流民，但又囿于朱《传》“流民”之说，于是只好以代言解释。

“代言”之说还被梁氏用于“淫诗”，关于“淫诗”的作者，朱熹多认为是淫者自作，而梁氏倾向于是代作，特别是出自女性口吻的“淫诗”。比如《卫风·氓》的诗义解说之后，梁氏以双行小字附了一大段议论：

> 尝谓《国风》淫乱之诗，固多男女之自道，而亦当时才子为之耳。然其诗非能刺之也，乃以邪淫之心为邪淫之语。如今之传奇，述其离合悲欢如亲问答，岂亦讥刺乎？乃所以道人邪淫者也。其道人邪淫，如《桑中》之类是也；以正义而刺之，如《墙有茨》之类是也。今《氓》之诗备见弃绝之情，其意深，其辞婉，如曰“士之耽兮，犹可说也。女之耽兮，不可说也”，曰“淇则有岸，隰则有畔。信誓旦旦，不思其反”，此岂妇人所能道者耶？朱子谓淫奔之诗多为男女自道之辞，而非讥刺，固足以破旧说之谬矣，而谓才子所作乃导人以邪淫，则未及言也。故于此发之。❸

认为“淫诗”固然有男女自作者，但也有一些为当时的才子所作，并以诲淫的传奇小说以为类比。《氓》诗中有行文说理极有条理、有见地处，在梁氏看来，这是以妇人的才情所不能道的。认为“淫诗”非自作的例子还见于解《郑风·褰裳》：“溱洧皆郑水，然二水一出桂阳，一出颍阳，东南其相去稍远。以此观之，知淫奔之诗多时人所作，若以为其人之自作，则岂有既涉溱而又涉洧者乎？”❹

非独“淫诗”，因持妇人无才思的观念，梁氏倾向于把朱熹认为是女性所作的诗判为代言之诗，如《小雅·白华》，朱熹认为是申后所作，而梁氏认为此诗未必由申后自作，乃当时贤者以申后口吻作之。

---

❶ [宋]朱熹撰．赵长征诗点校．诗集传[M].北京：中华书局，2011：

❷ [明]梁寅．诗演义[M]//影印文渊阁四库全书（第78册）[M].台北：台湾商务印书馆，1983：129.

❸ [明]梁寅．诗演义[M]//影印文渊阁四库全书（第78册）[M].台北：台湾商务印书馆，1983：44.

❹ [明]梁寅．诗演义[M]//影印文渊阁四库全书（第78册）[M].台北：台湾商务印书馆，1983：58.

（三）注重阐释《诗》之义理

除文字训诂外，性命义理是《诗演义》的另一个撰著重点。梁寅自言："凡《诗》精微处，言及性命之旨，德行之要，必详说之。一依程朱之言，或有师其意不师其辞，下语恐差，卓识之士必有以正其失者。"❶梁氏既以挖掘《诗》的"性命之旨""德行之要"为要务，那么在解说诗义时作义理化的解读自然就不可避免了。不过梁氏撰著此书是以教育初学者为目的，阐释《诗经》经文与《诗集传》传义为主，其自身对义理的发挥比较克制，少有大段的引申，与朱善《诗解颐》借《诗》垂训、抒发政治情怀的阐发方式有明显的不同。梁氏的义理解读相较前人无甚创新之处，无非以"理欲之辩""义理人情"说诗。如说《小雅·车攻》："或曰淫于原兽，圣人所戒，而宣王狩于东都，诗人美之，何也？曰：天理人欲，同行异情。暴君之淫于原兽者，人欲也；贤君之因时讲武者，天理也。古之圣王寓军政于四时之田。"❷认为贤君与暴君虽同为田猎之事，但贤君田猎以时，为的是训练军事，乃是出于天理；而暴君沉迷田猎只为娱乐，是出于人欲，二者不可同日而语。又如说《鄘风·载驰》"夫人之欲归者，情也。其不可归者，义也。不可归而竟不敢归，以义而制情也"❸，说《邶风·雄雉》"思之长者，发乎情也。知其不即至，止于礼义也"❹，皆是言诗中人能以义制情，发乎情止乎礼义，亦即是从天理以克人欲。

梁氏解诗言及义理基本是围绕《诗集传》所解之诗义稍作义理发挥，唯对君臣之道较为关注：

说为君之道，如解《小雅·鹿鸣》篇曰："虽有君臣之分，而必通上下之情，以宾相待，谦恭忘势，得其欢心，贤者乐留，然后上下交孚，而治道可成也。"❺说的是为君者要谦恭，体察下情，礼贤下士，君臣相互信任，然后治道可成。

又如说《小雅·天保》五章"神之吊矣，诒尔多福。民之质矣，日用饮食。群黎百姓，遍为尔德"，梁氏曰：

---

❶ [明]梁寅.诗演义[M]//影印文渊阁四库全书（第78册）[M].台北：台湾商务印书馆，1983：4.

❷ [明]梁寅.诗演义[M]//影印文渊阁四库全书（第78册）[M].台北：台湾商务印书馆，1983：124.

❸ [明]梁寅.诗演义[M]//影印文渊阁四库全书（第78册）[M].台北：台湾商务印书馆，1983：40.

❹ [明]梁寅.诗演义[M]//影印文渊阁四库全书（第78册）[M].台北：台湾商务印书馆，1983：24.

❺ [明]梁寅.诗演义[M]//影印文渊阁四库全书（第78册）[M].台北：台湾商务印书馆，1983：104-105.

君德之要，在于事神、治民而已。……“神之吊矣，诒尔多福”……言神之至，则遗尔以福。盖诚敬之至，则神格，神之既格，则福降，福之降者，乃诚敬之效也。治民者，在于以德化民也，故曰“民之质矣，日用饮食”。……夫民俗之善，吾君之所化也，而其皆归于善，则吾君之德益彰矣，故又曰“群黎百姓，遍为尔德”。是则民之则而象之者，乃所以助其为德也。夫幽明无二理，神人同一心，幽而感神则福无不集，明而感人则德无不著。君之感神人也，奚有出于此心之外哉？❶

为君之德的关键在于事神、治民，事神之要在于诚敬，治民之要在于以德化民，为民作则，使民效法，感神、感人源于一理，实为一事，根源都在于为君者以诚敬修其自身，为君之德无过乎“诚敬”二字。

说为臣之道，如解《小雅·四牡》曰：

其诗乃朝之贤者所作，故虽主于君言之，而必设为使臣之自言，所以感发其忠勤之心，而风之以义也。若夫使臣之自处，则其敢以为劳，而又岂敢思归乎？君子不以私害公，不以家事辞王事，所思者唯尽吾之职分而已矣。……忠孝难两尽，能忠于王事则孝亦无愧，若莅官不敬，则在家供养亦非孝矣。❷

梁氏认为，为臣者、为官者以尽职为分，在公私之间当以公事为重，忠孝两难之间，尽忠则于孝道亦无亏，在家供养父母却不能尽为官之职守，则不可谓孝。

又如《小雅·小明》四章“嗟尔君子，无恒安处。靖共尔位，正直是与。神之听之，式穀以女”，梁氏解曰：

风喻其僚友也。嗟叹而言，尔在位之君子无以安处为常也。“靖共尔位”，言尔之居位，当安靖国家而恪共其职也。“正直是与”，言唯当以正直行之，不可偏私也。“神之听之，式穀以女”，言能靖共正直，则神亦听顺于尔，而以穀禄与尔矣。盖忠勤而膺福禄，乃理之自然。鬼神者，害盈而福谦，故顺道而吉，从逆而凶，为人臣者所当致思也。❸

❶ ［明］梁寅．诗演义 [M]// 影印文渊阁四库全书（第 78 册）[M]. 台北：台湾商务印书馆，1983：111.
❷ ［明］梁寅．诗演义 [M]// 影印文渊阁四库全书（第 78 册）[M]. 台北：台湾商务印书馆，1983：105.
❸ ［明］梁寅．诗演义 [M]// 影印文渊阁四库全书（第 78 册）[M]. 台北：台湾商务印书馆，1983：164.

认为为臣之道在于兢兢业业、恪尽职守、正直行事，总结起来无非“忠勤”二字，为臣忠勤即顺天理，逆之则凶。梁氏此书乃为幼学所作，而在此着意提醒为臣者致思，其实是对学子们进行伦理纲常教育。

相较《诗集传》的解读，《诗演义》的解读更具有道学化的倾向，如《邶风·终风》二章“终风且霾，惠然肯来。莫往莫来，悠悠我思”一句，《诗集传》解曰：“‘终风且霾’，以比庄公之狂惑。虽云狂惑，然亦或惠然而肯来。但又有莫往莫来之时，则使我悠悠而思之。望其君子之深，厚之至也。”❶梁寅《诗演义》曰：“‘惠然肯来’，来之速也；‘莫往莫来’，有不来之时也。然其思之，非以其不来而思之也，以其狂惑无常而忧思尔。”❷“悠悠我思”之“思”，朱熹解为“思念”之意，指庄公不来之时庄姜则悠悠思念之，认为这体现了庄姜对庄公深厚的感情，犹以为是男女之思；而梁寅解为“忧思”之意，认为庄姜是因为庄公行事狂惑无常、不合于理，故忧思不能导之以正，避免未来之祸患。梁氏这一解说于男女之情全然无涉，朱熹尚且缘情说诗，其解说中庄姜之形象较为真实生动，而梁氏解说中的庄姜满心义理毫无男女之思，宛然是一个女道学的形象了，显然梁氏解《诗》比朱熹更加义理化。

然而，虽有一定的道学化倾向，但梁氏的道学化程度远不及朱善严重，如：

《召南·摽有梅》：“或曰女欲婚之亟，果可以为美俗乎？曰：《周礼》‘仲春令会男女，其过时也，则奔者不禁。’今贤女惟恐过时，故其言如此，然犹必待男求，必待媒妁，视彼奔者岂不谓贤乎？”❸

《邶风·北风》：“或曰‘贤者食君之禄，见危乱而去，可乎？’曰：‘致乱者，君之亲昵也。亲昵而与君同生死者，宜也。若疏贱之小臣，则有可去之义矣。’”❹

《邶风·二子乘舟》：“或曰‘舜之见恶于瞽叟也，小杖则受，大杖则走。公子伋知父之将杀己，逃之其可也。’曰：‘仁人之为心，蹈恶之实，固其所

❶ [宋]朱熹撰．赵长征诗点校．诗集传[M]．北京：中华书局，2011：25.

❷ [明]梁寅．诗演义[M]//影印文渊阁四库全书（第78册）[M]．台北：台湾商务印书馆，1983：21.

❸ [明]梁寅．诗演义[M]//影印文渊阁四库全书（第78册）[M]．台北：台湾商务印书馆，1983：15.

❹ [明]梁寅．诗演义[M]//影印文渊阁四库全书（第78册）[M]．台北：台湾商务印书馆，1983：30.

惧，被恶之名，亦其所恶。朔与宣姜愬伋于宣公，必诬之以不孝之名矣。被不孝之名，虽逃而幸生，何面目以立于世哉？夫达节者，圣也。守节者，贤也。失节者，庸人也。伋未至于圣，守节斯可也。故伋之死于孝，寿之死于共，乃义之尽而仁之至也。申生之无所逃也亦然。’” ❶

以上几例皆以问答的形式来发表对诗中人物的道德评价，在梁氏看来，《摽有梅》之女虽欲婚而能守礼待求，可谓贤；《邶风》之小臣，非致乱者，于君而言疏且贱，危乱前有可去之义；《二子乘舟》之公子伋如逃至外国则必被诬以不孝之名，为了不被恶名而死，可谓守节，虽算不上圣人亦可算作贤人。相较于朱善严格的道德评判，梁氏的道德判断显得更为平和宽厚，这显示了宗朱治《诗》者虽皆以朱《传》唯宗，然而对于义理的解读却都赋予了自己的个性化理解。

又如《郑风·将仲子》篇，《诗集传》未用《小序》刺庄公之说，也未解释诗旨，仅在训诂之后引“莆田郑氏曰：‘此淫奔者之词’” ❷，似以此诗为淫诗。而梁氏论曰：

（首章）“畏我父母”，言不正而从人，父母所恶，故畏之也。“仲可怀”，情欲之感；父母可畏，羞恶之心。淫女而能若是，犹贤于纵欲而忘反者与。

（末章）人之言犹不足恤，诸兄之言则甚于外人，父母之言又甚于诸兄，其侵陵者愈迫近，则畏惧之心愈加谨。是女者，比之《野有死麕》之意亦近之。毋乃悼其前行之失，而知自悔者耶？夫子编《诗》，与淫奔诸诗异类，盖亦嘉其志也。❸

从行文上看，女子对父母之畏大于对仲子之怀，梁氏从义理解读认为是羞恶之心能战胜情欲之感，即女子能以理制欲，故曰犹贤于纵欲者。在他看来，此诗的女主人公与《野有死麕》的女主人公所表达的感情相类，朱《传》释《野有死麕》为女子拒男子无礼，而《将仲子》中的女子亦有拒绝男子之意，所以梁氏认为此诗描写的是女子以理制欲复归于正之意，此说与王柏《诗疑》“此乃

❶ [明]梁寅.诗演义[M]//影印文渊阁四库全书（第78册）[M].台北：台湾商务印书馆，1983：31-32.

❷ [宋]朱熹撰.赵长征诗点校.诗集传[M].北京：中华书局，2011：62.

❸ [明]梁寅.诗演义[M]//影印文渊阁四库全书（第78册）[M].台北：台湾商务印书馆，1983：54.

淫奔改行之诗也”❶的说法相一致，但又表示孔子意在嘉此诗之志，故不将此诗与“淫诗”编次在一起，赋予了此诗更高的意义，同时暗中反驳了王柏删《野有死麕》出“二南”的观点。

梁氏还时常直接在说解中对诗中之人事发表感叹、作出评判，有时亦提出问题或自为问答，以提醒、激发读者对义理的思考，体现出服务学子的教本特色。举数例如下：

如说《邶风·旄丘》:“卫在西周世为方伯，以大恤小，尤所当急，黎侯失国，久寓于卫，其以叔伯称之，亲之至也，望之切也。而卫人邈然无意，尚为有人心乎？卫之中灭，而其诗居变风之首，良有以夫！”❷补充了卫国为周之方伯的背景，直接批判卫国作为方伯，不恤小国，不履方伯之职，是无人心而悖义理，并因此认为将卫国之诗编次为变风之首是合理的。

又如说《卫风·氓》:“男恋于女犹可解说，女恋于男不可解说矣。此甚言女之失行，人所共恶尔。其实则非礼苟合，男女同罪，不可谓士之耽恋为无害也。”❸提醒学子非礼苟合不仅于女子有罪，于男子亦然，不可被诗的字面意思误导。

《齐风·载驱》:“按：凡讥刺之诗，若此篇者最为分明。姜氏之恶彰彰，诗人深刺之，《春秋》屡书之。姜氏既无耻，而庄公以国君之尊不能防闲其母，何哉？观《敝笱》《载驱》二诗，不待《猗嗟》之刺，而庄公之责不得以辞矣。”❹《敝笱》《载驱》二诗一般被治诗者公认为是刺鲁庄公之母文姜违礼而归齐会其兄齐侯之事，《载驱》则被认为是讽刺鲁庄公虽才干出众而不能防闲其母。梁氏提示读者将此诗与《敝笱》《猗嗟》并观来思考庄公不能防闲其母的原因，意在指导学子以会通的方法读《诗》。

（四）对《诗》文学性的关注

梁益并非有意以文学视角解《诗》，然而书中依然体现出其对文体、用韵与艺术手法的关注。

---

❶ [宋]王柏.顾颉刚点校.辨伪丛刊·诗疑[M].朴社，1935：10.

❷ [明]梁寅.诗演义[M]//影印文渊阁四库全书（第78册）[M].台北：台湾商务印书馆，1983：27.

❸ [明]梁寅.诗演义[M]//影印文渊阁四库全书（第78册）[M].台北：台湾商务印书馆，1983：43-44.

❹ [明]梁寅.诗演义[M]//影印文渊阁四库全书（第78册）[M].台北：台湾商务印书馆，1983：67.

如于《豳风·东山》篇曰:“四章皆赋,而其中有兴焉。每章之首,四句皆同者,言其征行之久,归途之艰,重复其辞,以深致意。与他篇不同,盖又一体也。”❶注意到了此诗文体的特别,每章的前四句皆相同,而不断地重复,造成了结构上回环往复,感情上层层加深的艺术效果。

于《小雅·采芑》篇曰:“观是诗三句换韵,又为一体。《史记》载,秦碑亦三句换韵,盖仿此为之。”❷梁氏观察到此诗为三句换韵的文体,据《史记·秦始皇本纪》所载,为秦始皇表功颂德的刻石碑文字多为三句换韵,梁氏认为这一文体即模仿自《小雅·采芑》。

于《小雅·雨无正》篇曰:“按:篇首增‘雨无其极,几伤稼穑’,于韵既叶,而一章之中前六句一韵,后六句亦一韵,于文体亦宜。《传》以为下章十句,增之则长短不同,此过疑已。首章十二句,次章十句,三章以下皆八句,长短不同,又为一体,何不可乎?”❸梁氏取《韩诗》之说,认为《雨无正》篇首脱去了“雨无其极,几伤稼穑”二句,认为这样既合于音韵,又使一章之中两韵的句数相等,在文体上达到对称,因此不认同朱熹的判断,认为朱熹的顾虑为过疑。

对《郑风·遵大路》“遵大路兮,掺执子之祛兮”,《诗集传》解曰:“淫妇为人所弃,故于其去也,揽其袪而留之。”❹认为是实写。而梁氏曰:“男子遵大路而去,妇人留之。曰揽其祛,不实说也。”❺认为“掺执子之袪”是运用了虚写的艺术手法,以表达妇人强烈的挽留之意,并非实写妇人在大路上手执男子衣袂不放。

以上例子皆展现出梁氏对诗歌体例、用韵与艺术手法的关注与独立思考。

而对于赋、比、兴之定义,梁氏基本在朱《传》的基础上稍作申说。

关于“兴”义,《诗集传》曰:“兴者,先言他物以引起所咏之词也。”❻《诗演

❶ [明]梁寅.诗演义[M]//影印文渊阁四库全书(第78册)[M].台北:台湾商务印书馆,1983:99.

❷ [明]梁寅.诗演义[M]//影印文渊阁四库全书(第78册)[M].台北:台湾商务印书馆,1983:124.

❸ [明]梁寅.诗演义[M]//影印文渊阁四库全书(第78册)[M].台北:台湾商务印书馆,1983:144.

❹ [宋]朱熹撰.赵长征诗点校.诗集传[M].北京:中华书局,2011:66.

❺ [明]梁寅.诗演义[M]//影印文渊阁四库全书(第78册)[M].台北:台湾商务印书馆,1983:56.

❻ [宋]朱熹撰.赵长征诗点校.诗集传[M].北京:中华书局,2011:2.

义》曰："凡兴者，先托于物而后言所咏之事也。"[1]将"所咏之词"改为"所咏之事"，指向更明确。

关于"赋"义，《诗集传》曰："赋者，敷陈其事而直言之者。"[2]《诗演义》曰："赋者，分布之义。诗之为赋，谓敷布其事而直言之也。"[3]将"赋"字解为分布之意，"敷陈"改为"敷布"，使读者明晰赋有分布展开之意。

关于"比"义，《诗集传》曰："比者，以彼物比此物也。"[4]《诗演义》曰："凡比者，以彼之物而比此之人也。"[5]将"此物"改为"此之人"，较朱熹之说更为符合《诗经》中的常见情况。

《诗演义》对赋、比、兴的标识较为简略，如果全诗各章为赋、比、兴皆一致的情况，梁氏只在首章说明，如于《周南·卷耳》首章标明"四章皆赋也"，下三章不标；有相邻章一致的情况则合并说明，如说《召南·汝坟》，首章下曰"前两章赋也"，第二章不标，第三章标"比也"；如果各章不一致则分章说明。然而其解说《小雅·菁菁者莪》四章曰："《传》以此章为比，疑只兴也。"[6]其实宋本《诗集传》此章正标作兴，所以梁氏当时所看到的《诗集传》版本此处可能有讹误[7]，但他仍凭借自己对兴义的理解作出了与朱熹相同的判断，可见其于各诗赋、比、兴之义有过认真的思考，并非只是将《诗集传》所标之赋、比、兴誊抄一过而已。《魏风·伐檀》三章朱《传》皆标赋，而梁氏则认为三章皆兴而赋也，并曰："伐檀将以为车，而置之河干，乃不为用，以兴君子有道而不仕也。不稼不穑以下四句托为君子之自言。……'彼君子兮，不素餐兮'，又诗人称羡之辞。"[8]认为前三句为兴，后六句为赋。显然朱熹判断赋、比、兴是于全诗而言，而梁氏还将评判标准放在一章之内。但总的来说，艺术手法不是此书关注的重点，梁氏言及赋、比、兴之意只是在为解说诗义服务。

---

[1] [明]梁寅．诗演义[M]// 影印文渊阁四库全书（第 78 册）[M]. 台北：台湾商务印书馆，1983：5.

[2] [宋]朱熹撰．赵长征诗点校．诗集传[M]. 北京：中华书局，2011：4.

[3] [明]梁寅．诗演义[M]// 影印文渊阁四库全书（第 78 册）[M]. 台北：台湾商务印书馆，1983：6.

[4] [宋]朱熹撰．赵长征诗点校．诗集传[M]. 北京：中华书局，2011：6.

[5] [明]梁寅．诗演义[M]// 影印文渊阁四库全书（第 78 册）[M]. 台北：台湾商务印书馆，1983：7.

[6] [明]梁寅．诗演义[M]// 影印文渊阁四库全书（第 78 册）[M]. 台北：台湾商务印书馆，1983：121.

[7] 此处四部丛刊三编本朱熹《诗集传》作"兴"，而元十卷本、明正统本、明嘉靖本、八卷本皆作"比"。

[8] [明]梁寅．诗演义[M]// 影印文渊阁四库全书（第 78 册）[M]. 台北：台湾商务印书馆，1983：67.

《四库全书总目》评价《诗演义》曰："今考其书，大抵浅显易见，切近不支。元儒之学，主于笃实，犹胜虚谈高论，横生臆解者也。"❶所谓"浅显易见"指的就是此书对《诗集传》训释的简化与通俗化，"切近不支"是指本书阐释围绕主题，不过度发挥，亦不过多引述的特点。四库馆臣认为这体现了元儒笃实的学风，以这两点而言，评价颇为贴切。然而需要注意的是，此书对前人的一些训诂和观点有所吸收，然往往不注明出处，为学者造成一些不便，不若胡一桂、许谦、刘瑾等元儒严谨，似有明人著书不注出处之弊，但此书既为初学者所作，又为通释体著作，亦不必过苛。

三、钦定教本，桎梏学术：《诗传大全》

《诗传大全》，又名《诗大全》《诗经大全》《诗集传大全》，共二十卷，是明永乐朝官修《四书五经大全》之中关于《诗经》的一部。此书由翰林院学士胡广，侍讲杨荣、金幼孜等于永乐十二年（1414）十一月奉敕修撰，成书于永乐十三年（1415）九月，于永乐十五年（1417）刊刻完成，颁行于六部及国子监到县学的各级学校。自此，《诗传大全》成为全国各级学校通行的教科书，亦成为明代科举考试的权威参考用书之一。因为悬于功令，此书所带来的影响深刻而广泛，确立了明代《诗集传》的独尊地位。虽然明代中后期《诗经》汉学重回人们的学术视野，但直到《十三经注疏》再次进入官学之前，《诗集传》都是官方所宣称的唯一科举标准。

然而自晚明至近现代，《诗传大全》所得到的多为负面评价，顾炎武《日知录》"四书五经大全"条曰："《诗经大全》则全袭元人刘谨《诗传通释》，而改其中'愚按'二字为'安成刘氏曰'。"❷认为《诗传大全》完全抄袭自刘瑾《诗传通释》，甚至认为《诗传大全》带动了抄袭作风，从而导致了明代经学与士风的衰落。《四库全书总目》与顾氏评价相似，曰："明则靖难以后，耆儒宿学，略已丧亡。广等无可与谋，乃剽窃旧文以应诏。此书名为官撰，实本元安城刘

❶ [清]永瑢，等.四库全书总目[M].北京：中华书局，2003：128.

❷ [清]顾炎武撰.黄汝成集释.栾保群，吕宗力校点.日知录集释（全校本）[M].上海：上海古籍出版社，2006：1042.

瑾所著《诗传通释》而稍损益之。今刘氏之书尚有传本，取以参校，大约于其太冗蔓者略删数条，而余文如故。惟改其中‘瑾案’二字为‘刘氏曰’，又刘书以《小序》分隶各篇，是书则从朱子旧本合为一篇，小变其例而已。”❶认为胡广等人剽窃旧文，将《诗传通释》稍加删改以应诏。顾氏与四库馆臣皆认为《诗传大全》的编纂者们心术不正，不学无术，故意抄袭成书以蒙骗朝廷与学子。

《诗传大全》的体例与内容确实与刘瑾《诗传通释》相似度非常高，确是在《诗传通释》原书的基础上增删改动而成。然而出现这种情况是有原因的，实与明成祖朱棣的要求有关，其诏曰：“《五经》《四书》皆圣贤精义要道，其传注之外，诸儒议论，有发明余蕴者，尔等采其切当之言，增附于下。”❷实际上就是要求以已有的最通行的经书传注为核心，增补诸家之说附于其下而已，这就大致决定了《诗传大全》一书的主题与体例。

而且《诗传大全》是一部急就之作，《国榷》载临海陈燧常语曰：“始欲详，缓为之，后被诏促成。诸儒之言，间有不暇精择，未免抵牾。虚心观理，自当得之，不可泥也。”❸似乎《四书五经大全》的编纂者们本欲按部就班地进行编撰，但是却受到了皇帝的催促，只能匆忙应诏尽快完书。明成祖朱棣因“靖难之役”推翻建文帝，杀方孝孺、黄子澄等文臣，得罪于天下士人，为了收拢士人之心，统一学术思想，加之证明自己的正统地位，故而急于看到成效，短期内即催促编纂者成稿。这种情况下编纂者们只有选择一本以《诗集传》为宗且汇集众家之说的现成著作为蓝本，以此为基础加以增删，方可在最短的时间内满足要求成书付梓。

刘瑾的《诗传通释》一以《诗集传》为宗，体例完备，内容翔实。引朱子与门人之言并诸家之说对《诗集传》全文随文训释，训释内容覆盖名物、故实、音韵、训诂、比兴、诗旨等诸多方面，个人所下按语也对《诗集传》颇有发明，是朱子《诗》学系统中最重要的作品之一，故而较能满足《诗传大全》编纂者们的要求，因而被选中成为《诗传大全》的蓝本。

---

❶ [清]永瑢，等.四库全书总目[M].北京：中华书局，1965：128.

❷ “中研院”历史语言研究所编.明实录[M].台北：“中研院”历史语言研究所，1962：1803.

❸ [明]谈迁.国榷[M].北京：古籍出版社，1958：1122.

《诗传大全》的编纂者并不讳言以《诗传通释》为蓝本之实，于卷首《凡例》曰：

一、是经一以朱子《集传》为主，《通释》所采诸家之说，与朱《传》相矛盾者去之，庶无惑于学者。其朱子《语类》《文集》暨诸家之论，有所发明者，今皆增入。

二、诸儒之说，不拘世次先后，一以解经为序，其有郡号者则加以别之，有不可考者，直书某氏而已。

三、《小序》，朱子已辨其得失，《通释》以隶各篇之下，今仍为一编，附于卷末，以还其旧。

四、名物等图，一依庐陵罗氏所集，《诸国世次》及《作诗时世图》一依安成刘氏，存之以备观览。

五、《集传》中所载郡邑，间有沿革不同，今仅依《皇朝郡邑志》增注于下。❶

开篇即明言此书在思想上以朱熹《诗集传》为宗主，在内容上以刘瑾《诗传通释》为底本，将诸家诗说中与朱《传》相矛盾者删去，又将朱熹《语类》《文集》中与《诗经》有关的言论以及诸家诗说堪为朱《传》补充者添入，并没有故意欺瞒内容来源。可见顾炎武《日知录》中批评胡广等人“仅取已成之书抄誊一过，上欺朝廷，下诳士子”❷之论，并不太公允。

此书在体例上，将罗复《诗集传音释》（又名《诗集传名物钞音释纂辑》）的名物图以及刘瑾《诗传通释》的《诸国世次图》《作诗时世图》等24幅图置于卷首，且一并保留《诗传通释》卷首随文疏解的朱熹《诗集传序》《诗序朱子辨说》《诗传纲领》部分，将其中刘氏的“按语”改为“安成刘氏曰”；正文部分的二十卷以刘瑾《诗传通释》为蓝本，又补入可以发明朱《传》的各家之说。据台湾学者杨晋龙考证，补入条文涉及二十二人及二十八本书，如补朱熹之说46条、辅广《诗童子问》77条、罗复《诗经集传音释》61条、朱善《诗解颐》196条、

❶ [明]叶向高辑．叶太史参补古今大方诗经大全[M]．刻本．书林余氏刊，明万历三十三年．

❷ [清]顾炎武撰．黄汝成集释．栾保群，吕宗力校点．日知录集释（全校本）[M]．上海：上海古籍出版社，2006：1043.

《尔雅》10条，《周礼》6条等，又删去269条各类条文❶，并把《诗传通释》中所注出的元代地名，依沿革变化改为明代地名；最后将刘瑾《诗传通释》分录于各篇之下的《小序》合为一篇附于卷末，以还《诗集传》之旧，展现出对《诗集传》绝对尊崇的态度。

洪湛侯《诗经学史》这样评价《诗传大全》的影响："《诗传大全》既以此书（刘瑾《诗传通释》）为蓝本而全用其书说，又是奉敕编撰、颁行天下的官书，实际上如同汉代'立学官'一样，成为钦定的教科书，科举取士，奉以为则，其影响之深之大，超过元代刘瑾原书，自不待言。明朝统治者尊奉朱子学说，所以明代的'诗经学'，朱熹《诗集传》一派，始终是作为主流派存在的，不过从学术角度衡量，至此已开始走向式微了。"❷的确，《诗传大全》颁布之后出现的明代宗朱《诗经》学著述数量有限，传世的亦不多，基本是为举业制义而作的科举之书。以孙鼎于正统十二年（1447）刊刻的《新编诗义集说》为例，孙氏此书摘录元人或元末明初诸儒宗朱《诗经》学作品的内容，一一附于可能用于科考出题的诗文之后，所引书有元人谢升孙《诗经断法》、林泉生《诗义矜式》，以及朱善《诗解颐》、彭奇《诗经主意》、曹居贞《诗义发挥》、无名氏《诗经旨要》等书，内容或是以程朱理学解说《诗》之义理，或是以股体时文之法解《诗》。此书只选录他人之说，未发表自己的见解，乃是一部专门指导科举应试的工具书，对于《诗经》学来说价值并不大。此书最大的价值是文献学价值，因其所引之书除《诗解颐》与《诗义矜式》之外多已亡佚。明代关于《诗经》的科举制艺之书多如此类。

这似乎也变相说明，在《诗传大全》普及推行，成为朱熹《诗集传》唯一的权威解读之后，自此宗朱《诗》学著作的创作从质量上到数量上反而衰退，具有学术研究性质的宗朱《诗经》学著作几乎不再出现，而为科举制义而作的应试之书因价值不大故也流传不久。以官方政治力量推行朱子《诗经》学的行为反而限制与禁锢了朱子《诗经》学的学术发展空间，这不得不说是历史的讽刺。

---

❶ 杨晋龙．论《诗传大全》与《诗经通释》的差异 [J]. 中国文哲研究集刊，1996（3）：127-129.

❷ 洪湛侯．诗经学史 [M]. 北京：中华书局，2002：423．

当然，宗朱《诗经》学著作创作的衰退不能都归咎于《诗传大全》的颁布及科举考试对学术的限制，心学的崛起使得学者勇于对朱子《诗》学提出质疑，而复古思潮的兴起致使越来越多的《诗》学研究者转向了汉学、文学，诸多合力致使朱子《诗经》学在明代中后期走向衰落。

四、明经举业，宗朱余辉：顾梦麟《诗经说约》

顾梦麟（1585—1653），字麟士，号中庵，世称织帘先生，苏州太仓双凤里（今江苏省太仓市双凤镇）人，明崇祯朝副贡生，顾炎武族兄。生于明万历十三年（1585），卒于清顺治十年（1653），为明末清初人。明天启年间，顾梦麟与杨彝、张溥、张采等同道在常熟唐市创立应社，以读书为社事，以“尊经复古”、改变世风为志向，崇祯年间应社与江南数十个社团联合发展成为复社，声势遍及海内。初入社者于“五经”之中各择一经以治之，其中顾梦麟与杨彝主于治《诗》，两人又相友善，并称“杨顾”。

顾梦麟的著作有《诗经说约》二十八卷、《四书说约》二十卷、《四书十一经通考》二十卷、《中庵琐录》一卷、《韵珠》四卷、《织帘居诗文集》四卷、《双凤里志》八卷等。其中《诗经说约》是其《诗经》学著作。朱彝尊在《经义考》中引吴周瑾语曰“是书亦举子兔园册也，然于经义颇有发明”[1]，指出此书是为指导举子科考而编写的《诗》解著作，但认为其对经义的发明要优于一般的举业之书。黄宗羲评价《诗经说约》云：“数百年以来，推明其义者，《大全》以外，蔡虚斋之《蒙引》，陈子峰之《浅说》，林次崖之《存疑》，其书独传，以其牛毛茧丝，于朱子之所有者无余蕴；所无者无傀入也。然各自成书，意或骈母，辞或枝指。又百年而麟士先生者出，融会诸书，削其繁芜，抉其隐伏，名之曰《说约》，自《说约》出，而诸书俱废。博士倚席而讲，诸生帖坐而听者，皆先生之说也。当是时，海内有文名之士，皆思立功于时艺，张天如以注疏，杨维斗以王、唐，艾千子以欧、曾，仅风尚一时，惟先生之传久而不衰。”[2] 虽有溢美之嫌，但也说明《诗经说

[1] ［清］朱彝尊撰．侯美珍，等点校．点校补正经义考（第四册）[M]．台北：“中研院”中国文哲研究所筹备处，1997：264.

[2] ［清］黄宗羲．南雷文定后集 [M]// 丛书集成初编．上海：商务印书馆，1935：24.

约》在当时作为一本“立功于时艺”的教本非常受讲师与学子们的欢迎，在明清之际产生过很大的影响。

《诗经说约》共二十八卷，成书于崇祯十五年（1642），卷首有顾梦麟自撰《诗经说约序》，正文有《国风》十卷、《小雅》八卷、《大雅》六卷、《颂》四卷，以《诗集传》的篇次为序，于每章经文之下先引《诗集传》原文，次辑众家之说，最后以“麟按”发表自己的见解，且对书中之内容时有圈点与夹批。

顾氏此书以《诗集传》为宗，其在《诗经说约序》开篇即曰：“《诗》必至于紫阳《集传》而后制义出，此故布功令亦势自然，无容齮论者也。”❶书中亦声明“麟此编无一敢与紫阳戾”❷。顾氏尊朱的姿态固然是由于朱《传》悬于功令，作为举业之书不得不以朱《传》为标准，然而很大程度上也是出于对朱熹《诗》说的认同，认为直到朱熹《诗集传》的出现，方挖掘出《诗经》中所蕴含的义理，成为《诗经》学主流思想是势之必然。其实在顾氏所处的明代晚期，汉唐诗说已经重回学人之视野，对《诗集传》报以质疑乃至攻击态度的不乏其人，而万历年间官方发行《十三经注疏》也体现了汉学在官学中的复归，《诗集传》早已不复一家独尊的地位。

然而在对诗旨的理解上，《诗经说约》仍与《诗集传》保持高度一致，继承了朱熹反《序》的《诗》学观。对于朱《传》与《诗序》不一致之处皆不采《序》说；对于朱熹认为《序》说与他说两可的情况，顾氏亦不从《序》说；甚至对一些朱熹从《序》说之处，顾氏亦表示反对。如《小雅·常棣》一诗，朱熹从《小序》之说，认为是周公在诛管叔、蔡叔之后所作，顾氏反驳曰：“此诗断不为诛管蔡而作，朱子亦偶信《小序》耳。反覆明兄弟之当重，只作燕兄弟之乐歌为是，详味语意自见。”❸不取《小序》之意，只从文义体味，认为是燕乐兄弟之诗，可谓贯彻了朱熹的涵泳读《诗》法。而对于“淫诗”，顾氏仅录朱注，不作讨论，应是“淫诗”不在科考范围之内，故对其不甚关注。

在具体的解读与音韵、训诂等方面，顾氏则常引众家之说对朱《传》进行补正。

❶ ［明］顾梦麟．诗经说约［M］// 续修四库全书（第 60 册）．上海：上海古籍出版社，1996：219.

❷ ［明］顾梦麟．诗经说约［M］// 续修四库全书（第 60 册）．上海：上海古籍出版社，1996：433.

❸ ［明］顾梦麟．诗经说约［M］// 续修四库全书（第 60 册）．上海：上海古籍出版社，1996：463.

书中所采的内容较为广泛，据台湾伍纯娴统计《诗经说约》共有引文1177条，其中700条引文来自《诗传大全》❶，虽然大量引用了《诗传大全》之条文，顾梦麟却对《诗传大全》很不满意，他在《诗经说约序》里说道："《诗大全》本《疏义》，犹《四书大全》本《辑释》，皆抹去向人，奄为己物。然《四书大全》之为数繁，繁则虽费料拣，已厌众观。《诗大全》略矣，至《疏义》中精析比兴处，又尽芟之，此当求初本。又合《传》《笺》《疏》及宋、元以来诸说家，于紫阳学揆一者附丽焉。"❷顾氏认为《诗传大全》是以朱公迁《诗经疏义》为蓝本，而掩去了朱公迁姓名。这其实是一个误会，顾氏所看到的《诗传大全》中与《诗经疏义会通》中相重合的内容实际上主要来自刘瑾《诗传通释》。此外顾氏还认为《诗传大全》内容疏略，不足以辅翼《诗集传》，并对《诗传大全》删去了诗解中关于赋、比、兴的细致阐释表示不满。于是，顾氏另引汉唐诗说如毛《传》、郑《笺》、孔《疏》等，宋人之说如苏辙《诗集传》、吕祖谦《陆氏家塾读诗记》、严粲《诗缉》等，元人之说如朱公迁《诗经疏义》（明人王逢《辑录》另列）等，明代诗说如黄佐《诗经通解》、徐光启《毛诗六帖讲意》、丰坊《鲁诗世学》、何楷《诗经世本古义》、冯应京《六家诗名物疏》等，以为朱子《诗集传》之补充。据沙先一考证，顾氏此书共征引孔《疏》365次，《诗经世本古义》157次，《毛诗六帖讲意》252次。❸

从以上论说可知，顾氏撰《诗经说约》有两个着力点：一个是进一步挖掘前人《诗》说，并积极吸收明人新的研究成果以辅翼《诗集传》；另一个是辨析音韵与赋、比、兴等文学艺术手法，以便更好地让读者理解《诗经》。

（一）对《诗集传》的补充与纠改

顾氏对《诗集传》的补正主要集中在名物训诂与音韵两方面。

《诗集传》的注释简洁、略于考证，顾氏对《诗集传》中较为简略的名物训诂一一加以补充与纠正。《诗经说约序》自言"旁见侧出，令广所开，发其晷象、节候、疆域、谱系、礼乐、器物、卉木、禽虫。小注未俱者，则采之《尚书》《左

❶　伍纯娴．明代《诗经》专著与《诗传大全》关系之研究[D]．台湾：中国文化大学，2014：204.

❷　[明]顾梦麟．诗经说约[M]//续修四库全书（第60册）．上海：上海古籍出版社，1996：219-220.

❸　沙先一．顾梦麟《诗经说约》对朱熹《诗集传》的补充与纠正[J]．古籍研究，2002（2）：67.

氏传》《国语》《三礼》《尔雅》诸编，益拓其证据，庶几便于辑览"[1]。于是采诸书诸家之说而为《诗集传》的名物、制度、训诂作补正，体现了明代后期考据之风兴起，学术开始走向征实的风向。

为《诗集传》名物作补充者，如《周南·樛木》"南有樛木，葛藟荒之。乐只君子，福履将之"一章，朱《传》释曰："兴也。荒，奄也。将，犹扶助也。"[2]训诂简略。对此顾氏引诸家之说补充曰："《吕记》'荒，庇覆也。'《疏义》：'奄即掩字。'《通解》：'葛藟之性，附木必出木杪，故能庇覆也。扶助是阴骘默相之意。'"[3]引吕祖谦《吕氏家塾读诗记》、朱公迁《诗经疏义》和黄佐《诗经通解》进一步就经文与传文进行训释。

又如《小雅·四牡》"集于苞杞"之"杞"，朱《传》释曰："杞，枸檵也。"[4]认为"杞"指的就是枸杞。于是顾氏从而释之曰："《政和本草》'枸杞，又一名杞根，一名地骨，一名杞忌，一名地辅，一名羊乳，一名脚暑。'陆玑云：'又一名苦杞。'"[5]引《政和本草》与陆玑《草木鸟兽虫鱼疏》补充了枸杞的各种别名。

再如《郑风·清人》引《礼书》与《说文》来讲解兵器"矛"，又引《世家》说郑国之传位世次，使读者知此诗之背景。而在《豳风·七月》篇，顾氏更是引诸家之说对诗中涉及的名物、制度、节候等一一详加考释，至有数千言之多，征引内容涉及《本草》《埤雅》《释草》《毛诗草木鸟兽虫鱼疏》《尔雅注》《尔雅翼》《齐民要术》《周礼》《仪礼》《夏小正》等十数种书。

顾氏对《诗集传》中其认为有误或阐释不清的训诂亦有所辨正，并不讳言朱子之失。

如《豳风·七月》篇，顾氏作按语曰："狐、貉、狸，三物也，而谓一物；螽斯、莎鸡、蟋蟀，亦三物也，而谓一物，极是朱子草率处。"[6]公然批评朱熹之训解草率。

---

[1] [明]顾梦麟. 诗经说约[M]// 续修四库全书（第60册）. 上海：上海古籍出版社，1996：220.

[2] [宋]朱熹撰. 赵长征点校. 诗集传[M]. 北京：中华书局，2011：6.

[3] [明]顾梦麟. 诗经说约[M]// 续修四库全书（第60册）. 上海：上海古籍出版社，1996：237-238.

[4] [宋]朱熹撰. 赵长征点校. 诗集传[M]. 北京：中华书局，2011：132.

[5] [明]顾梦麟. 诗经说约[M]// 续修四库全书（第60册）. 上海：上海古籍出版社，1996：457.

[6] [明]顾梦麟. 诗经说约[M]// 续修四库全书（第60册）. 上海：上海古籍出版社，1996：434.

再如《卫风·芄兰》篇“能不我知”，《诗集传》解曰：“知，犹智也。言其才能不足以知于我也。”❶对此顾氏按语曰：“《集传》‘知，犹智也。’作才能不足以智于我为通。然又曰‘知于我’，字不从智，即作不足知于我，亦无不可。此最朱子两可摇惑处。”认为此处朱子表述不清，“知于我”的说法易形成歧义，“智于我，言其智不能过我；知于我，则言不足为我所知也。据《辑录》：‘智不足以知我，则智字只代上能字，且于字亦无着处。’”❷并引述王逢《辑录》反对作“知于我”解，应是认为“智于我”为通。

《邶风·泉水》一诗，朱熹释首章之“诸姬”为从嫁之“娃娣”，认为二章之“诸姑”“伯姊”即为前章之“诸姬”，后之说《诗》者多认为其将“诸姑”“伯姊”释为从嫁之姬妾有误，因为“娃娣”指的是出嫁诸侯的贵族女子陪嫁的侄女与妹妹，宗朱的许谦《诗集传名物钞》亦不从“诸姑伯姊”为“诸姬”之说，刘瑾《诗传通释》对此也有疑问。而对此顾氏按曰：“‘娃娣’为媵，已自可疑，至姑姊从嫁，则必无之事矣。此朱子之失，置不辨可也。”❸明确指出以姑姊从嫁乃是朱熹解说有误，甚至对以“娃娣”为媵也提出质疑，然而《公羊传·庄公十九年》载：“媵者何？诸侯娶一国，则二国往媵之，以娃娣从。娃者何？兄之子也。娣者何？弟也。”❹明以“媵”为娃娣。对此顾氏按曰：“《诗传阐》曰‘按汉儒谓礼惟嫁长女，余皆为媵，然《硕人》既为卫侯妻，而邢、谭夫人又皆其姊妹行也。亦足证汉儒之诞妄。’与鄙见合。”❺引明人邹忠胤《诗传阐》之说反驳汉儒之说，展现出明代中后期学者的独立思考与怀疑精神。

在音韵方面顾梦麟对《诗集传》亦有补正，朱《传》对音韵一般多不讨论，只径直在所释之字下注出，而顾氏于每章之后必标明韵脚，且常对朱《传》所标之叶韵有所辨析。如《周南·芣苢》篇，《诗集传》对首章注音曰：“采采芣苢，薄言采（叶此履反）之。采采芣苢，薄言有（叶羽已反）之。”❻认为第二句之

❶　[宋]朱熹撰．赵长征点校．诗集传[M].北京：中华书局，2011：51.

❷　[明]顾梦麟．诗经说约[M]// 续修四库全书（第60册）．上海：上海古籍出版社，1996：324.

❸　[明]顾梦麟．诗经说约[M]// 续修四库全书（第60册）．上海：上海古籍出版社，1996：290.

❹　[汉]何休解诂．[唐]徐彦疏．刁小龙整理．春秋公羊传注疏上[M].上海：上海古籍出版社，2014：289.

❺　[明]顾梦麟．诗经说约[M]// 续修四库全书（第60册）．上海：上海古籍出版社，1996：290.

❻　[宋]朱熹撰．赵长征点校．诗集传[M].北京：中华书局，2011：7.

"采"与第四句之"有"相叶。对此顾氏作按语曰："'采'字叶'有'，与《关雎》叶'友'同切。《字汇》：'《诗》：《关雎》《芣苢》《蒹葭》《小宛》用此韵者四。《楚辞》：《怀沙》用此韵者一。'非苟叶也。"❶引《字汇》所举之例为证，以说明朱《传》之叶音有所根据，为朱《传》的注音增加说服力。

又如《郑风·女曰鸡鸣》"知子之来之，杂佩以赠之。知子之顺之，杂佩以问之"，顾氏按语曰："《集传》'来'叶六直反，'赠'叶音则，《小雅》'忧心孔疚'叶'我行不来'，《大雅》'王犹允塞'叶'徐方既来'，亦俱六直反，而读'赠'为'则'，无据。"❷《诗集传》对"来"与"赠"的音释，顾氏认为前者有据，后者无据，于是又引徐光启《毛诗六帖讲意》与丰坊《鲁诗世学》之说于其后以供读者参考，"故徐文定云：或'赠''顺''问'同，而'来'字非韵。疑不能明也。《鲁诗世学》又云：'来'叶音釐，'赠'《石经》本作贻。"❸二人之说与朱《传》各有不同，然而证据亦不充分。最终顾氏认为，"然究以《集传》说为正。《语类》亦云：'来音扐，赠入声。'是也。《出车》'谓我来矣'叶'维其棘矣'，亦六直反，读如扐。"❹认为《诗集传》释"来"字之证据更为充分，虽"赠"字无据，也仍应以《诗集传》为准。

然而顾氏对朱熹之"叶音说"亦有怀疑，其自言"麟此编无一敢与紫阳戾，但以声韵论转折"❺，也就是说其自认唯在声韵与文意转折的问题上与朱熹之说常有不合之处。关于音韵问题，顾梦麟受到了徐光启很大的影响，在书中关于韵读的分析多引用徐光启《毛诗六帖讲意》之说，认同其对"叶音说"的质疑，常据其说而反驳朱《传》的叶音，典型的例子如《豳风·七月》之首章，朱熹认为通章皆为一韵，故所标韵脚多为叶音，而顾氏取徐光启《毛诗六帖讲意》之说，认为此章是三换韵，不取朱《传》之韵读。

不惟补正《诗集传》之名物、训诂与音韵，顾氏还对诗义解说、比兴之意等各个方面作补正，其曰："《集传》惟诗柄下不得，于夫一句后贴口气处俱更不

❶ [明]顾梦麟.诗经说约[M]//续修四库全书（第60册）.上海：上海古籍出版社，1996：242.
❷ [明]顾梦麟.诗经说约[M]//续修四库全书（第60册）.上海：上海古籍出版社，1996：350.
❸ [明]顾梦麟.诗经说约[M]//续修四库全书（第60册）.上海：上海古籍出版社，1996：350.
❹ [明]顾梦麟.诗经说约[M]//续修四库全书（第60册）.上海：上海古籍出版社，1996：350.
❺ [明]顾梦麟.诗经说约[M]//续修四库全书（第60册）.上海：上海古籍出版社，1996：433.

相及。”❶所谓“诗柄”就是概括介绍《诗经》诗篇大意的文字，可见顾氏对朱熹《诗集传》的诗义说解多有不满意处。而所谓“贴口气”之说显然是受到八股制艺的影响，八股作文要求模仿古人口气为之，故说《诗》者受此影响也形成了贴合古人语气的说《诗》模式，然朱熹之时尚无此种风气，顾氏却以此来评价朱熹说《诗》，可见科举意识对其影响之深。于是在其《诗》解中时时可以看到其提醒读者在制艺作文时朱《传》的解读何意可取，何意为衍说不可用。

诗义解说方面的补正，如《周南·卷耳》末章“陟彼砠矣，我马瘏矣，我仆痡矣，云何吁矣”，朱《传》只简单训释了“砠”“瘏”“痡”三字，而顾氏作按语补充曰：“马以驾车，仆以御马，凡言马处俱不可离车说。末句难解，然正以不解见妙。‘云何’二字亦可略，读断似如何是处之意也。”❷用通俗的语言解说了朱《传》所忽略的末句，并认为末句意味深长，可见是以文学的眼光解诗。

如《王风·君子阳阳》“右招我由房”之房，朱《传》释为“东房”，“右招我由敖”之敖，朱《传》释为“舞位”。对此顾氏按曰：“‘由房’据《疏义》有二说，如《序》说则‘房’即‘房中之乐’之房，君子犹《简兮》之硕人也。如朱说则房在室旁，只是人出入处。然今虽必从朱说而以房为作乐之处，自无妨。‘敖’训舞位，亦恐非有专设，即舞处是位也。必曰由东房入后堂，然后就舞位，亦太拘。”❸虽然以朱《传》为尊，不取《序》说，但仍认为此处如严格遵循朱《传》之说解诗则太过拘束生硬。

又如《周南·芣苢》一诗“采采芣苢，薄言掇之。采采芣苢，薄言捋之”句，朱《传》曰：“掇，拾也。捋，取其子也。”❹顾氏进一步解说曰：“拾，是拾其穗，然其用在子也，即前章采之、有之已指此，勿误。”❺对朱熹过于简略的训解明确所指的对象。关于“芣苢”一物，朱《传》曰：“采之未详何用。或曰：其子

❶ [明]顾梦麟.诗经说约[M]//续修四库全书（第60册）.上海：上海古籍出版社，1996：269.

❷ [明]顾梦麟.诗经说约[M]//续修四库全书（第60册）.上海：上海古籍出版社，1996：237.

❸ [明]顾梦麟.诗经说约[M]//续修四库全书（第60册）.上海：上海古籍出版社，1996：334.

❹ [宋]朱熹撰.赵长征点校.诗集传[M].北京：中华书局，2011：7.

❺ [明]顾梦麟.诗经说约[M]//续修四库全书（第60册）.上海：上海古籍出版社，1996：242.

治产难。”[1] 顾氏提醒读者曰：“但治产难意着相，不可用，只要见此时气象。”[2] 认为“治产难”之说过于“着相”，破坏诗歌意境，不可用于解此诗。

再如《秦风·晨风》一篇，写妇人思夫，因有“忘我实多”之语，故朱《传》认为“此与《扊扅之歌》同意，盖秦俗也。”[3]《扊扅之歌》有“今富贵，忘我为”之语，又同出于秦地，于是朱熹因此认为这代表了秦地不顾家室的风俗。但顾氏却说“不可因《扊扅》语，入富贵忘贫贱意”[4]，显然不认同朱熹的解读，认为诗中并无“富贵忘贫贱”之意，与《扊扅之歌》之意不同。

至于比兴方面，朱熹《诗集传》关于比兴之意的说解较为疏略，之后诸家解读不免纷纭，顾氏往往为之详为解说，并对其他诸家的说解进行辨正。关于“兴”义的辨正，如《周南·樛木》篇，顾氏提醒读者“樛木兴福履，不兴众妾，此最易杂易混，《大全》补注兼比义，必不可从。”[5]《诗传大全》所补之注为辅广之说：“此诗虽是兴体，然亦兼比意，与《关雎》同，故郑氏以为木枝以下垂之故，葛藟得累而蔓之，喻后妃能以惠下逮众妾，故众妾得上附而事之也。”[6] 顾氏不认同此诗兼比意的说法，不以《诗传大全》与辅广之说为权威，认为此说必不可从，而观《诗集传》之解说，确不见认为有兼比之意。关于“比”义的辨正，如《唐风·鸨羽》首章，顾氏道：“此诗诸家解家皆非，盖只过信《集传》‘而不得耕田以供子职’也，一‘而’字遂谓比意呼应，直至‘父母何怙’而止，而不知其实误也。”[7] 认为诸家说《诗》者在说此章时皆因受到《诗集传》解说诗义的影响，故而对此处的比意进行了种种不恰当的说解，如《六帖》说“似兴非兴，谓之明比”，《通解》说“比头而不比尾”，在他看来此章比意只至首二句即止，之后已另自起论，后面的内容与前两句相承而不相应。

---

[1] [宋]朱熹撰．赵长征点校．诗集传[M]．北京：中华书局，2011：7.

[2] [明]顾梦麟．诗经说约[M]//续修四库全书（第60册）．上海：上海古籍出版社，1996：242.

[3] [宋]朱熹撰．赵长征点校．诗集传[M]．北京：中华书局，2011：99.

[4] [明]顾梦麟．诗经说约[M]//续修四库全书（第60册）．上海：上海古籍出版社，1996：400.

[5] [明]顾梦麟．诗经说约[M]//续修四库全书（第60册）．上海：上海古籍出版社，1996：238.

[6] [明]胡广，等撰．诗传大全[M]//影印文渊阁四库全书（第78册）．台北：台湾商务印书馆，1983：335.

[7] [明]顾梦麟．诗经说约[M]//续修四库全书（第60册）．上海：上海古籍出版社，1996：386.

（二）从举业视角关注《诗》的文学性

在明代后期，尤其是万历朝之后，以文学解《诗》、以评点解《诗》蔚然成风，在这种思潮影响下，顾梦麟也不免受到影响。虽然《诗经说约》是指导科举之书，但并没有因此将《诗经》视为义理的载体而减弱对其文学性的关注，反而在指导举业作文的同时还特别关注《诗》的文学性。在当时，由于科举考试关于《诗经》的命题都是举一章或数句，故而制艺之书的习气也是以讲解可能出题的重点章句为主。对于这种不良风气，顾梦麟持坚决反对的态度，其《自序》曰："隆万以降，世皆骛新学，于一篇或重一章，数句或重一字，不循条理，专事牵合，文体丧矣。一言正之曰：有韵而后有诗，有诗而后有文，虽纵之横之，冲之撞之，无非诗，无非文也。"❶强调《诗》的文学本质，明确表达诗是一种意脉连贯的由声韵所串联的文体，故而对于《诗》要做整体的解读而不能割裂地看待。又引徐光启《毛诗六帖讲意》云："大抵说《诗》，固要析肌分理，但其条理脉络，颇与他书不同。他书记述古人议论事迹，其对待照应，言下粲然。诗则记古人声音，其对待分析，不宜专论事理。"❷认为《诗》作为韵文有其特殊性，故解《诗》方法与他书不同，不可专以事理来分析，而要从声韵入手，观其意思之转折与章句之分野，从而理解诗之意旨。以上这些自述与引述的言论，可见顾氏对《诗经》的文学性有充分的体认。

《诗经说约》中顾梦麟个人所作的按语多就诗句之韵读、诗义之连断转折与赋比兴之义进行详细的辨析，这种关注很大程度上是建立在对《诗经》文学性的体认上的。《诗》之音韵、文脉、比兴之义，在顾氏看来实为一事，他曾言"兴之义多取声韵相应"❸，又曾引辅广之言曰："先儒分章之误，皆由不知比兴之体、音韵之节故也。"并因之曰："今人于《诗》不知段落转折者，其失亦同，故编中犹详于此。"❹主张由"比兴之体""音韵之节"来判断诗句之意脉转折、章句划分，"至诗有篇、有章、有句，因而有连、有转、有截，其体势意思皆依韵脚，

❶ [明]顾梦麟．诗经说约[M]//续修四库全书（第60册）．上海：上海古籍出版社，1996：223.

❷ [明]顾梦麟．诗经说约[M]//续修四库全书（第60册）．上海：上海古籍出版社，1996：393.

❸ [明]顾梦麟．诗经说约[M]//续修四库全书（第60册）．上海：上海古籍出版社，1996：231.

❹ [明]顾梦麟．诗经说约[M]//续修四库全书（第60册）．上海：上海古籍出版社，1996：707.

韵所未协，虽句已歇，理即未止。”❶对于音韵与比兴的关注都是为了更准确地把握诗之意脉。顾氏认为以声韵之连断、比兴义之起止，可以观诗意脉之连断，如《小雅·鹿鸣》首章按语曰："此章《集传》《六帖》俱作通章一韵。愚意各四句自为一韵亦无妨，且兴意亦断，当在四句止。‘鼓笙吹簧’以下另说，此等齐整八句者，所谓‘两句一连，四句一截’之理更为分明。”❷认为此章兴意所断之处即为换韵之处。在顾氏看来，《诗经》中的诗义大多都符合“两句一连，四句一截”的规律，而韵脚也多以四句为截。

对于顾氏这种“义随韵移”的看法，王夫之持鄙夷的态度，他说："意相承而韵移也。尽古今作者，未有不率繇乎此；不然，气绝神散，如断蛇剖瓜矣。近有吴中顾梦麟者，以帖括塾师之识说《诗》，遇转则割裂，别立一意；不以诗解《诗》，而以学究之陋解《诗》，令古人雅度微言，不相比附。陋于学诗，其弊必至于此。”❸在更加重视《诗经》文学性的王夫之看来，顾氏是以“帖括塾师之识说《诗》”，也就是以举业之文视角来解读《诗经》，而非以诗眼看《诗》，虽然也关注《诗经》的文学性，但却失于僵硬机械。

对于赋、比、兴等艺术手法，顾梦麟在书中予以了高度关注，几乎在每章都会对比兴之意尤其是兴义进行说解，且解说时一定会标明比兴之意的起止之处。顾氏认为兴义分为“正兴”与“反兴”。

“反兴”之说始于《毛传》，指的是起兴之事物与所咏之事物。在宗朱《诗经》学作品中，如许谦《诗集传名物钞》与刘玉汝《诗缵绪》中对此皆有论及。而顾氏通过自己对朱《传》行文的观察，总结出朱熹在表述兴义时，虽不明言“正兴”“反兴”之辞，却在用字上对这两种情况有不同的选择。如《周南·关雎》篇，顾氏于《诗集传》传文之旁用小字夹注曰："凡《集传》，于‘正兴’多用‘则’字，于‘反兴’多用‘犹’字、‘乃’字。”❹又于《召南·江有汜》云："然据《集传》，‘犹’字、‘乃’字自是‘反兴’，当三句便止，四五句另转耳。”❺顾氏发现

❶ [明]顾梦麟．诗经说约·序[M]// 续修四库全书：第60册．上海：上海古籍出版社，1996：221.

❷ [明]顾梦麟．诗经说约[M]// 续修四库全书（第60册）．上海：上海古籍出版社，1996：454.

❸ [明]王夫之．诗绎[M]// 湖湘文库（甲编）船山全书（第15册）．长沙：岳麓书社，2011：811-812.

❹ [明]顾梦麟．诗经说约[M]// 续修四库全书（第60册）．上海：上海古籍出版社，1996：228.

❺ [明]顾梦麟．诗经说约[M]// 续修四库全书（第60册）．上海：上海古籍出版社，1996：261.

朱熹解说“正兴”之义多用“则”字,解说“反兴”之义多用“犹”字、“乃”字,堪为后之读者的提示。

书中所标示“正兴”处较少，然亦偶尔有之。如《小雅 · 青蝇》二章按曰：“以‘营营青蝇’正兴‘谗人罔极’,以‘止于棘’正兴‘交乱四国’。”❶标示“反兴”之处则颇多，其于《召南·殷其雷》即指出:“此诗反兴之始也。”❷又如《鄘风·相鼠》末章，顾氏曰:“亦‘反兴’，至二句止，三四另转，以痛责之。”❸可以看出，朱《传》的说解的确有“犹”字，此诗以鼠之尚有皮对比为人却无礼仪，确有反兴之意。又如《小雅·大东》首章，顾氏注曰:“‘有饛’四句亦‘反兴’，以不平兴平，不直兴直也。……‘兴’理亦只出得‘周道’二字，下四句俱承周道言之也。‘饛’训‘满’，则不平；‘捄’训‘曲’，则不直。今周道既平且直，未改其初，而盛衰顿异，是以悲也。”❹通过训解字词解释了此章为何有反兴之意。观察之后可以发现，顾氏是将兴义放在章节内部而非全诗来考察的，其每次解说兴义皆具体落实到了句这一单位。顾氏于全书皆如此，将兴义划分为各种类型，如认为“正兴”“反兴”之外还有“兴”与“比”的结合，如《卫风·淇澳》篇，其按曰：“‘绿竹如箦’，‘(有匪)君子，如金如锡，如圭如璧’，俱‘兴’中夹‘比’，又一法。”❺

书中对“比”义的讨论不如“兴”义多，但就不同情况也有所讨论。如说《卫风 · 木瓜》首章“投我以木瓜，报之以琼琚，匪报也，永以为好也”，曰：“琼琚以喻为宝之极重，即非真以为是物为投报，故不属赋，属比。‘匪报’‘永好’亦各承上说，不必补正意，如暗比之例。”❻辨别“比”“赋”的区别，在于取意或取事，并提出“暗比”之说。又如说《邶风·柏舟》“泛彼柏舟，亦泛其流”一章曰：“此二句是‘比’，‘比’下却接余论，却是赋矣。然以‘比’起，故属‘比’也。诗中如此法者甚多。‘胡迭而微’、‘绿衣黄里’下竟接‘心之忧矣’，

❶ [明]顾梦麟.诗经说约[M]// 续修四库全书(第60册).上海：上海古籍出版社，1996：619.
❷ [明]顾梦麟.诗经说约[M]// 续修四库全书(第60册).上海：上海古籍出版社，1996：258.
❸ [明]顾梦麟.诗经说约[M]// 续修四库全书(第60册).上海：上海古籍出版社，1996：309.
❹ [明]顾梦麟.诗经说约[M]// 续修四库全书(第60册).上海：上海古籍出版社，1996：575-576.
❺ [明]顾梦麟.诗经说约[M]// 续修四库全书(第60册).上海：上海古籍出版社，1996：316.
❻ [明]顾梦麟.诗经说约[M]// 续修四库全书(第60册).上海：上海古籍出版社，1996：328.

亦是如此。”❶将“比”意限定在前两句，而确定其下为“赋”，并总结了一章中兼有比、赋的情况，如以比起，则判为比。

顾氏还着意辨析“兴”与“比”的区别，书中此类例子很多，如《周南·关雎》按语云:“麟每言‘兴’与‘比’相似，只有照应为‘兴’，无照应为‘比’，皆与朱子之言合。”❷《唐风·鸨羽》按语云:“六义有‘比’，皆与下文不相照应，但寓止指于寄托之中，以后另自起论。”❸认为“比”重寓意，重寄托，喻体与下文无照应，即无明面上的语意关联，需要读者自行体悟其蕴藉之意，如此才有韵味。《小雅·蓼莪》按语云：“‘兴’必有照应，然后作转；‘比’无照应即转，故另转。同而‘兴’；‘比’，异也。”❹要而言之，顾氏是从诗义、语脉上的照应关系来对比、兴进行区分的。

具体的例证如《小雅·蓼莪》首章“蓼蓼者莪，匪莪伊蒿，哀哀父母，生我劬劳”，朱《传》认为是比，“言昔谓之莪，而今非莪也，特蒿而已。以比父母生我以为美材，可赖以终其身，而今乃不得其养以死”❺。顾氏因之而论比与兴的区别曰：

> 若此诗将注中“父母生我，以为美材，可赖终身，而今乃不得其养”等意，再衍二句于中间，即谓之兴，而不谓之比矣。故曰兴、比皆是后人看出，作者全不自定名目。且《集传》必补“父母生我，以为美材”云云者，亦是要诗理明白，其实说者照样补入，则为改比为兴矣。大概看书作文，各有门头，不可横执故闻，胶柱调瑟。❻

在顾氏看来，此章前两句与后两句语义上没有关联，所以是比体。他还认为朱《传》的说解明确了前两句的比喻之意，并填补了逻辑链上的空白，使前两句与后两句能够逻辑通顺地相连；如果作诗者在四句中间加入类似朱《传》说解的语句，使得前后在意义上相连，此章则变为兴体。另外，顾氏在此还不忘对读者

❶ [明]顾梦麟.诗经说约[M]//续修四库全书（第60册）.上海：上海古籍出版社，1996：269.

❷ [明]顾梦麟.诗经说约[M]//续修四库全书（第60册）.上海：上海古籍出版社，1996：230.

❸ [明]顾梦麟.诗经说约[M]//续修四库全书（第60册）.上海：上海古籍出版社，1996：386.

❹ [明]顾梦麟.诗经说约[M]//续修四库全书（第60册）.上海：上海古籍出版社，1996：573.

❺ [宋]朱熹撰.赵长征点校.诗集传[M].北京：中华书局，2011：193.

❻ [明]顾梦麟.诗经说约[M]//续修四库全书（第60册）.上海：上海古籍出版社，1996：573.

进行作文上的指导，提醒读者“看书作文，各有门头”，如朱《传》一般贯连诗义、句句落实乃是看书之法，而非作文之法。

在这里，顾梦麟还提出了“比兴皆是后人看出”的观点，这一观点既强调了作诗之人的创造性，亦强调了读诗者的主观能动性。古人作诗并非胸中先有赋、比、兴之义然后作诗，是后人通过反复阅读涵泳诗歌，感受作诗之人的意脉转折与情绪变换，从而提炼、总结出了“赋、比、兴”等艺术手法。从某种程度上说，“赋、比、兴”是读者赋予《诗经》的，又成为后来读《诗》者理解诗义的门径与参考。然而诗是活物，解诗者只有通过反复涵泳，自己去体会、去贴合作诗者的思绪与感情，不可“横执故闻，胶柱调瑟”，拘泥于前人之说。“诗只要六义分明，然亦有从来未出者，必待涵泳而后得之。”❶无论是诗义还是比兴之意，都可能通过涵泳发现前人所未发之意。这种强调读者主观能动性的观点，有钟惺“活物说”的影子，明末启、祯年间，竟陵派并入复社，顾氏很有可能在一定程度上受到了竟陵派之影响。

在顾氏看来，比兴之意含蓄蕴藉，理解起来重在涵泳感悟，反对过度解读、比附义理。其于《邶风·柏舟》一诗按语中云：“《周南·螽斯》固通篇是比，《乔木》《汉广》《江永》下亦别无余文，然今如此等义，难直陈而托物起咏，则必取蕴藉，或事有不可言者耳。说家于所比之下动云‘我之云云’，何以异此？则不如无比矣。此从来相沿，而据理即谬，欲为一概芟却也。”❷认为比诗的特点就是含蓄蕴藉，“有不可言者”，应由读者自行体悟而不必强行作解。历来说《诗》家皆以义理说比义，“说破正意，语如嚼蜡”❸，破坏诗之意蕴与美感，有违诗人口齿，此即为“据理即谬”。

作为指导科举而作的诗解，顾氏此书时时不忘对制艺作文做出提点，尤其关注文脉与写作技巧。如解《大雅·皇矣》，大篇幅引用徐光启《毛诗六帖讲意》：

❶　[明]顾梦麟.诗经说约[M]//续修四库全书（第60册）.上海：上海古籍出版社，1996：269.

❷　[明]顾梦麟.诗经说约[M]//续修四库全书（第60册）.上海：上海古籍出版社，1996：269.

❸　[明]顾梦麟.诗经说约[M]//续修四库全书（第60册）.上海：上海古籍出版社，1996：269.

此诗三王各叙一段语，惟此叙王季处，上章接大王说下，与上文相联，下文又先插入文王，以起后二段意。如此则血脉联贯，不板匝，不突兀。此诗人行文妙处。……王季上承大王，下开文武，虽有其勤之绩，故无事实之可称，诗人颂述，但称其德而已。然只如此数语，岂不寂寥？诗人却从大王说到太伯之让，直说到比于文王，施于孙子。他人枯淡处，他却翻出许多波浪，生出许多关节，如椽之笔也。此等处可以悟作文之法。❶

这一大段，与诗义无甚关涉，皆是述说点评作诗人之叙事行文技巧，以为学子作文之参考。

又如《小雅·出车》五章，引黄佐《诗经通解》曰："末二句乃王者想象出一时妇人思念之情，直说其又伐西戎而未归耳。注中'岂既却猃狁而旋师以伐昆夷也与'之云者，乃朱子疑意，作文不可用出。"❷提醒读者哪些诗解可以用于作文，哪些只是疑意或衍说，不可用于科举制艺。

再如《鄘风·定之方中》二章"升彼虚矣，以望楚矣。望楚与堂，景山与京。降观于桑，卜云其吉，终焉允臧"，朱《传》曰："此章本其始之望景观卜而言，以至于终，而果获其善也。"❸顾氏按语曰："此章注虽有望景观卜之说，不可分四项做主，驱经从传，自戾语气。盖诗皆以两句为一联，四句为一截，而此篇各上四句一截，下三句又一截，判然分明，乱之则非也。"❹认为此诗每章都是前四句为一个意群，后三句为另一个意群，就如此章即是前四句讲望景之事，后三句讲观卜之事。又曰："而'望楚与堂''景山与京'亦平对，上以一项对一项，下以两项对两项，断然不易也。'降观'三句，自作一气递下。若必以望京观卜作四下平对，而末句总承，如《通释》《讲意》之说，牵强不成话甚矣。"❺这是以八股文对仗的写法来分析此章诗文，认为"望楚与堂，景山与京"两句与前两句"升彼虚矣，以望楚矣"一样自为平对，即两两相对，而非"四下平对"，因而也不与后两句相连，后两句自与末句为一体。在他看来，《通释》《讲意》之说是受

❶ [明]顾梦麟.诗经说约[M]//续修四库全书（第60册）.上海：上海古籍出版社，1996：679-680.

❷ [明]顾梦麟.诗经说约[M]//续修四库全书（第60册）.上海：上海古籍出版社，1996：476.

❸ [宋]朱熹撰.赵长征点校.诗集传[M].北京：中华书局，2011：41.

❹ [明]顾梦麟.诗经说约[M]//续修四库全书（第60册）.上海：上海古籍出版社，1996：306.

❺ [明]顾梦麟.诗经说约[M]//续修四库全书（第60册）.上海：上海古籍出版社，1996：307.

到了朱《传》以最后一句为总承的一章之事的影响，皆“驱经从传”，导致解说牵强不合文理。这是他以八股手眼观照《诗经》文本而得出的自己的理解，不论正确与否都体现出独立思考的精神。

此外，有些对字法、句法的说解具有《诗经》评点的意味，如解说《秦风·晨风》篇，对“未见君子，忧心钦钦”一句中的“钦钦”一词分析道：“钦钦为敬,故以状‘不忘’,用字之妙。”❶“钦”为敬之意,“钦钦”一般用来形容“敬”的状态，此处用“钦钦”来形容“忧心”，是取“敬”的一刻不间断之意来类比主人公无一刻或忘的对君子的思念，相当传神，故顾氏于此处激赏诗人用字之妙。又如《豳风·七月》五章，顾氏按曰：“此诗先言在野、在宇、在户，而后以蟋蟀句总承之，盖古人文法倒装之至妙也。”❷分析了此章先言时令与处所的转换，最后点名所指为蟋蟀的倒装句法，提醒读者注意作诗之人的文法技巧之妙。对朱熹或其他诸家的诗解，顾氏亦时有点评，如《卷耳》篇“《诗缉》云:‘仆马皆病，而今云何乎？长叹而已。’极佳”❸。

顾梦麟的《诗经说约》与明初宗朱《诗经》学著作相比，一方面重新重视起名物考据，另一方面又能以文学解《诗》；虽受到了科举制义的影响，但却不盲从权威，敢于自出新解，同时又能广泛吸收汉宋及明人诗说，明代后期《诗经》学的种种特点在《诗经说约》中都有所展现。洪湛侯对这部书给予了很高的评价：“顾氏的《诗经说约》，确较同时诸家为善，谓为明代朱学之鲁殿灵光，其庶几乎！”❹也正如洪湛侯所说，自此之后《诗经》学研究的重点已经发生了转向，汉学已然兴起，虽然清初在官方的推崇下尚出现出一些宗朱《诗经》学著作，但在民间再也没有产生过拥有较大影响力的宗朱《诗经》学著作了。如此看来，《诗经说约》不唯是明代朱学之鲁殿灵光，也是整个朱子《诗经》学的鲁殿灵光了。

---

❶ [明]顾梦麟.诗经说约[M]//续修四库全书（第60册）.上海：上海古籍出版社，1996：400.

❷ [明]顾梦麟.诗经说约[M]//续修四库全书（第60册）.上海：上海古籍出版社，1996：434.

❸ [明]顾梦麟.诗经说约[M]//续修四库全书（第60册）.上海：上海古籍出版社，1996：237.

❹ 洪湛侯.诗经学史[M]北京：中华书局，2002：426.

小 结

明代的朱子《诗经》学，从官方地位上来讲是走向了极盛，从实质上来讲，朱子《诗经》学却进入了低潮，逐渐失去统治力与生命力。顾颉刚评价王柏“惟其笃信朱熹，所以才能用了朱熹的方法作比朱熹进一步的研究。这才是真正研究学问的态度。这才是真正继续大师的工作的态度”❶。宋元宗朱派《诗经》学者以继承、传播朱熹《诗经》学为己任，发展了朱熹《诗经》学的不同方面，并参考诸家之说，结合自己的思考，对朱子《诗》说的不足之处有所补正，共同构筑与发展了朱子《诗经》学体系。但是这种超越前人将其研究继续向前推进的精神在明代宗朱《诗经》学作品里并不明显。

虽然从整体上来说，明代初期的朱子《诗经》学继承宋代朱子《诗经》学之余绪，但与元人致力于补充、辅翼《诗集传》，或是对《诗集传》的名物典章、音韵训诂补充考据，或是在《诗集传》基础上对诗篇旨意、艺术手法进一步申说挖掘的努力不同，明代宗朱《诗经》学者已将《诗集传》视作不可移易之经典或者应举之学。这种倾向在元末宗朱《诗经》学著作中已初现端倪，在明初朱善《诗解颐》、梁寅《诗演义》中则较为明显，在官书《诗传大全》颁布后，《诗集传》作为经典的权威地位已无以复加，已由经典化走向了神圣化。明末顾梦麟的《诗经说约》则是一部指导科举的参考书。明代宗朱《诗经》学著作大多为此类讲学举业之书，价值不大，今多不传，而朱善、梁寅、顾梦麟的著作仍能流传至今，说明较其他书更有价值。朱善、梁寅为江西人，顾梦麟为江苏人，可见在明代朱熹《诗集传》的研究虽已普及全国，但著述质量依然以南方尤其是江西地区为优。

在这种背景下，明代朱子《诗经》学著作呈现出以下特征：

在体例上，展现出实用化、工具化、单一化的特征。朱善《诗解颐》为说体著作，不载《诗经》与《诗集传》原文，只于篇题之下依次讲解，每段讲解皆成文，开明代经解“口章讲义”风格的先河；梁寅《诗演义》为通释体著作，虽只录经文不录《传》文，然其内容实就《诗集传》而发。以上二者皆为授徒讲学

❶ [宋]王柏撰．顾颉刚校点．诗疑[M]．北京：朴社，1935：24.

的讲义，体例简明，不引众家说解，自为申说、训释。《诗传大全》由元代刘瑾《诗传通释》为蓝本稍加删改而成，故体例与《诗传通释》一致，皆为集合众家之说的通释体，刘瑾尚时有按语论断，《诗传大全》则只荟萃前人之说不另作论断，是专为科举考试而作的权威教本、工具书；顾梦麟《诗经说约》亦为通释体，先录《诗集传》，次引诸家之说，后作按语考据、辨析、申说之，是一部专为指导科举而做的参考书。明代朱子《诗经》学著作大多为此类讲学举业之书，体例以通释体为主。

在内容上，展现出义理化、通俗化、教条化的特色。前两书虽然都在从朱的基础上有自己的见解，但朱善《诗解颐》专主义理发挥，尤其关注兴衰治乱，有时为说理而说理，有脱离文本的倾向，意在借重《诗集传》以立训，道学化倾向明显；梁寅《诗演义》关注于《诗集传》训释的通俗化与补充，对义理、文体、比兴、用韵等方面虽然也有关注，但其内容的全面性与丰富性不及元儒的宗朱《诗经》学著作。《诗传大全》内容大致与《诗传通释》内容一致，仅添入了包括朱熹、辅广、罗复、朱善诸家在内的可以发明《诗集传》的诗说，而无新的创见，并且将《诗传通释》中所引与朱熹《诗》说不合的条目一律删去，使得士子学《诗》不敢出此区域，自此之后朱熹《诗集传》虽然独尊，而对其学术研究的空间却越发狭小；明末顾梦麟《诗经说约》作为举业用书中的佼佼者，虽然其创作目的依然是服务科举，但此书不再如前人般奉朱《传》为圭臬，对《诗集传》之名物、训诂、音韵皆有所补正，对诗义与比兴之意亦有新的挖掘，强调读者的主观能动性，反对义理比附，并且吸收了明中后期文学解《诗》与考据解《诗》的方法与成果，既有考据学的征实之风，又有文学的艺术鉴赏，其中蕴藏着《诗经》学发展的新变。

可以看出，相比于宋、元，明代宗朱《诗经》学著作的创作更大程度上受到了政治与科举的影响，多为教学讲义、科举用书，创作目的已从辅翼《诗集传》、建构朱子《诗经》学体系的学术目的而转向了教育教学、服务科举与政治的实用目的。坊间大量科举应试之书对朱子《诗》学研究的贡献并不大，甚至可以说有不小的损害，与朱熹治学的精神更是相差甚远。朱熹曾言："今若有会读书底人，看某《诗传》，有不活络处都涂了，方好。而今《诗传》只堪减，不堪添。”[1]显然是倡导自出胸臆的治学精神，反对因前人的诗解而遮蔽了自己的思考。然而《诗集传》自南宋以来为弟子后学与学者讲师释之又释、添之又添，又作为官学被神圣化、权威化，其本初之怀疑、求实的精神反而日渐被后来说《诗》者所遗忘，于是到了《诗集传》地位最为尊崇的明代，朱子《诗经》学反而后继乏力，走向了衰落。当然，这也是由于朱熹《诗经》学研究的各个面向已被前人的研究所占据，后人在此框架下很难出新，于是训诂解《诗》与以诗解《诗》的两种路径从朱子《诗经》学体系中分化出来，形成了以考据解《诗》一派与以文学解《诗》一派。虽然朱子《诗经》学体系在明代衰落了，然而《诗经》学的嬗变却是以朱子的《诗》学思想与治学精神为土壤的，朱子《诗经》学以另一种形式发挥着它的影响力。

[1] [宋]黎静德编．王星贤点校．朱子语类[M]．北京：中华书局，1986：2091.

第六章　结　语

中国古代《诗经》学，一般分为三个阶段——《诗经》汉学、《诗经》宋学和《诗经》清学。《诗经》汉学的代表作毫无疑问当属《毛诗正义》，因此书所包含的汉代之《毛诗序》、毛《传》、郑《笺》与唐代之孔《疏》，几乎将唐以前的《诗经》学研究成果都囊括其中。而朱熹《诗集传》被后世视作《诗经》宋学的代表著作，此书亦是他一生治学思想的结晶，在朱熹学术著作中的重要程度只有《四书章句集注》可以比拟。此书几经修改，态度从尊《序》到反《序》，直至朱熹去世之前方才定稿，可见朱熹对《诗经》学的思考之深，用功之勤。朱熹作此书，毅然选择去除毛《序》，只从文本入手解读《诗经》，大胆地突破了延续千年的《诗经》汉学系统。

然而朱熹所做的工作绝不仅是"破"，还有"立"。朱熹对毛《序》的辨破是建立在大量吸收了包含毛、郑、三家《诗》在内的汉唐以来诸儒及宋人《诗经》学研究成果的基础之上的，朱熹虽杂取众家之说，而能断以己意，没有门户之见，展现出独立思考的治学精神；朱熹对"诗《序》说""六义说"等《诗经》学传统命题进行了新的阐释与定义，又大胆地提出了"淫诗说"，展现出敢立潮头的创新精神；解《诗》时对于没有把握的问题则坦言"不可考""不知何意"，又展现出严谨求实的治学精神；而其以理学解《诗》、以"涵泳"解《诗》的新方法，又为后人开辟出新的解《诗》路径。可以说朱熹著此书是以一人之力与汉唐以来无数说《诗》家相抗礼，所费心力不知凡几，显然其目的不是为了自我赏玩，而是欲成一家之言以传之后世。且《诗集传》之语言简洁明白，体例严谨，引述广泛，内容丰富而体量适中，非常适合作为教本，可见朱熹在撰著之时即立意于创作一部融合诸家注疏并反映其自身《诗》学思想的《诗经》教本。

朱熹在世时，由于陷入政治斗争而受到打压，普及其《诗集传》的理想未及实现。然而朱熹此番心血终究没有白费，在宋末至元代，朱熹的《诗集传》被大量刊刻，广为流传，经受住了检验。一方面当然可以说是由于朱熹众多的门人弟子如辅广、金履祥、王柏、胡一桂之辈的推波助澜，他们伸张、补益《诗集传》的努力的确对《诗集传》的普及推广有促进之功。但应注意的是，就其自身学术成就而言，在整个宋代《诗经》学成果之中，《诗集传》也确实是出类拔萃、无与伦比的，而这才是朱子后学们得以建立朱子《诗经》学体系的前提。时代的发展使得汉唐《诗》学无法满足新时期社会与文化的需要，这让其被取代成为可能。朱熹《诗集传》作为汗牛充栋的宋代《诗经》学文本中的一部，能够脱颖而出，被时代所选择，则充分说明了它的确最能够顺应和满足时代的需要。在这一前提下，之后一系列围绕它而进行申说、补益的文本才有可能出现与传播，朱子《诗经》学系统的建立才成为可能。正如荷兰学者佛克马（D.W.Fokkema）所说的："所有的经典都由一组知名的文本构成——一些在一个机构或者一群有影响的个人支持下而选出的文本。这些文本的选择是建立在由特定的世界观、哲学观和社会政治实践而产生的未必言明的评价标准的基础上的。……每一个经典都有自己地理的、社会的和文化的范围，有它自己的市场，那些固定程度或高或低的规则只能在那个范围内调整文学权威（教育者，批评家或其他专家）和一般读者之间的关系。"❶

《诗集传》并在元代被选择并得到蓬勃发展，实是由于其自身价值与时代需求的双重作用。元代之所以能够产生兴盛且多元的宗朱《诗经》学研究成果正是因为认识到了朱熹《诗集传》的价值。元代政治对学术内部的干预较少，朱熹《诗经》学的影响力却能迅速由南至北，为北方学者所欣然接受，宗朱《诗经》学者的群体也由朱子后学而扩大到一般学者，可见是出于学者们自发的选择。元代学者根据自身与时代的需求，以《诗集传》为中心对朱熹《诗经》学的各个面向作进一步发展，完善了朱子《诗经》学体系，充分肯定了《诗集传》的价值。《诗集传》能够在元代中后期被立为官学，成为新的"经典"，朱子《诗经》学迎来大繁荣，

❶ 杜卫·佛克马．所有经典都是平等的，但有一些比其他更平等 [A]// 童庆炳，陶东风．文学经典的建构、解构和重构．北京：北京大学出版社，2007：17-18.

前提是由于学界的肯定，赋予它如此地位，可谓是自然而然、水到渠成的时代选择。

当然，朱熹的《诗经》学是作为他学术整体的一部分而被接受的，而在历史上，对朱熹的传统学术即“经学”的评价与对其哲学思想——“理学”的接受总是步调一致，而理学或曰道学又往往与政治深度捆绑，故而朱熹学术兴衰浮沉的过程也无不受到政治的影响。

朱子《诗经》学在元代中期以后的勃兴与明代前期的独尊，皆受到了政治的绝大影响，伴随程朱理学在元明两朝统治地位的确立，《诗集传》在三百余年间悬为功令，逐渐具有神圣性与权威性，功利的驱动使得天下之士对《诗集传》趋之若鹜，朱熹的《诗经》学思想得到空前的传播。但朱子《诗经》学研究也在这一时期开始了嬗变，对《诗》学的探索开始淡化，科举应试带来的不良影响愈发显现。甚至官方在科举中对《诗集传》独尊地位的维护反而缩小了它的诠释空间，使其难有新的发展。每一个“经典”都有其范围，政治的影响不能使其超越自己的范围，于是当明代中后期社会环境发生变化，阳明心学与复古思潮涌起之时，即使官方依旧推崇朱子《诗经》学，《诗集传》的经典价值也已开始被质疑。而且科举功利的驱动已使得多数士子舍弃了朱子之学思辨求真的精神内核，视为朱子《诗》学仅为记诵之学，越发使其失却了生命力，朱子《诗经》学的发展至此陷入了某种“停滞”状态。这种停滞状态最明显的外在表现就是阐述《诗集传》的优质、知名、通行文本的减少，除官修教本《诗传大全》外，明代宗朱《诗经》学著作流传至今而为人称道的竟只有明初朱善的《诗解颐》、梁寅的《诗演义》两部讲章与明末顾梦麟的《诗经说约》一部科举书，在《诗集传》地位最尊、“气焰”最盛之时，反而没有一部有分量的宗朱《诗经》学作品出现，可见朱子《诗经》学在宋元经历了逐渐丰富多元的发展历程后，在明代走向了单一化；而内在表现就是相较于前代，明代宗朱《诗经》学著作的学术性有所减弱，呈现出脱离文本、比附政治、迎合科举的教条化与工具化倾向。

明代中后期，虽然由于科举“功令”所在，朱子《诗经》学仍是“童而习之”的“先入”之学，然而从《诗经》学发展的大势来看，《诗经》学研究已转向了文学和考据研究，朱子《诗经》学体系终究是衰落了。大批《诗经》学者对朱子《诗经》学举起了叛旗，他们或汉宋兼采，或专考名物、音韵，或只以文学视角对《诗经》进行评点，展现出《诗经》学发展的新面相。然而值得注意的是，无论是文学解《诗》还是考据解《诗》，朱熹皆有启导之功。何况在这些举叛旗的《诗经》学作品中总是不免或多或少地发现朱子《诗经》学的印记，可见这一时期的《诗经》学者即便反朱也依然笼罩在朱子《诗经》学的影响之下。

进入清代以后，虽然由于清初官方尊崇理学使得朱子《诗经》学在康雍时期的翰林学臣之中短暂的拥有一席之地，然而清代《诗经》学研究的大势早已转向汉学。随着乾隆朝以官方态度推崇汉学并颁布基于汉学的《诗经》教本，朱子《诗经》学在清代彻底衰落了，新的学术体系开始建立。朱熹的《诗集传》走下了神坛，由“朱子”的《诗经》学重新变回“朱熹”的《诗经》学，正如当初它的盛行使得《诗序》走下神坛一样。然而《诗集传》作为“经典”依然发挥着它的影响力，不惟清代学者对朱熹的治学精神、研究方法、治《诗》成果多有继承与吸收，即使是今天的《诗经》学研究亦不能脱离朱熹《诗经》学的影响，如今学界对朱熹《诗经》学方兴未艾的研究即是明证。

厘清朱熹《诗经》学研究的发展历程（一个经典的形成、发展、修订、再发现），有助于我们了解《诗集传》在历史上的地位、作用与价值，为我们当代的学术研究与文化建设提供思路与启示。这也是本书试图通过史学、社会学与文献学的研究方式，梳理朱熹《诗经》学研究在宋、元、明时期的发展、嬗变过程，探究政治与《诗经》学发展的互动关系与各时期学者对《诗集传》之认识变化的成因所在。

参考文献

一、古籍文献

[1] [汉] 何休解诂 . [唐] 徐彦疏 . 刁小龙整理 . 春秋公羊传注疏（上）[M]. 上海：上海古籍出版社，2014.

[2] [汉] 孔安国传 . [唐] 孔颖达疏 . 尚书正义 [M]// 李学勤主编 . 十三经注疏 . 北京：北京大学出版社，1999.

[3] [汉] 毛亨撰，郑玄笺 . [唐] 孔颖达疏 . 毛诗正义 [M]// 李学勤主编 . 十三经注疏 . 北京：北京大学出版社，1999.

[4] [汉] 许慎 . 驳五经异义 [M]// 影印文渊阁四库全书 . 台北：台湾商务印书馆，1986.

[5] [汉] 郑玄 . 驳五经异义补遗 [M]// 影印文渊阁四库全书 . 台北：台湾商务印书馆，1986.

[6] [汉] 郑玄注 . [唐] 贾公彦疏 . 周礼注疏 [M]// 李学勤主编 . 十三经注疏 . 北京：北京大学出版社，1999.

[7] [汉] 郑玄注 . [唐] 孔颖达疏 . 礼记正义 [M]// 李学勤主编 . 十三经注疏 . 北京：北京大学出版社，1999.

[8] [三国・吴] 陆玑撰 . 丁晏校正 . 毛诗草木鸟兽虫鱼疏 [M]// 续修四库全书 . 上海：上海古籍出版社，2002.

[9] [唐] 成伯屿 . 毛诗指说 [M]// 影印文渊阁四库全书 . 台北：台湾商务印书馆，1986.

[10] [唐] 韩愈撰 . 屈守元，常思春主编 . 韩愈全集校注 [M]. 成都：四川大学出版社，1996.

[11] [唐] 陆德明撰 . 黄焯断句 . 经典释文 [M]. 北京：中华书局，1983.

[12] [宋] 沧州樵叟 . 庆元党禁 [M]// 影印文渊阁四库全书 . 台北：台湾商务印书馆，1986.

[13] [宋] 晁公武撰 . 孙猛校正 . 郡斋读书志校证 [M]. 上海：上海古籍出版社，1990.

[14] [宋] 陈振孙撰 . 徐小蛮，顾美华点校 . 直斋书录解题 [M]. 上海：上海古籍出版社，1987.

[15] [宋] 程颢，程颐撰 . 王孝鱼点校 . 二程集 [M]. 北京：中华书局，1981.

[16] [宋] 程颐 . 影程氏经说 [M]// 影印文渊阁四库全书 . 台北：台湾商务印书馆，1986.

[17] [宋] 戴溪 . 续吕氏家塾读诗记 [M]// 影印文渊阁四库全书 . 台北 : 台湾商务印书馆, 1986.
[18] [宋] 辅广 . 诗童子问 [M]// 影印文渊阁四库全书 . 台北 : 台湾商务印书馆, 1986.
[19] [宋] 何坦 . 西畴老人常言 [M]// 丛书集成初编 . 北京 : 中华书局, 1985.
[20] [宋] 黄榦 . 勉斋集 [M]// 影印文渊阁四库全书 . 台北 : 台湾商务印书馆, 1986.
[21] [宋] 金履祥 . 仁山文集 [M]// 影印文渊阁四库全书 . 台北 : 台湾商务印书馆, 1986.
[22] [宋] 黎靖德 . 王星贤点校 . 朱子语类 [M]. 北京 : 中华书局, 1986.
[23] [宋] 李心传撰 . 朱军点校 . 道命录 [M]. 上海 : 上海古籍出版社, 1987.
[24] [宋] 吕祖谦 . 东莱别集 [M]// 影印文渊阁四库全书 . 台北 : 台湾商务印书馆, 1986.
[25] [宋] 吕祖谦 . 吕氏家塾读诗记 [M]// 丛书集成 . 北京 : 中华书局, 1985.
[26] [宋] 马端临 . 文献通考 [M]. 北京 : 中华书局, 1986.
[27] [宋] 欧阳修 . 诗本义 [M]// 影印文渊阁四库全书 . 台北 : 台湾商务印书馆, 1986.
[28] [宋] 司马光 . 传家集 [M]// 影印文渊阁四库全书 . 台北 : 台湾商务印书馆, 1986.
[29] [宋] 苏辙 . 诗集传 [M]. 北京 : 语文出版社, 2001.
[30] [宋] 王安石撰 . 唐武标校 . 王文公文集 [M]. 上海 : 上海人民出版社, 1974.
[31] [宋] 王柏 . 鲁斋集 [M]// 影印文渊阁四库全书 . 台北 : 台湾商务印书馆, 1986.
[32] [宋] 王柏撰 . 顾颉刚校点 . 诗疑 [M]. 北京 : 朴社, 1935.
[33] [宋] 王应麟撰 . [清] 翁元圻辑注 . 孙通海点校 . 困学纪闻注 [M]. 北京 : 中华书局, 2016.
[34] [宋] 王应麟撰 . 王京州, 江合友点校 . 诗考・诗地理考 [M]. 北京 : 中华书局, 2011.
[35] [宋] 严粲 . 诗缉 [M]// 影印文渊阁四库全书 . 台北 : 台湾商务印书馆, 1986.
[36] [宋] 杨时撰 . 傅增湘校 . 龟山先生集 [M]. 南京 : 凤凰出版社, 2019.
[37] [宋] 叶绍翁撰 . 沈锡麟, 冯惠民点校 . 四朝闻见录 [M]. 中华书局, 1989.
[38] [宋] 佚名 . 两朝纲目备要 [M]// 影印文渊阁四库全书 . 台北 : 台湾商务印书馆, 1986.
[39] [宋] 张载撰 . 章锡琛点校 . 张载集 [M]. 北京 : 中华书局, 1978.
[40] [宋] 张载撰 . 朱熹注 . 张子全书 [M]. 北京 : 商务印书馆, 1935.
[41] [宋] 赵顺孙 . 四书纂疏 [M]// 影印文渊阁四库全书 . 台北 : 台湾商务印书馆, 1986.
[42] [宋] 真德秀 . 西山文集 [M]// 影印文渊阁四库全书 . 台北 : 台湾商务印书馆, 1986.
[43] [宋] 郑樵 . 诗辨妄 [M]// 续修四库全书 . 上海 : 上海古籍出版社, 2000.
[44] [宋] 郑樵 . 通志 [M]. 北京 : 中华书局, 1987.
[45] [宋] 周敦颐撰 . 陈克明点校 . 周敦颐集 [M]. 北京 : 中华书局, 1990.
[46] [宋] 朱鉴 . 诗传遗说 [M]// 影印文渊阁四库全书 . 台北 : 台湾商务印书馆, 1986.

[47] [宋]朱熹．楚辞集注[M]. 上海：上海古籍出版社，1979.

[48] [宋]朱熹．四书章句集注[M]. 北京：中华书局，2011.

[49] [宋]朱熹撰．廖名春点校．周易本义[M]. 北京：中华书局，2009.

[50] [宋]朱熹撰．赵长征点校．诗集传[M]. 北京：中华书局，2011.

[51] [宋]朱熹撰．朱杰人，严佐之，刘永翔主编．朱子全书[M]. 上海：上海古籍出版社；合肥：安徽教育出版社，2002.

[52] [宋]朱熹撰．朱杰人，严佐之，刘永翔主编．朱子全书外编[M]. 上海：华东师范大学出版社，2010.

[53] [元]陈栎．定宇集[M]// 影印文渊阁四库全书．台北：台湾商务印书馆，1986.

[54] [元]陈师凯．书蔡传旁通[M]// 影印文渊阁四库全书．台北：台湾商务印书馆，1986.

[55] [元]戴表元．剡源文集[M]// 影印文渊阁四库全书．台北：台湾商务印书馆，1986.

[56] [元]方回．桐江续集[M]// 影印文渊阁四库全书．台北：台湾商务印书馆，1986.

[57] [元]郝经．陵川集[M]// 影印文渊阁四库全书．台北：台湾商务印书馆，1986.

[58] [元]胡一桂．诗集传附录纂疏[M]// 李山主编．元代古籍集成・经部诗类．北京：北京师范大学出版社，2013.

[59] [元]黄溍撰．王颋校．黄溍全集[M]. 天津：天津古籍出版社，2008.

[60] [元]梁益．诗传旁通[M]// 李山主编．元代古籍集成・经部诗类．北京：北京师范大学出版社，2012.

[61] [元]刘瑾．律吕成书[M]// 丛书集成初编．上海：商务印书馆，1935.

[62] [元]刘瑾．诗传通释[M]// 李山主编．元代古籍集成・经部诗类．北京：北京师范大学出版社，2013.

[63] [元]脱脱，等．宋史[M]. 北京：中华书局，1977.

[64] [元]吴师道．礼部集[M]// 影印文渊阁四库全书．台北：台湾商务印书馆，1986.

[65] [元]吴师道撰．邱居里，刑新欣点校．吴师道集[M]. 杭州：浙江古籍出版社，2012.

[66] [元]许衡．鲁斋遗书[M]// 影印文渊阁四库全书．台北：台湾商务印书馆，1986.

[67] [元]许谦，刘玉汝．诗集传名物钞・诗缵绪[M]// 李山主编．元代古籍集成・经部诗类．北京：北京师范大学出版社，2012.

[68] [元]许谦．白云集[M]// 影印文渊阁四库全书．台北：台湾商务印书馆，1986.

[69] [元]虞集．道园学古录[M]// 影印文渊阁四库全书．台北：台湾商务印书馆，1986.

[70] [元]朱公迁．诗经疏义会通[M]// 李山主编．元代古籍集成・经部诗类．北京：北京师范

大学出版社，2013.

[71] [明]陈邦瞻．宋史纪事本末[M]．中华书局，1977.

[72] [明]陈献章．陈献章集[M]．北京：中华书局，1987.

[73] [明]陈祖绶．诗经副墨[M]//四库全书存目丛书．济南：齐鲁书社，1997.

[74] [明]程敏政．皇明文衡[M]//影印文渊阁四库全书．台北：台湾商务印书馆，1986.

[75] [明]戴君恩．读风臆评[M]//四库全书存目丛书．济南：齐鲁书社，1997.

[76] [明]顾梦麟撰．诗经说约[M]//续修四库全书．上海：上海古籍出版社，1996.

[77] [明]归有光撰．周本淳校点．震川先生集[M]．上海：上海古籍出版社，1981.

[78] [明]郝敬．毛诗原解[M]//丛书集成初编．北京：中华书局.1991.

[79] [明]胡广，等撰．诗传大全[M]//影印文渊阁四库全书．台北：台湾商务印书馆，1986.

[80] [明]黄佐撰．[明]廖道南．殿阁词林记[M]//影印文渊阁四库全书．台北：台湾商务印书馆，1986.

[81] [明]季本．诗说解颐[M]//影印文渊阁四库全书．台北：台湾商务印书馆，1986.

[82] [明]李梦阳撰．郝润华校．李梦阳集校笺[M]．北京：中华书局，2020.

[83] [明]李攀龙撰．包敬第标校．沧溟先生集[M]．上海：上海古籍出版社，2014.

[84] [明]李贽．焚书 续焚书[M]．北京：中华书局，2009.

[85] [明]梁寅．诗演义[M]//影印文渊阁四库全书．台北：台湾商务印书馆，1986.

[86] [明]刘三吾．孟子节文[M]//北京图书馆古籍珍本丛刊．北京：书目文献出版社，1988.

[87] [明]陆深．俨山外集[M]//影印文渊阁四库全书．台北：台湾商务印书馆，1986.

[88] [明]陆时雍．诗镜总论[M]//丁福保辑．历代诗话续编．北京：中华书局，1983.

[89] [明]吕柟．泾野先生毛诗说序[M]//丛书集成初编．北京：中华书局，1985.

[90] [明]茅坤撰．张大芝，张梦新点校．茅坤集[M]//浙江文丛．杭州：浙江古籍出版社，2012.

[91] [明]宋濂，等．元史[M]．北京：中华书局，1976.

[92] [明]孙鑛．月峰先生居业次编[M]//四库禁毁丛书刊．北京：北京出版社，1997.

[93] [明]万时华．诗经偶笺[M]//四库全书存目丛书．济南：齐鲁书社，1997.

[94] [明]王鏊，王永熙汇辑．震泽先生别集[M]．北京：中华书局，2014.

[95] [明]王鏊撰，王卫平．吴建华点校．王鏊集[M]．上海：上海古籍出版社，2013.

[96] [明]王夫之．诗绎[M]//湖湘文库（甲编）船山全书（第15册）．长沙：岳麓书社，2011.

[97] [明]王圻．续文献通考[M]．上海：上海古籍出版社，1988.

[98] [明] 王世贞撰 . 陆洁栋，等 . 艺苑卮言 [M]. 南京：凤凰出版社，2009.

[99] [明] 王守仁撰 . [明] 钱德洪原编 . [明] 谢廷杰汇集 . 王文成全书 [M]// 影印文渊阁四库全书 . 台北：台湾商务印书馆，1986.

[100] [明] 王守仁撰 . 吴光，等 . 王阳明全集 [M]. 上海：上海古籍出版社，1992.

[101] [明] 王祎撰 . [明] 刘杰，刘同编 . 王忠文集 [M]// 影印文渊阁四库全书 . 台北：台湾商务印书馆，1986.

[102] [明] 徐祯卿 . 谈艺录 [M]// 何文焕辑 . 历代诗话 . 北京：中华书局，1981.

[103] [明] 杨慎 . 升庵集 [M]. 上海：上海古籍出版社，1993.

[104] [明] 杨士奇 . 东里集 [M]// 四库明人文集丛刊 . 上海：上海古籍出版社，1991.

[105] [明] 姚舜牧 . 重订诗经疑问 [M]// 影印文渊阁四库全书 . 台北：台湾商务印书馆，1986.

[106] [明] 叶向高辑 . 叶太史参补古今大方诗经大全 [M]. 刻本 . 书林余氏刊，1605.

[107] [明] 余继登辑 . 典故纪闻 [M]. 北京：中华书局，1981.

[108] [明] 袁宏道撰 . 钱伯城笺校 . 袁宏道集笺校 [M]. 上海：上海古籍出版社，2018.

[109] [明] 袁仁 . 毛诗或问 [M]. 北京：中华书局，1985.

[110] [明] 袁中道撰 . 钱伯城点校 . 珂雪斋集 [M]. 上海：上海古籍出版社，1989.

[111] [明] 湛若水 . 圣学格物通 [M]. 桂林：广西师范大学出版社，2015.

[112] [明] 张元芳，魏浣初撰 . 毛诗振雅 [M]. 刻本 . 金陵：版筑居，1624.

[113] [明] 钟惺，谭元春 . 张国光，张业茂，曾大兴点校 . 诗归 [M]. 武汉：湖北人民出版社，1985.

[114] [清] 毕沅 . 续资治通鉴 [M]. 北京：中华书局，1999.

[115] [清] 陈鼎 . 东林列传 [M]// 影印文渊阁四库全书 . 台北：台湾商务印书馆，1986.

[116] [清] 程廷祚撰 . 宋效永校点 . 青溪集 [M]. 合肥：黄山书社，2004.

[117] [清] 崔述 . 读风偶识 [M]. 北京：中华书局，1985.

[118] [清] 崔述撰 . 顾颉刚编订 . 崔东壁遗书 [M]. 上海：上海古籍出版社，1983.

[119] [清] 戴震撰 . 张岱年主编 . 戴震全书 [M]. 合肥：黄山书社，1994.

[120] [清] 丁隆 . 明名臣琬琰录 [M]// 影印文渊阁四库全书 . 台北：台湾商务印书馆，1986.

[121] [清] 段玉裁撰 . 钟敬华校点 . 经韵楼集 [M]. 上海：上海古籍出版社，2008.

[122] [清] 范家相 . 诗沈 [M]// 影印文渊阁四库全书 . 台北：台湾商务印书馆，1986.

[123] [清] 顾炎武撰 . 黄汝成集释 . 栾保群，吕宗力校点 . 日知录集释（全校本）[M]. 上海：上海古籍出版社，2006.

[124] [清] 黄虞稷撰．瞿凤起，潘景郑整理．千顷堂书目 [M]. 上海：上海古籍出版社，1989.

[125] [清] 黄宗羲．宋元学案 [M]. 北京：中华书局，1986.

[126] [清] 黄宗羲撰．沈芝盈校．明儒学案 [M]. 北京：中华书局，2008.

[127] [清] 黄宗羲．南雷文定后集 [M]// 丛书集成初编．上海：商务印书馆，1935.

[128] [清] 皮锡瑞撰．吴仰湘点校．经学通论 [M]. 北京：中华书局，2011.

[129] [清] 皮锡瑞撰．周予同注释．经学历史 [M]. 北京：中华书局，2004.

[130] [清] 瞿镛撰．瞿果行标点．瞿凤起覆校．铁琴铜剑楼藏书目录 [M]. 上海：上海古籍出版社，2000.

[131] [清] 全祖望撰．朱铸禹汇校集注．全祖望集汇校集注 [M]. 上海：上海古籍出版社，2000.

[132] [清] 孙承泽．诗经朱传翼 [M]// 四库全书存目丛书．济南：齐鲁书社，1997.

[133] [清] 谈迁撰．张宗祥校点．国榷 [M]. 北京：古籍出版社，1958.

[134] [清] 王鸿绪，等．钦定诗经传说汇纂 [M]// 影印文渊阁四库全书．台北：台湾商务印书馆，1986.

[135] [清] 王懋竑．朱子年谱 [M]. 北京：中华书局，1985.

[136] [清] 王士祯．池北偶谈 [M]. 北京：中华书局，1982.

[137] [清] 姚际恒．顾颉刚标点．诗经通论 [M]. 北京：中华书局，1958.

[138] [清] 永瑢，等．四库全书总目 [M]. 北京：中华书局，1965.

[139] [清] 于敏中，彭元瑞，等．天禄琳琅书目天禄琳琅后编 [M]. 上海：上海古籍出版社，2007.

[140] [清] 张金吾撰．柳向春标点．爱日精庐藏书志 [M]. 上海：上海古籍出版社，2014.

[141] [清] 张廷玉．明史 [M]. 北京：中华书局，1974.

[142] [清] 章学诚撰．仓修良编注．文史通义新编新注（上）[M]. 北京：商务印书馆，2017.

[143] [清] 赵翼撰．王树民校．廿二史札记校证 [M]. 北京：中华书局，2013.

[144] [清] 周中孚撰．黄曙辉，印晓峰标校．郑堂读书记 [M]. 上海：上海书店出版社，2009.

[145] [清] 朱彝尊．经义考 [M]. 北京：中华书局，1998.

[146] [清] 朱彝尊撰．王利民校．曝书亭全集 [M]. 长春：吉林文史出版社，2009.

[147] [清] 朱彝尊撰．侯美珍，等点校．点校补正经义考 [M]. 台北：“中研院”中国文哲研究所筹备处，1997.

二、今人著作

[1] 《东林书院志》整理委员会 . 东林书院志 [M]. 北京：中华书局，2004.

[2] 蔡方鹿 . 朱熹经学与中国经学 [M]. 北京：人民出版社，2004.

[3] 曹海东 . 朱熹经典解释学研究 [M]. 武汉：湖北人民出版社，2007.

[4] 陈国代 . 文献家朱熹：朱熹著述活动及其著作版本考察 [M]. 北京：北京师范大学出版社，2015.

[5] 陈来 . 宋明理学 [M]. 上海：华东师范大学出版社，2004.

[6] 陈来 . 朱子书信编年考证 [M]. 北京：生活 · 读书 · 新知三联书店，2007.

[7] 陈来 . 朱子哲学研究 [M]. 上海：华东师范大学出版社，2000.

[8] 陈荣捷 . 朱学论集 [M]. 上海：华东师范大学出版社，2007.

[9] 陈荣捷 . 朱子门人 [M]. 上海：华东师范大学出版社，2007.

[10] 陈文和 . 嘉定钱大昕全集 [M]. 南京：江苏古籍出版社，1997.

[11] 陈钟凡 . 两宋思想述评 [M]. 北京：东方出版社，1996.

[12] 程元敏 . 三经新义辑考汇评 [M]. 上海：华东师范大学出版社，2011.

[13] 戴维 . 诗经研究史 [M]. 长沙：湖南教育出版社，2001.

[14] 方颜寿 . 朱熹书院与门人考 [M]. 上海：华东师范大学出版社，2000.

[15] 冯浩菲 . 历代诗经论说述评 [M]. 北京：中华书局，2003.

[16] 顾颉刚 . 古史辨 [M]. 上海：上海古籍出版社，1982.

[17] 郝桂敏 . 宋代《诗经》文献研究 [M]. 北京：中国社会科学出版社，2006.

[18] 洪湛侯 . 诗经学史 [M]. 北京：中华书局，2002.

[19] 侯外庐 . 宋明理学史 [M]. 北京：人民出版社，1987.

[20] 胡念贻 . 中国古代文学论稿 [M]. 上海：上海古籍出版社，1987 .

[21] 胡朴安，闻一多，傅斯年 . 胡朴安诗经学 · 闻一多诗经讲义 · 傅斯年诗经讲义 [M]. 长春：吉林人民出版社，2012.

[22] 黄彰健校勘 . “中研院”历史语言研究所校印 . 明实录 [M]. 北京：中华书局，2012.

[23] 黄忠慎 . 朱子《诗经》学新探 [M]. 台北：五南图书出版股份有限公司，2003.

[24] 姜义华 . 胡适学术文集 [M]. 北京：中华书局，1991.

[25] 寇淑慧 . 二十世纪《诗经》研究文献目录 [M]. 北京：学苑出版社，2001.

[26] 黎业明 . 湛若水年谱 [M]. 上海：上海古籍出版社，2016.

[27] 李修生 . 全元文 [M]. 南京：凤凰出版社，2004.
[28] 梁启超 . 清代学者整理旧学之总成绩 [M]. 北京：商务印书馆，1999.
[29] 梁启超撰 . 朱维铮校注 . 中国近三百年学术史 [M]. 上海：复旦大学出版社，2016.
[30] 刘毓庆，贾培俊 . 历代诗经著述考（明代）[M]. 北京：中华书局，2008.
[31] 刘毓庆 . 从经学到文学——明代〈诗经〉学史论 [M]. 北京：商务印书馆，2001.
[32] 刘毓庆 . 历代诗经著述考（先秦—元代）[M]. 北京：中华书局，2002.
[33] 刘毓庆 . 诗经二南汇通 [M]. 北京：中华书局，2017.
[34] 马宗霍 . 中国经学史 [M]. 北京：商务印书馆，1937.
[35] 莫砺锋 . 朱熹文学研究 [M]. 南京：南京大学出版社，2000.
[36] 欧阳哲生 . 胡适文集 [M]. 北京：北京大学出版社，1998.
[37] 钱穆 . 中国近三百年学术史 [M]. 北京：商务印书馆，1997.
[38] 钱穆 . 朱子新学案 [M]. 北京：九州出版社，2011.
[39] 钱穆 . 朱子学提纲 [M]. 北京：生活・读书・新知三联书店，2002.
[40] 束景南 . 朱熹年谱长编 [M]. 上海：华东师范大学出版社，2001.
[41] 束景南 . 朱熹佚文辑考 [M]. 南京：江苏古籍出版社，1991.
[42] 谭德兴 . 宋代《诗经》学研究 [M]. 贵阳：贵州人民出版社，2005.
[43] 檀作文 . 朱熹《诗经》学研究 [M]. 北京：学苑出版社，2003.
[44] 王倩 . 朱子诗教思想研究 [M]. 北京：北京大学出版社，2009.
[45] 吴洋 . 朱熹《诗经》学思想探源及研究 [M]. 北京：社会科学文献出版社，2014.
[46] 夏传才，董治安 . 诗经要籍提要 [M]. 北京：学苑出版社，2003.
[47] 夏传才 . 诗经研究史概要 [M]. 北京：清华大学出版社，2007.
[48] 萧一山 . 清代通史 [M]. 北京：中华书局，1985.
[49] 徐德明 . 朱熹著作版本源流考 [M]. 北京：中国文联出版社，2000.
[50] 杨伯峻 . 春秋左传注 [M]. 北京：中华书局，2017.
[51] 叶德辉 . 书林清话 [M]. 上海：上海古籍出版社，2008.
[52] 张立文 . 宋明理学研究 [M]. 北京：人民出版社，2002.
[53] 张舜徽 . 广校雠略 [M]. 上海：华中师范大学出版社，2004.
[54] 张祝平 . 朱熹《诗经》学论稿 [M]. 长春：吉林人民出版社，2000.
[55] 甄洪永 . 明初经学思想研究 [M]. 南京：凤凰出版社，2020.
[56] 中国科学院图书馆整理 . 续修四库全书总目提要 [M]. 北京：中华书局，1993.

[57] 中国诗经学会 . 第二届诗经国际学术研讨会论文集 [C]. 北京：语文出版社，1996.

[58] “中央研究院”历史语言研究所编 . 明实录 [M]. 台北：“中研院”历史语言研究所，1962.

[59] 周予同 . 中国学校制度 [M]. 上海：上海书店，1991.

[60] 周予同 . 周予同经学史论著选集 [M]. 上海：上海人民出版社，1983.

[61] 周予同 . 朱熹 [M]. 上海：商务印书馆，1947.

三、学术论文

[1] 陈才 . 谈谈朱熹《诗集传》的训诂 [J]. 广西大学学报（哲学社会科学版），2008（S2）：145-146.

[2] 陈海燕，程嫩生 . 刘瑾对朱熹《诗经》学中赋、比、兴与淫诗说问题的阐发 [J]. 内江师范学院学报，2008（1）：72-73.

[3] 陈战峰 . 王柏的《诗经》观与拟删诗 [J]. 中国文化研究，2010（3）：96-105.

[4] 陈志信 . 理想世界的形塑与经典诠释的形式——以朱熹《诗集传》对《二南》的诠释为例 [J]. 汉学研究，2003（1）：279-306.

[5] 程嫩生 . 元代诗经学刍议 [J]. 中州学刊，2008（4）：216-218.

[6] 丁世洁 . 从《诗集传》看朱熹的文艺观 [J]. 河南社会科学，2008（6）：114-116.

[7] 段丽惠 . “郑风淫”——朱熹诗学阐释的突破 [J]. 内蒙古大学学报（哲学社会科学版），2009（5）：77-81.

[8] 和磊 . 文化研究语境中文学经典的建构与重构 [J]. 文艺研究，2005（9）：155-157.

[9] 黄忠慎 . 辅广《诗童子问》新论 [J]. 台大中文学报，2010（32）：325-358.

[10] 雷炳锋 . 朱熹《诗序辨说》试论 [J]. 宁夏大学学报，2011（2）：66-72.

[11] 李开金 . 试论朱熹的比兴说 [J]. 武汉大学学报，1980（5）：30-33.

[12] 刘娟 . 理学化经学视域下的《诗集传 · 二南》阐释 [J]. 中州学刊，2016（9）：138-141.

[13] 罗英侠 . 集大成：朱熹《诗集传》的训释特色 [J]. 中州学刊，2007（4）：243-245.

[14] 莫砺锋 . 从经学走向文学：朱熹“淫诗”说的实质 [J]. 文学评论，2001（2）：79-88.

[15] 莫砺锋 . 论朱熹对《诗序》的态度 [J]. 文献季刊，2000（1）：112-129.

[16] 沙先一 . 顾梦麟《诗经说约》对朱熹《诗集传》的补充与纠正 [J]. 古籍研究，2002（2）：46-48.

[17] 邵炳军 . 论南宋《诗》学革新精神的基本特征——以朱熹《诗集传》为代表 [J]. 江海学刊，2008（3）：185-190.

[18] 邵东方 . 论崔述与朱熹学术之关系 [J]. 中国哲学史，1997（3）：111-120.
[19] 檀作文 . 朱熹对《诗经》文学性的深刻体认 [J]. 湘潭大学社会科学学报，2003（9）：132-137.
[20] 唐世贵 . 从《诗经》“周南”“召南”看楚风与巴蜀文化之关系 [J]. 攀枝花学院学报，2003（6）：12.
[21] 王龙 . 论朱熹《诗集传》中的“兴”[J]. 山西师大学报 (社会科学版)，2009（5）：79-83.
[22] 吴洋 . 王柏《诗疑》成书考 [J]. 中国典籍与文化，2008（8）：60-66.
[23] 吴长庚 . 八百年朱熹文学接受与传播导言 [J]. 朱子学刊，2013（1）：334-359.
[24] 杨金花 . 试论朱熹的比兴观 [J]. 河北学刊，2009（2）：253-255.
[25] 杨晋龙 . 论《诗传大全》与《诗经通释》的差异 [J]. 中国文哲研究集刊，1996（3）：127-129.
[26] 杨晋龙 . 朱熹《诗序辨说》述义 [J]. 中国文哲研究集刊，1998(12)：295-354.
[27] 杨新勋 . 元十行本《十三经注疏》明修从考——以《论语注疏解经》为中心 [J]. 南京师范大学文学院学报，2019（1）：171-181.
[28] 殷光熹 . 宋代疑古惑经思潮与《诗经》研究——兼论朱熹对《诗经》学的贡献 [J]. 思想战线，1996（5）：41-45.
[29] 原新梅 . 简明平易：朱熹《诗集传》注释的修辞特色 [J]. 修辞学习，2003（6）：45-46.
[30] 张洪海 .《诗经》评点本安世凤《诗批释》述评 [J]. 古籍研究，2018（1）：27-33.
[31] 张万民 . 朱熹“三经三纬”说新探 [J]. 诗经研究丛刊，2009（1）：342-353.
[32] 张旭署 . 功夫在读者——朱熹诗学阐释思想发微 [J]. 东方丛刊，2001（1）：78-90.
[33] 赵聃 . 20 世纪以来朱熹经学与文学研究综述 [J] 文艺评论，2015（6）：26-31.
[34] 赵沛霖 .《诗经》学的神圣化与元代《诗经》学研究 [J]. 中州学刊，2002（1）：77-81.
[35] 赵沛霖 . 刘瑾《诗传通释》浅说 [J]. 贵州文史丛刊，2002（04）：1-4.
[36] 赵振兴，唐丽娟 . 毛传与朱熹《诗集传》异训比较研究 [J]. 长江学术，2008（1）：105-108.

四、学位论文

[1] 陈文采 . 两宋《诗经》著述考 [D]. 台北：东吴大学，1988.
[2] 杨晋龙 . 明代《诗经》学研究 [D]. 高雄：“国立”台湾大学，1997.
[3] 犹家仲 .《诗经》的解释学研究 [D]. 北京：北京大学，2000.
[4] 包丽虹 . 朱熹《诗集传》文献学研究 [D]. 杭州：浙江大学，2004.
[5] 陈海燕 . 戴震与朱熹诗经学比较 [D]. 合肥：安徽大学，2005.
[6] 陈战峰 . 宋代《诗经》学与理学 [D]. 西安：西北大学，2005.

[7] 胡琴．朱熹《诗集传》研究 [D]. 南昌：南昌大学，2005.

[8] 李冬梅．宋代《诗经》学专题研究 [D]. 成都：四川大学，2005.

[9] 王倩．朱熹“《诗》教”思想研究 [D]. 北京：北京师范大学，2006.

[10] 胡淑冰．孙鑛《批评诗经》研究 [D]. 乌鲁木齐：新疆师范大学，2006.

[11] 曹海东．朱熹经典解释学研究 [D]. 武汉：华中师范大学，2007.

[12] 崔志博．元代《诗经》学研究 [D]. 保定：河北大学，2007.

[13] 高云萍．北山学派研究 [D]. 杭州：浙江大学，2007.

[14] 李平．《诗集传》训诂术语研究 [D]. 兰州：兰州大学，2007.

[15] 李冬梅．宋代《诗经》学专题研究 [D]. 成都：四川大学，2007.

[16] 刘振英．朱熹《诗集传》研究初探 [D]. 保定：河北大学，2007.

[17] 杨静．理学背景下的《诗集传》阐释学研究 [D]. 芜湖：安徽师范大学，2007.

[18] 郝永．朱熹《诗经》解释学研究 [D]. 杭州：浙江大学，2008.

[19] 李佳明．梁益《诗传旁通》研究 [D]. 新北：淡江大学，2008.

[20] 黄郁雯．朱熹《诗经》学在南宋至明初的形成与发展 [D]. 台北：台湾大学，2009.

[21] 孙银周．朱熹《诗集传》思想研究 [D]. 开封：河南大学，2011.

[22] 王海丹．元明诗经学研究 [D]. 苏州：苏州大学，2011.

[23] 张守艳．朱熹《诗集传》训诂研究 [D]. 济南：山东师范大学，2011.

[24] 程浒．《诗童子问》研究——辅广的《诗经》学思想 [D]. 杭州：浙江大学，2011.

[25] 曹继华．元代《诗经》学研究 [D]. 北京：北京师范大学，2012.

[26] 受志敏．复社文人的《诗经》学研究 [D]. 保定：河北大学，2012.

[27] 陈才．朱子《诗经》学考论 [D]. 上海：华东师范大学，2013.

[28] 付佳．元代《诗经》学研究 [D]. 北京：北京师范大学，2013.

[29] 李平．“诗六义”学术史研究 [D]. 武汉：华中师范大学，2013.

[30] 史小贺．《朱子语类·诗说》研究 [D]. 开封：河南大学，2013.

[31] 杨洁．朱熹诗教思想探析——以《诗集传》为中心 [D]. 北京：中国政法大学，2013.

[32] 伍纯娴．明代《诗经》专著与《诗传大全》关系之研究 [D]. 台湾：中国文化大学，2014.

[33] 张剑红．朱熹《诗集传》的训诂研究 [D]. 大连：辽宁师范大学，2014.

[34] 王婉琳．《诗经说约》研究 [D]. 呼和浩特：内蒙古大学，2020.

后　记

本书是在我的博士论文基础上修订而成。回想写作过程，可谓漫长而又匆忙，由于对课题难度的认识不足以及受限于个人学养，论文写得艰难坎坷、断断续续。但在老师、同学、朋友及家人的鼓励之下，我终于还是坚持完成了它。

本书仅是“朱熹《诗经》学”“朱子《诗经》学”这一庞大课题研究的一个阶段性成果。关于朱子《诗经》学体系在清初的短短余绪，清代和近代对朱熹《诗经》学的认识与接受，乃至对中国文化、哲学、教育、政治与民族精神建构等方面的影响，以及朱熹《诗经》学的现代价值等许多问题还有待挖掘与深入研究。本想将清代与近代研究增入再行出版，但从事教学工作之后，种种事务使我应接不暇，研究工作一再延宕，故决定对毕业论文加以整理修订先行付梓，作为对自己的激励与鞭策。不敢言推陈出新，只望本书对宋、元、明宗朱《诗经》学文献的梳理，对朱子《诗经》学体系内在发展逻辑的揭示，可以为《诗》学研究丰富一些材料、拓展一点视角。当然，本书仍有诸多不足有待方家斧正，我也会就此课题继续研究，不忘初心，不断精进。

此书即将付梓之际，诸多感慨涌上心头。

2007 年，我来到母校河南大学，在这里度过了我本科、硕士与博士的求学时光。穿过开在开封城墙上的东门，就步入了古色古香的河南大学明伦校区，一路向西会行经铁塔湖、文学院、东十斋、大礼堂、图书馆、综合楼，出了西门就会抵达热闹的西门夜市。在河大这美丽的校园里，我遇到了太多要感谢的人。

首先，要感谢我的导师李景文老师。老师为人宽厚，治学严谨，在其门下的这些年，他不仅指导我做学问，更是教导了我许多为人处事的道理，这些教诲我长记心中，必将使我终身受益。从论文的选题到写作、修改、定稿，老师都全程给予了关注与指导。当我在论文写作过程中感到困惑、疲惫、难以为继之时，老师总能鼓励我、启发我，使我重新找到动力与方向。我有腰椎旧疾，老师常常提醒我注意运动，带着我一边散步、一边授课，谆谆教诲、殷殷笑语，无论何时都将铭刻于我的脑海。同时，还要感谢我的硕士导师耿纪平老师，我最初对《诗经》学产生兴趣即是受耿老师的影响，在硕士毕业之后，耿老师依然关注着我，时时询问我的学习情况，为我的论文提出了许多指导意见，还为我提供参考资料。在此一并要表示感谢的还有王宏林、齐文榜、杨国安、岳淑珍等几位老师，从论文开题到定稿，他们都提出了宝贵的指导意见。在河南大学文学院求学的这些年，愚钝的我竟遇到了诸多良师，得以在他们的指导与关怀下成长，我何其有幸！思及先生们的栽培期盼和我的懈怠不敏，又不能无愧！

此外，还要感谢同门伙伴们的帮助与陪伴，大家在一起就像兄弟姐妹，平素“奇文共欣赏，疑义相与析”，也曾“欢言得所憩，美酒聊共挥”，求学生涯因你们而平添了许多欢乐。

最后，我要感谢我的父母与爱人，是他们长期以来在物质上与精神上无条件的默默支持，使我没有后顾之忧地走完求学之路，走上工作岗位。

在师恩、亲情、友谊的支持下，我终于走到今天，恩情似海，无以为报，唯有在此深深致意，一并感谢！你们的支持是我一生的财富，也是我前行的永恒动力！愿以此书的付梓纪念自己的求学时光，并向良师、益友、家人们致谢！

介金嵘

2022 年 12 月 10 日